Karin Fossum

Evas Auge

Fremde Blicke

Zu diesem Buch

Zwei Fälle für den wortkargen und sensiblen Hauptkommissar Sejer: In »Evas Auge« läßt Karin Fossum eine junge Frau in den Mahlstrom eines Verbrechens geraten, bei dem sie aus reiner Neugier Zeugin geworden ist. Nachdem Eva einmal der Versuchung des schnellen Geldes nachgegeben hat, gibt es für sie kein Entrinnen mehr ... In »Fremde Blicke« sorgt der unerklärliche Tod der jungen Annie für große Bestürzung in der Bevölkerung des abgelegenen norwegischen Dorfes. Wie immer recherchiert Hauptkommissar Sejer mit großer Beharrlichkeit und stößt bald auf einen weiteren tragischen Todesfall ... Voller Einfühlungsvermögen und mit psychologischer Raffinesse schildert Karin Fossum menschliche Abgründe, durch die die Grenze zwischen Opfer und Täter fließend wird.

Karin Fossum, geboren 1954 in Sandefjord / Norwegen, lebt in Sylling bei Oslo. Bevor sie mit Gedichten und Erzählungen ihre Karriere begann, arbeitete sie als Krankenschwester in der Psychiatrie. Nach »Evas Auge« und dem mit dem renommierten Riverton-Preis ausgezeichneten Bestseller »Fremde Blicke« erschienen auf deutsch ihre Romane »Wer hat Angst vorm bösen Wolf«, »Stumme Schreie«, »Dunkler Schlaf«, »Schwarze Sekunden« und zuletzt »Also, von mir aus«.

Karin Fossum

Evas Auge
Fremde Blicke

Zwei Bestseller in einem Band

Aus dem Norwegischen von
Gabriele Haefs

Piper München Zürich

Die Übersetzung wurde von NORLA Norwegian Literature Abroad, Oslo, gefördert.

Von Karin Fossum liegen in der Serie Piper vor:
Evas Auge (2705, 3859)
Fremde Blicke (3060)
Wer hat Angst vorm bösen Wolf (3325, 3857)
Stumme Schreie (3702)
Dunkler Schlaf (3979)
Schwarze Sekunden (4288)
Evas Auge / Fremde Blicke (Doppelband, 4322)
Also, von mir aus (Piper Original 7084)

Taschenbuchsonderausgabe
März 2005

Titel der norwegischen Originalausgaben:
»Evas øye« und »Se deg ikke tilbake!«

Umschlag / Bildredaktion: Büro Hamburg
Isabel Bünermann, Heike Dehning,
Charlotte Wippermann, Katharina Oesten
Foto Umschlagvorderseite: Eberhard Grames / Bilderberg
Foto Umschlagrückseite: Peter von Felbert
Satz: Friedrich Pustet, Regensburg; Uhl + Massopust, Aalen
Druck und Bindung: Clausen & Bosse, Leck
Printed in Germany ISBN 3-492-24322-3

www.piper.de

Evas Auge

SERIE PIPER

Für Vater

Es sah aus wie ein Puppenhaus.

Ein winziges Haus mit roten Fensterrahmen und Spitzengardinen. Er blieb ein Stück davon entfernt stehen, horchte, hörte aber nur den Hund, der hechelnd neben ihm stand, und ein schwaches Rauschen in den alten Apfelbäumen. Er wartete noch eine Weile, spürte, wie die Feuchtigkeit des Grases durch seine Schuhe drang, und sein Herz, das noch immer im Takt der Verfolgungsjagd durch den Garten schlug. Der Hund sah ihn erwartungsvoll an. Seine große Schnauze dampfte, die Ohren zitterten, vielleicht hörte er aus dem Häuschen Geräusche, die der Mann nicht wahrnehmen konnte. Der Mann sah zum Wohnhaus zurück, wo hinter den Fenstern warmes, gemütliches Licht leuchtete. Das Hundegebell verhallte. Stille. Niemand hatte sie gehört. Unten auf der Straße stand sein Wagen, zwei Räder auf dem Bürgersteig, und mit offener Tür.

Sie hat Angst vor dem Hund, überlegte er verwundert. Er bückte sich, packte den Hund am Halsband und näherte sich langsam der Tür. So ein Häuschen hat auf der Rückseite sicher keinen Ausgang, bestimmt kann man noch nicht einmal die Tür abschließen. Ihr ist inzwischen sicher klargeworden, daß sie in der Falle sitzt. Es gibt keinen Ausweg mehr. Sie hat keine Chance.

Das Gericht lag in einem sechsstöckigen Betongebäude, das sich wie ein grauer Wall in der Nähe der Hauptstraße der Stadt erhob und dem eiskalten Wind vom Fluß her die ärgste Schärfe nahm. Die Baracken auf der Rückseite lagen im Windschutz, im Winter war das ein Segen, im Sommer wurden sie in der stillstehenden Luft gebacken. Über dem Eingang zierte eine sehr moderne Frau Justitia die Fassade, aus der Entfernung ähnelte sie eher einer Hexe auf ihrem Besen. Polizei und Kreisgefängnis verfügten neben den Baracken auch über die drei obersten Stockwerke.

Die Tür öffnete sich mit unwirschem Ächzen. Frau Brenningen fuhr zusammen und steckte hinter dem Wort »Wahrscheinlichkeitspotential« einen Finger in ihr Buch. Hauptkommissar Sejer betrat zusammen mit einer Frau das Foyer. Die Frau sah mitgenommen aus, ihr Kinn war zerschrammt, ihr Mantel und Rock zerrissen, sie blutete aus dem Mund. Frau Brenningen starrte sonst nie Fremde an. Im Foyer des Gerichtsgebäudes, wo sie nun seit siebzehn Jahren saß, hatte sie alle möglichen Leute kommen und gehen sehen, aber jetzt starrte sie. Sie klappte ihr Buch zu, nachdem sie zuerst einen alten Busfahrplan hineingelegt hatte. Sejer legte der Frau die Hand auf den Arm und führte sie zum Fahrstuhl. Sie ging mit gesenktem Kopf. Dann schlossen sich hinter den beiden die Türen.

Man konnte Sejer nicht ansehen, was er dachte. Er sah mürrisch aus, während er in Wirklichkeit nur reserviert und hinter seiner strengen Miene eigentlich recht freundlich war. Aber er warf nicht mit herzlichem Lächeln um sich, er benutzte sein Lächeln nur als Eintrittskarte, wenn er Kontakt aufnehmen wollte, und ein Lob hatte er nur für sehr wenige. Er zog die Tür zu und nickte zu einem Stuhl hinüber, zog einen halben Meter Papier aus dem Handtuchbehälter über dem Waschbecken, feuchtete ihn mit warmem Wasser an und reichte ihn der Frau. Die wischte sich den Mund ab und sah sich um. Das Büro war ziemlich kahl, aber sie musterte die Kinderzeichnungen an der Wand und eine kleine Salzteigfigur auf seinem Schreibtisch, die bewiesen, daß Sejer außerhalb dieser Wände noch ein anderes Leben hatte. Die kleine Figur stellte einen Polizisten in veilchenblauer Uniform dar, er war ziemlich in sich zusammengesunken, sein Bauch hing ihm auf die Knie, und er trug zu große Schuhe. Er hatte keine große Ähnlichkeit mit dem Modell, das jetzt mit ernsten grauen Augen ihr gegenüber Platz nahm. Auf dem Schreibtisch standen ein Kassettenrekorder und ein PC Marke Compaq. Die Frau musterte beides verstohlen und versteckte ihr Gesicht in den feuchten Papierhandtüchern. Sejer ließ sie gewähren. Er zog eine Kassette aus der Schreibtischschublade und beschriftete sie mit: »Eva Marie Magnus«.

»Haben Sie Angst vor Hunden?« fragte er freundlich.

Sie blickte auf.

»Früher vielleicht. Jetzt nicht mehr.«

Sie zerknüllte das Papier zu einem Ball.

»Früher hatte ich Angst vor allem. Jetzt fürchte ich mich vor nichts mehr.«

Der Fluß strömte durch die Landschaft und zerriß die kalte Stadt in zwei fröstelnde graue Hälften. Es war April, es war kalt. Dort, wo der Fluß die Innenstadt erreichte, ungefähr beim Zentralkrankenhaus, begann er, zu schäumen und sich aufzuspielen, als ob ihn der Lärm des Verkehrs und der Industrieanlagen an seinen Ufern nervös mache. Der Fluß strömte und sprudelte immer heftiger, je weiter er sich in die Stadt vorarbeitete. Vorbei am alten Theater und am Bürgerhaus, entlang an der Eisenbahnlinie und vorbei am Markplatz, an der alten Börse, in der sich jetzt ein McDonald's eingerichtet hatte, hinunter zur Brauerei mit ihrer schönen pastellgrauen Farbe, die außerdem die älteste Brauerei im Land war, bis zum Cash & Carry, zur Autobahnbrücke, einem großen Gewerbegebiet mit mehreren Autohändlern und schließlich bis zum alten Wirtshaus. Dort konnte der Fluß endlich den letzten Seufzer ausstoßen und sich ins Meer wälzen.

Es war später Nachmittag, die Sonne ging schon unter, und bald würde sich die Brauerei aus einem öden Koloß in ein Märchenschloß mit tausend Lichtern verwandeln, die sich im Fluß spiegelten. Erst nach Einbruch der Dunkelheit wurde diese Stadt schön.

Eva ließ ihre kleine Tochter, die am Flußufer entlangrannte, nicht aus den Augen. Die Entfernung zwischen ihnen betrug zehn Meter, und Eva gab sich Mühe, mit der Kleinen Schritt zu halten. Es war ein grauer Tag, nur wenig Menschen waren hier unterwegs, ein eiskalter Wind kam vom schäumenden Fluß her. Wenn Eva jemanden mit freilaufendem Hund sah, atmete sie erst wieder auf, wenn der Hund an ihr vorbei war. Sie sah niemanden. Ihr Rock flatterte ihr um die Waden, der Wind wehte durch ihren Pullover, und deshalb hatte sie sich beide Arme um den Leib geschlungen. Emma lief zufrieden immer weiter, sie sah nicht besonders graziös aus, denn sie wog viel zu viel. Ein dickes Kind mit großem Mund und eckigem Gesicht. Ihre roten Haare schlugen ihr in den Nacken, und durch das Wasser in der Luft sahen sie schmutzig aus. Durchaus kein hübsches, adrettes kleines Kind, doch das wußte Emma nicht, und deshalb tanzte sie ziemlich sorglos dahin, ohne Eleganz, dafür aber mit einem Lebenshunger, wie ihn nur ein Kind haben kann. Noch vier Monate bis zum Schulbeginn, überlegte Eva. Eines Tages wird sie in den kritischen Gesichtern auf dem Schulhof ihr Spiegelbild entdecken, und sie wird sich zum ersten Mal ihrer unschönen Erscheinung bewußt werden. Aber wenn sie ein starkes Kind ist, wenn sie auf ihren Vater kommt, der eine andere gefunden hat und weggezogen ist, dann wird das keine große Rolle für sie spielen. Daran dachte Eva Magnus an diesem Tag am Flußufer. Daran, und an den Mantel, der zu Hause im Flur am Haken hing.

Eva kannte den Weg sehr genau, sie waren hier

schon zahllose Male entlanggewandert. Emma bestand immer wieder darauf, wollte nicht auf die alte Gewohnheit verzichten, über den Flußweg zu schlendern. Für Eva war das nicht so wichtig. In regelmäßigen Abständen verschwand die Kleine unten am Wasser, weil sie irgend etwas entdeckt hatte, das sie genauer in Augenschein nehmen mußte. Eva starrte mit Adleraugen hinterher. Wenn Emma ins Wasser fiel, gab es außer Eva niemanden, der sie retten konnte. Die Strömung war reißend, das Wasser eiskalt, das Kind schwer. Eva schauderte.

Jetzt hatte Emma einen flachen Stein ganz unten am Wasser entdeckt und rief nach ihrer Mutter. Eva ging zu ihr. Der Stein war gerade so groß, daß beide darauf sitzen konnten.

»Hier können wir nicht sitzenbleiben, der Stein ist naß. Wir können uns eine Blasenentzündung holen.«

»Ist das gefährlich?«

»Nein, aber es tut weh. Es brennt, und du mußt dann dauernd Pipi machen.«

Sie setzten sich trotzdem. Beobachteten staunend die lebhaften Stromwirbel.

»Wie kommt die Strömung ins Wasser?« fragte Emma.

Eva mußte kurz überlegen.

»Nein, Himmel, das weiß ich wirklich nicht. Vielleicht hat es etwas mit dem Flußboden zu tun, es gibt soviel, was ich nicht weiß. Das lernst du bald alles in der Schule.«

»Das sagst du jedes Mal, wenn du keine Antwort weißt.«

»Ja, aber es stimmt auch. Auf jeden Fall kannst

du dann deine Lehrerin fragen. So eine Lehrerin weiß viel mehr als ich.«

»Das glaube ich nicht.«

Ein leerer Plastikkanister kam in hohem Tempo angesegelt.

»Den will ich! Holst du ihn mir raus?«

»Nein, igitt, laß das schwimmen, das ist doch bloß Abfall. Ich friere, Emma, können wir nicht bald nach Hause gehen?«

»Nur noch ein paar Minuten.«

Emma strich sich die Haare hinter die Ohren und stützte das Kinn auf die Knie, aber ihre Haare waren starr und unwillig und fielen ihr wieder ins Gesicht.

»Ist das sehr tief?« Sie nickte zur Flußmitte hinüber.

»Nein, eigentlich nicht«, sagte Eva leise. »Acht oder neun Meter, nehme ich an.«

»Das ist doch schrecklich tief.«

»Nein, ist es nicht. Die allertiefste Stelle der ganzen Welt ist im Stillen Ozean«, sagte Eva nachdenklich. »Eine Art Graben. Er ist elftausend Meter tief. Das nenne ich schrecklich tief.«

»Da würde ich aber nicht gern baden. Du weißt doch ganz viel, Mama, so eine Lehrerin weiß das bestimmt nicht alles. Ich wünsche mir eine rosa Schultasche«, sagte Emma.

Eva schauderte.

»Mm«, sagte sie laut. »Die sind schön. Aber sie werden so schnell schmutzig. Ich finde die braunen schön, diese braunen Ledertaschen, weißt du, was ich meine? Solche, wie die Großen sie haben?«

»Ich bin nicht groß. Ich komm' doch erst in die erste Klasse.«

»Ja, aber du wirst doch größer, und du kannst nicht jedes Jahr eine neue Schultasche haben.«

»Aber jetzt haben wir doch mehr Geld, oder?«

Eva gab keine Antwort, warf bei dieser Frage jedoch einen raschen Blick über ihre Schulter, eine Angewohnheit, die sie früher nicht gehabt hatte. Emma fand ein Stöckchen und hielt es ins Wasser.

»Wie kommt der Schaum ins Wasser?« fragte sie dann. »Dieser gelbe, fiese Schaum.«

Sie schlug mit dem Stöckchen ins Wasser. »Soll ich die Lehrerin danach fragen?«

Noch immer gab Eva keine Antwort. Auch sie hatte jetzt das Kinn auf den Knien liegen, ihre Gedanken gingen wieder auf Wanderschaft, und sie sah Emma nur noch undeutlich aus dem Augenwinkel heraus. Der Fluß erinnerte sie an etwas. Jetzt konnte sie unten im schwarzen Wasser ein Gesicht flimmern sehen. Ein rundes Gesicht mit schmalen Augen und schwarzen Brauen.

»Leg dich aufs Bett, Eva.«

»Was? Wieso denn?«

»Mach es einfach. Leg dich aufs Bett.«

»Können wir zu McDonald's gehen?« fragte Emma plötzlich.

»Was? Ja, sicher. Wir gehen zu McDonald's, da ist es immerhin warm.«

Sie erhob sich leicht verwirrt und nahm ihr Kind am Arm. Schüttelte den Kopf und starrte in den Fluß. Das Gesicht war verschwunden, aber sie wußte, es würde wieder auftauchen, würde sie vielleicht für den Rest ihres Lebens verfolgen. Sie gingen hoch zum Wanderweg und gingen weiter zur Stadt. Niemand begegnete ihnen.

Eva merkte, daß ihre Gedanken wegliefen, sie gingen ihre eigenen Wege und landeten an Orten, die sie lieber vergessen hätte. Das Rauschen des Flusses ließ Bilder vor ihr auftauchen. Sie wartete auf das Verschwinden dieser Bilder, sie wollte endlich ihre Ruhe. Und inzwischen verging die Zeit. Ein Tag nach dem anderen, und inzwischen waren es sechs Monate geworden.

»Kriege ich eine Juniortüte? Die kostet siebenunddreißig Kronen, und mir fehlt noch Aladdin.«

»Ja.«

»Und was willst du, Mama? Chicken McNuggets?«

»Weiß noch nicht.«

Eva starrte wieder in das schwarze Wasser hinab, beim Gedanken ans Essen wurde ihr schlecht. Sie aß überhaupt nicht sonderlich gern. Jetzt sah sie, wie sich unter dem graugelben Schaum die Wasseroberfläche hob und senkte.

»Wir haben doch jetzt mehr Geld, Mama, wir können essen, was wir wollen, oder?«

Eva schwieg. Sie blieb plötzlich stehen und kniff die Augen zusammen. Dicht unter der Wasseroberfläche sah sie etwas Grauweißes. Es wiegte sich schlaff hin und her und wurde von der starken Strömung ans Ufer gepreßt. Evas Augen waren so sehr mit diesem Anblick beschäftigt, daß sie die Kleine vergaß, die nun ebenfalls stehengeblieben war, und die genauer hinsah als ihre Mutter.

»Das ist ein Mann!« rief Emma. Sie bohrte die Fingernägel in Evas Arm und machte große Augen. Einige Sekunden lang starrten beide nur die aufgedunsene, halb aufgelöste Gestalt an, die mit dem Kopf voran zwischen die Steine trieb. Der Mann lag auf dem Bauch. Sein Hinterkopf war nur schütter behaart. Eva nahm Emmas Nägel, die sich durch ihren Pullover bohrten, gar nicht wahr, sie sah nur den grauweißen Toten mit den blonden, zerzausten Haaren, und sie wußte nicht sofort, daß sie wußte, wer er war. Aber seine Turnschuhe – die hohen, blauweißgestreiften Turnschuhe ... ein heftiger Blutgeschmack füllte plötzlich ihren Mund.

»Das ist ein Mann«, sagte Emma noch einmal, jetzt leiser.

Eva wollte schreien. Der Schrei erstickte in ihrer Kehle. »Er ist ertrunken. Der Arme, er ist ertrunken, Emma!«

»Warum sieht er so fies aus? Fast wie Wackelpudding!«

»Weil«, stammelte Eva, »weil das so lange her ist.«

Sie biß sich so hart auf die Lippe, daß sie platzte. Der Blutgeschmack ließ Eva fast umsinken.

»Müssen wir ihn aus dem Wasser holen?«

»Nein, spinnst du! Das macht die Polizei!«

»Rufst du die jetzt an?«

Eva legte den Arm um die breite Schulter ihrer Tochter und stolperte mit ihr über den Weg. Gleich darauf schaute sie sich um, als erwarte sie einen Angriff. An der Auffahrt zur Brücke stand eine Telefonzelle, und Eva zog ihre Tochter hinter sich her und wühlte in ihrer Rocktasche nach Kleingeld. Sie fand einen Fünfer. Der Anblick der halbverwesten Leiche flackerte vor ihren Augen wie eine böse Vorwarnung all dessen, was jetzt noch kommen würde. Sie war nun endlich zur Ruhe gekommen, die Zeit hatte sich wie Staub über alles gelegt und die Albträume verblassen lassen. Aber jetzt hämmerte das Herz wie wild unter ihrem Pullover. Emma schwieg. Sie folgte ihrer Mutter mit verängstigten grauen Augen und blieb stehen.

»Warte hier. Ich rufe die Polizei an und sage, daß sie ihn holen müssen. Geh ja nicht weg!«

»Wir müssen sicher auf sie warten?«

»Nein, das müssen wir nicht.«

Eva ging in die Telefonzelle und versuchte, ihre Panik zu unterdrücken. Eine Lawine von Gedanken und Ideen raste durch ihren Kopf. Dann faßte sie einen schnellen Entschluß. Ihre Finger waren schweißnaß, sie ließ den Fünfer in den Schlitz fallen und wählte rasch eine Nummer. Ihr Vater antwortete, müde, er schien gerade geschlafen zu haben.

»Ich bin's nur, Eva«, flüsterte sie. »Habe ich dich geweckt?«

»Ja, aber das wurde wirklich auch Zeit. Ich verschlafe jetzt ja fast schon den halben Tag. Stimmt was nicht?« brummte er. »Du klingst so aufgeregt. Ich kenne dich doch.«

Seine Stimme war trocken und brüchig, aber trotzdem hatte sie eine Stärke, die Eva immer geliebt hatte. Einen Stachel, der sie an die Wirklichkeit nagelte.

»Nein, alles in Ordnung. Emma und ich wollten gerade essen gehen, und da kamen wir an einer Telefonzelle vorbei.«

»Gibst du sie mir mal?«

»Äh, geht nicht, sie ist unten am Wasser.«

Eva sah zu, wie die Einheiten im Zähler weitertickten und warf einen raschen Blick auf Emma, die sich gegen die Glastür preßte. Ihre Nase wurde platt wie eine Marzipankartoffel. Ob sie hören konnte, was hier gesagt wurde?

»Ich habe nicht mehr viel Kleingeld. Wir kommen dich bald besuchen. Wenn du willst.«

»Warum flüsterst du eigentlich so?« fragte ihr Vater mißtrauisch.

»Tu ich das?« sagte sie ein wenig lauter.

»Gib deiner Kleinen einen Kuß von mir. Ich habe eine Überraschung für sie.«

»Was denn?«

»Eine Schultasche. Die braucht sie doch im Herbst, nicht wahr? Ich dachte, ich könnte dir die Ausgabe ersparen, du hast es schließlich nicht so leicht!«

Wenn er wüßte! Laut sagte sie:

»Das ist lieb von dir, Papa, aber sie weiß ziemlich genau, was sie haben will. Kann die Schultasche noch umgetauscht werden?«

»Natürlich, aber ich habe die genommen, die mir im Laden empfohlen worden ist. Eine rosa Ledertasche.«

Eva zwang ihre Stimme in einen normalen Tonfall. »Ich muß auflegen, Papa, ich habe kein Geld mehr. Paß auf dich auf.« Ein Klicken war zu hören, dann war er verschwunden. Der Zähler stand still.

Emma starrte sie gespannt an.

»Kommen die jetzt sofort?«

»Ja, sie schicken einen Wagen. Komm, jetzt gehen wir essen. Sie rufen uns an, wenn sie mit uns sprechen müssen, aber ich glaube nicht, daß das nötig ist, jetzt jedenfalls nicht, vielleicht später, und dann melden sie sich. Uns geht das Ganze ja eigentlich auch gar nichts an, weißt du, im Grunde nicht.«

Sie redete fieberhaft und fast schon atemlos drauflos.

»Können wir denn nicht warten und zuschauen, bitte!«

Eva schüttelte den Kopf. Sie überquerte, die Kleine im Schlepp, bei Rot die Straße. Sie waren ein ungleiches Paar. Eva lang und mager mit schmalen Schultern und langen dunklen Haaren, Emma dick und breit und x-beinig, mit leichtem Watschelgang. Beide froren. Und auch die Stadt fror im kalten Wind. Das ist eine unharmonische Stadt, dachte Eva, sie scheint niemals richtig glücklich sein zu können, weil sie zweigeteilt ist. Jetzt will jede der beiden Hälften die wichtigere sein. Die Nordseite mit der Kirche, dem Kino und den teuersten Warenhäusern, die Südseite mit der Eisenbahn, den billigen Einkaufszentren, den Kneipen und dem Schnapsladen. Letzterer war wichtig, denn er lockte einen gleichmäßigen Strom von Menschen und Autos über die Brücke.

»Warum ist der Mann denn ertrunken, Mama?«

Emma starrte ihre Mutter an und wartete auf eine Antwort.

»Ich weiß nicht. Vielleicht war er betrunken und ist in den Fluß gefallen.«

»Vielleicht ist er beim Angeln aus dem Boot gekippt. Er hätte eine Schwimmweste anziehen sollen. Ob der wohl alt war, Mama?«

»Nicht sehr alt. Wie Papa, vielleicht.«

»Papa kann jedenfalls schwimmen«, sagte Emma erleichtert.

Sie hatten die grüne Tür des McDonald's erreicht. Emma drückte sie mit der Schulter auf. Die Gerüche im Lokal, Hamburger und Pommes frites, zogen sie und ihren niemals nachlassenden Appetit an. Vergessen war der Tote im Fluß, vergessen war der Ernst des Lebens. Emmas Magen knurrte, und Aladdin war in Reichweite gerückt.

»Such dir einen Tisch«, sagte Eva. »Ich hol' uns was zu essen.«

Emma ging in ihre Lieblingsecke. Setzte sich unter den blühenden Mandelbaum aus Plastik, während Eva sich vor dem Tresen anstellte. Sie versuchte, das Bild abzuschütteln, das vor ihrem inneren Auge auf und ab wogte, aber immer wieder drängte es sich auf. Würde Emma es vergessen, oder würde sie darüber sprechen? Vielleicht würde sie nachts böse davon träumen. Sie mußten es totschweigen, durften es nie mehr erwähnen. Am Ende würde Emma dann glauben, es sei nie geschehen.

Die Schlange rückte auf. Eva starrte zerstreut die Jugendlichen hinter dem Tresen an, mit ihren roten Mützenschirmen und den roten kurzärmligen Hemden, sie arbeiteten in einem Wahnsinnstempo. Der Essensgeruch erhob sich hinter dem Tresen wie eine Wand, der Geruch von Fett und gebratenem Fleisch, von geschmolzenem Käse und Gewürzen stieg ihr in die Nase. Aber die Jugendlichen selber schienen unberührt von der schweren Luft, sie rannten hin und her, wie emsige rote Ameisen, und lächelten bei jeder neuen Bestellung optimistisch. Das hier hatte kaum Ähnlichkeit mit Evas eigenem Arbeitstag. Meistens stand sie mit verschränkten Armen mitten in ihrem Atelier und starrte feindselig die aufgespannte Leinwand an.

An guten Tagen starrte sie aggressiv und ging zum Angriff über, voller Autorität und Übermut. Ein seltenes Mal verkaufte sie ein Bild.

»Eine Juniortüte«, sagte sie rasch. »Und Chicken, und zwei Cola. Und könnten Sie einen Aladdin dazutun, bitte, der fehlt ihr nämlich noch?«

Die Frau machte sich an die Arbeit. Ihre Hände drehten und brieten, packten und falteten, und das alles blitzschnell. Emma reckte hinten in der Ecke den Hals und ließ ihre Mutter nicht aus den Augen, als die endlich mit dem Tablett schwankend auf sie zukam. Eva zitterten plötzlich die Knie. Sie ließ sich auf den Stuhl sinken und sah verwundert zu, wie ihre Tochter sich eifrig bemühte, die kleine Pappschachtel zu öffnen. Sie suchte nach der Überraschung. Ihr Freudenausbruch war ohrenbetäubend.

»Ich hab' Aladdin gekriegt, Mama!« Sie hob die Figur in die Luft, um sie dem ganzen Lokal zu zeigen. Alle sahen zu ihr herüber. Eva schlug die Hände vors Gesicht und schluchzte laut auf.

»Bist du krank?«

Emma war plötzlich sehr ernst und versteckte Aladdin unter dem Tisch.

»Nein, doch – ach, ich bin einfach nicht gut drauf. Das legt sich bald wieder.«

»Tut dir der tote Mann leid?«

Eva fuhr zusammen.

»Ja«, sagte sie dann einfach. »Der tote Mann tut mir leid. Aber über den reden wir jetzt nicht mehr. Nie mehr, hörst du, Emma! Mit niemandem! Das macht uns doch nur traurig.«

»Aber meinst du, der hatte Kinder?«

Eva wischte sich mit den Händen die Tränen ab.

Sie wagte kaum noch, an die Zukunft zu denken. Sie starrte ihre Hähnchenwürfel an, die teigigen braunen, in Fett gebackenen Klumpen, und sie wußte, daß sie sie nicht essen würde. Wieder flimmerten die Bilder an ihr vorbei. Sie sah sie durch die Zweige des Mandelbaums.

»Ja«, sagte sie schließlich und wischte sich noch einmal das Gesicht. »Vielleicht hatte er Kinder.«

Eine ältere Dame, die ihren Hund ausführte, entdeckte plötzlich zwischen den Steinen den blauweißen Schuh. Wie Eva ging auch sie in die Telefonzelle an der Brücke. Als die Polizei eintraf, stand sie leicht unbeholfen mit dem Rücken zur Leiche am Ufer Posten. Ein Polizist namens Karlsen stieg als erster aus dem Wagen. Er lächelte höflich, als er die Frau sah, und betrachtete neugierig ihren Hund.

»Das ist ein chinesischer Nackthund«, erklärte die Frau.

Es war wirklich ein faszinierendes kleines Vieh, sehr rosa und sehr runzlig. Oben auf dem Kopf hatte es einen fetten Quast aus schmutziggelbem Fell, ansonsten war es, wie die Frau richtig gesagt hatte, nackt.

»Wie heißt der denn?« fragte Karlsen freundlich.

»Adam«, war die Antwort. Karlsen nickte lächelnd und holte den Koffer mit der Ausrüstung aus dem Wagen. Der Tote machte ihnen eine Zeitlang zu schaffen, aber schließlich konnten sie ihn ans Ufer ziehen und dort auf eine Plane legen. Er war kein Schwergewicht, er sah durch die lange

Zeit im Wasser nur so aus. Die Frau mit dem Hund ging ein Stück von ihnen weg. Die Polizisten arbeiteten leise und sorgfältig, der Fotograf machte Bilder, ein Gerichtsmediziner kniete neben der Plane und machte Notizen. Die meisten Todesfälle hatten triviale Ursachen, die Polizei rechnete mit einer Routinesache. Vielleicht ein Suffkopp, der ins Wasser gefallen war, nachts gab es auf den Spazierwegen und unter der Brücke einige von der Sorte. Dieser hier war irgend etwas zwischen zwanzig und vierzig, schlank, aber mit Bierbauch, blond, nicht besonders groß. Karlsen streifte sich einen Gummihandschuh über die rechte Hand und hob vorsichtig einen Hemdenzipfel an.

»Messerstiche«, sagte er kurz. »Mehrere. Wir drehen ihn mal um.« Sie verstummten. Das einzige, was zu hören war, war das Geräusch der Gummihandschuhe, die abgestreift und wieder angezogen wurden, das leise Klicken des Fotoapparates, ab und zu ein Atemzug, und das Knistern der Plastikplane, die neben der Leiche ausgebreitet wurde.

»Ich frage mich«, murmelte Karlsen, »ob wir endlich Einarsson gefunden haben.«

Die Brieftasche des Mannes war verschwunden. Aber seine Armbanduhr war noch da, eine billige Uhr mit viel Schnickschnack, wie der Zeit von Tokio, New York und London. Der schwarze Riemen hatte sich in das geschwollene Handgelenk eingegraben. Die Leiche hatte ziemlich lange im Wasser gelegen und war vermutlich von der Strömung weiter oben im Fluß mitgetragen worden, deshalb war die Fundstätte nicht weiter interessant. Trotzdem wurden einige Untersuchungen angestellt, sie suchten das Ufer nach möglichen Spuren ab, fanden aber nur einen leeren Plastikkanister, der Frostschutzmittel enthalten hatte, und eine leere Zigarettenschachtel. Inzwischen hatten sich oben auf dem Uferweg einige Zuschauer eingefunden, zumeist junge Leute; sie reckten die Hälse und versuchten, wenigstens einen kurzen Blick auf die Leiche auf der Plane zu erhaschen. Die Verwesung war in vollem Gang. Die Haut hatte sich vom Körper gelöst, vor allem an Füßen und Händen, es sah aus, als trage er zu große Handschuhe. Und der Tote hatte sich schlimm verfärbt. Die Augen, die einst grün gewesen waren, waren jetzt durchsichtig und farblos, seine Haare gingen büschelweise aus, das Gesicht war dermaßen aufgedunsen, daß die Züge verschwammen. Was es im Fluß ansonsten an Leben gab, Krebse, Fische und Insekten, hatte gierig zugelangt. Die Messerstiche in der Seite hatten klaffende Wunden im grauweißen Fleisch hinterlassen.

»Hier habe ich früher immer geangelt«, sagte einer der Jungen oben auf dem Weg, er hatte in seinem ganzen siebzehnjährigen Leben noch keinen Toten gesehen. Er glaubte eigentlich nicht an den Tod, ebensowenig wie an Gott, weil er beides nie gesehen hatte. Er bohrte das Kinn in seinen Jackenkragen und schüttelte sich. Von nun an war alles möglich.

Vierzehn Tage später lag der Obduktionsbericht vor. Hauptkommissar Konrad Sejer hatte sechs Personen ins Besprechungszimmer gebeten, das in einer der Baracken hinter dem Gericht lag. Sie waren erst in den letzten Jahren aufgrund von Platzmangel errichtet worden, eine Reihe von Büros, die für die Allgemeinheit verborgen waren, mit Ausnahme der unglücklichen Seelen, die in engeren Kontakt zur Polizei gerieten. Einiges war bereits geklärt. Sie wußten, wer der Mann war, das hatten sie übrigens sofort feststellen können, da er einen Trauring mit dem eingravierten Namen Jorun trug. Ein Ordner aus dem Oktober des Vorjahres enthielt alle Informationen über den vermißten Egil Einarsson, achtunddreißig, Rosenkrantzgate 16, zuletzt gesehen am 5. Oktober um neun Uhr abends. Er hinterließ eine Frau und einen sechs Jahre alten Sohn. Der Ordner war schmal, würde bald aber an Umfang zunehmen. Die neuen Fotos machten da schon einiges aus, und schön waren sie nicht. Eine Reihe von Personen war nach seinem Verschwinden verhört worden. Seine Frau, Kollegen und Verwandte, Nachbarn und Freunde. Niemand hatte viel zu erzählen. Er war nicht das bravste Kind seiner Mutter, hatte aber auch keine Feinde gehabt, jedenfalls war über Feinde nichts bekannt. Er arbeitete in der Brauerei, kam jeden Abend nach Hause an den gedeckten Tisch und verbrachte seine Freizeit hauptsächlich in seiner Garage, wo er an seinem geliebten Auto herumbastelte, oder zusammen mit Kumpels in einer Kneipe auf dem Südufer. Die Kneipe hieß Zum Königlichen Wappen. Entweder war Einarsson ein Unglückswurm, vielleicht war er einem Desperado zum Opfer gefallen, der dringend Geld brauchte und der die Möglichkeiten dieser kalten, windigen Stelle erkannt hatte – das Heroin hatte die Stadt jetzt endgültig im Griff. Oder Einarsson hatte ein Geheimnis. Vielleicht hatte er Schulden gehabt.

Sejer betrachtete den Bericht aus zusammengekniffenen Augen und kratzte sich den Nacken. Er war immer beeindruckt davon, wie die Gerichtsmedizin eine halbverrottete Masse aus Haut und Haaren, Knochen und Muskeln analysieren und sich ein vollständiges Bild von dem Toten machen konnte. Von Alter und Gewicht und Körpermaßen, Gesundheitszustand, früheren Krankheiten und Operationen, Gebiß und Erbanlagen.

»Reste von Käsemasse, Fleisch, Paprika und Zwiebeln im Magen«, sagte er laut. »Klingt wie Pizza.«

»Kann man das nach einem halben Jahr noch feststellen?«

»Ja, Himmel. Wenn die Fische nicht zu gierig zugegriffen haben. Das kommt auch vor.«

Der Mann mit dem wohlklingenden Namen (Sejer = Sieg; *Anm. d. Übersetzers*) war aus solidem Stoff geschnitten. Er war fast neunundvierzig, sein Hemd hatte er aufgekrempelt, und Adern und Sehnen waren deutlich zu sehen unter seiner Haut, die dadurch ein bißchen wie imprägniertes Holz wirkte. Sein Gesicht war scharf gezeichnet und leicht eckig, die Schultern gerade und breit, die gute Farbe überall vermittelte den Eindruck von etwas oft Benutztem, aber Dauerhaftem. Seine Haare waren störrisch und stahlgrau, fast metallisch, und fast kurz. Die Augen waren groß und klar, die Iris hatte die Farbe nassen Schiefers. Das hatte seine Frau Elise vor vielen Jahren einmal gesagt. Er hatte das schön gefunden.

Karlsen war zehn Jahre jünger und zierlich im Vergleich. Auf den ersten Blick konnte er aussehen wie ein Geck ohne Gewicht oder Bedeutung, er hatte einen gewachsten Schnurrbart und beeindruckend füllige, nach hinten zurückgekämmte Haare. Der jüngste und neueste Kollege, Gøran Soot, bemühte sich gerade, eine Tüte Gummibärchen mit tropischem Fruchtgeschmack ohne zu großes Knistern zu öffnen. Soot hatte dicke, wellige Haare, einen stämmigen Körper mit vielen Muskeln und eine gesunde Hautfarbe. Jeder einzelne Bestandteil seines Körpers für sich genommen war absolut sehenswert, zusammen aber waren sie fast zuviel des Guten. Über diese seltsame Tatsache war er sich selber nicht im Klaren. Neben der Tür saß der Abteilungsleiter, Holthemann, schweigsam und grau, hinter ihm eine Beamtin mit blonden, kurzgeschnittenen Haaren. Am Fenster, einen Arm auf die Fensterbank gestützt, saß Jacob Skarre.

»Wie geht es denn Frau Einarsson?« fragte Sejer. Er kümmerte sich um die Leute, wußte, daß Einarssons einen kleinen Sohn hatten.

Karlsen schüttelte den Kopf.

»Sie sah ein bißchen verwirrt aus. Hat gefragt, ob jetzt endlich die Lebensversicherung ausgezahlt wird, und danach brach sie vor Verzweiflung zusammen, weil sie sofort ans Geld gedacht hatte.«

»Wieso hat sie denn noch nichts bekommen?«

»Wir hatten doch keine Leiche.«

»Das werde ich an der richtigen Stelle mal zur Sprache bringen«, sagte Sejer. »Wovon haben sie im letzten halben Jahr denn gelebt?«

»Sozialamt.«

Sejer schüttelte den Kopf und blätterte im

Bericht. Soot steckte sich ein grünes Gummibärchen in den Mund, nur die Beine schauten noch heraus.

»Das Auto«, sagte Sejer, »wurde auf dem Schuttplatz gefunden. Wir haben tagelang im Müll herumgewühlt. In Wirklichkeit ist er also ganz woanders getötet worden, vielleicht am Flußufer. Und dann hat sich der Mörder ins Auto gesetzt und es zum Schuttplatz gefahren. Das ist doch unglaublich, daß Einarsson ein halbes Jahr im Wasser gelegen hat und erst jetzt wieder auftaucht. Der Täter hat ziemlich lange in der Hoffnung gelebt, daß er überhaupt nicht mehr zum Vorschein kommen würde. Na, jetzt muß er sich den Realitäten stellen. Ich nehme an, das wird ihn ganz schön fertigmachen.«

»Hat er irgendwo festgehangen?« fragte Karlsen.

»Keine Ahnung. Es ist schon ein bißchen merkwürdig, auf dem Flußboden gibt es doch nur Kies, der Fluß ist erst vor kurzem gesäubert worden. Er kann irgendwo am Ufer hängengeblieben sein. Ansonsten hat er wohl den Umständen entsprechend ausgesehen.«

»Das Auto war frisch gewaschen, und er hatte innen staubgesaugt«, sagte Karlsen. »Das Armaturenbrett war poliert. Wachs und Gummipflege überall. Er war losgefahren, um es zu verkaufen.«

»Und seine Frau wußte nicht, an wen«, erinnerte sich Sejer.

»Sie wußte überhaupt nichts, aber das war bei denen wohl immer so.«

»Und niemand hatte angerufen und nach ihm gefragt?«

»Nein. Er hat ganz plötzlich erklärt, er habe einen Käufer. Seiner Frau kam das seltsam vor. Er hatte so lange für dieses Auto gespart, hatte monatelang daran herumgebastelt, es betreut wie ein Hundebaby.«

»Vielleicht brauchte er plötzlich Geld«, sagte Sejer und stand auf und ging hin und her. »Wir müssen diesen Käufer finden. Ich wüßte ja gern, was zwischen den beiden passiert ist. Seiner Frau zufolge hatte er hundert Kronen in der Brieftasche. Wir müssen das Auto noch einmal durchsuchen, ein Mensch hat darin gesessen und ist mehrere Kilometer damit gefahren, ein Mörder. Er muß doch irgendwelche Spuren hinterlassen haben!«

»Das Auto ist verkauft«, warf Karlsen ein.

»Hab ich mir's doch gedacht!«

»Neun Uhr abends ist ganz schön spät, um ein Auto vorzuführen«, sagte Skarre, ein lockiger Südnorweger mit offenem Gesicht. »Im Oktober ist es abends um neun schon verdammt dunkel. Wenn ich ein Auto kaufen wollte, dann würde ich es mir bei Tageslicht ansehen. Das Ganze kann so geplant gewesen sein. Als eine Art Falle.«

»Ja. Und wenn man mit einem Auto eine Probefahrt macht, nimmt man gern eine Landstraße. Weg aus dem Gewühl.« Sejer kratzte sich mit kurzgeschnittenen Fingernägeln die Wange.

»Wenn er am fünften Oktober erstochen worden ist, dann hat er sechs Monate im Wasser gelegen«, sagte er. »Stimmt das mit dem Zustand der Leiche überein?«

»In der Hinsicht ist die Gerichtsmedizin stur«, sagte Karlsen. »Unmöglich, das genau festzulegen, sagen sie. Snorrasson hat von einer Frau erzählt, die nach sieben Jahren gefunden wurde, und sie war unversehrt! In irgendeinem See in Irland. Nach sieben Jahren! Das Wasser war eiskalt, die pure Tiefkühltruhe. Aber wir dürfen wohl annehmen, daß es wirklich am fünften Oktober passiert ist. Der Mörder muß ziemlich stark gewesen sein, möchte ich annehmen, so, wie die Leiche aussieht.«

»Sehen wir uns doch mal die Messerstiche an.«

Er suchte sich ein Foto aus dem Ordner, ging an die Tafel und schob es unter die Klemmen. Das Bild zeigte Einarssons Rücken und Gesäß, die Haut war sorgfältig gewaschen worden, und die Stiche waren zu Kratern angeschwollen. »Die sehen schon seltsam aus, fünfzehn Stiche, die Hälfte in Kreuz, Hintern und Unterleib, der Rest in der rechten Seite des Opfers, direkt über der Hüfte, zugefügt mit großer Kraft von einer rechtshändigen Person, von oben nach unten. Das Messer hatte eine lange, schmale Klinge, eine wirklich sehr schmale. Vielleicht ein Fischmesser. Scheinbar also eine seltsame Angriffsmethode. Aber wir wissen ja noch, wie das Auto ausgesehen hat, nicht wahr?«

Er trat vor und zog Soot vom Stuhl hoch. Die Gummibärchentüte fiel auf den Boden.

»Ich brauche ein Opfer«, sagte Sejer. »Komm mit.«

Er schob den Beamten vor sich her zum Schreibtisch, stellte sich hinter ihn und nahm ein Plastiklineal.

»Es kann ungefähr so passiert sein. Das hier ist Einarssons Auto«, sagte Sejer und drückte den jungen Beamten bäuchlings auf die Schreibunterlage.

Sein Kinn erreichte gerade die Schreibtischkante. »Die Motorhaube steht offen, denn sie sehen sich gerade den Motor an. Der Mörder drückt sein Opfer hinein und hält es mit der linken Hand fest, während er fünfzehn Mal mit der rechten zusticht. FÜNFZEHN MAL!« Er hob das Lineal und stach Soot damit in den Hintern, während er laut zählte: »Eins, zwei, drei, vier ...«, er hob die Hand und stach Soot in die Seite, Soot wand sich ein wenig, als ob er kitzlig sei, »fünf, sechs, sieben ... und dann sticht er in den Unterleib ...«

»Nein!« Soot sprang erschrocken auf und preßte die Beine zusammen.

Sejer hielt inne, versetzte dem Opfer einen kleinen Stoß und ließ es auf seinen Stuhl zurückkehren, wobei er sich Mühe gab, ein Lächeln zu unterdrücken.

»Das heißt, das Messer sehr oft zu heben. Fünfzehn Stiche und eine Menge Blut. Es muß wild herumgespritzt haben, auf Kleider, Gesicht und Hände des Mörders, auf Auto und Boden. Wirklich übel, daß er das Auto weggefahren hat.«

»Auf jeden Fall ist das im Affekt passiert«, behauptete Karlsen. »Das ist nicht gerade eine normale Hinrichtung. Sicher haben sie sich gestritten.«

»Vielleicht konnten sie sich nicht über den Preis einigen«, lächelte Skarre.

»Leute, die einen Mord mit dem Messer begehen wollen, erleben oft eine ziemliche Überraschung«, sagte Sejer. »Das ist viel schwieriger, als man meint. Aber angenommen, das war wirklich geplant, und der Mörder zieht zu einem passenden Zeitpunkt das Messer, zum Beispiel, während

Einarsson sich über den Motor beugt und ihm den Rücken zukehrt.«

Er kniff die Augen zusammen, wie, um sich das Bild zu vergegenwärtigen. »Der Mörder mußte von hinten zustechen, deshalb kam er nicht richtig an Einarsson heran. Von hinten ist es viel schwieriger, lebenswichtige Organe zu treffen. Und Einarsson hat vielleicht ziemlich viele Stiche ertragen, bis er endlich zusammengebrochen ist. Sicher ein schlimmes Erlebnis, er sticht und sticht, das Opfer schreit immer noch, und der Mörder gerät in Panik und kann nicht mehr aufhören. So läuft das nämlich. Er stellt sich ein oder zwei Stiche vor. Aber bei wie vielen Messermorden, die wir hier gehabt haben, hat sich der Mörder damit begnügt? Auf Anhieb weiß ich von einem Fall mit siebzehn und einem mit dreiunddreißig Stichen.«

»Aber sie haben sich gekannt, sind wir uns da einig?«

»Was heißt schon gekannt? Sie standen sicher in irgendeiner Beziehung zueinander.« Sejer setzte sich und legte das Lineal in die Schublade.

»Na, dann müssen wir wieder von vorne anfangen. Wir müssen feststellen, wer den Wagen kaufen wollte. Geht nach der Liste vom Oktober vor und fangt oben an. Es kann einer von seinen Kollegen gewesen sein.«

»Dieselben Leute?«

Soot sah Sejer fragend an. »Sollen wir nochmal dieselben Fragen stellen?«

»Wie meinst du das?«

Sejer hob die Augenbrauen.

»Ich meine, es geht doch wohl darum, neue Leute zu finden. Die anderen geben doch bestimmt dieselben Antworten wie beim letzten Mal. Ich meine, im Grunde hat sich doch nichts geändert.«

»Ach, meinst du nicht? Vielleicht hast du nicht so genau zugehört, aber wir haben den Burschen inzwischen gefunden. Abgestochen wie ein Mastschwein. Und du sagst, es habe sich nichts geändert?«

Er gab sich alle Mühe, nicht arrogant zu klingen.

»Ich meine, deshalb bekommen wir doch keine anderen Antworten?«

»Das«, sagte Sejer und schluckte einen Kloß von der Größe einer Melone hinunter, »das wird sich noch zeigen, nicht wahr?«

Karlsen klappte mit leisem Knall den Ordner zusammen.

Sejer schob Einarssons Ordner wieder in den Aktenschrank. Er schob ihn neben den Fall Durban und dachte, daß die beiden sich nun Gesellschaft leisten könnten. Maja Durban und Egil Einarsson. Beide waren tot, und niemand wußte, warum. Dann ließ er sich im Sessel zurücksinken, legte die langen Beine quer über den Schreibtisch und zog seine Brieftasche aus der Hosentasche. Zwischen Führerschein und Fallschirmspringerlizenz hatte er ein Bild seines Enkels, Matteus. Matteus war gerade vier geworden, kannte die meisten Automarken und hatte schon die erste Prügelei hinter sich und schmerzlich verloren. Es war schon eine Überraschung gewesen, damals, als Sejer zum Flugplatz gefahren war, um seine Tochter Ingrid und seinen Schwiegersohn Erik abzuholen, die drei Jahre in Somalia verbracht hatten. Sie als Krankenschwester, er als Arzt beim Roten Kreuz. Ingrid stand oben auf der Flugzeugtreppe, mit gebleichten Haaren und überall goldbraun. Eine wilde Sekunde lang hatte er geglaubt, Elise zu sehen, damals, als sie einander kennengelernt hatten. Auf dem Arm hatte Ingrid den Kleinen. Er war vier Monate alt, schokoladenbraun, hatte kleine Locken und die schwärzesten Augen, die Sejer je gesehen hatte. Die Somalier sind eigentlich ein schönes Volk, überlegte er. Und er betrachtete eine Zeitlang das Bild, dann steckte er es wieder in die Brieftasche. In der Baracke war es jetzt still, wie auch fast überall im benachbarten großen Block. Sejer schob zwei Finger in seinen Hemdsärmel und kratzte sich am Ellbogen. Die Haut blätterte ab. Darunter befand sich neue rosa Haut, die ebenfalls abblätterte. Sejer riß die Jacke von der Stuhllehne und schloß das Zimmer ab, dann schaute er ganz kurz an der Rezeption bei Frau Brenningen vorbei. Die legte sofort ihr Buch beiseite. Sie war gerade bei einer vielversprechenden Liebesszene angekommen, die sie sich für abends im Bett aufsparen wollte. Sie wechselten ein paar Worte, dann nickte er kurz und machte sich auf den Weg in die Rosenkrantzgate zu Egil Einarssons Witwe.

Zuerst warf er einen raschen Blick in den Spiegel und fuhr sich mit den Fingern durch den kurzgeschnittenen Schopf. Weil die Haare so kurz waren, bewegten sie sich dabei nicht. Es war mehr ein Ritual als ein Zeichen der Eitelkeit.

Sejer nahm jede Gelegenheit wahr, sein Büro zu verlassen. Er fuhr ziemlich langsam durch die Innenstadt, er fuhr immer langsam, sein Auto war alt und träge, ein großer blauer Peugeot 604, der bisher keinen Grund zu einem Autowechsel geboten hatte. Im Winter hatte er das Gefühl, Schlitten zu fahren. Bald lagen zu seiner Rechten die farbenfrohen Vierparteienhäuser, rosa, gelb und grün, jetzt schien die Sonne auf sie und ließ sie einladend aufleuchten. Außerdem stammten sie aus den fünfziger Jahren und verfügten über eine gewisse Patina, die neueren Häusern fehlte. Die Bäume waren ziemlich groß, die Gärten üppig, oder würden es sein, wenn es erst warm wäre. Aber es war noch immer kalt, der Frühling ließ auf sich warten. Es war lange trocken gewesen, und am Straßenrand lagen noch immer einzelne schmutzige Schneehaufen wie Abfall herum. Sejer suchte nach Nummer 16 und erkannte das grüne, gepflegte Haus auf den ersten Blick. Die Eingangspartie war ein Chaos aus Dreirädern, Lastwagen und Plastikschlitten jeder Art, die die Kinder wahllos aus Kellern und Dachböden angeschleppt hatten. Der nackte Asphalt war nach einem langen Winter immer verlockend. Sejer parkte und klingelte.

Nach einigen Sekunden stand sie in der Tür, mit einem dünnen Jungen am Rockzipfel.

»Frau Einarsson«, sagte Sejer mit einer leichten Verbeugung. »Darf ich hereinkommen?« Sie nickte kurz und widerwillig, aber es gab nicht viele Menschen, die mit ihr sprachen. Sejer stand ziemlich dicht vor ihr, sie spürte seinen Geruch, eine Mischung aus Jackenleder und diskretem Parfüm.

»Ich weiß nicht mehr als im letzten Herbst«, sagte sie unsicher. »Abgesehen davon, daß er tot ist. Aber darauf war ich ja vorbereitet. Ich meine, so, wie das Auto ausgesehen hat …«

Sie legte den Arm um den Jungen, wie, um sie beide zu beschützen.

»Aber jetzt haben wir ihn gefunden, Frau Einarsson. – Und dann sieht alles doch ein bißchen anders aus, finden Sie nicht?«

Er verstummte und wartete.

»Es war wohl ein Verrückter, der Geld brauchte.« Sie schüttelte verstört den Kopf. »Seine Brieftasche ist ja verschwunden. Obwohl er nur hundert Kronen hatte. Aber heutzutage wird ja noch für viel weniger gemordet.«

»Ich verspreche Ihnen, mich kurz zu fassen.«

Sie gab auf und ging rückwärts über den Flur. Sejer blieb in der Wohnzimmertür stehen und sah sich um. Immer wieder registrierte er mit einem gewissen Erschrecken, wie ähnlich sich die Menschen waren, das sah er in ihren Wohnzimmern, daran, womit sie ihre Zimmer füllten. Überall sah es gleich aus, dieselbe Symmetrie, Fernseher und Video als eine Art Mittelpunkt für das restliche Inventar. Hier kroch die Familie zusammen, um sich zu wärmen. Frau Einarsson hatte eine rosa Sitzgruppe aus Leder, unter dem Tisch einen weißen Flokati. Es war ein feminines Zimmer. Sie war seit sechs Monaten allein, vielleicht hatte sie sich in dieser Zeit der maskulinen Seiten des Zimmers entledigt, falls es welche gegeben hatte. Damals wie jetzt konnte er keine Spur von Sehnsucht finden, oder von Liebe zu dem Mann, den sie im schwarzen Flußwasser gefunden hatten, durchlöchert und grau wie ein alter Schwamm. Das, was es an Verzweiflung gegeben hatte, hatte sich um andere Dinge gedreht, um praktische Fragen. Wovon sie jetzt leben und wie sie einen neuen Mann finden sollte, wo sie sich doch keinen Babysitter leisten konnte. Er war niedergeschlagen von dieser Überlegung. Sie brachte ihn dazu, sich das Hochzeitsbild über dem Sofa genauer anzusehen, ein ziemlich protziges Bild der jungen Jorun mit gebleichten Haaren. Neben ihr stand Einarsson, mit schmalem, blassem Gesicht, wie ein Konfirmand, unter der Nase ein spärlicher Schnurrbart. Sie posierten nach besten Fähigkeiten für einen mittelmäßigen Fotografen, und sie achteten dabei vor allem auf ihr Aussehen. Und nicht aufeinander.

»Ich habe noch ein bißchen Kaffee«, sagte sie unsicher.

Er nahm dankend an. Es war vielleicht gut, etwas in der Hand zu halten, und sei es nur der Henkel einer Tasse. Der Junge trottete hinter seiner Mutter her in die Küche, betrachtete Sejer aber verstohlen vom Türrahmen aus. Er war dünn, hatte ein paar Sommersprossen auf der Nase, sein Pony war zu lang und fiel ihm die ganze Zeit in die Stirn. In wenigen Jahren würde er aussehen wie der Mann auf dem Hochzeitsbild.

»Ich habe deinen Namen vergessen«, Sejer lächelte aufmunternd.

Der Junge behielt seinen Namen noch eine Weile für sich, zog mit der Turnschuhspitze Kreise auf dem Linoleumboden und lächelte verlegen.

»Jan Henry.«

Sejer nickte. »Jan Henry, ja. Kann ich dich etwas fragen, Jan Henry – sammelst du Anstecknadeln?«

Der Kleine nickte. »Ich habe schon vierundzwanzig. An meinem Zimmermannshut.«

»Dann hol den mal«, Sejer lächelte. »Dann kriegst du noch eine. Und die hast du bestimmt noch nicht.«

Der Kleine verschwand und lief in sein Zimmer. Er kam mit dem Hut auf dem Kopf zurück, der Hut war viel zu groß. Andächtig nahm er ihn ab.

»Die stechen auf der Innenseite ganz schrecklich«, erklärte er. »Deshalb kann ich den Hut nicht tragen.«

»Schau mal«, sagte Sejer. »Ein Polizeianstecker. Den habe ich von Frau Brenningen auf der Wache. Ganz schön gut, findest du nicht?«

Der Junge nickte. Er suchte den Hut nach einem Ehrenplatz für die kleine goldfarbene Nadel ab, entfernte dann resolut eine mit Kristin und Håkon auf einem Tretschlitten und steckte die neue vorn in die Mitte. Seine Mutter kam ins Zimmer und lächelte.

»Geh auf dein Zimmer«, sagte sie dann kurz. »Der Mann und ich haben etwas zu besprechen.«

Der Junge setzte wieder den Hut auf und verschwand.

Sejer nahm einen Schluck Kaffee und betrachtete Frau Einarsson, die zwei Stück Zucker in ihre eigene Tasse fallen ließ, aus nächster Nähe, um nicht zu spritzen. Sie trug keinen Trauring mehr. Ihre Haare waren am Scheitel dunkel, und sie hatte sich die Augen zu stark geschminkt, weshalb sie ziemlich böse aussah. Eigentlich war sie hübsch, eine helle, adrette kleine Gestalt. Wahrscheinlich wußte sie das nicht. Wahrscheinlich ist sie mit ihrem Aussehen unzufrieden, wie die meisten anderen Frauen, abgesehen von Elise, dachte er.

»Wir suchen noch immer nach diesem Käufer, Frau Einarsson. Aus irgendeinem Grund wollte Ihr Mann plötzlich den Wagen verkaufen, obwohl er das Ihnen gegenüber nie erwähnt hatte. Er ist losgefahren, um ihn jemandem zu zeigen, und nie zurückgekehrt. Vielleicht hat jemand Ihren Mann auf der Straße angesprochen, oder was weiß ich. Vielleicht suchte jemand gerade ein solches Auto und hat sich einfach gemeldet. Oder vielleicht hatte jemand es auf Ihren Mann abgesehen, nur auf ihn, nicht auf das Auto, hat das Auto als Vorwand benutzt, um Ihren Mann aus dem Haus zu locken. Ihn mit der Verkaufsmöglichkeit in Versuchung geführt, vielleicht auch mit Bargeld als Lockmittel. Wissen Sie, ob er in Geldschwierigkeiten steckte?«

Sie schüttelte den Kopf und zerkaute den aufgelösten Zucker zwischen ihren Backenzähnen.

»Das haben Sie mich schon einmal gefragt. Nein, keine Geldschwierigkeiten. Ich meine, keine akuten. Aber alle brauchen ja Geld, und besonders viel leisten konnten wir uns nicht. Und jetzt ist es noch schlimmer. Und ich finde keinen Kindergartenplatz. Und ich habe Migräne«, sie massierte sich ein wenig die Schläfen, wie um zu demonstrieren, daß er sie schonen müsse. »Und es ist gar nicht so einfach, Arbeit zu finden, mit so einem Handikap und mit einem Kind und überhaupt.«

Er nickte mitfühlend.

»Aber Sie wissen nicht, ob er vielleicht Spielschulden oder Geld geliehen hatte, irgendein privates Darlehen, das er nicht zurückzahlen konnte?«

»Das hatte er nicht. Er strotzte ja nicht gerade vor Intelligenz, aber Dummheiten hat er nicht gemacht. Wir sind zurechtgekommen. Er hatte ja seine Arbeit. Und er hat sein Geld nur für das Auto und ab und zu für ein Bier in der Kneipe ausgegeben. Er hat zwar manchmal ziemlich große Sprüche geklopft, aber er war nicht zäh genug, um irgendwo hineinzurutschen, ich meine in etwas Verbotenes, das glaube ich wenigstens nicht. Und wir waren immerhin acht Jahre verheiratet, ich glaube also, ihn zu kennen. Ich meine, gekannt zu haben. Und ich kann hier einfach nichts Schlechtes über Egil sagen, auch, wenn er tot ist.«

Endlich holte sie Atem.

»Sie wissen nicht mehr, ob irgendeiner von seinen Freunden je sein Auto übernehmen wollte?«

»Ach, doch, das wollten viele. Aber er wollte nicht verkaufen. Er mochte es ja nicht einmal verleihen.«

»Und Sie erinnern sich nicht an Anrufe an den Tagen vor seinem Verschwinden, die etwas mit dem Auto zu tun gehabt haben können?«

»Nein.«

»Wie war er an diesem letzten Abend?«

»Das habe ich doch schon gesagt. Wie immer. Er kam um halb vier von der Arbeit. Hatte Frühschicht. Dann hat er Pizza Mexicana gegessen, Kaffee getrunken und für den Rest des Nachmittags in der Garage gelegen.«

»Gelegen?«

»Unter dem Auto. Und hat daran herumgebastelt. Er war wie besessen von diesem Auto. Danach hat er es gewaschen. Ich hatte im Haus zu tun, ich habe mir nichts dabei gedacht, bis er plötzlich loswollte, um das Auto vorzuführen.«

»Aber er hat keinen Namen genannt?«

»Nein.«

»Und auch nicht gesagt, wohin er wollte?«

»Nein.«

»Und Sie haben nicht gefragt, warum er das Auto verkaufen wollte?«

Sie machte sich an ihren Haaren zu schaffen und schüttelte den Kopf.

»Ich habe mich nicht um dieses Auto gekümmert. Ich habe ja nicht einmal den Führerschein. Mir war es egal, was für ein Auto wir hatten, wenn wir nur eins hatten. Und er hat ja auch nicht von Verkaufen geredet, sondern nur von Vorführen. Und er muß dabei ja nicht unbedingt den Mörder gemeint haben. Er kann doch irgendwen getroffen oder einen Tramper mitgenommen haben, oder was weiß ich. In dieser Stadt wimmelt es doch nur so von Verrückten, das kommt vom Heroin, ich begreife ja nicht, wieso ihr da nichts machen könnt. Und Jan Henry soll hier aufwachsen, und er ist nicht gerade der stärkste Charakter auf der Welt, darin ähnelt er seinem Vater.«

»Einen starken Charakter«, Sejer lächelte, »sowas entwickelt man erst nach und nach. Jan Henry hat doch noch ein paar Jahre Zeit. Aber wir haben den möglichen Käufer über die Zeitungen und übers Fernsehen gesucht«, erinnerte er sie, »und niemand hat sich gemeldet. Niemand hat sich getraut. Entweder hat Ihr Mann gelogen, als er an dem Abend von zu Hause weggefahren ist, vielleicht hatte er wirklich etwas ganz anderes vor. Oder dieser Käufer ist wirklich der Mörder.«

»Gelogen?«

Sie starrte ihn empört an. »Wenn Sie glauben, daß er Geheimnisse hatte, dann irren Sie sich. Er war nicht der Typ. Und er ist auch nicht fremdgegangen, er ist bei Frauen nicht mal angekommen, wenn ich ehrlich sein soll. Er hat gesagt, er wollte jemandem das Auto zeigen, und dann ist das auch die Wahrheit.«

Sie sagte das so schlicht und bündig, daß Sejer überzeugt war. Er dachte kurz nach, sah, daß der Kleine sich hereinschlich und vorsichtig hinter seine Mutter trat. Er zwinkerte dem Jungen kurz zu.

»Wenn Sie weiter zurückdenken, gab es dort irgend etwas, das anders war als der Normalzustand? Sagen wir, sechs Monate vor seinem Verschwinden und dann bis zu dem Tag, an dem sein Auto auf dem Schuttplatz gefunden wurde – fällt Ihnen eine Episode – oder eine Periode – ein, wo er anders wirkte, vielleicht besorgt oder so? Ich meine, alles kann wichtig sein. Anrufe? Briefe? Tage, an denen er vielleicht später von der Arbeit kam, Nächte, in denen er schlecht schlief?«

Jorun Einarsson zerkaute noch ein Stück Zucker, und er sah, daß ihre Gedanken in der Zeit zurückwanderten. Sie schüttelte bei irgendeiner Erinnerung leicht den Kopf, verwarf den Gedanken aber und überlegte weiter. Einarsson jr. atmete lautlos und spitzte die Ohren, wie Kinder das eben so machen.

»An einem Abend gab es in der Kneipe Ärger. Ja, das gab es wohl dauernd, und richtig ernst war es auch nicht, aber irgendwer war sternhagelvoll, und der Wirt hat die Polizei angerufen. Das war einer von Egils Kumpels, aus der Brauerei. Egil ist hinterhergefahren und hat sie angefleht, ihn wieder rauszulassen. Er hat versprochen, ihn nach Hause zu fahren und ins Bett zu stecken. Und das hat wohl auch geklappt. In dieser Nacht ist er erst um halb vier morgens nach Hause gekommen, und ich weiß noch, daß er am nächsten Morgen verschlafen hat.«

»Ja? Und hat er Ihnen erzählt, was passiert war?«

»Nein, nur, daß er sturzbesoffen gewesen war. Nicht Egil, meine ich, sondern der andere. Egil war ja mit dem Auto da, er mußte eigentlich zur Frühschicht. Aber ich habe ihn auch nicht gefragt, sowas interessiert mich nicht.«

»Hat er sich oft so um andere gekümmert? Das war doch nett von ihm. Er hätte doch drauf pfeifen und seinen Kumpel seinem Schicksal überlassen können.«

»Er war nicht besonders fürsorglich«, sagte Jorun Einarsson. »Wo Sie schon fragen. Er hat sich sonst nicht viel um andere gekümmert. Ich muß also zugeben, daß ich ein bißchen überrascht darüber war, daß er sich diese Mühe gemacht hatte. Um einen aus der Ausnüchterungszelle zu holen. Doch, ich habe mich wohl ein bißchen gewundert, aber sie waren schließlich befreundet. Ehrlich gesagt habe ich mir deswegen keine großen Gedanken gemacht. Ich meine, das mache ich erst jetzt, weil Sie danach gefragt haben.«

»Wann ungefähr ist das passiert?«

»Ach, Gott, das weiß ich nicht mehr. Eine Weile vor seinem Verschwinden.«

»Wochen? Monate?«

»Nein, ein paar Tage vielleicht.«

»Ein paar Tage? Haben Sie sich an diese Episode erinnert, als wir im Herbst miteinander gesprochen haben? Haben Sie die erwähnt?«

»Ich glaube nicht.«

»Und dieser betrunkene Kumpel, Frau Einarsson, wissen Sie, wer das war?«

Sie schüttelte den Kopf, schaute sich kurz um und entdeckte ihren Sohn.

»Jan Henry! Du solltest doch auf deinem Zimmer bleiben!«

Der Junge stand auf und stahl sich wie ein verjagter Hund aus dem Zimmer. Sie goß Kaffee nach.

»Den Namen, Frau Einarsson«, sagte Sejer leise.

»Nein, das weiß ich nicht mehr«, sagte sie. »Das sind so viele, eine ganze Clique, die sich in dieser Kneipe trifft.«

»Aber am nächsten Morgen hat er verschlafen, stimmt das?«

»Ja.«

»Und in der Brauerei gibt es eine Stechuhr, nicht wahr?«

»Mm.«

Sejer überlegte kurz.

»Und als Sie den Wagen von uns zurückbekommen haben, haben Sie ihn verkauft?«

»Ja. Ich kann mir den Führerschein doch nicht leisten, deshalb habe ich den Wagen an meinen Bruder verkauft. Außerdem brauchte ich das Geld. Den Wagen, und das Werkzeug, das hinten lag. Schraubenschlüssel und einen Wagenheber. Und noch allerlei Kram, von dem ich nicht wußte, wozu er dient. Und irgend etwas fehlte, war verschwunden.«

»Was denn?«

»Das fällt mir jetzt nicht ein. Mein Bruder hat danach gefragt, und wir haben es gesucht, konnten es aber nicht finden. Ich weiß einfach nicht mehr, was das war.«

»Denken Sie nach. Das kann wichtig sein.«

»Nein, ich glaube nicht, daß es etwas Wichtiges war, aber ich weiß es nicht mehr. Wir haben auch in der Garage gesucht.«

»Rufen Sie uns an, wenn es Ihnen noch einfällt. Können Sie Ihren Bruder fragen?«

»Der ist auf Reisen. Aber er kommt ja auch mal wieder nach Hause.«

»Frau Einarsson«, sagte Sejer und erhob sich, »danke für den Kaffee.«

Sie fuhr aus ihrem Sessel hoch, ein bißchen rot und verdutzt, weil er plötzlich gehen wollte, und brachte ihn zur Tür. Er verbeugte sich und ging zum Parkplatz. Als er den Schlüssel ins Schloß steckte, entdeckte er den Kleinen. Der stand mit beiden Füßen in einem Blumenbeet und machte sich heftigst am Erdboden zu schaffen. Seine Turnschuhe sahen schrecklich aus. Sejer winkte.

»Hallo. Will niemand mit dir spielen?«

»Nein.« Der Junge lächelte verlegen. »Warum haben Sie keinen Streifenwagen, Sie sind doch jetzt bei der Arbeit?«

»Gute Frage. Aber weißt du, eigentlich bin ich schon auf dem Heimweg. Ich wohne ein Stück weiter die Straße rauf, und ich brauche so nicht mehr zurück zur Wache, um die Autos auszutauschen.«

Er überlegte kurz. »Bist du schon einmal mit einem Streifenwagen gefahren?«

»Nein.«

»Wenn ich deine Mutter das nächste Mal besuche, dann komme ich mit dem Dienstwagen. Und dann kannst du ein Stück mit mir fahren, wenn du Lust hast.«

Der Junge lächelte von einem Ohr zum anderen, allerdings mit einem gewissen Zweifel, vielleicht aus bitterer Erfahrung.

»Versprochen«, beteuerte Sejer. »Und ich komme bestimmt schon bald wieder.« Er setzte sich hinter das Steuer und fuhr langsam los. Im Rückspiegel sah er einen dünnen Arm winken.

Er dachte noch immer an den Jungen, als er links an der Trabrennbahn und rechts an der Mormonenkirche vorbeifuhr. »Und Gnade dir, Konrad«, sagte er zu sich selber, »wenn du nächstes Mal den Streifenwagen vergißt.«

Emma spielte auf dem Wohnzimmerboden mit einem Bauernhof.

Die Tiere waren ordentlich in Reihen aufgestellt, die hellroten Schweine, die rotweißgefleckten Kühe, die Hühner und die Schafe. Ein Tyrannosaurus Rex überwachte alles, der Kopf mit dem winzigkleinen Gehirn reichte gerade bis an den Scheunengiebel.

In regelmäßigen Abständen lief Emma zum Fenster und hielt eifrig Ausschau nach dem Auto ihres Vaters. Sie verbrachte jedes zweite Wochenende bei ihm und freute sich jedes Mal. Auch Eva wartete. Sie saß angespannt auf dem Sofa und wartete, die Kleine mußte aus dem Haus, damit Eva in Ruhe nachdenken konnte. Normalerweise arbeitete sie an diesen freien Wochenenden. Jetzt war sie vollständig handlungsunfähig. Jetzt sah alles anders aus. Sie hatten ihn gefunden.

Emma hatte den Toten seit Tagen nicht mehr erwähnt. Aber das mußte nicht heißen, daß sie ihn vergessen hatte. Sie konnte ihrer Mutter ansehen, daß er nicht erwähnt werden durfte, und wenn sie auch nicht begriff, warum nicht, nahm sie doch Rücksicht darauf.

Im Atelier stand eine Leinwand auf der Staffelei. Die Leinwand war schon fertig grundiert, schwarz, ohne eine Andeutung von Helligkeit. Eva mochte nicht hinsehen. Erst hatte sie soviel anderes zu erledigen. Sie setzte sich aufs Sofa und horchte ebenso intensiv wie Emma auf das Geräusch des roten Volvo, der jeden Moment auf den Hof fahren konnte. Auf dem Bauernhof herrschte die allerschönste Ordnung, abgesehen von dem grünen Ungeheuer, das hinter der Scheune drohte. Es sah seltsam aus.

»Dieser Dinosaurier paßt wohl nicht ganz dazu, Emma, oder was meinst du?«

Emma zog einen Flunsch.

»Weiß ich doch. Der ist nur zu Besuch.«

»Ach so. Das hätte ich mir ja denken können.«

Eva zog die Beine an und strich den langen Rock über ihren Knien gerade. Versuchte, alle Gedanken aus ihrem Kopf zu verbannen. Emma setzte sich wieder und schob ein Ferkel nach dem anderen unter den Bauch der Sau.

»Eine Zitze fehlt. Das hier kriegt nichts ab.«

Sie hob mit zwei Fingern ein Schweinchen hoch und sah ihre Mutter fragend an.

»Hm. Sowas kommt vor. Solche Ferkel müssen verhungern, oder sie müssen mit der Flasche gefüttert werden, und dazu hat der Bauer meistens keine Zeit.«

Darüber dachte Emma eine Weile nach.

»Der Dino kann es kriegen. Der muß doch auch was essen.«

»Aber der frißt doch nur Gras und Blätter und so, oder nicht?«

»Der hier nicht, das ist ein Fleischfresser«, erklärte Emma und preßte das Ferkel durch die scharfen Zähne des grünen Monstrums.

Eva schüttelte staunend angesichts dieser praktischen Lösung den Kopf. Über Kinder wunderte sie sich immer wieder. Und in diesem Moment hörten sie von draußen ein Motorengeräusch. Emma stürzte so schnell wie möglich auf den Flur, um ihren Vater zu begrüßen.

Eva hob mühsam den Kopf, als er in der Tür auftauchte. Dieser Mann war der Leuchtturm in ihrem Leben gewesen. Wenn Emma neben ihm stand, wirkte sie kleiner und zierlicher als sonst. Die beiden paßten zusammen, beide mit rötlichen Haaren und vielen überflüssigen Kilos. Sie liebten sich auch, und darüber war sie froh. Sie war niemals eifersüchtig gewesen, nicht einmal auf die neue Frau in seinem Leben. Es machte sie sehr traurig, daß er sie verlassen hatte, aber wo das nun einmal geschehen war, wünschte sie ihm viel Glück. So einfach war das.

»Eva!« Er lächelte und nickte, und dabei wippte sein rotblonder Schopf. »Du siehst müde aus.«

»Ich habe im Moment auch einiges am Hals.«

Sie strich sich den Rock gerade.

»Künstlersachen?« fragte er ganz ohne Ironie.

»Nein. Konkrete irdische Angelegenheiten.«

»Sehr ernst?«

»Viel schlimmer, als du dir vorstellen kannst.«

Er dachte kurz über diese Antwort nach und runzelte die Stirn.

»Wenn ich dir irgendwie helfen kann, dann mußt du Bescheid sagen.«

»Es kann schon passieren, daß du mir helfen mußt.«

Er blieb stehen und starrte Eva besorgt an, während Emma an seinem Hosenbein hing; das Kind war so schwer, daß er fast aus dem Gleichgewicht geraten wäre. Er empfand tiefes Mitgefühl, aber sie lebte in einer Welt, die ihm völlig fremd war, einer Künstlerinnenwelt. Er hatte sich dort nie heimisch gefühlt. Und doch war sie ein wichtiger Teil seines Lebens und würde das auch immer bleiben.

»Hol deine Tasche, Emma, und gib Mama einen Kuß.«

Emma gehorchte voller Eifer. Dann verschwanden Vater und Tochter. Eva trat ans Fenster und sah ihnen hinterher, sah zu, wie das Auto losfuhr, dann setzte sie sich wieder. Mit den Beinen auf dem Sofa und dem Kopf über der Rücklehne. Sie schloß die Augen. Es war angenehm halbdunkel im Zimmer, und ziemlich still. Sie atmete so gleichmäßig und ruhig, wie sie konnte, und ließ die Stille in sich einsinken. Sie mußte diese Zeit in vollen Zügen genießen, sich daran erinnern und sie in sich aufbewahren. Sie wußte, daß sie nicht von Dauer sein würde.

Sejer hatte sich einen großzügigen Whisky eingeschenkt und den Hund aus dem Sessel vertrieben. Ein Leonberger-Männchen, siebzig Kilo schwer und fünf Jahre alt, aber eigentlich noch ziemlich kindisch, es hieß Kollberg. Das heißt, eigentlich hieß Kollberg ganz anders, da der Züchter seinen Tieren seine eigenen Namen gab. In diesem Fall hatten sie Liedtitel der Beatles benutzt. Sie hatten ganz vorn im Alphabet angefangen, und als Kollberg geboren wurde, waren sie bei L angekommen. Also wurde ihm der Name »Love me do« verpaßt. Seine Schwester hieß »Lucy in the sky«. Sejer stöhnte bei diesem Gedanken.

Der Hund resignierte mit schwerem Seufzer und legte sich ihm zu Füßen. Der große Kopf ruhte auf Sejers Spann und war schuld daran, daß ihm in seinen Tennissocken der Schweiß ausbrach. Aber Sejer brachte es nicht übers Herz, die Füße wegzuziehen. Außerdem war es auch schön, im Winter zumindest. Er nippte an seinem Whisky und steckte sich eine selbstgedrehte Zigarette an. Das war sein Laster in diesem Leben, das eine Glas Whisky, und eine einzige Selbstgedrehte. Weil er so wenig rauchte, spürte er sofort, daß sein Herz etwas schneller schlug. An stillen Tagen fuhr er zum Fallschirmspringen zum Flugplatz, aber das betrachtete er nicht als Laster, anders, als das bei Elise der Fall gewesen war. Aber jetzt war er schon seit sieben Jahren Witwer, und seine Tochter war erwachsen und versorgt. Außerdem war Sejer kein Waghals, er sprang nur bei idealen Wetterverhältnissen und versuchte sich nie an halsbrecherischen Manövern. Er mochte einfach den rasenden Fall durch die

Luft, das Gefühl, alle Verankerung loszulassen, die schwindelnde Perspektive, die Übersicht, die sie ihm gab, die Bauernhöfe und Felder tief unten mit ihren schönen Mustern in gedämpften Farben, das helle schöne Straßennetz dazwischen, wie das Lymphsystem eines Riesenorganismus, die ordentlichen Reihen von roten, grünen und weißen Häusern. Der Mensch ist wahrlich ein Wesen, das Systeme braucht, dachte er und blies den Rauch zur Lampe hoch.

Auch Egil Einarsson hatte ein System besessen, mit seinem geregelten Leben, der Arbeit in der Brauerei, mit Frau und Sohn, einem festen Freundeskreis und der Kneipe auf dem Südufer. Eine feste Route, Jahr für Jahr, Zuhause, Brauerei, Zuhause, Kneipe, Zuhause. Das Auto mit den vielen winzigen Teilen, die geputzt und geschmiert und nachgezogen werden mußten. Woche um Monat um Jahr. Keinerlei Vorstrafen. Nichts irgendwie Dramatisches war in seinem Leben passiert, er hatte wie alle anderen Kinder die Schule irgendwie hinter sich gebracht, ohne großes Aufsehen zu erregen, war konfirmiert worden, hatte in Göteborg zwei Jahre lang eine Ausbildung als Ingenieur absolviert, für die er dann kaum Verwendung fand, und war schließlich als Brauereiarbeiter geendet. Hatte sich wohl gefühlt. Genug verdient. Hatte im Leben nie die großen Höhen erklommen, hatte aber auch nicht viele Sorgen gehabt. Ein einfacher Bursche. Seine Frau war ziemlich hübsch und nahm ihm sicher einiges ab. Und dann hatte jemand ein Messer in ihn hineingerammt. Fünfzehn Mal, dachte Sejer, wie konnte ein Mann wie Einarsson solche Leidenschaften wecken? Er trank mehr Whisky und ließ seinen Gedanken weiter freien Lauf. Es stimmte natürlich, daß sie neue Namen auf der Liste brauchten, Personen, an die sie noch nicht gedacht hatten, mit denen er reden könnte, damit sich plötzlich ein neuer Winkel ergab und neues Licht über die ganze Tragödie fiel. Immer wieder hatte er an diesem Auto herumgepusselt. Opel Manta, achtundachtziger Modell. Plötzlich wollte er ihn verkaufen. Jemand, irgendwer, hatte sein Interesse daran gezeigt, so mußte es gewesen sein. Er hatte keine Anzeige aufgegeben, hatte niemandem erzählt, daß er ihn verkaufen wollte, das hatten sie überprüft. Sejer zog an seiner Zigarette und behielt den Rauch noch einige Sekunden lang im Mund. Von wem hat er das Auto gekauft, fragte er sich plötzlich. Gerade diese Frage hatte er sich noch nie gestellt. Vielleicht hätte er das tun sollen. Er stand auf und ging zum Telefon. Als er am anderen Ende der Leitung das Klingeln hörte, dachte er, daß es vielleicht schon zu spät sei, um noch irgendwo anzurufen. Frau Einarsson meldete sich beim zweiten Schellen. Sie hörte zu, ohne Fragen zu stellen, und dachte dann kurz nach. »Den Kaufvertrag? Ja, der ist sicher bei den Hauspapieren. Warten Sie einen Moment.«

Er wartete und hörte, wie Schubladen herausgezogen und mit einem Knall wieder zurückgeschoben wurden, und wie Papier raschelte.

»Der ist fast nicht zu lesen«, klagte sie.

»Versuchen Sie es. Ich kann ihn morgen holen, wenn Sie ihn nicht entziffern können.«

»Hier steht auf jeden Fall Erik Børresens gate. Mikkelsen, glaube ich. Vornamen und Hausnummer kann ich nicht lesen. Falls es nicht 5 heißen soll; 5 wäre möglich. Oder 6. Erik Børresens gate 5 oder 6.«

»Das reicht bestimmt. Vielen Dank.«

Er notierte alles auf dem Block neben dem Telefon. Es war wichtig, nichts zu übersehen. Wenn er nicht feststellen konnte, wer sich für das Auto interessiert hatte, dann konnte er immerhin herausfinden, woher es gekommen war. Das war doch auch schon etwas.

Der nächste Tag ging schon zu Ende, als Karlsen mit zwei Krabbenbroten und einer Cola aus der Kantine kam. Er hatte sich gerade gesetzt und eine Krabbe aufgespießt, als Sejer in der Türöffnung auftauchte. Der eher asketische Hauptkommissar hatte zwei Käsebrote und eine Flasche Mineralwasser bei sich, unter seinem Arm klemmte die Zeitung. »Darf ich mich zu dir setzen?«

Karlsen nickte, tunkte die Krabbe in Mayonnaise und schob sie sich in den Mund.

Sejer setzte sich, schob den Stuhl an den Tisch und nahm eine Käsescheibe vom Brot. Er rollte sie zusammen und biß die Spitze ab.

»Ich habe mir Marie Durban aus der Schublade geholt«, sagte er.

»Warum denn? Da gibt es doch sicher keinen Zusammenhang?«

»Wahrscheinlich nicht. Aber bei uns gibt es nicht so viele Morde, und sie sind nur wenige Tage nacheinander passiert. Einarsson hat im Königlichen Wappen verkehrt, Durban hat dreihundert Meter davon entfernt gewohnt. Wir sollten uns das mal genauer ansehen. Schau mal!«

Er stand auf, trat vor den Stadtplan an der Wand und nahm zwei rote Markierungsnadeln aus einer Schachtel. Mit großer Präzision, ohne erst suchen zu müssen, plazierte er eine im Wohnblock in der Tordenskioldsgate und die andere im Königlichen Wappen. Dann setzte er sich wieder.

»Sieh dir die Karte an. Das da ist die gesamte Stadt, die Karte mißt zwei mal drei Meter.«

Er griff nach Karlsens Leselampe, die sich in alle Richtungen verdrehen ließ. Jetzt richtete er das Licht auf die Karte.

»Maja Durban wurde am 1. Oktober ermordet aufgefunden. Am 5. Oktober wurde Einarsson ermordet, zumindest können wir annehmen, daß es an diesem Tag passiert ist. Das hier ist eine brave Kleinstadt, wir waten nicht gerade in solchen Ereignissen, aber sieh mal, wie dicht die Nadeln beieinander sitzen.«

Karlsen starrte auf den Plan. Die Nadel leuchteten wie rote, engsitzende Augen auf dem schwarzweißen Stadtplan.

»Das stimmt natürlich. Aber sie haben sich doch nicht gekannt, soviel wir wissen.«

»Wir wissen so vieles nicht. Wissen wir eigentlich überhaupt etwas?«

»Du bist ja vielleicht pessimistisch! Ich finde aber auf jeden Fall, daß wir Einarssons genetischen Fingerabdruck herstellen und mit Durban vergleichen sollten.«

»Eben. Es ist ja schließlich nicht unser Geld.«

Sie aßen eine Weile schweigend weiter. Daß sie einander sehr schätzten, war klar, wurde aber nicht ausgesprochen. Sie machten deshalb kein Aufhebens, empfanden aber eine solide Sympathie füreinander und pflegten diese voller Geduld. Karlsen war zehn Jahre jünger und hatte eine Frau, die ihn in Anspruch nahm. Deshalb hielt Sejer sich zurück, die Familie galt ihm als heilige Institution. Eine Beamtin, die in der Tür auftauchte, riß ihn aus diesen Gedanken.

»Zwei Mitteilungen«, sagte sie und reichte ihm einen Zettel. »Und Andreassen von TV 2 hat angerufen, er will wissen, ob du dich zum Fall Einarsson äußern magst.«

Sejer erstarrte und verdrehte die Augen.

»Äh, vielleicht ist das etwas für dich, Karlsen? Du bist doch etwas fotogener als ich.«

Karlsen grinste. Sejer mochte einfach nicht öffentlich auftreten; er hatte nur wenige Schwächen, aber das war eine von ihnen.

»Tut mir leid. Muß zu einem Seminar, weißt du das nicht mehr? Bin erst in zehn Tagen wieder da.«

»Frag Skarre. Der wird sicher außer sich vor Begeisterung sein. Soll er ruhig, solange ich nicht unter dieser Höhensonne sitzen muß. Sag ihm jetzt sofort Bescheid!«

Die Beamtin lächelte und verschwand, während Sejer den Zettel studierte. Er warf einen Blick auf die Armbanduhr. »Am kommenden Wochenende ist auf Jarlsberg Seniorenspringen, wenn das Wetter sich hält.« Und: »Jorun Einarsson anrufen.« Er ließ sich Zeit, aß fertig und stellte dann den Stuhl zurück an seinen Platz. »Ich muß mal kurz weg.«

»Ja, meine Güte, du sitzt ja schon fast eine halbe Stunde hier. Dir wächst sicher schon Moos an den Schuhspitzen!«

»Der Fehler ist eben, daß die Leute den ganzen Tag in der Bude hocken«, erwiderte Sejer. »Hier in diesem Haus passiert doch nichts, oder was?«

»Stimmt. Aber du hast wirklich ein verdammtes Talent dafür, dir Aufträge an der frischen Luft zuzuschanzen. Darin bist du wirklich begabt, Konrad.«

»Alles nur eine Frage der Phantasie«, sagte Sejer.

»Du, Moment noch.«

Karlsen schob die Hand in die Hemdtasche und sah verlegen aus.

»Meine Frau hat mir eine Einkaufsliste mitgegeben. Kennst du dich mit solchen Frauensachen aus?«

»Versuch's mal.«

»Hier, unter Schweinekamm, hier steht ›Slipeinlagen‹. Hast du eine Ahnung, was das sein kann?«

»Kannst du nicht anrufen und fragen?«

»Sie kommt nicht ans Telefon.«

»Versuch's mal bei Frau Brenningen. Aber ich finde, das klingt wie Strumpfhosen oder sowas. Viel Glück!« Schmunzelnd verschwand Sejer.

Er hatte sich gerade ins Auto gesetzt und fuhr sich mit den Fingern durch die Haare, als es ihm einfiel. Er stieg wieder aus, schloß ab und ging zu einem Streifenwagen hinüber, das hatte er dem kleinen Einarsson doch versprochen. Mikkelsen war jetzt sicher wie die meisten Leute bei der Arbeit, deshalb steuerte er zuerst die Rosenkrantzgate an. Jorun Einarsson stand auf der kleinen Rasenfläche vor dem Haus und hängte Wäsche auf. Ein Schlafanzug mit einem Bild von Tom und Jerry und ein T-Shirt mit einem Dinosaurier flatterten lustig im Wind. Sie hatte gerade eine schwarze Spitzenunterhose aus dem Wäschekorb genommen, als Sejer vor dem Haus auftauchte, und nun stand sie mit der Hose in der Hand da und wußte nicht so recht, wohin damit.

»Ich hatte es ja nicht weit«, erklärte er höflich und vermied es, ihre Unterwäsche anzusehen. »Deshalb bin ich einfach vorbeigekommen. Aber hängen Sie doch zuerst die Wäsche auf.«

Sie hängte in aller Eile alles auf und nahm den Wäschekorb unter den Arm.

»Ist Ihr Sohn nicht zu Hause?«

»Der ist in der Garage.«

Sie zeigte ihm, wo die Garage lag. »Da ist er immer mit seinem Vater gewesen. Früher. Hat zugesehen, wie der am Auto herumgebastelt hat. Manchmal geht er noch immer hin, und dann sitzt er nur da und starrt die Wand an. Nach einer Weile kommt er wieder zum Vorschein.«

Sejer sah zur Garage hinüber, einer grünen Doppelgarage, dieselbe Farbe wie das Haus. Dann folgte er Frau Einarsson in die Wohnung.

»Was ist denn los, Frau Einarsson?« fragte er ganz direkt. Sie standen vor der Wohnzimmertür. Frau Einarsson stellte den Wäschekorb auf den Boden und strich sich ein paar gebleichte Haarsträhnen aus der Stirn.

»Ich habe meinen Bruder angerufen. Er ist in Stavanger, bei der Eisenwarenmesse. Es war ein Overall. Sie wissen schon. So ein grüner Nylonoverall mit vielen Taschen. Mein Mann hat ihn immer angezogen, wenn er am Auto gearbeitet hat, und sonst hat er ihn im Kofferraum aufbewahrt.

Ich habe danach gesucht, ich wußte noch, daß er ziemlich viel gekostet hatte. Und er wollte ihn zur Hand haben, falls er unterwegs am Auto etwas reparieren müßte, hat er gesagt. Mein Bruder wollte den Overall deshalb auch haben. Als ich den im Auto nicht finden konnte, habe ich in der Garage gesucht. Aber da war er auch nicht. Er ist ganz einfach verschwunden. Der Overall und eine große Taschenlampe.«

»Haben Sie bei uns danach gefragt?«

»Nein, die Polizei darf doch sicher nichts aus einem Auto entfernen, ohne Bescheid zu sagen?«

»Natürlich nicht. Aber sicherheitshalber werde ich das überprüfen. Er hatte den also immer bei sich?«

»Immer. Er war sehr ordentlich, wenn es um das Auto ging. Er ist niemals ohne Reservekanister losgefahren. Und er hatte auch immer Motoröl und Spülerflüssigkeit und eine Kanne mit Wasser dabei. Und den grünen Overall. Die Taschenlampe könnte ich übrigens auch selber brauchen, manchmal brennen hier die Sicherungen durch. Die Stromanlage ist schlecht in Schuß, sie müßte erneuert werden. Aber die Hausverwaltung taugt ganz einfach nichts, sie erhöhen einmal pro Jahr die Miete und behaupten, sie sparten für Balkons. Aber das werde ich wohl nicht mehr erleben. Ja, ja, wie gesagt, das war ein Overall.«

»Das ist wirklich gut zu wissen«, lobte er sie. »Gut, daß es Ihnen eingefallen ist.«

Und für den Mörder war es auch gut, überlegte er. Er konnte den Overall über seine eigene blutige Kleidung anziehen.

Sie errötete kleidsam und nahm wieder den Wäschekorb hoch. Es war ein riesiges Teil aus türkisem Kunststoff, und wenn sie ihn so wie jetzt auf die Hüfte stemmte, erhielt sie eine seltsame und ziemlich schiefe Positur.

»Ich habe Ihrem Kleinen einen Ausflug mit dem Auto versprochen. Darf ich ihn aus der Garage holen?«

Sie sah ihn überrascht an.

»Aber sicher. Aber danach müssen wir weg, es darf also nicht zu lange dauern.«

»Nur einen kleinen Ausflug.«

Er ging aus dem Haus und steuerte die Garage an. Jan Henry saß auf einem Arbeitstisch vor der einen Wand und baumelte mit den Beinen. Er hatte Öl an den Turnschuhen. Als er Sejer erblickte, fuhr er leicht zusammen, dann erhellte sich sein Gesicht.

»Heute bin ich mit dem Streifenwagen da. Und deine Mutter hat mir erlaubt, mit dir einen kleinen Ausflug zu machen, wenn du Lust hast. Du kannst das Martinshorn ausprobieren.«

Jan Henry sprang von dem ziemlich hohen Tisch und brauchte einige Schritte, um das Gleichgewicht wiederzufinden.

»Ist das ein Volvo?«

»Nein, ein Ford.«

Jan Henry lief voraus, und Sejer musterte seine Waden, die fast unnormal dünn und weiß waren. Auf dem Vordersitz des Wagens verschwand der Kleine fast, und es war schwer, den Sicherheitsgurt vorschriftsmäßig zu schließen, aber er ließ es darauf ankommen. Jan Henry konnte gerade über das Armaturenbrett hinwegschauen, wenn er den Hals lang machte. Dann ließ Sejer den Wagen an und fuhr los. Eine Zeitlang war alles still, sie hörten nur das gleichmäßige Dröhnen des Motors und das Rauschen überholender Fahrzeuge. Der Junge hatte die Finger zwischen die Beine geklemmt, als fürchte er, aus purer Unachtsamkeit etwas anzufassen.

»Fehlt dir dein Vater, Jan Henry?« fragte Sejer leise.

Der Junge starrte ihn überrascht an, als sei zum allerersten Mal jemand auf die Idee gekommen, ihm diese Frage zu stellen. Die Antwort war einleuchtend.

»Sehr«, sagte er einfach.

Wieder schwiegen sie. Sejer hielt auf die Spinnerei zu, blinkte rechts und fuhr dann zum Wasserfall hoch.

»In der Garage ist es so still«, sagte der Junge plötzlich.

»Ja. Schade, daß deine Mutter nichts von Autos versteht.«

»Mm. Papa hat immer an dem Auto gearbeitet. Wenn er frei hatte.«

»Und es riecht auch so gut«, Sejer lächelte. »Nach Öl und Benzin und so.«

»Er hat mir einen Overall versprochen«, erzählte Jan Henry. »So einen, wie er hatte. Aber dann ist er ja verschwunden. Der Overall hatte vierzehn Taschen. Ich wollte meinen anziehen, wenn ich mein Fahrrad repariere. Schmieranzug heißen die.«

»Ja, das stimmt. Ich habe auch einen, aber der ist blau, und auf dem Rücken steht FINA. Aber ich weiß nicht, ob er vierzehn Taschen hat. Acht oder zehn vielleicht.«

»Die blauen sind auch schön. Ob es die wohl auch in Kindergrößen gibt?« überlegte Jan Henry.

»Das weiß ich nicht, aber ich werde mich ganz bestimmt erkundigen.«

Sejer versuchte, sich das einzuprägen, blinkte wieder rechts und hielt an. Sie konnten die Gebäude des Norwegischen Rundfunks sehen, die ziemlich idyllisch am Fluß gelegen waren. Er zeigte auf eines der Fenster, die in der Sonne funkelten.

»Wollen wir sie ein bißchen hochnehmen? Mit dem Martinshorn?«

Jan Henry nickte.

»Hier drücken«, Sejer zeigte auf den entsprechenden Hebel. »Dann werden wir ja sehen, ob die da unten scharf auf Neuigkeiten sind. Vielleicht kommen sie mit all ihren Mikrophonen angewetzt!«

Das Martinshorn ließ zuerst ein leises Plopp vernehmen, dann heulte es energisch in der Stille auf, hallte am Hang gegenüber wider und wurde heulend zurückgeworfen. Im Auto klang es nicht so schlimm, aber als die hundert Dezibel eine Weile zu hören gewesen waren, tauchte in einem der glitzernden Fenster das erste Gesicht auf. Dann noch eins. Dann öffnete jemand eine Tür und trat auf die Veranda hinter dem Gebäude. Sie konnten sehen, daß er die Hand hob, um seine Augen vor dem grellen Licht zu schützen.

»Die glauben bestimmt, daß das mindestens ein Mord ist!« rief der Junge.

Sejer schmunzelte und musterte die frühlingsbleichen Gesichter, die zu ihnen heraufsahen.

»So, das reicht. Versuch' mal, ob du es auch wieder ausschalten kannst.«

Das schaffte Jan Henry. Seine Augen strahlten vor Begeisterung, seine Wangen waren rotgefleckt.

»Wie funktioniert das denn?« fragte er aufgeregt.

»Naja«, sagte Sejer und durchwühlte seine Erinnerungen, »das ist so, zuerst macht man einen elektronischen Schwingkreis, der dann einen Vierecks-puls bildet, und das wird durch einen Verstärker verstärkt und durch den Lautsprecher gejagt.«

Jan Henry nickte.

»Und dann variiert es zwischen achthundert und sechzehnhundert Perioden. Also, die Stärke schwingt, damit du es besser hören kannst.«

»In der Martinshornfabrik?«

»Genau. In der Martinshornfabrik. In Amerika oder Spanien. Aber jetzt kaufen wir uns ein Eis, Jan Henry.«

»Ja. Das haben wir verdient, auch, wenn wir keine Schurken gefangen haben.«

Sie fuhren wieder auf die Hauptstraße und bogen links in Richtung Stadt ab. Bei der Trabrennbahn hielt Sejer an, stieg aus und schob den Jungen vor sich her zum Kiosk. Danach mußte er ihm mit dem Papier helfen, das am Eis festklebte. Sie setzten sich auf eine Bank in der Sonne und leckten und schmatzten. Der Junge hatte sich ein Safteis ausgesucht, rot und gelb und oben mit Schokolade, Sejer dagegen aß ein Erdbeereis, wie immer. Er sah keinen Grund, diese Gewohnheit zu ändern.

»Müssen Sie jetzt wieder zur Arbeit?«

Jan Henry wischte sich mit der freien Hand Saft und Zucker vom Kinn.

»Ja, aber zuerst muß ich jemanden besuchen. In der Erik Børresens gate.«

»Ist das ein Schurke?«

»Ach nein«, Sejer lächelte. »Wahrscheinlich nicht.«

»Aber Sie sind nicht ganz sicher? Vielleicht kann der ja doch ein Schurke sein!«

Sejer mußte sich geschlagen geben. Er lächelte.

»Ja, doch, vielleicht. Deshalb fahre ich ja auch hin. Aber ich wäre genauso zufrieden, wenn ich wüßte, daß er kein Schurke ist. Denn dann kann ich ihn von der Liste streichen. Und so machen wir weiter, weißt du, bis nur noch ein Name übrig ist.«

»Der kriegt bestimmt einen tierischen Schreck, wenn Sie mit dem Auto da auftauchen!«

»Ja, bestimmt. Das geht allen so. Das ist wirklich witzig, weißt du, fast alle Leute haben aus irgendeinem Grund ein schlechtes Gewissen. Und wenn ich dann plötzlich vor der Tür stehe, kann ich ihnen richtig ansehen, wie sie in ihrer Erinnerung suchen, um herauszufinden, was ich vielleicht weiß. Wir sollten nicht darüber lachen, aber manchmal kann ich mir das dann doch nicht verkneifen.«

Der Junge nickte und genoß die Gesellschaft dieses klugen Polizisten. Sie aßen ihr Eis zu Ende und gingen zum Auto zurück. Sejer ließ sich am Kiosk eine Papierserviette geben, wischte dem Jungen den Mund ab und half ihm mit dem Sicherheitsgurt.

»Mama und ich fahren in die Stadt und holen Videos. Für sie eins und für mich eins.«

Sejer schaltete und überprüfte den toten Winkel.

»Was willst du denn sehen? Einen Schurkenfilm?«

»Ja. Allein zu Hause 2. Den ersten hab' ich schon zweimal gesehen.«

»Dann müßt ihr mit dem Bus fahren. Wo ihr doch kein Auto habt.«

»Ja. Das dauert ziemlich lange, aber das macht nichts, wir haben ja schließlich Zeit. Früher, als Papa – als wir noch ein Auto hatten, waren wir im Nu hin und zurück.«

Er steckte den Finger in die Nase und bohrte ein bißchen.

»Papa hat sich einen BMW gewünscht. Er hatte sich auch schon einen angeguckt. Einen weißen. Für den Fall, daß diese Frau den Manta haben wollte.«

Sejer wäre fast auf den Bürgersteig gefahren. Sein Herz machte einen kräftigen Sprung, dann riß er sich zusammen.

»Was hast du gerade gesagt, Jan Henry – ich habe nicht richtig zugehört, weißt du.«

»Die Frau. Die unser Auto kaufen wollte.«

»Hat er dir das erzählt?«

»Ja. In der Garage. An dem Tag – am letzten Tag, an dem er zu Hause war.«

»Eine Frau?«

Sejer spürte, wie es ihm kalt den Rücken hinablief.

»Hat er auch gesagt, wie sie hieß?« Er schaute in den Spiegel, wechselte die Fahrspur und hielt den Atem an.

»Ja, der Name stand auf einem Zettel.«

»Ach?«

»Aber ich weiß ihn nicht mehr, das ist doch schon so lange her, weißt du.«

»Auf einem Zettel? Hast du den gesehen?«

»Sicher, er hatte ihn in einer von den Overalltaschen. Er lag auf dem Rücken unter dem Auto, und ich saß auf dem Tisch, wie immer. Nein, es war eigentlich kein Zettel, es war ein Blatt Papier. Oder ein halbes Blatt Papier.«

»Aber du sagst, du hast es gesehen – hat er es aus der Tasche genommen?«

»Sicher. Aus der Brusttasche. Er hat den Namen gelesen, und dann ...«

»Dann hat er das Papier wieder in die Tasche gesteckt?«

»Nein.«

»Hat er es weggeworfen?«

»Ich weiß nicht mehr, was er damit gemacht hat«, sagte Jan Henry traurig.

»Wenn du ganz scharf nachdenkst, meinst du, das fällt dir wieder ein?«

»Ich weiß nicht.«

Der Junge blickte den Polizisten ernst an, langsam ging ihm auf, daß dieser Zettel wichtig war.

»Aber wenn es mir einfällt, dann sage ich Bescheid«, flüsterte er.

»Jan Henry«, sagte Sejer leise, »das ist sehr sehr wichtig.«

Sie hatten das grüne Haus erreicht.

»Ich weiß.«

»Wenn dir also irgend etwas über diese Frau einfällt, egal was, dann mußt du deiner Mutter sofort Bescheid sagen, damit sie mich anruft.«

»Sicher. Wenn mir etwas einfällt. Aber es ist doch schon so lange her.«

»Das stimmt. Aber es ist möglich, wenn man sich

sehr anstrengt und an eine Sache denkt, jeden Tag – daß einem wieder einfällt, was man vergessen hatte.«

»Machen Sie's gut«, sagte Jan Henry.

»Bis bald«, erwiderte Sejer.

Sejer wendete und sah im Rückspiegel, wie der Junge zum Haus rannte.

»Das hätte ich mir doch denken können«, sagte er zu sich selber, »daß der Kleine etwas weiß. Wo er doch immer mit seinem Vater in der Garage herumgehangen hat. Daß ich es auch nie lerne!«

Eine Frau.

Er dachte daran, als er vor dem Gericht parkte und die wenigen Meter zur Erik Børresens gate ging. Vielleicht waren sie auch zu zweit. Die Frau sollte ihn herauslocken, und ein Mann wartete im Hintergrund und übernahm die grobe Arbeit. Aber warum?

In der Erik Børresens gate 6 lag ein Laden für sanitäre Artikel, deshalb ging Sejer zur Nummer 5, wo er im ersten Stock einen J. Mikkelsen fand. Dieser entpuppte sich als Arbeitsloser, deshalb war er zu Hause. Ein Mann von Mitte 20 mit Löchern an beiden Knien seiner Jeans.

»Kennen Sie Egil Einarsson?« fragte Sejer und wartete auf die Reaktion des Mannes. Sie saßen einander gegenüber am Küchentisch. Mikkelsen schob einen Stapel Lottozettel, Salz- und Pfefferstreuer und die neueste Nummer einer Herrenzeitschrift beiseite.

»Einarsson? Das klingt bekannt, aber ich weiß

nicht, wieso. Einarsson. Klingt wie ein isländischer Name.«

Mikkelsen hatte wohl kaum etwas zu verbergen. So gesehen war es natürlich Zeitverschwendung, daß Sejer hier mitten am Tag vor einer karierten Wachstuchdecke saß und die Nase in eine blinde Spur steckte.

»Er ist tot. Er ist vor zwei Wochen aus dem Fluß gefischt worden.«

»Aaaah ja!«

Mikkelsen rieb seinen dünnen goldenen Ohrring und nickte heftig.

»Das habe ich natürlich in der Zeitung gelesen. Erstochen. Ja, dann weiß ich Bescheid, Einarsson, ja. Wir haben hier bald amerikanische Zustände, und das liegt am vielen Rauschgift, wenn Sie mich fragen.«

Das tat Sejer nicht. Er schwieg und wartete, beobachtete neugierig das junge Gesicht mit dem schnurgeraden Haaransatz, dem zu verdanken war, daß dem Mann der Pferdeschwanz ausgezeichnet stand. Das ist nur bei wenigen der Fall, dachte Sejer, die meisten sehen damit unmöglich aus.

»Ja, aber ich habe ihn nicht gekannt.«

»Sie wissen also nicht, was er für ein Auto hatte?«

»Auto? Nein, Himmel, woher sollte ich das wissen?«

»Er hatte einen Opel Manta. Achtundachtziger Modell. Fast ungewöhnlich gut in Schuß. Und den hat er von Ihnen gekauft, vor zwei Jahren.«

»O verdammt! Der ist das also!«

Mikkelsen nickte. »Ja, natürlich, deshalb kam der Name mir bekannt vor. O verflixt.«

Er streckte die Hand nach einer Packung Nikotinkaugummi aus, stellte sie hochkant, tippte sie an und drehte sie wieder um.

»Woher um alles in der Welt wissen Sie das denn?«

»Sie haben doch einen Kaufvertrag gemacht, wie das nun mal üblich ist. Hatten Sie eine Anzeige aufgegeben?«

»Nein, ich hatte ein Plakat ins Fenster gehängt. Um das Geld zu sparen. Er rief schon nach zwei Tagen an. Er war übrigens ein komischer Vogel. Er hatte seit einer Ewigkeit gespart und hat gleich bar bezahlt.«

»Warum wollten Sie verkaufen?«

»Ich wollte nicht. Ich wurde arbeitslos, und deshalb konnte ich mir kein Auto mehr leisten.«

»Sie haben jetzt also keins?«

»Doch, das schon. Ich habe einen Escort, den habe ich bei einer Versteigerung gekauft, einen alten. Aber meistens steht der herum, ich habe kein Geld für Benzin, solange ich von der Sozialhilfe lebe.«

»Ja, das ist wohl richtig.«

Sejer erhob sich.

»Nein, das ist überhaupt nicht richtig, wenn Sie mich fragen.«

Beide grinsten kurz.

»Bringen die was?« fragte Sejer und zeigte auf die Kaugummipackung. Der andere dachte kurz nach. »Doch, ja, im Grunde schon, aber sie machen süchtig. Und teuer sind sie auch. Und sie schmecken ganz scheußlich, ungefähr so, als ob man auf einer Kippe herumkaut.«

Sejer ging, strich Mikkelsens Namen oben von der Liste und fügte ihn unten wieder an. Überquerte die Straße und spürte, wie die Sonne ihn durch die Lederjacke hindurch warm werden ließ. Es war die beste Zeit des Jahres, der Sommer lag noch vor ihm, ein Traum von einem Ferienhaus auf Sandøya, von Sonne und Meer und Salzwasser, der Essenz aller früheren Sommer, aller gelungenen Ferien. Ab und zu war er ein bißchen besorgt, aus purer bitterer Erfahrung von verregneten, windigen Sommern, von denen es auch etliche gegeben hatte. Aber in den sonnigen Sommern fand er Frieden, dann war er nicht so nervös.

Jetzt lief er die flache Treppe hoch, stieß die Tür auf und nickte Frau Brenningen in der Rezeption kurz zu. Frau Brenningen war im Grunde eine hübsche Frau, blond und freundlich. Nicht, daß er den Frauen hinterherlief, vielleicht hätte er das tun sollen, aber das hatte noch Zeit. Bis auf weiteres begnügte er sich damit, sie anzusehen.

»Ist das spannend?« fragte er und nickte in Richtung auf das Buch, in dem sie zwischendurch las.

»Gar nicht schlecht«, sie lächelte. »Intrigen, Macht und Begierde.«

»Klingt wie unsere eigene Branche.«

Er entschied sich für die Treppe, schloß die Tür hinter sich und ließ sich in den Sessel von Kinnarps fallen, den er selber bezahlt hatte. Dann erhob er sich wieder, nahm Maja Durbans Ordner aus dem Aktenschrank, setzte sich und fing an zu lesen. Betrachtete eine Weile ihre Fotos, zuerst das eine, auf dem sie noch lebte, eine hübsche, etwas mollige Frau mit rundem Gesicht und schwarzen Brauen. Schmale Augen. Ziemlich kurzgeschnittene Haare. Die standen ihr gut. Eine anziehende Frau auf der Sonnenseite des Lebens, ihr Lächeln verriet einiges darüber, wer sie war, ein freches, neckendes Lächeln, das ihr Grübchen in die Wangen zauberte. Auf dem anderen Bild lag sie auf dem Rücken im Bett und starrte aus weit offenen Augen die Decke an. Ihr Gesicht brachte weder Angst noch Überraschung zum Ausdruck. Es drückte überhaupt nichts aus, es sah aus wie eine farblose Maske, die jemand auf ein Bett geworfen hatte.

Der Ordner enthielt auch etliche Bilder aus der Wohnung. Ordentliche, schöne Räume mit hübschen Gegenständen, feminin, aber ohne Spitzen und Pastelltöne, Möbel und Teppiche wiesen kräftige Farben auf, rot, grün, gelb, Farben, wie eine starke Frau sie sich aussucht, überlegte er. Nichts deutete an, was geschehen war, kein Gegenstand war zerbrochen oder umgefallen, alles schien lautlos und ruhig vor sich gegangen zu sein. Und als vollständige Überrumplung. Sie hatte ihn gekannt. Hatte ihm die Tür geöffnet und sich ausgezogen. Zuerst hatten sie sich geliebt, und nichts legte die Annahme nahe, es sei gegen ihren Willen geschehen. Und dann war irgend etwas passiert. Ein Zusammenbruch, ein Kurzschluß. Und ein starker Mann konnte innerhalb weniger Sekunden aus einer kleinen Frau das Leben herauspressen, das wußte er, kurz mit den Beinen strampeln, dann war alles vorbei. Niemand hört einen Schrei, wenn die Frau einen Schalldämpfer aus Eiderdaunen vor dem Mund hat, überlegte er. Die Spermienreste, die im Opfer gefunden worden waren, waren DNA-getestet worden, aber da sie noch kein eigenes Register dafür hatten, half das auch nicht weiter. Der Antrag auf ein solches Register lag beim Parlament und sollte irgendwann im Frühling behandelt werden. Und danach, dachte er, sollten alle Menschen mit gesunden Körperfunktionen sich bei Auseinandersetzungen vorsehen. Alle menschlichen Hinterlassenschaften können zusammengekratzt und DNA-getestet werden, mit einer Fehlerquote von eins zu siebzehn Milliarden. Sie hatten eine Weile mit dem Gedanken gespielt, um die Erlaubnis zu bitten, alle männlichen Einwohner der Stadt, die zwischen achtzehn und fünfzig Jahren alt waren, zu einem Test kommen zu lassen. Es hatte sich jedoch herausgestellt, daß sie dann Tausende von Männern einberufen müßten. Die Aktion hätte Millionen gekostet und vielleicht zwei Jahre gedauert. Die Justizministerin hatte den Vorschlag allerdings äußerst ernsthaft geprüft, bis sie genauer über den Fall und das Opfer informiert worden war. Marie Durban war solche Summen nicht wert. Das konnte er im Grunde verstehen. Ab und zu fabulierte er von einem zukünftigen System, in dem alle norwegischen Staatsbürger bei ihrer Geburt automatisch getestet und dem Register einverleibt werden würden. Diese Möglichkeit eröffnete schwindelnde Perspektiven. Er las noch eine Weile die Verhörprotokolle, leider gab es nicht viele, drei Kolleginnen, fünf Nachbarn aus ihrem Block, und zwei männliche Bekannte, die behaupteten, sie nur oberflächlich gekannt zu haben. Und schließlich diese Jugendfreundin mit ihrer verquasten Aussage. Vielleicht hatten sie die zu billig davonkommen lassen, vielleicht wußte sie mehr, als sie zugeben wollte. Ein leicht neurotischer Typ, aber sicher ehrlich, jedenfalls hatte er niemals einen Grund gehabt, sie vorzuladen. Und warum hätte sie Durban umbringen sollen? Eine Freundin bringt keine Freundin um, dachte er. Im übrigen hatte sie einen gewissen Eindruck auf ihn gemacht, diese langbeinige Malerin mit den schönen Haaren, Eva Marie Magnus.

Niemand bei der Technik konnte sich an einen grünen Overall erinnern.

Sie hatten auch keine Taschenlampe und keinen Zettel mit einem Namen und einer Telefonnummer gesehen. Das Handschuhfach war geleert und sein Inhalt untersucht worden, es handelte sich um die üblichen Dinge, die man im Handschuhfach aufbewahrt, Wagenpapiere, Wartungsanleitung, Stadtplan, eine Schachtel Zigaretten, Schokoladenpapier. Zwei leere Wegwerffeuerzeuge. Und, obwohl seine Frau ihm die Wirkung auf andere Frauen abgesprochen hatte – eine Packung Black Jack. Alles war pflichtgemäß notiert worden.

Danach rief Sejer in der Brauerei an. Er ließ sich zum Personalchef durchstellen, ein zuvorkommender Mann mit Resten eines nordnorwegischen Akzentes meldete sich.

»Einarsson? Ja, natürlich kann ich mich an ihn erinnern. Das ist wirklich eine schlimme Geschichte, er hatte ja auch Familie, soviel ich weiß. Aber er war einer unserer wirklich zuverlässigen Leute. Hat fast nie gefehlt, das sehe ich gerade, in den ganzen sieben Jahren nicht. Und das sagt ja wohl einiges. Aber ich sehe mal im September, Oktober letzten Jahres nach.« Sejer konnte hören, daß der andere in seinen Papieren blätterte.

»Es kann eine Weile dauern, hier arbeiten schließlich hundertfünfzig Mann. Soll ich vielleicht zurückrufen?«

»Ich warte lieber.«

»Na gut.«

Die Stimme wich einem Trinklied, das nun durch die Leitung dröhnte. Mein Mann ist gefahren ins Heu. Im Grunde nicht schlecht, dachte Sejer, jedenfalls besser als die übliche Plastikmusik. Es war eine dänische Version, mit Akkordeon, richtig schmissig.

»Ja, genau.«

Er räusperte sich.

»Sind Sie noch da? Er hat an einem Tag im Oktober seine Karte ziemlich spät abgestempelt, sehe ich gerade. Am 2. Oktober. Da kam er erst um halb zehn. Hatte wohl verschlafen. Diese Jungs sitzen da doch ziemlich viel in der Kneipe herum.«

Sejer trommelte mit den Fingern.

»Vielen Dank. Aber noch eine Kleinigkeit, wo ich Sie schon an der Strippe habe. Frau Einarsson ist jetzt allein mit ihrem sechs Jahre alten Sohn, und sie hat von Ihnen wohl noch kein Geld bekommen, kann das stimmen?«

»Hm, ja, das ist wohl richtig.«

»Wie ist das möglich? Einarsson war doch über die Firma versichert, oder nicht?«

»Doch, ja, doch, ja, aber wir konnten doch nicht sicher wissen, was passiert war. Und dann sind die Regeln eindeutig. Es kommt doch auch vor, daß Leute sich einfach verdrücken. Egal warum, man weiß ja nie, die Leute kommen heutzutage auf die seltsamsten Ideen.«

»Aber dann hätte er sich erst die Mühe machen und ein Huhn oder so schlachten müssen«, sagte Sejer trocken. »Um das Blut über sein Auto zu gießen. Ich gehe davon aus, daß Sie die Einzelheiten gehört haben?«

»Ja, das ist schon richtig. Aber ich kann versprechen, daß ich die Sache forcieren werde, wir haben jetzt ja, was wir brauchen.«

Er schien verlegen zu sein. Sein Finnmark-Akzent kam immer stärker durch.

»Dann verlasse ich mich darauf«, sagte Sejer.

Und er nickte langsam. Es war schon seltsam, und es konnte natürlich ein Zufall sein. Daß Einarsson genau an diesem Tag verschlafen hatte. Am Tag nach dem Mord an Maja Durban.

Um das Königliche Wappen zu erreichen, mußte er über die Brücke. Er fuhr langsam und bewunderte die Skulpturen, die im Abstand von einigen Metern zu beiden Seiten aufgestellt waren. Sie stellten Frauen bei der Arbeit dar, Frauen mit Krügen auf dem Kopf, mit Säuglingen im Arm, oder tanzende Frauen. Eine zum Schwindeln schöne Vorstellung hoch über dem schmutzigen Flußwasser. Danach bog er beim alten Hotel rechts ab und fuhr langsam durch die Einbahnstraße.

Er hielt an und schloß den Wagen ab. Das Lokal war dunkel und stickig, Wände und Möbel und überhaupt alles Inventar waren in Tabak und Schweiß gebeizt, ihr Geruch war wie eine Imprägnierung ins Holz eingezogen und hatte der Kneipe die Patina gegeben, die die Gäste wünschten. Und wirklich hing das Königliche Wappen in Form von alten Schwertern, Revolvern und Gewehren an den mit Jute verkleideten Wänden, sogar eine fesche alte Armbrust war vertreten. Sejer blieb vor dem Tresen stehen, um seine Augen zuerst an die Dunkelheit zu gewöhnen. Hinten im Lokal sah er eine doppelte Schwingtür. Jetzt öffnete die sich, und ein kleinwüchsiger Mann in weißer Kochjacke und Hosen in Pepitamuster kam zum Vorschein.

»Sind Sie der Geschäftsführer?«

»Ja. Aber ich kaufe nicht an der Tür.«

»Polizei«, sagte Sejer.

»Das ist etwas anderes. Ich mach' nur schnell die Gefriertruhe zu.«

Der Mann verschwand. Sejer sah sich um. Die Kneipe hatte zwölf hufeisenförmig plazierte Tische, an jedem Tisch hatten sechs Gäste Platz. Im Moment war kein Mensch im Lokal, die Aschenbecher waren leer, und in den Kerzenhaltern fehlten die Kerzen.

Der Koch, der also der Geschäftsführer war, kam wieder durch die Schwingtüren und nickte zuvorkommend. Statt einer Kochmütze benutzte er Fett oder Gelee oder eine andere bindende Masse, seine Haare lagen so schwarz und blank an seinem Kopf an wie ein Mistkäferpanzer. Nur ein Orkan könnte vielleicht ein Haar erwischen und in die Suppe wirbeln, überlegte Sejer.

»Sind Sie jeden Abend hier?«

Der Mann hob seinen Hintern auf einen Barhocker.

»Yes, Sir, jeden einzelnen Abend. Abgesehen vom Montag, dann haben wir geschlossen.«

»Ganz schön unbequeme Arbeitszeit, nehme ich an. Jede Nacht bis zwei geöffnet?«

»Wenn man Weib und Kind und Hund und Auto und Boot und Ferienhaus im Gebirge hat – dann ja, unbedingt. Aber ich habe nichts von alledem.«

Er lächelte breit. »Für mich ist der Job ideal. Und ich fühle mich wohl und komm' gut mit den Jungs aus, die hier trinken. Wissen Sie, wir sind eine einzige große Familie!«

Er umarmte einen Kubikmeter Luft und machte einen kleinen Sprung, um auf den Barhocker zu gelangen.

»Gut.«

Sejer mußte über den kleinen Mann in der karierten Hose lächeln. Er war vielleicht Mitte vierzig, die weiße Jacke war strahlend sauber, und das galt auch für seine Fingernägel.

»Sie kennen doch die Leute aus der Brauerei, die oft herkommen, nicht wahr?«

»Kamen. Die Clique hat sich mehr oder weniger aufgelöst. Ich weiß nicht so recht, warum. Aber der Löwe ist nicht mehr da, das wird der Grund sein.«

»Der Löwe?«

»Egil Einarsson. Der Partylöwe. Hat irgendwie alles zusammengehalten. Sie kommen doch sicher seinetwegen?«

»Haben sie ihn wirklich so genannt?«

Der andere lächelte, fischte zwei Erdnüsse aus einer Schale und schnippte sie zu Sejer hinüber. Sie erinnerten Sejer an kleine fette Larven, und er ließ sie liegen.

»Aber sie waren doch eine ziemlich große Gruppe?«

»So insgesamt zehn bis zwölf Mann – der harte Kern bestand aus vier oder fünf Jungs, die fast jeden Tag hier saßen. Ich war mir wirklich sicher, daß die Jungs hier bleiben würden. Keine Ahnung, was passiert ist, abgesehen davon, daß irgendwer den Löwen erstochen hat. Und warum der Rest wegbleibt, begreife ich nicht. Traurig. An den Jungs haben wir hier wirklich gut verdient. Und es war nett mit ihnen. Angenehme Burschen.«

»Erzählen Sie mir. Was haben die hier gemacht? Worüber haben sie sich unterhalten?«

Der andere strich sich die Haare glatt, eine völlig überflüssige Korrektur.

»Haben viel Darts geworfen.«

Er zeigte auf eine riesige Zielscheibe hinten im Lokal.

»Haben Turniere veranstaltet und so. Gequatscht und gelacht und diskutiert. Getrunken und gelacht und herumgejuxt. Hier konnten sie sich einfach gehen lassen, hatten nie ihre Frauen bei sich. Das hier ist eine Männerkneipe.«

»Und worüber haben sie gesprochen?«

»Autos, Frauen, Fußball. Und über die Arbeit, wenn da irgendwas passiert war. Und über Frauen, habe ich das schon erwähnt?«

»Sie haben sich auch gestritten?«

»Ja, sicher, aber nicht ernsthaft. Ich meine, sie haben sich immer als Freunde getrennt.«

»Haben Sie ihre Namen gekannt?«

»Naja, wenn Sie Löwe und Peddik und Herr Graf als Namen gelten lassen – ich habe keine Ahnung, wie sie wirklich heißen. Abgesehen von Arvesen, das war der Jüngste von allen, Nico Arvesen.«

»Wer ist der Herr Graf?«

»Ein Graphiker. Hat Plakate und Werbematerial für die Brauerei gemacht, übrigens richtig schöne Sachen. Keine Ahnung, wie er heißt.«

»Kann einer von denen Einarsson erstochen haben?«

»Nein, wirklich nicht. Das muß jemand anderes gewesen sein. Die waren doch alle befreundet.«

»Haben sie Maja Durban gekannt?«

»Das taten doch alle. Sie nicht?«

Sejer überhörte diese Frage.

»An dem Abend, an dem Durban umgebracht worden ist, hatten Sie hier Ärger, nicht wahr?«

»Stimmt. Und daß ich das noch weiß, kommt nur vom Blaulicht. Normalerweise haben wir mit Streitereien keine Probleme. Aber so ganz lassen die sich nicht vermeiden.«

»Hatte der Ärger schon angefangen, als unsere Einsatzwagen kamen, oder war das nachher?«

»Oi, da muß ich erst mal nachdenken.«

Der Mann kaute auf seinen Erdnüssen herum und leckte sich die Lippen. »Vorher, glaube ich.«

»Wissen Sie, was da los war?«

»Suff, natürlich. Peddik hatte zuviel getankt. Mußte die Bullen anrufen, obwohl ich das eigentlich nicht will. Es geht mir an die Ehre, wenn ich nicht selber Ordnung schaffen kann, aber an diesem Abend ging es nun mal nicht. Der Typ ist total ausgerastet, ich bin ja kein Arzt, aber mir kam es vor wie eine Art Delirium.«

»Aber war er sonst nicht so streitsüchtig?«

»Er war ein bißchen hitzig, das schon. Aber da war er nicht der einzige. Die waren allesamt ziemlich laut. Der Löwe war übrigens von der ruhigeren Sorte, hat manchmal ein bißchen geblubbert, Sie wissen schon, wie die Erdstöße in San Francisco, bei denen die Gläser im Schrank mal kurz klirren. Viel ist dabei nur selten herausgekommen. Er war oft mit dem Auto hier, und dann hat er Cola oder Seven Up getrunken. Und er hat bei ihren Turnieren immer Buch geführt.«

»Und unsere Leute haben ihn dann eingebuchtet, diesen Peddik?«

»Genau. Aber nachher habe ich erfahren, daß sie es sich danach anders überlegt haben.«

»Einarsson hat sich für ihn eingesetzt.«

»Ach, meine Güte, ist das denn möglich?«

»Naja, auch wir lassen mit uns reden. Nichts geht über soziale Netzwerke, wissen Sie, davon haben wir viel zu wenige. Sie haben nicht zufällig irgendein Wort aufgeschnappt? Mitten im ganzen Krach?«

»Doch, das ließ sich nicht vermeiden. ›Verdammtes Frauenzimmer‹ und so.«

»Also eine Frauengeschichte?«

»Bestimmt nicht. Nur viel Promille, und dann greifen sie zum nächstliegenden Thema. Seine Ehe war wohl nicht besonders heiß, deshalb sind sie ja schließlich hergekommen, nicht wahr?«

Der Mann fischte aus einem Behälter auf dem Tresen einen Zahnstocher und reinigte sich damit die Fingernägel. »Meinen Sie, zwischen beiden Morden besteht ein Zusammenhang?«

»Keine Ahnung«, sagte Sejer. »Aber ich muß einfach danach fragen, wo ich schon hier sitze und aus dem Fenster schaue und ihren Block sehen kann. Fast wenigstens.«

»Das kann ich verstehen. Tolle Frau, übrigens. So sollen Mädels aussehen!«

»War sie oft hier?«

»Nix. Die hatte feinere Angewohnheiten. Ein seltenes Mal hat sie hereingeschaut, nur, um in Rekordzeit einen Cognac zu kippen und wieder zu verschwinden. Hatte nicht viel Freizeit, glaube ich. Fleißige Kleine. Hat wirklich rangeklotzt.«

»Diese Jungs, die hier getrunken haben, die haben doch sicher über den Mord geredet?«

»Der Mord lag hier mitten im Laden wie ein frischer Kuhfladen, und sie sind wochenlang darum herumgeschwirrt. So sind die Menschen eben.«

Sejer stand auf.

»Und jetzt kommen sie nicht mehr her?«

»Doch, sie schauen schon mal rein, aber nicht mehr regelmäßig. Und nicht mehr gleichzeitig. Trinken nur zwei Halbe und gehen dann wieder. Entschuldigung«, sagte der andere dann plötzlich, »ich hätte Ihnen natürlich etwas zu trinken anbieten müssen.«

»Das habe ich dann eben noch gut. Vielleicht schaue ich auch mal rein und trinke einen Halben. Sind Sie ein guter Koch?«

»Kommen Sie doch mal abends und probieren Sie das Cordon Bleu.«

Sejer verließ das Lokal und blieb im Tageslicht abrupt stehen. Der Koch war ihm gefolgt.

»Hier war nach dem Mord an Durban schon mal ein Bulle. So ein englischer Dandy, mit Schnurrbart.«

»Karlsen«, lächelte Sejer. »Der ist aus Hokksund.«

»Ja, ja, er kann ja trotzdem in Ordnung sein.«

»Ist Ihnen aufgefallen, ob einer von den Jungs während des Abends verschwunden und danach wiedergekommen ist?«

»Das mußte ja kommen«, grinste der Koch. »Diese Frage, meine ich. Aber das weiß ich wirklich nicht mehr. Die sind oft raus und wieder reingelaufen, und es ist schließlich ein halbes Jahr her. Sie sind manchmal um sieben ins Kino gegangen und dann wieder hergekommen, sie haben im Peking gegessen und sich dann hier vollaufen lassen. Einarsson ging manchmal zwischendurch Tabak kaufen, ich führe seine Marke nicht. Aber wie das an dem Abend war, weiß ich wirklich nicht. Dafür haben Sie hoffentlich Verständnis.«

»Vielen Dank für Ihre Auskünfte. Es war jedenfalls nett bei Ihnen.«

Auf dem Heimweg hielt er bei der Fina-Tankstelle. Er ging in den Laden und nahm sich eine Zeitung aus dem Gestell. Hinter dem Tresen stand eine hübsche junge Blondine mit Locken. Ein bißchen fülliges Gesicht, runde, goldene Wangen, wie frischgebackene Rosinenbrötchen. Aber da sie nicht älter sein konnte als siebzehn, gestattete er sich nur väterliche Gefühle.

»Sie haben einen schönen Overall an«, sagte er und zeigte darauf, »so einer liegt bei mir zu Hause in der Garage.«

»Ja?« Sie lächelte fragend.

»Wissen Sie, ob die auch in Kindergrößen lieferbar sind?«

»Ach, Gott, da habe ich wirklich keine Ahnung.«

»Können Sie irgendwen fragen?«

»Sicher, aber dann muß ich anrufen.«

Sejer nickte und schlug die Zeitung auf, während die Frau eine Nummer wählte. Er mochte den Geruch hier im Laden, eine Mischung aus Öl und süßer Schokolade, Tabak und Benzin.

»Die kleinste Größe ist für zehn Jahre. Kostet zweihundertfünfundzwanzig Kronen.«

»Könnten Sie mir einen bestellen? Den kleinsten? Der ist zwar noch ein bißchen zu groß, aber der Junge wächst ja schließlich noch.«

Sie nickte, er legte seine Karte auf den Tresen und bedankte sich, nahm die Zeitung und ging. Als er nach Hause kam, nahm er eine Packung Sauerrahmbrei aus der Gefriertruhe. Er war fertig gekauft, schmeckte aber sehr gut. Sejer war kein besonders guter Koch, kochen war in Elises Ressort gefallen. Ihm war das jetzt irgendwie egal. Früher hatte er den Hunger als bohrendes Gefühl im Magen empfunden, manchmal war er sehr gespannt gewesen, was Elise wohl im Kochtopf hatte. Jetzt war der Hunger eher ein kläffender Hund, und wenn er wirklich Krach machte, warf er ihm eine Portion Hundekuchen hin. Sejers Stärke war das Spülen. An jedem Tag ihrer langen Beziehung, die über zwanzig Jahre gedauert hatte, hatte er gespült. Er ließ sich auf den Stuhl am Küchentisch sinken, aß langsam seinen Brei und trank dazu ein Glas Saft. Seine Gedanken wanderten und landeten bei Eva Magnus. Er suchte nach einem Vorwand, um sie noch einmal aufzusuchen, konnte aber keinen finden. Ihre Tochter war vielleicht im selben Alter wie Jan Henry. Und der Ehemann hatte sie verlassen und war Marie Durban wahrscheinlich nie begegnet. Aber deshalb war es ja nicht verboten, mit ihm zu sprechen, von Durban gehört hatte er sicher. Sejer wußte, daß die Kleine jedes zweite Wochenende bei ihrem Vater verbrachte, der wohnte also in der Gegend. Er versuchte, sich an den Namen zu erinnern, aber er fiel ihm nicht mehr ein. Doch der ließ sich feststellen. Einfach sicherheitshalber, man wußte ja nie. Ein neuer Name für die Liste. Und Zeit hatte er genug.

Er aß zu Ende, spülte den Teller kurz ab und ging zum Telefon. Rief im Klub an und ließ sich für den nächsten Samstag fürs Springen eintragen, falls es nicht zu windig wäre, denn Wind konnte er nicht vertragen. Danach schlug er im Telefonbuch den Namen Magnus nach, ließ den Finger langsam über die Namensspalten gleiten. Bis er glaubte, einen wiederzuerkennen: Jostein Magnus. Dipl. Ing. Adresse: Lille Frydenlund. Sejer ging wieder in die Küche, machte sich eine große Tasse Kaffee und setzte sich im Wohnzimmer in einen Sessel. Sofort kam Kollberg und legte ihm den Kopf auf die Füße. Sejer öffnete die Zeitung, und mitten in einem glühenden Appell für die Europäische Union schlief er ein.

Emma war wieder zu Hause, und das war eine Erleichterung. Eva dachte immer wieder dasselbe, es war besser, die Kleine in der Nähe zu haben, dann war sie immerhin beschäftigt. Jetzt konnte sie nur noch warten. Sie nahm ihre Tochter an der Hand, an der weichen, molligen Hand, und ging mit ihr zum Auto. Die rosa Schultasche, die bei Evas Vater auf sie wartete, hatte sie noch mit keinem Wort erwähnt, die sollte eine Überraschung sein. Sie wollte ihren Vater nicht um das Freudengeheul bringen, das gab es in seinem Leben nicht allzu oft. Emma stieg hinten ins Auto und schnallte sich an, sie trug einen kastanienbraunen Hosenanzug, der ihr ziemlich gut stand, und Eva hatte ihr beim Frisieren geholfen. Evas Vater wohnte ein Stück weit entfernt, vielleicht eine gute halbe Stunde mit dem Auto, und schon nach fünf Minuten fing Emma an zu quengeln. Eva war irritiert. Ihre Nerven waren zum Zerreißen gespannt, sie konnte nicht viel vertragen.

»Krieg' ich ein Eis?«

»Wir sind gerade erst losgefahren. Wir können doch wohl ein einziges Mal zu Opa fahren, ohne etwas zu kaufen.«

»Nur ein Safteis?«

Du bist zu dick, dachte Eva, du solltest bis auf weiteres überhaupt nichts mehr essen.

Sie hatte das Emma aber nie gesagt. Sie stellte sich vor, ihre Tochter sei sich dessen selber nicht bewußt, und wenn sie es laut sagte, würde das Fett zum ersten Mal zum wirklichen Problem werden. Und für Emma selber sichtbar sein.

»Laß uns auf jeden Fall erst aus der Stadt herausfahren«, sagte Eva kurz. »Und Opa wartet. Vielleicht hat er gekocht, und dann dürfen wir uns nicht den Appetit verderben.«

»Einen Appetit kann man doch wohl nicht verderben«, erwiderte Emma verständnislos. Sie kannte dieses Phänomen nicht, sie hatte immer Appetit.

Eva gab keine Antwort. Sie dachte daran, daß bald die Schule anfangen würde, und dann mußte Emma zum Schularzt. Hoffentlich würde sie nicht die einzige mit diesem Problem sein, aber bei sechsundzwanzig Kindern in einer Klasse bestand immerhin eine gewisse Möglichkeit. Seltsam, hier saß sie nun und dachte an die Zukunft, an der sie vielleicht nicht einmal teilhaben würde. Vielleicht würde Jostein Emma zur Schule bringen. Ihre widerspenstigen Haare kämmen, die mollige Hand halten.

Der Verkehr floß gleichmäßig dahin, und sie hielt sich genau an die Geschwindigkeitsbegrenzung. Es war für sie eine Art Manie geworden, sich nichts zuschulden kommen zu lassen, kein Aufsehen zu erregen. Gleich nach Verlassen der Innenstadt lag links eine rund um die Uhr geöffnete Esso-Tankstelle.

»Da kannst du leicht anhalten, Mama, wenn wir uns ein Eis kaufen wollen.«

»Nein, Emma, jetzt hör auf damit!«

Ihre Stimme klang scharf. Eva bereute und fügte in sanfterem Tonfall hinzu:

»Vielleicht auf der Rückfahrt.«

Dann war alles still. Eva sah im Rückspiegel Emmas Gesicht, mit den runden Wangen und dem breiten Kinn, die sie vom Vater geerbt hatte. Es war ein ernstes Gesicht, das nichts von der Zukunft wußte, von allem, was sie vielleicht würde durchmachen müssen, wenn …

»Ich kann den Asphalt sehen«, sagte Emma plötzlich. Sie beugte sich vor und starrte den Autoboden an.

»Das weiß ich, das ist Rost. Wir kaufen uns ein neues Auto, ich habe das einfach noch nicht geschafft.«

»Aber das können wir uns doch leisten, oder? Können wir uns das leisten, Mama?«

Eva starrte in den Spiegel. Keine Autos hinter ihr.

»Ja«, sagte sie kurz.

Den Rest der Fahrt schwiegen sie.

Evas Vater hatte die Tür bereits aufgeschlossen. Er hatte schon von weitem den alten Ascona gesehen, und deshalb schellten sie nur kurz und gingen ins Haus. Der Vater hatte Probleme mit den Beinen und konnte nur sehr langsam gehen. Eva legte die Arme um ihn und drückte ihn so kräftig an sich, wie sie das immer tat, er roch nach Players-Zigaretten und Rasierwasser. Emma mußte auf ihre Umarmung noch warten.

»Die Frauen in meinem Leben!« rief er glücklich. Und fügte hinzu: »Jetzt darfst du wirklich nicht noch mehr abnehmen, Eva. In dem Kleid siehst du aus wie eine schwarze Bohnenstange.«

»Was für ein nettes Kompliment«, sie lächelte. »Aber du bist schließlich auch nicht gerade fett. Also weißt du, von wem ich das habe.«

»Ja, ja. Gut, daß wenigstens eine hier Verstand genug hat, um sich etwas Gutes zu tun«, sagte ihr Vater und legte Emma den mageren Arm um die Taille. »Geh mal in mein Arbeitszimmer, da steht ein Geschenk für dich.«

Emma riß sich los und stürzte davon. Bald darauf war im ganzen Haus ihr glückliches Geschrei zu hören.

»Rosa!« rief sie und kam angetrampelt. Die Tasche paßt wirklich überhaupt nicht zu den roten Haaren, dachte Eva traurig, braun wäre besser gewesen. Sie versuchte, die düsteren Gedanken zu unterdrücken, die sich überall einschlichen.

Der Vater hatte im Laden ein Brathähnchen bestellt, und Eva half ihm bei den Vorbereitungen.

»Du kannst doch hier schlafen«, sagte er bittend, »dann trinken wir einen Schluck Rotwein. So wie in alten Zeiten. Ich vergesse ja bald, wie man sich in

Gesellschaft benimmt, schließlich bist du mein einziger Besuch.«

»Läßt Jostein sich denn nie sehen?«

»Doch, doch, ein seltenes Mal. Ich kann ja auch kein böses Wort gegen Jostein sagen«, fügte ihr Vater rasch hinzu. »Er ruft auch an und schreibt mir Karten. Ich mag Jostein sehr, im Grunde war er ein erstklassiger Schwiegersohn. Das hat auch deine Mutter immer gesagt.«

Emma trank Ginger Ale und aß voller Andacht ihr Brathähnchen. Evas Vater brauchte ein wenig Hilfe beim Schneiden. Wenn er allein war, aß er vor allem Brei, aber das verriet er nicht. Eva schnitt ihm das Fleisch zurecht, entfernte die Knochen und schenkte Wein ein. Es war ein Canepa, anderen Wein vertrug sein Magen nicht, weshalb er von diesem zum Ausgleich viel trank. Ab und zu legte Eva von ihrer Portion auf Emmas Teller. Das hätte sie nicht tun dürfen, aber solange Emma etwas zu essen hatte, würde sie wohl kaum an den Mann im Fluß denken.

»Hast du denn im Moment jemanden, mit dem du ins Bett gehen kannst, Kind?« fragte ihr Vater plötzlich.

Eva riß die Augen auf.

»Nein, stell dir vor, hab ich nicht.«

»Nein, nein«, sagte er, »aber das findet sich sicher.«

»Man kann auch ohne leben«, sagte sie mürrisch.

»Das brauchst du mir nicht zu erzählen«, sagte er. »Ich bin seit vierzehn Jahren Witwer.«

»Erzähl mir nicht, daß es vierzehn Jahre her ist!« protestierte sie. »Ich kenne dich doch.«

Er schmunzelte und nippte am Wein.

»Aber das ist nicht gesund, weißt du.«

»Ich kann mir doch keinen von der Straße auflesen«, sagte sie und biß in ein knuspriges Hähnchenbein.

»Natürlich kannst du das. Lad' ihn doch einfach zum Essen ein. Die meisten würden ja sagen, da bin ich mir sicher. Du bist doch eine hübsche Frau, Eva. Ein bißchen dünn, aber hübsch. Du hast Ähnlichkeit mit deiner Mutter.«

»Nein, mit dir.«

»Verkaufst du Bilder? Arbeitest du hart?«

»Die Antwort ist nein. Und ja.«

»Sag Bescheid, wenn du Geld brauchst.«

»Tu ich nicht. Ich meine, wir haben inzwischen gelernt, mit wenig zurechtzukommen.«

»Früher hatten wir nie Geld genug für das McDonald's«, sagte Emma laut. »Jetzt können wir uns das leisten.«

Eva merkte, daß sie rot wurde. Und das war ärgerlich, ihr Vater kannte sie und war auch nicht dumm.

»Hast du Geheimnisse vor mir?«

»Ich bin fast vierzig, natürlich habe ich Geheimnisse vor dir.«

»Na gut, dann sage ich nichts mehr. Aber Gnade dir, wenn du etwas von mir brauchst und mir nicht Bescheid sagst. Dann werde ich sauer, damit du's weißt.«

»Das weiß ich.« Sie lächelte.

Schweigend aßen sie zu Ende. Dann goß sie den Rest der Flasche ins Glas ihres Vaters und räumte den Tisch ab. Sie arbeitete langsam. Sie dachte, daß sie sich jetzt vielleicht zum letzten Mal im Haus ihres Vaters zu schaffen machte. Von nun an würde sie immer so denken.

»Leg dich doch ein bißchen aufs Sofa. Ich koche uns Kaffee.«

»Ich habe auch Likör«, sagte er mit brüchiger Stimme.

»Ja, ja, den finde ich sicher. Jetzt leg dich hin, ich spüle und lese Emma dann was vor. Und nachher trinken wir dann noch eine Flasche Wein.«

Ihr Vater erhob sich mit großer Mühe, und sie nahm seinen Arm. Emma wollte ihm etwas vorsingen, damit er schneller einschliefe, und ihm war das recht. Eva ging in die Küche, steckte einige Geldscheine in das Einmachglas in seinem Schrank und ließ Wasser ins Spülbecken laufen. Bald war Emmas Stimme im ganzen Haus zu hören. Sie sang: »Der schönste Platz ist immer an der Theke«, und Eva hing über dem Becken, Lach- und Kummertränen vermischten sich mit dem Schaum.

Später an diesem Abend deckte sie ihn zu und gab ihm zur Stütze ein paar Kissen. Sie löschten fast alle Lampen und saßen im Halbdunkel da. Emma schlief mit offener Tür, sie konnten sie leise schnarchen hören.

»Fehlt Mama dir?« fragte Eva und streichelte seine Hand.

»In jeder einzelnen Stunde des Tages.«

»Ich glaube, sie ist jetzt hier.«

»Natürlich ist sie das, auf irgendeine Weise. Aber ich weiß nicht genau, auf welche, ich kann das einfach nicht herausfinden.«

Er tastete auf dem Tisch nach seinen Zigaretten, und sie zündete eine für ihn an.

»Warum war sie unglücklich, was glaubst du?«

»Ich weiß nicht. Glaubst du an Gott?« erwiderte Eva.

»Sei nicht blöd!«

Wieder schwiegen sie, lange. Er trank langsam und gleichmäßig seinen Rotwein, und sie wußte, daß er auf dem Sofa einschlafen und mit Rückenschmerzen aufwachen würde, das war schon immer so.

»Wenn ich groß bin, will ich dich heiraten«, sagte sie müde. Sie schloß die Augen und wußte, daß auch sie einschlafen würde, auf dem Sofa, den Kopf über der Rückenlehne hängend. Sie mochte nicht dagegen ankämpfen. Solange sie hier im Wohnzimmer ihres Vaters saß, fühlte sie sich sicher. Wie damals, als sie klein war und er sie beschützen konnte. Das konnte er nicht mehr, aber es war doch ein gutes Gefühl.

Sejer erwachte mit steifem Nacken. Wie immer war er nach dem Essen im Sessel eingeschlafen, und seine Füße waren klatschnaß, der Hund hatte sie besabbert. Sejer ging ins Badezimmer. Zog sich langsam aus, ohne dabei in den Spiegel zu blicken, bückte sich unter den Strahl der Dusche und schnitt jedesmal eine Grimasse, wenn er die Wandfliesen streifte. Sie waren aus Vinyl und sollten Marmor darstellen. Wenn er sich das überlegte, fiel ihm keine scheußlichere Verkleidung für eine Badezimmerwand ein. Im Laufe der Jahre waren sie gelb geworden. Elise hatte jahrelang herumgequengelt, hatte ihn angefleht, andere Fliesen anzubringen, sie fand diese hier einfach häßlich. Doch, sicher, hatte er gesagt, nur Geduld, nur Geduld. Im Frühling machen wir das, Elise. Und so waren die Jahre vergangen. Und später, als sie krank, abgemagert und haarlos wie ein Greis im Bett lag und er sich in seiner Verzweiflung an das verdammte Badezimmer machen wollte, schüttelte sie den Kopf. Jetzt sollte er lieber an ihrem Bett sitzen. »Für das Badezimmer hast du danach immer noch genug Zeit, Konrad«, hatte sie mit matter Stimme gesagt.

Schreckliche Trauer überwältigte ihn, und er mußte die Augen heftig zusammenkneifen, um sich nicht davon umwerfen zu lassen. Er hatte keine Zeit dafür, jetzt jedenfalls nicht. Als er sich abgetrocknet und angezogen hatte, ging er ins Wohnzimmer und wählte die Nummer seiner Tochter Ingrid, ihres einzigen Kindes. Sie plauderten eine Weile über alles mögliche, und vor dem Auflegen sagte er Matteus noch gute Nacht. Danach fühlte er sich besser. Vor dem Weggehen blieb er vor Elises Bild stehen, das über dem Sofa hing, sie lächelte ihn an, ein strahlendes Lächeln mit tadellosen Zähnen, sie schien keine einzige Sorge zu haben. Damals hatte sie auch keine. Das Bild hatte ihm immer schon gefallen. Aber in letzter Zeit störte es ihn, jetzt wünschte er sich einen anderen Gesichtsausdruck, vielleicht ein Bild, auf dem sie ernst aussah, das seiner eigenen Stimmung eher entsprach. So ein Bild, wie bei Ingrid über dem Klavier hing. Vielleicht könnten sie tauschen. Er dachte ein wenig darüber nach, während er Kollberg auf den Rücksitz springen ließ und in Richtung Frydenlund losfuhr. Er wußte noch nicht so recht, was er sagen wollte, wenn er dort eintraf, aber wie immer verließ er sich auf die Kunst der Improvisation, die er sehr gut beherrschte. Die Menschen fühlten sich oft verpflichtet, die Gesprächspausen zu füllen, die Stille war ihnen häufig peinlich. Und ihm ging es um dieses fieberhafte Gerede, dabei rutschten ihnen manchmal Dinge heraus, die für ihn nützlich sein konnten. Und Jostein Magnus erwartete seinen Besuch ja nicht. Er konnte sich nicht vorher mit seiner Exfrau absprechen. Er konnte sich zwar weigern, überhaupt den Mund aufzumachen, aber das passierte eigentlich nie. Bei diesem Gedanken mußte Sejer lächeln.

Magnus hatte Eva das alte Haus in Engelstad überlassen und war in eine Wohnung in Frydenlund gezogen. Sejer hatte schon häßlichere Wohnblocks gesehen, den zum Beispiel, in dem er selber wohnte. Diese Blocks hier lagen in der Mitte einer weiten Rasenfläche, jeder hatte sechs Stock, und sie bildeten einen Halbkreis, wie umgekehrte Dominosteine, weiß, mit schwarzen Augen. Wenn der Block am Rand umkippte, dann würde die ganze Reihe fallen. Die Bewohner waren von der kreativen Sorte. Vor den Häusern und neben den Eingängen gab es viele Blumenbeete und Büsche, und bald würde alles blühen. Es herrschte Ordnung, Steinchen und Staub waren vom Asphalt vor den Türen weggespült worden. Jede Tür war auf zurückhaltende Weise verziert, mit schönen Namensschildern oder getrockneten Blumen.

Die Mitbewohnerin machte ihm auf. Er sah sie neugierig an, wollte sich eine Meinung über diese Frau bilden, die Eva Magnus ausgestochen hatte.

Sie war ein üppiger, weiblicher Typ, der überall strotzte, Sejer wußte fast nicht, wo er hinschauen sollte. Eva Marie mit ihrem dunklen mageren Ernst hatte gegen dieses mollige Engelchen bestimmt keine Chance gehabt.

»Sejer«, sagte er freundlich. »Polizei.«

Sie ließ ihn sofort eintreten. Da er so breit lächelte, fragte sie nicht, ob etwas passiert sei, wie andere das oft taten, wenn er die ernste Maske aufsetzte, was durchaus vorkam. Aber die Frau blickte ihn fragend an. »Ich wollte eigentlich nur ein bißchen reden«, sagte Sejer. »Mit Magnus.«

»Ach so. Der sitzt im Wohnzimmer.«

Sie führte ihn hin. Ein rothaariger Riese erhob sich vom Sofa. Vor ihm auf dem Tisch, auf der Zeitung, lagen eine prähistorische Echse aus Holz und eine Tube Klebstoff. Die Echse hatte ein Bein eingebüßt.

Sie gaben sich die Hände, der Riese konnte mit seinen Kräften nicht haushalten oder hielt es für unnötig, wenn es um Sejer ging. Jedenfalls wirkte der Polizist neben ihm schmächtig, und seine Hand wurde übel malträtiert.

»Setzen Sie sich«, sagte Magnus. »Haben wir etwas zu trinken, Sofie?«

»Das ist nur ein informeller Besuch«, erklärte Sejer. »Aus purer Neugier.«

Er setzte sich bequemer hin und fügte hinzu:

»Ich komme ganz einfach, weil Sie mit Eva Magnus verheiratet waren und sich sicher an den Mord an Marie Durban erinnern.«

Magnus nickte. »Ja, daran erinnere ich mich natürlich. Das war wirklich eine makabre Geschichte. Haben Sie den Mörder noch immer nicht? Es ist doch schon so lange her. Ja, ich habe mich nicht auf dem Laufenden gehalten, und Eva erwähnt es nie mehr, also – aber ich dachte schon, Sie wären aus einem anderen Grund hier, die Durban-Sache hatte ich fast vergessen. Na, fragen Sie doch einfach. Wenn ich es weiß, dann weiß ich es.«

Er breitete die Arme aus. Ein sympathischer Bursche, warm und herzlich.

»Und was haben Sie geglaubt, warum ich gekommen bin?« fragte Sejer neugierig.

»Äh – können wir das nachher besprechen?«

»Alles klar.«

Sejer bekam ein Glas Limonade und bedankte sich.

»Haben Sie Marie Durban gekannt?« fragte Sejer.

»Nein, überhaupt nicht. Aber ich hatte ja von ihr gehört. Evas und Majas Wege hatten sich getrennt, als sie noch sehr jung waren. Aber vorher waren sie wohl die dicksten Freundinnen. Sie wissen ja, wie Mädels sind, da geht es dann um Leben und Tod. Daß Maja ermordet worden war, hatte Eva aus purem Zufall in der Zeitung gelesen. Sie hatten sich seit 69 nicht mehr gesehen. Oder vielleicht auch seit 70?«

»Abgesehen von dem Tag, an dem Durban ermordet wurde.«

»Nein, das war am Vortag.«

»Da sind sie sich in der Stadt begegnet«, sagte Sejer. »Am nächsten Tag hat Eva Maja in ihrer Wohnung besucht.«

Magnus blickte auf.

»Haben Sie das nicht gewußt?« fragte Sejer.

»Nein«, sagte Magnus langsam. »Sie – naja.

Nein, sie wollte es mir sicher nicht erzählen«, sagte er stirnrunzelnd.

Sejer stutzte leicht.

»Sagt Ihnen der Name Egil Einarsson etwas?« fragte er dann. Er trank seine Limonade und fühlte sich leicht und frei, dies war schließlich ein Haus der Unschuld, und das war ziemlich befreiend.

»Nein, das glaube ich nicht. Wenn so nicht der Mann geheißen hat, der vor ein paar Wochen aus dem Fluß gefischt worden ist.«

»Genau so hieß er.«

»Ach? Na, dann. Ja, ich habe natürlich die ganze Geschichte gehört.«

Er zog eine mahagonifarbene Pfeife aus der Hemdtasche und suchte auf dem Tisch nach Streichhölzern.

Die üppige Sofie wuselte herum, jetzt hielt sie in der einen Hand eine Tüte Erdnüsse und suchte mit der anderen im Schrank nach einer Schale. Sejer konnte Erdnüsse nicht ausstehen.

»Aber ich habe keine Ahnung, wer er war. In der Zeitung war ja ein Bild«, Magnus riß ein Streichholz an, zog zweimal kräftig an der Pfeife und stieß dann den Rauch aus, »aber obwohl wir in einer kleinen Stadt wohnen, habe ich ihn nicht gekannt. Eva kannte ihn übrigens auch nicht.«

»Eva?«

»Sie hat ihn doch gewissermaßen aus nächster Nähe gesehen. Obwohl er sich da nicht so besonders ähnlich gesehen hat, ja, ich dachte, Sie wären deshalb gekommen. Weil sie die Leiche gefunden haben, Eva und Emma. Es war wohl ziemlich schlimm für Emma, aber wir haben darüber geredet, meine Tochter und ich, sie kommt ja jedes zweite Wochenende her. Ich glaube, jetzt hat sie es endlich vergessen. Aber bei Kindern weiß man ja nie. Manchmal halten sie einfach die Klappe, um uns Erwachsene zu schonen.«

Endlich brannte die Pfeife richtig. Sejer starrte in die sprudelnde Limonade, und diesmal suchte ausnahmsweise er nach Worten.

»Ihr Exfrau – sie hat Einarssons Leiche gefunden?«

»Ja. Ich dachte, das wüßten Sie. Eva hat doch die Polizei informiert. Sind Sie denn nicht deshalb gekommen?« fragte Magnus überrascht.

»Nein«, sagte Sejer. »Uns hat eine ältere Dame angerufen. Sie hieß Markestad, glaube ich. Erna Markestad.«

»Ach? Dann haben in der Verwirrung sicher mehrere angerufen. Aber Eva und Emma haben ihn als erste gefunden. Sie haben von einer Telefonzelle aus die Polizei angerufen, Emma hat mir die ganze Geschichte erzählt. Sie machten gerade einen Spaziergang, unten am Fluß. Das tun sie oft, Emma macht das solchen Spaß.«

»Emma hat Ihnen das erzählt – nicht Eva?«

»Äh, nein. Und Emma hat es auch nicht sofort erwähnt. Aber später haben wir dann darüber gesprochen.«

»Ist das nicht ein bißchen seltsam? Ich meine, ich weiß ja nicht, wie oft Sie miteinander reden, aber …«

»Doch«, sagte Magnus leise. »Das ist schon seltsam. Daß sie das nicht selber erzählt hat. Wir sprechen ziemlich viel miteinander. Emma hat es mir auf der Fahrt hierher erzählt. Daß sie am Fluß einen Spaziergang machten, als dieser arme Teufel ans Ufer getrieben wurde. Danach sind sie losgerannt und haben von einer Zelle aus angerufen. Und dann waren sie im McDonald's. Das entspricht übrigens Emmas Vorstellung vom Paradies auf Erden«, er grinste.

»Haben sie nicht auf unsere Leute gewartet?«

»Nein, offenbar nicht. Aber ...«

Beide verstummten, und zum ersten Mal schien Jostein Magnus sich seine Gedanken zu machen.

»Aber es ist nicht richtig von mir, Eva auf diese Weise bloßzustellen. Darüber zu diskutieren, was sie erzählt, und was nicht. Sie hat sicher ihre Gründe. Und bei Ihnen sind bestimmt mehrere Anrufe eingegangen, und nur einer ist registriert worden. Nicht wahr?«

Sejer nickte. Er hatte jetzt kurz nachdenken können, und sein Gesicht zeigte wieder den gewohnten Ausdruck.

»Doch, er schwamm ja schließlich mitten in der Stadt herum. Sicher ist er von mehreren gesehen worden. Und bei uns geht es manchmal ziemlich hektisch zu, vor allem kurz vor dem Wochenende, das muß ich zugeben.«

Er log, so gut er konnte, und wunderte sich über diesen seltsamen Zufall. Aber war es wirklich ein Zufall?

Er plauderte noch so lange wie nötig mit Magnus. Nippte ab und zu an der Limonade, rührte die Erdnüsse jedoch nicht an.

»Und jetzt haben Sie also zwei unaufgeklärte Morde?«

Magnus blies auf einen Tropfen Klebstoff und griff nach einem Kniegelenk aus dünnem Furnier.

»Ja, richtig. Ab und zu fügt der Zufall es so, daß wirklich niemand irgend etwas gehört oder gesehen hat. Oder sie halten es nicht für wichtig. Entweder werden wir von PR-geilen Leuten mit jeder Menge verdächtiger Beobachtungen überrannt, oder sie haben solche Angst, sich zu blamieren, daß sie lieber den Mund halten. Die seriöse Schicht dazwischen ist dagegen ziemlich dünn. Leider.«

»Das ist ein Anatosaurus«, lächelte Magnus plötzlich. »Zwölf Meter lang. Zweitausend Zähne, und ein apfelsinengroßes Gehirn. Konnte auch schwimmen. Was für eine Vorstellung, so einem Heini im Wald zu begegnen!«

Sejer lächelte.

»Wissen Sie«, sagte Magnus, »diese Ungeheuer aus der Vorzeit haben unsere Gesellschaft dermaßen unterwandert, daß ich mich nicht wundern würde, wenn plötzlich so einer den Schornstein vom Dach risse.«

»Ich verstehe, was Sie meinen. Ich habe einen vierjährigen Enkel.«

»Na«, schloß Magnus, »ich gehe davon aus, daß Eva nach besten Kräften geholfen hat. Die beiden waren doch enge Freundinnen. Sie wären sicher füreinander über Leichen gegangen.«

Ja, vielleicht, dachte Sejer. Vielleicht ist gerade das der Fall.

Als er wieder im Auto saß, und Kollbergs gewaltige Wiedersehensfreude sich etwas gelegt hatte – er führte sich auf, als sei Sejer seit ihrer letzten Begegnung mindestens am Südpol gewesen –

wußte Sejer, daß Magnus jetzt seine Exfrau anrief. Und genau das, dachte er, ist eigentlich schade. Er wäre gern unerwartet gekommen. Aber viel Zeit hatte sie nicht, er brauchte nur fünfzehn Minuten für die Fahrt von Frydenlund nach Engelstad. Er hätte erst auf der Wache überprüfen sollen, ob Eva vielleicht doch angerufen haben könnte, und das aus irgendeinem Grund nicht registriert worden war. Aber er hielt einen solchen Patzer nicht für möglich. Alle einigermaßen zurechnungsfähigen Polizeibeamten wußten doch, daß nicht selten der Täter selber anrief, und deshalb baten sie immer um Namen und Adresse. Und wenn die Anrufer die nicht nennen wollten, dann wurde der Anruf mit Datum, Uhrzeit und Geschlecht als »anonym« ins Protokoll eingetragen. Sejer fuhr in gleichmäßigem Tempo und gab keine Sekunde der Versuchung nach, etwas zuzulegen. Vielleicht konnte er sie doch noch mitten im Gespräch mit Jostein Magnus erwischen, während sie sich noch wand und sich den Kopf nach einer brauchbaren Entschuldigung zerbrach. Denn wer, überlegte er, findet im Fluß eine Leiche, zuckt mit den Schultern und geht zum Essen ins McDonald's?

Zum Spaß griff er zum Funktelefon und wählte die Nummer des Hauses, das er gerade verlassen hatte. Dort war besetzt.

Als er in ihre Straße abbog, sah er das dunkle Haus und den leeren Hof. Evas Auto war fort. Er blieb eine Weile stehen und schluckte seine Enttäuschung herunter. Nun gut. Die Vorhänge waren noch da, ausgezogen war sie also nicht, tröstete er sich. Dann ließ er den Motor wieder an und fuhr los, schaute auf die Uhr und entschied sich für einen raschen Besuch auf dem Friedhof. Er war oft dort, sah, wie die Schneeflecken immer kleiner wurden, und machte seine Pläne, was er in diesem Frühling pflanzen wollte. Vielleicht Aurikeln, überlegte er, die würden gut zu dem blaulila Krokus passen, der sich jederzeit öffnen konnte, wenn es nur endlich, endlich ein bißchen wärmer würde.

Die Kirche war groß, imposant und ziegelrot, sie thronte selbstsicher auf einer Anhöhe über der Stadt. Sejer hatte sie nie besonders gut gefallen, für seinen Geschmack spielte sie sich ein wenig zu sehr auf, aber er hatte Elise nur hier bestatten können. Ihr Grabstein war aus rotem Thulit, und die einzige Inschrift war ihr Name, Elise. In ziemlich großen Buchstaben. Ohne Geburts- und Todesdatum. Denn dann wäre sie auf irgendeine Weise nur eine von vielen gewesen, so kam es ihm vor, und das war sie ja nicht. Als er mit einem Finger ein wenig im Boden herumstocherte, entdeckte er die ersten gelbgrünen Keime, und darüber freute er sich. Er starrte kurz vor sich hin, immerhin hatte sie jetzt Gesellschaft. Das ist sicher das Allereinsamste auf der Welt, dachte er plötzlich, ein Friedhof mit nur einem Stein.

»Was ist das wohl für ein Gefühl, hier zu liegen, Kollberg? Glaubst du, es ist kalt hier?«

Der Hund starrte ihn aus schwarzen Augen an und richtete die Ohren auf.

»Es gibt jetzt auch Friedhöfe für Hunde. Früher habe ich darüber gelacht, aber inzwischen habe ich meine Meinung eigentlich geändert. Denn jetzt habe ich ja nur noch dich.«

Er streichelte den großen Kopf des Hundes und seufzte tief.

Dann ging er zum Auto zurück. Unterwegs kam er an Durbans Grab vorbei, das bis auf einen Zweig verdorrten braunen Heidekrautes ganz kahl war. Er bückte sich rasch, hob den Zweig auf und kratzte vor dem Grabstein den Boden auf, so daß dunkle, feuchte Erde zum Vorschein kam. Er warf das Heidekraut auf den Komposthaufen neben dem Brunnen. Dann setzte er sich wieder ins Auto, und aus einer plötzlichen Eingebung heraus peilte er die Wache an.

Skarre hatte gerade Dienst. Er hatte die Beine auf dem Tisch liegen und las ein Taschenbuch mit blutrünstigem Einband.

»Die Nacht zum 2. Oktober«, sagte Sejer kurz. »Da gab es Ärger im Königlichen Wappen, und *fast* hätten wir einen Mann in die Ausnüchterungszelle gesteckt.«

»Fast?«

»Ja, in letzter Sekunde ist ihm das noch erspart geblieben. Ich möchte gerne seinen Namen erfahren.«

»Wenn der notiert worden ist, ja.«

»Er wurde von einem Kumpel gerettet. Genauer gesagt von Egil Einarsson. Aber das steht vielleicht auch im Protokoll. Sie haben ihn Peddik genannt. Sieh doch mal nach.«

»Ich kann mich an ihn erinnern«, sagte Skarre. Er setzte sich an den Computer und fing an zu suchen, während Sejer wartete. Jetzt war endlich Abend, jetzt befand sich sein Whisky in Reichweite, und die Dunkelheit senkte sich vor den Fenstern, als sei das Gericht ein großer Papageienkäfig, den jemand mit einer Decke verhängt hatte. Alles war still. Skarre klickte und klickte, ließ seine Blicke über Einbrüche und Streitereien und gestohlene Fahrräder schweifen, er benutzte alle zehn Finger auf der Tastatur.

»Hast du einen Kurs gemacht?« fragte Sejer.

»Ahron«, antwortete Skarre. »Peter Fredrik Ahron. Tollbugata 4.«

Sejer notierte sich den Namen, zog mit der Schuhspitze die unterste Schreibtischschublade heraus und setzte den Fuß darauf.

»Natürlich. Mit dem haben wir gesprochen, als Einarsson vermißt gemeldet wurde. Peter Fredrik. Du hast doch mit ihm zu tun gehabt, oder irre ich mich da?«

»Das stimmt. Ich habe mit mehreren von ihnen geredet. Einer hieß Arvesen, glaube ich.«

»Kannst du dich an irgendwas erinnern? Über Ahron?«

»Natürlich. Ich weiß noch, daß ich ihn unsympathisch fand. Und daß er ziemlich nervös war. Ich weiß noch, daß ich mich ein bißchen gewundert habe, er hatte offenbar einen wütenden Streit mit Einarsson gehabt, das habe ich später erfahren, von Arvesen, aber es reichte nicht für genauere Untersuchungen. Er hat nur Gutes über Einarsson gesagt. Sagte, der könnte keiner Fliege was zu leide tun, und wenn ihm etwas zugestoßen wäre, dann müßte das auf einem gewaltigen Mißverständnis beruhen.«

»Hast du die Vorstrafen überprüft?«

»Ja. Arvesen einmal wegen Geschwindigkeitsübertretung, Einarsson war blank, und Ahron hatte eine Promillestrafe.«

»Du hast ein verdammt gutes Gedächtnis, Skarre.«
»Richtig.«
»Was liest du da?«
»Einen Krimi.«
Sejer hob die Augenbrauen.
»Liest du keine Krimis, Konrad?«
»Nein, um Himmels willen, jetzt jedenfalls nicht mehr. Früher schon. Als ich noch jünger war.«
»Dieser hier«, sagte Skarre und schwenkte das Buch, »ist wirklich gut. Etwas ganz anderes, man kann ihn einfach nicht aus der Hand legen.«
»Das kann ich mir nicht vorstellen.«
»Dann solltest du ihn auch lesen, ich kann ihn dir leihen, wenn ich fertig bin.«
»Nein, danke. Aber ich habe zu Hause noch einen Stapel, wirklich gute Krimis, die kannst du dir ausleihen. Wenn du wirklich sowas lesen magst.«
»Äh, sind die sehr alt?«
»Ungefähr so alt wie du«, Sejer lächelte und versetzte der Schublade einen leichten Tritt. Sie schloß sich mit einem Knall.

Und dann kam der Samstag mit klarem, windstillem Wetter. Sejer musterte den Windsack, als er sich dem Flugplatz Jarlsberg näherte, im Grunde sah der Windsack aus wie ein benutztes Riesenkondom, wie er da schlapp gegen die Stange schlug, ein Kondom, das ein Gott vom Himmel geworfen hatte. Sejer hielt an, schloß das Auto ab und nahm den Fallschirm aus dem Kofferraum, seinen Anzug hatte er in einer Plastiktüte. Es war ein hervorragender Tag, vielleicht springe ich zweimal, überlegte er, und dann entdeckte er etliche von der jüngeren Garde, die sich an ihrer Ausrüstung zu schaffen machten. Ihre lila und roten und türkisen Springanzüge waren so eng wie Schlittschuhlauftrikots, und ihre Schirme sahen in fertig gepacktem Zustand aus wie kleine Picknickrucksäcke.

»Kauft ihr diese Klamotten in der Sprühdose?« fragte Sejer und musterte die dünnen Knabenkörper; jeder Muskel – oder das Fehlen eines solchen – zeichnete sich deutlich durch den hauchdünnen Stoff ab.

»Genau«, antwortete ein Blondschopf. »Mit so einem Sechspersonenzelt kriegst du doch kein Tempo!«

Er sprach von Sejers Overall. »Aber bei deinem Job hast du vielleicht Tempo genug?«

»Das kannst du wohl sagen. Der hier bremst ganz brauchbar.«

Sejer ließ Anzug und Schirm auf den Boden fallen, hielt sich schützend die Hand über die Augen und blickte zum Himmel hoch.

»Womit fliegen wir heute?«

»Mit der Cessna. Fünf auf einmal, und die Alten springen als erste. Hauger und Bjørneberg kommen später, mit denen kannst du dich vielleicht zu einer kleinen Dreierformation zusammentun? Ihr seid doch sicher in derselben Gewichtsklasse. Sonst verlierst du noch die Übung.«

»Ich werd's mir überlegen«, sagte Sejer trocken. »Aber Händchenhalten kann ich auch auf dem Boden. Eines von den Dingen, die mir da oben gefallen«, er nickte in Richtung Himmel, »ist die Einsamkeit. Und die ist da oben wirklich gewaltig. Das wirst du auch noch verstehen, wenn du älter bist.«

Sejer konnte sich für Formationsspringen ungefähr ebenso begeistern wie für Synchronschwimmen. Er zog sich am Automaten eine Cola und setzte sich erst einmal auf das Packtuch. Er trank langsam, achtete darauf, nichts zu vergießen, und schaute den Springern zu. Zuerst kam eine Runde Springschüler. Sie sahen aus wie waidwunde Krähen, als sie mit den seltsamsten Bewegungen auf dem Boden auftrafen. Der erste landete mit dem Kinn zuerst draußen auf dem Feld, der zweite traf die Tragfläche eines exklusiven Modellflugzeuges, das im Gras herumsurrte. Sie mußten den Flugplatz mit dem Modellflugklub teilen, ein ewiger Konflikt, der ab und zu zum Krieg zu werden drohte. Jetzt waren Flüche und Beschimpfungen zu hören. Keine einzige perfekte Landungsrolle war zu sehen. Wenn man von einem Küchenstuhl springt, ist das verdammt einfach, überlegte Sejer, so übten sie nämlich, sie sprangen zehn- oder fünfzehnmal von einem Küchenstuhl, machten eine Rolle und waren wie nichts wieder auf den Beinen. Die Wirklichkeit war anders. Er selber hatte sich beim ersten Mal den Knöchel gebrochen, und Elise hatte gelächelt, als er mit dem Gipsverband um den Fuß in die Küche gehumpelt war, durchaus nicht boshaft, aber sie hatte ihn vorher nun einmal gewarnt. Ansonsten war er billig davongekommen, fast schon zu billig. Bei seinen zweitausendsiebzehn Sprüngen hatte er nicht ein einziges Mal an der Reserveleine ziehen müssen, und gerade das beunruhigte ihn. Das passierte nämlich allen, und früher oder später würde auch er an die Reihe kommen. Vielleicht ist es heute so weit, dachte er jedesmal, wenn er sich auf den ersten Sprung vorbereitete. Er durfte einfach nicht vergessen, daß er früher oder später an der Leine ziehen, zum blauen Himmel hochblicken und feststellen würde, daß über ihm kein Schirm hing. Daß der blaugrüne Schirm fehlte, den er seit fünfzehn Jahren benutzte, ohne je einen Grund zu sehen, ihn durch einen neuen zu ersetzen.

Er stand auf und legte die Flasche ins Auto. Betrachtete die träge Landschaft, die hier unten auf dem Boden langweilig und flach wirkte, die sich aus der Höhe von zehntausend Fuß jedoch in ein schönes Bild in Pastellfarben verwandelte. Die Luft war kristallklar, die Sonne ließ die Wagenfenster funkeln. Er zog den blauen Overall an, schnallte sich den Schirm auf den Rücken und schlenderte langsam auf das weißrote Flugzeug zu, das gerade langsam zur Landung ansetzte. Zwei Jungen und ein Mädchen von vielleicht sechzehn stiegen als erste ein. Er selber blieb bei der Tür sitzen, sie preßten sich gegeneinander wie die Heringe in der Tonne, zogen die Knie bis ans Kinn und falteten vor ihren Beinen die Hände. Sejer band seine Stiefel fester zu, setzte den Lederhelm auf und nickte dem Fünften im Bunde zu, der sich gerade hereinzwängte und sich ihm gegenüber niederließ. Der Pilot schaute sich um, hob einen Daumen und startete. Es war nicht sehr laut, aber die Maschine wackelte ziemlich, als sie losrollten. Zu diesem Zeitpunkt versuchte Sejer immer, sämtliche Gedanken aus seinem Kopf zu verbannen, er sah, wie die parkenden Autos vorüberhuschten und spürte, wie die Räder den Kontakt zum Boden verloren. Er behielt den Zeiger des Höhenmessers im Auge, um sich davon zu überzeugen, daß er ordnungsgemäß funktionierte. Fast fünftausend Fuß jetzt. Er sah den blauen, glitzernden Fjord, sah die Autos auf der Autobahn, aus dieser Höhe schienen sie sich langsam zu bewegen, wie in Zeitlupe, obwohl sie in Wirklichkeit neunzig oder hundert fuhren. Jemand räusperte sich, die drei jungen Leute gingen mit den Händen die Formationen durch, sie sahen aus wie Kinder in bunten Spielanzügen, die in irgendein Singspiel vertieft waren. Sejer hörte, daß die Tourenzahl sank, er zog den Kinnriemen straff, warf noch einen Blick auf seine Schnürsenkel und den Zeiger des Höhenmessers, der noch immer kletterte, und lächelte leicht über die Aufkleber an der Flugzeugtür, weiße Wolken mit unterschiedlichen Texten: Blue sky forever. Chickens, turn back. Und: Give my regards to mama. Dann waren sie oben, und wieder nickte er seinem Gegenüber Trondsen zu, als Zeichen, daß er zuerst springen wolle. Dann kehrte er der Tür den Rücken zu und starrte in die jungen Gesichter, die seltsam glatt waren, sie sahen wirklich aus wie kleine Kinder, er konnte sich nicht erinnern, selber jemals so glatt gewesen zu sein, aber es war ja auch schon lange her, das ist über dreißig Jahre her, dachte er, und sah, wie Trondsen die Tür öffnete, so daß der Lärm und der Druck des Windes ihn in das kleine Flugzeug preßten und ihn daran hinderten, hinauszufallen, ehe er wirklich bereit dazu war. Es steht nicht fest, daß der Schirm sich öffnet, Konrad, sagte er zu sich. Das sagte er in diesem

Moment immer, um es nicht zu vergessen. Er hob den Daumen, starrte ein letztes Mal ohne zu lächeln die jungen Gesichter an, und sie lächelten auch nicht zurück. Dann ließ er sich rückwärts aus dem Flugzeug fallen.

Am nächsten Tag ließ er Kollberg wieder ins Auto und fuhr zum Pflegeheim, wo seit drei Jahren seine Mutter lag. Er stellte den Wagen auf dem Besucherparkplatz ab, ermahnte den Hund in aller Eile und ging zum Haupteingang. Er mußte immer erst Mut sammeln, ehe er herkam. Der fehlte ihm jetzt zwar, aber er war schon seit vierzehn Tagen nicht mehr hier gewesen. Er straffte sich und nickte dem Hausmeister zu, der gerade mit einer Gardinenleiter über der Schulter vorbeikam, er hatte einen lässigen, wiegenden Gang und ein zufriedenes Lächeln im breiten Gesicht, ein Mann, der seine Arbeit liebte, dem es im Leben an nichts fehlte, und der vielleicht nicht begriff, warum alle anderen sich pausenlos beklagten. Unglaublich. So ein Gesicht sehen wir nicht oft, dachte Sejer, und plötzlich entdeckte er seine eigene düstere Miene in der Glastür, durch die er hindurch mußte. Besonders glücklich bin ich wohl nicht, dachte er plötzlich, aber das hat mich wohl auch nie sonderlich interessiert. Er ging die Treppen zum ersten Stock hoch, nickte kurz zwei Leuten vom Personal zu und steuerte die Tür zum Zimmer seiner Mutter an. Sie hatte ein Einzelzimmer. Er klopfte dreimal und machte auf. Dann blieb er kurz stehen, damit die Geräusche sie erreichen konnten, das dauerte immer seine Zeit. Jetzt drehte sie den Kopf. Er lächelte, trat an ihr Bett, zog den Stuhl heran und nahm ihre dünne Hand in seine.

»Hallo, Mutter«, sagte er. Ihre Augen waren etwas blasser geworden und wirkten sehr leer. »Ich bin's nur. Wollte mal nach dir sehen.« Er drückte ihre Hand, aber sie reagierte nicht darauf.

»Ich war gerade in der Nähe«, log er.

Er hatte kein schlechtes Gewissen. Über irgend etwas mußten sie schließlich sprechen, und das war nicht immer so leicht.

»Ich hoffe, du bekommst hier alles, was du brauchst.«

Er sah sich um, wie, um das zu überprüfen.

»Hoffentlich schauen sie manchmal herein und setzen sich ein bißchen zu dir, das Personal, meine ich. Mir haben sie erzählt, daß sie das machen. Ich hoffe, das stimmt.«

Sie schwieg und starrte ihn aus ihren hellen Augen an, als ob sie mehr erwarte.

»Ich habe dir nichts mitgebracht. Das ist nicht so leicht, das Personal sagt, Blumen seien nicht gut für dich, und soviel bleibt dann ja nicht mehr. Deshalb habe ich nur mich selber mitgebracht. Kollberg sitzt im Auto«, fügte er hinzu.

Ihre Augen glitten von ihm weg und suchten das Fenster.

»Draußen ist es bewölkt«, sagte er. »Angenehmes Licht. Nicht zu kalt. Hoffentlich kannst du ein bißchen auf der Veranda liegen, wenn erst einmal Sommer ist. Du bist doch sonst bei jeder Gelegenheit an die frische Luft gelaufen, genau wie ich.«

Er nahm auch noch ihre andere Hand, und ihre Hände verschwanden in seinen.

»Du hast zu lange Nägel«, sagte er plötzlich. »Die müßten geschnitten werden.«

Er betastete ihre Fingernägel, sie waren dick und gelb.

»Das dauert doch nur ein paar Minuten, und ich könnte das machen, aber ich fürchte, ich bin zu ungeschickt. Kümmert sich denn hier niemand um sowas?«

Sie sah ihn wieder an, mit halboffenem Mund. Ihr Gebiß fehlte, angeblich störte das sie nur. Dadurch sah sie älter aus, als sie wirklich war. Aber ihre Haare waren gekämmt, und sie war sauber, ihr Bettzeug war sauber, das Zimmer war sauber. Er seufzte leise. Sah sie wieder an und suchte lange nach dem kleinsten Anzeichen des Erkennens, konnte aber nichts entdecken. Ihr Blick wanderte weiter. Als er sich schließlich erhob und zur Tür ging, starrte sie noch immer das Fenster an und schien ihn schon vergessen zu haben. Auf dem Flur begegnete ihm eine Krankenschwester. Sie lächelte seine hohe Gestalt einladend an, er erwiderte das Lächeln kurz.

»Ihre Nägel sind zu lang«, sagte er leise. »Können Sie sich darum kümmern?«

Dann ging er und rang mit der Schwermut, die ihn immer nach den Besuchen bei seiner Mutter überkam. Das dauerte zwei Stunden, dann legte es sich wieder.

Später fuhr er nach Engelstad, erledigte zuerst aber zwei Telefonate. Eine Frage ging ihm durch den Kopf, und die Antworten, die er erhielt, gaben ihm einiges zu denken. Selbst die allerkleinsten

Bewegungen der Menschen verursachen Ringe im Wasser, dachte er, und ein winziger Stein kann weit weg registriert werden, an einem Ort, an den wir einfach nicht denken würden.

Eva Magnus öffnete, sie trug ein riesiges Hemd mit vielen weißen und schwarzen Farbklecksen. In der Hand hielt sie einen Holzklotz mit Sandpapier. Er konnte ihr vom Gesicht ablesen, daß sie ihn erwartet hatte und daß sie schon wußte, was sie sagen wollte. Das irritierte ihn grenzenlos.

»Da bin ich wieder, Frau Magnus. Wir haben uns ja lange nicht mehr gesehen.«

Sie nickte kurz und war nicht überrascht über seinen Besuch.

»Beim letzten Mal ging es um Marie Durban – und jetzt geht es um Einarsson. Komisch, nicht wahr?«

Bei dieser Bemerkung holte sie tief Luft.

»Ich habe nur eine winzige Frage.«

Er war höflich, aber nicht bescheiden. Er war niemals bescheiden. Er strahlte Autorität aus, und ab und zu machte das andere ein wenig nervös, besonders, wenn er es darauf anlegte, und das war jetzt der Fall.

»Ja, das habe ich schon gehört«, sagte sie und trat einen Schritt zurück. Sie warf die langen Haare zurück und schloß hinter ihm die Tür. »Jostein hat angerufen. Aber ich kann Ihnen nicht viel erzählen. Nur, daß ich diesen armen Wicht im Wasser gesehen und euch dann angerufen habe. So gegen fünf Uhr nachmittags. Emma war dabei. Ich weiß nicht mehr, mit wem ich gesprochen habe, wenn Sie das wissen wollen, aber wenn Ihre Kollegen vergessen, die Anrufe zu notieren, dann ist das nicht mein Problem. Ich habe jedenfalls meine Pflicht getan, wenn das eine Frage von Pflicht ist. Mehr habe ich nicht zu sagen.«

Und damit hatte sie ihren Spruch geliefert. Sie hatte schließlich genug Zeit zum Üben gehabt.

»Können Sie sich an die Stimme erinnern? Dann kann ich feststellen, wem dieser Patzer unterlaufen ist. Es ist wirklich nicht gut, daß das vorkommt. Alle einlaufenden Anrufe müssen notiert werden. Und deshalb müssen wir dieser Sache nachgehen, das verstehen Sie sicher.«

Sie stand mit dem Rücken zur Wohnzimmertür, und er sah die großen schwarzweißen Gemälde, die ihn bei seinem ersten Besuch so beeindruckt hatten. Er konnte ihr Gesicht nicht sehen, aber sie hatte zweifellos alle Stacheln ausgefahren. Sie wußte, daß er bluffte, konnte das jedoch nicht offen sagen.

»Nein, Himmel, das war eine ganz normale Stimme. Ich habe nicht weiter darüber nachgedacht.«

»Ostnorwegischer Akzent?«

»Äh, ja, oder nein, ich weiß nicht mehr, ob er einen besonderen Akzent hatte, sowas fällt mir nie auf. Und ich war ziemlich fertig, wegen Emma, und überhaupt. Und Einarsson war wirklich kein angenehmer Anblick.«

Sie ging jetzt ins Wohnzimmer, immer noch rückwärts. Er ging hinterher.

»Alt oder jung?«

»Keine Ahnung.«

»An diesem Nachmittag hatte allerdings eine Kollegin Telefondienst«, log er.

Eva blieb stehen.

»Ach? Dann war sie sicher auf dem Klo oder so«,

sagte sie rasch. »Ich habe mit einem Mann gesprochen, das weiß ich jedenfalls genau.«

»Hatte der einen südnorwegischen Akzent?«

»Mein Gott, das weiß ich wirklich nicht. Es war ein Mann, mehr weiß ich nicht mehr. Ich habe angerufen, mehr gibt es dazu nicht zu sagen.«

»Und – was hat er gesagt?«

»Was er gesagt hat? Ach, nicht viel, er wollte wissen, von wo aus ich anrief.«

»Und danach?«

»Eigentlich nichts mehr.«

»Aber er hat Sie gebeten, am Tatort zu warten?«

»Nein. Ich habe ihm nur genau sagen müssen, wo die Leiche lag.«

»Was?«

»Ja. Ich habe gesagt, ungefähr beim Bürgerhaus. Beim Flößerdenkmal.«

»Und dann sind Sie gegangen?«

»Ja. Wir sind essen gegangen. Emma hatte Hunger.«

»Liebe Frau Magnus«, sagte er langsam. »Wollen Sie mir wirklich erzählen, Sie hätten einen Leichenfund gemeldet und seien nicht einmal gebeten worden, zu warten?«

»Aber mein Gott, ich bin doch nicht für die Fehler verantwortlich, die Ihre Leute im Dienst begehen! Er kann doch jung und unerfahren gewesen sein, oder was weiß ich, meine Schuld ist es jedenfalls nicht.«

»Er kam Ihnen also jung vor?«

»Nein, ich weiß nicht, auf sowas achte ich nicht.«

»Künstler achten immer auf *sowas*«, sagte er kurz. »Sie sind aufmerksam, sie registrieren alles, alle Einzelheiten. Stimmt das nicht?«

Sie gab keine Antwort. Sie kniff den Mund zu einem schmalen Strich zusammen.

»Ich will Ihnen etwas verraten«, sagte er leise. »Ich glaube Ihnen nicht.«

»Das ist dann Ihr Problem.«

»Soll ich Ihnen verraten, warum nicht?«

»Das interessiert mich nicht.«

»Weil«, fuhr er fort und senkte die Stimme noch weiter, »alle gerade von solchen Anrufen träumen. Beim langen, langweiligen Nachmittagsdienst. Nichts kann einen Polizeibeamten mehr anfeuern, mehr anspornen, als ein Toter im Fluß, an einem öden Nachmittag, mitten zwischen Streitereien zwischen Nachbarn, Autodiebstählen und dem Gekeife aus der Ausnüchterungszelle. Verstehen Sie?«

»Dann war der Mann wohl eine Ausnahme.«

»Ich habe im Dienst ja schon einiges erlebt«, gestand er, und ihn schauderte bei der Erinnerung, »aber das nicht.«

Jetzt blockierte sie endgültig, sie starrte ihn nur noch trotzig an.

»Arbeiten Sie gerade an einem Bild?« fragte er plötzlich.

»Ja, natürlich. Davon lebe ich ja schließlich, wie Sie wissen.«

Sie stand noch immer, und deshalb konnte auch er sich nicht hinsetzen.

»Das ist wohl nicht leicht. Davon zu leben, meine ich.«

»Nein, wie schon gesagt, es ist nicht leicht. Aber wir kommen zurecht.«

Sie wurde langsam unruhig, wagte aber nicht, ihn vor die Tür zu setzen. Das wagte niemand. Sie wartete, mit schmalen Schultern, hoffte, er werde gehen, damit sie wieder frei atmen konnte, so frei, wie es ihr nur möglich war, bei dem Wissen, das sie mit sich herumtrug.

»In der Not frißt der Teufel Fliegen«, sagte er scharf. »Sie bezahlen im Moment Ihre Rechnungen ungeheuer pünktlich. Im Vergleich zur Zeit *vor* Durbans Tod. Damals lagen Sie überall im Rückstand. Das ist bewundernswert, das muß ich wirklich sagen.«

»Was in aller Welt wissen Sie denn davon?«

»Ein Anruf genügt. Bei der Gemeinde, dem Elektrizitätswerk, der Post. Es ist schon witzig, wenn man von der Polizei aus anruft. Dann strömen die Informationen nur so.«

Sie schwankte kurz, riß sich dann aber zusammen und erwiderte seinen Blick. Ihre Augen flackerten wie Fackeln in heftigem Wind.

»War Ihre Tochter auch mit in der Telefonzelle?« fragte er wie nebenbei.

»Nein, sie wartete draußen vor der Türe. Es war so eng in der Zelle. Und Emma braucht ziemlich viel Platz.«

Er nickte. Sie hatte sich wieder umgedreht, weg von ihm.

»Aber Sie wußten, daß Durban und Einarsson sich gekannt hatten, nicht wahr?«

Die Frage war ein Schuß ins Blinde, sie blieb im dunklen Flur hängen. Eva öffnete den Mund zu einer Antwort, schloß ihn wieder, öffnete ihn erneut, und er wartete geduldig und bohrte seinen Blick in ihre goldenen Augen. Er kam sich vor wie ein Henker. Aber sie wußte etwas, und das mußte er zu fassen bekommen.

Sie zermarterte noch einen Moment ihr Gehirn, dann murmelte sie:

»Davon habe ich wirklich keine Ahnung.«

»Lügen«, sagte er langsam, »sind wie Schneebälle, haben Sie sich das schon einmal überlegt? Zuerst sind sie winzigklein, aber früher oder später müssen Sie ein Stück weiterrollen, und dann werden sie immer größer und größer. Und am Ende sind sie so schwer, daß Sie sie nicht mehr tragen können.«

Sie schwieg. Ihre Augen wurden blank, und sie zwinkerte rasch zweimal. Und dann lächelte er. Sie starrte ihn verwirrt an, wenn er lächelte, sah er ganz anders aus.

»Werden Sie nie mit Farben malen?«

»Warum sollte ich?«

»Weil die Wirklichkeit nicht schwarzweiß ist.«

»Dann male ich wohl nicht die Wirklichkeit«, sagte sie mürrisch.

»Aber was dann?«

»Ach, das weiß ich im Grunde nicht. Gefühle vielleicht.«

»Sind Gefühle denn nicht wirklich?«

Keine Antwort. Sie stand in der Tür und sah ihm noch lange hinterher, als er zum Auto ging, als wolle sie ihn mit ihren Blicken festhalten. Und eigentlich hätte er gern kehrtgemacht.

Danach fuhr er zum Haus seiner Tochter. Dort traf er ein, als Matteus gerade zu Ende gebadet hatte. Naß und warm und mit tausend kleinen funkelnden Tropfen im Wuschelhaar. Der Kleine wurde in einen gelben Schlafanzug gesteckt und sah eigentlich aus wie in Goldpapier eingewickelte Schokolade.

Er duftete nach Seife und Zahnpasta, und in der Badewanne schwammen noch ein Hai, ein Krokodil, ein Schwertwal und ein Badeschwamm, der aussah wie eine Melone.

»Das wurde aber auch Zeit«, seine Tochter lächelte und umarmte ihn, leicht verlegen, weil sie sich so selten sahen.

»Ich habe soviel zu tun. Aber jetzt bin ich ja hier. Mach dir keine große Mühe, ich bin mit einem Butterbrot zufrieden, wenn das geht, Ingrid. Und mit Kaffee. Ist Erik nicht da?«

»Der ist zum Bridge. Ich habe eine Pizza in der Tiefkühltruhe, und kaltes Bier.«

»Ich habe das Auto«, er lächelte.

»Und ich habe die Nummer vom Taxifunk«, parierte sie.

»Du bist ganz schön wortklauberisch!«

»Nein«, sie lachte, »klauberisch ist das hier!«

Sie kniff ihn in die Nase.

Er setzte sich ins Wohnzimmer, nahm Matteus auf den Schoß und schlug ein knallbuntes Bilderbuch voller Dinosaurier und Echsen auf. Der kleine frischgebadete Wicht war so warm auf Sejers Schoß, daß dem der Schweiß auf der Stirn ausbrach. Er las ein paar Zeilen vor und fuhr mit der Hand durch die kohlschwarzen Haare, immer wieder staunte er darüber, wie lockig sie waren, wie unglaublich winzig jede einzelne Locke war, und wie sie sich anfühlten. Nicht weich und biegsam wie bei norwegischen Kindern, sondern grob, fast wie Stahlwolle.

»Opa soll hier schlafen«, sagte der Junge hoffnungsvoll.

»Das mache ich, wenn deine Mama das erlaubt«,

versprach Sejer. »Und ich kaufe dir einen Overall, den kannst du anziehen, wenn du an deinem Dreirad herumschraubst.«

Danach saß er noch eine Weile auf der Bettkante, und seine Tochter konnte sein undeutliches Gemurmel hören, er brummte und dröhnte, es sollte wohl irgendein Kinderlied sein. Mit seiner Musikalität war nicht viel Staat zu machen, aber die Wirkung blieb trotzdem nicht aus. Bald schlief Matteus mit halboffenem Mund, seine Zähnchen leuchteten in seinem Mund wie kreideweiße Perlen. Sejer seufzte, stand auf und setzte sich zu Tisch, zusammen mit seiner Tochter, die nun wirklich erwachsen wurde, und die fast so schön war wie damals ihre Mutter, aber eben nur fast. Er aß langsam, trank Bier und überlegte sich, daß es bei seiner Tochter genauso roch wie bei ihm zu Hause, als Elise noch lebte. Weil sie die gleichen Putzmittel und die gleichen Toilettenartikel benutzte, das hatte er im Badezimmerregal gesehen. Sie würzte das Essen so, wie ihre Mutter das gemacht hatte. Und wenn sie aufstand, um neues Bier zu holen, beobachtete er verstohlen ihre Bewegungen, sah, daß sie den gleichen Gang hatten, die gleichen kleinen Füße und die gleiche Mimik beim Erzählen und Lachen. Als er schon lange im kalten Gästezimmer lag, das eigentlich ein winziges Kinderzimmer war, das sie noch nicht hatten füllen können, dachte er noch immer darüber nach. Fühlte sich wie zu Hause. Als sei die Zeit stehengeblieben. Und wenn er die Augen schloß und die fremden Vorhänge nicht mehr sah, war alles fast wie früher. Und vielleicht würde Elise ihn am nächsten Morgen wecken.

Eva Magnus fror in ihrem dünnen Nachthemd. Sie wollte ins Bett, kam aber einfach nicht aus dem Sessel hoch. Es fiel ihr immer schwerer, zu tun, was getan werden mußte, sie schien die ganze Zeit daran zu denken, daß es doch verschwendete Mühe sei. Sie schrak hoch, als das Telefon klingelte, schaute auf die Uhr, es mußte ihr Vater sein, sonst rief niemand so spät noch an.

»Ja?«

Sie setzte sich besser zurecht. Ihre Gespräche mit dem Vater waren ihr wichtig, und oft waren sie sehr lang.

»Eva Marie Magnus?«

»Ja?«

Eine fremde Stimme. Sie hatte diese Stimme noch nie gehört, das nahm sie jedenfalls an. Wer rief so spät abends an, ohne sie zu kennen?

Sie hörte ein leichtes Klicken. Er hatte aufgelegt. Plötzlich überkam sie ein heftiges Zittern, sie starrte ängstlich aus dem Fenster und horchte. Alles war still.

Von Ingrid hatte er eine Tube Teersalbe erhalten. Jetzt roch er vorsichtig daran, rümpfte die Nase und legte sie in die Schublade. Dann betrachtete er die Bilder auf seinem Schreibtisch, die Bilder der schönen Marie Durban und des ordinären Einarsson, der seine Kraft und Männlichkeit ebenso eingebüßt hatte wie sie ihre Unschuld. Er konnte sich nicht vorstellen, daß die beiden überhaupt etwas miteinander zu tun gehabt hatten. Auch gemeinsame Bekannte waren nur schwer denkbar. Aber

Eva Magnus war ein Bindeglied. Sie hatte Einarsson im Fluß gefunden und das aus irgendeinem Grund nicht gemeldet. Sie war mit Durban befreundet gewesen und hatte sie als eine der letzten lebend gesehen. Die beiden Morde waren innerhalb weniger Tage geschehen, und beide Toten wohnten auf dem Südufer, aber das mußte nichts bedeuten, die Stadt war schließlich nicht sehr groß.

Zwei unaufgeklärte Morde brachten ihn nicht aus dem Gleichgewicht, und er fühlte sich davon auch nicht gestreßt. Eher wurde er verbissen, riß sich noch mehr zusammen, während er seine Gedanken immer wieder in logischen Reihen anordnete, immer neue Kombinationen versuchte und die verschiedenen Möglichkeiten wie kurze Filmstreifen vor sich ablaufen ließ. Er bediente sich immer großzügiger an seiner Freizeit, aber davon hatte er ja ohnehin genug. Jetzt sagte ihm seine ganze Intuition, daß zwischen beiden Toten ein Zusammenhang bestand, auch, wenn er fast keine Anhaltspunkte für diese Annahme hatte. War Einarsson vielleicht doch fremdgegangen, obwohl seine Frau das nicht für möglich hielt? Ehefrauen waren schließlich nicht allwissend. Abgesehen von Elise, dachte er, und er merkte plötzlich, daß er bei diesem Gedanken errötete. Er hätte Eva Magnus herbestellen und sie richtig ausquetschen sollen, aber ohne triftigen Grund durfte er das nicht. Aber sie müßte jetzt auf der anderen Seite seines Schreibtisches sitzen, überrumpelt und unsicher, nicht wie zu Hause bei sich, sondern allein und ängstlich hier in diesem Riesengebäude, diesem grauen Riesen von Haus, der einfach jeden und jede fertigmachen konnte. Im eigenen Haus bei der eigenen Aussage zu bleiben, war nicht weiter schwer. Mein Heim ist meine Burg. Er wünschte sich eine altmodische Wäschemangel, um Eva hindurchzuschieben und zu sehen, was dabei aus ihr heraustropfte. Vielleicht schwarze und weiße Farbe, dachte er. Aber er hatte keinen Grund, sie vorzuladen, das war ja gerade das Problem. Sie hatte nichts Verbotenes getan, sie hatte nach dem Mord an Durban ihre Aussage gemacht, und er hatte ihr geglaubt. Ihr Leben sah aus wie das der meisten anderen, sie brachte ihre Tochter in den Kindergarten, sie malte, kaufte Lebensmittel ein, hatte kaum Bekannte, traf sich nicht einmal mit anderen Künstlern. Und es war nicht verboten, Rechnungen fristgerecht zu bezahlen. Er ärgerte sich, weil er sie anfangs so billig hatte davonkommen lassen. Er hatte ihr geglaubt, daß sie wirklich keine Ahnung hatte. Und vielleicht war sie Durban ja wirklich aus purem Zufall begegnet. Daß die dann am selben Abend umgebracht worden war, war bestimmt ein Schock gewesen. Und das konnte ihre Nervosität bei seinem ersten Besuch erklären. Sie hatte vor Streß und Nervosität fast gezittert. Aber wer, fragte er sich, findet im Fluß eine Leiche, zuckt mit den Schultern und geht zum Essen ins McDonald's? Und sie hatte jetzt mehr Geld als früher. Woher hatte sie dieses Geld?

Er zerbrach sich weiterhin den Kopf, starrte immer wieder aus dem Fenster, sah aber nur Dächer und die Wipfel der höchsten Bäume, es war eine nichtssagende Aussicht, aber auf jeden Fall sah er ein kleines Stück Himmel, und darauf kam es an. Das hier starren die Häftlinge an, dachte er, wenn sie in der Zelle sitzen. Das hier fehlt ihnen.

Die verschiedenen Farbtöne, das wechselnde Licht. Die ewige Wanderung der Wolken. Sejer grunzte, öffnete die Schreibtischschublade und fand eine Tüte Fisherman's Friend. Das Telefon klingelte, als er gerade mit zwei Fingern in der Tüte herumwühlte. Es war Frau Brenningen von der Rezeption, sie sagte, unten stehe ein kleiner Wicht, der unbedingt mit ihm sprechen wolle.

»Beeil dich«, sagte sie. »Der muß aufs Klo.«

»Ein kleiner Wicht?«

»Ein kleiner dünner. Jan Henry.«

Sejer fuhr hoch und lief zum Fahrstuhl. Der sank fast lautlos abwärts. Sejer gefiel es nicht, daß es kaum ein Geräusch dabei gab, der Fahrstuhl hätte einen solideren Eindruck gemacht, wenn er lauter gewesen wäre. Nicht, daß er an Fahrstuhlangst litt oder so, es war nur eine Überlegung.

Jan Henry stand ganz still in der großen Halle und hielt nach Sejer Ausschau. Sejer war gerührt, als er die schmächtige Gestalt sah; hier, im Foyer, sah er besonders verloren aus. Er nahm den Kleinen bei der Hand und ging mit ihm zu den Toiletten. Wartete, bis Jan Henry fertig war. Der sah danach ziemlich erleichtert aus.

»Mama ist beim Friseur«, erklärte er.

»Ach? Und sie weiß, daß du hier bist?«

»Nein, nicht, daß ich hier bin, aber sie hat gesagt, ich darf einen Spaziergang machen. Es dauert lange, sie läßt sich Locken legen.«

»Dauerwellen? Ja, das ist kein Jux, das dauert an die zwei Stunden«, sagte Sejer fachmännisch. »Komm doch mit in mein Büro, dann siehst du, wo ich arbeite.«

Er nahm den Jungen an der Hand und ging mit

ihm zum Fahrstuhl, und Frau Brenningen bedachte ihn mit einem langen, anerkennenden Blick. Sie war mit den meisten Intrigen und fast der ganzen Macht fertig. Nur die Begierde stand noch aus.

»Du magst sicher kein Mineralwasser, Jan Henry«, sagte Sejer und hielt Ausschau nach etwas, das er anbieten konnte. Mineralwasser und Fisherman's Friend waren wohl nichts für einen kleinen Jungen, dessen Geschmacksnerven noch intakt und unverdorben waren.

»Doch, Mineralwasser, ja. Das habe ich immer von Papa gekriegt«, sagte Jan Henry zufrieden.

»Da habe ich ja Glück gehabt.«

Sejer riß einen Plastikbecher aus der Wurst über dem Waschbecken, schenkte ein und stellte den Becher auf den Tisch. Der Junge trank lange und rülpste vorsichtig.

»Wie geht es dir denn so«, fragte Sejer freundlich und sah, daß Jan Henry neue Sommersprossen bekommen hatte.

»Nicht schlecht«, murmelte der. Und dann fügte er hinzu, wie als Erklärung für sein Kommen: »Mama hat jetzt einen Freund.«

»O verdammt«, rutschte es aus Sejer heraus. »Deshalb also die Locken.«

»Weiß ich nicht. Aber der hat ein Motorrad.«

»Ach? Ein japanisches?«

»BMW.«

»Ach! Und darfst du mal mitfahren?«

»Nur auf dem Wäscheplatz hin und her.«

»Das ist doch auch nicht schlecht, und vielleicht macht ihr ja auch noch mal längere Ausflüge. Du trägst dabei doch sicher einen Helm?«

»Sicher.«

»Und deine Mama, fährt die mit?«

»Nein, das will sie nicht. Aber er versucht, sie zu überreden.«

Sejer trank aus der Flasche und lächelte. »Nett, daß du mal reingeschaut hast, ich kriege hier nicht oft Besuch.«

»Echt nicht?«

»Nein, ich meine, nicht solchen Besuch wie deinen. Netten Besuch. Der nichts mit meiner Arbeit zu tun hat, wenn du verstehst, was ich meine.«

»Ach so. Aber ich wollte eigentlich den Zettel bringen«, sagte Jan Henry schnell. »Sie haben gesagt, ich soll Bescheid sagen, wenn mir was einfällt. Über den Zettel von Papa.«

Sejer fuhr überrascht zusammen.

»Den Zettel?« stammelte er.

»Ich habe ihn in der Garage gefunden. Ich habe tagelang auf dem Tisch gesessen und nachgedacht, wie Sie gesagt haben. Und wenn ich die Augen zumachte, dann konnte ich Papa sehen, an dem Tag – an dem Tag, an dem er nicht mehr zurückgekommen ist. Und er hat den Zettel aus der Tasche gezogen. Und plötzlich fiel mir alles wieder ein, er lag unter dem Auto auf dem Boden und zog den Zettel aus der Tasche. Er hat ihn gelesen, und dann kam er ein Stück unter dem Auto hervorgekrochen, und dann hat er nach hinten gegriffen, so ...«

Er hob einen Arm über den Kopf und schien in der Luft etwas abzulegen.

»Und dann hat er ihn auf eine kleine Kante unter dem Tisch gelegt, dicht über dem Boden. Ich bin vom Tisch gesprungen und habe gesucht, und dann habe ich ihn gefunden.«

Sejer spürte, wie sein Blutdruck stieg, aber da der sonst niedrig war, führte das in seinem durchtrainierten Körper kaum zu physischen Veränderungen. Der Junge hatte die Hand in die Tasche gesteckt. Jetzt zog er sie heraus, und zwischen seinen Fingern steckte ein zerknüllter Zettel.

Sejers Hände zitterten, als er den Zettel auseinanderfaltete und las.

Dort standen der Name Liland und eine Telefonnummer. Die Hälfte des Zettels war abgerissen, vielleicht hatte dort noch mehr gestanden. Liland?

»Spitzenarbeit, Junge!« sagte er und schenkte Mineralwasser nach. Es war eine Osloer Nummer, die vielleicht rein gar nichts bedeutete. Das wußte er nach fast dreißig Jahren bei der Polizei aus Erfahrung. Die meisten Leute waren eben doch keine Verbrecher, und es war nicht verboten, sich für ein Auto zu interessieren. Schon gar nicht für einen Opel Manta, das waren doch attraktive Wagen, falls jemand lieber deutsche Autos fuhr, überlegte er. Wenn Einarsson wirklich verkaufen wollte. Aber er nickte zufrieden, und es juckte ihn in den Fingern, sich ans Telefon zu setzen, er hätte auch gern eine geraucht, aber er hatte im Dienst nie Drehtabak bei sich, er hatte nur miese trockene Zigaretten, die er anderen aufschwatzte. Jan Henry hatte eine kleine Führung durch das Haus verdient, vielleicht einen Blick in eine Untersuchungszelle und einen Verhörsraum. Einarssons Mörder befand sich nun seit über sechs Monaten auf freiem Fuß, da kam es auf eine Stunde auch nicht mehr an. Sejer nahm den Jungen an der Hand und führte ihn durch die Gänge. Jan Henrys Hand war dünner als die kräftige, mollige Faust von Matteus. Ich darf den Overall nicht vergessen, dachte er und gab sich Mühe, kleine Schritte zu machen. Bei der letzten Zelle blieb er stehen und schloß sie auf. Jan Henry schaute hinein.

»Ist das das Klo?« fragte er und zeigte auf das Loch im Boden.

»Ja.«

»Hier würde ich nicht gern schlafen.«

»Das brauchst du auch nicht. Hör nur immer schön auf deine Mutter.«

»Aber der Boden ist warm.«

Er wackelte in seinen Turnschuhen mit den Zehen.

»Ja, das stimmt. Die sollen ja schließlich nicht frieren.«

»Könnt ihr sie durch das Fenster in der Tür sehen?«

»Ja, das können wir. Komm, wir gehen wieder raus. Ich hebe dich hoch, dann kannst du es selber sehen.«

Der Kleine flog in seinen Armen nach oben.

»Genauso habe ich mir das vorgestellt«, sagte er einfach.

»Das kann ich mir denken. Es sieht aus wie ein Gefängnis, was?«

»Habt ihr hier viele Gefangene?«

»Im Moment sind es nur wenige. Wir haben Platz für neununddreißig, aber im Moment haben wir nur achtundzwanzig. Vor allem Männer und ein paar Frauen.«

»Auch Frauen?«

»Ja.«

»Ich wußte gar nicht, daß Frauen auch ins Gefängnis kommen können.«

»Ach? Hast du vielleicht gedacht, die wären lieber als wir?«

»Ja.«

»Dann kann ich dir etwas verraten«, flüsterte Sejer. »Das sind sie auch.«

»Aber sie dürfen Radio hören. Da läßt einer gerade Musik laufen.«

»Das kommt von dort.«

Sejer zeigte auf eine graue Tür. »Dahinter ist das Kino. Und im Moment sehen sie gerade den Film ›Schindlers Liste‹.«

»Kino?«

»Wir haben hier alles, was sie brauchen. Bibliothek, Schule, Arzt, Werkstatt. Die meisten arbeiten hier, im Moment montieren sie Kabel für Motorwärmer. Und alle müssen ihre Kleider selber waschen, und sie kochen in der Küche einen Stock höher. Und wir haben einen Turnsaal und einen Aufenthaltsraum. Und wenn sie frische Luft brauchen, dann gehen wir mit ihnen aufs Dach, da können sie dann spazierengehen.«

»Dann fehlt ihnen ja überhaupt nichts!«

»Naja, da bin ich mir nicht so sicher. Sie können bei dem schönen Wetter nicht in die Stadt gehen und sich ein Eis kaufen. Das können wir.«

»Brechen die auch manchmal aus?«

»Ja, aber das kommt nicht oft vor.«

»Schießen sie dann auf die Wärter und stehlen die Schlüssel?«

»Nein, so dramatisch ist das meistens nicht. Sie schlagen ein Fenster ein und lassen sich mit einem Seil an der Außenseite des Hauses herunter, und da wartet dann meist jemand mit laufendem Motor. Deswegen haben wir hier auch schon Beinbrüche und die eine oder andere Gehirnerschütterung gehabt. Es geht hier ganz schön tief runter.«

»Zerreißen die ihr Bettzeug, wie im Film?«

»Nein, sie stehlen in der Werkstatt ein Nylonseil. Sie sitzen nicht viel in ihren Zellen, weißt du, meistens laufen sie irgendwo im Haus herum.«

Er nahm den Kleinen wieder an der Hand, ging mit ihm zur Sicherheitszentrale und zeigte Jan Henry sein eigenes Bild auf dem Monitor. Jan Henry blieb stehen und winkte in die Kamera. Dann gingen sie zum Fahrstuhl. Danach begleitete Sejer ihn noch bis zum Friseur und lieferte ihn drinnen ab. Jan Henry setzte sich auf ein geblümtes Manilasofa. Auf dem Rückweg machte Sejer Riesenschritte.

In seinem Büro griff er sofort zum Telefonbuch. Der Name Liland kam sechsmal vor, in einem Fall hieß eine Firma so. Er ließ den Finger über die Nummern gleiten, fand die auf seinem Zettel jedoch nicht. Das war seltsam. Und es waren auch nur Männernamen. Er zögerte kurz, nahm dann den Hörer ab und wählte die Nummer, die auf dem Zettel stand. Es schellte einmal, zweimal, dreimal, er blickte kurz auf die Uhr und zählte die Klingeltöne, beim sechsten nahm endlich jemand ab. Ein Mann.

»Larsgård«, sagte er.

»Larsgård?«

Es wurde für einen Moment still, während Sejer sich fragte, ob er diesen Namen schon einmal gehört hatte. Er glaubte nicht. Er schaute aus dem Fenster auf den Platz unten, starrte nachdenklich den großen Springbrunnen an, in dem das Wasser fehlte, er wartete auf den Frühling, wie sie alle.

»Ja. Larsgård.«

»Wohnt bei Ihnen jemand namens Liland?« fragte Sejer gespannt.

»Liland?«

Der andere schwieg kurz, dann räusperte er sich.

»Nein, mein guter Mann. Das nicht. Jetzt nicht mehr.«

»Nicht mehr? Ist Liland vielleicht umgezogen?«

»Naja, das läßt sich vielleicht so sagen. Ziemlich weit weg sogar, in die Ewigkeit, nämlich. Ja, sie ist tot, es war meine Frau. Sie hieß mit Mädchennamen Liland. Kristine Liland.«

»Das tut mir wirklich leid.«

»Das glaube ich Ihnen gern, aber das ist für mich wirklich kein Trost.«

»Ist sie vor kurzem gestorben?«

»Nein, Himmel, sie ist schon seit Jahren tot.«

»Ach? Und sonst heißt bei Ihnen niemand so?«

»Nein, ich wohne hier ganz allein. Seit ihrem Tod lebe ich allein. Mit wem spreche ich eigentlich? Worum geht es?«

»Polizei. Es geht um einen Mordfall, und dabei gibt es ein Detail, das ich überprüfen muß. Darf ich bei Ihnen vorbeikommen und Ihnen alles erklären?«

»Ja, sicher, kommen Sie nur. Ich bekomme nicht oft Besuch.«

Sejer notierte die Adresse und überlegte, daß die Fahrt wohl eine halbe Stunde dauern werde. Er verschob den Magneten auf der Anwesenheitstafel, gab sich zwei Stunden, packte seine Jacke am Kragen und verließ sein Büro. Ein Schuß in den Ofen, dachte er. Aber immerhin kam er auf diese Weise aus dem Haus. Er saß nicht gern still, er betrachtete nicht gern von oben durch verstaubtes Glas Dächer und Baumkronen.

Dann fuhr er wie immer langsam durch die Stadt, die endlich Farbe bekam. Die Parkverwaltung hatte schon zugeschlagen, sie hatten überall Petunien und Tagetes gepflanzt, wahrscheinlich würde alles erfrieren. Er selber wartete immer bis nach dem Nationalfeiertag am 17. Mai. Er hatte zwanzig Jahre gebraucht, um dieser Stadt sein Herz zu öffnen, aber jetzt hielt sie es besetzt, nach und nach hatten ihn einzelne Stellen angerührt, zuerst die alte Feuerwache, dann die Hügel hoch über der Stadt, auf dieser Seite mit alten Villen bebaut, mehrere dieser alten Herrschaftshäuser dienten jetzt als exklusive Galerien und Büros, während die Hügel auf der Südseite vor allem mit Hochhäusern bebaut waren, in denen sich die Einwanderer und Asylbewerber der Stadt sammelten, mit allem, was an blöden Vorurteilen und dem daraus entstehenden Ärger dazugehörte. Inzwischen hatten sie auch ihre eigene Stadtteilpolizei, und die machte sich nicht schlecht. Auch die Brücke mit den schönen Skulpturen und dem großen Marktplatz, den Stolz der Stadt, mochte er gern, mit dem komplizierten Muster der Pflastersteine. Im Sommer verwandelte der Platz sich in ein Füllhorn voller Früchte, Gemüse und Blumen. Im Moment tuckerte der kleine Zug einher, wie immer, wenn der Sommer im Anmarsch war, einmal hatte er mit Matteus damit einen Ausflug gemacht, aber es war gar nicht leicht gewesen, seine langen Beine in dem winzigen Wagen unterzubringen. Jetzt war der Zug besetzt von verschwitzten Müttern und rosa Gesichtchen mit Schnullern und Häubchen, es ruckelte ziemlich heftig auf dem unebenen Boden. Sejer ließ das Zentrum hinter sich und fuhr zuerst zu seiner eigenen Wohnung. Kollberg konnte einen kleinen Ausflug vertragen, überlegte er, der war viel allein. Er nahm die Leine, befestigte sie an Kollbergs Halsband und lief die Treppen hinunter. Larsgård hatte sich wie ein steinalter Mann angehört. Warum stimmten Name und Nummer nicht überein? Darüber zerbrach Sejer sich den Kopf, als er vorbei an Kraftwerk und Campingzentrum in aller Ruhe nach Süden fuhr, im Rückspiegel die Wagen hinter sich betrachtete und ungeduldige Fahrer vorbeiließ, alle, die hinter Sejer kamen, wurden ungeduldig, was ihn aber nicht weiter kratzte. Bei der Knäckebrotfabrik bog er nach links ab, fuhr zwischen Äckern und Wiesen weiter und erreichte schließlich eine Gruppe von vier bis fünf Häusern. Am Rand dieser kleinen Siedlung lag noch ein Bauernhof. Larsgård wohnte in dem gelben Haus, es war ein ziemlich schönes Haus, winzig klein, mit ziegelroten Windbrettern und einem kleinen Seitenschuppen. Sejer hielt an und schlenderte auf die Treppe zu. Aber ehe er sie erreicht hatte, öffnete sich die Tür, und ein magerer, schlaksiger Mann erschien. Er trug eine Strickjacke und karierte Pantoffeln und hielt sich am Türrahmen fest. In der Hand hielt er einen Stock. Sejer suchte in seiner Erinnerung, irgend etwas an dem Alten kam ihm bekannt vor. Ihm fiel nicht ein, was.

»Sie haben nicht zu lange suchen müssen?« fragte der Alte.

»Nein, kein Problem. Das hier ist ja nicht gerade Chicago, und dann gibt es ja noch den Stadtplan.«

Sie gaben sich die Hände. Sejer drückte die magere Hand vorsichtig, vielleicht litt sein Gegenüber ja an Gelenkrheumatismus oder irgendeiner anderen Teufelei, wie sie sich in hohem Alter gern einstellt. Dann folgte er dem anderen ins Haus. Es war unordentlich und gemütlich zugleich, es herrschte ein angenehmes Halbdunkel. Die Luft war frisch, hier lag nicht viel alter Staub in den Ecken.

»Sie wohnen hier also allein?« fragte Sejer und setzte sich in einen alten Sessel, einen aus den fünfziger Jahren, in dem er richtig gut saß.

»Mutterseelenallein.«

Der alte Mann ließ sich mit großer Mühe auf dem Sofa nieder. »Und das ist nicht immer so leicht. Meine Beine verrotten so langsam. Sie füllen sich mit Wasser, können Sie sich etwas Scheußlicheres vorstellen? Und mein Herz sitzt auf der falschen Seite, aber immerhin klopft es noch. Klopf auf Holz«, sagte er plötzlich und machte es dann auch.

»Ach? Ist das möglich? Das Herz auf der falschen Seite zu haben?«

»Aber sicher. Ich sehe, daß Sie mir nicht glauben. Sie machen genau dasselbe Gesicht wie alle, denen ich das erzähle. Aber vor vielen Jahren mußte mir der linke Lungenflügel weggenommen werden. Ich hatte Tuberkulose, war zwei Jahre im Sanatorium. Da hat es mir gut gefallen, das war nicht das Problem, aber als sie diesen Lungenflügel rausgeholt hatten, war so verdammt viel Platz in meiner Brust, und deshalb fing der ganze Dreckskram an, nach rechts hinüber zu wandern. Aber egal, wie gesagt, es klopft noch, ich komme schon zurecht. Einmal in der Woche kommt eine Haushaltshilfe her. Sie putzt das Haus, wäscht ab, wirft Abfälle und die Sachen aus dem Kühlschrank weg, die seit ihrem letzten Besuch Schimmel angesetzt haben, und kümmert sich um die Blumen. Und sie bringt mir jedesmal drei oder vier Flaschen Rotwein mit. Das darf sie offenbar gar nicht. Für mich Rotwein kaufen, meine ich, sie dürfte mich höchstens in den Laden begleiten. Und deshalb sagt sie, ich dürfe das niemandem verraten. Aber Sie tratschen ja wohl nicht, oder?«

»Natürlich nicht.« Sejer lächelte. »Ich trinke abends vor dem Schlafengehen immer einen Whisky, das mache ich schon seit vielen Jahren. Und die Haushaltshilfe, die sich irgendwann weigert, für mich in den Schnapsladen zu gehen, tut mir jetzt schon leid. Ich dachte, dazu wären sie da?« fügte er unschuldig hinzu.

»*Einen* Whisky?«

»Nur einen. Aber einen ziemlich großzügigen.«

»Ja, genau. Wissen Sie, in ein Glas passen vier normale Schnapsmengen. Das habe ich ausgerechnet. Ballantines?«

»Famous Grouse. Der mit dem Schneehuhn auf dem Etikett.«

»Nie gehört. Aber was kann ich eigentlich für Sie tun? Hatte meine Frau düstere Geheimnisse?«

»Bestimmt nicht, aber ich muß Ihnen etwas zeigen.«

Sejer schob die Hand in die Jackentasche und fischte den Zettel heraus.

»Kennen Sie diese Handschrift?«

Larsgård hielt sich den Zettel dicht vor die Augen, zwischen seinen zitternden Fingern bewegte das Papier sich heftig hin und her.

»Nein«, sagte er unsicher. »Sollte ich das?«

»Ich weiß nicht. Vielleicht. Es gibt sehr viel, was ich nicht weiß. Ich ermittle im Mord an einem achtunddreißig Jahre alten Mann, der im Fluß gefunden wurde. Er ist nicht gerade beim Angeln ins Wasser gefallen. Das war vor sechs Monaten. Am Abend, an dem er verschwunden ist, hat er seiner Frau gesagt, er wolle jemandem sein Auto zeigen. Also einer Person, die sich dafür interessierte. Der Mann hat sich Namen und Telefonnummer dieser Person auf einem Zettel notierte. Diesem Zettel. Mit dem Namen Liland und Ihrer Telefonnummer, Larsgård. Können Sie das erklären?«

Der Alte schüttelte den Kopf, Sejer sah, wie er die Stirn runzelte.

»Das will ich gar nicht erst versuchen«, sagte Larsgård mit ganz leicht schroffem Tonfall. »Denn ich begreife davon nicht das geringste.«

Ganz weit im Hinterkopf erinnerte er sich an einen Anrufer, der sich verwählt hatte. Und es war um ein Auto gegangen. Wie lange war das her? Vielleicht ein halbes Jahr, vielleicht sollte er das erwähnen. Er erwähnte es nicht.

»Aber vielleicht hatte Ihre Frau Verwandte namens Liland?«

»Nein. Sie war ein Einzelkind. Der Name existiert in der Verwandtschaft nicht mehr.«

»Aber jemand hat ihn benutzt. Wahrscheinlich eine Frau.«

»Eine Frau? Liland ist doch ein häufiger Name.«

»Nein. In dieser Stadt heißen nur fünf Leute so. Und keiner hat diese Telefonnummer.«

Der Alte nahm eine Zigarette aus der Packung auf dem Tisch, und Sejer gab ihm Feuer.

»Mehr kann ich Ihnen nicht sagen. Es muß ein Irrtum sein. Und Tote kaufen keine Gebrauchtwagen. Außerdem konnte sie nicht einmal fahren. Meine Frau, meine ich. Er hat sein Auto wohl nicht mehr verkaufen können, wo er doch tot aufgefunden wurde? Sicher weil die Nummer nicht stimmte.«

Sejer schwieg. Er sah den Alten an, solange der redete, danach ließ er nachdenklich seinen Blick über die Wände wandern, er packte die Armlehne seines Sessel fester und spürte plötzlich, wie sich in seinem Nacken die Haare sträubten. Über dem Kopf des Alten hing ein kleines Gemälde. Es war in Schwarzweiß mit ein wenig Grau gehalten, ein abstraktes Bild, der Stil kam ihm seltsam bekannt vor. Er schloß kurz die Augen und öffnete sie dann wieder.

»Da haben Sie ja ein ganz besonderes Bild über dem Sofa hängen«, sagte er leise.

»Kennen Sie sich mit Kunst aus?« fragte Larsgård eifrig. »Finden Sie dieses Bild gut? Ich habe der Kleinen immer wieder gesagt, sie soll mit Farben malen, dann verkaufen sich ihre Bilder vielleicht. Sie versucht, davon zu leben, meine Tochter. Ich kenne mich ja nicht weiter mit Kunst aus, ich kann also nicht sagen, ob ihre Bilder etwas taugen, aber sie malt schon seit Jahren, und reich ist sie noch nicht geworden.«

»Eva Marie«, sagte Sejer leise.

»Eva, ja. Wieso? Kennen Sie meine Eva? Kann das denn möglich sein?«

Larsgård rutschte auf dem Sofa hin und her, er schien aus irgendeinem Grund beunruhigt zu sein.

»Ja, ein bißchen, durch Zufall. Ihre Bilder sind gut«, sagte Sejer schnell. »Die Leute sind einfach nur ein bißchen langsam. Warten Sie nur ab, Sie wird schon noch Erfolg haben.«

Er kratzte sich ungläubig die Wange. »Sie sind also der Vater von Eva Magnus?«

»Ist Ihnen das vielleicht nicht recht?«

»Doch, durchaus«, sagte Sejer. »Sagen Sie, sie heißt nicht vielleicht mit zweitem Namen Liland?«

»Nein. Sie heißt nur Magnus. Und sie kann sich jedenfalls kein neues Auto leisten. Sie ist jetzt geschieden, lebt allein mit ihrer Kleinen, Emma. Meinem einzigen Enkelkind.«

Sejer erhob sich, ignorierte die verwunderte Miene des Alten und trat dicht vor das Bild an der Wand. Er betrachtete die Signatur. E. M. Magnus. Die Buchstaben waren spitz und schräg, sie erinnerten ein bißchen an Runen, fand er, und betrachtete wieder den Zettel. LILAND. Genau die gleichen Buchstaben. Man brauchte nicht einmal Graphologe zu sein, um das zu sehen. Er holte Atem.

»Sie haben allen Grund, um auf Ihre Tochter stolz zu sein. Ich wollte mich wirklich nur nach diesem Zettel erkundigen. Sie kennen diese Handschrift also nicht?«

Der Alte gab keine Antwort. Er hatte den Mund verzogen und sah aus, als fürchte er sich plötzlich.

Sejer steckte den Zettel in die Tasche.

»Ich will Sie nicht weiter stören. Ich weiß ja jetzt, daß ein Irrtum vorliegen muß.«

»Stören? Sind Sie verrückt, was glauben Sie wohl, wie oft Leute wie ich Besuch bekommen?«

»Vielleicht schaue ich noch einmal vorbei«, sagte

Sejer, so lässig er konnte. Er ging so langsam zur Tür, daß Larsgård ihn begleiten konnte. Auf der Treppe blieb er stehen und starrte auf die Felder. Konnte fast nicht begreifen, wieso er schon wieder auf diesen Namen gestoßen war. Eva Magnus. Als habe die überall ihre Finger mit im Spiel. Seltsam.

»Sie heißen Sejer«, sagte der Alte plötzlich. »Das ist ein dänischer Name, nicht wahr?«

»Ja.«

»Sie sind nicht zufällig in Haukervika aufgewachsen?«

»Doch«, sagte Sejer überrascht.

»Ich glaube, ich kann mich an Sie erinnern. Ein kleiner dünner Wicht, der sich dauernd kratzte.«

»Das mache ich noch immer. Wo haben Sie denn gewohnt?«

»In dem grünen Krähenschloß hinter dem Sportplatz. Eva hat dieses Haus geliebt. Sie sind inzwischen aber gewachsen.«

Sejer nickte langsam. »Ja, das bin ich wohl.«

»Ach, und was haben Sie denn hier!«

Larsgård schaute auf den Rücksitz des Autos und entdeckte den Hund.

»Meinen Hund.«

»Der ist ja vielleicht groß.«

»Doch, der ist ein ziemlicher Brocken.«

»Wie heißt er denn?«

»Kollberg.«

»Was? Das ist ja ein witziger Name. Ja, ja, Sie haben sicher Ihre Gründe. Aber sie hätten ihn mit ins Haus bringen können, finde ich.«

»Das mache ich nie. Nicht alle mögen Hunde.«

»Ich wohl. Ich hatte vor vielen Jahren selber einen. Einen Dobermann. Oder eher eine Doberfrau. Ich habe sie Dibah genannt. Eigentlich hieß sie Kyrkjebakkens Farah Dibah. Können Sie sich einen schlimmeren Namen vorstellen?«

»Ja.«

Sejer stieg in den Peugeot und ließ den Motor an. Jetzt wird der Boden unter deinen Füßen heiß, Eva, dachte er, denn in zwei Minuten hängt dein alter Vater an der Strippe, und dann hast du etwas, worüber du dir Gedanken machen kannst. Ein Mist, daß immer irgendwer in der Nähe ist, der anrufen und sie warnen kann!

»Fahren Sie langsam durch die Felder«, sagte Larsgård streng. »Es laufen so viele Tiere über die Straße.«

»Ich fahre immer langsam. Der Wagen ist schon alt.«

»Nicht so alt wie ich.«

Larsgård winkte ihm hinterher, als er losfuhr.

Eva blieb mit dem Hörer in der Hand stehen.

Er hatte den Zettel gefunden. Nach sechs Monaten hatte er den Zettel gefunden.

Die Polizei hatte Graphologen, die feststellen konnten, wer den Zettel beschrieben hatte, aber sie mußten erst Vergleichsmaterial haben, dann konnten sie jede Schlinge, alle Übergänge und Bögen, Punkte und Striche untersuchen, ein ganz persönliches Muster, das die Schreiberin mit allen Charakterzügen und neurotischen Tendenzen, vielleicht sogar mit Größe und Alter entlarvte, sie hatten das genau gelernt, sie hatten es schließlich studiert.

Sejer würde nicht lange brauchen, um von ihrem Vater zu ihr zu fahren. Sie hatte nicht viel Zeit. Sie ließ den Hörer auf die Gabel fallen und lehnte sich kurz an die Wand. Dann lief sie wie eine Schlafwandlerin durch das Zimmer und auf den Flur, wo sie ihren Mantel vom Haken riß. Sie legte ihn zusammen mit ihrer Handtasche und einer Schachtel Zigaretten auf den Eßtisch. Dann lief sie ins Badezimmer, um ihre Toilettensachen zu holen, sie packte Zahnpasta und Zahnbürste in eine Tasche und warf eine Haarbürste und eine Packung Aspirin hinterher. Rannte ins Schlafzimmer und riß Kleider aus dem Schrank, Unterhosen, T-Shirts und Socken. Dann schaute sie auf die Uhr, lief in die Küche, öffnete die Tiefkühltruhe, nahm eine Packung mit der Aufschrift »Speck« heraus, steckte die in ihre Handtasche, rannte ins Wohnzimmer, löschte die Lampen und sah nach, ob alle Fenster geschlossen waren. Das alles hatte nur wenige Minuten gedauert, sie blieb mitten im Zimmer stehen und sah sich ein letztes Mal um, sie wußte nicht, wohin, wußte nur, daß sie fortmußte. Emma konnte bei Jostein bleiben. Da ging es ihr gut, vielleicht würde sie ohnehin lieber dort wohnen. Angesichts dieser Erkenntnis fühlte Eva sich wie gelähmt. Aber sie durfte jetzt nicht herumjammern, sie ging in den Flur, zog ihren Mantel an, hängte sich die Tasche über die Schulter und öffnete die Tür. Auf der Treppe stand ein Mann und starrte sie an. Sie hatte ihn noch nie gesehen.

Sejer fuhr mit außerordentlich gerunzelter Stirn aus dem Tunnel.

»Kollberg«, sagte er, »das ist wirklich seltsam.«

Er setzte die Sonnenbrille auf. »Warum stolpern wir bloß immer wieder über diese Frau? Was treibt die denn eigentlich?«

Er starrte hinab auf die Stadt, die nach dem Winter schmutzig und grau aussah. »Dieser Alte hatte mit dem Fall jedenfalls nichts zu tun, der ist doch mindestens achtzig, wenn nicht noch älter. Aber was in aller Welt will eine elegante Künstlerin wie sie mit einem Brauereiarbeiter mit Hängearsch? Geld hatte der jedenfalls nicht. Hast du übrigens Hunger?«

Kolberg bellte.

»Ich auch. Aber wir müssen erst nach Engelstad. Danach machen wir es uns gemütlich, wir können auf dem Heimweg beim Seven Eleven anhalten. Ein Schweinekotelett für mich, und Trockenfutter für dich.«

Kollberg winselte.

»Das war nur ein Scherz. Zwei Schweinekoteletts, und ein Bier für jeden.«

Glücklich legte der Hund sich wieder hin. Er hatte kein Wort verstanden, aber der Tonfall seines Herrn beim letzten Satz hatte ihm gefallen.

Eva starrte den Fremden an. Hinter ihm stand ein blauer Saab, und auch den kannte sie nicht.

»Entschuldigung«, stammelte sie. »Ich dachte, Sie seien jemand anders.«

»Ach ja? Und warum hast du das gedacht, Eva?«

Unsicher zwinkerte sie mit den Augen. Und dann kam ihr ein schrecklicher Verdacht. Dieser Verdacht traf ihr Gehirn wie ein Blitzschlag, ihr Gesicht erstarrte und fühlte sich an wie dickes Papier. Nach sechs Monaten war der Zettel aufgetaucht, sie hatte keine Ahnung, woher. Nach sechs Monaten stand der Mann vor ihrer Tür, den sie erwartet hatte. Sie hatte geglaubt, er habe aufgegeben. Der Mann kam zwei Stufen höher und stützte sich mit einer Hand gegen den Türrahmen. Sie spürte seinen Atem.

»Weißt du, was ich neulich auf dem Dachboden gefunden habe? Als ich Majas Sachen aufgeräumt habe? Ich habe ein Bild gefunden. Ein ziemlich spannendes Bild übrigens, und dein Name stand unten in einer Ecke. Daran hatte ich nicht gedacht. Sie hat dich an dem Abend erwähnt, als sie mich anrief, hat gesagt, daß ihr euch in der Stadt begegnet seid. Es war an dem Abend, du weißt schon – an dem Abend vor ihrem Tod. Eine alte Jugendfreundin, sagte sie. Eine von der Sorte, denen ihre Freundin alles erzählt.«

Seine Stimme schien einem Kriechtier zu gehören, sie war schuppig und verrostet.

»Du solltest nicht überall deine Bilder herumliegen lassen, noch dazu mit Signatur. Ich wollte einige Möbel herausholen und verkaufen, und da stand das Bild. Ich hatte dich gesucht, seit sechs Monaten suche ich dich. Es war nicht leicht, es gibt so viele Evas. Wie war das denn, Eva, war die Versuchung zu groß? Sie hat dir von ihrem Geld erzählt, nicht wahr, und dann hast du sie umgebracht?«

Eva mußte sich gegen die Wand lehnen.

»Ich habe sie nicht umgebracht!«

Er starrte sie aus schmalen Augen an.
»Darauf scheiße ich! Das Geld gehört mir!«
Sie wich in den Flur zurück und schlug die Tür zu. Die hatte ein Schnappschloß. Eva taumelte ins Wohnzimmer, sie hörte, wie er sich am Schloß zu schaffen machte, ganz leise zuerst, vielleicht hatte er einen Dietrich. Sie vergeudete ihre Zeit nicht. Sie lief die Kellertreppe hinunter, stürmte weiter, preßte sich an der alten Hobelbank vorbei und fand den Hauptschalter für den Strom. Alles wurde schwarz. Jetzt ging er mit schwererem Werkzeug auf die Tür los, es dröhnte und kratzte. Sie tastete sich zur Kellertür vor, hinter ihren Schläfen kochte es, die Tür war seit Jahren nicht mehr geöffnet worden, vielleicht war sie abgeschlossen, vielleicht mit einem Hängeschloß, sie wußte es nicht mehr, aber die Tür führte in eine Wildnis von Garten, und hinter der Hecke lagen der Garten der Nachbarn und eine Seitenstraße, durch die sie fliehen konnte. Oben hörte sie immer wütendere Geräusche von Metall, das Holz durchschlug, vielleicht hatte er eine Axt. Sie fand den Riegel, der quer über der Tür verlief, hoffte, daß die Tür nicht abgeschlossen war, konnte kein Schloß finden, aber der Riegel bewegte sich nicht, er war sicher festgerostet. Rasch zog Eva einen Schuh aus und schlug mit dem Absatz auf die Tür ein, schlug und schlug, während der Mann oben die Tür einschlug und ins Wohnzimmer rannte, und endlich bewegte sich der Riegel. Sie drückte vorsichtig dagegen, denn jetzt war der Mann stehengeblieben, er schien zu lauschen, jeden Moment konnte er die Kellertreppe entdecken, und dann würde er sich denken können, daß sie hier unten in der Dunkelheit stand,

daß es hier unten vielleicht eine Tür zum Garten gab, sie konnte den Riegel nicht verschieben, solange der Mann so still dastand. Sie wartete darauf, daß er wieder einige Schritte machte, und das tat er, er näherte sich der Treppe, seine Sohlen schlurften über das Parkett, sie zog den Schuh wieder an und drückte die Tür mit der Schulter auf, hoffte, die Tür werde nicht knirschen, aber das tat sie, ein kreischender, jammernder Lärm hallte im Keller wider. Jetzt stand Eva nur noch eine Kellerluke im Weg, und die war wohl offen, sie schloß sie jedenfalls nie ab, und sie ging die vier Stufen nach oben und drückte mit der Schulter gegen die Luke, als sie seine Schritte auf der Treppe hörte, er hatte begriffen, daß sie diesen Fluchtweg suchte, deshalb lief er jetzt schneller, während Eva die Schulter als Rammbock benutzte und immer wieder damit gegen die Kellerluke drückte, und die öffnete sich ein wenig, fiel dann aber gleich wieder zu, durch den Spalt sah sie, daß jemand einen Stock durch die Stahlösen auf der Außenseite gesteckt hatte, vielleicht Jostein, der war immer so praktisch. Aber wenn es ein Stock war, dann würde er brechen, früher oder später würde er brechen, und deshalb schlug sie immer wieder mit der Schulter gegen die Luke, der Spalt vergrößerte sich, ihre Schulter schien noch vor dem Stock zerbrechen zu wollen, sie wurde taub, fast gefühllos, und deshalb machte Eva weiter, und dann sah sie plötzlich auf der untersten Stufe seinen Fuß, einen hellen Mokassin, und sie erblickte in der Dunkelheit weiße Zähne. Er machte ein paar Schritte und streckte den Arm aus, und Eva rammte mit aller Kraft ihre Schulter gegen die Luke, und in diesem Moment brach der

Stock durch, und die Luke öffnete sich mit lautem Krach. Eva verlor auf der Treppe das Gleichgewicht, konnte sich aber wieder aufrappeln, schoß wie ein Projektil durch die Öffnung und peilte die Hecke an, aber dann spürte sie seine Hände um ihren Knöchel, er packte zu, er riß und zerrte sie zu sich, ihr Kinn knallte auf die Treppenstufen. Der Zementboden war eiskalt. Sie spürte ihre Schulter nicht mehr, und nun hatte sie Blut im Mund. Der Mann ließ ihren Fuß wieder los.

Eva blieb auf dem Bauch liegen. Der Mann stand breitbeinig über ihr, sie roch sein Rasierwasser, ein seltsam fremder Geruch im muffigen Keller. Ihre Gedanken jagten hin und her, sie dachte, besonders groß ist er nicht, er ist schmächtig und dünn, und die Luke steht offen. Ich habe längere Beine als er, vielleicht kann ich ihn überraschen, vielleicht kann ich ihn überraschen...

»Liegenbleiben!« fauchte er.

Sie versuchte, einen Plan zu fassen. Sie mußte sich etwas ausdenken, mußte seine Konzentration stören, ihn aus der Fassung bringen. Die Treppe zum Garten hatte vier Stufen, wenn sie die auf einmal nahm...

»Sag mir, wo du das Geld versteckt hast, dann passiert dir nichts!«

Seine Stimme klang fast tröstlich. »Wenn du mir das aber nicht erzählst, dann wird der Boden unter deinen Füßen heiß. In der ersten Runde. Später werden dann auch andere Stellen angewärmt.«

Er riß ein Streichholz an. Sie würgte die aufsteigende Übelkeit hinunter und versuchte zu berechnen, wie viele Sekunden sie brauchen würde, um aufzuspringen, aus dem Keller zu rennen, die

Hecke hinter sich zu bringen und über den Rasen der Nachbarn zu laufen. Sie ging in Gedanken die Bewegungen durch, Arme und Beine anziehen, aufspringen, zwei Stufen, in die Hecke, über den Rasen, durch die Straße, Verkehr, Menschen...

»Ich höre nichts?« sagte er heiser.

»Das habe ich natürlich nicht hier«, stöhnte sie. »Hast du das denn im Ernst geglaubt?«

Er lachte leise. »Ist mir doch egal, wo das Geld ist. Wenn du mich nur hinführst.«

Was würde ihn überraschen, überlegte sie, irgend etwas Unerwartetes, vielleicht ein schriller Schrei, der Schrei, der nie aus deiner Kehle kommt, wenn du Todesängste erleidest, der im Hals stecken bleibt und dir den Atem nimmt. Ein Schrei. Vielleicht würde der ihn für zwei Sekunden lähmen, gerade lange genug, damit ich mich halbwegs aufrichten kann.

Sie hob den Kopf.

»Ja?« fragte er.

Sog Luft ein, füllte die Lunge, nahm Anlauf.

»Na, was wird?«

Das Streichholz erlosch. Und Eva schrie. Die Kellerwände warfen ihren schrillen Schrei von Raum zu Raum, sie sprang auf, holte wieder Luft, schrie noch einmal, und dann riß er sich zusammen, kam hinter ihr her, als sie gerade die vier Stufen in zwei Sprüngen hinter sich brachte, sie lief durch den Garten und drängte sich durch die Hecke, spürte, wie die an ihren Haaren riß und ihre Haut zerkratzte, hörte, daß ihr Mantel zerriß, hörte hinter sich das Keuchen des Mannes, preßte sich weiter und war plötzlich durch, lief schneller, rannte um das Haus der Nachbarn herum, durch das Tor, über die Straße, die jetzt still war, durch ein weiteres Tor, ihre langen Beine langten aus, Schmerzen und Angst gaben ihr neue Kräfte, sie hörte ein Stück hinter sich seine Schritte, lief um das Haus herum, sah eine weitere Hecke, konnte sich hindurchquetschen und ein weiteres Grundstück überqueren, entschied sich aber dagegen, rannte wieder um das Haus herum und blieb auf der anderen Seite stehen, gerade rechtzeitig, um zu sehen, wie er zur Hecke rannte, er glaubte, sie sei schon auf deren anderer Seite angelangt, aber sie rannte jetzt wieder auf die Straße, hielt sich am Straßenrand, damit ihre Absätze auf dem Asphalt nicht klapperten, entdeckte tief unter sich die Hauptstraße und die ersten Autoscheinwerfer, blickte sich nicht mehr um, sondern lief mit keuchendem Atem und berstender Lunge weiter und sah endlich ein Auto, es fuhr langsam, sie sprang auf die Straße und hörte die Bremsen kreischen. Wie ein Sack sank sie auf der Motorhaube in sich zusammen. Sejer starrte sie durch die Windschutzscheibe erschrocken an. Sie erkannte ihn erst nach einigen Sekunden. Dann fuhr sie herum, jagte über die Straße, lief auf eine Auffahrt auf der anderen Seite, hörte, wie er sein Auto herumriß, wie es anhielt, wie eine Autotür aufgestoßen wurde, hörte seine Schritte auf dem Bürgersteig. Evas Kräfte ebbten ab, sie rannte noch immer, ihr Rock flatterte ihr um die Beine. Sejer kam hinter ihr her, er lief über den Kiesweg, trotz des Hämmerns in ihren Ohren konnte sie ihn deutlich hören, danach kam ein anderes Geräusch, ein bekanntes Geräusch, bei dem sich ihre Kehle zusammenschnürte. Ein

Hund. Kollberg wollte mitspielen. Begeistert sah er zu, wie sein Herr davonstürzte, der große Hund brauchte nur wenige Sekunden, um Sejer einzuholen, er wedelte eifrig mit dem Schwanz, sprang hoch und zupfte an Sejers Jacke, dann bemerkte er plötzlich die Frau, die mit flatterndem Rock ein Stück weiter vorn durch den halbdunklen Garten rannte, vergaß Sejer und stürzte hinter Eva her. Eva drehte sich um und sah den großen Hund mit der roten Schnauze, seine Zunge pendelte hin und her, während er durch den Garten jagte. Eva dachte nicht mehr an Sejer, sie floh vor dem Hund, vor den gelben Zähnen und den riesigen Pfoten, die sich in langen Sprüngen durch das nasse Gras fraßen, die die Entfernung zwischen ihnen gierig verschlangen. Zwischen den alten Apfelbäumen stand ein kleines Spielhaus. Eva stürzte weiter, ihre Kräfte waren fast aufgebraucht, sie riß die Tür auf und zog sie hinter sich ins Schloß. Hier war sie vor dem Hund sicher. Hier war sie zumindest vor dem Hund sicher.

Sejer atmete durch und ging langsam auf das Häuschen zu. Er streichelte den Hund, der enttäuscht kehrtgemacht hatte, und Kollberg wurde wieder lebendig, tanzte um Sejer herum und lief vor ihm her zur Tür. Sejer öffnete sie vorsichtig. Eva kauerte neben einem gedeckten Tisch auf dem Boden. Auf der weißen Tischdecke standen eine winzigkleine Kaffeekanne und zwei Porzellantassen. Neben Eva lag auf dem Boden eine vergessene Puppe mit kurzgeschorenen Haaren.

»Eva Magnus«, sagte Sejer leise. »Sie müssen bitte mit zur Wache kommen.«

Eva kehrte in die Wirklichkeit zurück.

Sie blickte zu Sejer auf, verwundert, weil er noch immer dasaß.

Jetzt hätte er sie vielleicht bitten können, zur Sache zu kommen, aber das tat er nicht. Er konnte sich die Wartezeit als Überstunden anrechnen lassen, Eva hatte nicht solches Glück. Sie hatte noch immer ihren Mantel an, jetzt steckte sie die Hand in die Tasche und suchte dort nach irgend etwas.

»Zigarette?« fragte er und nahm seine eigenen hervor, die, die er nie berührte.

Er gab ihr Feuer, schwieg weiterhin, sah, daß sie versuchte, sich zu sammeln, einen Anfang zu finden, eine gute Ausgangsposition. Das Blut um ihren Mund gerann jetzt langsam, ihre Unterlippe war angeschwollen. Sie konnte nicht ins Haus zurück. Deshalb fing sie endlich mit dem Anfang an. Mit dem Tag, an dem Emma in Ferien gefahren war, an dem Eva den Bus in die Innenstadt genommen hatte. Sie stand frierend in der Nedre Storgate, kehrte dem Warenhaus Glassmagasinet den Rücken zu und hatte neununddreißig Kronen in der Brieftasche und in der Hand eine Plastiktüte. Mit der anderen Hand hielt sie sich am Hals den Mantel zusammen. Es war der letzte Tag im September, es war kalt.

Es war elf Uhr vormittags, sie hätte eigentlich zu Hause an der Arbeit sein müssen, aber sie war aus dem Haus geflohen. Zuerst hatte sie Elektrizitätswerk und Post angerufen, hatte um Gnade gefleht, nur noch ein paar Tage, dann würde sie bezahlen. Der Strom wurde dann auch nicht abgestellt, schließlich hatte sie ein minderjähriges Kind, aber das Telefon sollte später am Tag gesperrt werden. Wenn das Haus abbrannte, dann würden sie in den Ruinen leben müssen, sie hatte die Versicherung nicht bezahlt. Jede Woche lag eine neue Inkassomeldung in ihrem Briefkasten. Das Stipendium vom staatlichen Kunstrat verspätete sich. Der Kühlschrank war leer. Die neununddreißig Kronen waren alles, was sie hatte. In ihrem Atelier stapelten sich die Bilder, die Arbeit mehrerer Jahre, die niemand kaufen wollte. Eva blickte nach links, in Richtung Platz, dort sah sie die Leuchtreklame der Sparkasse. Vor einigen Monaten war die Sparkasse ausgeraubt worden. Der Mann im Trainingsanzug war nach weniger als zwei Minuten mit vierhunderttausend Kronen davongestürzt. Also nach ungefähr hundert Sekunden, überlegte Eva. Spuren gab es nicht. Sie schüttelte resigniert den Kopf und schaute zum Farbladen hinüber, dann sah sie in ihre Plastiktüte, in der eine Sprühdose mit Fixativ lag. Die hatte hundertzwei Kronen gekostet und funktionierte nicht. Etwas stimmte nicht mit dem Ventil, nichts kam heraus, oder, schlimmer noch, plötzlich ergoß sich der Inhalt über ein Bild und ruinierte es. Wie zum Beispiel die Skizze ihres Vaters, die ihr so gut gelungen war. Eva konnte sich kein neues Fixativ leisten, sie mußte die defekte Dose umtauschen. Für ihre wenigen verbliebenen Kronen bekam sie nur Milch und Brot und Kaffee, danach war Schluß. Das Problem war nur, daß Emma wie ein Pferd fraß, ein Brot hielt nicht lange vor. Eva hatte beim Kunstrat angerufen, und das Stipendium sollte »in den nächsten Tagen« überwiesen werden, es konnte also noch eine Woche dauern. Wovon sie am nächsten Tag leben sollte, ahnte sie einfach nicht. Dieses Wissen nahm ihr nicht ganz den Atem, und sie geriet auch nicht in Panik, sie war daran gewöhnt, von der Hand in den Mund zu leben, das machten sie schon seit Jahren so. Seit sie mit Emma allein war und keinen Mann mehr hatte, der Geld verdiente. Irgend etwas würde sich schon ergeben, das war doch immer so. Aber die Sorge saß in ihrer Brust wie ein harter Stachel, im Laufe der Jahre hatte sie Eva innerlich ausgehöhlt. Ab und zu schien die Wirklichkeit ins Schwanken zu geraten, und sie schien zu grummeln wie ein sich ankündigendes Erdbeben. Das einzige, was Eva festhielt, war die alles überschattende Aufgabe, Emmas Hunger zu stillen. Solange sie Emma hatte, hatte sie auch einen Anker. An diesem Tag war Emma bei ihrem Vater, und Eva suchte etwas, woran sie sich festhalten konnte. Das einzige, was sie hatte, war die Plastiktüte.

Eva war groß und trotzig zugleich, blaß und verängstigt, aber in den vielen Jahren ohne Geld hatte sie gelernt, ihre Phantasie zu benutzen. Vielleicht könnte ich Geld verlangen statt einer neuen Dose, überlegte sie, dann hätte sie noch hundertzwei Kronen, um Lebensmittel zu kaufen. Es war nur ein bißchen peinlich, darum zu bitten. Sie war schließlich Künstlerin, sie brauchte Fixativ, und das wußte auch der Farbhändler. Vielleicht sollte sie in den Laden stürzen und eine wilde Szene machen, die schwierige Kundin spielen, mit der Verbraucherzentrale drohen, herumschreien und sich aufspielen, und der Händler würde dann vielleicht begreifen, was Sache war, daß sie eigentlich pleite und verzweifelt war, und er würde ihr das Geld zurückgeben. Er war ein freundlicher Mensch. So einer wie Père Tanguy, der als Bezahlung aus einer Leinwand von Van Gogh eine rosa Krabbe herausgeschnitten hatte. Abgesehen davon, daß der dann eine Tube Farbe gekauft hatte, lieber verzichtete er aufs Essen. Das tat Eva im Grunde auch gern, aber sie hatte ein Kind mit gierigem Appetit, was bei dem Niederländer nicht der Fall gewesen war. Sie riß sich zusammen, überquerte die Straße und ging in den Laden. Dort war es angenehm warm, und es roch wie bei ihr zu Hause im Atelier. Eine junge Frau stand in der Parfümabteilung hinter dem Tresen, sie blätterte in einem Buch mit Farbmustern von Haartönungen. Der Farbhändler selber war nicht zu sehen.

»Ich wollte das hier zurückbringen«, sagte Eva energisch. »Das Ventil funktioniert nicht. Ich möchte mein Geld zurück.«

Die Frau machte ein abweisendes Gesicht und nahm die Plastiktüte entgegen.

»Das können Sie nicht hier gekauft haben«, sagte sie mürrisch. »Diese Sorte Haarspray führen wir nicht.«

Eva verdrehte die Augen. »Das ist kein Haarspray, sondern Fixativ«, sagte sie verzweifelt. »Ich habe wegen dieser Dose eine ziemlich gute Skizze ruiniert.«

Die Frau errötete, nahm die Dose und versuchte, damit über Evas Kopf hinwegzusprühen. Nichts kam heraus.

»Ich gebe Ihnen eine andere«, sagte sie kurz.

»Das Geld«, beharrte Eva verbissen. »Ich kenne den Chef hier. Der würde mir das Geld geben.«

»Wieso denn?« fragte die andere.

»Weil ich darum bitte. Das nennt man Service«, sagte Eva schroff.

Die Frau seufzte, sie stand noch nicht lange hinter dem Tresen, und außerdem war sie zwanzig Jahre jünger als Eva. Sie öffnete die Kasse und nahm einen Hunderter und zwei Kronenstücke heraus.

»Unterschreiben Sie hier.«

Eva schrieb ihren Namen, nahm das Geld und ging aus dem Laden. Sie versuchte, sich zu entspannen. Jetzt würde sie vielleicht noch zwei Tage überstehen. Sie addierte in Gedanken und kam auf hunderteinundvierzig, fast genug, um sich im Warenhauscafé eine Tasse Kaffee zu gönnen. Wenn es da keine Speisepflicht gab. Sie überquerte die Straße und ging durch die sich einladend öffnenden Glastüren. Warf einen raschen Blick in die Buch- und Papierabteilung und wollte zur Rolltreppe, als sie eine Frau entdeckte, die vor einem Regal stand und Eva den Rücken zukehrte. Eine runde, dunkelhaarige Frau mit kurzgeschnittenen Haaren. Sie stand ganz still da und blätterte in einem Buch. Nun drehte sie sich halb um. Es waren viele Jahre vergangen, aber ihr Gesicht war nicht zu verkennen. Eva fuhr zurück, sie traute ihren eigenen Augen nicht. Plötzlich war sie um viele Jahre in der Zeit zurückversetzt, bis zu dem Tag, als sie mit fünfzehn Jahren zu Hause auf der Steintreppe gesessen hatte. Ihr ganzes Hab und Gut war in Kartons gepackt und in einem Möbelwagen verstaut worden. Eva starrte den Wagen an, konnte nicht fassen, daß alles in dem kleinen Auto Platz gefunden hatte, Haus und Garage und Keller waren doch voll gewesen. Sie zogen um. Im Moment schienen sie nirgendwo zu wohnen, das war scheußlich. Eva wollte nicht umziehen. Ihr Vater ging mit unruhigem Blick umher und schien zu fürchten, sie könnten etwas vergessen. Endlich hatte er Arbeit gefunden. Aber er wich Evas Blick aus.

Dann knirschte der Kies, und eine vertraute Gestalt bog um die Ecke.

»Ich mußte doch auf Wiedersehen sagen«, sagte sie.

Eva nickte.

»Wir können uns doch schreiben? Ich habe noch nie Leuten Briefe geschrieben. Kommst du in den Sommerferien zu Besuch?«

»Keine Ahnung«, murmelte Eva.

Sie würde niemals eine neue Freundin finden, da war sie sich sicher. Sie waren zusammen aufgewachsen, hatten alles geteilt. Niemand sonst würde wissen, wie ihr zu Mute war. Die Zukunft war eine elende graue Landschaft, Eva hätte heulen können. Die andere umarmte sie verlegen, dann war sie verschwunden. Es war fast fünfundzwanzig Jahre her, und seither hatten sie sich nicht wiedergesehen. Bis heute.

»Maja?« fragte Eva zaghaft und wartete gespannt. Die Frau drehte sich um und versuchte, die Fragerin zu finden, dann entdeckte sie Eva. Ihre Augen weiteten sich.

»Aber du meine Güte, ich mag ja meinen eigenen Augen kaum trauen! Eva Marie! Meine Güte, du bist ja vielleicht groß geworden!«

»Und du bist noch kleiner als in meiner Erinnerung.«

Sie schwiegen ein Weilchen, plötzlich verlegen, sie musterten einander, um ja kein Detail zu übersehen, alle Veränderungen, die vergangenen Jahre hatten ihre Spuren hinterlassen, jede erkannte in den Runzeln und Falten der anderen ihren eigenen Verfall, und danach suchten sie nach allem, was sie so gut kannten, und was noch immer vorhanden war. Maja sagte: »Jetzt gehen wir ins Café. Komm, wir müssen uns ausquatschen, Eva. Du wohnst also immer noch hier? Du wohnst wirklich immer noch hier?«

Sie legte Eva den Arm um die Taille und schob sie zur Treppe, noch immer verwundert, aber ganz die Alte, wie in Evas Erinnerung, lebhaft, redselig, energisch und immer sprudelnd vor Energie, mit anderen Worten: das genaue Gegenteil Evas. Himmel, sie hatten sich gegenseitig so gebraucht!

»Ich bin einfach nicht weitergekommen«, sagte Eva. »Es ist ein unseliger Wohnort, ich hätte damals nicht mit umziehen dürfen.«

»Du bist noch genau wie früher«, Maja lachte. »Immer negativ. Komm, wir nehmen den Fenstertisch dahinten.«

Sie liefen los und ließen sich auf die Stühle fallen. Maja sprang wieder auf.

»Du paßt auf meinen Platz auf, und ich gehe etwas holen. Was möchtest du?«

»Nur Kaffee.«

»Du brauchst ein Stück Sahnetorte«, protestierte Maja. »Du bist dünner denn je.«

»Ich hab' kein Geld.«

Das war ihr herausgerutscht, ehe sie sich das überlegt hatte.

»Ach? Aber ich.«

Weg war Maja, und Eva sah, wie sie sich am Kuchentresen gierig bediente. Es war Eva peinlich, zugeben zu müssen, daß sie sich kein Stück Kuchen leisten konnte, aber sie war nicht daran gewöhnt, Maja anzulügen. Die Wahrheit kam wirklich ganz von selber. Eva konnte es kaum glauben, daß Maja wirklich dort hinten stand und Kaffee einschenkte. Die fünfundzwanzig Jahre waren wie ausradiert, und als sie Maja aus der Entfernung sah, wirkte die noch immer wie ein junges Mädchen. Leute, die ein bißchen rundlich sind, haben eine glattere Haut, dachte Eva mißgünstig und zog ihren Mantel aus, ihr selber war Essen nicht besonders wichtig. Sie aß nur, wenn der Hunger zum physischen Unbehagen wurde und ihre Konzentration störte. Ansonsten lebte sie von Kaffee, Zigaretten und Rotwein.

Maja kam zurück. Sie stellte das Tablett auf den Tisch und schob Eva einen Teller zu. Kopenhagener und Sahneschnittchen.

»Das schaffe ich doch gar nicht alles«, jammerte Eva.

»Du mußt dir eben Mühe geben«, sagte Maja energisch. »Das ist eine reine Frage des Trainings. Je mehr du ißt, um so mehr weitet sich dein Magen aus, und um so mehr Essen braucht er, um voll zu werden. Das läßt sich in zwei Tagen erreichen. Du bist keine zwanzig mehr, weißt du, und wenn wir auf die vierzig zugehen, sollten wir ein bißchen mehr auf unsere Knochen packen. Herrgott, wir sind bald vierzig.«

Sie bohrte die Gabel in die Sahneschnitte, und die Sahne quoll an den Seiten heraus. Eva starrte sie an, merkte, wie Maja die Herrschaft an sich riß, so daß sie selber sich entspannen und ausruhen und einfach tun konnte, wie ihr geheißen. Wie früher. Gleichzeitig registrierte sie Majas Finger mit den vielen Goldringen, und die Armbänder, die an ihren Handgelenken klirrten. Sie schien wohlhabend zu sein.

»Ich wohne seit anderthalb Jahren hier«, sagte Maja. »Verrückt, daß wir uns erst jetzt begegnet sind.«

»Ich komme fast nie in die Stadt. Hab' hier eigentlich nichts zu suchen. Ich wohne in Engelstad.«

»Verheiratet?« fragte Maja vorsichtig.

»Gewesen. Ich habe eine kleine Tochter, Emma. Sie ist übrigens gar nicht mehr so klein. Im Moment ist sie bei ihrem Vater.«

»Alleinerziehende Mutter also.«

Maja nannte die Dinge beim Namen. Eva wand sich innerlich. So, wie Maja das sagte, hörte es sich so erbärmlich an. Und daß die Zeiten schwer waren, war ihr wohl auch anzusehen. Sie kaufte ihre Kleider immer gebraucht, während Maja ziemlich elegant war. Lederjacke und Lederstiefel und Levi's. Solche Kleider kosteten ein Vermögen.

»Hast du keine Kinder?« fragte Eva und hielt eine Hand unter ihren krümelnden Kopenhagener.

»Nein. Was soll ich damit?«

»Sie sollen für dich sorgen, wenn du alt bist«, sagte Eva einfach, »und dein Trost und deine Freude sein, wenn du dich dem Ende näherst.«

»Eva Marie, du hast dich wirklich nicht verändert. Schon tief im Greisinnentum. Nein, wirklich, kriegen die Leute deshalb Kinder?«

Eva mußte lachen. Sie fühlte sich wieder jung, in die Zeit zurückversetzt, wo sie sich jeden Tag getroffen hatten, in jeder freien Stunde. Mit Ausnahme der Sommerferien, wenn sie zu ihrem Onkel aufs Land geschickt wurde. Diese Ferien waren unerträglich, überlegte sie, unerträglich ohne Maja.

»Du wirst das noch bereuen. Warte nur ab.«

»Ich bereue nie.«

»Nein, das kann ich mir vorstellen. Ich bereue fast alles.«

»Damit mußt du aufhören, Eva Marie. Das ist ungesund.«

»Aber daß ich Emma bekommen habe, bereue ich nicht.«

»Nein, unsere Kinder bereuen wir wohl nicht gerade. Warum bist du nicht mehr verheiratet?«

»Er hat eine andere gefunden und ist ausgezogen.«

Maja schüttelte den Kopf.

»Und wie ich dich kenne, hast du ihm beim Packen geholfen?«

»Ja, wirklich. Er ist so unpraktisch. Und es war besser, als die Hände in den Schoß zu legen und zuzusehen, wie die Möbel verschwanden.«

»Ich wäre zu einer Freundin gegangen und hätte eine Flasche geköpft.«

»Ich habe keine Freundinnen.«

Schweigend aßen sie ihren Kuchen. Zwischendurch schüttelten sie immer wieder den Kopf, jede für sich, als könnten sie noch immer nicht fassen, daß das Schicksal sie wirklich wieder zusammengeführt hatte. Sie hatten sich so viel zu erzählen, daß sie nicht wußten, wo sie anfangen sollten. In Gedanken saß Eva noch immer auf der kalten Steintreppe und starrte den grünen Möbelwagen an.

»Du hast nie meine Briefe beantwortet«, sagte Maja plötzlich. Und gekränkt.

»Nein. Mein Vater hat mich immer dazu überreden wollen, aber ich habe mich geweigert. Ich war sauer und verbittert, weil wir umgezogen waren. Ich wollte mich an ihm rächen.«

»Aber ich hatte darunter zu leiden.«

»Ja, in der Hinsicht bin ich nicht sehr geschickt. Rauchst du noch?« Sie durchwühlte ihre Tasche nach ihren Zigaretten.

»Wie ein Schlot. Aber nicht dieses Kraut da.«

Maja zog eine Packung Rød Mix aus der Jackentasche und drehte sich eine Zigarette.

»Wovon lebst du denn eigentlich?«

Die Verzweiflung ließ Evas Wangen glühen. Es war eine unschuldige Frage, aber ihr war sie verhaßt. Sie fühlte sich versucht, eine Notlüge aufzutischen, aber Maja ließ sich nicht so leicht an der Nase herumführen. Eva hatte das jedenfalls noch nie geschafft.

»Das frage ich mich manchmal selber. Ich male.«

Maja hob die Augenbrauen.

»Du bist also Künstlerin?«

»Wahrscheinlich, auch wenn die meisten da nicht meiner Ansicht sind. Ich meine, ich verkaufe nicht viel, aber das betrachte ich als einen vorübergehenden Zustand. Sonst würde ich wohl nicht weitermachen.«

»Aber hast du denn gar keine Arbeit?«

»Arbeit?«

Eva starrte sie an.

»Meinst du vielleicht, die Bilder entstehen von selber? Natürlich habe ich Arbeit. Und das ist nicht gerade ein Achtstundentag, das kann ich dir sagen. Meine Arbeit verfolgt mich abends bis ins Bett. Sie läßt mir keine Ruhe. Und dann würde ich am liebsten wieder aufstehen und etwas am Bild verändern.«

Maja bedachte sie mit einem schiefen Lächeln.

»Entschuldige meine ungeschickte Formulierung. Ich wollte nur wissen, ob du noch einen kleinen Nebenjob mit festem Gehalt hast.«

»Dann hätte ich doch keine Zeit zum Malen«, sagte Eva mürrisch.

»Ja, das begreife ich. So ein Bild zu malen dauert ja vielleicht seine Zeit?«

»Ein halbes Jahr ungefähr.«

»Was? Sind deine Bilder so groß oder so schwierig oder was?«

Eva seufzte und zündete ihre Zigarette an. Maja hatte blutroten Nagellack und gepflegte Hände, ihre eigenen Finger dagegen waren das reine Trauerspiel.

»Niemand begreift, wie schwer das ist«, sagte sie resigniert. »Alles glaubt, wir ernten in irgendeinem geheimen Garten reife Früchte.«

»Ich kenne mich mit Kunst eben nicht aus«, sagte Maja leise. »Ich wundere mich nur darüber, daß jemand sich für ein solches Leben entscheidet, wenn es so schwierig ist. Wo du doch ein Kind hast und überhaupt.«

»Ich habe mich auch nicht dafür entschieden.«

»Das mußt du doch getan haben!«

»Nein, eigentlich nicht. Ich mußte einfach Künstlerin werden. Es gab keine Alternativen.«

»Das begreife ich nicht. Es gibt doch wohl immer Alternativen?«

Eva gab ihre Erklärungsversuche auf. Sie hatte beide Kuchenstücke aufgegessen, um Maja eine Freude zu machen, und jetzt war ihr schlecht.

»Erzähl mir lieber, was du selber so machst. Was immer das ist, auf jeden Fall verdienst du mehr als ich.«

Maja gab sich Feuer.

»Ganz bestimmt. Genau wie du bin ich selbständige Geschäftsfrau. Habe eine kleine Einpersonenfirma. Arbeite hart und zielbewußt, um mir genug Geld zusammenzusparen; Ende des Jahres möchte ich nämlich aufhören. Dann gehe ich nach Nordfrankreich und mache ein kleines Hotel auf. Vielleicht in der Normandie. Das ist ein alter Traum von mir.«

»Sowas, du meine Güte!«

Eva rauchte und wartete auf den Rest.

»Es ist harte Arbeit und verlangt ziemlich viel Selbstdisziplin, aber das ist es wert. Es ist ganz einfach ein Mittel zum Zweck, und ich höre erst auf, wenn ich habe, was ich will.«

»Ja, das kann ich mir lebhaft vorstellen.«

»Wenn du aus anderem Stoff wärst, Eva, dann würde ich dir eine Partnerschaft anbieten.«

Maja beugte sich vor. »Ohne Eigenkapital. Mit ausführlicher Berufseinführung. Und du könntest in Rekordzeit ein Vermögen verdienen. Das solltest du machen! Dann könntest du das Geld für eine kleine Galerie beiseite legen. Das müßtest du ziemlich schnell schaffen, sagen wir, innerhalb von zwei Jahren. Alle anderen Wege zum Ziel sind Umwege, wenn du mich fragst.«

»Aber – was machst du denn nun eigentlich?«

Eva sah ihre Freundin verwundert an. Maja hatte

beim Reden die Serviette zu einem harten Klumpen zusammengeknüllt, jetzt blickte sie Eva direkt in die Augen.

»Nennen wir es eine Form von Kundenbehandlung. Die Leute rufen an und bitten um einen Termin, und ich empfange sie dann. Du weißt, die Leute haben so viele Bedürfnisse, und gerade diese Marktlücke ist wirklich tief. Ungefähr so tief wie der Marianengraben im Pazifik, stelle ich mir vor. Aber um es einfach zu sagen, bin ich wohl ein Freudenmädchen. Oder, wenn du so willst, eine gute altmodische Nutte.«

Eva lief knallrot an.

Sie mußte sich verhört haben. Oder Maja machte Witze, das hatte sie schon immer gern getan.

»Eine was?«

Maja grinste und streifte Asche von ihrer Zigarette.

Und Eva mußte sie immer weiter anstarren, sie sah Maja jetzt mit ganz anderen Augen, sah den Goldschmuck, die teuren Kleider, die Armbanduhr und die zum Bersten gefüllte Brieftasche, die neben der Kaffeetasse auf dem Tisch lag. Und dann wieder Majas Gesicht, das ihr plötzlich sehr fremd erschien.

»Du hast dich immer schon leicht schockieren lassen«, sagte Maja trocken.

»Ja, ehrlich gesagt, du mußt schon entschuldigen, aber das hat mich jetzt wirklich umgehauen.«

Sie versuchte, ihre Fassung wiederzufinden. Das Gespräch führte in eine unbekannte Landschaft, und sie versuchte, sich zu orientieren.

»Ja, aber du gehst doch sicher nicht auf den Strich, ich meine, so siehst du nicht aus.«

Sie kam sich unbeholfen vor.

»Nein, Eva Marie, das mache ich nicht. Ich bin auch nicht rauschgiftsüchtig. Ich arbeite hart, genau wie andere Leute. Nur bezahle ich keine Steuern.«

»Hast du ... wissen viele, daß du das machst?«

»Nur meine Kunden, und ich habe viele. Die meisten sind Stammkunden. Das läuft im Grunde ziemlich gut, die Buschtrommel funktioniert, und der Laden floriert. Ich platze nicht gerade vor Stolz, aber ich schäme mich auch nicht.«

Sie schwieg eine Weile. »Na, wie sieht's aus, Eva?« fragte sie dann und zog an ihrer Zigarette. »Meinst du, ich müßte mich schämen?«

Eva schüttelte den Kopf. Aber der bloße Gedanke, die ersten zaghaften, flimmernden Bilder, die sich zeigten, wenn sie an Maja und deren Tätigkeit dachte, oder wenn sie sich selber in dieser Situation sah, ließen Übelkeit in ihr aufsteigen.

»Nein, Himmel, ich weiß es nicht. Es war nur so – unerwartet. Ich begreife nicht, daß du das nötig hast.«

»Habe ich auch nicht. Ich habe mich dafür entschieden.«

»Aber wie kannst du dich für so etwas entscheiden?«

»Das ist ganz einfach. Viel Geld in der kürzestmöglichen Zeit. Steuerfrei.«

»Aber – deine Gesundheit! Ich meine, was passiert mit deinem Selbstbewußtsein? Wenn du dich an Gott und die Welt wegwirfst?«

»Ich werfe überhaupt nichts weg, ich verkaufe. Wir alle müssen Job und Privatleben trennen, und mir macht das keine Schwierigkeiten.«

Sie lächelte, und Eva sah, daß sich ihre Lachgrübchen im Laufe der Jahre vertieft hatten.

»Aber was würde ein Mann sagen, wenn er das erführe?«

»Entweder er akzeptiert es, oder nicht«, antwortete Maja kurz.

»Aber ist das nicht eine ziemlich schwere Last, die du da trägst, so Jahr für Jahr? Es gibt doch sicher massenhaft Leute, denen du das *nicht* erzählen kannst.«

»Hast du denn keine Geheimnisse? Das haben doch alle. Du hast dich übrigens überhaupt nicht verändert«, fügte Maja dann hinzu, »du machst dir alles so schwer, du stellst zu viele Fragen. Ich wünsche mir eine kleine Pension, am liebsten an der Küste, vielleicht in der Normandie. Am liebsten in einem alten Haus, das ich selber renovieren kann. Ich brauche zwei Millionen, Ende des Jahres habe ich die, und dann geht's los.«

»Zwei Millionen?« Eva war wie erschlagen.

»Und ich habe eine Menge gelernt.«

»Was kannst du denn dabei lernen?«

»Ach, alles mögliche. Wenn du wüßtest. Viel mehr als du beim Malen lernst, möchte ich meinen. Und wenn du etwas lernst, dann sicher nur über dich selber. So ein Künstlerleben kommt mir irgendwie ein bißchen egoistisch vor. Du erforschst dabei dich selber. Und nicht die Menschen in deiner Umgebung.«

»Jetzt hörst du dich an wie mein Vater.«

»Wie geht es dem denn?«

»Nicht so gut. Er lebt jetzt allein.«

»Ach? Das wußte ich nicht. Was ist mit deiner Mutter passiert?«

»Das erzähle ich dir ein andermal.«

Sie schwiegen und ließen ihren Gedanken freien Lauf. Von außen gesehen, schienen sie überhaupt nicht zueinander zu passen, nur ein scharfes Auge hätte sie als Freundinnen erkennen können.

»Beruflich sind wir wohl beide Außenseiterinnen«, sagte Maja. »Aber ich verdiene immerhin Geld, und dafür arbeiten wir doch trotz allem. Wenn ich mir im Café nicht ein Stück Kuchen leisten könnte, würde ich nicht überleben. Und ich meine, das schadet dem Selbstvertrauen doch auch!«

Eva mußte über diese Bemerkung ein wenig lachen.

»Es geht mir dreckig«, sagte sie dann plötzlich.

Sie wollte sich nicht länger verstellen.

»Ich habe hundertvierzig Kronen in der Brieftasche und in der Schublade unbezahlte Rechnungen für zehntausend Kronen. Heute stellen sie mir das Telefon ab, und ich habe die Versicherung für das Haus nicht bezahlt. Aber ich warte jetzt auf Geld, es muß in den nächsten Tagen eintreffen. Ich bekomme ein Stipendium«, sagte sie stolz. »Vom Staatlichen Kunstrat.«

»Du lebst also von der Fürsorge?«

»Nein, Himmel, das doch nicht!«

Eva verlor die Fassung. »Ich bekomme das Geld, weil meine Arbeit als wichtig und vielversprechend eingestuft wird, und weil ich auf diese Weise weiter arbeiten und mich entwickeln kann, um dann früher oder später auf meinen eigenen künstlerischen Füßen zu stehen.«

Das hatte gesessen.

»Entschuldigung«, sagte Maja kleinlaut. »Ich kenne mich mit diesen Begriffen eben nicht aus. Das ist also etwas Positives – ein Stipendium zu erhalten?«

»Selbstverständlich. Darauf hoffen doch alle.«

»Ja, vom Staat werde ich nun wirklich nicht unterstützt.«

»Das wäre ja auch noch schöner«, Eva grinste.

»Ich hole noch Kaffee.«

Eva fischte eine neue Zigarette aus der Schachtel und blickte der molligen Gestalt hinterher. Sie konnte es nicht fassen, daß Maja so geworden war. Die Maja, die sie so gut zu kennen glaubte. Aber zwei Millionen zu verdienen, das war nun wirklich keine Kleinigkeit – konnte das denn wirklich stimmen? War das so leicht? Eva überlegte, was sie mit zwei Millionen machen könnte. Sie könnte alle Schulden bezahlen. Eine kleine Galerie kaufen. Nein, es konnte nicht stimmen, zwei Millionen, vielleicht hatte Maja ein bißchen zu dick aufgetragen. Obwohl, sie war ja eigentlich keine Lügnerin. Sie hatten einander doch nie angelogen!

»Bitte sehr! Hoffentlich kriegst du den Kaffee nicht in den falschen Hals, jetzt, wo du weißt, woher das Geld kommt.«

Eva mußte lachen. »Nein, der schmeckt noch immer genauso gut«, sie lächelte.

»Hab' ich's mir doch gedacht! Ist das nicht seltsam? Genauso sieht die ganze Sache doch aus: Was wir brauchen, was wir uns wünschen, das treibt uns auch an. Und wenn wir unser Ziel erreichen, sind wir für einige Zeit zufrieden, dann setzen wir uns neue Ziele. Ich mache das jedenfalls. Und auf diese Weise spüre ich, daß ich lebe, daß etwas passiert, daß ich vorankomme. Ich meine, wie lange stehst du schon auf derselben Stufe? Künstlerisch und finanziell?«

»Ach, ziemlich lange. Auf jeden Fall seit zehn Jahren.«

»Und jünger wirst du dabei auch nicht. Ich finde, das klingt alles überhaupt nicht gut. Was malst du denn eigentlich? Landschaften?«

Eva trank ihren Kaffee und richtete sich auf eine lange Verteidigungsrede ein.

»Abstrakt. Und ich male in Schwarzweiß und den Zwischentönen.«

Maja nickte geduldig.

»Ich habe im Laufe der Jahre eine eigene Technik entwickelt«, sagte Eva. »Ich spanne eine Leinwand auf, grundiere sie in Weiß und trage eine Schicht Hellgrau auf, eine ziemlich dicke Schicht, und wenn die trocken ist, kommt eine noch dunklere Schicht, und so mache ich weiter, bis ich bei Tiefschwarz angekommen bin. Und dann lasse ich alles trocknen. Lange. Schließlich stehe ich dann vor einer großen schwarzen Fläche, und in die muß ich hineingehen, um das Licht hervorzuholen.«

Maja hörte mit höflicher Miene zu.

»Und dann fange ich an zu arbeiten«, fuhr Eva fort, wurde immer eifriger, denn nur selten hörte ihr jemand so aufmerksam zu, und das war wunderbar, sie mußte diese Gelegenheit ausnutzen.

»Ich kratze das Bild hervor. Ich arbeite mit einem altmodischen Malspachtel und mit Stahlbürste und manchmal auch mit Sandpapier und Messer. Wenn ich leicht kratze, bekomme ich Grautöne, wenn ich weitermache, komme ich bis zum Weißen und kann viel Licht herausholen.«

»Aber was stellen deine Bilder denn dar?«

»Ach, ich weiß nicht, wie ich das beantworten soll. Wer das Bild sieht, muß selber entscheiden, was darauf zu sehen ist. Es wächst auf irgendeine Weise aus sich heraus. Es gibt nur Licht und Schatten, Licht und Schatten. Mir gefallen meine Bilder, ich finde sie gut. Ich weiß, daß ich eine große Künstlerin bin«, schloß sie trotzig.

»Das war ja nicht sehr bescheiden.«

»Nein. Das ist die notwendige Härte des produktiven Egoisten. Zitat Charles Morice.«

»Da komme ich wohl nicht mehr ganz mit. Es klingt ja spannend, aber es bringt doch nichts, wenn niemand deine Bilder kauft.«

»Ich kann nicht die Bilder malen, die die Leute haben wollen«, sagte Eva resigniert. »Ich muß die Bilder malen, die *ich* will. Sonst ist das doch keine Kunst. Sondern Bestellungen. Illustrationen, die die Leute sich übers Sofa hängen wollen.«

»Ich habe einige Bilder in meiner Wohnung«, sagte Maja mit einem Lächeln. »Ich wüßte gern, was du davon hältst.«

»Mm. So, wie ich dich kenne, sind das schöne bunte Bilder von Vögeln und Blumen und so.«

»Genau. Sollte mir das jetzt peinlich sein, was meinst du?«

»Möglicherweise, vor allem, wenn du viel dafür bezahlt hast.«

»Das habe ich.« Eva schmunzelte.

»Ich dachte, Maler malen mit dem Pinsel«, sagte Maja plötzlich. »Nimmst du nie einen Pinsel?«

»Nie. Bei meiner Technik ist alles schon da, wenn ich mit Kratzen anfange. Alles Licht, und alle Dunkelheit. Ich brauche es nur bloßzulegen, es hervorzuholen. Das ist spannend, ich weiß nie, was ich finden werde. Ich habe versucht, mit dem Pinsel zu malen, aber das hat nichts gebracht, der Pinsel kam mir vor wie eine künstliche Verlängerung meines Arms, ich komme nicht dicht genug heran. Alle finden ihre eigene Technik, und ich habe meine gefunden. Und meine Bilder sehen nicht so aus wie die von anderen. Ich muß so weitermachen. Früher oder später werde ich ins Schwarze treffen. Bei irgendeinem Kunsthändler, der gerade auf meine Arbeiten anspringt und mir eine Chance gibt. Und für mich eine Ausstellung arrangiert. Ich brauche zwei gute Zeitungskritiken und vielleicht ein Interview, dann kommt der Ball ins Rollen. Ich bin ganz sicher, und ich werde nicht aufgeben. Auf keinen Fall!«

Ihre Hartnäckigkeit wuchs, als sie das alles sagte, und das war ein gutes Gefühl.

»Könntest du nicht ein bißchen arbeiten, ich meine in einem normalen Beruf, damit du ein Einkommen hast, und dann abends malen oder so?«

»Zwei Jobs? Wo ich doch mit Emma allein bin? Soviel Energie habe ich einfach nicht, Maja.«

»Ich habe auch zwei Jobs. Etwas muß ich doch auf meine Steuererklärung schreiben.«

»Und was machst du?«

»Arbeite beim Notruf für vergewaltigte Frauen.«

Eva mußte über dieses Paradoxon lachen.

»Das ist überhaupt kein Widerspruch. Ich mache gute Arbeit«, sagte Maja energisch.

»Das bezweifle ich ja auch gar nicht. Ich wette, daß ist genau richtig für dich. Aber deine Kolleginnen wissen doch garantiert nicht, was du sonst noch machst!«

»Natürlich nicht. Aber ich bin besser auf diesen Job vorbereitet als die meisten anderen Frauen. Ich kenne die Männer, und ich kenne ihre Motive.«

Sie tranken weiter Kaffee und achteten nicht auf das Geschehen an den anderen Tischen, die Menschen kamen und gingen, die Tische wurden abgeräumt und füllten sich wieder, draußen floß der Verkehr. So war es immer gewesen, wenn sie zusammen waren, sie vergaßen alles andere.

»Weißt du noch, wie wir Kartoffelmehl ins Walfängerdenkmal gekippt haben, damit es aussah wie Ohrenquallen?« lachte Eva.

»Und weißt du noch, wie wir Haarspray in Standes Bienenkörbe gesprüht haben«, fragte Maja. »Und wie du dir siebzehn Bienenstiche eingefangen hast?«

»Ja, danke«, Eva lächelte. »Und du hast mich in einer Schubkarre nach Hause gefahren und die ganze Zeit geschimpft, weil ich so geheult habe. Das waren noch Zeiten! Ich hatte einundvierzig Fieber. Mein Vater hat damals mit dem Gedanken gespielt, mir den Umgang mit dir zu verbieten. Ich begreife übrigens nicht, wie du das ausgehalten hast, wieso du es nicht satt gekriegt hast, mich überall hin mitzuschleppen. Ich konnte ja nicht mal irgendwelche Jungs an Land ziehen.«

»Nein, du hast dich mit denen begnügt, die ich angeschleppt habe. Und die waren vielleicht nicht alle gleich gut.«

»Natürlich nicht. Du hast den Hübschen behalten, und ich hab' dann seinen Kumpel gekriegt. Aber ohne dich wäre ich wahrscheinlich immer noch Jungfrau.«

Maja bedachte sie mit einem schrägen Blick.

»Du siehst eigentlich ziemlich gut aus, Eva. Vielleicht solltest du einem Maler Modell stehen, statt selber zu malen?«

»Ha! Weißt du, was die verdienen?«

»Es wäre jedenfalls eine feste Einnahme. Auf jeden Fall würde es dir nicht schwerfallen, Kunden zu kriegen, wenn du der Versuchung nachgibst und dich mit mir zusammentust. Ich habe noch nie eine Frau mit so langen Beinen gesehen. Kriegst du überhaupt Hosen, die lang genug für dich sind?«

»Ich trage nur Röcke.«

Eva brach plötzlich in hysterisches Kichern aus.

»Was ist los?«

»Erinnerst du dich an Frau Skollenborg?«

»Erwähn bloß diesen Namen nicht!«

Sie verstummten.

»Mußt du wirklich dieses Hotel in der Normandie aufmachen?«

»Ja, hier in diesem Spießbürgerland kommt das für mich nicht in Frage.«

»Also werde ich dich wieder verlieren. Jetzt, wo ich dich gerade gefunden habe!«

»Dann komm doch einfach mit. Frankreich muß doch genau richtig sein für eine Künstlerin wie dich, meinst du nicht?«

»Du weißt, daß das nicht geht.«

»Nein, das weiß ich überhaupt nicht.«

»Ich habe doch Emma. Sie ist sechs, wird bald sieben. Geht noch in den Kindergarten.«

»Meinst du, in Frankreich können Kinder nicht aufwachsen?«

»Doch, aber sie hat auch ja noch einen Vater.«

»Aber du hast doch das Sorgerecht für sie?«

»Das schon«, Eva seufzte leise.

»Du machst alles so schwierig«, sagte Maja ruhig. »Das war immer schon so. Natürlich kannst du mit nach Frankreich kommen, wenn du willst. Du kannst im Hotel arbeiten. Fünf Minuten pro Nacht, dann stapfst du im Nachthemd mit einem fünfarmigen Leuchter über den Flur. Ich wünsche mir meinen eigenen Spuk. Und in der ganzen übrigen Zeit kannst du malen.«

Eva leerte ihre Kaffeetasse. Für kurze Zeit hatte sie den Alltag vergessen, aber nun brach er wieder über sie herein.

»Hast du schon ans Abendessen gedacht?«

»Abends esse ich nie groß. Ich esse Käse und Brot, Essen ist mir nicht so wichtig.«

»Was redest du für einen Unfug! Kein Wunder, daß du so mager bist. Wie willst du richtige Kunst zustande bringen, wenn du nicht ißt, was du brauchst? Du brauchst Fleisch! Und deshalb gehen wir jetzt essen, wir gehen ins Hannas Kjøkken.«

»Das ist das teuerste Restaurant in der Stadt!«

»Ach was? Auf sowas brauche ich nicht zu achten, ich weiß nur, daß es dort das beste Essen gibt.«

»Und ich habe schon soviel Kuchen gegessen.«

»Bis das Essen auf dem Tisch steht, hat der sich längst gesetzt.«

Eva gab auf und fügte sich. So war es immer schon gewesen. Maja hatte die Ideen, Maja entschied und führte an, und Eva trottete hinterher.

Sie verließen das Warenhaus und gingen Arm in Arm über den gepflasterten Platz, jede spürte die Wärme der anderen, spürte, daß sie noch dieselbe war wie früher. Eva hatte oft die Tür des Restaurants angestarrt, ein Besuch dort jedoch hatte weit außerhalb ihrer Möglichkeiten gelegen. Jetzt wurde die Tür für sie geöffnet, und Maja ging mit selbstverständlichem Lächeln hinein, während Eva nach einer angemessen selbstsicheren Miene erst suchen mußte. Der Oberkellner kannte Maja und lächelte, ein höfliches Lächeln. Wenn er wußte, durch welche Aktivitäten Maja ihre Rechnungen bezahlte, dann ließ er sich das nicht anmerken. Er berührte vorsichtig Majas Arm und führte sie und Eva zu einem freien Tisch. Eva mußte an der Garderobe ihren Mantel abgeben, darunter trug sie ein verwaschenes senfgelbes T-Shirt, und deshalb fühlte sie sich gar nicht wohl in ihrer Haut.

»Das Übliche, Robert«, sagte Maja. »Für zwei Personen.«

Robert nickte und verschwand.

Eva ließ sich im Sessel zurücksinken und sah sich aus großen Augen um. Das Lokal war von einer exklusiven Stille, wie sie sie noch nie erlebt hatte. Maja machte sich am Tisch breit und schien vollständig unberührt.

»Erzähl mir doch ein bißchen, wie das ist«, bat Eva neugierig, »so zu arbeiten wie du.«

Maja legte den Kopf schräg.

»Ach, du bist neugierig? Hab ich's mir doch gedacht! So sind die Leute alle.«

Eva machte ein beleidigtes Gesicht.

»Im Grunde ist das ziemlich belanglos. Ich meine, alles wird zur Routine.«

Maja starrte die Tischdecke an und schien plötzlich verlegen zu sein.

»Ich wundere mich immer wieder über die

Triebe der Männer. Wie unglaublich stark die sind, wie schrecklich wichtig es ist, sie zu befriedigen, und wie schnell sie damit fertig sind. Vielleicht finden sie das den allerbesten Sex«, sagte Maja nachdenklich, »den heftigen, rohen Akt ohne Vorspiel und anderen Schnickschnack. Kein Wenn und Aber. Es dauert zehn Minuten, und dann ist es vorbei. Es reicht nicht mal, um dabei nachzudenken. Ich gebe mir sogar alle Mühe, um nicht zu denken. Ich lächele einfach so schön, wie ich kann, wenn sie die Rechnung bezahlen. Aber eigentlich …«

»Ja?«

»Ich höre bald auf. Es reicht jetzt langsam.«

Sie goß den Wein in sich hinein.

»Und die Rechnung?«

»Tausend Ecken, plus minus. Erst das Geld, dann die Ware. Ich liege still, mache die Augen zu und lächele freundlich, und ich lasse nicht das geringste kleine Grunzen hören. Kein Küssen oder Knutschen, ich hab' keinen Bock, sie wie Babys zu behandeln. Runter mit den Klamotten und drauf mit dem Kondom. Das ist wie bei einem einarmigen Banditen, die Kohle strömt nur so.«

»Tausend Kronen? Und wie viele kommen so an einem Tag?«

»Vier bis fünf, manchmal auch mehr. Fünfmal die Woche. Das kannst du ja selber ausrechnen.«

»Und alles bei dir in der Wohnung?«

»Ja.«

Ein Kellner stellte Krabbencocktails und neuen Weißwein auf den Tisch.

»Wo wohnst du denn eigentlich?«

»In der Tordenskioldsgate, in dem Wohnblock.«

»Und deine Nachbarn haben keinen Verdacht?«

»Sie haben keinen Verdacht, sie wissen das. Mehrere von ihnen sind feste Kunden.«

Eva seufzte erschöpft und kaute andächtig auf einer Krabbe herum. Die Krabben waren groß wie Krebsschwänze.

»Ich habe noch ein zusätzliches Schlafzimmer«, sagte Maja plötzlich.

Eva prustete los.

»Ich seh' mich schon! Verängstigt wie eine Jungfrau von zwölf Jahren.«

»Nur in der ersten Woche, dann ist es ein Job wie jeder andere. Du könntest ein paar Stunden arbeiten, während Emma im Kindergarten ist. Denk an das viele gute Essen, das du für sie mit nach Hause bringen könntest!«

»Die ist schon viel zu fett.«

»Dann eben frisches Obst, Brathähnchen und Salat«, sagte Maja.

»Es hört sich vielleicht unglaublich an, aber es ist wirklich verlockend«, gab Eva zu. »Ich bin nur zu feige. Ich bin einfach nicht dafür geschaffen.«

Für einen kurzen Moment ärgerte sie das.

»Wir werden ja sehen.«

Der Kellner räumte den Tisch ab und brachte gleich darauf Filetsteaks, Prinzeßmöhrchen, Brokkoli und überbackene Kartoffeln. Danach schenkte er Rotwein ein.

»Aber heute abend arbeitest du nicht?«

»Ich habe heute frei, morgen muß ich wieder etwas tun. Prost!« Eva spürte, wie ihr das zarte Fleisch auf der Zunge zerging. Der Rotwein war temperiert und hatte nicht viel Ähnlichkeit mit dem Canepa ihres Vaters. Die erste Flasche war bald leer, und Maja bestellte eine weitere.

»Aber ich komme eigentlich doch nicht darüber hinweg«, sagte Eva verwundert, »daß du deinen Körper verkaufst.«

»Das ist besser als die Seele«, antwortete Maja trocken. »Verkauft ihr Künstler nicht eure Seele? Wenn ich etwas für mich behalten und vor anderen verstecken will, dann ist das doch wohl meine Seele. Der Körper ist doch nur eine Hülse, die wir mit uns herumschleppen, ich kann daran nichts Heiliges sehen. Warum sollte ich ihn nicht teilen und großzügig sein, wenn jemand daran Freude hat? Aber die Seele – die eigenen Träume und Sehnsüchte, die eigene Angst und Verzweiflung vor Gott und der Welt in einer Galerie aufhängen – und dafür auch noch Geld nehmen – *das* nenne ich nun wieder Prostitution.«

Eva erstarrte. Eine Möhre lugte zwischen ihren Lippen hervor.

»Ganz so ist das doch wohl nicht!«

»Nicht? Behaupten das denn nicht alle Künstler? Daß man es wagen muß, sich ganz nackt auszuziehen?«

»Wie kommst du denn bloß auf diese Idee?«

»Ich bin keine Idiotin, bloß weil ich Nutte bin. Das ist ein sehr verbreitetes Mißverständnis.«

Maja wischte sich mit der Serviette den Mundwinkel.

»Es ist auch ein Mißverständnis, daß alle Nutten unglückliche Frauen sind, die alle Selbstachtung verloren haben, die am Straßenrand in ihren dünnen Strümpfen frieren, und die für die ganze Mühe nur Prügel von irgendeinem brutalen Zuhälter beziehen, der fast den ganzen Tag in irgendeinem Rausch vor sich hinbrabbelt. Das«, sagte sie und kaute ihr Filetsteak, »gilt nur für einen kleinen Teil der Szene. Die Nutten, die ich kenne, sind hart arbeitende, intellektuelle Frauen, die wissen, was sie wollen. Weißt du«, sagte sie aufrichtig, »ich finde Nutten richtig gut. Das sind die redlichsten Frauen, die es gibt.«

Sie gab dem Kellner ein Zeichen, ihre Gläser wieder zu füllen. Eva war beschwipst.

»Ich bin bestimmt sowieso nicht geeignet«, murmelte sie. »Du sagst doch, daß ich zu dünn bin.«

»Ha! Du bist doch spitze! Ein bißchen anders, vielleicht, fast ein bißchen selten. Aber das, was du zwischen den Beinen hast, Eva, das ist eine Goldgrube. Und dahin wollen sie. In der Hinsicht sind Männer reell, jedenfalls die, die zu mir kommen.«

Schließlich wurde der Nachtisch gebracht. Eiskalte Erdbeeren und Brombeeren auf einem Spiegel aus heißer Vanillesoße. Eva zupfte die grünen Blätter weg. »Unkraut auf dem Dessert«, nuschelte sie. »Ich weiß nicht, was das soll. Ich habe die Männer eigentlich noch nie verstanden«, fügte sie dann hinzu. »Ich meine, was wollen die eigentlich?«

»Muntere, mollige Frauen mit Appetit aufs Leben. Und davon gibt es wahrlich nicht viele. Frauen haben ganz unmögliche Ideale, finde ich, ich begreife sie ganz einfach nicht. Sie wollen sich irgendwie nicht amüsieren. Ich habe vor kurzem die Herbstmode aus Paris gesehen, im Fernsehen, die wirklich großen Models haben den letzten Schrei vorgeführt. Naomi Campbell, du weißt doch, wer sie ist, hatte einen Supermini an, und dann wackelte sie auf den allerdürrsten Beinen über den Laufsteg, die ich je gesehen hatte. Die ganze Frau sah aus wie aus PVC. Wenn ich diese Mädels sehe, dann frage ich mich, ob die wohl auf dem Klo sitzen und wie andere Leute kacken.«

Eva prustete los und ließ ihre Vanillesoße über den ganzen Tisch spritzen.

»Du solltest dich nicht so wichtig nehmen«, sagte Maja eindringlich. »Wir müssen ja doch alle sterben. In hundert Jahren ist alles vergessen. Ein bißchen Geld würde deinen Laden in Schwung bringen. Du träumst davon, eine große Künstlerin zu werden, nicht wahr?«

»Ich *bin* groß«, nuschelte Eva. »Das weiß nur außer mir niemand.«

Sie schniefte ein wenig, sie war jetzt schon sehr betrunken.

»Und außerdem bin ich besoffen.«

»Das wurde aber auch Zeit. Jetzt kommen gleich Kaffee und Cognac. Und hör auf zu flennen, es wird Zeit, daß du erwachsen wirst.«

»Glaubst du an Gott?« fragte Eva.

»Sei nicht blöd.«

Maja wischte sich Vanillesoße vom Mund. »Aber ab und zu rette ich jemanden vor der Verzweiflung und tue eine gute Tat, so sehe ich das gern. Nicht alle Männer finden eine Frau. Einmal hatte ich Besuch von einem Jungen, der unbedingt seinen Körper mit Ringen und Perlen dekorieren wollte. Der hatte überall welche, an allen vorstellbaren Stellen, er glitzerte und blinkte wie ein amerikanischer Weihnachtsbaum. Die Mädels wollten nichts mehr mit ihm zu tun haben.«

»Und was hast du gemacht?«

»Ihm ordentlichen Service verpaßt und ein bißchen mehr berechnet.«

Eva nippte am Cognac und zündete ihre Zigarette am falschen Ende an.

»Komm doch mit zu mir und sieh dir meine Wohnung an«, sagte Maja. »Gib dir doch die Chance, aus dem Dreck rauszukommen. Es ist doch nur für kurze Zeit. Betrachte es als neue Erfahrung.«

Eva schwieg. Sie war wie gelähmt, von etwas ganz Unwirklichem, etwas, das ihr schreckliche Angst einjagte. Aber es gab keinen Zweifel: Majas Vorschlag hatte sich längst in ihrem Kopf festgesetzt, und im Moment wurde er ernsthaft durchdacht.

Sie lagen in Majas Doppelbett, und Eva hatte einen schrecklichen Schluckauf.

»Du«, sagte sie, »was ist eigentlich der Marianengraben?«

»Die gewaltigste Meerestiefe auf der Welt. Elftausend Meter tief. Versuch mal, dir das vorzustellen, elftausend Meter.«

»Woher weißt du sowas?«

»Keine Ahnung. Hab' ich wohl irgendwo gelesen. Der verdreckte Fluß dagegen, der hier durch die Stadt fließt, bringt es unter der Brücke auf genau acht komma acht Meter.«

»Himmel, was du alles weißt!«

»In meiner knappen Freizeit lese ich nun wirklich keine Pornos, falls du das angenommen hast.«

»Früher hast du welche gelesen.«

»Das ist fünfundzwanzig Jahre her, und dich haben sie auch ganz schön interessiert.«

Beide kicherten.

»Deine Bilder«, sagte Eva, »sind wirklich grauenhaft. Das da ist echte Prostitution, das sage ich dir, für den Verkauf zu malen. Mit nur dem Verkauf vor Augen.«

»Braucht der Mensch was zu essen oder nicht?«

»Ein bißchen, sehr viel eigentlich nicht.«

»Aber Strom und Telefon sind auch nicht schlecht, oder?«

»Tja.«

»Ich gebe dir nachher zehntausend Kronen mit.«

»Was?«

Eva stützte sich auf den Ellbogen und schwankte erschrocken hin und her.

»Und dafür bringst du morgen ein Bild mit. Ein gutes, für das du zehntausend nehmen würdest. Ich kaufe dir ein Bild ab. Ich bin neugierig. Vielleicht wirst du eines Tages berühmt, und ich mache damit ein Schnäppchen!«

»Laß uns das hoffen!«

Maja lächelte zufrieden. »Wir werden deinen Laden schon in Schwung bringen, Eva, wart's nur ab. Wann kommt Emma wieder nach Hause?«

»Das weiß ich noch nicht. Sie ruft immer an, wenn sie genug hat.«

»Dann kannst du schon morgen anfangen. Nur versuchsweise, natürlich. Ich helfe dir am Anfang, du mußt über ein paar Kleinigkeiten Bescheid wissen. Ich schicke dir ein Taxi, sagen wir, um sechs? Morgen abend? Kleider und sowas besorge ich.«

»Kleider?«

»In den Klamotten kannst du hier nicht ankommen. Du mußt schon entschuldigen, aber du ziehst dich wirklich nicht gerade sexy an.«

»Und warum sollte ich sexy angezogen herumlaufen?«

Maja setzte sich auf und starrte Eva verwundert an.

»Du bist doch wohl nicht ganz anders als andere Frauen. Du wünschst dir doch wohl auch einen Mann, oder etwa nicht?«

»Doch«, sagte Eva müde, »wahrscheinlich.«

»Also mußt du aufhören, dich wie der Schwarze Tod zu kleiden.«

»Du machst wirklich reizende Komplimente.«

»Eigentlich bin ich neidisch. Du bist elegant, ich bin nur eine fette Frau mit Wülsten und Doppelkinn.«

»Nein, du bist ein munteres molliges Mädchen mit Appetit aufs Leben. Hast du Selbstachtung?« fragte Eva plötzlich.

»Ungefähr doppelt soviel wie du, möchte ich meinen.«

»Ich frag' ja nur.«

»Ich sehe es schon vor mir. Die Nachricht von der langbeinigen Künstlerin wird sich wie ein Lauffeuer verbreiten. Vielleicht stiehlst du mir die Kunden, vielleicht verschenke ich hier gerade meine ganze Existenzgrundlage.«

»Wenn du fast zwei Millionen hast, dann tust du mir wirklich nicht leid.«

Eva fuhr auf Majas Kosten mit einem Taxi nach Hause. Gleichzeitig bestellte sie für den nächsten Abend um sechs einen Wagen. Sie hatte Probleme mit dem Schlüssel, stolperte dann in ihr Atelier und musterte ihre Bilder mit kritischem Blick. Weil sie ziemlich blau war, war sie zutiefst beeindruckt, und sie legte sich zufrieden aufs Sofa und schlief in ihren Kleidern ein.

Im Aufwachen, eine Sekunde, ehe der Kater einsetzte, konnte sie sich an ihren Traum erinnern. Sie hatte von Maja geträumt. Erst, als sie die Augen aufmachte, sah sie alles wieder klar, und sie fuhr erschrocken hoch. Zu ihrer großen Verwunderung stellte sie fest, daß sie vollständig angezogen im Atelier geschlafen hatte.

Sie schwankte ins Badezimmer und näherte sich mit einer gewissen Besorgnis dem Spiegel. Ihre Wimperntusche war wasserfest, sie war nicht verlaufen, aber die Wimpern ragten um ihre roten Augen wie versengte Strohhalme auf. Die Poren ihrer Haut waren groß wie dicke Mitesser. Eva stöhnte bei diesem Anblick und drehte das kalte Wasser auf. Worüber hatten sie noch gesprochen? Langsam kam die Erinnerung, und ihr Herz schlug rascher, je besser sie sich an das Gespräch erinnerte. Maja, die Maja ihrer Kindheit, ihre allerbeste Freundin, die sie seit fünfundzwanzig Jahren nicht gesehen hatte, arbeitete als Nutte. Als reiche Nutte, dachte Eva entsetzt, und sie erinnerte sich vage daran, wie sie ihre eigenen Aussichten diskutiert hatten, sich aus ihrem finanziellen Engpaß zu befreien. Es war nicht zu glauben! Daß sie diese Möglichkeit überhaupt nur in Betracht gezogen hatte! Sie spritzte sich kaltes Wasser ins Gesicht und stöhnte, öffnete den Medizinschrank und fand eine Packung Aspirin. Sie spülte mit Wasser eine Handvoll Tabletten herunter und streifte Rock und

T-Shirt ab. Vielleicht habe ich ein Bier im Kühlschrank, überlegte sie. Sie fühlte sich viel zu elend zum Arbeiten, und sie würde auch heute wieder nicht weiterkommen. Sie duschte und schrubbte sich, so lange sie es ertragen konnte, merkte nach einer Weile, daß die Tabletten wirkten, und hüllte sich in ihren Bademantel. Der war schwarz, auf dem Rücken hatte er chinesische Drachen. Dann ging sie ins Wohnzimmer und suchte nach ihrer Handtasche, in der die Zigaretten steckten. Sie öffnete die Tasche und starrte ein Bündel Geldscheine an. Einen Moment lang sah sie die verdutzt an, dann fiel ihr alles wieder ein. Sie zählte. Zehntausend Kronen. Genug, um alle Rechnungen in der Schublade zu bezahlen. Ungläubig schüttelte sie den Kopf, dann ging sie ins Atelier und starrte wieder die Bilder an. Eines lehnte gesondert an der Wand, wann hatte sie es hervorgezogen?

Aber es gehörte vielleicht zu den besten, die sie hatte. Ein fast ganz schwarzes Bild mit einem stark leuchtenden Streifen, der sich quer über die Leinwand zog. Als sei das Bild an der Stelle zerrissen. Sie mußte lächeln, als sie sich Majas Gesicht vorstellte, wenn sie ihr dieses Bild anbrachte. Dann suchte sie weiter in ihrer Handtasche, fand eine Zigarettenschachtel mit einer einzigen Zigarette, zündete sie an und öffnete den Kühlschrank. Der war leer. Nur Butter, Ketchup und eine Flasche Soyasoße. Eva seufzte, dann fiel ihr plötzlich der Stapel Geldscheine ein, und sie lächelte wieder. Was sie jetzt brauchte, war ein eiskaltes Bier. Deshalb zog sie sich ganz schnell an, warf sich den Mantel über die Schultern und trabte zielbewußt zum kleinen Laden an der Ecke. »Omars Laden«

öffnete schon um acht Uhr morgens, Gott segne Omar. Und er nahm auch keinen Anstoß daran, daß jemand schon Bier kaufte, wenn andere noch gar nicht aufgestanden waren. Der Laden lag wie ein fremder Vogel in dem ehrwürdigen alten Villenviertel. Viele ärgerten sich darüber, Eva fand es gut.

Omars Zähne leuchteten kreideweiß vor Begeisterung, als sie in der Tür auftauchte. Sie nahm zwei Bier aus einem Kasten und schnappte sich eine Zeitung und vierzig Prince mild.

»Ich wünsche einen guten Tag!« Er lächelte aufmunternd.

»Das kommt vielleicht noch«, Eva stöhnte. »Noch ist es nicht soweit.«

»Ach, ich weiß, daß es ein guter Tag ist. Aber zwei Flaschen sind für einen schlechten Tag zuwenig.«

»Da haben Sie im Grunde recht«, sagte Eva. Sie holte noch eine Flasche und bezahlte.

»Übrigens, ich habe hier wohl noch eine unbezahlte Rechnung liegen«, sagte sie dann, »die kann ich auch gleich erledigen.«

»Ach, dann ist es auch für mich ein guter Tag.«

Er suchte in dem Schuhkarton, in dem er die Rechnungen aufbewahrte. »Siebenhundertzweiundfünfzig.«

Eva war gerührt. Er hatte dieses Geld nie erwähnt. Sie gab ihm einen Tausender und warf einen Blick auf den Versandhauskatalog, in dem er eben geblättert hatte.

»Gibt's da was Spannendes?« fragte sie.

»Ja, ja, das hier, das kaufe ich für meine Frau. Kommt in vierzehn Tagen mit der Post.«

Eva kniff die Augen zusammen. »Was ist das denn?«

»Ein Fusselentferner. Praktisch für Pullover und Sofakissen und Möbel. In meinem Land gibt es keine Fussel. Ihr habt hier komische Stoffe.«

»Ich mag Fusseln«, sagte Eva. »Die erinnern mich immer an alte Teddybären. Der, den ich als kleines Kind hatte, war voll von Fusseln.«

»Ja, ja«, wieder funkelten seine Zähne. »Eine nette Erinnerung. Aber in meinem Land gibt es auch keine Teddybären.«

Das Bier war lauwarm. Sie legte eine Flasche unter fließendes Wasser und suchte Majas Nummer im Telefonbuch. Nur, um ihr zu sagen, sie solle das ganze Suffgefasel vom Vorabend vergessen, Eva sei einfach nicht mehr zurechnungsfähig gewesen. Das Telefon war tot. Natürlich, es war ja gesperrt worden. Eva fluchte leise, ging ins Badezimmer, setzte sich auf die Toilette und wickelte sich dabei den Rock um den Bauch. Heute sehe ich immerhin aus wie eine Hure, dachte sie, vielleicht bin ich das ja auch, vielleicht ist heute ein guter Tag für den Anfang. Sie war fertig, ließ ihren Rock zu Boden fallen und verkroch sich wieder im Bademantel. Ging auf den Flur und stellte sich vor den Dielenspiegel, wo sie sich von Kopf bis Fuß sehen konnte. Nur einfach so, dachte sie.

Eva maß einen Meter dreiundachtzig, und das Längste an ihr waren ihre Beine. Ihr Gesicht war schmal und blaß, die Augen golden, nicht dunkel genug, um »braun« genannt zu werden. Ihre Schultern waren schmal, sie hatte einen außergewöhnlich langen Hals und lange Arme mit dünnen

Handgelenken. Ihre Füße waren groß, sie hatte Schuhgröße 41, das war zum Heulen. Ihr Körper war dünn, ein wenig eckig und nicht besonders feminin, aber sie hatte schöne Augen, das hatte zumindest Jostein immer gesagt. Groß und ein wenig schräg, sie standen weit auseinander. Ein bißchen gute Schminke hätte sicher Wunder gewirkt, aber mit Schminke war sie immer ungeschickt gewesen. Ihre Haare hingen einfach nur herab, lang und dunkel mit einem leichten rötlichen Schimmer. Sie beugte sich vor. Die Behaarung ihrer Oberlippe hatte zugenommen. Vielleicht sinkt die Östrogenproduktion, überlegte sie. Ihr Bademantel öffnete sich, sie zog ihn beiseite, um ihr kleinen Brüste, die lange schmale Taille und die Oberschenkel zu sehen, die so weiß waren wie ihr Gesicht. Sie schwenkte ein wenig die Hüften und bewegte ihren Kopf so heftig, daß ihre Haare sich wellten. Wenn Maja mit ihrem kleinen fetten Körper Millionärin werden kann, dann kann ich das mit diesem hier auch, dachte sie tollkühn. Und wieder sah sie den Stapel von Geldscheinen vor sich, dachte daran, woher der stammte, und schüttelte den Kopf. Als begreife sie nicht so recht, was passiert sei, einfach so über Nacht. Sie schloß den Bademantel wieder und fischte die Flasche aus dem Spülbecken. Sie wollte überhaupt nicht mehr nachdenken, sondern es einfach nur tun. Niemand brauchte davon zu erfahren. Nur vorübergehend, vielleicht bis Weihnachten, bis sie sich ein wenig saniert hatte. Sie trank das Bier und merkte, wie ihre Nerven zur Ruhe kamen. Ich habe mich eigentlich nicht verändert, überlegte sie, ich habe nur eine neue Seite entdeckt. Sie trank und rauchte und träumte sich weg, zu ihrer eigenen kleinen Galerie, die unten am Fluß liegen sollte, am liebsten auf dem Nordufer. Galerie Magnus. Das hörte sich nicht schlecht an. Eine plötzliche Eingebung ließ sie mit dem Gedanken spielen, ihre Bilder ein bißchen farbiger zu gestalten. Auf dem ersten Bild ein ganz dünner roter Strich, kaum zu sehen, dann später immer ein wenig mehr. Sie fühlte sich gewaltig inspiriert. Danach machte sie noch eine Flasche auf und dachte, daß gerade das in ihrem Leben gefehlt habe. Maja hatte gefehlt! Aber jetzt war sie wieder da. Alles wird sich finden, dachte Eva zufrieden, das hier ist der Wendepunkt. Als sie alle Flaschen geleert hatte, schlief sie wieder ein.

Um sechs Uhr hupte vor dem Haus das Taxi.

Eva hatte das Bild in eine alte Decke gewickelt, und der Fahrer verstaute es sorgsam im Kofferraum. »Vorsichtig fahren«, bat sie, »es ist zehntausend Kronen wert.«

Sie nannte die Adresse in der Tordenskioldsgate und hatte plötzlich das Gefühl, daß der Fahrer sie im Rückspiegel anstarrte. Vielleicht kannte er Maja. Vielleicht war jedes zweite Mannsbild, das hier durch die Straßen ging, in ihrem Bett gewesen. Eva wischte sich Fusseln vom Rock und merkte, daß sie nervös wurde, ihr Bierrausch hatte sich gelegt, die Wirklichkeit kehrte zurück. Aber es war schon seltsam, wenn Emma so lange nicht bei ihr war, dann schien sie die ganze Mutterrolle in eine Schublade zu stecken und nur noch Eva zu sein. Das bin ich jetzt, dachte sie, ich bin Eva. Es ist mir egal, was andere vielleicht denken, ich mache, was ich will. Sie lächelte. Der Fahrer sah es und erwiderte das Lächeln im Rückspiegel. Bilde dir bloß nichts ein, dachte sie. Mich kriegst du auch nicht gratis.

Maja lachte und zog sie in die Wohnung. Die Ausschweifungen der vergangenen Nacht hatten in ihrem runden Gesicht keinerlei Spuren hinterlassen.

»Komm rein, Eva. Du hast das Bild mitgebracht!«

»Du wirst in Ohnmacht fallen.«

»Ich falle nie in Ohnmacht.«

Sie packten das Bild aus und lehnten es an die Wand.

»Himmel!«

Maja verstummte und sah sich das Bild ganz genau an.

»Ich muß schon sagen. Du bist wirklich etwas Besonderes. Hat es einen Namen?«

»Nein, spinnst du?«

»Warum hat es keinen?«

»Weil ich dann entscheide, was du sehen sollst, und das will ich nicht. Du kannst dir das Bild selber ansehen und mir erzählen, was du siehst. Und danach kriegst du dann meine Antwort.«

Maja dachte lange nach und sagte schließlich: »Das ist ein Blitzschlag. Genau.«

»Ja, das ist nicht dumm. Ich weiß, was du meinst, aber ich sehe noch mehr. Die Erde, die bei einem Erdbeben Risse wirft. Oder den Fluß, der nachts durch die Stadt fließt, im Mondschein. Oder glühende Lava, die über eine verkohlte Ebene strömt. Morgen wirst du vielleicht wieder etwas anderes sehen. Ich meine, so habe ich mir das jedenfalls vorgestellt. Du mußt versuchen, dich von alten Vorstellungen loszureißen, wenn es um Kunst geht, Maja.«

»Ich bleibe beim Blitzschlag. Ich mag es nicht, wenn Dinge sich verändern und zu etwas anderem werden. Und du bist hier diejenige, die sich losreißen muß, Herzchen. Ich habe das andere Zimmer fertig gemacht, das mußt du dir mal ansehen. Hast du schon gegessen?«

»Nur getrunken.«

»Du bist schlimmer als ein Säugling, du mußt wohl gefüttert werden! Kannst du selber kauen, wenn ich dir ein Brot mache?«

Sie zog Eva durch die Wohnung. Das freie Zimmer war ein dunkler Raum mit viel Rot, Plüsch und Samt und schweren, geschlossenen Vorhängen. Das Bett war riesengroß. Eine Decke mit Goldfransen lag darauf. Den Boden verbargen dicke schwarzrote Teppiche, die Füße sanken beim Gehen ein.

»Das sind deine Farben«, sagte Maja energisch. »Und ich habe einen roten Morgenrock für dich, der sich leicht öffnet. Aus dünnem Samt. Hier drinnen«, sie ging durch das Zimmer und zog einen Vorhang beiseite, »hast du ein kleines Badezimmer mit Waschbecken und Dusche.«

Eva schaute hinein.

»Du kannst hier arbeiten, wenn ich beim Notruf bin. Ich habe dir einen Extraschlüssel machen lassen. Komm jetzt, du mußt etwas essen.«

»Hast du das alles heute erledigt?«

»Ja. Und was hast du gemacht?«

»Geschlafen.«

»Dann kannst du heute nacht ja ein bißchen länger arbeiten.«

»Nein, Himmel, ich weiß nicht so recht – wenn ich mich überhaupt traue, dann muß doch einer genug sein, fürs erste Mal, meine ich. Du«, fügte sie nervös hinzu, »sind da viele miese Typen dabei?«

»Aber nicht doch.«

»Aber es kommt doch sicher vor, daß einer etwas Ekelhaftes sagt, oder gemein ist …«

»Nein.«

»Aber hast du denn keine Angst? So Abend für Abend allein mit fremden Männern?«

»Die Männer haben Angst, sie haben ein schlechtes Gewissen. Als erstes haben sie ihrer Frau eine gemeine Lüge aufgetischt, dann vergreifen sie sich am Haushaltsgeld, um mich zu bezahlen. Heutzutage ist es schlimm, wenn einer zu einer Nutte geht. In alten Zeiten warst du kein echtes Mannsbild, wenn du nicht in den Puff gingst. Nein, ich habe nie Angst. Ich bin doch Profi.«

Eva biß in ihr Brot und kaute langsam. Thunfisch mit Zitrone und Mayonnaise.

»Aber bitten die dich denn nie um irgendwelche Sonderleistungen?«

»Nein, das kommt nur selten vor. Es gibt doch die Buschtrommel, sie wissen alles Nötige, ehe sie zum ersten Mal zu mir kommen.«

Sie öffnete eine Cola und trank lange.

»Sie wissen, daß ich eine anständige Nutte bin, bei der sexueller Schnickschnack nicht in Frage kommt. Ich habe fast nur feste Kunden, und die kennen mich. Sie wissen, was erlaubt ist, und wo die Grenze verläuft. Wenn sie Quatsch machen, dann dürfen sie nicht mehr herkommen, und das wollen sie nicht riskieren.«

Sie schloß mit einem leisen Rülpsen.

»Sind sie betrunken?«

»Ja, viele, aber nicht sternhagelvoll. Einen leichten Schwips haben sie ziemlich oft. Viele kommen gleich aus der Kneipe dahinten, aus dem Königlichen Wappen. Andere kommen um die Mittagszeit, mit Anzug und Diplomatenkoffer.«

»Weigern die sich manchmal, zu bezahlen?«

»Ist mir noch nie passiert.«

»Hat einer dich denn schon mal geschlagen?«

»Nix.«

»Ich weiß nicht, ob ich mich traue.«

»Was brauchst du dich denn da groß zu trauen?«

»Nein, ich weiß nicht – ich habe soviele Geschichten gehört.«

»Männer sind sauer, wenn sie *nicht* kriegen, was sie wollen, oder was?«

»Ja.«

»Sie kommen her, um zu kaufen, was sie brauchen, und das bekommen sie auch. Sie haben keinen Grund, Ärger zu machen. Ist es denn verwerflich, wenn Leute miteinander ins Bett gehen?«

»Natürlich nicht. Aber viele sind doch sicher verheiratet, haben Kinder und so.«

»Natürlich, gerade die kommen doch, gerade die sind unterversorgt. Verheiratete schlafen nicht so oft miteinander.«

»Jostein und ich wohl.«

»Ja, anfangs vielleicht. Aber wie hat es nach zehn Jahren ausgesehen?«

Jetzt wurde Eva rot.

»Oder meinst du vielleicht«, sagte Maja, »wir Frauen sollten uns auf irgendeine Weise aufsparen, für die große Liebe vielleicht? Glaubst du an die große Liebe, Eva?«

»Natürlich nicht.«

Sie nippte an der Cola.

»Verlieben die sich denn manchmal in dich?«

»Aber sicher. Vor allem die ganz jungen. Das finde ich sehr schön, und ich bin dann besonders nett zu ihnen. Im Frühjahr hatte ich zum Beispiel einen ganz jungen Mann hier, er hatte einen wirklich phantastischen Namen, seine Familie war französischer und spanischer Herkunft. Jean Lucas Cordoba. Hast du je so einen tollen Namen gehört? Stell dir mal vor, so zu heißen«, sagte Maja nachdenklich. »Man möchte fast heiraten, um sich diesen Namen zu sichern, was? Und dann war da noch Gøran, den werde ich nie vergessen. Der war Jungfrau, und ich mußte ihm alles erst mal erklären. Danach war er gerührt und dankbar. Es ist nicht leicht, Jungfrau zu sein, wenn du schon fünfundzwanzig und noch dazu bei der Polizei bist. Hat bestimmt ganz schön viel Mut erfordert, herzukommen.«

Eva hatte ihr Brot gegessen. Sie leerte ihr Glas und strich sich die Haare aus dem Gesicht.

»Sprecht ihr denn auch miteinander?«

»Wir wechseln ein paar Worte. Es sind immer dieselben Klischees, ich glaube, so ungefähr das, was sie hören wollen. Sie verlangen wirklich nicht viel, Eva, das wirst du bald feststellen.«

Maja stellte die Flasche weg.

»Jetzt ist es zehn vor sieben, und der erste

kommt um acht. Der war schon mal hier, er ist eigentlich ein etwas übellauniger Heini, aber er ist schnell fertig. Den übernehme ich, und ich sage ihm, daß wir uns die Kundschaft jetzt zu zweit teilen. Und daß wir auf derselben Linie liegen. Dann wissen sie, was auf sie zukommt, und du kriegst die gleiche Art von Kunden wie ich.«

»Ich würde mich gern im Kleiderschrank verstecken und euch heimlich zugucken«, seufzte Eva. »Sehen, wie du das machst. Und ich weiß einfach nicht, was ich zu ihnen sagen soll.«

»Im Kleiderschrank ist es ein bißchen eng. Durch den Türspalt kannst du mehr sehen.«

»Was?«

»Ja, du kannst ja nicht gut am Fußende des Bettes stehen. Aber du kannst aus dem anderen Zimmer zuschauen. Wir machen das Licht aus und lehnen die Tür an, und da sitzt du dann und siehst dir alles an. Dann bekommst du einen kleinen Eindruck. Du kennst mich noch, sowas war mir noch nie peinlich.«

»Himmel, ich könnte was zu trinken brauchen, ich zittere am ganzen Leib.«

Maja deutete mit zwei Fingern eine Pistole an und zielte auf Evas Stirn.

»Kommt nicht in Frage! Suff im Dienst ist streng verboten. Dann geht alles zum Teufel, Eva. Aber danach gehen wir wieder essen. Ich kann dir eins versprechen: Wenn du erst einmal angefangen hast, Geld zu verdienen, dann kommst du erst richtig auf den Geschmack. Wenn ich etwas haben möchte, dann greife ich in ein Glas und ziehe eine Handvoll Geldscheine heraus. Ich habe überall Geld, in Schubladen und Schränken, im Badezimmer, in der Küche, in Stiefeln und Schuhen, ich habe fast schon keinen Überblick mehr.«

»Du hast doch wohl keine zwei Millionen in deiner Wohnung herumliegen?«

Eva war blaß geworden.

»Nein, nur das, was ich an Taschengeld brauche. Das große Geld habe ich im Ferienhaus versteckt.«

»Im Ferienhaus?«

»In dem von meinem Vater. Der ist vor vier Jahren gestorben, und deshalb gehört es jetzt mir. Du warst einmal da, weißt du noch, mit den anderen Mädels? Auf der Hardangervidda?«

»Dein Vater ist tot?«

»Ja, seit vier Jahren. Du kannst dir ja denken, was ihm den Hals gebrochen hat.«

Eva verkniff sich höflich die Antwort.

»Aber wenn da nun eingebrochen wird!«

»Das Geld ist gut versteckt. Das findet so leicht niemand. Und Geldscheine sind ja doch sehr klein, die brauchen nicht viel Platz. Ich kann sie doch nicht auf die Bank bringen.«

»Geld ist nicht alles«, Eva servierte eine Binsenweisheit. »Vielleicht stirbst du, ehe du Freude daran hast.«

»Vielleicht stirbst du, ehe du überhaupt gelebt hast«, erwiderte Maja. »Aber für den Fall, daß ich ganz plötzlich krepiere, bist du hiermit zu meiner Alleinerbin ernannt. Ich gönne dir die Kohle.«

»Wie nett, danke. Ich glaube, ich brauche eine Dusche«, sagte Eva. »Ich bin schweißnaß vor Angst.«

»Dann los. Ich suche dir den Morgenrock heraus. Hat dir mal jemand gesagt, daß Schwarz dir sehr gut steht?«

»Danke.«

»Das war kein Kompliment. Ich meine nur, weil du immer Schwarz trägst!«

»Ach«, sagte Eva verlegen. »Nein, ich kann mich nicht erinnern. Jostein konnte Schwarz nicht ausstehen.«

»Ich weiß wirklich nicht, was du gegen Farben hast.«

»Die – die stören auf irgendeine Weise.«

»Stören was?«

»Das, was wichtig ist.«

»Und das ist …«

»Alles andere.«

Maja seufzte und räumte Gläser und Teller weg.

»Euch Künstler zu verstehen, ist wirklich nicht leicht.«

»Nein«, Eva grinste. »Aber irgendwer muß sich doch die Mühe machen und die Tiefe im Dasein aufzeigen. Damit ihr anderen an der Oberfläche surfen könnt.«

Sie ging in das Zimmer, das ihr Zimmer werden sollte, und zog sich aus. Hörte Maja nebenan summen, hörte Kleiderbügel gegeneinanderstoßen. Majas Zimmer war grün, mit viel Gold, und Eva mußte an ihre eigene schwarzweiße Wohnung denken, beide Wohnungen waren durch einen Ozean voneinander getrennt.

Die Duschkabine war winzig, die Wand gegenüber bedeckte ein großer Spiegel. Eva sah ihren langen Körper, und er kam ihr fremd vor. Als habe sie bereits auf das Eigentumsrecht verzichtet. Der

Spiegel beschlug. Für einen Moment sah sie jung und glatt aus, und der geblümte Vorhang tauchte sie in ein rosiges Licht, dann war sie ganz verschwunden.

»Ich darf nicht nachdenken«, sagte sie zu sich. »Ich muß einfach nur tun, was Maja sagt.«

Sie duschte fertig, trocknete sich ab und ging wieder ins Zimmer, das im Vergleich zur Dusche kühl wirkte. Maja kam herein, sie hatte etwas Rotes über dem Arm liegen, einen Morgenrock. Eva schlüpfte hinein.

»Super. Genau, was du brauchtest. Schaff dir rote Klamotten an, dann siehst du aus wie eine Frau, und nicht wie ein Hopfenstange. Kannst du irgendwas mit deinen Haaren anstellen?«

»Nein.«

»Na gut. Dann muß ich dir nur noch eine winzige Kleinigkeit zeigen. Leg dich aufs Bett, Eva.«

»Was? Wieso denn?«

»Mach es einfach, leg dich aufs Bett.«

Eva zögerte, aber dann ging sie zum Bett und legte sich mitten darauf.

»Nein, mehr zur Seite, nach rechts, sonst liegst du auf der Ritze.«

Eva rutschte an die Kante.

»Jetzt faß mit der rechten Hand den Boden an.«

»Was?«

»Laß deinen Arm über die Bettkante hängen. Und dann tastest du am Rand des Bettvorlegers entlang, neben dem Bett, spürst du da etwas Hartes?«

»Ja.«

»Schieb die Hand unter den Teppich und reiß es los, es ist festgeklebt.«

Eva tastete mit der rechten Hand zwischen den Teppichfransen herum, bis sie etwas Langes, Glattes spürte, das neben dem Bett befestigt war. Sie riß daran. Es war ein Messer.

»Siehst du dieses Messer, Eva? Das ist ein Hunter, von Brusletto. Wenn du findest, daß es schrecklich aussieht, dann hat es seinen Zweck erreicht. Es dient zur Abschreckung und zur Warnung. Falls jemand Quatsch macht. Wenn du nach unten faßt und dann das Messer in der Faust hast, und er sitzt da mit nacktem Hintern und freihängendem Besteck, dann kriegt er sich garantiert ganz schnell wieder ein.«

»Aber – du hast doch gesagt, daß sowas nicht vorkommt?« stammelte Eva. Es war ihr jetzt ausgesprochen unbehaglich zu Mute.

»Nein«, sagte Maja ausweichend. »Nur ein paar jämmerliche Versuche.« Sie bückte sich und brachte das Messer wieder an. Eva konnte ihr Gesicht nicht sehen. »Aber es kommt ja vor, daß einer sich ein bißchen aufspielt. Ich kenne nicht alle gleich gut. Und außerdem sind Männer ja viel stärker als wir.«

Sie machte sich am Klebeband zu schaffen. »Eigentlich vergesse ich ja, daß das Messer da unten steckt. Aber wenn es sein muß, dann fällt es mir sofort wieder ein, das kann ich dir sagen.«

Sie richtete sich wieder auf. Jetzt zeigte sie ihr altes Lächeln. »Ich bin vielleicht leichtsinnig, aber unvorbereitet bin ich nicht. Komm her, du brauchst ein bißchen Lippenstift.«

Eva zögerte kurz, dann ging sie barfuß über den dicken Teppich. Das hier ist eine andere Welt, dachte sie, mit ihren eigenen Regeln. Nachher, wenn ich wieder zu Hause bin, wird alles so sein wie früher. Zwei Wände, mit einer Mauer dazwischen.

Sie saß ganz still auf einem Schemel hinter der Tür. Das Zimmer war dunkel, und von außen konnte niemand sie sehen. Durch den Türspalt sah sie Majas Bett, sie sah den Nachttisch und die Lampe mit dem großen, mit einem rosa Flamingo dekorierten Schirm. Ansonsten war auch Majas Zimmer dunkel. Eva wartete auf die zwei kurzen Klingeltöne, das ausgemachte Signal. Es war fünf vor acht. Das Haus lag in einer stillen Straße, von draußen war kein Laut zu hören, nur gedämpfte Musik aus der Stereoanlage, Maja hörte Joe Cocker. Der wird auch jedes Jahr heiserer, dachte Eva. Sie hörte ein Auto, es hielt gleich unter dem Fenster an. Sie schaute noch einmal auf die Uhr, es war drei vor, und ihr Herz hämmerte lauter. Eine Autotür fiel ins Schloß. Dann hörte sie das dumpfe Geräusch der Haustür, die unten geschlossen wurde. Auf eine plötzliche Eingebung hin stand sie auf und ging ans Fenster. Sie starrte auf ein weißes Auto hinunter. Ein sportliches Modell, überlegte sie und schaute durch den Spalt zwischen den Vorhängen. Sie hatte einen scharfen Blick für Details. Das hier war ein Opel, gut in Schuß, aber nicht mehr ganz neu. Irgendwie sah der Wagen bekannt aus. Jostein hatte so einen gehabt, vor langer Zeit, als sie sich kennengelernt hatten. Sie schlich wieder zum Schemel zurück, setzte sich und legte die Hände in den Schoß. Die Türklingel ging zweimal kurz, wie abgemacht. Maja sprang auf und ging zur Tür, und plötzlich drehte sie sich um und hob den Daumen. Dann machte sie auf. Eva versuchte, ruhig zu atmen. Im Zimmer gab es so viele Textilien, sie hatte das Gefühl, daß die ihr die Luft abschnürten. Ein Mann kam in die Wohnung. Eva konnte ihn nicht deutlich sehen, aber er schien etwa Mitte Dreißig zu sein, ein untersetzter Mann mit dünnem blonden Haar. Im Nacken war sein Haar lang, er hatte es mit einem Gummi zu einem jämmerlichen Pferdeschwanz gebunden, und er trug Jeans. Die saßen nicht sehr gut, denn er hatte einen Bierbauch. Das fand sie einfach unerträglich, Mannsbilder, die wegen ihres Bauchs ihre Hosen nicht richtig anziehen konnten. Jostein war auch so, aber Jostein war Jostein, das war etwas anderes. Der Mann streifte seine Jacke ab und ließ sie aufs Bett fallen, ungeniert, wie bei sich zu Hause. Eva gefiel das nicht, es sah frech aus. Dann griff er in seine Hosentasche, fischte einen Geldschein heraus und warf ihn aufs Bett. Eva hörte Majas Stimme, konnte aber kaum etwas verstehen. Vorsichtig beugte sie sich vor und hielt ihr Ohr so dicht an den Türspalt, wie sie es nur wagte.

»Ich habe auf dich gewartet«, sagte Maja. »Komm.«

Die Stimme war weich wie Honig. So kann ich einfach nicht sprechen, dachte Eva verzweifelt. Der Mann trat plötzlich dicht an Maja heran, und sie sah winzig aus, obwohl er doch auch nicht gerade groß war. Im Zimmer gab es nicht besonders viel Licht, aber Eva sah, daß er Majas grünen Morgenrock öffnete und ihn ihr über die Schultern streifte. Der Morgenrock fiel zu Boden. Eva starrte und starrte Majas runden weißen Körper an, und den Mann, aber sie konnte seinen Gesichtsausdruck nicht erkennen. Im Hintergrund summte angenehm die Musik, und Maja ging jetzt zum Bett, sie legte sich langsam auf den Rücken und streckte die Arme seitwärts aus. Der Mann folgte. Er trug ein kariertes Hemd, das er plötzlich aus dem Hosenbund riß. Nun hatte er bezahlt, nun konnte er diese Ware mit selbstverständlichem Eigentumsrecht in Besitz nehmen, und das tat er auch. Er kniete sich neben das Bett und machte sich an seinem Gürtel zu schaffen. Eva konnte Majas schwarze Unterhose und ihre molligen Oberschenkel sehen. Die beiden sprachen nicht miteinander, beide bewegten sich langsam und routiniert, sie hatten das hier schon oft gemacht. Er kam gleich zur Sache, öffnete seine Gürtelschnalle, und Eva hörte, wie er den Reißverschluß herunterzog. Maja bewegte sich nicht, Eva bewegte sich auch nicht, sie sah durch den Türspalt, wie er seine Hose über seine Oberschenkel sinken ließ, dann packte er Majas Unterhose und riß sie ihr weg. Sie half ihm dabei, indem sie träge den Hintern hob. Dann spreizte sie die Beine. Und in diesem Moment geschah etwas mit ihm. Er brach in heftiges Keuchen aus, er hockte sich über Maja und öffnete ihre Beine noch weiter. Und dann stürzte er sich hinein. Maja hatte das Gesicht zur Seite gedreht. Eva sah nur die strähnigen Haare des Mannes und seinen weißen Hintern, der sich immer schneller auf und ab bewegte. Bald darauf stützte er sich mit den Armen ab und legte den Kopf in den Nacken. Ein langgedehntes, heiseres Stöhnen war zu hören, dann sank er in sich zusammen. Das Ganze hatte vielleicht eine Minute gedauert. Als er mit dem Kinn auf der Matratze auftraf, rutschte seine Hand über die Bettkante. Er versuchte, auf dem Boden festen Halt zu finden, und dann war ein leises Geräusch zu hören. Daraufhin beugte er sich über die Bettkante. Eva sah, daß er auf dem Teppich herumtastete. Maja drehte ihren Kopf, ihre schwarzen Augenbrauen hoben sich, als er plötzlich wieder nach oben kam. In der Hand hatte er das Messer. Es glitzerte im Licht der Flamingolampe. Der Mann starrte es verwundert an, dann wanderte sein Blick zu Maja weiter, die versuchte, sich aufzusetzen. Eva schlug die Hand vor den Mund und unterdrückte ein Aufkeuchen. Einige Sekunden lang war es ganz still im Nebenzimmer. Joe Cocker war gerade fertig mit »Up where we belong« und legte vor dem nächsten Stück eine Pause ein. Das Bild, das Eva durch den Türspalt sah, ließ ihr Blut in ihren Adern erstarren, und sie bekam kaum noch Luft. Maja, noch immer nackt, auf dem Rücken im Bett, mit wachsamem Blick, der Mann, der immer noch über ihr saß, noch immer mit der Hose auf den Knien und dem scharfen Messer in der Hand.

»Was zum Teufel ist das denn?«

Er hörte sich mißtrauisch an. Er starrte Maja an, aber sie war so freundlich und sanft wie bei seinem Eintreffen. Sie war Profi.

»Nur eine kleine Sicherheit für eine einsame Frau. Es kommen sehr seltsame Leute her.«

Ach, sieh an, dachte Eva.

»Ach, sieh an?« fragte er. »So siehst du uns also? Wolltest du mir das in den Leib stechen?«

»Du bist das doch wohl, der etwas in mich hineingestochen hat«, sagte sie mit heiserem Lachen.

Er saß weiterhin über ihr, mit dem Messer in der Hand, und ohne sich zu rühren.

»Ich habe von Nutten gehört, die Leuten auf diese Weise das Geld aus der Tasche ziehen.«

Er betrachtete das Messer, drehte und wendete es, betrachtete ihren nackten Körper mit der kreideweißen Haut und schien das alles zu genießen.

»Danke«, sagte sie. »Mein Geld habe ich bekommen. Und ich finde, du solltest das Messer jetzt weglegen. Es gefällt mir nicht, daß du mit der Messerspitze auf mich zeigst.«

»Und mir gefällt es nicht, daß ich im Bett Messer finde, wenn ich in ehrlicher Absicht komme. Auf euch Mädels ist wirklich kein Verlaß!«

Er schien sich aufzuregen. Eva biß sich auf die Lippen und hatte fast aufgehört zu atmen. Maja versuchte, sich aufzusetzen, aber er stieß sie zurück.

»Jetzt reg dich ab«, sagte sie laut. »Sei doch nicht so empfindlich!«

»Ich bin nicht empfindlich«, knurrte er. »Ihr seid empfindlich, ihr denkt dauernd das Schlimmste von uns. Verdammt, Messer und überhaupt. Hast du auch was zum Schießen?«

»Natürlich.«

»Du leidest doch an Verfolgungswahn, das habe ich mir gleich gedacht.«

»Du leidest hier an Verfolgungswahn. Ich hatte keinen Grund, dir mit dem Messer zu kommen. Anfangs wenigstens nicht. Jetzt reicht es. Mach, daß du wegkommst, sonst mußt du doppelt bezahlen.«

»Ha! Ich gehe, wenn ich soweit bin«, antwortete er, zog seine Hose hoch und mühte sich mit dem Reißverschluß ab.

»Du bist schon längst soweit, und es warten noch andere.«

»Dann sollen sie eben warten. Ihr Nutten seid

verdammt gierig, ich hab' einen Häuptling für einen Job von fünf Minuten hingeblättert. Weißt du, wie lange ich in der Brauerei malochen muß, um einen Häuptling zu verdienen?«

»Nein«, sagte Maja müde. Sie starrte jetzt die Decke an. Eva wartete und kaute auf drei Fingern herum.

»Verdammte miese Kacke«, murmelte er und riß an seiner Gürtelschnalle. »Verdammtes Frauenzimmer!«

»Also, jetzt reicht es! Du brauchst nicht mehr wiederzukommen. Von jetzt ab bist du hier nicht mehr willkommen. Und das hätte ich dir schon längst sagen sollen.«

»Ach was!«

Er hielt inne und nickte, als sei ihm plötzlich ein Licht aufgegangen. »So ist das also! Ihr nehmt uns mit offenen Armen in Empfang, und wir stülpen unsere Brieftasche für euch um, und in Wirklichkeit könnt ihr uns allesamt nicht ausstehen! So ist es doch, oder was? Verdammte Kacke, kein Mensch ist so zynisch wie ihr Nutten!«

Mit gewaltiger Kraftanstrengung konnte Maja sich auf ihre Ellbogen stützen. Sie versuchte, die Beine anzuziehen, aber der Mann hielt sie weiterhin fest. Sie versetzte ihm mit dem Ellbogen einen Stoß und befreite sich aus der Umklammerung seiner Oberschenkel, griff dabei nach dem Messer, bekam es zu fassen und zerrte aus Leibeskräften daran. Plötzlich hielt sie es in der Hand. Sie kam mit erhobenem Messer auf die Knie. Die Messerspitze zitterte. Maja starrte jetzt den Mann an, er saß noch immer im Bett wie auf dem Sprung, sein kleiner Pferdeschwanz sträubte sich, wie die Erektion eines kleinen Jungen, dachte Eva, sie hatte jetzt die ganze Hand im Mund und biß heftig darauf herum, um nicht zu schreien. Wenn der Mann sich nach links umgedreht hätte, dann hätte er Evas Auge gesehen, einen leuchtenden kleinen Punkt im schwarzen Türspalt. Aber das tat er nicht, er schnappte sich ein Kissen und hielt es sich als Schutz vor den Unterleib. Er starrte Maja an, die zitternd mit dem Messer in der Hand vor ihm kniete. Ein Kissen und ein Messer. Alles war totenstill.

Eva verbarg ihr Gesicht in den Händen. Sie mußte diese bedrohliche Szene verschwinden lassen, sie hatte eine Sterbensangst, der Mann könne auch sie entdecken, könne durchs Zimmer stürzen und die Tür aufreißen und dann in noch viel ärgeren Zorn geraten. Sie saß stocksteif auf ihrem Hocker, gab sich alle Mühe, ruhig zu atmen, hörte, daß Joe Cocker zu einem neuen Stück ansetzte, »When a woman cries«. Mitten in ihrer Verzweiflung empfand sie eine gewaltige Erleichterung. Nie, nie im Leben würde sie einen fremden Mann in dieses Zimmer holen und ihm erlauben, sich auszuziehen. Ihre Karriere würde nicht nur zu Ende sein, noch ehe sie begonnen hatte, sie würde auch Maja zum Aussteigen überreden. Maja ist doch eigentlich ein anständiger Mensch, dachte sie, kümmert sich um andere, und fast zwei Millionen müssen ja wohl reichen. Lieber soll sie sich mit einem kleinen Hotel begnügen. Eva schaute wieder durch den Türspalt, der Mann hatte endlich das Bett verlassen, er zog sich gerade die Jacke an. Sie sah seinen Hinterkopf, sah, daß er seinen Blick durchs Zimmer wandern ließ, wie, um sich zu vergewissern, daß er nichts vergessen hatte. Eva hielt den Atem an, als sein Blick die angelehnte Tür streifte. Er starrte einige Sekunden lang in ihre Richtung, dann drehte er sich um und ging zur Tür. Etwas stimmte nicht. Kein Wort wurde gesagt, es war plötzlich so still. Sie konnte Majas Füße sehen, sie lagen bewegungslos, seitwärts gerichtet, auf der goldenen Bettdecke. Und der Mann trödelte jetzt nicht mehr herum, er riß die Tür auf und schlüpfte aus der Wohnung.

Eva rührte sich nicht.

Warum sagte Maja nichts? Eva spürte, wie die Wut in ihr aufstieg. Und diese Wut richtete sich gegen Maja, die sie in diese zweifelhafte Wohnung gelockt und ihr versichert hatte, es bestehe keinerlei Gefahr. Aber sie hörte aus dem Bett keinen Laut. Endlich stand sie auf, öffnete die Tür und konnte jetzt alles sehen. Majas weißer Körper, diagonal über dem Bett. Sie lag ganz still da, mit einem Kissen auf dem Gesicht.

Eva schrie nicht. Das war einer von Majas Streichen, ein ziemlich typischer sogar. Sie schreckte vor nichts zurück, um einmal richtig lachen zu können. Eva verschränkte die Arme und schüttelte den Kopf.

»Wenn du diesen Typen da noch einmal hier reinläßt, dann kann ich dich nur noch verachten«, sagte sie trocken.

Draußen wurde ein Wagen angelassen, Eva fuhr herum, lief zum Fenster. Das ist ein Opel Manta, dachte sie, so einer, wie Jostein ihn damals hatte. Sie sah sogar einen Teil der Nummer, BL 74 …

Die Reifen kreischten wütend auf. Er riß den Wagen herum und hätte fast ein Verkehrsschild am

Straßenrand gerammt. Dann raste er in Richtung Kneipe davon. Eva blickte hinterher, dann drehte sie sich um und ging zum Bett zurück. Beugte sich darüber und hob vorsichtig eine Ecke des großen Kissens. Und dann schrie sie auf.

Es war ein schrilles Geräusch, das von ganz unten aus der Kehle kam. Maja starrte aus weitoffenen Augen die Decke an, und ihre Finger spreizten sich auf der Bettdecke. Eva wich entsetzt zurück und stieß mit dem Rücken gegen den Nachttisch, die große Flamingolampe wackelte bedrohlich, automatisch griff Eva mit beiden Händen zu, um sie zu retten. Dann drehte sie sich um und rannte wieder ans Fenster, starrte in die leere Straße hinunter, die nun vollständig verödet war, kein Auto zu sehen, kein Mensch, nur aus der Ferne hörte sie leise Verkehrsgeräusche. Sie rannte wieder zum Bett, beugte sich darüber und packte Majas Schultern, schüttelte sie kräftig und sah, wie ihr Kinn nach unten klappte. Jetzt lag Maja mit offenem Mund da. Eva sah sich verzweifelt nach dem Telefon um, konnte es jedoch nicht entdecken; sie stürzte ins andere Zimmer, suchte auf dem Nachttisch, auf der Fensterbank, rannte wieder zurück, kam nicht auf die Idee, weitere Lampen einzuschalten, konnte noch immer kein Telefon sehen, sah in einem Regal nur ein glänzendrotes Sportwagenmodell. Das war das Telefon. Sie stürzte hin, packte die Karosserie und wollte Hilfe holen, konnte sich aber nicht an die Nummer des Notdienstes erinnern, die hatte gerade gewechselt, das wußte sie aus den Fernsehnachrichten, also brauchte sie das Telefonbuch. Aber das konnte sie nicht finden. Sie legte den

Hörer wieder auf und ließ sich in einen Sessel fallen. Starrte ihren roten Morgenmantel an und stellte sich plötzlich vor, wie uniformierte Polizei und Fotografen mit Blitzlicht das Zimmer überschwemmten, und wie sie dabei im Sessel saß, nackt unter ihrem roten Morgenrock, wie irgendeine Nutte.

WIE EINE NUTTE.

Was sollte sie überhaupt sagen? Daß sie durch den Türspalt gelinst hatte? Warum habe ich nicht eingegriffen, überlegte sie erstaunt. Weil alles so schnell gegangen war. Sie hatte Angst gehabt, er könne sie entdecken, seinen Zorn gegen sie richten. War sicher gewesen, daß Maja mit dieser Situation allein umgehen könne. Maja, die immerhin Profi war. Eva sprang plötzlich auf und stürzte ins Nebenzimmer. Schnappte sich ihre Kleider und zog sich in aller Eile um. Die ganze Zeit horchte sie angespannt, was, wenn jetzt plötzlich die Türklingel ginge, und draußen stand ein weiterer Kunde? Bei diesem Gedanken stürzte sie durch die Wohnung und schloß die Tür ab. Ihre Finger gehorchten ihr nicht, und es fiel ihr schwer, ihre Knöpfe zu schließen. Aus dem Augenwinkel heraus sah sie noch immer Majas weiße Füße. Niemand weiß, daß ich hier war, sagte Eva zu sich, niemand, außer Maja. Wenn jemand davon erfährt, Jostein, oder die Polizei, oder das Jugendamt, dann nehmen sie mir Emma weg. Ich gehe nach Hause und tue so, als sei das alles nie passiert. Es hat nichts mit mir oder mit meinem Leben zu tun, ich gehöre nicht hierher, in diese Wohnung voller Plüsch und Samt. Sie lief schwankend durch die Wohnung und fand ihre Handtasche, den langen Mantel, kam plötzlich darauf, daß sicher überall ihre Fingerabdrücke säßen. Und sie blieb abrupt stehen. Aber da ihre Fingerabdrücke niemals irgendwo registriert worden waren, konnte ihr das auch nicht gefährlich werden. Dachte sie. Wieder blieb sie am Bett stehen. Ging zum Kopfende und beugte sich über Maja. In deren Mundwinkel saß eine Fliege. Die Fliege wanderte die Wange hoch, ließ sich im Augenwinkel nieder, und machte sich dort an ihren langen Beinen zu schaffen. Eva sah ihr verzweifelt zu, versuchte, sie zu verjagen. Aber die Fliege kroch weiter, kroch die Wange hoch, durch die unteren Wimpern, und dann, scheinbar zögernd, hinaus auf den Augapfel. Dort blieb sie stehen. Sie schien ein Stück hineinzusinken.

Eva schlug sich die Hand vor den Mund und stürzte ins Badezimmer. Sie erbrach sich kräftig und bückte sich tief in die Kloschüssel, um nicht den Boden vollzuspritzen. Lange stand sie dann noch sabbernd und um Atem ringend da. Sie hatte einen bitteren, herben Geschmack im Hals und hätte den gern hinuntergespült, sie wollte aufstehen und etwas trinken, als sie plötzlich in ihrem eigenen Erbrochenen ausrutschte, nach vorn kippte und mit dem Kinn auf die Porzellankante prallte. Ihre Unterlippe platzte. Ihre Zähne bohrten sich durch ihre Zunge, Blut quoll hervor. Ihr kamen die Tränen. Sie durfte Maja jetzt nicht mehr ansehen, dann würde sie die Wohnung nie verlassen können. Sie riß mehrere Meter Toilettenpapier ab und fing an, den Boden aufzuwischen. Sie hatte auch die Wände und den Fuß der Toilette bespritzt. Sie wischte und wischte und warf das Papier ins Klo, und zwischendurch zog sie immer wieder ab, weil das Papier den Abfluß nicht verstopfen sollte. Das tat es aber trotzdem, das Klo war dicht, und das nasse Papier mit ihrer Kotze schwamm darin herum. Eva gab auf, ging zum Waschbecken, trank kaltes Wasser, versuchte, es eine Weile im Mund zu behalten, um die Blutung zu stoppen. Schließlich ging sie wieder ins Nachbarzimmer, kehrte Maja den Rücken zu und fragte sich, wie lange die wohl so hier liegen würde, bis jemand sie fände. Dann setzte sie sich wieder. Es war still im Block, es war noch früh am Abend, sie durfte jetzt nichts überstürzen. Wenn jemand schellte, dann mußte sie einfach nur sitzen bleiben. Sie überlegte, ob sie vielleicht wegen Beihilfe zum Mord verurteilt werden könnte, wo sie doch nur zugeschaut hatte. Wenn sie sofort anrief und alles erzählte, die ganze Geschichte, ob sie ihr dann wohl glauben würden? Sie ließ ihren Blick über alle Gegenstände schweifen, die Maja angesammelt hatte. Maja hatte einen üppigen Geschmack gehabt, hatte Farben geliebt. Eine riesige Suppenterrine, geformt wie eine Erdbeere, mit grünen Blättern als Deckel. Sie stand auf einem Tischchen vor dem Fenster. Eva erhob sich langsam, wußte nicht so recht, woher ihr dieser Gedanke gekommen war, aber sie ging zum Fenster und nahm vorsichtig den Deckel von der Terrine. Die war mit Geldscheinen gefüllt. Rasch drehte Eva sich um und blickte zu Maja hinüber. Aber die sah das ja nicht mehr. Es waren viele Geldscheine, sicher mehrere tausend Kronen. Eva hielt Ausschau nach weiteren Verstecken, entdeckte eine blauweiße Vase mit Seidenrosen, zog die Blumen heraus und fand weitere Banknoten. Ein Nähkästchen war damit vollgestopft, und ihr fielen die

Stiefel im Garderobenschrank ein, sie ging in die kleine Diele und öffnete ihn. Drehte die drei Paar Stiefel um, und das Geld fiel heraus. Eva schwitzte schrecklich, sie stopfte sich das Geld in die Handtasche und suchte weiter. Sie fand Geld in beiden Nachttischen und im Medizinschrank im Badezimmer. Je mehr Geld sie in ihre Tasche stopfte, um so wütender wurde sie. Sie sah Majas Leiche nicht mehr an. Ihre Freundin hatte etwas in ihrem Leben kaputtgemacht. Hatte eine Seite bloßgelegt, von deren Existenz sie nichts gewußt hatte, und auf die sie lieber verzichten würde. Es war Majas Schuld, und Maja brauchte das Geld nicht mehr. Evas Tasche war jetzt bis an den Rand mit Fünfzigern, Hundertern und Tausendern gefüllt. Sie fuhr sich mit der Hand über die Stirn und wischte sich den Schweiß ab. Die Türklingel ging. Eva drückte sich in eine Ecke, außer sich vor Angst bei der Vorstellung, jemand könne durch das Schlüsselloch schauen. Zwei kurze Signale. Da draußen steht der, der mein erster Kunde werden sollte, dachte sie und hielt den Atem an, preßte sich an die Wand. Wieder wurde geschellt. Jetzt mußte sie eine Weile warten, ehe sie die Wohnung verlassen konnte, sie durfte nicht gesehen werden. Sie hatte mit der ganzen Sache nichts zu tun gehabt, es war ein Mißgeschick gewesen. Endlich hörte sie Schritte die Treppe hinuntergehen. Sie hörte, wie die Tür ins Schloß fiel, und schaute auf die Uhr. Es war Viertel vor neun. Dann warf sie einen letzten Blick auf Maja. Sie war nicht mehr besonders hübsch mit ihrem weit aufgerissenen Mund und den glotzenden Augen. »Das ist deine eigene Schuld«, flüsterte Eva. Dann wartete sie stocksteif noch genau fünf

Minuten, kehrte der Leiche den Rücken zu und zählte die Sekunden. Öffnete dann endlich vorsichtig die Tür und schlich sich hinaus.

Im Treppenhaus begegnete ihr niemand. Draußen war es dunkel und kalt, als sie aus der Haustür schlüpfte und nach links abbog. Nicht nach rechts, vorbei am Königlichen Wappen. Bei der Methodistenkirche bog sie noch einmal nach links ab, kam an der Essotankstelle vorbei, ging bei der Versicherung wieder links und wanderte dann bis zum Kreisverkehr am Fluß entlang. Ihre Zunge war taub und bitter, aber die Blutung hatte sich gelegt. Sie preßte ihre Tasche an sich. Sie ging in normaler Geschwindigkeit den Hang hinauf, hielt dabei den Kopf gesenkt und achtete darauf, daß sie niemanden anstarrte, sie durfte nicht zu schnell gehen, niemand durfte sehen, daß eine Frau durch die Straßen eilte, an diesem Abend, zu dieser Uhrzeit, und deshalb ging sie langsam. Nichts ist verdächtig an einer Frau, die durch die Stadt schlendert, dachte sie. Erst oben auf der Brücke lief sie los.

Eine Stunde später stand sie in ihrem eigenen Wohnzimmer und preßte noch immer ihre Handtasche an sich. Sie war erschöpft von der langen Wanderung, hatte es aber nicht gewagt, sich ein Taxi zu nehmen. Sie keuchte und hatte Seitenstiche, wollte sich setzen, mußte aber zuerst ihre Tasche verstecken, sie glaubte, die könne nicht wie sonst auf dem Tisch stehen, sie war doch mit Geld vollgestopft, sie mußte verschwinden. Jemand konnte kommen. Sie blickte sich nach einem Schrank oder einer Schublade um, verwarf diese

Idee und ging in die Waschküche. Schaute in die Trommel der Waschmaschine, die war leer. Sie schob die Tasche hinein und machte die Klappe zu. Dann ging sie wieder ins Wohnzimmer, wollte sich setzen, machte aber kehrt und holte sich den Rotwein aus der Küche. Die Flasche war geöffnet, Eva goß sich ein Wasserglas voll und ging wieder ins Wohnzimmer, starrte aus den Fenstern auf Dunkelheit und Stille. Trank zwei große Schlucke und beschloß dann, die Vorhänge vorzuziehen. Obwohl niemand draußen war. Sie machte vor allen Fenstern die Vorhänge dicht und wollte sich mit ihrem Glas hinsetzen, aber dann fiel ihr ein, daß ihre Zigaretten in der Handtasche in der Waschmaschine lagen. Sie ging in die Waschküche und nahm sie heraus. Ging wieder ins Wohnzimmer, hatte vergessen, daß sie auch Feuer brauchte, und ging wieder zurück. Ihr Puls wurde immer schneller, aber sie fand ihr Feuerzeug, wollte sich setzen, und dann fiel ihr der Aschenbecher ein. Sie stand noch einmal auf und merkte, wie ihre Finger zitterten. Ein Auto fuhr langsam durch die Straße, sie rannte ans Fenster und schaute durch einen Spalt im Vorhang hinaus, es war ein Taxi. Das sucht bestimmt nur ein Haus, dachte sie, ging wieder in die Küche, fand den Aschenbecher im Spülstein und zündete sich ihre Zigarette an. Das Telefon ist tot, dachte sie dann, sie dachte das voller Erleichterung, niemand konnte sie jetzt erreichen. Sie hatte die Tür abgeschlossen. Sie zog noch einmal an ihrer Zigarette und legte diese dann in den Aschenbecher. Wenn sie fast alle Lampen ausmachte, würde es aussehen, als sei sie gar nicht zu Hause. Sie ging durch das Haus und knipste der

Reihe nach die Lampen aus. Es wurde immer dunkler, die Ecken waren ganz schwarz.

Dann setzte sie sich endlich. Auf die Sesselkante, bereit, jederzeit wieder aufzuspringen. Sie hatte das unbehagliche Gefühl, etwas vergessen zu haben, und deshalb trank sie Rotwein und rauchte, und sie atmete schnell und hektisch, und nach einer Weile wurde ihr schwindlig. Sie versuchte, Gedanken zu Sätzen umzuformulieren, aber diese Sätze wurden niemals fertig, denn immer wieder kamen neue Gedanken, die gedacht werden wollten. Das verwirrte sie. Sie trank mehr Wein und rauchte weitere Zigaretten. Es war fast schon elf. Vielleicht war Maja schon gefunden worden, vielleicht hatte einer ihrer Freier die Türklinke heruntergedrückt und festgestellt, daß die Tür offen war. Wenn es ein Mann mit Frau und Kindern war, war er vielleicht davongestürzt, so wie Eva. Eine Nutte kann sterben, ohne daß irgendwer sich darum kümmert, dachte sie empört. Vielleicht muß sie lange dort liegen, ehe jemand etwas unternimmt, vielleicht viele Tage oder Wochen. Bis es im Treppenhaus nach Verwesung riecht und die Nachbarn sich wundern. Eva ging in die Küche und goß sich neuen Wein ein. Bald kommt Emma nach Hause, dachte sie, dann ist alles wieder so wie vorher. Sie leerte das Glas im Stehen vor dem Spülstein, dann ging sie ins Badezimmer. Es war besser, sich hinzulegen und die Zeit verstreichen zu lassen. Je schneller die Zeit verging, um so besser. Sie putzte sich die Zähne und schlüpfte unter die Decke. Vielleicht würde die Polizei sie ja doch finden, besser sie überlegte sich schon jetzt, was sie dann sagen wollte.

Sie schloß die Augen und wollte schlafen, wurde aber von immer neuen Gedanken gestört. Hatte jemand sie gesehen, als sie den Block betreten hatte? Das glaubte sie nicht. Aber im Hannas, und im Kaufhauscafé. Sie konnte nicht abstreiten, daß sie Maja begegnet war, das wäre zu riskant. Den ersten Tag mußte sie so schildern, wie er verlaufen war, daß sie gegessen hatten und danach zu Maja gegangen waren. Das Bild, dachte sie dann plötzlich. Das lehnte an der Wohnzimmerwand. Aber sie konnte es ja am ersten Abend noch geholt haben. Und daß Maja als Nutte arbeitete, mußte sie zugeben, daß sie das gewußt hatte? Je mehr Wahres sie erzählte, um so besser wäre es vielleicht? Doch, sie hatte es gewußt, Maja hatte es ihr erzählt. Ganz freiwillig. Sie hatten nie Geheimnisse voreinander gehabt. Sie schloß wieder die Augen und versuchte, alle Gedanken zu verdrängen. Das Taxi, dachte sie plötzlich, – das sie bestellt hatten. Und das sie mit dem in die Decke gewickelten Bild in die Tordenskioldsgate gebracht hatte, ob sie das wohl aufspüren könnten? Aber sie konnte ja einfach hingefahren sein, um das Bild abzuliefern, danach hatte sie kurz mit Maja geplaudert und war wieder gegangen, weil Maja einen Kunden erwartete. So war es gewesen, natürlich. Sie waren sich am Mittwochmittag begegnet und hatten miteinander Kaffee getrunken. Sie hatten sich seit fünfundzwanzig Jahren nicht gesehen. Danach waren sie Essen gegangen. Maja hatte bezahlt. Sie wollte ein Bild kaufen, und am nächsten Tag hatte sie ein Taxi geschickt, um das Bild abzuholen. Ob sie diesen Freier gesehen hatte? Hatte sie vielleicht einen Namen aufgeschnappt? Nein, nein, sie war gegangen, ehe er erwartet wurde. Sie wußte nichts über diesen Mann, wollte nichts wissen, sie fand das alles schrecklich. Grauenhaft, so war das. Ich weiß nicht, wie sie gestorben ist, dachte sie plötzlich, ich weiß nur, was in den Zeitungen gestanden hat. Ich muß Zeitung lesen. Ich muß hören, was im Radio gesagt wird. Ich darf keinen Fehler machen. Sie starrte und starrte nach oben und verflocht unter ihrer Bettdecke die Finger. Die ersten Nachrichten, wann wurden die gesendet? Um sechs? Sie schaute auf den Wecker, es ging auf Mitternacht zu. Die Zeiger spreizten sich hellgrün, so, wie Majas Beine auf der dunklen Bettdecke. Eva riß die Augen auf. Die bösen Träume standen in ihrem Hinterkopf Schlange. Sie stand auf und ging ins Badezimmer, zog ihren Bademantel an und setzte sich ins Wohnzimmer. Stand wieder auf und schaltete das Radio ein, dort wurde Musik gesendet. Sie dachte: Ich bleibe lieber wach. Solange ich wach bin, weiß ich, was passiert.

Im eigenen Bett ermordet.

Eva sah die Schlagzeile im Zeitungsgestell vor Omars Laden, als sie noch im Auto saß. Innerhalb weniger Nachtstunden war der Fall in der ganzen Stadt, im ganzen Land bekannt. Sie rannte in den Laden und legte einen Zehner auf den Tresen, schlug im Wagen die Zeitung auf und las sie auf dem Lenkrad. Ihre Hände zitterten.

Eine neununddreißig Jahre alte Frau wurde gestern am späten Abend in ihrem Bett tot aufgefunden. Die Frau war allem Anschein nach erwürgt worden, aber bisher gibt die Polizei aus Rücksicht auf die laufenden Ermittlungen keine weiteren Einzelheiten bekannt. In der Wohnung deutete nichts auf einen Kampf hin, und es scheint auch nichts gestohlen worden zu sein. Die Frau, die bereits wegen ihre Tätigkeit als Prostituierte die Aufmerksamkeit der Polizei erregt hatte, wurde gegen zweiundzwanzig Uhr von einem Bekannten gefunden. Er hat unserem Blatt gegenüber bestätigt, daß er als Freier kam und zufällig entdeckte, daß die Tür unverschlossen war. Er fand die Frau tot im Bett vor und benachrichtigte sofort die Polizei. Es ist davon auszugehen, daß die Frau von einem Freier ermordet wurde, ein Motiv ist nicht bekannt. Mehr auf den Seiten 6 und 7.

Eva blätterte weiter. Auf den Seiten 6 und 7 stand nicht mehr viel, dafür gab es große Bilder. Ein Bild des Wohnblocks, Majas Fenster war mit einem Kreuz gekennzeichnet. Es schien ein altes Bild zu sein, die Bäume vor dem Haus waren stark belaubt. Das Bild des Mannes, der Maja gefunden hatte, war undeutlich, er war nur von hinten zu sehen, um nicht erkannt zu werden. Und dann gab es noch ein Bild eines Polizisten. Des Ermittlers. Ein angegrauter ernsthafter Mann in blauem Hemd. Hauptkommissar Konrad Sejer, dachte sie, was für ein Name! Alle, die sich am Donnerstagabend in der Nähe aufgehalten hatten, wurden gebeten, sich bei der Polizei zu melden.

Eva faltete die Zeitung zusammen. Wenn die Polizei überhaupt herausfand, daß sie mit Maja zusammengewesen war, dann würde sie sehr bald auftauchen, vermutlich noch heute, auf jeden Fall aber vor dem Wochenende. Nach einer Woche würde Eva sich vielleicht sicher fühlen können.

Aber als erstes würden sie rekonstruieren, was Maja an den letzten Tagen gemacht hatte, und mit wem sie zusammengewesen war. Eva ließ den Wagen wieder an und fuhr langsam zu ihrem Haus zurück. Sie ging hinein und beschloß, ein wenig zu arbeiten, zu putzen, aufzuräumen und sich noch einmal zu überlegen, was sie sagen sollte. In der Waschküche lagen große Haufen schmutziger Wäsche, sie stopfte alles in die Maschine, dann fiel ihr plötzlich ein, daß die Handtasche mit dem Geld noch in der Trommel lag, und sie zog sie heraus. Danach füllte sie die Maschine weiter mit Wäsche. Maja und ich waren Jugendfreundinnen, sagte sie zu sich, aber wir haben im Jahre neunundsechzig den Kontakt miteinander verloren. Weil wir umgezogen sind. Damals waren wir fünfzehn.

Sie kippte Waschpulver in die Maschine und drückte auf den Knopf.

Danach haben wir uns fünfundzwanzig Jahre lang nicht mehr gesehen. Ich bin ihr beim Einkaufen begegnet, ich hatte im Farbengeschäft etwas umgetauscht – wir sind in ein Café im ersten Stock gegangen und haben Kaffee getrunken.

Sie ging in die Küche und ließ Wasser ins Spülbecken laufen.

Und dann haben wir über alte Zeiten geplaudert, wie Frauen das eben so machen. Ob ich gewußt habe, daß sie Prostituierte war? Ja, das hat sie mir sogar selbst erzählt. Sie hat sich auch nicht geschämt. Sie hat mich zum Essen eingeladen, wir waren im Hannas Kjøkken.

Eva ließ Spülmittel ins Becken spritzen und legte Gläser und Besteck ins heiße Wasser. In der Waschküche kam langsam die Waschmaschine in Gang.

Nach dem Essen war ich noch bei ihr zu Hause. Ja, richtig, wir haben ein Taxi genommen. Aber ich war nicht mehr lange bei ihr. Doch, sie hat von ihren Kunden erzählt, aber sie hat keine Namen oder sowas genannt. Das Bild?

Eva nahm ein Weinglas, hielt es ins Licht und fing mit Spülen an.

Ja, das ist mein Bild. Genauer gesagt, Maja hat es mir abgekauft. Für zehntausend Kronen. Aber nur, weil ich ihr leidtat, ich glaube nicht, daß es ihr gefallen hat. Aber sie hatte auch nicht besonders viel Ahnung von Kunst. Am nächsten Abend bin ich dann zu ihr gefahren, um es abzuliefern, mit einem Taxi. Habe eine Tasse Kaffee getrunken und bin dann ziemlich schnell wieder gegangen. Sie erwartete nämlich einen Kunden. Ob ich den gesehen habe? Nein, nein, ich habe niemanden gesehen, ich bin rechtzeitig gegangen, ich wollte nicht dabei sein.

Sie spülte das Glas unter dem Wasserhahn ab und griff zum nächsten. Schrecklich viele Rotweingläser hatten sich angesammelt. Die Waschmaschine fing an zu plätschern. Es ist eigentlich ganz einfach, überlegte sie, natürlich werde ich nie wegen dieses Mordes verdächtigt werden. Freundinnen bringen sich doch nicht gegenseitig um. Und deshalb gab es überhaupt keinen Grund, sie zu verdächtigen. *Niemand konnte beweisen, daß sie etwas gesehen hatte.*

Aber das Geld, das sie genommen hatte …

Sie holte Atem und versuchte, sich zu beruhigen. Plötzlich war sie empört darüber, daß sie Majas Geld genommen hatte, warum in aller Welt hatte sie das getan? Nur, weil sie es brauchte? Sie nahm ein weiteres Glas, als die Türklingel ging. Es wurde hart und energisch geschellt.

Nein! Das konnte doch nicht sein! Eva fuhr so heftig zusammen, daß das Glas zerbrach. Sie blutete, das Wasser färbte sich rot. Sie beugte sich zum Fenster vor, um hinauszuschauen, konnte aber niemanden erkennen, sah nur, daß jemand vor der Tür stand. Wer in aller Welt konnte denn jetzt …

Sie zog die Hand aus dem Wasser und wickelte sie in ein Geschirrtuch, damit das Blut nicht auf den Boden tropfte. Ging auf den Flur. Bereute, daß sie für das Türfenster Buckelglas genommen hatte und nun nicht hindurchsehen konnte. Draußen stand ein Mann, sehr groß und schlank und grau, er kam ihr sehr bekannt vor. Hatte Ähnlichkeit mit dem Mann aus der Zeitung, dem Chefermittler, aber natürlich war es noch zu früh, es war trotz allem erst Freitagmorgen, es gab doch Grenzen dafür, was sie in einer einzigen Nacht herausfinden konnten, auch wenn sie sicher …

»Konrad Sejer«, sagte der Mann. »Polizei.«

Ihr Herz sank und landete in ihrer Magenregion. Ihre Kehle schloß sich mit leisem Klicken, dann brachte sie keinen Laut mehr hervor. Er stand bewegungslos da und starrte sie fragend an, und als sie nichts sagte, nickte er zu ihrem Geschirrtuch herüber: »Ist etwas passiert?«

»Nein, ich spüle nur gerade.« Sie konnte keinen Fuß bewegen.

»Eva Marie Magnus?«

»Ja, das bin ich.«

Er sah sie noch immer aufmerksam an. »Darf ich hereinkommen?«

WIE HAT ER MICH DENN BLOSS GEFUN-

DEN! IN NUR EIN PAAR STUNDEN! WIE ZUM TEUFEL …

»Ja, natürlich, ich muß mich nur erst um meine Hand kümmern, muß mir ein Pflaster holen. Es war ein billiges Glas, es ist also nicht weiter schlimm, aber es blutet so schrecklich, und es ist doch ärgerlich, wenn man Möbel und Teppiche vollblutet. Ganz unmöglich, die Flecken wieder wegzukriegen – Polizei?«

Sie wich zurück, versuchte, sich daran zu erinnern, was sie sagen wollte, im Moment hatte sie alles vergessen, aber natürlich mußte er eine Frage stellen, ehe sie antworten konnte, am besten sagte sie so wenig wie möglich, antwortete nur auf Fragen, kakelte nicht wie ein Huhn drauflos, denn dann würde er sie für nervös halten, und das war sie natürlich auch, nur durfte er das eben nicht wissen.

Sie standen im Wohnzimmer.

»Kümmern Sie sich erst um Ihre Hand«, sagte er kurz. »Ich warte so lange.« Er sah sie forschend an, registrierte ihre gesprungene Lippe, die inzwischen angeschwollen war.

Sie ging ins Badezimmer, wagte nicht, in den Spiegel zu schauen, fürchtete sich vor einem Schock. Zog eine Packung Pflaster aus dem Medizinschrank und schnitt ein Stück ab, klebte es auf die Wunde und atmete dreimal tief durch. »Maja und ich waren Jugendfreundinnen«, flüsterte sie. Dann ging sie wieder ins Wohnzimmer.

Er stand noch immer da, und sie nickte ihm zu, um ihn zum Hinsetzen zu bewegen. Als er gerade den Mund öffnete, traf es sie wie ein Blitz, sie hatte etwas vergessen, etwas Wichtiges und Entscheidendes, sie wollte das ganz schnell in Ordnung bringen, aber es war zu spät, denn jetzt fing er an zu reden, und sie konnte nicht mehr denken.

»Kennen Sie Maja Durban?«

»Ja? Ja, die kenne ich.«

»Haben Sie sie länger nicht mehr gesehen?«

»Nein. Ich habe sie – gestern getroffen. Gestern abend.«

Er nickte langsam.

»Gestern um welche Zeit?«

»So gegen sechs, sieben, glaube ich.«

»Ist Ihnen bekannt, daß Frau Durban um zweiundzwanzig Uhr in ihrem Bett tot aufgefunden worden ist?«

Eva setzte sich, feuchtete sich die Lippen an und schluckte. Weiß ich das, fragte sie sich, habe ich schon davon gehört, so früh am Morgen …

Plötzlich starrte sie die Zeitung an, die Schlagzeile lag genau vor ihr.

»Ja. Aus der Zeitung.«

Er nahm die Zeitung, drehte sie um und betrachtete sie von hinten.

»Ja? Sie haben die Zeitung nicht abonniert, wie ich sehe. Kein Adressenaufkleber. Sie gehen sich also schon so frühmorgens die Zeitung kaufen?«

Er wirkte in gewisser Weise verbissen, er war von der Sorte, die auch einen Stein zum Reden bringen könnte. Eva hatte keine Chance. »Ja, vielleicht nicht jeden Tag. Aber ziemlich oft …«

»Woher wußten Sie, daß in der Zeitung von Frau Durban die Rede ist?«

»Wie meinen Sie das?«

»Ihr Name«, sagte er leise, »wird im Artikel nicht genannt.«

Eva wäre fast ohnmächtig geworden.

»Nein, aber ich habe doch ihren Wohnblock wiedererkannt. Und ihr Fenster ist ja angekreuzt. Ich meine, ich habe dem Artikel entnehmen können, daß von Maja die Rede ist. Sie war ja ein besonderer Fall. Hier steht«, sie beugte sich vor und zeigte auf die Stelle im Artikel, »etwas von ›Aufmerksamkeit der Polizei‹ und ›Prostituierte‹. Und ›neununddreißig Jahre‹. Deshalb wußte ich, daß sie es ist, das habe ich sofort begriffen.«

»Ach? Und was haben Sie dann gedacht? Als Sie wußten, daß Frau Durban ermordet worden war?«

Eva suchte fieberhaft nach den richtigen Worten.

»Daß sie auf mich hätte hören sollen. Ich habe versucht, sie zu warnen.«

Sejer schwieg. Sie glaubte, er werde weitere Fragen stellen, aber das tat er nicht, er sah sich im Zimmer um, betrachtete ihre großen Gemälde, nicht ohne ein gewisses Interesse, dann musterte er sie wieder, schwieg noch immer, Eva merkte, daß sie schwitzte, und die Wunde in ihrer Hand tat weh.

»Sie hätten sich doch bei uns gemeldet, davon gehe ich aus, wenn ich Ihnen nicht zuvorgekommen wäre?«

»Wie meinen Sie das?«

»Sie besuchen eine Freundin und lesen am nächsten Tag in der Zeitung, daß diese Freundin ermordet worden ist. Und da gehe ich doch davon aus, daß Sie sich bei uns gemeldet hätten, um eine Aussage zu machen, um uns zu helfen?«

»Ja, ja, natürlich, ich habe es nur noch nicht geschafft.«

»Das schmutzige Geschirr war vielleicht wichtiger?«

Eva löste sich langsam vor seinen Augen auf.

»Maja und ich waren Jugendfreundinnen«, sagte sie schwach.

»Weiter.«

Die Verzweiflung drohte, die Oberhand zu gewinnen, Eva versuchte, sich zusammenzureißen, konnte sich aber nicht mehr erinnern, wie sie alles hatte erzählen wollen.

»Wir sind uns beim Einkaufen begegnet, wir hatten uns seit fünfundzwanzig Jahren nicht mehr gesehen, dann waren wir zusammen Kaffeetrinken. Und sie hat mir von ihrem Gewerbe erzählt.«

»Ja. Sie machte das schon seit einer Weile.«

Er verstummte wieder, und sie konnte ihren Vorsatz, nur Fragen zu beantworten, nicht einhalten.

»Wir waren auch zusammen essen, am Mittwoch. Und danach haben wir bei ihr noch einen Kaffee getrunken.«

»Sie waren also in ihrer Wohnung?«

»Ja, aber nur kurz. Ich bin abends mit einem Taxi nach Hause gefahren, und Maja wollte, daß ich ihr ein Bild brachte. Das wollte sie kaufen. Ich bin nämlich Malerin, und Maja fand das ziemlich hoffnungslos, vor allem, weil ich fast keine Bilder verkaufe, und als ich ihr erzählte, daß mein Telefon gesperrt worden war, wollte sie mir helfen und ein Bild kaufen. Sie hatte sehr viel Geld.«

Sie dachte an das Geld im Ferienhaus, erwähnte es aber nicht.

»Was hat sie für das Bild bezahlt?«

»Zehntausend. Genau den Betrag meiner unbezahlten Rechnungen.«

»Sie hat ein gutes Geschäft gemacht«, sagte er plötzlich.

Eva riß vor Überraschung die Augen weit auf.

»Und Sie sollten wieder zu Maja kommen, und das haben Sie auch gemacht?«

»Ja. Aber nur, um das Bild abzuliefern«, sagte Eva rasch. »Ich habe ein Taxi genommen, Ich hatte das Bild in eine Decke gewickelt …«

»Das wissen wir. Sie sind mit dem Wagen Nr. F 16 gefahren. Das ging sicher schnell«, er lächelte, »wie lange waren Sie bei ihr?«

Eva rang verzweifelt um Fassung.

»Vielleicht eine Stunde. Ich habe ein Brot gegessen, und dann haben wir noch ein wenig geredet.« Sie stand auf, um sich eine Zigarette zu holen, machte die Tasche auf, die auf dem Eßtisch lag, und starrte die vielen Geldscheine an. Sie ließ die Tasche mit leisem Knall wieder zuklappen.

»Rauchen Sie?« fragte er plötzlich und schwenkte eine Prince.

»Ja, danke.«

Sie nahm sich eine Zigarette und griff nach dem Feuerzeug, das er ihr über den Tisch zuschob.

»Das Taxi hat Sie um achtzehn Uhr hier abgeholt, und da sind Sie wohl so gegen achtzehn Uhr zwanzig bei Frau Durban eingetroffen, nehme ich an?«

»Ja, das kann stimmen. Aber ich habe nicht auf die Uhr geschaut.«

Eva zog langsam an der Zigarette und stieß den Rauch aus, sie versuchte, den Druck loszuwerden, der sich in ihr aufgestaut hatte. Das gelang ihr nicht.

»Und Sie sind eine Stunde dort gewesen, das bedeutet, daß Sie gegen neunzehn Uhr zwanzig wieder gegangen sind?«

»Wie gesagt, ich habe nicht auf die Uhr geschaut. Aber sie erwartete einen Freier, und da wollte ich nicht dabei sein, deshalb bin ich rechtzeitig wieder gegangen.«

»*Wann* sollte der denn kommen?«

»Um acht. Sie hat mir sofort erzählt, daß sie um acht Uhr einen Kunden erwartet. Die Kunden klingelten immer zweimal. Das war das verabredete Signal.«

Sejer nickte.

»Und wissen Sie, wer dieser Freier war?«

»Nein. Ich wollte es auch nicht wissen, ich fand es schlimm, was sie machte, grauenhaft, ich begreife nicht, wie sie das über sich brachte, oder daß das überhaupt jemand tun mag.«

»Sie sind vielleicht die letzte, die Frau Durban noch lebend gesehen hat. Der Mann, der um acht Uhr kommen sollte, kann der Mörder gewesen sein.«

»Ach?« Eva keuchte auf, als schaudere ihr bei diesem Gedanken.

»Ist Ihnen auf der Straße jemand begegnet?«

»Nein.«

»Welchen Weg sind Sie gegangen?«

Die Wahrheit sagen, überlegte sie, solange das geht.

»Nach links. Vorbei an der Tankstelle und der Versicherung. Am Fluß entlang und über die Brücke.«

»Das ist doch ein Umweg?«

»Ich wollte nicht an der Kneipe vorbeigehen.«

»Warum nicht?«

»Da lungern abends immer so viele Betrunkene herum.«

Das war wirklich die lauterste Wahrheit. Sie mochte einfach nicht an großen Gruppen von besoffenen Mannsbildern vorbeigehen.

»Na gut.«

Er betrachtete das Pflaster auf ihrer Hand.

»Hat Frau Durban sie zur Tür gebracht?«

»Nein.«

»Hat sie hinter Ihnen die Tür abgeschlossen?«

»Ich glaube nicht. Aber ich habe nicht darauf geachtet.«

»Und im Treppenhaus oder auf der Straße ist Ihnen niemand begegnet?«

»Nein. Niemand.«

»Wissen Sie, ob in der Straße Autos standen?«

»Das weiß ich nicht mehr.«

»Na gut. Dann sind Sie über die Brücke gegangen – und dann?«

»Wie meinen Sie das?«

»Wohin sind Sie dann gegangen?«

»Ich bin nach Hause gegangen.«

»Sie sind nach Hause *gegangen?* Von der Tordenskioldsgate bis nach Engelstad?«

»Ja.«

»Das ist ganz schön weit, oder nicht?«

»Das schon. Doch, aber ich wollte gehen. Ich hatte so viel zum Nachdenken.«

»Und worüber haben Sie so sehr nachdenken müssen, daß Sie einen so langen Spaziergang brauchten?«

»Naja, die Sache mit Maja und so«, murmelte sie. »Daß sie so geworden war. Vor vielen Jahren haben wir uns so gut gekannt, ich konnte es nicht fassen.

Ich hatte geglaubt, sie zu kennen«, sagte Eva verwundert, wie zu sich selber.

Sie drückte ihre Zigarette aus und schob sich die Haare auf den Rücken.

»Am Mittwochmittag ist Maja Durban Ihnen also seit fünfundzwanzig Jahren zum erstenmal begegnet?«

»Ja.«

»Und gestern haben Sie zwischen sechs und sieben Uhr abends bei ihr vorbeigeschaut?«

»Ja.«

»Und das ist alles?«

»Ja. So ist es, das ist alles.«

»Und Sie haben nichts vergessen?«

»Nein, das glaube ich nicht.«

Er erhob sich vom Sofa und nickte noch einmal, nahm sein Feuerzeug, das jetzt Evas Fingerabdrücke aufwies, und ließ es in seine Brusttasche gleiten.

»Hatten Sie den Eindruck, daß Frau Durban aus irgendeinem Grund nervös war?«

»Nein, überhaupt nicht. Maja war ganz obenauf, so wie immer. Hatte alles unter Kontrolle.«

»Und im Laufe Ihres Gesprächs ist kein Wort gefallen, das darauf hinweisen könnte, daß jemand hinter ihr her war? Oder daß es mit irgendwem einen Konflikt gab?«

»Nein. Überhaupt nicht.«

»Hat jemand angerufen, während Sie bei ihr waren?«

»Nein.«

»Dann will ich Sie nicht länger stören. Bitte, rufen Sie an, wenn Ihnen etwas einfällt, das vielleicht von Bedeutung sein kann. Egal, was.«

»Ja!«

»Ich werde dafür sorgen, daß Ihr Telefon sofort wieder geöffnet wird.«

»Was?«

»Ich habe versucht, Sie anzurufen. Und bei der Störungsstelle hieß es, Sie hätten die Rechnung nicht bezahlt.«

»Ach so. Vielen Dank.«

»Falls wir noch mit Ihnen sprechen müssen.«

Sie biß sich verwirrt auf die Lippe.

»Äh«, sagte Sie plötzlich. »Woher haben Sie gewußt, daß ich bei Maja war?«

Er schob die Hand in die Jackentasche und zog ein Büchlein mit rotem Ledereinband hervor.

»Majas Terminkalender. Hier steht, am 30. September: Beim Einkaufen Eva getroffen. Mit ihr im Hannas gegessen. Und ganz hinten standen Ihr Name und Ihre Adresse.«

Wie einfach, dachte Eva.

»Bleiben Sie nur sitzen«, sagte Sejer. »Ich finde schon hinaus.« Eva ließ sich wieder in den Sessel fallen. Sie war restlos erschöpft, sie faltete so hart auf ihrem Schoß die Hände, daß ihre Wunde wieder zu bluten begann. Sejer ging durch das Zimmer und blieb plötzlich vor einem ihrer Bilder stehen. Er legte den Kopf schräg und drehte sich wieder um.

»Was soll das darstellen?«

Eva wand sich.

»Ich erkläre meine Bilder eigentlich nie.«

»Nein, das kann ich verstehen. Aber das hier«, er zeigte auf einen Turm, der aus der Dunkelheit aufragte, »das erinnert mich an eine Kirche. Und das, dieses kleine Graue im Hintergrund, das könnte ein Grabstein sein. Oben ein bißchen gerundet. Weit weg von der Kirche, aber man kann doch sehen, daß sie zusammengehören. Ein Friedhof«, sagte er einfach. »Mit einem einzigen Grabstein. Wer ist hier begraben?«

Eva starrte ihn erstaunt an. »Ich selber, nehme ich an.«

Sejer ging weiter. »Das ist das beeindruckendste Bild, das ich je gesehen habe«, sagte er.

Als die Tür ins Schloß fiel, dachte sie, daß sich ein paar Tränen gut gemacht hätten, aber dafür war es jetzt zu spät. Sie saß mit den Händen im Schoß da und hörte der Waschmaschine zu, die jetzt beim Schleudern angekommen war, sie drehte sich immer schneller und ließ ein bedrohliches Grummeln hören.

Eva schüttelte die Panik ab und steigerte sich in wilden Zorn hinein. Es war ein fremdes Gefühl, sie war noch nie zornig gewesen, nur verzweifelt. Sie hatte die Handtasche vom Tisch geholt, sie geöffnet, umgedreht und die Banknoten herausfallen lassen. Es waren vor allem Hunderter, aber auch einige Fünfziger und ein Stapel Tausender. Eva zählte und zählte, mochte ihren Augen kaum trauen. Über sechzigtausend. Taschengeld, hatte Maja gesagt. Eva sortierte das Geld in ordentliche Stapel und schüttelte den Kopf. Von sechzigtausend konnte sie eine halbe Ewigkeit leben, zumindest aber ein halbes Jahr. Und niemand würde dieses Geld vermissen. Niemand wußte schließlich davon. Wo wäre es sonst gelandet, überlegte Eva, beim Staat? Sie hatte das seltsame Gefühl, das Geld verdient zu haben. Daß es ihr gehörte. Sie legte die Stapel aufeinander, nahm sich ein Gummi und wickelte es darum. Es quälte sie nicht mehr, daß sie dieses Geld genommen hatte. Es müßte sie eigentlich quälen, sie begriff nicht so recht, warum das nicht der Fall war, sie hatte in ihrem Leben noch nie etwas gestohlen, abgesehen von den Pflaumen von Frau Skollenberg. Aber wozu sollte das Geld in Majas Wohnung herumliegen, in Schüsseln und in Vasen, wenn Eva es so dringend brauchte? Nach kurzem Nachdenken ging sie in den Keller. Suchte dort unten eine Weile und fand schließlich einen leeren Farbeimer, der innen trocken war. Lindgrün, halbmatt. Sie legte das Geld in den Eimer, drückte den Deckel darauf und schob ihn unter eine Bank. Wenn ich Geld brauche, kann ich einfach die Hand in den Eimer stecken und ein paar Scheine herausziehen, dachte sie verwundert, genau, wie Maja das gemacht hat. Sie ging wieder nach oben. Es liegt daran, daß niemand das herausfinden kann, überlegte sie. Vielleicht werden wir alle zum Dieb, wenn sich die Gelegenheit bietet. Und das hier war eine gute Gelegenheit. Geld, das niemandem mehr gehört, sollte doch einer zufallen, die es wirklich braucht. Einer wie mir, oder wie Emma.

Und in ihrem Ferienhaus hatte Maja sogar fast zwei Millionen versteckt. Eva schüttelte den Kopf. An soviel Geld durfte sie nicht einmal denken. Aber wenn das nun so gut versteckt war, daß es niemals gefunden wurde? Sollte es denn dort liegen, bis es zu Staub zerfiel? Ich gönne dir die Kohle wirklich, hatte Maja gesagt. Es hatte vielleicht ein Scherz sein sollen, aber dennoch stöhnte Eva bei der Erinnerung leise auf. Vielleicht hatte Maja das wirklich so gemeint. Eine Möglichkeit schien sich aufzutun, Eva versuchte, den Gedanken daran wegzuschieben. Geld, von dem niemand etwas wußte. Sie konnte sich überhaupt nicht vorstellen, was sie mit soviel Geld machen könnte. Natürlich wäre es einfach unmöglich. Ein solches Vermögen ließ sich nicht verstecken, sogar Emma würde Fragen stellen, wenn sie plötzlich soviel Geld zwischen den Fingern hätten, sie würde Jostein davon erzählen, und auch der würde Fragen stellen, oder ihrem Vater, oder Freundinnen und deren Eltern. Deshalb haben Diebe es so schwer, überlegte Eva, immer schöpft irgendwer Argwohn, jemand, der weiß, wie arm sie vorher waren, und die Gerüchte wandern so schnell. Wenn Maja wüßte, was sie sich hier so zusammendachte! Vielleicht lag Maja jetzt in einer Kühlschublade, mit einem Namenszettel am Zeh. Durban, Marie, geboren am 4. August 1954.

Eva schauderte. Aber der Mann mit dem Pferdeschwanz würde nicht lange auf freiem Fuß bleiben, Leute wie er wurden immer erwischt. Sie brauchte nur abzuwarten, während die Polizei ihn einkreiste, er hatte keine Chance, jetzt nicht mehr, wo sie doch die DNA-Methode und vielleicht noch Schlimmeres hatten, und er hatte schließlich mit Maja geschlafen. Was für eine Visitenkarte, die er da zusammen mit Fingerabdrücken und Haaren und Kleiderfasern und was sonst noch allem hinterlassen hatte, Eva hatte schließlich Kriminalromane gelesen. Plötzlich fragte sie sich erschrocken, was für Spuren sie wohl selber hinterlassen haben mochte. Der Polizist würde wiederkommen, da war sie sich sicher. Und sie würde dieselbe Geschichte wie beim ersten Mal erzählen müssen, vielleicht würde es ihr auf die Dauer leichter fallen. Mit energischen Schritten ging sie ins Atelier. Zog sich das Malerhemd über den Kopf und starrte mürrisch die schwarze Leinwand auf der Staffelei an. Sechzig mal neunzig, ein gutes Format, nicht zu groß, nicht zu klein. In der Schublade lagen Sandpapier und ein Holzklotz. Sie riß ein Stück Sandpapier ab und wickelte es um den Klotz, schloß die Hand darum und machte vorsichtige Bewegungen in der Luft. Dann machte sie sich über die Leinwand her. Sie fing oben rechts an und kratzte vier oder fünf Mal kräftig darüber. Die Leinwand wurde mittelgrau, ungefähr wie Blei, etwas heller dort, wo das Gewebe aus dicken Fäden bestand. Sie trat einen Schritt zurück. Wenn sie ihn nun nicht finden! Wenn er ganz einfach davonkommt! Opel Manta, BL 74, wenn sie richtig gesehen hatte? Nicht alle werden gefaßt, überlegte sie, wenn sie ihn nicht in ihrem Archiv haben, wie sollen sie ihn dann finden? Alles war so schnell und vollständig lautlos passiert. Er war innerhalb weniger Sekunden aus der Wohnung geschlichen und verschwunden. Wenn nur Eva seinen Wagen gesehen hatte, dann würden sie es nie erfahren, daß er einen Opel Manta fuhr, einen Wagen, der nicht häufig vorkam, und der es leicht gemacht hätte, ihn zu finden.

Sie trat wieder vor und rieb heftig an einem Punkt etwas weiter links herum, mit etwas weniger hektischen, dafür aber härteren Bewegungen. Was hatte er noch über seine Arbeit gesagt, wie lange mußte er arbeiten, um wieviel zu verdienen? Einen

Häuptling. Ein Häuptling sind tausend Kronen, überlegte sie. Sie sah den blonden Hinterkopf mit dem Zöpfchen im Nacken vor sich. Hatte er nicht die Brauerei erwähnt?

Sie hielt inne. Sie hatte jetzt die weiße Leinwand erreicht, und ein starkes Licht entwickelte sich. Der Klotz fiel zu Boden. Sie schaute auf die Uhr, dachte kurz nach und schüttelte energisch den Kopf. Dann kratzte sie weiter. Schaute noch einmal auf die Uhr. Zog sich das Hemd über den Kopf und ging.

Der Wagen brauchte vollen Choke zum Starten. Er brüllte wütend auf, und die Auspuffgase waren schwarz, als sie schaltete und auf die Straße hinausfuhr. Vielleicht war der Mann ja schon in Schweden. Vielleicht hatte er ein Ferienhaus, in dem er sich verstecken konnte, vielleicht hatte er sich umgebracht. Oder er war wie andere Leute bei der Arbeit, als ob nichts passiert sei. In der Brauerei, vor der der weiße Manta geparkt war.

Sie saß vornübergebeugt hinter dem Lenkrad und gab Gas. Sie wollte nur nachsehen, ob sie recht hatte, ob der Wagen wirklich dort stand. Ob es ihn wirklich gab, ob er nicht nur ihrer Phantasie entsprungen war. Sie fuhr am Elektrizitätswerk auf der rechten Seite vorbei, und plötzlich fielen ihr die unbezahlten Rechnungen ein, die durfte sie nicht vergessen. Jetzt hatte sie ja Geld genug, jetzt konnte sie sogar einige Bilder rahmen lassen. Die Leute kauften keine Bilder, bei denen an der Seite die Fäden der Leinwand heraushingen. Eva begriff das einfach nicht. Jetzt näherte sie sich der Ausfahrt mit den neun Rampen. Ging in den zweiten Gang. Er hat mich nicht gesehen, dachte sie. Ich kann gefahrlos vor der Brauerei herumspazieren, er hat keine Ahnung, wer ich bin, und was ich gesehen habe. Aber er hat Angst und sieht sich vor. Ich muß vorsichtig sein. Sie schaukelte über die erste Rampe. Wenn er clever ist, dann macht er weiter, als ob nichts passiert ist. Geht zur Arbeit. Reißt in der Kantine Zoten. Vielleicht, dachte sie plötzlich, hat er Frau und Kind. Sie fuhr vorsichtig über die nächste Rampe und versuchte, auf ihr altes Auto Rücksicht zu nehmen. In Gedanken taufte sie den Mann Elmer. Diesen Namen fand sie passend, ein bißchen blaß und verwaschen. Sie konnte sich nicht vorstellen, daß er einen normalen Namen haben könnte, so, wie andere Leute, Trygve oder Kåre oder vielleicht Jens. Nicht, wenn sie ihn vor sich sah, wie er auf dem Bett gesessen hatte, mit der Hose auf den Knien und dem scharfen, funkelnden Messer in der Hand. Nichts an ihm war normal. Ob er sich jetzt anders vorkam? War er erschüttert und verängstigt, oder ärgerte er sich nur, weil er eine Grenze überschritten hatte, die ihn vielleicht teuer zu stehen kommen würde? Was war das eigentlich für ein Gefühl?

Eva gab Gas und jagte durch den Kreisverkehr. Sie fuhr an der Glühbirnenfabrik vorbei und sah den Zeitungsständer vor der Bäckerei. »Erstickt aufgefunden«, stand dort, wie auch an der Tankstelle, Maja in der ganzen Stadt, und Elmer hatte es sicher auch gelesen, falls er Zeitungen las, aber das taten schließlich alle. Eva fuhr langsamer, hatte jetzt die Oscarsgate erreicht, glitt an der Brauerei vorbei, erreichte das Schwimmbad und hielt dahinter an. Sie blieb noch eine Weile im Wagen sitzen. Der Parkplatz war groß, und viele Autos waren weiß. Sie schloß ihres ab und ging langsam am Schwimmbad vorbei, registrierte den Chlorgeruch und ging zum Chefparkplatz, direkt neben dem Haupteingang. Elmer war garantiert kein Chef, so war er nicht angezogen, und er hatte sich über sein Gehalt beklagt. Eva ging langsam weiter, jetzt lag der Parkplatz auf ihrer linken Seite, er war mit einer Schranke abgesperrt. Ein Parkautomat blinkte rot, und ein riesiges Schild rechts verkündete, der Platz sei bewacht, verriet aber nicht, auf welche Weise. Sie konnte nirgendwo eine Kamera entdecken. Eva drückte sich an der Schranke vorbei und ging dann nach links, sie mußte systematisch suchen, hier standen viele Autos. Ihr Herz schlug schneller, sie bohrte die Hände in die Manteltaschen und versuchte, lässig umherzuschlendern, hob ab und zu ihr Gesicht in die Sonne und brachte ein kleines Lächeln zustande, von dem sie hoffte, daß es überzeugend wirkte. Dort stand ein Honda Civic, weiß und fast unnatürlich blank, er schien direkt vom Händler zu kommen. Eva ging weiter, sie mußte sich alle Autos ansehen, auch die Autonummern, aber niemand sollte begreifen, was sie da machte. Konnte ein Mann abends morden und morgens zur Arbeit gehen? War das möglich? Ein BMW, ein wenig abgenutzt und verdreckt, hinter dem Fenster lag viel Müll herum. Ein Käfer, auch nicht weiß, eher schmutziggelb. Sie ging zur nächsten Reihe weiter, spürte, daß die Sonne ein wenig wärmte, obwohl sie schon Oktober hatten, eine wehmütige kleine Wärme auf der Wange. Maja war plötzlich unwiderruflich tot. Es war nicht zu glauben. Eva wußte nicht so recht, ob sie das begriffen hatte. Plötzlich tauchte sie aus dem Nichts auf, und ebenso plötzlich war sie wieder verschwunden. Schien einfach kurz vorübergeflogen zu sein, wie ein seltsamer Traum. Ein weißer Mercedes, ein alter Audi, sie schlenderte weiter, auf ihren langen Beinen, mit offenem Mantel, und plötzlich stand ein Mann vor ihr und versperrte ihr den Weg. Er trug einen dunklen Overall mit vielen Reflektorstreifen. Der Parkplatzwächter.

»Haben Sie einen Besuchsschein?«

Eva runzelte die Stirn. Er war ein Rotzbengel, allerdings ein großer.

»Was?«

»Das ist ein Privatparkplatz. Suchen Sie hier etwas?«

»Ja, ein Auto. Ich fasse nichts an.«

»Sie müssen verschwinden, der Parkplatz ist nur für Angestellte.«

Er hatte einen gelben Bürstenschnitt und haufenweise Selbstvertrauen.

»Ich muß doch nur etwas nachsehen. Nur eine Runde über den Parkplatz. Für mich ist das wichtig«, fügte sie hinzu.

»Nix! Na los, ich bringe Sie zum Ausgang.«

Er kam mit befehlerischer Geste auf sie zu.

»Sie können hinter mir hergehen, wenn Sie wollen, ich will mir doch nur die Autos ansehen. Ich suche einen Typen, mit dem ich sprechen muß, das ist wichtig. Bitte. Ich habe selber ein Auto mit Stereoanlage.«

Er zögerte. »Na gut, aber machen Sie schnell. Ich bin doch hier, um Unbefugte zu verjagen, das ist alles.«

Sie ging weiter an den Autoreihen vorbei und hörte hinter sich seine Schritte.

»Was ist das denn für ein Auto?« nervte er.

Sie gab keine Antwort. Elmer durfte nicht erfahren, daß jemand nach ihm suchte. Dieser Rotzbengel im blauen Overall würde sicher tratschen.

»Ich kenne viele, die hier arbeiten«, fügte er hinzu.

Ein Toyota Tercel, ein alter Volvo, ein Nissan Sunny. Der Wächter räusperte sich.

»Arbeitet der unten? Bei den Zapfanlagen?«

»Ich kenne ihn nicht«, sagte Eva kurz. »Ich kenne nur sein Auto.«

»Ganz schön heimlichtuerisch, was?«

»Richtig.«

Sie blieb stehen und nickte. Er hatte die Arme verschränkt und kam sich blöd vor. Eine Frau hielt sich unbefugt auf Privatboden auf, und er rannte hinter ihr her wie ein Hund. Was für ein Wächter! Ein wenig von seinem Selbstvertrauen ging verloren.

»Und was wollen Sie mit einem Typen, den Sie gar nicht kennen?«

Er ging an ihr vorbei und lehnte sich an eine Motorhaube. Seine Beine waren lang, sie versperrten ihr den Weg.

»Ihn erwürgen, natürlich«, sie lächelte süß.

»Ach ja, genau.«

Er wieherte, als habe er plötzlich alles begriffen. Sein Overall war aus Nylon und paßte gut für seinen durchtrainierten Körper, Eva starrte durch seine gespreizten Beine das Nummernschild an. BL 744. Sie drehte sich rasch zum gegenüberstehenden Wagen um, einem silberfarbenen Golf, trat dicht daran heran und starrte ins Fenster. Der Mann folgte ihr.

»Das da ist einer aus der Kantine, ich weiß nicht mehr, wie er heißt. Ein kleiner Wicht mit Locken. Ist er das?«

Sie lächelte geduldig, erhob sich und warf einen raschen Blick auf den weißen Opel hinter dem Mann, jetzt konnte sie die ganze Nummer sehen. BL 74470. Ein Manta. Sie hatte recht gehabt, das war so einer wie Josteins alter, aber schöner, neuer und besser in Schuß. Innen war er rot. Eva ging los, steuerte auf die Schranke zu, sie hatte genug gesehen. Hatte ihn mit großer Leichtigkeit gefunden. Einen ganz normalen Brauereiarbeiter, der einen Mord auf dem Gewissen hatte. Und sie, Eva, wußte genug, um ihn für fünfzehn, zwanzig Jahre einsperren zu lassen. In eine kleine Zelle. Das ist unglaublich, dachte sie. Gestern hat er Maja umgebracht. Heute geht er zur Arbeit, als ob nichts passiert sei. Also ist er clever. Und eiskalt. Vielleicht diskutiert er bei einem Butterbrot in der Kantine über diesen Mord. Sie sah ihn vor sich, er schmatzte und kaute und hatte Mayonnaise an der Oberlippe kleben. »Schreckliche Sache, war sicher ein jähzorniger Freier.« Dann trank er einen Schluck Cola, nahm Zitronenscheibe und Petersilie vom Brot und biß wieder hinein. »Der ist jetzt bestimmt schon in Schweden.«

Vielleicht hatten auch noch andere Kollegen Maja gekannt, dachte sie plötzlich. Und vielleicht ging es ihm wie ihr, vielleicht konnte er fast nicht glauben, was passiert war, und er versuchte, es wie einen grauenhaften Traum von sich abzuschütteln.

»Jetzt weiß ich wieder, wie er heißt!« rief der

Wächter hinter ihr her. »Der mit dem Golf. Er heißt Bendiksen. Kommt aus Finnmark.«

Eva winkte ihm zu, ohne sich umzudrehen, und ging weiter. Dann blieb sie stehen.

»Arbeiten die schichtweise?«

»Sieben bis drei bis elf bis sieben.«

Wieder nickte sie, sah auf die Uhr und verließ den Parkplatz, ging am Schwimmbad vorbei und setzte sich in ihr Auto. Ihr Herz schlug jetzt ziemlich schnell, wie sollte sie mit ihrem neuen Geheimnis umgehen? Aber sie ließ den Wagen an und fuhr nach Hause. Es war noch lange bis drei Uhr. Sie würde ihn erwarten und ihm folgen. Herausfinden, wo er wohnte. Ob er Frau und Kinder hatte. Nur zu gern wollte sie ihn wissen lassen, daß jemand Bescheid wußte. Nur das. Sie konnte den Gedanken nicht ertragen, daß er sich sicher fühlte, daß er aufgestanden und wie immer zur Arbeit gegangen war, nachdem er Maja ganz ohne Grund umgebracht hatte. Sie begriff nicht, warum er das getan hatte, woher seine Wut gekommen war. Als sei das Messer neben dem Bett die größte Beleidigung gewesen, die man ihm überhaupt zufügen konnte. Aber Mörder sind nicht wie andere, überlegte sie und wich einem ausgesprochen unsteten Radfahrer aus. Denen muß irgend etwas fehlen. Oder vielleicht hatte ihm der Anblick des Messers ganz einfach eine schreckliche Angst eingejagt. Glaubte er denn wirklich, daß Maja ihn erstechen wollte? Sie überlegte kurz, ob irgendein gerissener Anwalt ihn vielleicht durch die Behauptung retten könne, es habe sich um Notwehr gehandelt. Dann muß ich eingreifen, dachte Eva, aber sofort gab sie diesen Entschluß wieder auf. Vor Gericht als Freundin der

Prostituierten aussagen, nein, das konnte sie nicht. Ich bin nicht feige, dachte sie, eigentlich nicht. Aber ich muß doch an Emma denken. Immer wieder sagte sie sich das. Aber sie war jetzt einfach unruhig, tausend kleine Ameisen wuselten in ihrer Blutbahn herum. Weil niemand etwas wußte. Weil so etwas passieren konnte und nur eine kleine Zeitungsnotiz wert war, und dabei ging es doch um ihre Freundin, Maja, ihre allerbeste Freundin.

Als sie ihre Haustür aufschloß, schellte das Telefon.

Sie fuhr zusammen. Die Leitung war also wieder freigegeben worden, vielleicht war es die Polizei. Sie zögerte kurz, entschied sich dann aber und nahm den Hörer ab.

»Aber Eva! Wo in aller Welt treibst du dich denn die ganze Zeit herum! Ich versuche schon seit Tagen, dich anzurufen!«

»Das Telefon war gesperrt. Aber jetzt funktioniert es wieder, ich war mit der Rechnung ein bißchen spät dran.«

»Ich habe doch gesagt, du sollst dich an mich wenden, wenn du etwas brauchst«, brummte ihr Vater.

»Ein paar Tage ohne Telefon bringen mich ja wohl nicht um«, sagte sie leichthin. »Und du schwimmst ja auch nicht gerade in Geld.«

»Aber mir ist es lieber, ich muß hungern, und nicht du. – Hol mir mal Emma, ich möchte ihre unverdorbene Stimme hören.«

»Die ist für ein paar Tage bei Jostein, so eine Art Herbstferien. Sag mal, klinge ich denn verdorben, hast du das gemeint?«

»Deine Stimme hat manchmal einen rauhen Unterton, ich habe immer das Gefühl, daß du mir nur einen Bruchteil von allem erzählst, was passiert.«

»Ja, das stimmt. Sowas nennt man Rücksichtnahme. Du bist schließlich nicht mehr der Allerjüngste.«

»Ich finde, du mußt bald mal wieder rüberkommen, damit wir uns gegenseitig richtig hochnehmen können, bei einem Glas Rotwein. So per Telefon fehlt der richtige Schwung.«

Er schniefte leicht, wie bei einer Erkältung.

»Ich komme auch bald. Du kannst doch bei Jostein anrufen, wenn du mit Emma sprechen möchtest. Die ist übrigens auch nicht mehr ganz unverdorben, ich glaube, sie hat große Ähnlichkeit mit dir.«

»Das betrachte ich als Kompliment. Ist es ihm peinlich, wenn ich anrufe?«

»Nein, spinnst du! Er mag dich sehr. Er hat Angst, daß du vielleicht wütend auf ihn bist, weil er mich verlassen hat, und wenn du anrufst, freut er sich bestimmt.«

»Ich bin stinkwütend! Du hast doch wohl nichts anderes erwartet?«

»Sag ihm das aber nicht.«

»Ich habe nie begriffen, warum du so verdammt loyal bist, einem Mann gegenüber, der auf diese Weise abgehauen ist.«

»Ich werde dir das irgendwann mal erklären, bei einem Glas Rotwein.«

»Ein Vater müßte alles über sein einziges Kind wissen«, sagte er beleidigt. »Dein Leben ist weiß Gott ein einziges großes Geheimnis!«

»Ja«, sagte sie leise. »Das stimmt, Papa. Aber weißt du, die wirklich wichtigen Wahrheiten kommen schon ans Licht. Wenn die Zeit reif ist.«

»Die Zeit ist bald zu Ende«, sagte er. »Ich bin alt.«

»Sowas sagst du, wenn du dir selber leid tust. Kauf Rotwein, ich komme bald. Ich rufe dich noch an. Du ziehst doch wohl immer deine Pantoffeln an?«

»Das mache ich, wie es mir paßt. Wenn du anfängst, dich wie eine Frau anzuziehen, dann ziehe ich mich wie ein alter Mann an.«

»Abgemacht, Papa.«

Sie schwiegen eine Weile, aber sie konnte seinen Atem hören. Beide waren ganz still, und Eva hatte das Gefühl, seinen warmen Atem durch die Leitung über ihre Wange streifen zu spüren. Ihr Vater war ein zäher Brocken, und Eva nahm ihre ganze Stärke von ihm. Ganz weit im Hinterkopf dachte sie daran, daß er bald sterben müsse und daß ihr dann aller Halt im Leben entrissen werden würde, weggefetzt, so, als ob ihr jemand Haut und Haare vom Leibe zöge.

Bei diesem Gedanken wurde ihr kalt.

»Jetzt denkst du düstere Gedanken, Eva.«

»Ich komme bald. Ich finde das Leben im Grunde nicht besonders toll.«

»Dann müssen wir uns wohl gegenseitig trösten.«

Er legte auf. Danach war es so still, sie ging zum Fenster, und ihre Gedanken gingen ihre eigenen Wege, obwohl sie sich dagegen wehrte. Wie sind wir eigentlich gefahren, überlegte sie, um damals zu diesem Ferienhaus zu kommen, waren wir nicht zuerst in Kongsberg? Es war so lange her. Fünfundzwanzig Jahre. Majas Vater hatte sie in seinem

Kastenwagen gefahren. Und sie hatten sich betrunken, im Heidekraut vor dem Ferienhaus hatten überall Brocken von Eintopf und Obstsalat herumgelegen, und das Bettzeug hatten sie auch vollgekotzt. Nach Kongsberg, dachte sie, und dann über die Brücke. Weiter nach Sigdal, war das nicht so? Rotes Haus mit grünen Fensterrahmen. Winzigklein, fast einsam gelegen. Aber es war weit. Zweihundert Kilometer, vielleicht dreihundert. Fast zwei Millionen. Wieviel Platz soviel Geld wohl braucht, fragte sie sich, wenn es kleinere Scheine sind, dann reicht ein Schuhkarton bestimmt nicht aus. Und wo versteckte man in einem kleinen Haus ein solches Vermögen? Im Vorratskeller? Im Schornstein? Oder vielleicht im Klohäuschen, in das sie immer nach dem Benutzen aus einem Sack Erde und Birke schütten mußten. Lag es vielleicht in alten Fischkonserven im Küchenschrank? Maja war erfinderisch gewesen. Es würde bestimmt nicht leicht sein, falls jemand danach suchte, überlegte sie. Aber wer sollte danach suchen? Es wußte doch niemand etwas von diesem Geld, also würde es dort in bis in alle Ewigkeit liegen und zu Staub zerfallen, oder hatte Maja anderen davon erzählt? Dann stellten vielleicht in diesem Moment noch andere dieselben Überlegungen an wie Eva selber, dachten an die zwei Millionen und träumten vom Reichtum. Sie ging wieder in ihr Atelier und kratzte an der schwarzen Leinwand herum. Der Oktober war für Ferienhäuser im Hochgebirge sicher nicht gerade Hochsaison, vielleicht war da oben keine Menschenseele, niemand würde sie sehen. Wenn sie ein Stück weit entfernt parkte und dann das letzte Stück zu Fuß ginge – falls sie sich überhaupt an den Weg erinnerte. Bei einem gelben Laden links abbiegen, das wußte sie noch, und dann immer aufwärts, fast bis zur Baumgrenze. Haufenweise Schafe. Die Herberge für Wanderer und der große See, dort konnte sie den Wagen stehen lassen, unten am Wasser. Sie kratzte und kratzte an der Leinwand herum. Zwei Millionen. Ihre eigene Galerie. Malen und malen und nie wieder Geldsorgen, jedenfalls für viele Jahre nicht. Gut für den Vater und für Emma sorgen. Bei Bedarf Geld aus einer Schüssel fischen. Oder aus einem Banksafe. Warum in aller Welt hatte Maja das Geld nicht in einen Safe gelegt? Vielleicht mußte es dort registriert werden. Und es war schwarz verdientes Geld. Eva kratzte härter. Wenn sie dieses Geld haben wollte, mußte sie in das Ferienhaus einbrechen, aber sie konnte sich nicht vorstellen, daß sie das wagen würde. Die Tür mit einem Brecheisen aufstemmen oder ein Fenster einschlagen, das würde doch weit zu hören sein. Aber wenn da oben niemand war ... Sie könnte abends losfahren und in der Nacht dort eintreffen. Obwohl es schwierig sein würde, im Dunkeln zu suchen. Eine Taschenlampe vielleicht. Sie ließ das Sandpapier fallen und ging langsam die Kellertreppe hinunter. In einer Schublade dort lag eine Taschenlampe, die Jostein vergessen hatte. Sie gab ein ungeheuer trübes Licht. Eva griff in den Farbeimer, in dem sie Majas Taschengeld versteckt hatte, und zog ein Bündel Geldscheine heraus, ging wieder nach oben und zog ihren Mantel an. Verdrängte die kleinen Stiche, die ihr schlechtes Gewissen ihr versetzte, und eine schwache, kaum hörbare Warnung ihrer Vernunft. Zuerst wollte sie alle Rechnungen bezahlen und einige Kleinigkeiten erledigen. Es war jetzt zwölf Uhr. In drei Stunden würde Elmer von der Schicht kommen, würde zu seinem Auto gehen. Eva setzte ihre Sonnenbrille auf. Sie starrte in den Spiegel, auf ihre schwarzen Haare, die Brille und den Mantel, und sie erkannte sich selber nicht wieder.

Am Platz lag ein Eisenwarenhandel. Sie wagte nicht, um ein Brecheisen zu bitten, sie wanderte an den Regalen entlang und suchte etwas, das sie in einen Türspalt stecken konnte. Sie fand einen kräftigen Meißel, sehr groß, mit scharfer Kante, und einen soliden Hammer. Der Schaft war aus gerilltem Rohgummi. Nach der Taschenlampe mußte sie fragen.

»Was wollen Sie damit?« fragte der Eisenwarenhändler.

»Leuchten«, antwortete Eva verwundert. Sie starrte den Bauch des Mannes an, der sich unter dem Kittel wölbte. Die Knöpfe schienen jeden Moment vom Stoff springen zu können.

»Ja, sicher, das ist doch klar. Aber es gibt unterschiedliche Typen von Lampen. Ich meine – wollen Sie im Licht dieser Lampe arbeiten, wollen Sie bei nächtlichen Spaziergängen den Weg beleuchten, wollen Sie damit Signale geben …«

»Arbeiten«, sagte Eva schnell.

Er zeigte ihr eine wasser- und stoßfeste Lampe mit langem schmalen Schaft, deren Strahl je nach Bedarf gestreut oder gebündelt werden konnte.

»Das ist so ungefähr das Beste, was es gibt. Lebenslange Garantie. Wird in den USA von der Polizei verwendet. Vierhundertfünfzig Kronen.«

»O Gott! Ja, die nehme ich«, sagte sie schnell.

»Damit können Sie den Leuten auch eins auf den Kopf geben«, sagte er ernst. »Einbrechern und so.«

Eva runzelte die Stirn. Sie wußte nicht so recht, ob er das ernst gemeint hatte.

Das Werkzeug kostete ein Vermögen, über siebenhundert Kronen. Sie bezahlte und trug die graue Papiertüte aus dem Laden. Kam sich vor wie eine altmodische Einbrecherin, es fehlten nur noch Gummischuhe und Haßkappe. Dann merkte sie, daß sie noch nichts gegessen hatte. Sie ging zum Warenhaus Jensen, wo im ersten Stock ein Café lag. Dort kaufte sie zwei Brote, eins mit Lachs und Ei, eins mit Käse, dazu Milch und Kaffee. Sie sah keine Bekannten. Sie kannte ja auch niemanden, sah nur überall namenlose Gesichter, die nichts von ihr verlangten, und das war ihr nur recht. Jetzt, wo sie soviel zu durchdenken hatte. Nach dem Essen ging sie in einen Buchladen und kaufte sich einen Autoatlas. Sie setzte sich in der Fußgängerzone auf eine Treppe, die von einer Eisreklame halb verdeckt wurde, und fing an zu suchen. Ziemlich bald hatte sie den Weg wiedergefunden, sie maß die Entfernung provisorisch mit den Fingern und stellte fest, daß es sich um mindestens zweihundert Kilometer handelte. Auf jeden Fall würde sie zweieinhalb Stunden für die Fahrt brauchen. Wenn sie um neun Uhr losfuhr, konnte sie gegen Mitternacht dort sein. Allein, in einem Ferienhaus auf der Hardangervidda, mit Hammer und Meißel, hatte sie diesen Mut?

Sie schaute wieder auf die Uhr. Sie wartete auf Elmer, der jetzt seit sechs Stunden bei der Arbeit war und bald seinen ersten Arbeitstag als Mörder hinter sich haben würde. Von nun an würde er die Tage zählen, am Kalender verfolgen, daß die Zeit verging. Jeden Abend, an dem er als freier Mann ins Bett ging, glücklich aufatmen. Eines Tages würde sie ihm auf irgendeine Weise einen kleinen Stich versetzen. Damit er seine Sicherheit einbüßte und nachts nicht schlafen konnte, sondern nur noch wartete. Langsam würde er zusammenbrechen, vielleicht anfangen zu trinken, danach blaumachen. Und dann würde es zum Teufel mit ihm gehen. Eva lächelte bitter. Sie stand auf und ging in ein Sportgeschäft. Dort kaufte sie sich eine Windjacke mit Kapuze, dunkelgrün und gut imprägniert, ein Paar Nike Turnschuhe und einen kleinen Rucksack. Dinge, wie sie in ihrem ganzen Leben noch keine gehabt hatte. Aber wenn sie mitten in der Nacht über Gebirgswege kraxeln müßte, dann wollte sie wenigstens aussehen wie eine Ferienhausbesitzerin. Falls jemand sie sähe. Sie bezahlte für alles fast vierzehnhundert Kronen und verdrehte die Augen, aber ihrer Brieftasche war dieser Verlust kaum anzumerken. Wie leicht alles war, wenn man nicht auf das Geld zu achten brauchte. Wenn man es einfach aus der Tasche ziehen und auf den Tresen knallen konnte. Eva fühlte sich leicht und seltsam, fast wie eine andere, aber sie war es, Eva, die hier stand und mit dem Geld um sich warf. Nicht, daß sie sich irgendwelchen Luxus wünschte, das interessierte sie nicht. Sie wünschte sich nur eine Unbeschwertheit, die dafür sorgte, daß sie in Ruhe malen konnte. Sonst wünschte sie sich nichts. Schließlich ging sie in die Bank und bezahlte ihre Rechnungen. Strom, Telefon, Autosteuern, Versicherungen und Gemeindegebühren. Sie steckte alle Quittungen in ihre Handtasche und ging hocherhobenen Hauptes wieder hinaus. Wanderte über den Platz zu den Bänken am Flußufer und starrte das schwarze Wasser an, das vorüberschäumte. Die Strömung war heftig. Ein Pappbecher, der vielleicht Wurst und Kartoffelpüree behaust hatte, fegte wie ein Mini-Speedboot vorbei. Elmer schaut jetzt sicher auf die Uhr, vielleicht häufiger als sonst. Aber niemand hat nach ihm gefragt, niemand ist durch die große Halle gekommen, um ihn zum wartenden Wagen abzuführen. Niemand hat etwas gesehen. Er glaubt, davonzukommen. Vielleicht, vielleicht kommt er davon. Eva erhob sich und ging zu ihrem Auto. Sie fuhr zum Schwimmbad und hielt auf der Vorderseite, wo sie die Schranke im Blick hatte. Der Parkplatzwächter wanderte noch immer an den Wagenreihen entlang. Eva senkte den Kopf und blätterte im Autoatlas. Es war Viertel vor drei.

Schließlich kamen sie, drei Männer nebeneinander. Er blieb bei dem weißen Auto stehen und fuhr sich mit der Hand durch die Haare. Die hingen jetzt offen herab, aber sie erkannte sein Profil und seinen Bierbauch. Er redete und gestikulierte, und er stupste die beiden anderen freundschaftlich mit der Faust an.

Als ob nichts geschehen sei!

Sie sprachen über das Auto. Das entnahm sie ihren Gesten, sie sahen sich die Reifen an, einer bückte sich und zeigte unter die Kühlerattrappe. Elmer schüttelte den Kopf und schien anderer Meinung zu sein. Er legte eine Hand auf das Autodach, vielleicht, um zu demonstrieren, daß der Wagen ihm gehörte. Ein breitbeiniger Typ mit mannhaften Gebärden. Eva fuhr langsam vom Parkplatz. Vielleicht war er ein wilder Verkehrsrowdy, der sie sofort abhängen würde. Aber bei dem dichten Verkehr um diese Zeit würde er es wohl doch nicht schaffen. Sein Auto schien sehr gut in Schuß zu sein, ihres dagegen konnte jeden Moment auseinander brechen. Der Motor brüllte wütend auf, als er angelassen wurde, als ob unter der Motorhaube durchaus kein Standardmodell stecke. Die beiden anderen wichen aus. Elmer winkte, jetzt fuhr er langsam auf die offene Schranke zu. Eva hatte Glück. Er blinkte rechts und wollte an ihr vorbei, wenn sie schnell genug war, konnte sie sich an ihn anhängen. Er trug jetzt eine Sonnenbrille. Als Eva anfuhr, schaute er in den Spiegel. Sie fühlte sich unbehaglich, versuchte, höflichen Abstand zu bewahren, und fuhr ziemlich langsam hinter ihm her durch die verkehrsreiche Hauptstraße, die aus der Stadt herausführte. Er fuhr am Krankenhaus und am Bestattungsunternehmen vorbei, und nach einer Weile wechselte er auf die rechte Spur, fuhr angemessen schnell und ganz korrekt am Videoladen und dem Computerkaufhaus vorbei. Sie näherten sich jetzt der Rosenkrantzgate, er schaute noch einmal in den Spiegel und blinkte plötzlich nach rechts. Sie mußte weiterfahren, konnte aber im Rückspiegel sehen, daß er bei einem grünen Haus anhielt, vor dem ersten Eingang. Ein kleiner Junge kam angelaufen. Vielleicht sein Sohn. Die beiden verschwanden im Haus.

Also wohnte er in dem grünen Haus in der Rosenkrantzgate. Vielleicht hatte er einen Sohn von fünf oder sechs Jahren. Wie Emma, überlegte Eva.

Konnte er denn nach allem, was passiert war, weiterhin den Papa spielen? Abends den Kleinen auf den Schoß nehmen und ihm etwas vorsingen? Ihm beim Zähneputzen helfen? Mit denselben Händen, die ihn zum Mörder gemacht hatten? Eva konnte erst bei der Trabrennbahn wenden, sie bog nach links ab, legte eine freche scharfe Drehung hin und fuhr wieder zurück. Jetzt lag das grüne Haus auf ihrer linken Seite. Vor dem Haus stand eine Frau mit einem Wäschekorb in der Hand. Gebleichte, hochtoupierte Haare. Affektierte Kuh, typisch für ihn, dachte Eva. Jetzt hatte sie ihn. Und bald, ziemlich bald, würde sie auch zwei Millionen haben.

Es war neun Uhr abends, als sie sich wieder ins Auto setzte. Nach zweieinhalb Stunden hatte sie zehn Zigaretten geraucht, der gelbe Laden aber war nicht zu sehen. Ihre Beine wurden steif, und ihr Rücken tat weh. Ihr Plan erschien ihr plötzlich als hirnrissige Unternehmung. Draußen war es stockdunkel, und sie hatte Veggli und das Café mit dem großen Troll und einige Dörfer, deren Namen sie wiedererkannt hatte, schon hinter sich. Der Laden müßte auf der linken Seite liegen und beleuchtet sein, wie Läden das nun einmal waren, die ganze Nacht hellerleuchtet. Aber alles war schwarz, nicht ein Haus zu sehen, kein Verkehr. Auf beiden Straßenseiten ragte der Wald wie eine schwarze Mauer auf, sie hatte das Gefühl, durch eine tiefe Schlucht zu fahren. Das Radio brachte Musik, und die ging ihr nun auf die Nerven. Scheißladen!

Sie fuhr an den Straßenrand und hielt an. Steckte sich noch eine Zigarette an und dachte nach. Es war fast Mitternacht, und sie war müde. Vielleicht würde sie das Haus ja nicht finden, vielleicht hatte sie sich geirrt. Es war so lange her, fünfundzwanzig Jahre, damals waren sie doch die puren Rotzgören gewesen. Maja hatte die Bande angeführt, die anderen waren wie Schafe hinterhergetrottet, Eva, Hanne, Ina und Else Gro. Alte grüne Schlafsäcke und Konservendosen. Drehtabak und Bier. Vielleicht war der gelbe Laden abgerissen worden, vielleicht stand dort jetzt ein riesiges Einkaufszentrum, überlegte Eva, aber vielleicht wurden so tief im Wald keine Einkaufszentren gebaut. Sie mußte einfach weiterfahren, sie gab sich noch zwanzig Minuten, wenn sie dann nicht fündig würde, wollte sie umkehren. Oder im Auto übernachten und bei Tageslicht weitersuchen. Aber die Vorstellung, auf dem Rücksitz zu schlafen, wirkte nicht sonderlich verlockend, sie wußte nicht einmal, ob sie den Mut dazu aufbringen würde, hier in dieser Einöde. Sie fuhr wieder los und drückte die Zigarette im mittlerweise randvollen Aschenbecher aus. Schaute noch einmal auf die Uhr und gab Gas. Die Straße führte über eine Brücke, glaubte sie, dort hatte es Schafe und Ziegen gegeben, sie waren im Zickzack gefahren, über eine Straße mit scharfen Haarnadelkurven. Im Winter wurde der Schnee nur bis zur Herberge geräumt, und Maja mußte das letzte Stück auf Skiern zurücklegen. Gut, daß es noch nicht geschneit hatte, aber vielleicht lag da oben ja doch schon Schnee, vielleicht würde Eva das letzte Stück durch den Schnee stapfen müssen, daran hatte sie noch gar nicht gedacht. Sie war nicht gerade ein Sportsmensch, und jetzt kam sie sich blöd vor. Nahm sich noch eine Zigarette, jetzt waren die ihr wirklich schon zuwider, hielt immer wieder nach einem Licht im dunklen Wald Ausschau und drehte die Heizung höher. Hier oben war die Luft anders, schärfer. Es war so verdammt weit! Elmer lag jetzt sicher im Bett, vielleicht standen die Albträume auch bei ihm Schlange, vielleicht saß er allein mit seinem dritten Whisky im Wohnzimmer, während seine Frau schon längst schlief, den Schlaf der Unschuldigen. Es war bestimmt nicht leicht, mit Maja vor Augen ins Bett zu gehen, mit dem Gefühl ihrer strampelnden Beine unter sich, als er sie mit dem Kissen auf die Matratze gedrückt hatte, sie hatte sich bestimmt heftig gewehrt. Maja war stark gewesen, aber Männer waren so unglaublich viel stärker, Eva staunte immer wieder darüber. Sie mußten nicht einmal besonders groß sein, sie waren offenbar aus anderem Stoff gemacht. Plötzlich bremste sie. Weiter vorne brannte Licht, auf der linken Seite. Und bald sah sie das vertraute orangefarbene Schild, viereckig, mit einem großen S.

Supermarkt. Und nun sah sie auch Straße und Brücke. Sie schenkte sich das Blinken, fuhr einfach hinüber, dann ging es vorsichtig im zweiten Gang den Hang hinauf. Ihr Puls beschleunigte sich wieder, und in Gedanken sah sie das Ferienhaus vor sich, einen kleinen dunklen Klotz, schlicht und unscheinbar, mit einem wirklich unvorstellbaren

Schatz, das pure Märchenschloß, der Schlüssel zu einem sorgenfreien Leben. Maja hätte sie jetzt sehen sollen, der hätte das gefallen, sie mochte doch Menschen, die sich an den Freuden des Lebens bedienten. Auf jeden Fall hätte sie nicht gewollt, daß ihr Geld an den Staat fiel. Zwei Millionen – was das wohl an Zinsen bringen würde, sechs, sieben Prozent? Nein, auf die Bank konnte sie das Geld nicht bringen. Sie biß sich auf die Lippen, sie mußte das Geld wohl im Keller aufbewahren. Niemand durfte davon erfahren, Emma nicht, niemand. Und sie durfte nicht mit dem Geld um sich werfen, durfte nicht im Schlaf reden, durfte sich nicht betrinken. Das Leben wird eigentlich ziemlich kompliziert werden, dachte sie. Der Ascona kroch weiter aufwärts, ihr begegnete kein einziges Auto, sie hatte das Gefühl, auf einen anderen, menschenleeren Planeten geraten zu sein, selbst die Schafe waren verschwunden. Es war wohl zu kalt, Eva kannte sich da nicht aus. Nach fünfzehn Minuten kam sie rechts an der Herberge vorbei. Sie fuhr weiter, rechts lag jetzt der See, sie suchte eine Abzweigung zum Wasser. Es hatte nicht geschneit, aber hier oben war es heller, und der Himmel war so weit. Auf der linken Seite lag ein großes Ferienhaus, hinter einem Fenster brannte Licht. Sie fuhr zusammen. Wenn hier oben noch Menschen waren, dann mußte sie sich in acht nehmen. Die Leute hier oben hatten bestimmt Kontakt zueinander. Leute aus Oslo, die seit Generationen hier Ferienhäuser hatten. Ja, wir haben hier gestern abend ein Auto vorbeikommen sehen, das muß so gegen Mitternacht gewesen sein. Das Geräusch des Motors kannten wir nicht, Amundsen fährt doch einen Volvo, und Bertrandsen hat einen Mercedes Diesel. Es müssen also Fremde gewesen sein, da sind wir uns ganz sicher.

Eva bog um die Kurve und behielt die ganze Zeit den See im Auge. Der See war ganz still und glitzerte metallisch, wie vereist. Sie entdeckte unten am Wasser einen kleinen Schuppen und nahm an, das dorthin ein Weg führte. Der Weg war voller Löcher, sie versuchte, sich nach unten durchzukämpfen, die ganze Zeit schaute sie sich um, konnte aber nirgendwo ein Licht entdecken. Sie hielt erst unten am Wasser an. Sie konnte auf der anderen Seite des Schuppens parken. Das machte sie. Schaltete Motor und Scheinwerfer aus, und einige Sekunden lang saß sie still in der bodenlosen Finsternis.

Sie wollte gerade die Tür zuschlagen, überlegte es sich dann aber anders. Eine zuschlagende Autotür würde in dieser Stille wie ein Gewehrschuß wirken. Sie drückte die Tür vorsichtig zu, schloß nicht ab und steckte die Schlüssel in die Tasche. Dann nahm sie den Rucksack auf den Rücken, den Rucksack mit Hammer und Meißel und Taschenlampe, zog den Reißverschluß hoch und band die Kapuze zu. Wußte nicht mehr so recht, wie weit es von hier noch war, rechnete aber mit fünfzehn bis zwanzig Minuten. Es war jetzt schweinekalt, die Luft biß ihr in die Wangen, sie ging mit gesenktem Kopf und langen Schritten den Weg mit den vielen Löchern hoch. Hoffte, die Hütte wiederzuerkennen. Dahinter floß ein Bach, das wußte sie noch, sie hatten sich dort die Zähne geputzt und Kaffeewasser geholt. Auf allen Seiten ragten die Berge auf, schwarz und stolz. Den größten, den Johovda, hatten sie bestiegen, sie hatte über die Hardangervidda geblickt und sich seltsam klein gefühlt, aber es war ein gutes Gefühl gewesen, daß fast alles auf der Welt größer war als sie selber. Es hatte ihr gefallen. Witzig, dachte sie plötzlich, als sie allein durch die Dunkelheit ging, wir wissen, daß wir alle sterben müssen, und doch genießen wir das Leben. Der Gedanke rührte sie ein wenig.

Sie bog um eine Kurve und sah in der Ferne einige Ferienhäuser. Mehrere, vier oder fünf, aber in keinem brannte Licht. Sie ging jetzt schneller. Konnte sie am Ziel sein? Hatte die Hütte nicht am Bach gelegen, oder stimmte ihre Erinnerung nicht? Nein, die Häuser waren wohl später gebaut worden, aber das spielte keine Rolle, solange kein Licht brannte und keine parkenden Autos zu sehen waren. Sie lagen so seltsam in der Landschaft, zufällig verteilt, wie aus einem Flugzeug abgeworfene Notrationen. Von weitem sahen alle schwarz aus, aber sie näherte sich dem ersten und hielt es eher für braun, die Fensterrahmen waren weiß. Ein Geweih ragte unter dem Giebel hervor. Eva wandte sich der linken Hütte zu, die dicht am Bach lag, aber die war nicht rot. Das mußte nichts heißen, vielleicht hatten sie sie ja gestrichen. Eva ging langsam weiter, an einer Wand hing ein Holzschild, es sah neu aus, und obwohl sie nicht mehr wußte, wie das Haus damals geheißen hatte, war sie sich jetzt sicher. Das hier war Majas Ferienhaus. Es hieß »Hilton«.

Sie ging auf die Rückseite. Der Bach grub sich seinen Weg durch das Heidekraut, tiefer als in ihrer Erinnerung, aber sie erkannte die Steine, auf denen sie gesessen hatten, und den kleinen Weg, der sich wie eine blasse Schlange zur Haustür hochwand. Sie war am Ziel. Sie war allein. Niemand wußte etwas, und die Nacht war lang. Ich werde dieses Geld finden, dachte sie, und wenn ich mich mit den Fingernägeln durch den Bretterboden graben muß.

Sie traute sich nicht, die Taschenlampe einzuschalten. Sie musterte im Dunkeln die Fenster, sie sahen ziemlich unsolide aus. Vor allem das Küchenfenster. Aber das saß ein bißchen hoch oben, sie brauchte etwas, auf das sie sich stellen konnte. Sie ging wieder um das Haus, fand ein kleines Holzlager und einen Hackklotz. Der war schwer, ließ sich fast nicht bewegen, aber er war wie geschaffen für ihr Vorhaben, fest und breit. Sie packte ihn und versuchte, ihn wegzuzerren. Es ging. Sie warf den Rucksack zu Boden und schleppte und stieß den riesigen Klotz um die Ecke und zum Küchenfenster. Dann holte sie den Rucksack und nahm Hammer und Meißel heraus. Als sie da mit dem Meißel in der Hand und mit vor Geldgier hämmerndem Herzen in der Dunkelheit stand, konnte sie fast nicht mehr atmen. Sie kannte sich selber nicht mehr. Das hier waren nicht ihr Haus und ihr Geld. Sie sprang wieder vom Klotz. Hielt sich einen Moment lang die Hände vor die Brust und füllte ihre Lunge mit eiskalter Luft. Plötzlich ragte der Johovda so drohend zum Himmel empor, als ob er sie warnen wolle. Sie konnte wieder nach Hause fahren und würde ihren Anstand fast gerettet haben, da waren nur die sechzigtausend, die sie schon hatte, aber dabei war sie nicht sie selber gewesen, sie hatte fast unkontrolliert zugegriffen, und deshalb war das zu verzeihen. Es war etwas anderes. Das hier aber war grober Diebstahl, sie nutzte Majas Tod aus. Langsam beruhigte ihr Herz sich wieder. Eva stieg wieder auf den Klotz. Mit leichtem Zögern schob sie den Meißel in einen Spalt zwischen Fenster und Wand. Das Holz war mürbe, der Meißel bohrte sich problemlos hindurch. Als sie ihn losließ, blieb er darin stecken. Sie sprang vom Klotz, nahm sich den Hammer und schlug den Meißel vorsichtig noch tiefer ins Holz. Dann ließ sie den Hammer los und drückte ihn zur Seite. Alles gab nach. Sie hörte brechende Bretter und die Fensterhaken innen, die mit leisem Klirren nachgaben. Das Fenster sprang ein Stück weit auf und hing locker am obersten Fensterhaken. Eva blickte sich um, hob den Rucksack auf und öffnete das Fenster endgültig. Dahinter befand sich ein schwarzer Vorhang. Sie preßte den Rucksack hindurch und warf das Werkzeug hinterher. Dann steckte sie den Kopf hinein, streckte die Arme aus und versuchte, sich ins Haus zu ziehen. Der Klotz hätte ruhig höher sein dürfen, sie mußte springen. Und die Öffnung war so schmal. Sie ging leicht in die Knie und machte dann einen hohen Sprung und hing danach mit Kopf und Armen im Haus, die Beine hingen draußen. Das Fenster kratzte über ihren Rücken. Die Küche war stockfinster, aber sie konnte unter sich den Küchenschrank ertasten, und deshalb zog sie sich vorsichtig über die Kante, blieb jedoch mit dem Fuß an der Fensterbank hängen und stürzte zu Boden. Dabei riß sie Tassen und Töpfe mit, überall krachte und klirrte es, und sie schlug mit dem Kinn auf den Boden auf. Einen Moment lang blieb sie zappelnd liegen und verwickelte sich dabei in einen Flickenteppich.

Dann setzte sie sich auf und rang um Atem. Geschafft.

Vor allen Fenstern hingen dichte schwarze Vorhänge. Licht konnte auf keinen Fall hindurchsickern. Sie knipste die Taschenlampe an.

Ihr weißer scharfer Strahl traf genau den Kamin. Eva ging mitten ins Zimmer und versuchte, sich zu orientieren. Auf dem Sofa lag eine karierte Decke, auf der hatte Maja gesessen und ihre vielen Abenteuer erzählt. Und damals waren sie erst dreizehn gewesen. Die anderen hatten sie in einer Mischung aus Entsetzen und Ehrfurcht angestarrt. Einige hatten die Augen niedergeschlagen. Und Ina hatte den Mund verzogen und nicht mehr hören wollen, sie war nämlich sehr fromm.

Im Kamin stand ein Troll mit Warzen auf der Nase und einer Tanne in der Hand. Unter der Decke hing eine Hexe und glotzte Eva aus schwarzen Knopfaugen an. Sie sah den Eßtisch, hoch oben an der Wand einen kleinen Eckschrank, das Büfett mit Tassen und Töpfen. Eine Kommode, sicher für Handschuhe und Mützen. Zwei kleine Schlafzimmer mit offenen Türen. Die Kochnische mit Schränken und Schubladen. Der kleine Eisenring im Boden und die Luke, die sie öffnen mußten, um in den Vorratskeller zu gelangen. Übrigens ein hervorragendes Versteck, dunkel und kalt. Oder der Werkzeugschuppen, und das ans Haus angebaute Klo, sie mußten nur durch den Gang, sie waren immer zu zweit gegangen, hysterisch und außer sich vor Angst, weil Maja laut aus dem Kriminaljournal vorgelesen hatte, eine Geschichte, in der das Opfer zerlegt worden war. Sie zog die

Schultern hoch und nahm die Petroleumlampe mit. Und der Gasherd wäre auch ein gutes Versteck. »Daß ihr mir ja das Haus nicht in die Luft jagt!« waren die letzten Worte des Vaters gewesen, als er zum Auto gegangen war. Über dem Sofa gab es zwei riesige Bücherregale, mit Taschenbüchern und vielen Comics. Maja hatte ein paar Pornos mitgehabt, das fiel Eva jetzt ein, sie hatten sich gegenseitig daraus vorgelesen, das aber erst, wenn Ina schon im Bett war.

Eva fror. Sie durfte hier nicht herumtrödeln, sie mußte sich entscheiden, wie sie vorgehen wollte. Mußte versuchen, sich in Maja hineinzuversetzen, erraten, was sie gedacht hatte, als sie hier mit ihrem Vermögen in den Händen stand und sicher gehen wollte, daß niemand es finden würde. Maja hatte viel Phantasie gehabt, ihr konnte durchaus etwas ganz Ungewöhnliches eingefallen sein. Eva mußte sofort an das Klo denken. Vielleicht lag das Geld im Kot begraben. Oder, bei Gott – konnte es irgendwo draußen unter dem Heidekraut verbuddelt worden sein? Sie stand auf, versuchte, ihre Panik zu zügeln. Ihre Zeit war begrenzt, sie mußte hier fertig sein, ehe es hell wurde. Die Eliminierungsmethode, dachte sie dann, die Stellen ausschließen, wo das Geld ganz bestimmt nicht war. Die nächstliegenden Stellen. Wie das Büfett, der Eckschrank und die Kommode. Systematisch und ruhig suchen, sie stellte sich vor, daß das Geld vielleicht in Plastiktüten stecke, oder in von Gummibändern zusammengehaltenen Briefumschlägen, geschützt vor Feuchtigkeit. Im ersten Schlafzimmer stand eine Kommode. Auch die verwarf Eva, sie konzentrierte sich auf die eher außergewöhnlichen Möglichkeiten. Zuerst den Vorratskeller, der bot immerhin die größten Probleme. Sie schob die Finger unter den Eisenring und hob die Luke an. Ein schwarzes Loch klaffte ihr entgegen, und eiskalte Luft wehte sie von unten her an. Vielleicht gab es dort unten Ratten. Die Luke konnte mit einer Kette offengehalten werden, und Eva kletterte mit der Taschenlampe in der Hand nach unten. Sie konnte hier nicht aufrecht stehen, sie ging in die Hocke und leuchtete die Wände an, Einmachgläser und Gewürzgurken, Rotwein, Weißwein, Sherry, Portwein und noch mehr Einmachgläser. Eine Plätzchendose mit Bildern von Schneewittchen und Aschenputtel. Eva schüttelte die Dose und hörte, wie die Plätzchen vor Schreck hüpften und tanzten. Gefrorene Kartoffeln mit langen Keimen, Konservendosen, die sie aus dem Regal nahm, alle waren schwer und dicht. Einige Flaschen Bier, noch mehr Wein. Maja hatte es nicht mehr geschafft, vor dem Winter die Hütte zu leeren. Der Lichtkegel glitt über den unebenen Steinboden, es roch nach Schimmel und Verwesung, ansonsten war alles kahl. Schließlich setzte Eva sich auf die untere Treppenstufe und leuchte noch einmal den ganzen kleinen Keller aus, langsam und sorgfältig. Keine Kartons oder Kisten oder Nischen in der Steinmauer. Ob es wohl möglich war, Geldscheine zusammenzurollen und sie in leere Weinflaschen zu quetschen? Nein, Himmel, sie erhob sich und kletterte wieder nach oben. Schloß die Luke vorsichtig wieder und machte sich an die Küchenschränke. Wenn dort Tassen und Gläser standen, machte sie sie gleich wieder zu, den Topfschrank dagegen untersuchte sie sorgfältiger, öffnete jedes

Gefäß und leuchtete im ganzen Schrank herum. Sie schaute in den Gasherd, dann ging sie ins Wohnzimmer und blickte unter das Sofa. In den Büchern im Bücherregal, vielleicht, und es würde eine arge Mühe machen, jedes Buch zu öffnen, aber dort war das Geld natürlich nicht, dagegen konnte es im Kamin versteckt sein, vielleicht ein Stück nach oben im Schornstein. Eva setzte einen Fuß in den Kamin und leuchtete nach oben. Nichts. Dann fiel ihr die Bank neben dem Eßtisch ein. Solche Bänke ließen sich ja meistens aufklappen, und das war auch bei dieser der Fall. In der Bank lagen Pantoffeln und alte Skistiefel, Winterpullover, ein alter Anorak und zwei Flickenteppiche. Und dann entdeckte sie ein altes Radio und stellte sich vor, daß Maja es vielleicht geöffnet, die Röhren herausgenommen und dort das Geld versteckt hatte, aber sie war sich nicht sicher, ob Maja über ausreichende technische Kenntnisse für eine solche Operation verfügte.

Der Brotkasten, dachte Eva plötzlich, der Brotkasten in der Küche. Oder die Suppenschüssel auf dem Eckschrank. In der Wanduhr vielleicht? Und was war mit dem alten Rucksack, der an einem Nagel an der Wand hing – da ist es, dachte sie und riß ihn von der Wand. Leer. Eva leuchtete ihre Armbanduhr an, es war schon fast eins. Dann ging sie in die Schlafzimmer, hob Bettzeug und Matratzen hoch, ging doch die Kommoden und zwei Spinde voller Wind- und Daunenjacken durch. Ein altes Salzfaß war vollgestopft mit Schals und dicken Socken. Wieder in die Küche, wo sie die vielen kleinen Porzellangefäße öffnete, die genau das enthielten, was ihre Aufschrift verhieß, Salz, Mehl,

Haferflocken und Kaffee. Dann auf den Flur, wo sie unter einem kleinen Vorhang vor einem Spülbecken nachsah, aber dort fand sie nur eine Waschschüssel, eine Spülbürste und eine klebrige Flasche Spülmittel. Nun blieb nur noch der Anbau. Die Werkstatt, der Geräteschuppen, das Klo. Die Tür quietschte bedrohlich, als sie sie öffnete, und der Raum hatte keine Fenster. Der Boden gab ein wenig nach. Eva hörte in der Stille ihre imprägnierte Windjacke knistern. Ein riesiger Arbeitstisch zog sich quer durch das Zimmer. An der Wand hing eine Platte mit Werkzeug, und jemand hatte den Platz jedes einzelnen Gerätes mit Bleistift markiert, so daß es leicht war, alles nach Gebrauch wieder an die richtige Stelle zu hängen. Noch ein Hackklotz. Alte Gartenmöbel, eine von Mäusen angefressene Schaumgummimatratze, Skier und Skistöcke. Eine Schneeschaufel. Sie wußte nicht, wo sie anfangen sollte. Wenn sie nicht gleich die Klotür aufmachen und im Klo nachsehen wollte. Das Klo war winzigklein, hatte aber zwei Sitze, und es war weit bis zum Boden. Über beiden Löchern lagen Isoporplatten, und es roch auch nicht besonders, aber das Klo war wohl lange nicht benutzt worden, und es war kaltes Wetter. An der Wand hing ein Bild von Kronprinz Haakon in blauem Pullover mit V-Ausschnitt. Seine Zähne leuchteten in der Dunkelheit kreideweiß. Ob er wohl wußte, daß er in Klohäuschen herumhing? Auf dem Boden lag ein Stück Läufer. Eva schob die eine Platte beiseite und beugte sich darüber. Versuchte, den Atem anzuhalten, für den Fall, daß das Geld dort festgeklebt sei. Sie konnte nichts sehen. Sie schob auch die zweite Platte beiseite und leuchtete wieder, die dunkle Masse tief unten war nicht zu erkennen, aber Eva konnte einzelne weiße Papierstücke sehen. Stellte sich vor, daß die Millionen unten in diesem Sumpf lagen, in einem Metallkasten, zum Beispiel. Was für eine Idee aber auch! Sie erhob sich wieder und schöpfte Atem. Vielleicht sollte sie sicherheitshalber mit einer Skistock im Loch herumstochern, neben dem Arbeitstisch standen gleich mehrere. Einige waren ziemlich alt und hatten zerbrochene Schneeteller, andere waren aus Glasfaser mit kleinen weißen Plastikschilden. Und dann kam Eva sich plötzlich sehr dumm vor und überlegte, daß das Geld natürlich nicht unten im Dreck vergraben sei, es mußte schließlich für alles Grenzen geben. Einen Moment lang starrte sie ratlos vor sich hin. Unter dem Arbeitstisch standen ein alter fleckiger Plastikeimer, zwei Flaschen Terpentin – und ein Farbeimer. Der Eimer war groß, enthielt vielleicht zehn Liter. Sie ging zum Tisch, ging in die Hocke und las: Deckfarbe. Almhüttenbraun. Sie schüttelte den Eimer. Hörte, daß sich unten im Eimer etwas bewegte. Sie schob die Nägel unter den Deckel und versuchte, ihn hochzudrücken, aber der bewegte sich nicht. Dann nahm sie von der Platte über dem Tisch einen Schraubenzieher und stemmte ihn unter den Deckelrand. Flache Pakete füllten den Eimer. Pakete, die in Alufolie gewickelt waren, sie sahen aus wie Butterbrotpakete. Eva keuchte auf und klemmte sich die Taschenlampe unters Kinn, nahm ein Paket aus dem Eimer und riß die Folie ab. Geldscheine. Sie hatte das Geld gefunden!

Und Eva fiel auf den Hintern und umklammerte dabei das Geldpaket. Maja hatte genau gedacht, wie sie selber, hatte das Geld in einem leeren Farbeimer versteckt! Sie schlug für einen Moment die Hände vors Gesicht, von allem überwältigt, von dem Geld, von dem niemand wußte, das niemandem gehörte, eine schwindelnde Summe, die jetzt in ihrem Schoß lag. Eine turmhohe Lebensversicherung. Sie nahm auch die übrigen Pakete aus dem Eimer, es waren insgesamt elf. Sie waren dick, fast so dick wie vier oder fünf Scheiben Brot, überlegte sie; sie legte sie auf dem Boden aufeinander, und am Ende hatte sie einen ziemlichen Stapel errichtet. Jetzt war ihr nicht mehr kalt. Das Blut schäumte in ihren Adern, und sie keuchte wie nach einem langen Lauf. Sie tastete nach den Reißverschlüssen an ihrer Jacke, um das Geld dort zu verstauen, es gab schließlich viele Taschen. Zwei Pakete in jede Tasche, den Rest in die Hosentaschen, das würde wohl gehen. Aber sie mußte danach die Reißverschlüsse sorgfältig zuziehen, konnte nicht riskieren, unterwegs das Geld zu verlieren. Sie wollte jetzt zum Auto zurücklaufen, auf irgendeine Weise mußte sie die viele ungewohnte Energie loswerden, die sich jetzt in ihrem Körper ausbreitete. Ein Lauf, ein wilder Lauf durch das Heidekraut, das war jetzt genau das richtige. Und sie stand auf. Sie stand auf, um die Taschen besser erreichen zu können, und in diesem Moment hörte sie ein Geräusch. Es war ein vertrautes Geräusch, ein Geräusch, das sie wirklich jeden Tag hörte, und das sie deshalb auch sofort erkannte, und deshalb setzte ihr Herz einen Schlag aus, es blieb mit einem schmerzhaften Stich stehen. Sie hörte ein Auto.

Das Auto näherte sich geräuschvoll der Hütte, sie hörte, daß geschaltet wurde, hörte wie das starrgefrorene Heidekraut gegen die Kotflügel schlug. Das scharfe Licht der Scheinwerfer fand seinen Weg durch die Ritzen in der Wand, Eva stand mit den Geldpaketen in der Hand da und war zur Salzsäule erstarrt, in ihrem Kopf gab es keinen einzigen Gedanken mehr, alle Gedanken schienen wie weggeweht zu sein, Eva empfand nur noch blinde Panik, und ihr Körper übernahm die Führung, er handelte, die Gedanken wurden hinterher geschleift, schienen sich zu wundern, als sie das Geld wieder in den Eimer fallen ließ, den Deckel schloß, den Eimer hochhob und sich über den leise knackenden Boden schlich, während draußen noch immer der Motor zu hören war. Sie öffnete die Klotür, schob eine Isoporplatte beiseite und ließ den Eimer ins Loch fallen. Dann schaltete sie die Taschenlampe aus.

Eine Autotür fiel ins Schloß. Eva hörte rasche Schritte, und bald darauf klirrten Schlüssel im Schloß. Es war mitten in der Nacht, und jemand wollte die Tür zu Majas Haus aufschließen! Das kann niemand mit ehrlichen Absichten sein, dachte Eva, und sie hörte, wie die rostigen Türangeln aufkreischten, als jemand mit schweren Schritten den kurzen Flur betrat. In wenigen Sekunden würde der Mensch dort draußen das offene Fenster entdecken. Er würde das ganze Haus durchsuchen. Eva dachte nicht mehr, sie stand da wie auf einem brennenden Schiff, und in diesem Moment war ihr das eiskalte, schäumende Meer lieber. Entschlossen setzte sie einen Fuß ins Klo. Sie stützte sich auf die Kante, stellte fest, daß für das andere Bein kein Platz mehr war, zog das erste wieder heraus, preßte die Beine aneinander und schob sie gleichzeitig ins

Loch, ließ sich im finsteren Loch nach unten rutschen und bewegte verzweifelt die Füße, als sie nach dem Boden suchte, und endlich war der da, eine Art weicher Masse, in der sie ein Stück weit einsank. Die Schritte bewegten sich noch immer durch das Haus, als Eva nach der Taschenlampe griff und sie vor ihre Füße fallen ließ. Dann ging sie in die Hocke, wand sich, um ihre Schultern durch das Loch zu bugsieren, und tastete in der Dunkelheit nach der Platte, um das Loch wieder zu verdecken, sie erwischte sie mit den Fingerspitzen und zog sie vorsichtig über ihren Kopf. Dann stand sie in der tiefen Finsternis da, nirgendwo war auch nur eine Spur von Licht zu sehen, sie sank noch ein wenig tiefer ein, mochte nicht mehr hocken und setzte sich auf den Hintern. Auch mit dem sank sie ein. Sie legte die Stirn auf die Knie. Vorhin, beim ersten Leuchten, hatte es nicht so schlimm gerochen, aber jetzt brach der Gestank über sie herein, als sie den Kloinhalt mit ihrem eigenen Körper anwärmte. So saß sie da, und sie atmete so vorsichtig, wie sie konnte, sie preßte sich die Nase auf die Knie, die Taschenlampe war zur Seite gerollt und nicht mehr in Reichweite. Der Eimer mit den zwei Millionen stand zwischen ihren Beinen. In der Hütte knallte eine Tür, und sie hörte ein wildes Fluchen. Es war ein Mann, und dieser Mann war wütend.

Sie mußte durch den Mund atmen. Nicht einen Moment lang durfte sie die Nase benutzen. Eva hatte Angst, in Ohnmacht zu fallen. Sie versuchte zu hören, was der Mann da oben machte, es war klar, daß er etwas suchte. Er gab sich auch keine

Mühe, leise zu sein, vielleicht hat er sogar das Licht angemacht, dachte sie, und dann fiel ihr plötzlich ihr Rucksack ein, der noch immer im Wohnzimmer auf dem Boden stand. Bei diesem Gedanken hätte sie sich fast erbrochen. Konnte der Mann den Schein ihrer Taschenlampe gesehen haben? Das glaubte sie nicht. Aber der Rucksack – würde der ihm verraten, daß sie noch immer hier war? Würde er das Haus auf den Kopf stellen? Vielleicht machte er das ja gerade, und dann konnte er jeden Moment in den Schuppen kommen und die Tür zum Klo aufreißen. Aber würde er die Klodeckel entfernen und in die Löcher leuchten? Eva preßte die Nase gegen ihre Knie und atmete vorsichtig durch den Mund. Zeitweise war es still im Haus, dann brach der Lärm wieder los. Nach einigen Minuten hörte sie Schritte, die sich näherten, der Mann ging jetzt durch den Flur, sie hörte, daß etwas umkippte und auf den Boden fiel, dann fluchte der Mann wieder. Dann stand er im Geräteschuppen. Wieder war es still. Sie stellte sich vor, daß er in diesem Moment die Klotür anstarrte, und daß er dasselbe dachte, was jeder Mensch jetzt denken würde, nämlich, daß sich dort vielleicht jemand versteckte. Er ging noch ein paar Schritte, Eva duckte sich und wartete, hörte, wie die Tür beim Öffnen quietschte. Für einige Sekunden blieb die Welt stehen, Eva war eine einzige zitternde Masse aus Angst und heißem Blut, das durch ihren Körper gepumpt wurde, und dann hielt plötzlich alles inne, ihr Atem, ihr Herz, ihr Blut, das zu einem dicken Brei erstarrt war. Vielleicht stand er nur einen Meter von ihr entfernt, vielleicht konnte er ihren Atem hören, und deshalb atmete sie nicht mehr und spürte, wie ihre Lunge zu bersten drohte. Jede Sekunde wurde zur Ewigkeit. Dann hörte sie wieder Schritte, er ging zurück und stieß gegen den Tisch. Eva überlegte sich plötzlich, daß er vielleicht aufs Klo müßte, wenn er lange suchte, würde er vielleicht auch aufs Klo müssen, und dann würde er wiederkommen, würde die eine Isoporplatte wegschieben und ins Loch pissen. Und dann würde er entweder ihre Füße treffen, wenn er sich für das Loch neben der Wand entschied, oder ihren Kopf, wenn er das andere nähme. Und wenn er Licht anmachte, würde er sehen, daß unten im Dunkeln jemand saß, mit einem Farbeimer zwischen den Beinen. Sie begriff einfach nicht, wer er wohl sein mochte. Maja hatte nicht die ganze Wahrheit gesagt, irgend etwas hatte sie verschwiegen, Maja hatte Eva in diese irrwitzige Lage gebracht, wie schon tausendmal zuvor, Maja hatte ihr diese Möglichkeit gezeigt, zu Geld zu kommen, zu Unmengen von Geld, obwohl Eva sich nie soviel gewünscht hatte, sie wäre mit genug Geld für Lebensmittel und Rechnungen zufrieden gewesen, mehr brauchte sie nicht. Sie würde ihm gern alles überlassen, vielleicht könnten sie teilen, überlegte sie, warum sollte er denn einen größeren Anspruch haben als sie selber, sie waren schließlich Jugendfreundinnen gewesen und hatten alles geteilt. Maja hatte sie zu ihrer Erbin ernannt. Jetzt durchwühlte der Mann Schubladen voller Werkzeug und altem Schrott, er hörte sich gewalttätig und wütend an, das Haus würde sicher aussehen wie ein Schlachtfeld, ehe er seine Suche beendete. Eva fragte sich, ob er hier wohl übernachten wollte, vielleicht würde er sich in eines der Betten mit den dicken Winterdecken legen, während sie hier mit tauben Füßen in diesem Scheißhaufen saß, sie konnte sich Kalten Brand einhandeln, wenn sie bis zum Morgen hier sitzen müßte, dann würden Frost und Verzweiflung und Gestank sie umbringen, aber vielleicht war er ein schnöder Dieb, so, wie sie eine Diebin war, und mußte weiter, ehe es hell wurde. Darauf hoffte sie jetzt. Sie hoffte und hoffte, und er lief im Haus herum und suchte und suchte. Sie merkte, daß sie schläfrig wurde, wußte, daß sie nicht einschlafen durfte, glitt aber immer wieder weg, dann war der Gestank nicht mehr so schlimm, oder vielleicht war sie auch restlos betäubt. Es wäre schön gewesen, ein wenig schlafen zu können, ihr kam der Gedanke, daß es vielleicht nicht leicht sein würde, wieder nach oben zu klettern, aus diesem nachgiebigen, sumpfigen Boden würde sie sich nicht abstoßen können, vielleicht würde sie hier ihrem Schicksal überlassen sitzenbleiben müssen und mit zwei Millionen auf dem Schoß umkommen. Vielleicht sollte sie ganz einfach um Hilfe rufen, um endlich aus dem Klo herauszukommen und ihre Klamotten loszuwerden, sollte lieber das ganze Vermögen mit diesem armen Wicht teilen, der da oben herumwühlte und nicht wußte, wo er suchen sollte. Sie überlegte sich das alles, während sie vage registrierte, daß es dort oben still geworden war, vielleicht war er wirklich ins Bett gegangen, vielleicht hatte er sich unter die karierte Decke aufs Sofa gelegt. Vielleicht war er im Keller gewesen und hatte sich eine Flasche Rotwein geholt, die er jetzt auf dem Gasherd erwärmte, vielleicht gab er Zucker hinein, heißer süßer Glühwein, die flauschige Wolldecke und ein Feuerchen im Kamin. Eva spreizte die Finger und merkte, daß auch die steif geworden waren. Langsam schien sie sich zu verschließen, schien Frost und Gestank auszusperren, Augen und Gehirn zu schließen, nur eine winzige Öffnung war noch vorhanden, für den Fall, daß er pinkeln wollte, oder noch weiter suchen, aber diese Öffnung wurde immer kleiner, sie sank in der Dunkelheit immer tiefer, und ein letzter Gedanke huschte durch ihren Kopf: Wie in aller Welt war sie bloß hier gelandet?

Sie hörte einen lauten Knall.

Eva fuhr zusammen. Sie breitete instinktiv die Arme aus und schlug mit dem Ellbogen gegen das halbverfaulte Holz. Vielleicht hatte er das gehört. Die Wände waren dünn, und alles war still. Sie wußte, daß sie die Tür gehört hatte, er stand jetzt vor dem Haus, dicht vor der Klowand, er machte drei, vier Schritte, dann blieb er stehen. Eva wartete und horchte, versuchte zu erraten, was er da machte, sie war jetzt stocksteif, konnte Arme und Beine nicht mehr bewegen. Dann hustete er, und gleich darauf folgte das vertraute Geräusch eines kräftigen Strahls, der den gefrorenen Boden traf. Typisch Mann, dachte sie, Männer waren so faul, daß sie nicht einmal aufs Klo gehen mochten, sondern ihr Gerät einfach durch die Tür steckten, und gerade das hatte sie vermutlich vor der Entdeckung gerettet. Sie hätte vor Erleichterung fast laut gelacht. Draußen strömte und strömte es, es mußte wirklich dringend gewesen sein, vielleicht hatte er im Haus ja Bier getrunken, vielleicht war er fertig und wollte fahren. Seltsam, daß er nicht im Klo nachgesehen hat, aber vielleicht hat er nicht genug

Phantasie, überlegte sie, sie dagegen hätte mit dem Skistock im Dreck herumgestochert, wenn sie nicht den Eimer gefunden hätte. Eine Hoffnung, daß alles bald vielleicht vorüber sein würde, stieg in ihr auf, und mit der Hoffnung stellten sich auch Frost und Steifheit wieder ein, zusammen mit dem inzwischen unerträglichen Gestank. Der Mann ging wieder ins Haus. Wie spät es wohl sein mochte, wie lange habe ich geschlafen, fragte sie sich, und sie gab sich alle Mühe, um ruhig zu atmen. Wieder hörte sie allerlei Geräusche, Türen, Schubladen und viele Schritte hin und her. Vielleicht war es schon Morgen, vielleicht war es draußen hell, er konnte auch die Vorhänge öffnen und noch einmal mit der Suche beginnen. Und dann würde er wieder in den Schuppen kommen, und dann würde er auch ins Klo schauen, der Gedanke würde ihn plötzlich treffen wie ein Blitzschlag, so, wie er auch Eva getroffen hatte. Sie versuchte, sich vorzustellen, was er sagen würde, wenn er ihren Kopf entdeckte und begriff, daß sie die ganze Zeit hier gesessen hatte, er würde es nicht glauben wollen und wütend werden, oder er würde erschrecken und Angst bekommen, wenn er einfach nur ein unschuldiger Mann war, der mit Fug und Recht das Haus betreten hatte. Aber das glaubte sie nicht. Wieder hörte sie die Tür, hörte, wie der Schlüssel im Schloß umgedreht wurde. Konnte nicht glauben, daß er vielleicht aufbrechen wollte. Auf ihrem Kopf rührte sich kein Haar, aber die Schritte entfernten sich wirklich durch das Heidekraut, und endlich hörte sie das, worauf sie vor allem gehofft hatte, es war fast zu schön, um wahr zu sein. Das Geräusch einer Autotür, die ins Schloß fiel. Eva brach in heftiges Zittern aus. Der Motor brüllte auf, und Eva schluchzte vor Erleichterung. Sie rührte sich noch immer nicht, sie wartete einfach nur, während der Wagen draußen manövrierte, vielleicht setzte er zurück, um im Vorwärtsgang zur Straße zurückfahren zu können. Sie hörte Zweige, die gegen Metall schlugen, und den für einen Moment schwächer werdenden Motor. Er hatte jetzt wohl den Weg erreicht, jetzt schaltete er und fuhr los, und der Motor wurde leiser und leiser, bis er endlich, endlich nicht mehr zu hören war.

Tiefe Ruhe erfüllte sie.

Sie legte die Hände auf den Eimer und atmete auf, schniefte ein wenig, versuchte, die Beine auszustrecken. Ihre Beine waren krumm wie alte Kiefernwurzeln, und ihre Füße spürte sie überhaupt nicht mehr. Mit einer Hand schlug sie die Isoporplatte vom Loch. Es war noch immer dunkel, es schien noch immer mitten in der Nacht zu sein. Die Taschenlampe, dachte sie plötzlich, was ist aus der Taschenlampe geworden? Sie ballte die Fäuste und wollte nicht, aber widerwillig tastete sie dann doch im Dreck herum, zwischen ihren Beinen, in den Ecken, viel Platz gab es hier unten doch nicht, sie mußte die Taschenlampe finden. Sie suchte hinter sich und bekam den eiskalten Metallschaft zu fassen. Vielleicht funktionierte die Lampe nicht mehr. Sie fand den Schalter. Die Lampe funktionierte. Mit einem Seufzer der Erleichterung starrte sie auf ihre Armbanduhr. Es war halb vier. Es würde noch lange dunkel bleiben, sie hatte Zeit genug. Sie schob die Lampe durch die Öffnung und legte sie neben das Loch, dann packte sie die Kante und versuchte, sich hochzuhieven. Ihr Rücken tat weh, und ihre Beine wollten sie fast nicht tragen, aber sie konnte den Kopf durch das Loch stecken, die Schultern hindurchpressen, und plötzlich hatte sie das Gefühl, zu ersticken und nicht schnell genug nach oben kommen zu können. Sie strampelte und keuchte und wand sich, und sie stieß sich mit aller Kraft von der weichen Masse unter ihr ab, zog sich aus dem Loch, blieb quer über dem Klo liegen, zog die Beine hinterher und traf die Taschenlampe, die auf den Boden knallte. Sie starrte den gestreiften Läufer an, der jetzt angeleuchtet wurde, und zog auch noch die Füße aus dem Klo. Setzte die Füße auf den Boden. Die Füße waren wie gelähmt. Aber immerhin stand sie jetzt, sie bückte sich, leuchtete ein letztes Mal mit der Taschenlampe ins Loch und griff nach dem Eimer. Um den hatte sie gekämpft. Jetzt gehörte das Geld ihr. Sie verließ den Schuppen und ging hinüber ins Haus. Das war vollständig verwüstet. Alle Schränke waren geleert worden, und ihr Inhalt lag wild verstreut auf dem Boden. Eva leuchtete mit der Taschenlampe in alle Ecken, er hatte die Vorhänge nicht entfernt. Alles war dunkel, aber die Luft war seltsam kühl und frisch, Eva hatte fast vergessen, wie gut es tut, ganz normale Luft einzuatmen, so, als ob sie durch die Nase Mineralwasser tränke. Auf unsicheren Beinen wackelte sie zu einem Sessel und ließ sich hineinfallen. Ihre Kleider waren an ihrem Körper erstarrt. Sie würde alles wegwerfen, jede einzelne Faser, die sie am Leib trug. Vielleicht sollte sie sich auch die Haare schneiden, vielleicht würde sie den Geruch nie wieder loswerden. Sie hatte noch eine weite Fahrt vor sich, und sie war von Kopf bis Fuß von Scheiße verdreckt, aber vielleicht fand sie hier im Haus Kleider zum Wechseln. Sie kämpfte sich wieder auf die Beine und ging in das eine Schlafzimmer. Suchte im Licht der Taschenlampe und nahm ein Kleidungsstück nach dem anderen aus der Kommode, sie fand Unterwäsche, Socken, ein altes Unterhemd und einen Pullover, nur die Hose war noch ein Problem. Sie ging wieder nach draußen, dachte an den kurzen Flur, wo die Jacken hingen, und dort wurde sie fündig. An der Wand hing ein alter Daunenanzug, er war weich und bequem, nur vielleicht ein bißchen zu klein. Sie würde das Gefühl haben, sich in eine Wurstpelle zu quetschen. Aber der Anzug war sauber. Im Vergleich zu dem, den sie jetzt noch anhatte, war er sauber. Er roch nach Skiwichse und Brennholz. Eva legte die Kleider auf den Boden und fing an, sich auszuziehen. Das Schlimmste waren ihre Hände, sie gab sich alle Mühe, damit ihr Gesicht nicht zu berühren, sie konnte ihren Gestank nicht mehr ertragen. Vielleicht könnte sie sie mit Spülmittel übergießen und mit einem Handtuch trocknen. Sie zitterte wieder vor Kälte, war aber gleichzeitig guter Dinge. Immer wieder blickte sie zum Eimer hinüber, diesem fleckigen Farbeimer, er sah so unschuldig aus, wer hätte glauben mögen, daß er ein Vermögen enthielt, abgesehen von ihr selber natürlich. Sie war schließlich ein Mensch mit Phantasie. Eine Künstlerin.

Schließlich fand sie in der Ausklappbank ein Paar Skistiefel, deren Schnürsenkel ihr einige Mühe bereiteten. Ihre Finger tauten zwar jetzt auf, wollten ihr aber noch immer nicht gehorchen. Sie stopfte ihre schmutzigen Kleider in den Rucksack, den der Mann in eine Ecke geschleudert hatte. Nahm den Sack auf den Rücken, die Taschenlampe in die eine und den Eimer in die andere Hand. Kein Grund, sich durch das kleine Küchenfenster zu quälen, nicht nach allem, was passiert war. Die Tür war von außen abgeschlossen. Sie ging wieder ins Schlafzimmer, riß das Rollo herunter und machte das Fenster weit auf. Atmete die Gebirgsluft ein und kletterte auf die Fensterbank. Und dann sprang sie hinaus.

Der Mann fuhr einen blauen Saab. Er machte ein wütendes Gesicht, Zorn und Ärger ließen seine Augen aufleuchten. Das Geld war weg. Irgendwer war ihm zuvorgekommen, und er konnte sich einfach nicht vorstellen, wer. Das Auto ruckelte und schaukelte über den Kiesweg, und wieder fluchte der Mann. Der See lag jetzt auf seiner linken Seite, das Wasser war spiegelglatt, die meisten Ferienhäuser waren dunkel. Der Mann fühlte sich betrogen. Etwas Unbegreifliches war passiert, und er suchte in den vergangenen Monaten nach etwas, das diese Katastrophe erklären konnte, die schwindelerregende Tatsache, daß jemand in die Hütte eingebrochen war und das Geld gestohlen hatte. Sein Geld. Natürlich war genau das passiert. Sonst hatte nichts gefehlt, Fernglas und Fotoapparat, Fernseher und Radio hatten an Ort und Stelle gestanden. Nicht einmal der Weinvorrat im Keller war angerührt worden. Der Mann schlug mit der Faust aufs Lenkrad und fuhr in den Kurven ein wenig langsamer. Auf eine plötzliche Eingebung hin bog er links ab, er entdeckte einen kleinen Weg voller Schlaglöcher, der zum See hinunter führte, zu einem kleinen Schuppen oder einer Hütte. Die Hütte schien leer zu stehen und seit langem nicht mehr benutzt worden zu sein. Er fuhr bis zum Wasser und ließ den Motor im Leerlauf. Mußte sich ein wenig beruhigen. Zog die Zigaretten aus der Jackentasche und steckte eine an, während er nachdenklich auf die spiegelglatte Wasseroberfläche starrte. Sein Gesicht war schmal, die Augen saßen dicht beieinander, Haare und Augenbrauen waren dunkel. Er war ein ziemlich gutaussehender Mann, aber seine Miene ruinierte sein Aussehen, er sah verkniffen und beleidigt aus, und wenn er ein seltenes Mal lächelte, dann war dieses Lächeln nicht überzeugend. Jetzt lächelte er nicht. Er zog wütend an seiner Zigarette, ärgerte sich über den in der Stille dröhnenden Motor und schaltete ihn aus, öffnete die Tür und ging zum Wasser, um die großartige Landschaft besser sehen zu können. Es wurde sehr dunkel, als er die Scheinwerfer ausmachte, aber langsam zeichneten sich vor der Dunkelheit die Berge ab. Lagen da wie riesenhafte Ungeheuer aus grauer Vorzeit, die an ihrem Wasserloch schliefen. Der Mann hätte gern wütend in die Dunkelheit hinausgeknurrt, vielleicht würden sie dann aufwachen und das Knurren erwidern. Und dann fiel sein Blick auf den Wagen. Einen alten Ascona. Der stand hinter der Hütte, ein ziemlich heruntergekommenes Auto, ziemlich verlassen. Seltsam. Ob sich doch jemand in der Hütte aufhielt? Der Mann schlich hinüber, war sich plötzlich nicht mehr sicher, ob er allein war, und er versuchte, durch das Seitenfenster in den Wagen zu schauen. Die Tür war nicht abgeschlossen, das machte die Sache noch merkwürdiger. Ansonsten war das Auto leer, weder auf den Sitzen noch im Fenster lagen irgendwelche Gegenstände. Er richtete sich wieder auf und blickte sich um. Ihm kam ein seltsamer Gedanke, und er ging zu seinem eigenen Wagen zurück und setzte sich hinein. Dort saß er dann und rauchte nachdenklich eine Zigarette. Als sie bis zum Filter abgeraucht war, zerdrückte er sie im Aschenbecher und machte sich an die nächste.

Eva merkte plötzlich, wie erschöpft sie war. Sie konnte die Füße fast nicht mehr heben, und sie blieb immer wieder im Heidekraut und an Grasbüscheln hängen. Der Eimer schien für ihren müden Arm eine Tonne zu wiegen, aber der Daunenanzug hatte keine Taschen, und sie wollte das Geld nicht zu ihren verdreckten Kleidern in den Rucksack stecken. Es könnte doch den Geruch übernehmen, man konnte nie wissen. Sie hatte jetzt den Weg erreicht, und das Gehen fiel ihr leichter. Sie ging so schnell sie konnte, hatte aber das Gefühl, ihre Füße hinter sich her zu schleifen. Sie spürte, wie sie die Ferse aufsetzte, mehr aber nicht, der ganze vordere Fußteil war taub. Vor ihr lag die restlos öde Hochebene, sie hielt Ausschau nach dem Haus, in dem das Licht gebrannt hatte, aber dort war jetzt alles dunkel. Beim Gedanken an die lange Autofahrt, die vor ihr lag, verlor sie fast den Mut, aber wo sie schon so weit gekommen war, würde sie es auch noch bis nach Hause schaffen, und vielleicht fand sie ja unterwegs eine offene Tankstelle. Eine, die Würstchen und Hamburger verkaufte, Cola und

Schokolade, oder vielleicht Kopenhagener, immer zwei Stück, in Plastikfolie. Und heißen Kaffee. Sie hatte einen schrecklichen Hunger. Und als sie erst angefangen hatte, an Essen zu denken, konnte sie nicht mehr damit aufhören. Aber konnte sie denn überhaupt irgendwo hingehen, vermutlich stank sie schlimmer, als ihr selber bewußt war. Und was sollten die Leute denken, wenn sie ins warme, helle Lokal kam und dabei nach Scheiße stank? Jetzt konnte sie den kleinen Weg sehen, der zum See führte, sie nahm den Eimer in die linke Hand und die Taschenlampe in die rechte. Alles schien einsam und verlassen zu sein, aber sie wollte die Lampe doch erst anschalten, wenn sie neben ihrem Auto stand und losfahren konnte. Je weniger sichtbar sie war, desto besser. Sie hatte sich noch nie so sehr nach ihrem eigenen Auto und nach einer Zigarette gesehnt. Sie hatte die ganze Zeit nicht geraucht, sie hatte nirgendwo Kippen hinterlassen wollen. Sie schniefte ein wenig, aus purer Bewegtheit, weil soviel passiert war, und ging schneller. Sie hatte nur noch wenige Meter vor sich, als etwas geschah, das sie erstarren ließ. Ein gewaltiges Gebrüll zerriß die Stille, und sie stand wie in Scheinwerferlicht gebadet da. Einen Moment lang stand sie stocksteif und wie angenagelt mit Eimer und Taschenlampe da. Dann identifizierte sie diesen Schock aus Licht und Lärm als Auto, das dicht vor ihr anfuhr, und sie stürzte aus dem Licht heraus, über Heidekraut und Grasbüschel, sie lief um ihr Leben und preßte den Eimer an sich. Noch immer konnte sie den Motor hören, solange sie ihn hörte, konnte sie weiterlaufen, wenn der Wagen anhielt, mußte sie sich fallenlassen. Aber so weit kam es nicht. Plötzlich stolperte sie und fiel auf den Bauch, sie hatte sich einen Fuß verrenkt, und Zweige und Grashalme fuhren ihr durchs Gesicht. Sie blieb wie tot liegen. Auch der Motor erstarb, und eine Autotür wurde geöffnet. Sie wußte jetzt Bescheid. Er hatte ihr Auto gefunden und sie dort erwartet. Eigentlich ist es vorbei, dachte sie. Vielleicht hatte er eine Schußwaffe. Vielleicht würde eine Kugel in den Hinterkopf das letzte sein, was sie auf dieser Welt noch wahrnahm. Das Geld bedeutete gar nicht so viel, plötzlich staunte sie über die Strapazen, die sie nur seinetwegen auf sich genommen hatte. Im Grunde war das unglaublich. Das einzige, das etwas bedeutete, waren doch Emma und ihr Vater. Daß man genug Geld für Brot, für Strom und Heizung hatte. Das alles überlegte sie sich, während sie seine Schritte im Heidekraut hörte, sie wußte nicht, ob er sich näherte oder in die falsche Richtung ging. Sie legte den Kopf auf ihren Arm und wollte nur schlafen, das Geld war doch nicht für sie bestimmt gewesen, und deshalb ging alles schief, und ihr war das wirklich restlos schnuppe. Dann riß sie sich zusammen, sie dachte an Emma, sie mußte vor diesem Mann fliehen, der dem Heidekraut Fußtritte versetzte, sie robbte auf dem Bauch davon, glitt in ihrem glatten Daunenanzug vorsichtig weiter. Sie hörte noch immer seine Schritte, und so lange er sich bewegte, konnte er sie nicht hören. Sie glitt ein Stück und hielt inne, glitt ein Stück und hielt inne, immer wieder. Er war noch um einiges von ihr entfernt, die Hochebene war weit, und er hatte nicht einmal eine Taschenlampe. Ganz schön schlecht vorbereitet, dachte sie, während sie sich damit abmühte, ohne zu großen Lärm den Eimer vor sich herzuschieben. Dann hörte sie, daß sein Wagen wieder angelassen wurde, und sie sah das Licht, das durch die Gegend schweifte. Sie ließ sich fallen und machte sich so platt, wie sie nur konnte. Sie hatte Glück, ihre Haare waren schwarz, der Anzug war dunkelblau, nur der Eimer war fast weiß. Sie mußte sich darauf legen, sonst würde der Mann einen weißen Flecken sehen können. Es war blöd von ihr gewesen, den großen Eimer mitzuschleppen, er hatte ihn bestimmt gesehen. Gleich würde er mit dem Auto durch das Heidekraut brettern und sie im Scheinwerferlicht entdecken. Vielleicht würde er sie glatt überfahren, mit allen vier Rädern, und niemand würde begreifen, was passiert war. Warum sie überfahren im Hochgebirge lag, in einem viel zu kleinen Daunenanzug. Und nach Scheiße roch. Emma nicht, Jostein nicht, ihr Vater nicht. Und vielleicht, dachte sie, würde Majas Mörder ungestraft davonkommen.

Der Mann schüttelte den Kopf und gab Gas. Er war so sicher gewesen, in der Dunkelheit etwas gesehen zu haben, etwas Weißes, das durch die Luft zu fliegen schien. Er starrte aus dem Fenster, während er langsam den Weg hoch fuhr, aber die Scheinwerfer tauchten die Umgebung in vollständige Finsternis. Bestimmt hatte er sich alles nur eingebildet. Vielleicht ein Schaf. Aber die waren doch jetzt wohl nicht mehr draußen? Aber sicher gab es Vögel hier oben, oder vielleicht Füchse und Hasen. Es gab viele Möglichkeiten. Es hatte sich gerade gebückt, um seine Zigarette auszudrücken, und deshalb war er von diesem Anblick so überrascht gewesen. Aber daß am See ein Auto stand, war schon seltsam. Wenn die kleine Hütte nicht doch bewohnt war. Es gab allerlei, worüber er sich informieren mußte. Das Geld wollte er unbedingt. Es war jetzt sein Geld, niemand sollte sich da etwas anderes einbilden. Er gab Gas und bog auf die Straße ab. Dort schaltete er in den Dritten hoch, und bald darauf passierte er die Herberge. Dann verschwanden die Scheinwerfer hinter der nächsten Kurve.

Der wogende Schaum hatte Ähnlichkeit mit den Bergen der Hardangervidda, und das Wasser war glühendheiß. Eva tauchte vorsichtig einen Fuß hinein, fast hätte sie sich verbrannt, aber das Wasser konnte ihr gar nicht warm genug sein. Sie hätte das Badewasser am liebsten in ihren Körper geholt, in ihre Adern. Auf dem Badewannenrand stand ein großes Glas Rotwein. Sie hatte den Rucksack in die Mülltonne geworfen und den Telefonstecker aus der Dose gezogen. Jetzt ließ sie sich ins vom Schaumbad leicht türkis gefärbte Wasser sinken. Im Paradies konnte es nicht schöner sein. Sie bewegte Finger und Zehen, als die langsam auftauten. Trank einen Schluck Wein und merkte, daß ihr Fuß nicht mehr ganz so weh tat. Es war ein Albtraum gewesen, mit dem verletzten Fuß fahren zu müssen, er war inzwischen ziemlich dick angeschwollen. Sie hielt sich kurz die Nase zu und tauchte ganz unter. Als sie wieder an die Oberfläche kam, saß ihr eine große Schaumflocke oben auf dem Kopf. So sieht eine Millionärin aus, dachte sie verwundert, sie konnte sich im Spiegel über der Badewanne sehen. Die weiche Schaumflocke rutschte zur Seite, glitt abwärts und blieb unter Evas Ohr hängen. Eva ließ sich wieder ins Wasser sinken und versuchte, eine Rechnung aufzustellen. Sie überlegte sich, wie lange das Geld reichen würde, wenn sie pro Jahr zweihunderttausend verbrauchte. An die zehn Jahre. Wenn es sich nun wirklich um zwei Millionen handelte, sie hatte das Geld ja noch nicht gezählt, aber das wollte sie tun, sobald sie gebadet und sich zurechtgemacht und etwas gegessen hatte. Auf dem Heimweg hatte sie nur einen fast leeren Süßigkeitenautomaten gefunden, der nur noch Himbeerdrops und Salmiakpastillen enthalten hatte. Sie schloß die Augen und hörte, wie der Schaum in ihrem Ohr knisterte, als langsam die Luft aus ihm entwich. Ihre Haut gewöhnte sich an die Temperatur, nach dem Bad würde sie durch das heiße Seifenwasser runzlig und hellrot sein, wie die eines Säuglings. Eva hatte schon lange nicht mehr gebadet. Sie begnügte sich sonst mit einer raschen Dusche, und sie hatte vergessen, wie gut so ein Bad tat. Nur Emma wollte immer baden.

Eva streckte die Hand nach dem Weinglas aus und trank ausgiebig. Später, wenn sie gebadet und das Geld gezählt hatte, wollte sie schlafen, vielleicht bis zum Abend. Die Müdigkeit saß hinter ihrer Stirn wie ein Bleigewicht. Jetzt zog das Bleigewicht ihren Kopf nach vorn, und ihr Kinn kam auf ihrer Brust zu liegen. Als letztes registrierte sie noch den Seifengeschmack im Mund.

Es war der 4. Oktober, neun Uhr morgens. Eva schlief im kalten Badewasser. Sie befand sich mitten in einem geräuschvollen Traum, der ihr auf die Nerven ging. Als sich sich im Wasser umdrehte, um dem Traum zu entkommen, glitt sie in der Wanne ein Stück nach vorn. Ihr Gesicht geriet unter Wasser. Sie keuchte und verschluckte sich am Seifenwasser, sie röchelte und hustete, versuchte, aufzustehen, aber die Seiten der Porzellanwanne waren glatt, sie ging wieder unter, spuckte und würgte, bis ihr die Tränen kamen, dann konnte sie sich endlich aufsetzen. Sie fror wieder, und dann hörte sie die Türklingel.

Erschrocken sprang sie auf und wollte aus der Wanne steigen. Dabei hatte sie ihren wehen Fuß vergessen. Sie schrie auf, kam ins Schwanken, weil sie so rasch aufgestanden war, und griff nach ihrem Morgenmantel. Ihre Armbanduhr lag auf dem Ablagebrett unter dem Spiegel, sie warf einen kurzen Blick darauf und fragte sich, wer in aller Welt denn schon so früh vor der Tür stehen könne. Für Vertreter und Bettler war es noch nicht spät genug, ihr Vater konnte sein Haus doch nicht mehr verlassen, und Emma hatte ihre Heimkehr noch nicht angemeldet. Die Polizei, dachte sie und band ihren Morgenrockgürtel. Sie hatte sich nicht vorbereitet, hatte einfach keine Zeit gehabt, um sich zu überlegen, was sie sagen wollte, wenn er wirklich noch einmal auftauchte, und nun war er da, da war sie sich ganz sicher. Dieser Hauptkommissar mit dem scharfen Blick. Natürlich mußte sie die Tür nicht aufmachen. Sie war schließlich in ihrem eigenen Haus die Herrin, und außerdem saß sie in der

Badewanne, und es war einfach eine unchristliche Zeit für ein Verhör. Sie konnte doch einfach in der Badewanne stehenbleiben, bis er wieder weg war. Er würde sicher glauben, sie sei noch nicht aufgestanden oder vielleicht auch nicht zu Hause. Abgesehen davon, daß ihr Auto vor dem Haus stand, aber sie konnte doch den Bus genommen haben, das machte sie bisweilen, wenn sie kein Geld für Benzin hatte. Was er jetzt wohl von ihr wollte? Von Majas Geld wußte er nichts, falls sie kein Testament hinterlassen hatte, und vielleicht war das ja der Fall, und nun hatte er es gefunden, vielleicht hatte sie ihr ganzes Geld dem Notruf vermacht. Bei dem Gedanken drehte sich alles vor Eva. Natürlich war das möglich. Sie hatte kein Geld in einem Safe, dort lag ihr Testament, ein rotes Büchlein voller Wahrheiten über ihr Leben. Wieder wurde geklingelt. Eva faßte einen raschen Entschluß. Es brachte doch nichts, sich in der Badewanne zu verstecken, er würde schließlich nicht lockerlassen. Sie wickelte sich das Handtuch als Turban um den Kopf und ging barfuß zur Haustür, und dabei hinkte sie und jammerte bei jedem Schritt.

»Frau Magnus«, er lächelte, »ich störe Sie mitten in Ihrer Toilette, das ist unverzeihlich. Ich kann natürlich später wiederkommen.«

»Ich war sowieso gerade fertig«, antwortete sie kurz und blieb in der Tür stehen. Er trug eine Lederjacke und Jeans und sah aus wie jeder normale Mann, überhaupt nicht wie ein Feind, dachte sie. Der Feind, das war der Mann im Ferienhaus, wer immer das gewesen sein mochte. Vielleicht hatte er ihre Autonummer notiert. Bei diesem Gedanken wäre sie fast zusammengebrochen.

Denn dann würde auch er bald vor ihrer Tür stehen. Daran hatte Eva noch gar nicht gedacht. Sie runzelte heftig die Stirn.

»Darf ich einen Moment hereinkommen?«

Sie gab keine Antwort, drückte sich nur an die Wand und nickte. Im Wohnzimmer nickte sie wieder, in Richtung Sofa, sie selber stand noch immer mitten im Zimmer, sie steht da wie eine Kältefront, dachte er, während er sich bewußt langsam in ihren schwarzen Sessel setzte. Sein geübter Blick wanderte fast unmerklich durch das schwarzweiße Zimmer, er registrierte die Tüte mit den Himbeerdrops auf dem Tisch, die Autoschlüssel, Evas offene Handtasche, eine Schachtel Zigaretten.

»Fuß verletzt?« fragte er kurz.

»Nur leicht verzerrt. Ist etwas passiert?«

Widerwillig setzte sie sich ihm gegenüber in einen Sessel.

»Nichts Besonderes. Ich würde nur gern Ihre Aussage von neulich noch einmal mit Ihnen durchgehen, von Anfang bis Ende. Bei einigen Einzelheiten brauche ich noch ausführlichere Erklärungen.«

Eva wurde nervös. Sofort streckte sie die Hand nach einer Zigarette aus und fragte sich, ob sie die Antwort verweigern könnte. Sie stand doch nicht unter Verdacht. Oder vielleicht doch?

»Sagen Sie«, fragte sie aufsässig, »bin ich eigentlich dazu verpflichtet, mich zu diesem Fall zu äußern?«

Sejer sah sie an.

»Nein«, sagte er verdutzt, »selbstverständlich nicht.«

Seine Augen, die eigentlich grau waren, nahmen einen unschuldsblauen Farbton an. »Aber haben

Sie denn etwas dagegen? Sie war doch Ihre Freundin, ich dachte, da würden Sie uns sicher helfen wollen. Damit wir den Täter finden. Aber wenn Ihnen das nicht recht ist …«

»Nein, nein, so war das nicht gemeint.«

Sie gab sofort nach und bereute ihre Frage.

»Der 1. Oktober«, sagte Sejer, »Donnerstag. Fangen wir von vorne an. Sie sind mit dem Taxi in die Tordenskioldsgate gefahren. Der Wagen war um achtzehn Uhr hier?«

»Ja, das habe ich doch schon gesagt.«

»Ihrer Aussage zufolge haben Sie etwa eine Stunde in Majas Wohnung verbracht.«

»Ja, das stimmt wohl. Viel länger kann es jedenfalls nicht gewesen sein.«

Wie lange war ich wohl wirklich da, überlegte sie, zwei Stunden?

Er hatte ein Notizbuch aufgeschlagen und las darin. Das war scheußlich. Alles, was sie gesagt hatte, hatte er notiert und konnte es jetzt gegen sie verwenden.

»Können Sie mir sagen, was Sie während dieser Stunde gemacht haben? So ausführlich wie möglich?«

»Was?«

Sie starrte ihn nervös an.

»Vom Betreten der Wohnung bis zum Verlassen. Absolut alles, was passiert ist. Fangen Sie einfach mit dem Anfang an.«

»Ja, nein – ich habe eine Tasse Kaffee getrunken.«

»Haben Sie die danach abgewaschen?«

»Nein?« Eva hatte das Gefühl, daß der Stuhl unter ihr ins Schaukeln geriet.

»Ich möchte das wissen, weil in der Küche keine benutzte Kaffeetasse mehr zu finden war. Aber dort stand ein Glas, das offenbar Cola enthalten hatte.«

»Ach ja. Natürlich! Cola! Ich schmeiße einfach alles durcheinander. Ist das denn wirklich so wichtig?«

Er bedachte sie mit einem scharfen Blick. Und dann verstummte er wieder, wie beim letzten Mal. Sah sie einfach an und wartete, Eva hatte das Gefühl, vollständig den Boden unter den Füßen zu verlieren, es gab so viele Einzelheiten, an die sie nicht gedacht hatte, viel zu viele.

»Also, ich habe ein Brot gegessen und eine Cola getrunken. Maja hat mir ein Butterbrot gemacht.«

»Ja. Mit Thunfisch?«

Eva schüttelte verwundert den Kopf. Sie begriff überhaupt nichts mehr, vielleicht war er ja auch dabei, überlegte sie, vielleicht saß er in einer Abstellkammer und hat alles beobachtet.

»Können Sie mir sagen«, fragte er dann plötzlich, während er sich auf dem Sofa anders setzte, er sah nachdenklich und neugierig aus, »können Sie mir sagen, warum Sie dieses Brot dann wieder erbrochen haben?«

Jetzt glaubte Eva, endgültig in Ohnmacht zu fallen.

»Naja, mir wurde einfach schlecht«, stammelte sie, »ich hatte zwei Bier getrunken, und ich kann Fisch sowieso nicht gut vertragen. Am Abend davor war es so spät geworden. Und ich hatte so wenig gegessen, ich achte nicht so sehr auf die Essenszeiten, deshalb hatte ich nichts gegessen, und Maja wollte mir dieses Brot unbedingt aufdrängen, sie fand mich zu dünn.«

Sie verstummte und schnappte nach Luft. Sie sollte doch so wenig wie möglich sagen, warum konnte sie sich das nicht merken!

»Und haben Sie deshalb auch bei Maja geduscht? Weil Ihnen schlecht geworden war?«

»Ja!« sagte sie kurz. Und verstummte abermals. Er sah den Trotz in ihren Augen aufsteigen. Bald würde sie sich ganz verschließen.

»Sie haben eigentlich ziemlich viel geschafft, während sie bei Maja waren. In nur einer Stunde. Haben Sie vielleicht auch ein kleines Nickerchen gemacht, im zweiten Schlafzimmer?«

»Ein Nickerchen?« fragte sie schwach.

»Jemand hat dort im Bett gelegen. Oder war es ganz einfach so, Frau Magnus, daß Sie Frau Durbans Partnerin waren, und daß Sie sich die Wohnung geteilt haben? Und haben Sie wie Maja als Prostituierte gearbeitet, um Ihre Kasse aufzubessern?«

»NEIN!«

Eva sprang auf. Ihr Stuhl kippte nach hinten.

»Nein, das habe ich nicht! Ich wollte nichts damit zu tun haben. Maja hat versucht, mich zu überreden, aber ich wollte nicht!« Eva zitterte wie Espenlaub und war kreideweiß im Gesicht.

»Maja wollte mich immer zu irgendwas überreden, sie kam auf die seltsamsten Ideen. Einmal, als wir dreizehn waren ...«

Eva schluchzte auf.

Sejer starrte leicht verlegen die Tischplatte an und wartete. Solche Ausbrüche waren ihm eben peinlich. Eva sah plötzlich so jämmerlich aus. Ihr Turban war aufgegangen und hing ihr auf die Schultern, ihre Haare waren triefnaß.

»Ab und zu frage ich mich«, flüsterte sie, »ob Sie glauben, daß ich es war.«

»Diese Möglichkeit haben wir natürlich in Betracht gezogen«, sagte er leise, »und dabei denke ich nicht daran, ob Sie ein Motiv hatten oder ob Sie fähig sind, einen Mord zu begehen. Um solche Fragen kümmern wir uns später. Vor allem wollen wir wissen, wer in der Nähe des Opfers war, wer ganz praktisch die Möglichkeit hatte, diesen Mord zu begehen. Dann kümmern wir uns um das Alibi. Und ganz zum Schluß«, er nickte, als er das sagte, »fragen wir nach dem Motiv. Im Moment geht es also um die Tatsache, daß Sie am fraglichen Abend bei Maja waren, kurz vor ihrem Tod. Aber ich möchte eins ganz klar stellen – wir sind sicher, daß Maja von einem Mann ermordet worden ist.«

»Ja«, sagte Eva.

»Ja?«

»Ich meine, das war doch einer von ihren Kunden?«

»Glauben Sie das?«

»Ja, ich – war das denn nicht so? Es hat doch in den Zeitungen gestanden!«

Er nickte und beugte sich vor. Er riecht gut, dachte sie, er hat Ähnlichkeit mit Papa, als Papa noch jünger war.

»Erzählen Sie mir, was passiert ist.«

Sie setzte sich wieder, strengte sich bis aufs Äußerste an und näherte sich in winzigen Schritten der Wahrheit. Jetzt müßte sie alles erzählen, so, wie es gewesen war, an dem Abend, als sie auf dem Hocker gesessen hatte. Und er würde fragen, warum in aller Welt sie das nicht sofort gesagt habe.

Und das, dachte sie, liegt daran, daß ich eine haltlose Person bin, ein Mensch ohne Disziplin und Charakter, unzuverlässig, feige, von zweifelhafter Moral, der sich nicht für eine alte Freundin einsetzt, die ihr doch soviel bedeutet hat, ein Mensch, der das Vermögen dieser Freundin an sich reißt, Eva mochte es fast nicht glauben, es war unerträglich.

»Wir haben wirklich wenig Geld, Emma und ich«, murmelte sie. »Das war immer schon so, seit Jostein weggegangen ist. Ich habe Maja davon erzählt. Sie meinte, ich könnte das Problem doch auf ihre Weise lösen. Ich könnte das andere Zimmer haben. Wir waren im Hannas und ziemlich blau. Ich habe mir ihren Vorschlag wirklich überlegt, ich hatte alles so satt, und ich konnte die schlaflosen Nächte, die Drohungen im Briefkasten und das abgesperrte Telefon nicht mehr ertragen. Also haben wir verabredet, daß ich sie besuchen soll – und die Sache ausprobieren. Maja wollte mir helfen. Mir zeigen, wie das abläuft.«

»Ja?«

»Ich war schon angetrunken, als ich bei Maja eintraf, ich wollte nicht nüchtern werden, denn dann würde mir der Ernst der Lage erst richtig bewußt werden, also war ich wie verabredet bei Maja, und ich wollte wirklich ...«

Sie unterbrach sich, weil ihr jetzt eine Tatsache in all ihrer Entsetzlichkeit aufging. Sie war eine potentielle Nutte. Und *er* wußte das jetzt auch.

»Aber dann konnte ich es trotzdem nicht. Maja gab mir zum Ausnüchtern eine Cola, und dann verließ mich der Mut. Ich überlegte mir, daß mir doch

Emma weggenommen werden könnte, wenn das bekannt würde. Mir wurde richtig schlecht, und dann bin ich weggelaufen. Aber vorher hat Maja mir noch einiges erklärt.«

»Was meinen Sie mit ›erklärt‹?«

»Also, sie hat mir die Arbeit erklärt, wie die abläuft.«

»Hat sie Ihnen das Messer gezeigt?«

Eva zögerte kurz.

»Ja, sie hat mir das Messer gezeigt. Sie sagte, es sei nur zur Warnung und zur Abschreckung. Ich lag auf dem Bett. Und da habe ich Angst bekommen«, sagte Eva rasch. »Da habe ich beschlossen, es doch nicht zu tun. Ich begreife nicht, woher Sie das alles wissen, ich begreife überhaupt nichts mehr.«

»Das Messer hat ihr ja wohl nicht sehr viel geholfen?« fragte Sejer.

»Nein, sie ...«

Eva unterbrach sich.

»Was wollten Sie sagen?«

»Sie war wohl nicht hart genug.«

»Wir haben in der ganzen Wohnung Ihre Fingerabdrücke gefunden«, sagte Sejer. »Sogar«, fügte er langsam hinzu, »am Telefon. Wen haben Sie angerufen?«

»Meine Fingerabdrücke?«

Ihre Finger krümmten sich bei diesem Gedanken. Vielleicht hatten sie ihr Haus durchsucht, während sie zu Majas Ferienhaus unterwegs gewesen war, vielleicht hatten sie mit einem Dietrich das Schloß geöffnet und waren mit ihren kleinen Pinseln überall ans Werk gegangen.

»Wen haben Sie angerufen, Eva?«

»Niemanden! Aber ich wollte ... ich wollte Jostein anrufen«, log sie.

»Jostein?«

»Meinen Exmann. Emmas Vater.«

»Und warum haben Sie es nicht getan?«

»Ich habe es mir einfach anders überlegt. Er hat mich verlassen, ich wollte ihn nicht anbetteln. Ich habe mich angezogen und bin gegangen. Ich sagte zu Maja, was sie da macht, kann gefährlich sein, aber sie lächelte nur. Maja hat nie auf irgendwen gehört.«

»Warum haben Sie mir das bei unserem ersten Gespräch nicht gesagt?«

»Das war mir peinlich. Ich hatte doch wirklich mit dem Gedanken gespielt, Nutte zu werden, und ich wollte nicht, daß irgendwer davon erfuhr.«

»Ich habe Prostituierten in meinem ganzen Leben noch nie Verachtung entgegengebracht«, sagte er einfach.

Er erhob sich vom Sofa und sah zufrieden aus. Sie mochte ihren Augen nicht trauen.

Auf der Treppe blieb er noch kurz stehen, betrachtete den Hof, das Auto und Emmas an die Mauer gelehntes Fahrrad. Dann ließ er seinen Blick weiterwandern, zu den anderen Häusern in der Straße, als wolle er sich eine Ansicht darüber bilden, in was für einer Nachbarschaft sie wohnte, was für ein Mensch sie war, da sie hier wohnte, in dieser Gegend, in diesem Haus.

»Hatten Sie den Eindruck, daß Maja viel Geld hatte?«

Diese Frage kam überraschend.

»Ja, sicher. Sie hatte doch nur teure Sachen. Und sie ist zum Essen ins Restaurant gegangen.«

»Wir fragen uns, ob sie vielleicht irgendwo eine ziemliche Summe versteckt hat«, sagte er. »Und ob irgendwer davon gewußt haben kann.«

Sein Blick traf sie wie ein Laserstrahl mitten zwischen den Augen, und sie zwinkerte erschrocken mehrere Male.

»Ihr Mann ist gestern mit dem Flugzeug aus Frankreich gekommen, wir hoffen, er kann uns einiges erzählen, wenn wir ihn verhören.«

»Was?«

Eva mußte sich gegen den Türrahmen stützen.

»Majas Mann«, wiederholte Sejer. »Sie sehen so erschrocken aus?«

»Ich wußte nicht, daß sie einen Mann hatte«, sagte Eva mit schwacher Stimme.

»Nicht? Hat sie Ihnen das nicht erzählt?«

Er runzelte die Stirn.

»Seltsam, nicht, daß sie das verschwiegen hat, wenn Sie doch alte Freundinnen waren?«

Wenn, dachte sie. Falls. Falls wir wirklich alte Freundinnen waren. Wenn ich die Wahrheit sage. Sie könnte noch bis in die Nacht weiterreden, er würde ihr natürlich kein Wort glauben.

»Haben Sie sonst noch etwas hinzuzufügen, Frau Magnus?«

Eva schüttelte den Kopf. Sie war außer sich vor Angst. Der Mann, der im Ferienhaus aufgetaucht war, konnte Majas Mann sein. Der nach seinem Erbe suchte. Vielleicht, vielleicht würde er eines Tages vor ihrer Tür stehen. Vielleicht nachts, wenn sie schlief. Maja hatte ihm vielleicht erzählt, daß sie sich begegnet waren. Wenn sie noch die Zeit dazu gehabt hatte. Sie konnte angerufen haben. Ferngespräch nach Frankreich. Sejer brachte die vier

Stufen der schmiedeeisernen Treppe hinter sich und blieb auf dem Kiesweg stehen.

»So einen Knöchel dürfen Sie nicht in heißes Wasser legen. Lassen Sie sich einen Verband machen.«

Dann ging er.

Sie mußte das Geld aus dem Haus schaffen. Endlich war der große Peugeot verschwunden, Eva schloß die Tür mit einem Knall und stürzte in den Keller. Ihr Fuß war fast schon wieder taub. Sie stemmte mit einem Messer den Deckel vom Eimer und ließ die Geldpakete auf den Zementboden fallen, dann setzte sie sich hin und riß die Folie ab. Das Geld war mit Gummibändern umwickelt. Ziemlich rasch stellte Eva fest, daß es gut sortiert war. Tausender für sich, Hunderter für sich, da fiel das Zählen leicht. Der Boden war eiskalt, ihr Hintern bald gefühllos. Sie zählte und zählte und rechnete im Kopf mit, legte beiseite und nahm einen neuen Stapel. Ihr Herz schlug immer schneller. Wo sollte sie soviel Geld verstecken? Ein Banksafe wäre zu riskant, sie hatte das Gefühl, daß die anderen sie jetzt nicht mehr aus den Augen lassen würden. Sejer und seine Leute. Und Majas Mann.

Maja war verheiratet gewesen. Warum hatte sie das nicht erzählt? Hatte sie es als Niederlage empfunden, einen Mann zu haben, einen Lebensgefährten? Oder war er eher eine Art Geschäftspartner für das geplante Hotel? Oder war er einfach ein Typ, zu dem sie sich nicht bekennen wollte? Das wirkte am wahrscheinlichsten.

Der Farbeimer war eigentlich ein hervorragendes Versteck, aber sie durfte ihn nicht bei sich im Haus aufbewahren, sie mußte ihn an einen Ort bringen, wo ihn niemand suchen würde, wo sie aber bei Bedarf immer Geld holen könnte. Bei ihrem Vater, natürlich, in seinem Keller, unter dem vielen Gerümpel, das sich dort im Laufe der Jahre angesammelt hatte. Evas altem Kinderbett. Den Äpfeln, die im alten Kartoffelkoben vor sich hinfaulten. Der defekten Waschmaschine. Eva verzählte sich und mußte von vorne anfangen. Ihre Hände schwitzten, deshalb ließen sich die glatten Scheine leicht voneinander trennen, bald lag als hoher Stapel eine halbe Million vor ihr, und sie hatte noch immer sehr viel übrig. Majas Mann. Vielleicht war das so ein richtig zweifelhafter Typ – wenn Maja Nutte gewesen war, was war dem Mann dann alles zuzutrauen? Drogenhai oder so. Vielleicht hatten sie beide keinerlei Moral. Habe ich denn Moral, fragte Eva sich plötzlich, sie näherte sich der Million, und der Haufen ungezählten Geldes wurde langsam kleiner. Das, dachte sie, sind vielleicht Teile des Haushaltsgeldes von hunderten von Hausfrauen in dieser Stadt, Geld, das für Windeln und Konservendosen bestimmt war; es war ein seltsamer Gedanke. Sie war jetzt bei den Hundertern angekommen, und alles ging langsamer. Sie fand die Fünfhunderter am schönsten, die Farben und das Muster, schöne blaue Scheine. Eins komma sechs, ihre Finger waren eiskalt, sie zählte Fünfziger. Wenn er ihre Autonummer hatte, dann konnte er innerhalb weniger Minuten ihre Adresse herausfinden, er brauchte nur beim Wagenregister anzurufen, falls ihm überhaupt ihr Auto aufgefallen war, wenn er über Phantasie verfügte, hatte er es sich sicher angesehen und die Möglichkeit in Betracht gezogen, hatte sich gewundert, weil es nicht abgeschlossen war. Mitten im Gebirge, nicht weit vom Ferienhaus entfernt. Aber genug Phantasie, um im Klohäuschen zu suchen, hatte er nicht gehabt. Eins komma sieben Millionen. Und einige Fünfziger. Maja war fast am Ziel gewesen. Eins komma sieben Millionen Kronen. Die Folienfetzen funkelten im Licht der Glühbirne an der Decke wie Silber. Eva legte das Geld wieder in den Eimer und ging nach oben, der Fuß schien ein wenig abgeschwollen zu sein, vielleicht lag das an der Kälte im Keller. Ihre schwarzen Haare hingen ihr steifgefroren über den Rücken. Sie stellte den Eimer in die Waschküche und ging wieder ins Badezimmer, nahm rasch eine heiße Dusche und zog sich an. Die Millionärin im Spiegel wirkte jetzt angespannter, sie mußte eine Plane für ihr Auto besorgen, vielleicht schnüffelte er ja in der Gegend herum. Oder sie könnte sich einen neuen Wagen kaufen. Einen Audi, vielleicht? Keinen von den Großen, vielleicht sogar einen Gebrauchtwagen. Aber dann fiel ihr ein, daß das nicht möglich war. Sie konnte sich nur Brot und Milch kaufen, wie früher. Sogar Omar würde sich wundern, wenn sich ihr Einkaufskorb plötzlich füllte. Eva humpelte aus dem Badezimmer und holte den Eimer. Es mußte gehen. Und sie konnten ja umziehen. In einer Küchenschublade lag Alufolie, Eva wickelte die Geldscheine sorgfältig hinein und legte bis auf ein Päckchen alles in den Eimer. Auf das letzte Päckchen klebte sie ein Etikett, dachte ein wenig nach und schrieb schließlich »Speck« darauf. Dann legte sie das Päckchen in die

Tiefkühltruhe. Sie wollte ja nicht gleich wieder ohne Geld dastehen. Die sechzigtausend in dem kleinen Eimer waren schon arg reduziert. Sie griff zu ihrem Mantel und ging aus dem Haus. Zuerst schaute sie in den Briefkasten, den hatte sie ganz vergessen. Dort entdeckte sie einen grünen Briefumschlag, vom Staatlichen Kunstrat. Sie lächelte überrascht. Ihr Stipendium war da.

»Du treibst dich ja neuerdings nachts herum«, ihr Vater lächelte. »Das ist ein gutes Zeichen.«

»Wieso denn?«

»Ich habe gestern bis elf Uhr immer wieder versucht, dich anzurufen.«

»Ach, da war ich nicht zu Hause.«

»Hast du endlich jemanden gefunden, an dem du dich wärmen kannst?« fragte er hoffnungsvoll.

Ich wäre fast erfroren, dachte sie, ich habe die halbe Nacht bis zum Bauch im Dreck gesteckt.

»Naja, gewissermaßen. Frag bitte nicht weiter.«

Sie versuchte, die Geheimnisvolle zu spielen, nahm ihn in den Arm und ging hinein. Der Eimer stand im Kofferraum, sie konnte ihn später holen und in den Keller hinunterschmuggeln.

»Hattest du etwas Besonderes auf dem Herzen?«

»Mein Feuermelder hat geheult wie blöd, und ich konnte ihn nicht abstellen.«

»Ach«, sagte sie. »Und was hast du gemacht?«

»Ich habe bei der Feuerwehr angerufen, und die sind sofort gekommen. Nette Leute. Jetzt setz dich, wie lange kannst du bleiben, bleibst du ein bißchen? Und wie lange soll Emma noch bei Jostein sein, du willst sie doch wohl nicht weggeben?«

»Sei nicht so blöd, auf die Idee würde ich nie kommen. Und heute habe ich Zeit, ich kann uns etwas Gutes kochen.«

»Ich glaube, ich habe nichts im Haus.«

»Dann fahre ich einkaufen.«

»Nein, du hast nicht genug Geld, um mich zu füttern, ich kann gut einen Teller Brei essen.«

»Wie wär's mit Filetsteak?« Sie lächelte.

»Benutz nicht so unanständige Wörter«, sagte er mürrisch.

»Ich habe heute mein Stipendium bekommen, und mit wem soll ich denn feiern, wenn nicht mit dir?«

Er gab nach. Eva pusselte im Haus herum, und sein Herz beruhigte sich nach und nach. Vor allem fehlten ihm die Geräusche, die Geräusche eines anderen Menschen, der atmete und herumlief, Radio und Fernseher waren da kein großer Trost.

»Hast du die Zeitung gelesen?« brummte er etwas später. »Da ist ein armes Mädel in seinem eigenen Bett umgebracht worden. Dem Typen sollte man ein Stück Holz in den Nacken knallen. Das arme arme Geschöpf. Eine Frau so zu behandeln, wenn sie sich auf diese Weise mit Bett und allem zur Verfügung stellt, das ist unerhört! Ihr Name kommt mir so bekannt vor, aber ich kann ihn nicht einordnen, hast du über den Fall gelesen, Eva? War das eine, die wir gekannt haben?«

»Nein!« rief Eva aus der Küche.

Ihr Vater runzelte die Stirn.

»Nein, nein. Wie gut. Wenn das eine Bekannte gewesen wäre, dann hätte ich den Kerl ausfindig gemacht und ihm ein Stück Holz in den Nacken geknallt. Die einzige Strafe, die der kriegt, ist doch Fernseher auf dem Zimmer und drei Mahlzeiten pro Tag. Ich meine, fragt denn überhaupt jemand danach, ob die bereuen?«

»Das ist bestimmt der Fall.«

Eva band den Müllsack zu und ging zur Tür. Sie mußte jetzt auf der Hut sein.

»Bei der Urteilsbemessung ist es wichtig, ob jemand bereut oder nicht.«

»Ha! Dann könnten die doch wie wild bereuen und billig davonkommen!«

»So leicht ist das sicher nicht. Dafür gibt es doch Fachleute. Die sehen, ob jemand lügt.«

Ihre eigenen Worte ließen sie erschauern.

Dann ging sie aus dem Haus, und er hörte, daß sie sich am Deckel der Mülltonne zu schaffen machte. Er wartete noch eine Weile, aber sie kam nicht wieder ins Haus. Die Kleine hat irgendwas, überlegte er, irgend etwas läuft da ab, was ich nicht wissen soll, ich kenne sie gut genug, um zu wissen, daß sie mir etwas verheimlicht, das ist wie damals, als Frau Skollenborg gestorben ist, da war sie total hysterisch, ganz unnormal, die Alte war doch fast neunzig, und die Kinder konnten sie alle nicht leiden, aber sie war ja auch eine fiese Kuh. Irgendwas hat damals auch nicht gestimmt. Und jetzt treibt sie sich zum Beispiel im Keller herum, was zum Kranich macht sie bloß da unten?

Dachte er, während er sich mit einem Wegwerffeuerzeug abmühte, das nicht anspringen wollte, er rieb es mit seinen trockenen Händen so lange, bis sich das Gas genügend erweitert hatte, daß er endlich Feuer bekam. Er schaffte es bis zu zehnmal, einem im Grunde leeren Feuerzeug Feuer zu entlocken. Als Rentner lernt man wirklich das Sparen, dachte er.

»Was willst du zum Filet haben«, fragte Eva, die endlich mit einer feuerfesten Form in der Hand aus dem Keller kam.

»Was willst du damit?«

»Die hab' ich im Keller gefunden«, antwortete sie schnell. »Ich will Gemüse darin backen.«

»Wird Gemüse denn nicht gekocht?«

»Doch, in so einer Form. Ißt du gern Brokkoli? Bißfest, mit Salz und Butter?«

»Sieh mal nach, ob ich noch genug Rotwein habe.«

»Du hast jede Menge. Ich wußte ja gar nicht, daß du im Keller noch ein zusätzliches Lager hast.«

»Das ist für den Fall, daß ich meine Haushaltshilfe verliere. Man weiß ja nie. Die Gemeinde will unbedingt sparen, in diesem Jahr sollen es zwanzig Millionen sein.« Er zog heftig an seiner Zigarette, um zu signalisieren, daß er keine Kommentare wünsche.

»Seit wann interessierst du dich fürs Essen?« fragte er dann plötzlich. »Du ißt doch sonst nur Brot.«

»Ich werde vielleicht langsam erwachsen. Nein, ich weiß nicht, ich habe einfach Lust dazu. Brei und Rotwein passen doch nicht gut zueinander.«

»Das ist doch purer Unsinn! Ein guter salziger Roggenbrei mit ausgelassenem Speck und dazu Rotwein ist doch wunderbar.«

»Ich will zu Lorentzen, diesem Feinkostladen. Hast du sonst noch irgendwelche Wünsche?«

»Ewige Jugend«, grunzte er.

Eva runzelte die Stirn. Sie mochte solches Gerede nicht.

Ohne mit der Wimper zu zucken bat sie um ein Pfund Filetsteak. Die kräftige Frau hinter dem Tresen trug Wegwerfhandschuhe, sie packte resolut ein Stück Fleisch, das ungefähr dieselbe Farbe hatte wie eine Leber. Sah Filetsteak wirklich *so* aus?

»Am Stück oder in Scheiben?«

Sie hob schon ihr Messer.

»Was ist denn besser?«

»Dünne Scheiben. Sie lassen die Butter nußbraun werden, dann ziehen Sie die Scheiben durch die Pfanne. Ungefähr so, als wollten Sie barfuß über frischgelegten Asphalt laufen. Und braten Sie sie um Himmels willen nicht.«

»Ich glaube nicht, daß mein Vater rohes Fleisch essen mag.«

»Fragen Sie nicht, was er will, tun Sie einfach, was ich Ihnen sage.«

Sie lächelte plötzlich, und Eva war hingerissen von der dicken Frau in ihrem weißen Nylonkittel und dem niedlichen Spitzenhäubchen. Eine Art Hygienesymbol vielleicht, aber es sieht eher aus wie eine kleine Königskrone, überlegte sie, und das viele tote Fleisch hinter dem Tresen ist ihr Reich, da regiert sie.

Die Frau wog die Scheiben ab und klebte den Preis darauf, behutsam, als gelte es, eine Wunde zu verbinden. Einhundertdreißig Kronen, es war nicht zu glauben. Eva wanderte ein Weilchen zwischen den Regalen umher, nahm die eine oder andere Kleinigkeit heraus und legte alles in ihren Korb; sie wollte die Sachen im Kühlschrank deponieren, ohne ihrem Vater etwas zu sagen, sonst würde er es nicht annehmen. Käse, Leberwurst, zwei Packungen vom besten Kaffee, Butter, Sahne. Gefüllte Kekse. Und ganz spontan nahm sie drei Herrenunterhosen vom La-Mote-Ständer. Die konnte sie nur in seine Kommode schmuggeln und hoffen, daß er sie auch benutzte. An der Kasse nahm sie sich noch eine Schachtel Mozartkugeln, zwei Illustrierte und eine Stange Zigaretten. Der Endbetrag war überwältigend. Aber sie fand, alle alten Menschen müßten sich, auf jeden Fall jeden Freitag, so einen Einkaufskorb leisten können, damit sie es sich am Ende ihres Lebens noch ein bißchen gemütlich machen konnten. Die jungen Leute können Brei essen, dachte sie. Sie bezahlte, brachte ihre Plastiktüten ins Auto und fuhr zurück.

»Warum er das wohl getan hat?« fragte der Vater, während er das zarte Fleisch verzehrte.

»Was denn?«

»Sie umgebracht. Im Bett, und überhaupt.«

»Warum willst du das wissen?«

»Interessiert dich das denn nicht?«

Eva kaute erst langsam, vor allem zum Schein, sie hätte das Fleisch am Stück hinunterschlucken können.

»Im Grunde schon. Aber warum fragst du?«

»Mich interessieren die schwarzen Seiten der Menschen. Du bist doch Künstlerin, interessiert dich das nicht? Das menschliche Drama, meine ich.«

»Aber sie hat doch in einer etwas speziellen Szene verkehrt. Da kenne ich mich nun mal nicht aus.«

»Sie scheint in deinem Alter gewesen zu sein.«

»Ja, und ziemlich dumm war sie offenbar auch. Solche Geschäfte zu betreiben ist ja nicht besonders gescheit. Sie hat wohl nur eins gewollt: Soviel Geld wie möglich in der kürzestmöglichen Zeit. Steuerfrei. Sie hatten sicher Streit, oder so.«

Sie füllte das Glas ihres Vaters und gab neue Soße über sein Fleisch.

»Es gibt eine Art Schwelle, die sie überschreiten müssen«, sagte ihr Vater nachdenklich. »Ich wüßte gern, worin die besteht, was dazu gehört. Warum manche sie überschreiten, während andere nicht einmal im Traum daran denken würden.«

»Das kann allen passieren«, sagte Eva. »Das entscheidet der Zufall. Und sie überschreiten die Schwelle sicher auch nicht – sie rutschen darüber. Sie sehen sie erst, wenn sie auf der anderen Seite sind, und dann ist es zu spät.«

Es ist zu spät, dachte sie verblüfft. Ich habe ein Vermögen gestohlen. Das habe ich wirklich getan.

»Ich habe einmal bei der Arbeit einem Kerl eine gescheuert«, sagte ihr Vater plötzlich. »Weil er so gemein war. Ein richtig mieser Typ. Danach hatte er dann wirklich Respekt vor mir, er schien das akzeptiert zu haben. Das habe ich nie vergessen. Ich habe nur einmal im Leben einen Menschen geschlagen, und gerade das mußte einfach sein. Nichts auf der Welt hätte meine Wut dämpfen können, ich hatte das Gefühl, ich würde verrückt, wenn ich ihm keine reinhauen könnte, mein Gehirn schien zu kochen.«

Er trank mehrere Schlucke Wein und schnalzte nachdenklich mit der Zunge.

»Aggression ist Furcht«, sagte Eva plötzlich.

»Aggression ist eigentlich Notwehr, immer, auf die eine oder andere Weise. Eine Art Selbstschutz, Schutz des eigenen Körpers, des eigenen Verstandes, der eigenen Ehre.«

»Es gibt auch Leute, die aus Habgier morden.«

»Sicher, aber das ist wieder etwas anderes. Diese Frau – die aus der Zeitung – ist sicher nicht wegen Geld umgebracht worden.«

»Auf jeden Fall haben sie ihn bald. Ein Nachbar hat das Auto gesehen. Ich finde das witzig, wie die Autos die Verbrecher verraten. Diese Typen sind ja noch zu doof, um ihre Beine zu benutzen.«

»Was hast du da gesagt?«

»Hast du das noch nicht gehört? Der Nachbar wußte zuerst nicht, daß das wichtig war. War bis heute morgen verreist. Aber er hat am frühen Abend ein Auto in hohem Tempo davonfahren sehen. Ein weißes Auto, nicht mehr ganz neu. Vermutlich einen Renault.«

»Einen was?«

Evas Messer fiel auf ihren Teller, und die Soße spritzte hoch.

»Einen Renault. Ein besonderes Modell, wovon es nicht viele gibt, deshalb glauben sie, daß sie ihn bald haben werden. Gut, daß alle Autos registriert sind, weißt du, dann brauchen sie nur alle mit so einem Wagen herauszusuchen, und sie der Reihe nach zu besuchen. Und diese Leute müssen dann ihr Alibi servieren, und Gnade dem, der keins hat. Sehr gelungen.«

»Einen Renault?«

Eva hörte auf zu kauen.

»Genau. Alter Taxifahrer, kennt sich mit Autos aus. Gut, daß es kein altes Weib war, die können doch nicht mal einen Porsche von einem Käfer unterscheiden.«

Eva stocherte in ihrem Brokkoli herum und merkte, daß ihre Hände zitterten. O verdammt, dachte sie, was für eine blöde falsche Spur!

»Vielleicht hat er sich aber auch geirrt. Und stell dir vor, wieviel Zeit sie dann verlieren.«

»Aber sie haben doch sonst keine Anhaltspunkte?« fragte ihr Vater verwirrt. »Und warum sollte er sich irren? Er kennt sich mit Autos aus, haben sie im Radio gesagt.«

Eva kippte ihren Rotwein und bemühte sich, ihre Verzweiflung zu verbergen. Ein Renault, konnte der denn wirklich mit einem Opel verwechselt werden? Französische Autos sahen doch ganz anders aus. Vielleicht war das einfach nur ein Idiot, der sich wichtig machen wollte. Sie dachte an Elmer, daran, wie sehr der sich wohl über diese blödsinnige Beobachtung freute, er hatte sicher Nachrichten gehört, klebte bestimmt am Radio, und jetzt rieb er sich vor Erleichterung die Hände, es war zum Heulen.

»Möchtest du Pudding zum Nachtisch?« fragte sie kurz.

»Ja, wenn ich dazu Kaffee kriege.«

»Das kriegst du doch immer!«

»Ja, ja«, sagte er verwundert. »Du kannst doch wohl einen Scherz vertragen?«

Eva stand auf und räumte ab, Teller und Besteck klirrten und rutschten hin und her, sie mußte etwas unternehmen. Es war ihre Schuld, daß der Mörder noch frei herumlief, hätte sie die Wahrheit gesagt, wäre er jetzt schon in Haft. Jetzt wurde vielleicht ein anderer festgenommen. Sie legte eine Zigarre neben das Glas ihres Vaters und spülte die Teller ab. Danach aßen sie den Pudding, und der klebte als weißer Schaum an der Oberlippe ihres Vaters. Der Vater leckte sich genießerisch die Lippen. Ab und zu schaute er verstohlen zu Eva herüber, er hielt sich jetzt etwas zurück. Vielleicht ist das irgendeine Frauensache, dachte er. Als sie ihm aufs Sofa geholfen hatte, erledigte sie den Abwasch. Zuerst legte sie vier Hunderter in das Einmachglas im Küchenschrank und hoffte, daß er keinen vollen Überblick über seine Finanzlage hätte. Danach saßen sie nebeneinander auf dem Sofa, schläfrig vom Essen und vom Wein. Eva hatte sich beruhigt.

»Die finden ihn schon noch«, sagte sie langsam. »Immer hat irgendwer etwas gesehen und ist nur ein bißchen langsam, aber schließlich rücken sie doch damit heraus. Niemand kommt mit so einem Verbrechen durch. So ungerecht ist die Welt nicht. Und Dichthalten ist auch schwer, vielleicht vertraut er sich im Suff jemandem an, oder so. Weißt du, jemand, der imstande ist, einen Menschen auf diese Weise umzubringen, im Suff, zum Beispiel, einer, der so labil ist, kann sich nicht für den Rest seines Lebens beherrschen, sondern wird sich verraten. Und er muß irgendwann sein Gewissen erleichtern und darüber reden. Und der andere erzählt es dann der Polizei. Oder vielleicht wird eine Belohnung ausgesetzt, und irgendwer stürzt los, um ihn zu denunzieren, irgendein geldgieriger Bursche.«

Ihre Worte blieben ihr im Halse stecken.

»Ich meine nur, irgendwo gibt es einen Menschen, der sich dafür verantwortlich fühlt, daß die

Gerechtigkeit siegt. Die Leute sind nur ein bißchen langsam. Oder sie haben Angst.«

»Nein, sie sind feige«, nuschelte ihr Vater müde. »So ist das nämlich. Die Leute sind feige, sie denken nur an ihre eigene Haut, sie wollen in nichts hineingezogen werden. Nett, daß du so sehr an die Gerechtigkeit glaubst, Kind, aber das bringt nicht viel. Für die Frau, meine ich. Der kann niemand mehr helfen.«

Eva schwieg, sie hatte ihre Stimme nicht mehr unter Kontrolle. Sie zog an ihrer Zigarette.

»Warum hast du diesem Typen eine gescheuert?« fragte sie plötzlich.

»Wem denn?«

»Deinem Arbeitskollegen, von dem du erzählt hast.«

»Habe ich doch gesagt. Weil er gemein war.«

»Das ist keine Antwort.«

»Warum warst du so hysterisch, als Frau Skollenborg gestorben ist?« fragte er.

»Das erzähle ich dir ein andermal.«

»Wenn ich im Sterben liege?«

»Dann kannst du ja danach fragen, und dann sehen wir weiter.«

Die Nacht rückte näher. Eva dachte an Elmer und fragte sich, was der jetzt wohl machte. Vielleicht starrte er die Wand an, das Tapetenmuster, seine Hände, und wunderte sich darüber, daß die ihr eigenes Leben leben und außerhalb seiner Kontrolle handeln konnten. Während Maja in einer Kühlschublade lag, ohne Bewußtsein, ohne einen einzigen Gedanken in ihrem kalten Kopf. Eva konnte auch nicht mehr denken, sie goß Wein nach, und sie spürte, daß ihre Gedanken zu einem

Dunst wurden, durch den sie nicht mehr hindurchblicken konnte.

Der Morgen brachte Nebel und Wind, während des Frühstücks klärte es sich jedoch auf. Das Radio brabbelte vor sich hin. Eva hörte mit einem halben Ohr zu, und das richtete sich plötzlich auf. Nachrichten kamen. In Verbindung mit dem Mord war ein Mann festgenommen worden. Ein siebenundfünfzigjähriger Busfahrer mit einem weißen Renault. Sie hörten beide zu und ließen ihre Brote sinken.

»Ha!« sagte der Vater. »Der hat kein Alibi!«

Eva spürte, wie ihr das Herz sank. Der Festgenommene gab zu, mehrmals als Kunde bei dem Opfer gewesen zu sein. Natürlich war er da nicht der einzige, sie hatten Maja doch seit zwei Jahren die Bude eingerannt. Eva stellte sich vor, wie seine Zukunft nun einstürzte, ein unschuldiger armer Wicht, vielleicht hatte er Familie. Sie dachte: Das ist meine Schuld.

»Hab ich's nicht gesagt«, sagte ihr Vater triumphierend. »Sie haben ihn schon.«

»Das hört sich zu einfach an, finde ich. Bloß, weil er so ein Auto und kein Alibi hat. Und Sex zu kaufen ist nicht verboten. Früher«, sagte sie laut, »war man erst ein echtes Mannsbild, wenn man in den Puff ging.«

»Du meine Güte!« sagte ihr Vater und blickte auf.

Eva schwitzte.

»Du bist ja vielleicht negativ! Finden sie die nicht

immer sehr schnell? Wir leben doch in einer kleinen Stadt.«

»Manchmal irren sie sich auch«, sagte Eva kurz. Sie mühte sich mit der harten Brotkruste ab und spürte, wie sich ihr ein Entschluß aufdrängte. Sie mußte etwas unternehmen.

»Es gibt sicher haufenweise Männer, die bei dieser – dieser Dame waren, und die ein weißes Auto und kein Alibi haben.«

Sie aß fertig und stand auf. Räumte den Tisch ab, schob ihre Brieftasche zwischen zwei Zeitungen im Wohnzimmer und suchte ihren Mantel. Dann umarmte sie den Vater rasch.

»Wir sehen uns bald«, sie winkte, »ich komme bald wieder.«

»Das hoffe ich wirklich.«

Er rückte sein Gebiß gerade, denn das verschob sich gern, wenn er breit lächelte, und winkte ihr hinterher. Dann sah er zu, wie der Opel über die Straße huckelte, er merkte, daß er heftiger zitterte, das passierte ihm immer, wenn er Gesellschaft gehabt hatte und dann plötzlich wieder allein war. Bald hielt Eva in gleichmäßigem Tempo auf den Hovtunnel zu. Ich fahre in die Rosenkrantzgate, dachte sie, zu dem grünen Haus. Und stelle fest, wer er ist. Sie hatte eine Schultertasche im Auto liegen, und mit ihrem langen Rock konnte sie eine Vertreterin oder eine Missionarin von irgendeiner Sekte sein. Vielleicht konnte sie sogar kurz die Frau sehen oder ein Wort mit dem Sohn wechseln, wenn das wirklich sein Sohn war, wie sie annahm. Die Zeugen Jehovas, trugen die Frauen da nicht immer Röcke? Und hatten sie nicht immer lange Haare, in Evas Jugend war das jedenfalls so gewesen. Oder waren das die Mormonen, oder war das dasselbe? Sie fuhr jetzt durch den Tunnel. Warf kurz im Rückspiegel einen Blick auf ihr ungeschminktes Gesicht, aber sie sah es nur in kurzen orangefarbenen Ausrissen, im Licht der Lampen unter der Tunneldecke, das sich in ihren Pupillen spiegelte. Sie erkannte sich selber nicht, umklammerte das Lenkrad und spürte, das unter ihrem schwarzen Mantel etwas schwelte. Sie hatte dieses Gefühl seit ihrer Kindheit mit Maja nicht mehr gehabt, unterwegs war ihre Leidenschaft verschwunden, in ihrer schwierigen Ehe, in den Haufen von unbezahlten Rechnungen, in ihrer Besorgnis über Emmas Übergewicht, in der Frustration über ihren Mißerfolg als Künstlerin. Es fing irgendwo in der Brust an, sank dann aber und landete in ihrem Unterleib. Das Gefühl machte sie lebendig, sie war davon überzeugt, jetzt in ihr Atelier gehen und ein ganz starkes Bild machen zu können, stärker denn je, angetrieben von gerechtem Zorn. Und das munterte sie auf. Ihr Puls wurde schneller, und das flammende orange Licht des Tunnels hielt das Feuer am Leben, bis sie die Innenstadt erreicht hatte. Dort wechselte sie auf die rechte Fahrspur über und fuhr in die Rosenkrantzgate.

In der Nähe der bunten Häuser war kein Mensch zu sehen, und es war noch früh. Eva fuhr am grünen Haus vorbei und hielt hinter einem Fahrradschuppen am Rand der Siedlung. Sie hängte sich die Tasche über die Schulter und ging raschen Schrittes zwischen den Häusern hindurch; sie versuchte, zielstrebig und zufrieden auszusehen, so, als habe sie in ihrer umfangreichen Schultertasche eine frohe Botschaft. Dabei prägte sie sich die Details ein, die Fahrradständer, den kleinen Spielplatz mit Wippe und Sandkasten, die Wäschepfähle und die Hecken mit den Resten von gelben Blüten. Hier und dort lag auf den winzigen Grünflächen ein verfärbtes Plastikspielzeug herum. Eva steuerte auf das grüne Haus zu und ging zum ersten Eingang. Sie würde die Blonde wiedererkennen, dieses schmächtige Wesen mit der affigen Körpersprache. Eva starrte die Klingelleiste an, sie entschied sich für den obersten Knopf, neben dem Helland stand, aber sie mußte erst einmal Mut fassen. Sie versuchte, durch die Tür ins Haus zu sehen, aber das Türfenster war aus Drahtglas, und das machte die Durchsicht unmöglich. Sie konnte auch nichts hören, deshalb fuhr sie heftig zusammen, als sich die Tür plötzlich öffnete und ein Mann ihr ins Gesicht starrte. Es war nicht Elmer. In jedem Treppenhaus gab es nur zwei Wohnungen, deshalb nickte sie kurz und trat beiseite, um ihn vorbeizulassen. Er machte ein mißtrauisches Gesicht. Rasch sah sie wieder auf die Klingelleiste.

»Helland?« fragte sie schnell.

»Ja, das bin ich.«

»Ach, dann habe ich Sie verwechselt, ich muß zu Einarsson.«

Der Mann blickte sich noch einmal nach ihr um, dann verschwand er in der Garage, und Eva schlüpfte wie eine Diebin durch die Tür ins Haus.

Das Namensschild war aus Porzellan, und es war auf ziemlich amateurhafte Weise bemalt, eine Mutter und ein Vater und ein Kind, und unter jeder Gestalt stand ein Name, Jorun, Egil und Jan Henry.

Eva nickte langsam und schlich sich wieder aus dem Haus. Egil Einarsson, Rosenkrantzgate 16, dachte sie – ich weiß, wer du bist und was du getan hast. Und bald werde ich es dir erzählen.

Sie war wieder zu Hause, und sie dachte scharf nach.

Alle anderen Aufgaben wurden beiseite geschoben, alle Skrupel platzten wie kleine Blasen, wenn sie die Oberfläche ihres Bewußtseins erreichten, alles Entsetzen hatte sich in Tatkraft verwandelt. Vor ihrem inneren Auge sah sie den unseligen Busfahrer, vielleicht ein wenig zu dick, mit schütteren Haaren, so stellte sie ihn sich vor, jetzt saß er in irgendeinem Verhörzimmer, trank Pulverkaffee und rauchte so viele Zigaretten wie nötig, und das waren sicher viele. Bestimmt schmeckten sie ihm nicht mehr, aber immerhin waren seine Finger beschäftigt, wo sollte er sonst damit hin, wo er doch von allen Seiten von uniformierten Polizisten umgeben war, die seine Hände anstarrten, als habe er Maja mit eben diesen Händen umgebracht. Natürlich würden sie mit ihm eine DNA-Analyse durchführen, aber das würde einige Zeit dauern, vielleicht sogar Wochen, und auch wenn er an dem Abend nicht mit Maja geschlafen hatte, hatte er sie ja vielleicht doch umgebracht, dachten sie. Natürlich blieben sie human, obwohl es sich um einen Mord handelte, das gemeinste, grausamste aller Verbrechen. Und doch konnte sie sich problemlos irgendeinen Rohling mit stechendem Blick vorstellen, der dem Busfahrer jeden Rest von Sicherheit und Würde nahm. Vielleicht konnte sich Sejer bei all seiner stummen Geduld in einen solchen Albtraum verwandeln. Unmöglich war das nicht. Und irgendwo saß vielleicht eine jammernde Ehefrau, die vor Angst fast den Verstand verlor. Im Grunde, dachte Eva, dürfen wir uns allesamt nicht sicher fühlen.

Sie suchte aus einem Schrank, den sie normalerweise nicht benutzte, einige Kleidungsstücke heraus. Eine alte Hose mit Taschen auf den Oberschenkeln, aus einer Verkaufsstelle für alte Militärartikel. Die Hose war dick und steif und unbequem und paßte nicht zu Eva, und deshalb war sie jetzt gerade richtig. Sie mußte aus sich heraus, dann würde ihr alles leichter fallen. Ein schwarzer Rollkragenpullover und weiße Gummistiefel waren jetzt ebenfalls richtig. Dann setzte sie sich mit Block und Bleistift an den Eßtisch. Sie kaute auf dem Bleistift herum, mochte den Geschmack von porösem Holz und weichem Graphit, sie leckte auch gern vorsichtig an ihren Pinseln, wenn sie die in Terpentin ausgespült hatte. Sie hatte das niemals irgendwem erzählt, es war ein heimliches Laster. Nach drei Versuchen war sie zufrieden mit ihrem Text. Er war kurz und schlicht, ohne Schnickschnack, er konnte durchaus von einem Mann geschrieben worden sein, fand sie, und sie freute sich über ihre eigene Tatkraft. Die war etwas Neues, eine neue Kraft, die sie vorwärts trieb, und das hatte sie lange nicht mehr erlebt, sie hatte sich dahin geschleppt und die Füße hinter sich hergezogen, nichts hatte sie angeschoben, nichts gezogen. Jetzt legte sie ein gutes Tempo vor. Das hätte Maja gefallen.

»BIETE EINEN GUTEN PREIS FÜR DEN WAGEN, FALLS SIE VERKAUFEN WOLLEN.«

Mehr nicht. Und dann eine Unterschrift. Dabei zögerte sie kurz, ihr eigener Name durfte nicht erwähnt werden, aber ein anderer fiel ihr nicht ein. Was sie auch versuchte, alle Namen sahen blöd aus. Schließlich ergab sich alles von selber. Sie gab einen echten Namen an, den er nun wirklich nicht kannte, und eine echte Telefonnummer, die nun wirklich nicht ihre war. Nach neunzehn Uhr. So, das war erledigt. Sie verzichtete auf Handtasche und Mantel, zog stattdessen eine alte Daunenjacke an und steckte den Zettel in die Tasche. Dann suchte sie sich ein Gummi und band sich einen Pferdeschwanz. Als sie sich im Flurspiegel musterte, sah sie einen fremden Menschen mit abstehenden Ohren. Sie sah aus wie eine zu groß geratene Göre. Das machte aber nichts, sie war nicht sonderlich eitel. Das Wichtigste war, daß sie nicht erkannt werden konnte. Schließlich ging sie in den Keller, suchte eine Weile bei der Hobelbank und fand in einer alten Angeltasche, die Jostein zurückgelassen hatte, ein Messer. Das Messer paßte gerade in eine der Oberschenkeltaschen ihrer Hose, es war lang und schmal. Nur eine kleine Sicherheitsmaßnahme einer einsamen Frau. Zur Abschreckung und Warnung, falls Egil Einarsson irgendwelchen Ärger machte.

Sie parkte ein gutes Stück vom Schwimmbad entfernt. Der Parkplatzwächter war nicht zu sehen, vermutlich mußte er auch noch andere Bereiche überwachen, dachte sie. Vielleicht schlich er in Personalgarderoben und Toiletten herum, vielleicht behielt er das Bier- und Mineralwasserlager im

Auge. Sicher wurde dort geklaut, wie an allen Arbeitsplätzen. Eva überquerte die Straße und zwängte sich an der Schranke vorbei. Wieder staunte sie über die vielen weißen Autos, und sie suchte das von Einarsson automatisch an derselben Stelle wie beim ersten Mal, aber dort stand es nicht. Die beunruhigende Überlegung, daß er vielleicht an diesem Tag nicht zur Arbeit gekommen sei, daß er endlich einen Zusammenbruch erlitten habe oder sich verstecke, stellte sich ein und bedrohte ihre Gelassenheit. Aber sie suchte weiter die Reihen der parkenden Autos ab. Vielleicht wußte er schon von dem Taxifahrer und fühlte sich sicherer denn je. Ein Renault, wie war soviel Dummheit bloß möglich! Ab und zu schaute sie sich hastig um, konnte aber keinen Menschen entdecken. Schnell wie eine Spinne huschte sie auf den Parkplatz und fand schließlich den Opel. An diesem Tag stand er schräg im vorgezeichneten Feld, Einarsson schien es eilig gehabt zu haben. Das wird sich noch verschlimmern, murmelte sie vor sich hin. Sie fischte den Zettel aus der Jackentasche, faltete ihn auseinander und steckte ihn unter den Scheibenwischer. Blieb ein paar Sekunden stehen und bewunderte den Wagen, für den Fall, daß jemand sie aus irgendeinem Fenster beobachtete. Dann ging sie wieder zu ihrem Auto und fuhr durch die Hauptstraße der Stadt. Sie hatte das Gefühl, ohne vorheriges Training zu einem Marathonlauf angetreten zu sein, aber sie fühlte sich angeregt und ausgeruht und fest entschlossen zur Durchführung ihres Vorhabens. Diesen Tag würde sie nie vergessen. Der Himmel war leicht bedeckt, ein frischer Wind wehte, es war Montag, der 5. Oktober.

Etwa jede Viertelstunde schaute sie auf die Uhr.

Als es langsam auf sechs Uhr zuging, setzte sie sich ins Auto und legte die fünfundzwanzig Kilometer zu ihrem Vater zurück. Er hatte das Auto schon von weitem gesehen und erwartete sie auf der Treppe. Er runzelte die Stirn. Eva war wirklich seltsam angezogen, so, als ob sie zu einer Waldwanderung aufbrechen wollte, oder zu noch Schlimmerem. Er schüttelte den Kopf.

»Hast du einen Einbruch vor?«

»Ja, eigentlich schon. Du kannst vielleicht fahren?«

»Du hast deine Brieftasche vergessen«, teilte er mit.

»Das weiß ich, deshalb komme ich ja.«

Sie streichelte seine Wange, ging ins Haus und warf einen raschen Blick auf die Tür zum Arbeitszimmer, in dem sein Telefon stand. Die Tür war angelehnt. Das Telefon klingelte fast nie. Eva blickte wieder auf die Uhr, überlegte, daß er vielleicht überhaupt nicht anrufen werde, oder vielleicht erst ganz spät am Abend. Aber sie kannte sich mit Männern und deren Autos aus. Mit ihren Autos protzen, über Straßenlage und Konstruktion diskutieren, über PS, Bremswirkung und die deutsche Gründlichkeit, und dabei wie kleine Bengels sabbern und fachmännisch nicken, eine größere Freude gab es für Männer nun einmal nicht. Ihr erster Eindruck würde sich bestimmt bestätigen. Das Auto war ihm wichtig. Frau und Kind kamen erst an zweiter Stelle. Es stand durchaus nicht fest, daß er verkaufen wollte, aber das war ja auch egal. Wenn er hörte, daß er es mit einer Frau zu tun hatte, würde er noch neugieriger werden. Er, ein Hurenkunde und ein Betrüger, der seinen Lohn ausgab, um sich bei einer anderen Befriedigung zu kaufen, wo er doch verheiratet war und ein Kind hatte. Ein schlechter Charakter. Eine miese Karte. Vielleicht ein wenig alkoholisiert und auf jeden Fall psychisch labil. Ein richtiger Arsch, ein …

»Wieso bist du so rot im Gesicht?«

Sie fuhr hoch und riß sich zusammen.

»Ich hab' soviel im Kopf, im Moment.«

»Ach, was du nicht sagst. Hast du was von Emma gehört?«

»Die kommt sicher bald. Hältst du mich für eine Rabenmutter?«

Ihr Vater räusperte sich.

»Du machst deine Sache sicher ziemlich gut. Du gibst dir alle Mühe. Eigentlich ist doch niemand gut genug, jedenfalls nicht für Emma.«

Er humpelte hinter ihr her zur Küche.

»Du kümmerst dich um meine Tochter wahrlich mehr als früher um mich.«

»Natürlich. Warte nur, bis du Großmutter bist. Das ist eine Art zweiter Chance, verstehst du, du kannst bessere Arbeit leisten als beim ersten Mal.«

»Für mich warst du gut genug.«

»Trotz des Umzugs?«

Sie drehte sich mit dem Kaffee in der Hand zu ihm um.

»Aber sicher.«

»Ich dachte, du hättest mir das noch nicht verziehen.«

»Nein, vielleicht nicht. Aber du hast sicher auch eine Fehlerquote, wie alle anderen.«

»Nein, mir geht es um deine Freundin, daß du deine beste Freundin verloren hast – das war sicher hart. Wie hieß sie doch noch gleich?«

Seine Stimme klang ganz unschuldig.

»Äh – May Britt.«

»May Britt? Hieß sie wirklich May Britt?«

Eva schüttete Kaffee in den Filter und hielt den Atem an. Zum Glück war er jetzt ein alter Mann, der sich nicht mehr so gut erinnerte. Aber sie fühlte sich mies. Die Lügen flogen ihr leicht wie Insekten aus dem Mund.

»Und Emma fehlt dir auch, deshalb rennst du mir plötzlich die Bude ein. Wenn sie zuviel bei Jostein ist, mußt du ihn finanziell unterstützen, ist dir das klar?«

»Das würde er doch nie verlangen. Sei nicht ungerecht.«

»Ich meine nur, daß du aufpassen sollst. Seine neue Frau, wie gut kennst du die eigentlich?«

»Überhaupt nicht. Sie interessiert mich nicht. Aber sie ist blond, weißt du, und hat einen großen Busen.«

»Nimm dich in acht, vielleicht kommt sie auf dumme Ideen!«

»Papa!«

Eva fuhr herum und stöhnte.

»Jetzt mach mir doch nicht noch mehr Sorgen, ich habe ohnehin schon genug.«

Er senkte beschämt den Blick.

»Verzeihung. Ich versuche nur, herauszufinden, was in dich gefahren ist.«

»Danke, aber ich habe noch immer das Steuer in der Hand, wirklich. Setz dich. Du solltest die Beine hochlegen, du vernachlässigst dich, so ist das nämlich. Benutzt du die Heizdecke, die ich dir gekauft habe?«

»Ich vergesse immer, den Stecker einzustöpseln. Ich bin ein alter Mann, ich kann mir nicht alles merken. Und ich habe immer Angst vor einem Kurzschluß.«

»Dann müssen wir eine Zeitschaltung besorgen.«

»Hast du geerbt?«

Totenstille folgte. Die ersten Tropfen glühendheißen Wassers landeten im Filter, und Kaffeeduft strömte durch die Küche.

»Nein«, sagte Eva leise. »Aber ich will mir vom Geldmangel nicht länger mein Leben verderben lassen.«

»Ach, du druckst dein Geld jetzt selber! Das habe ich mir doch gedacht.«

Zufrieden ließ er sich auf einen Stuhl sinken. »Ich möchte dazu eine Tia Maria.«

»Das weiß ich.«

»Das weißt du also? Daß heute der 5. Oktober ist?«

»Ja. Dieses Datum vergesse ich nie, und ich werde es auch in Zukunft nie vergessen. Du trinkst für Mama eine Tia Maria, weil sie dich darum gebeten hat.«

»Du kannst beim Einschenken ruhig ein bißchen großzügig sein.«

»Das bin ich immer, ich kenne dich doch.«

Er bekam seinen Likör, sie tranken Kaffee und schauten aus dem Fenster. Es machte ihnen nichts aus, gemeinsam zu schweigen, das taten sie oft. Jetzt sahen sie zur Scheune der Nachbarn hinüber, zum Ahornbaum, der blutrot und gelb war, und sie entdeckten, daß sich auf einer Seite die Rinde löste.

»Jetzt werden sie den Baum bald umhauen«, sagte der Vater leise. »Sieh mal. Auf dieser Seite hat er fast keine Zweige mehr.«

»Aber er ist doch trotzdem ein schöner Baum. Ohne ihn wird der Hof sehr nackt aussehen.«

»Aber er ist krank, weißt du. Dieser Baum ist einfach nicht mehr zu retten.«

»Sollen denn alle großen Bäume abgehackt werden, bloß, weil sie nicht mehr perfekt sind?«

»Nein. Weil sie krank sind. Er hat schon einen neuen gepflanzt, dahinten, links.«

»Diesen kleinen Stummel?«

»So fangen sie eben an. Der wird schon noch größer, aber das dauert eben seine vierzig, fünfzig Jahre.«

Eva schlürfte ihren Kaffee und schaute verstohlen auf die Uhr. Jetzt war er sicher schon seit langem zu Hause, er hatte ihren Zettel gelesen, hatte vielleicht mit seiner Frau überlegt, ob sie verkaufen sollten. Oder nein, das hatte er nicht, er entschied selber. Aber vielleicht hatte er einen Kumpel angerufen und sich erkundigt, was er für einen guterhaltenen Manta verlangen könnte. Sie hoffte, daß er sie nicht fragen würde. Sie hatte schließlich keine Ahnung. Sie könnte höchstens antworten, sie müsse sich selber noch kundig machen. Vielleicht wusch er jetzt ja gerade sein Auto, oder er war mit dem Staubsauger am Werk. Oder vielleicht hatte er ihren Zettel gelesen, verächtlich geschnaubt und ihn weggeworfen, oder vielleicht hatte der Wind das Papier weggeweht, und Einarsson hatte es nie gesehen. Jetzt saß er wohl mit einem Bier vor dem

Fernseher und hatte die Füße auf den Tisch gelegt. Während seine Frau um ihn herumwuselte und den Kleinen ermahnte, leise zu sein, zumindest, bis Papa die Nachrichten gesehen hatte. Oder vielleicht war er zum Bowling mit seiner Clique in die Stadt gefahren. Das alles überlegte sie sich und schlürfte dabei weiter ihren Kaffee, es gab tausend Gründe, warum er vielleicht nicht anrief. Aber es gab auch einen Grund für seinen Anruf: Geld. Es würde sich zeigen, ob er so gierig war wie sie selber, und davon war sie eigentlich überzeugt. Außerdem bestand für ihn die Möglichkeit, etwas loszuwerden, das immerhin mit dem Mord in Verbindung gebracht werden konnte. Sie führte gerade die Tasse an die Lippen und betrachtete den kranken Baum vor dem Haus, als es plötzlich klingelte. Der Kaffee schwappte ihr übers Kinn, als sie aufsprang.

»Was ist los?«

Ihr Vater sah sie überrascht an.

»Dein Telefon klingelt, ich gehe ran.«

Sie lief ins Arbeitszimmer. Schloß vorsichtig hinter sich die Tür und mußte sich erst ein wenig beruhigen, ehe sie mit zitternden Händen den Hörer abnehmen konnte. Es stand ja nicht fest, daß er es war. Vielleicht war die Haushaltshilfe krank geworden. Oder vielleicht war es Emma, oder jemand hatte sich verwählt.

»Liland«, sagte sie leise.

Einen Moment lang war alles still. Seine Stimme klang unsicher, er schien zu befürchten, er werde zum Narren gehalten. Oder vielleicht witterte er auch Gefahr.

»Ja, es geht um einen Opel Manta. Ich würde gern mit jemandem namens Liland sprechen.«

»Ja, das bin ich.«

Einen Augenblick lang war sie davon überwältigt, daß sie seine Stimme hörte. »Sie sind also interessiert?«

»Das gilt ja wohl eher für Sie. Aber ich hatte einen Mann erwartet.«

»Spielt das eine Rolle?«

»Nein, natürlich nicht. Wenn Sie wissen, worum es hier geht.«

»Ach, du meine Güte.« Sie lachte kurz. »Es geht hier ja wohl um Geld, oder nicht? Das meiste kann man kaufen, wenn man nur genug bietet.«

Sie versuchte es mit einem kessen Tonfall. Und das fiel ihr leicht.

»Das schon, aber der Preis muß wirklich gut sein.«

»Ist er, wenn der Wagen so gut in Schuß ist, wie es aussieht.«

Ihr Herz machte unter ihrem Pullover einen wilden Sprung. Der Mann klang irgendwie sauer, sie spürte, daß sie ihn nicht leiden mochte.

»Der Wagen ist prima. Nur das Öl leckt ein ganz klein wenig.«

»Na, das läßt sich wohl reparieren. Ich kann ihn mir also ansehen?«

»Ja, sicher, heute abend noch, wenn Sie wollen. Ich hab' ihn gerade saubergemacht und ein bißchen aufgeräumt. Aber Sie müssen ja auch eine Probefahrt machen.«

»Ja, sonst würde ich ihn wirklich nicht kaufen.«

»Es steht auch noch nicht fest, ob ich verkaufe.«

Beide schwiegen, und sie horchte auf die Feindschaft, die zwischen ihnen in der Leitung knisterte, ohne zu begreifen, woher die stammte. Es war so, als haßten sie einander schon sehr lange.

»Jetzt ist es zehn nach sieben. Ich muß noch etwas erledigen, aber könnten Sie in die Stadt kommen – sagen wir, um halb zehn? Wohnen Sie übrigens in der Stadt?«

»Ja«, antwortete sie kurz.

»Sagen wir – beim Busbahnhof?«

»Von mir aus gern. Um halb zehn. Ich sehe Sie, wenn Sie kommen, ich stehe beim Kiosk.«

Er legte auf, und sie hörte eine Weile dem Freizeichen zu. Der Vater rief aus der Küche. Sie starrte den Hörer an und wunderte sich darüber, wie unberührt der Mann gewesen war. Als sei nichts geschehen. Für ihn war die Sache offenbar erledigt. Er hatte sie hinter sich. Jetzt ging es ihm ums Geld. Aber so war es ihr ja auch gegangen. Ihr schauderte, und sie ging wieder in die Küche und ließ sich auf ihren Stuhl sinken. Jetzt geschah alles fast zu schnell, sie mußte nachdenken, aber ihr Herz hämmerte los, und sie spürte, daß sie mehr Farbe in den Wangen hatte als sonst.

»Ja?« fragte ihr Vater gespannt.

»Da hatte sich jemand verwählt.«

»Ach? Ihr habt aber lange gebraucht, um das herauszufinden!«

»Der war einfach redselig. Sympathischer Typ. Fragte, ob ich sein Auto kaufen wollte.«

»So. Das überläßt du besser anderen, finde ich. Wenn du ein neues Auto brauchst, dann solltest du Jostein um Rat fragen.«

»Ich werde daran denken.«

Sie goß sich neuen Kaffee ein und betrachtete

wieder den Ahornbaum. Die Risse in der Rinde sahen wirklich nicht schön aus. Im Grunde sahen sie aus wie große, eiternde Wunden.

Sie wartete im Dunkeln. Jetzt wehte keine sanfte Brise mehr, der Wind kam in unberechenbaren Stößen über das Dach des Busbahnhofes, und ihr Pferdeschwanz schlug ihr um die Ohren, die jetzt eiskalt waren, weil sie nicht wie sonst von ihren offenen Haaren gewärmt wurden. Ihre Gedanken schweiften wild umher, sie dachte an damals, als sie noch Kinder waren. Sie sah Maja plötzlich ganz deutlich vor sich, ein Bild aus einem Sommer, vielleicht waren sie damals elf gewesen. Maja trug ihren amerikanischen Badeanzug, auf den sie so stolz gewesen war. Ihr Onkel hatte ihr den gekauft, der Onkel, der auf Walfang fuhr und immer spannende Geschenke mitbrachte. Ab und zu bekam auch Eva etwas ab. Schokolade und Kaugummi aus den USA. Der Badeanzug war knallrot und auf witzige Weise gekräuselt. Gummibänder zogen sich quer durch den Stoff, der sich deshalb zu winzigkleinen Hubbeln zusammenzog. Keine andere hatte so einen Badeanzug. Wenn Maja aus dem Wasser kam, füllten die Hubbel sich mit Wasser, und dann sah sie aus wie eine riesige Himbeere. Dieses Bild sah Eva jetzt vor sich, Maja, die aus dem Wasser kommt, es tropft nach unten und strömt über ihre Beine, ihre Haare sehen noch schwärzer aus, weil sie naß sind, und sie hat den schönsten Badeanzug am ganzen Strand. Wieder und wieder kommt Maja aus dem Wasser. Sie lächelt breit und zeigt dabei weiße Zähne, denn sie weiß nichts über die Zukunft und darüber, wie alles enden wird.

Das Geld lag jetzt sicher im Keller ihres Vaters. Eva hatte den Eimer in eine Ecke geworfen, und dort sah er so wertlos aus wie im Schuppen von Majas Ferienhaus. Ihr Vater ging nie in den Keller, die steile Treppe machte ihm zu große Probleme. Und auch sonst kam dort nie jemand hin, falls die Haushaltshilfe dort unten nichts suchte, aber warum sollte sie? Keller und Dachboden brauchte sie nicht aufzuräumen, das stand in den Dienstvorschriften.

Der Busbahnhof war das häßlichste Gebäude, das Eva je gesehen hatte, ein grauer, länglicher Kasten aus Beton mit leeren Fenstern. Ihr Wagen stand auf der Rückseite, bei der Eisenbahnlinie, jetzt lehnte sie am Kiosk und blickte zur Brücke hoch, über die er kommen mußte. Er würde nach rechts abbiegen, hinter der Bank verschwinden und gleich darauf vor dem Kiosk halten. Er würde nicht aussteigen, um sie zu begrüßen, dazu war er nicht der Typ, er würde im Auto sitzenbleiben und Eva aus zusammengekniffenen Augen betrachten, vielleicht kurz nicken, eine Art Signal, daß sie einsteigen solle. Sie würde ziemlich dicht neben ihm sitzen müssen, nur durch die Gangschaltung von ihm getrennt. In einem Auto sitzt man ziemlich eng, dachte sie, so eng, daß ich seinen Geruch wahrnehmen werde, und seine Stimme wird gleich neben meinem linken Ohr zu hören sein. Seine schroffe, unfreundliche Stimme. Sie räusperte sich nervös und formulierte eine einleitende Bemerkung. Vielleicht eine, bei der ihm das Blut in den Adern gefrieren würde? Sie verwarf diese Idee wieder und starrte die Autos an, die in gleichmäßigem Tempo über die Brücke fuhren. Sie konnten nicht schnell genug die windige Stadt hinter sich lassen. Alle hatten ein Ziel, niemand fuhr einfach aus Lust und Laune durch die Gegend, nicht an so einem Abend. Die Busse brummten freundlich vor den Garagen, und die Leute flüchteten sich ins Licht und in die Wärme. Diese roten Busse mochte Eva gern. Die soliden Fahrer, die sich über ihre Lenkräder beugten, und die träge nickten, wenn jemand eine Fahrkarte bezahlte, die Gesichter hinter den Fenstern, herbstlich bleich, mit Augen, die starrten und doch nichts sahen. In einem Bus war man im Niemandsland, den eigenen Gedanken preisgegeben, man saß einfach nur da in der Wärme und folgte den Bewegungen des Fahrzeuges. Plötzlich hätte Eva gern an einem der Fenster gesessen, wäre durch die Stadt gefahren und hätte zugesehen, wie alle ihre eigenen Türen fanden, ihre eigene vertraute Höhle. Statt dessen stand sie hier und fror, rieb sich die kalten Hände in den allzu dünnen Handschuhen, und wartete auf einen Mörder. Als er plötzlich um die Ecke bog, stieß Eva alle Luft aus. Von diesem Moment an atmete sie in einem ganz besonderen Rhythmus, der sich von nichts mehr beeinflussen ließ, sie hatte das Gefühl, in einer eisernen Lunge zu stecken. Sie mußte sich konzentrieren, durfte sich nicht ablenken lassen, durfte sich nicht versprechen, mußte sich vorsichtig vorwärts tasten. Nun fuhr er langsamer, jetzt ging der Motor im Leerlauf, und der Mann beugte sich zum Seitenfenster vor. Er sah dämlich und ein wenig skeptisch aus. Sie öffnete die Tür und stieg ein. Er umklammerte den Schalthebel, mit einem

Trotz, als sei der ein Spielzeug, das er mit niemandem teilen wollte. Eva erschien das wie eine Warnung. Der Mann nickte kurz.

Sie griff nach dem Sicherheitsgurt.

»Fahren Sie zuerst eine Runde, danach probiere ich es dann mal.«

Er gab keine Antwort, sondern schaltete und fuhr quer über die auf dem Boden markierten Busfelder. Sie spürte, daß er auf irgend etwas wartete, vielleicht sollte sie zuerst etwas sagen, schließlich hatte sie die Initiative ergriffen.

Ich bin nicht feige, verdammt noch mal, dachte Eva.

»Haben Sie keine Angst, wenn Sie am Straßenrand Fremde auflesen?« fragte sie mit süßer Stimme.

Es war 21.40, am 5. Oktober, und Evas Vorstrafenregister war weiß wie Schnee.

Seine Hand ruhte träge auf dem Lenkrad, und er ließ den Schalthebel nicht los, diesen kurzen, sportlichen Schalthebel in seiner rechten Hand. Und die starrte sie an. Die kurze breite Hand mit den dicken Fingern. Sie war glatt, unbehaart, die linke Hand, die das Lenkrad hielt, war schlaff, die andere, die am Schalthebel, eine bleiche Kralle. Diese Hände sahen aus wie Bilder in Emmas Büchern, wie blinde und farblose Unterwassertiere. Die Oberschenkel des Mannes waren kurz, sie drohten, die Jeans zum Bersten zu bringen, die kurze Lederjacke stand offen, sein Bauch hervor. Er hätte im fünften Monat sein können.

»Und jetzt wollen Sie einen Manta?« fragte er und rutschte auf dem Sitz hin und her.

»Ich bin ein bißchen sentimental«, sagte sie kurz. »Ich hatte mal einen, aber den mußte ich verkaufen. Und das tut mir heute noch leid.«

Ich sitze neben ihm, dachte sie verwundert, und ich rede, als sei nichts passiert.

»Und was fahren Sie jetzt?«

»Einen alten Ascona«, sie lächelte. »Und das ist wirklich nicht dasselbe.«

»Nein, Himmel.«

Sie fuhren jetzt über die Brücke, dann bog er nach links ab.

»Fahren Sie in Richtung Wasserfall«, sagte sie, »da gibt es einige brauchbare Hänge, an denen wir ein bißchen schneller fahren können.«

»Ach? Voll aufs Gas, oder was?«

Er wieherte und rutschte wieder hin und her, es war eine kindische Angewohnheit, die ihn unintelligent wirken ließ, primitiv, genau wie in ihrer Erinnerung. Sie kam sich neben ihm alt vor, aber vermutlich war das Unsinn, er konnte höchstens zwei Jahre jünger sein. Sein Bierbauch folgte seinen Bewegungen nicht, er wirkte steinhart. Bei jeder Straßenlaterne wurde sein blasses Gesicht angestrahlt. Ein blasses Gesicht ohne Charakter und fast ganz ohne Mimik.

»Ich fahre zum Flugplatz, und Sie fahren dann auf dem Rückweg. Das muß doch reichen?«

»Aber sicher.«

Er spreizte die Finger der rechten Hand, um Luft zu seiner verschwitzten Handfläche durchzulassen, und er fuhr immer schneller. Seine runde Gestalt in den engen Kleidern erinnerte sie an eine prallgestopfte Bratwurst. Er war sicher viel stärker als sie selber, auf jeden Fall war er stärker gewesen als Maja. Und er hatte auf ihr gesessen. Sie versuchte, sich vorzustellen, was passiert wäre, wenn Maja schneller gewesen wäre und ihn erstochen hätte, dann hätten sie und Eva mit einer Leiche dagestanden. Es hätte wirklich so kommen können, es war schon seltsam. Das Leben bestand eben nur aus Zufällen.

»Das ist die GSI-Ausgabe, falls Sie das noch nicht wußten.«

»Halten Sie mich für ganz blöd?«

»Nein, nein, ich wollte es bloß erwähnen«, murmelte er. »Die Karre ist jedenfalls alles andere als lahm, das kann ich Ihnen versprechen. In zehn Sekunden von null auf hundert. Läßt sich auf zweihundert hochdrücken, wenn Sie sich das zutrauen. Aber Frauen haben ja einen seltsamen Fahrstil«, sagte er und wackelte, »die lassen den Wagen bestimmen. Sitzen einfach da und lassen sich fahren.«

»Für mich ist das schnell genug. Die Sitze sind gut«, sagte Eva.

»Recarositze.«

»Läßt sich das Dach auf Knopfdruck öffnen?«

»Nein, da müssen Sie kurbeln. Aber das ist viel besser so, die elektrischen gehen zu leicht kaputt. Der Kofferraum faßt vierhundertneunzig Liter und hat Licht. Wenn Sie mit Kinderwagen unterwegs sind oder so.«

»Himmel, was für ein Kompliment. Und verschlingt der Wagen Benzin?«

»Nein, nein, der hier ist ganz normal. Liegt bei null komma sechs. Ein Liter vielleicht, im Stadtverkehr. Damit müssen Sie rechnen.«

»Ich habe den Wagen schon öfter gesehen«, rutschte es aus ihr heraus.

»Ach? Was Sie nicht sagen!«

Jetzt schien er mißtrauisch geworden zu sein.

»Ich mußte erst Geld auftreiben.«

»Fragt sich bloß, ob Sie genug haben.«

»Habe ich.«

»Sie haben nicht nach dem Preis gefragt.«

»Das habe ich auch nicht vor. Ich werde Ihnen ein Angebot machen, und Sie werden zugreifen.«

»Sie hören sich ja an wie ein Mafiaboß.«

»Genau.«

»Eigentlich will ich ja gar nicht verkaufen.«

»Nein, aber Sie sind genauso geldgeil wie alle anderen, und deshalb werden wir uns schon einigen.«

Sie bewegte sich ein wenig. Sie spürte das Messer, das gegen ihren Oberschenkel drückte.

Ich bin verdammt noch mal nicht feige, dachte sie.

»Und Ihr Angebot«, er räusperte sich, »wie hoch ist das denn?«

»Das wüßten Sie wohl gern. Ich will erst mal fahren, Apparaturen und Fahrgestell ausprobieren, und ich will das natürlich auch bei Tageslicht tun. Und ich will zum Technischen Prüfdienst.«

»Wollen Sie nun einen Manta oder wollen Sie keinen?«

»Haben Sie nicht gesagt, Sie wollten nicht verkaufen?«

Schweigen senkte sich über das Autoinnere, es war warm und feucht, und die Fenster beschlugen. Er ließ das Gebläse an, um sie sauberzumachen. Ein letztes Mal drehte Eva sich um und blickte zur

Stadt zurück. Von der neuen Eisenbahnbrücke her, die gerade gebaut wurde, leuchtete die eine oder andere Schweißflamme. Immer weniger Autos waren hier draußen unterwegs, und schließlich endete auch die Straßenbeleuchtung. Auf dem Kreisel bog er nach rechts ab und fuhr dann auf dem Südufer weiter. Der Fluß war hier ruhiger, aber die Strömung war noch immer kräftig. Nach einigen schweigend verbrachten Minuten bog er wieder nach rechts ab. Der Flugplatz lag jetzt auf ihrer linken Seite, und sie glitten langsam über einen unebenen Weg und durch einen kleinen Wald, dann hielten sie in offenem Gelände dicht vor dem Flußufer. Eva fühlte sich unbehaglich. Hier war es ihr zu einsam. Der Motor lief noch immer, er brummte leise und beruhigend, kein Zweifel, der Wagen war sehr gut in Schuß.

»Prima Angelstelle«, sagte der Mann und zog an der Bremse.

»Zweiundneunzigtausend«, sagte Eva rasch, »stimmt das? Sie haben den Zählerstand nicht manipuliert oder so?«

»Nein, verdammt, auch für Ihr Mißtrauen muß es doch Grenzen geben.«

»Mir kommt das nur so wenig vor. Das ist ein typischer Männerwagen, und ihr fahrt doch gern viel. Mein Ascona ist Baujahr 82 und hat hundertsechzig hinter sich.«

»Dann brauchen Sie auf jeden Fall ein neues Auto. Wollen Sie mal vorn reinschauen?«

»Aber es ist doch stockfinster.«

»Ich habe eine Taschenlampe.«

Er drehte den Motor ab und stieg aus. Eva riß sich zusammen und öffnete die Tür, die ihr von einem gewaltigen Windstoß aus der Hand gerissen wurde.

»Scheißwetter!«

»Das nennt sich Herbst.« Er öffnete die Motorhaube.

»Hat heute erst Motorwäsche gekriegt, das muß ich zugeben. Aber sonst hätten Sie ja nichts sehen können.«

Eva trat neben ihn und starrte den glitzernden Motor an.

»Himmel! Das reine Erbsilber.«

»Ja, nicht wahr?«

Er drehte sich um und grinste. Ihm fehlte ein Eckzahn.

»Beim Opel hat alles seine Ordnung. Verdammt gut beim Reparieren.«

»Das kann schon sein, aber das werde ich nicht selber machen.«

»Nein, natürlich nicht. Ich habe noch ein paar Ersatzteile, die gebe ich dazu, falls wir uns einig werden.«

»Und was wollen Sie sich dann zulegen?«

»Weiß nicht so recht, aber ich bin scharf auf einen BMW. Wir werden ja sehen. Warten wir auf Ihr berühmtes Angebot.«

Er bückte sich wieder, und Eva sah seinen Hintern in den engsitzenden Jeans, er hatte einen Hängearsch, und zwischen Gürtel und Lederjacke prangte ein breiter Streifen Haut. Weiß und feucht wie Brotteig.

»Die undichte Stelle, wo Öl tropft, ist wohl hier. Braucht nur eine neue Dichtung. Das kostet vielleicht dreißig, vierzig Kronen. Ich habe sicher zu Hause noch eine.«

Eva schwieg. Sie starrte immer noch seinen Hintern an, die weiße Haut und die hellen Haare. Er hatte am Hinterkopf eine kahle Stelle. Sie vergaß zu antworten. In der Stille hörte sie den Fluß gleichmäßig rauschen. Der arme Fahrer, dachte sie, der sitzt wohl noch immer beim Verhör. Er hat jetzt den Pulverkaffee satt und grämt sich über sein fehlendes Alibi. Man hat eben nicht immer ein Alibi, oder er hat vielleicht eins, das er nicht verwenden will. Vielleicht hat er eine Freundin, und wenn er die erwähnt, dann geht seine Ehe zum Teufel, falls das nicht ohnehin passiert. Und die Nachbarn denken sich ihr Teil, und die Enkel wissen nicht, was sie zu den Rotznasen auf dem Schulhof sagen wollen, wenn die Gerüchte in Umlauf kommen, daß der Großvater vielleicht die Nutte in der Tordenskioldsgate umgebracht hat. Vielleicht hat er auch ein schwaches Herz, vielleicht erleidet er einen Infarkt und stirbt mitten im Verhör. Er ist im passenden Alter, siebenundfünfzig Jahre. Oder vielleicht hat er überhaupt keine Freundin, sondern träumt nur von einer, ist nur ein bißchen durch die Gegend gefahren, um allein zu sein, auf andere Gedanken zu kommen. Hat vielleicht an einer Würstchenbude Pause gemacht, ist am Fluß entlang spaziert und hat frische Luft geschnappt. Und niemand glaubt ihm, denn ein Mann, der Großvater sein könnte, fährt nicht abends ohne Ziel durch die Gegend, entweder ist er ein Sexualverbrecher, oder er hat eine Freundin. Das mit der Würstchenbude kannst du deiner Großmutter erzählen, uns mußt du schon eine bessere Geschichte servieren. Also: Wir fragen dich zum letzten Mal: Wann warst du zuletzt bei Marie Durban?

»Schauen Sie mal. Die Lampe.«

Er hatte sich wieder aufgerichtet und drückte ihr die Taschenlampe in die Hand. Eva leuchtete das Gras an.

»Ich kann die Lampe halten, während Sie sich alles ansehen.«

»Nein«, stammelte sie, »das ist nicht nötig. Der Wagen sieht wirklich gut aus. Ich meine, ich verlasse mich auf Sie. Autokauf ist doch auch eine Vertrauensfrage.«

»Ich finde aber, Sie sollten sich ein bißchen umsehen. Sie müssen sehen, wie gut er in Schuß ist, nicht alle basteln soviel an ihren Autos herum wie ich. Und ich bin erst der zweite Besitzer. Auch sonst hat niemand ihn gefahren, meine Frau hat keinen Führerschein. Ich sage Ihnen also, machen Sie lieber ein gutes Angebot. Und wenn wir den Vertrag gemacht haben, dann müssen Sie alles noch einmal überprüfen, ich will nicht, daß Sie sich nachher über irgendwas beklagen.«

»Ich bin ja auch nicht blöd«, sagte sie mürrisch. »Und was dieses Auto angeht, kann ich mich auf Sie verlassen glaube ich.«

»Darauf können Sie Gift nehmen. Aber Frauen sind nicht immer ganz klar in der Birne, deshalb habe ich das erwähnt. Manchmal haben die noch unangenehme Dinge in der Hinterhand, um das mal so zu sagen.«

Ein Messer, dachte sie.

Er zog die Nase hoch und und fügte hinzu:

»Ich muß nur sicher sein, daß man mit Ihnen Geschäfte machen kann.«

Sie zitterte. Hob die Taschenlampe und leuchtete ihm ins Gesicht.

»Das können Sie. Ich bezahle, und ich erhalte die Ware, um die ich gebeten habe. Ist es nicht seltsam, daß sich alles für Geld kaufen läßt?«

»Ich habe noch kein Angebot gehört.«

»Das kommt, wenn wir beim Prüfdienst waren.«

»Ich dachte, Sie verlassen sich auf mich?«

»Nur in Bezug auf diesen Wagen.«

Er schnaufte.

»Was zum Teufel wollen Sie damit sagen?«

»Das können Sie sich ja mal überlegen.«

Der Fluß schäumte auf, rauschte laut und sank wieder in sich zusammen.

Der Mann schüttelte ungläubig den Kopf und beugte sich wieder über den Motor.

»Verdammte alte Kuh«, murmelte er. «Kommt her und zerrt einen unschuldigen Wicht aus der warmen Garage und hinaus in diesen verdammten Sturm und redet dann nur Scheiß!«

»Unschuldig?«

Eva glaubte, den Boden unter den Füßen zu verlieren. Sie verlor ihren Mut, fühlte sich kraftlos und schlaff, sie mußte sich auf den Wagen stützen, sie stand auf der linken Seite, neben der Stange, die die Motorhaube offenhielt.

»Ich meine nur«, brummte er aus der Tiefe des Motors, »Sie wollten doch das Auto haben. Und ich gebe mir alle Mühe, um mich mit Ihnen zu einigen. Deshalb weiß ich wirklich nicht, warum Sie so verdammt sauer sind.«

»Sauer?« fauchte sie. »Das nennen Sie sauer? Ich habe schon Schlimmeres erlebt, ich habe gesehen, wie Leute wegen einer blöden Kleinigkeit komplett ausgerastet sind.«

Er drehte sich um und starrte sie mißtrauisch an.

»Himmel, sind Sie vielleicht schizophren?«

Er beugte sich wieder über den Motor.

Eva keuchte auf und spürte, wie die Wut sie überwältigte, sie empfand das als Erleichterung, die Wut stieg in wildem Tempo in ihr auf, glühendheiß wie ein Lavastrom, wälzte sich durch ihren Bauch, erreichte die Brust und die Arme, und Eva gestikulierte wütend in der Dunkelheit, und dann stieß sie gegen irgend etwas und hörte ein Scharren. Die Stange, die die Motorhaube gestützt hatte, rutschte ab. Der schwere Metalldeckel schloß sich mit einem Dröhnen. Hintern und Beine des Mannes hingen heraus, der Rest war verschwunden.

Eva wich schreiend zurück. Aus der Tiefe hörte sie Gegurgel und einzelne wilde Flüche. Entsetzt starrte Eva die Motorhaube an, die war bestimmt schwer, jetzt hob sie sich ein wenig, dann senkte sie sich und hob sich dann wieder. Evas Herz hämmerte dermaßen, daß er es hören mußte. Jetzt hatte sie seinen Zorn entfacht, genau wie Maja, seine blinde Wut richtete sich jetzt auf Eva, und in wenigen Sekunden würde er sich befreit haben und sich mit seiner ganzen Kraft auf sie stürzen, und deshalb sprang sie vor, tastete nach der Tasche auf ihrem Oberschenkel, steckte die Hand hinein und fand das Messer. Sie riß es aus der Scheide.

»Ja, verdammt!«

Er wollte hoch, wollte sich umdrehen, aber Eva sprang neben das Auto und legte sich mit ihrem ganzen Gewicht über die Motorhaube. Er schrie hohl, wie aus einer Dose heraus: »Was zum Teufel soll das denn nun wieder?«

»Ich kann nicht mehr«, schrie sie. Ihre Stimme brach.

»Sie sind doch total verrückt!«

»Sie sind hier verrückt.«

»Was wollen Sie eigentlich von mir, zum Henker?«

Eva holte Luft und schrie:

»Ich will wissen, warum Maja sterben mußte!«

Schweigen. Er versuchte, sich zu bewegen, konnte sich aber nicht um einen Zentimeter rühren. Sie hörte seinen keuchenden Atem.

»Woher zum Teufel weißt du ...«

»Das wüßtest du wohl gern!«

Sie lag noch immer über der Motorhaube, er bewegte sich jetzt nicht mehr, er japste wie ein erschöpfter Hund und preßte sein Gesicht gegen den Motor.

»Ich kann das alles erklären«, würgte er. »Es war ein Unfall!«

»War es nicht!«

»Sie hatte ein Messer, verdammte Pest!«

Plötzlich bewegte er sich so heftig, daß die Motorhaube sich ein wenig öffnete, Eva rutschte ab und landete im Gras, hatte aber noch immer das Messer in der Hand, sie sah seine Fäuste, mit denen er Maja getötet hatte, sah, wie sie sich ballten.

»Das habe ich auch!«

Sie sprang auf und warf sich wieder über die Motorhaube, er sank in sich zusammen, der erste Stich traf ihn in die Seite, das Messer glitt leicht in ihn hinein, wie in frisches Brot. Er steckte unter der Motorhaube wie in einer Falle. Eva zog das Messer heraus, etwas Heißes strömte über ihre

Handschuhe, aber er schrie nicht, er stieß nur ein leises, verwundertes Stöhnen aus. Er bewegte sich heftig und konnte einen Arm befreien, aber dann traf ihn der zweite Stich im Kreuz; Eva spürte, daß ihre Klinge auf Widerstand stieß, sie schien einen Knochen getroffen zu haben, sie mußte am Messer rütteln, um es wieder herausziehen zu können, und in diesem Moment ging er in die Knie. Er sank ein Stück nach unten, hing aber noch immer fest, und sie konnte einfach nicht aufhören, denn er bewegte sich noch, und dem mußte sie ein Ende machen, mußte ihn dazu bringen, mit diesem schrecklichen Gestöhne aufzuhören. Schließlich fand sie ihren Rhythmus, sie stach und stach, traf ihn im Rücken und zwischen den Rippen und ab und zu traf sie auch das Auto, die Kühlerattrappe, den Kotflügel, und endlich sah sie, daß er sich nicht mehr bewegte, sondern einfach nur noch im Auto hing, geschlachtet, wie ein Schweinerumpf an einem Haken.

Etwas Rauhes, Kaltes schien über Eva hereinzubrechen. Sie war vornüber gekippt und lag auf dem Bauch im Gras. Der Fluß strömte noch immer vorüber, vollständig unberührt. Alles war still. Voller Verwunderung merkte sie, wie sich in ihrem ganzen Körper eine Lähmung verbreitete, sie konnte keinen einzigen Muskel bewegen, nicht einmal die Finger. Sie hoffte, bald gefunden zu werden. Der Boden war eiskalt und naß, und schon bald fror sie entsetzlich.

Sie hob den Kopf und starrte einen blauweißen hohen Turnschuh an, dann wanderte ihr Blick seine Wade hoch, und sie wunderte sich darüber, daß er nicht zu Boden gefallen war. Es sah blödsinnig aus. Als ob er beim Untersuchen des Motors eingeschlafen sei. Ansonsten war es seltsam, daß nichts passierte. Kein Mensch war herbeigestürzt, keine Sirene heulte. Sie war mit ihm allein, allein in der Dunkelheit.

Niemand hatte sie gesehen. Niemand wußte, wo sie waren, nicht einmal, daß sie zusammen waren.

Sie kam mühsam auf die Beine. Schwankte, merkte, daß sie triefnaß war. Vom Auto bis zum Fluß waren es vielleicht zehn, zwölf Meter, und besonders groß war er nicht, wog vielleicht siebzig Kilo. Sie selber wog sechzig, es müßte also möglich sein. Wenn er ein Stück weggetrieben wurde, ehe ihn jemand fand, in Richtung Stadt, und wenn sie sein Auto wegbrachte, würde niemand wissen, wo er ermordet worden war, und niemand würde die Spuren finden, die sie hier sicher hinterlassen hatte. Sie horchte ein Weilchen, wunderte sich darüber, daß sie so klar denken konnte, und ging zum Auto. Vorsichtig öffnete sie die Motorhaube und sicherte sie wieder. Er hing noch immer daran. Sie mußte ihn jetzt anfassen, seine glatte, blutverklebte Lederjacke. Automatisch versuchte sie, seinen Geruch zu ignorieren, packte seine Schultern und zog an ihm. Er kippte rückwärts und fiel wie ein Sack vor ihre Füße. Sie packte seine Füße. Jetzt lag er auf dem Rücken. Sie beugte sich über ihn, und dann kam ihr die Idee, die Brieftasche aus seiner Jacke zu nehmen. Als ob sie dann länger brauchen würden, um ihn zu identifizieren. Das war doch lachhaft! Sie packte ihn an den Schultern, drehte sich um, schaute zum Wasser hinunter und fing an zu ziehen. Er war schwerer, als sie erwartet hatte, aber das Gras war naß, und sie glitt ruckhaft mit gespreizten Beinen weiter. Sie zog zweimal an ihm und ruhte sich aus, zweimal, dann Ruhe, und langsam näherte sie sich dem Wasser. Dann blieb sie stehen, betrachtete seinen blaßblonden Schädel und machte weiter. Schließlich lag er mit dem Kopf am Wasser. Sie ließ ihn los und setzte vorsichtig einen Fuß in den Fluß. Seichter Boden. Sie machte noch ein paar Schritte, wäre auf den glatten Steinen fast ausgerutscht, konnte aber noch immer waten. Endlich reichte ihr das Wasser über die Stiefel und ergoß sich eiskalt über ihre Füße. Trotzdem machte sie noch ein paar Schritte, bis sie bis über den Knien im Wasser stand, und ging dann wieder an Land. Sie packte ihn und fing an, ihn in die reißende Strömung hinauszuziehen, und schon bald schwamm er, und das Ziehen fiel ihr leichter. Sie ging weiter, bis die Strömung bedrohlich an ihren Oberschenkeln riß, und drehte ihn dann auf den Bauch. Das Wasser wiegte ihn noch einen Moment, dann riß es ihn mit. Die Strömung verhalf ihm zu einem guten Tempo. Sein Hinterkopf war ein heller Fleck im schwarzen Wasser. Eva stand fast bis zu den Hüften im Wasser und starrte ihm hinterher, stand da wie festgewachsen, und plötzlich passierte etwas Seltsames. Sein einer Fuß hob sich, sein Kopf verschwand unter Wasser. Er sah aus wie ein Taucher. Sie hörte durch das gleichmäßige Rauschen hindurch ein leichtes Plätschern, dann war er verschwunden. Sie starrte ihm weiterhin hinterher, rechnete mit seinem Auftauchen, aber der Fluß strömte dahin und verschwand in der Dunkelheit. Langsam watete sie an Land, drehte sich noch einmal um und starrte wieder in die Richtung, in der er verschwunden war. Dann ging sie zum Auto. Schloß vorsichtig die Motorhaube. Suchte Taschenlampe und Brieftasche, öffnete den Kofferraum. Darin herrschte peinliche Ordnung, sie entdeckte einen grünen Nylonoverall. Den zog sie an. Sie trug noch immer Handschuhe, hatte sie die ganze Zeit angehabt, jetzt setzte sie sich hinter das Lenkrad. Dann sprang sie wieder aus dem Wagen und suchte das Gras ab. Fand gleich vor dem Auto die Scheide und steckte sie in die Tasche. Zwei Autos fuhren oben auf der Straße vorbei, deshalb schaltete sie die Scheinwerfer noch nicht ein. Als alles wieder still war, fuhr sie langsam durch das Wäldchen. Sie drehte die Heizung voll auf und erreichte die Straße. Ihre Füße waren wie zwei Klumpen aus totem Fleisch. Vielleicht würden sie ihn finden, sobald es hell geworden war. Oder vielleicht, überlegte sie, war er irgendwo hängengeblieben und untergegangen. So hatte es ausgesehen. Als ob seine Jacke und vielleicht ein Arm an etwas festhingen, das vom Flußboden aus aufragte, zum Beispiel einem Baum, der umgestürzt und in den Fluß gefallen war, oder etwas anderem, egal was, und vielleicht blieb er dort liegen und wiegte sich in der Strömung, bis Wasser und Fische sein Skelett reingeleckt hatten. Das ist ein gutes Auto, dachte sie, und hielt auf die Stadt zu. Wenn ihr ein Auto entgegenkam, hielt sie den Atem an, als könnten die anderen ihr ansehen, was passiert war. Hinter der Brücke fuhr sie auf die Schnellstraße und fuhr in Richtung Hovland, zur Müllhalde. Dort wollte sie den Wagen abstellen. Sie würden ihn bald finden, vielleicht schon am nächsten Tag, nichts ließ sich für alle Ewigkeit verstecken. Aber dann würden sie die Müllhalde absuchen und Zeit vergeuden, würden den Müll durchkämmen. Und vielleicht nahm der Fluß ihn ja noch weit mit, vielleicht bis zum Meer, und dann trieb er irgendwo in einer anderen Stadt an Land, und dann würde wieder an der falschen Stelle gesucht werden, und die Zeit würde vergehen und sich wie grauer Staub über alles legen.

Sejer erhob sich und trat ans Fenster.

Es war spät in der Nacht. Er hielt Ausschau nach Sternen, konnte aber keine entdecken, der Himmel war zu hell. In dieser Jahreszeit stellte er sich oft vor, daß sie für immer verschwunden waren, weggegangen, um über einem anderen Planeten zu funkeln. Bei dieser Vorstellung wurde er traurig. Ohne Sterne hatte er nicht dieses Gefühl von Sicherheit, das Dach der Welt schien verschwunden zu sein. Der Himmel ging einfach endlos weiter.

Er schüttelte den Kopf über diese Gedanken.

Eva nahm die letzte Zigarette aus der Schachtel, sie wirkte gefaßt, fast erleichtert.

»Wann haben Sie gewußt, daß ich es war?«

Er schüttelte den Kopf.

»Gar nicht. Ich dachte, Sie hätten vielleicht zu zweit gearbeitet, und Sie bekämen Geld dafür, daß Sie den Mund halten. Ich konnte wirklich nicht verstehen, was Sie von Einarsson wollten.« Noch immer starrte er aus dem Fenster.

»Aber jetzt verstehe ich«, murmelte er.

Ihr Gesicht war offen und ruhig, er hatte sie noch nie so gesehen, trotz der geschwollenen Lippe und der Schrammen am Kinn war sie schön.

»Sie fanden vielleicht, daß ich nicht wie eine Mörderin aussehe?«

»So sieht niemand aus.«

Er setzte sich wieder.

»Ich wollte ihn nicht umbringen. Ich habe das Messer mitgenommen, weil ich Angst hatte. Aber das wird mir niemand glauben.«

»Sie müssen uns eine Chance geben.«

»Es war Notwehr«, sagte sie. »Er hätte mich umgebracht. Das wissen Sie.«

Sejer schwieg. Für Eva hatte alles, was gesagt wurde, plötzlich einen ganz fremden Klang.

»Wie sah er aus, dieser Mann, der Sie die Kellertreppe hinuntergezogen hat?«

»Dunkel, ausländisch. Ein bißchen schmächtig, fast dünn, aber er hat Norwegisch gesprochen.«

»Hört sich an wie Cordoba.«

Eva fuhr zusammen: »Was sagen Sie da?«

»Er heißt Cordoba. Majas Mann. Jean Lucas Cordoba. Gar kein schlechter Name, finde ich.«

Eva lachte auf und schlug die Hände vors Gesicht. »Doch«, keuchte sie, »man könnte fast heiraten, nur um sich diesen Namen zu sichern, nicht wahr?«

Sie wischte sich ein paar Tränen ab und zog an ihrer Zigarette. »Maja hatte Besuch von allen möglichen Leuten. Auch von Polizisten, wußten Sie das schon?«

Sejer konnte nicht dagegen an, wider Willen lächelte er. »Naja, wir sind auch nicht anders als andere. Nicht besser und nicht schlechter. Aber nennen Sie bitte keine Namen.«

»Könnt ihr mich durch die Tür beobachten?« fragte Eva plötzlich.

»Ja, das können wir.«

Sie schniefte und starrte ihre Hände an. Kratzte sich mit einem scharfen Fingernagel Farbe von den Fingern.

Sie hatte nichts mehr zu sagen. Jetzt wartete sie auf ihn, jetzt sollte er alles in Ordnung bringen. Damit sie sich ausruhen und entspannen konnte und nur zu tun brauchte, was ihr gesagt wurde. Genau das wünschte sie sich jetzt nämlich.

Markus Larsgård kämpfte sich unter der Decke auf seinem Sofa hervor. Wenn das irgendwelche Bekannten waren, dann würden sie das Telefon noch oft klingeln lassen. Wenn das jemand war, der wußte, daß er alt und langsam war, daß das Telefon im Arbeitszimmer stand, und daß er auf seinen Beinen voller Wasser das ganze Wohnzimmer durchqueren mußte. Wenn es ein Fremder war, dann würde er nicht rechtzeitig das Telefon erreichen.

Aber bei Markus Larsgård riefen nicht viele Fremde an. Ab und zu jemand, der etwas verkaufen wollte oder der sich verwählt hatte. Ansonsten rief Eva an. Endlich saß er, und noch immer klingelte es, also war es jemand, den er kannte. Ächzend zog er sich an der Tischplatte hoch und packte seinen Stock. Wackelte los und dankte seinem Schicksal, daß sich überhaupt jemand die Mühe machte, anzurufen und ihn mitten in seinem Vormittagsschläfchen zu stören. Er humpelte durch das Zimmer, versuchte, den Stock an den Schreibtisch zu lehnen, schaffte das aber nicht. Der Stock fiel zu Boden. Ein wenig überrascht hörte Larsgård am anderen Ende der Leitung eine fremde Stimme. Ein Anwalt. Es gehe um Eva Marie, sagte der. Ob Larsgård zur Wache kommen könne. *Untersuchungshaft.*

Larsgård tastete nach dem Stuhl und mußte sich setzen. Vielleicht sollte das ein Witz sein, vielleicht war das ein Telefonterrorist, der ihn quälen wollte, er hatte schon in der Zeitung über solche Fälle gelesen. Aber der Mann hörte sich nicht so an, er klang gebildet und fast freundlich. Larsgård hörte zu und gab sich alle Mühe, fragte noch einmal nach, versuchte, zu verstehen, was der Mann ihm da sagen wollte, schaffte das aber nicht. Es war natürlich ein Mißverständnis, und alles würde sich klären. Aber für die arme Eva war es doch ein entsetzliches Erlebnis, eine schreckliche Geschichte. Untersuchungshaft? Er würde sich sofort auf den Weg machen. Sich ein Taxi rufen.

»Nein, wir schicken einen Wagen, bleiben Sie nur so lange ruhig sitzen.«

Larsgård wartete. Er vergaß, den Hörer aufzulegen. Er müßte seinen Mantel finden, ehe der Wagen eintraf, aber im Grunde spielte das keine Rolle. Ob er fror oder nicht. Sie hatten Eva festgenommen und eingesperrt. Vielleicht sollte er lieber etwas für *sie* suchen, vielleicht saß sie in einer kalten Zelle. Dann versuchte er, sich im Zimmer zu orientieren und sich zu erinnern, wo er seine

Sachen aufbewahrte. Die Haushaltshilfe räumte immer auf. Vielleicht sollte er eine Flasche Rotwein mitnehmen. Aber das war vielleicht nicht erlaubt. Und was war mit Geld? In seinem Einmachglas hatte er viel Geld, es schien nie ein Ende zu nehmen, sondern sich viel eher zu vermehren. Er gab auch diesen Gedanken auf, sicher gab es im Gericht überhaupt keinen Kiosk, er war ja einmal dort gewesen, in dem Herbst, als sein Moped gestohlen worden war, und er konnte sich jedenfalls nicht an einen Kiosk erinnern. Und sie saß doch in Untersuchungshaft, dann durfte sie sowieso nicht herumlaufen. Er wollte aufstehen und wieder ins Wohnzimmer gehen, aber seine Beine fühlten sich lahm und schwach an. Das kam vor, daran war er gewöhnt, und jetzt hatte er ja noch dazu einen Schock erlitten. Er würde noch ein wenig sitzen bleiben. Vielleicht sollte er Jostein anrufen. Er machte noch einen Versuch, sank aber wieder zurück, und plötzlich war ihm schwindlig. Das kam oft vor, das lag an Kalkablagerungen in den Nackenadern, die die Blutzufuhr zum Gehirn erschwerten, und das war normal, weil er alt war, es war ganz einfach normal so, unter diesen Umständen. Aber es quälte ihn, vor allem jetzt, weil es einfach nicht aufhören wollte. Die Decke kam ihm entgegen. Auch die Wände rückten zusammen, alles wurde so eng, und langsam wurde es auch dunkel. Eva war wegen Mordes festgenommen worden, und sie hatte gestanden. Er riß sich zusammen und stieß sich vom Stuhl ab. Als letztes spürte er, wie seine spitzen Knie heftig gegen seine Stirn stießen.

Sejer betrachtete durch das Fenster den Fuhrpark. Das nicht verschließbare Tor, durch das die Straßenrowdies immer wieder hereinkamen und Fahrzeuge ramponierten oder Teile daraus stahlen, die trockenen Grasbüschel am Zaun. Frau Brenningen hatte dort einmal Petunien gepflanzt, jetzt hatte das Unkraut den Kampf um die Beete gewonnen. Im Protokoll konnte er lesen, daß die Untersuchungsgefangene Eva Magnus nicht geschlafen und Essen und Trinken abgelehnt habe. Das sah nicht gut aus. Ansonsten machte ihr die Tatsache arg zu schaffen, daß sie durch die Türklappe beobachtet werden konnte, und daß die ganze Nacht hindurch das Licht brannte.

Er mußte aufstehen und mit ihr sprechen, aber er wollte einfach nicht, und deshalb war er erleichtert, als an die Tür geklopft wurde. Ein winziger Aufschub. Karlsen steckte den Kopf herein.

»Das war ja vielleicht eine Nacht, wie ich gehört habe.«

Er ließ sich am Tisch nieder und schob einen Stapel Papiere beiseite.

»Wir haben eine Vermißtenmeldung.«

»Ach!« sagte Sejer. Ein neuer Fall käme ihm jetzt wie gerufen, konnte ihn daran erinnern, daß er trotz allem nur seinen Job machte, für den er bezahlt wurde und den er um vier Uhr in die Schublade stecken konnte, jedenfalls, wenn er sich Mühe gab.

»Ich nehme alles, wenn es nur nicht um ein Kind geht.«

Karlsen seufzte. Auch er warf einen Blick hinaus auf die Dienstwagen, wie, um sich davon zu überzeugen, daß alle noch vorhanden waren. Sie sahen aus wie alte Cowboys, die im Saloon einen Tisch gefunden hatten und immer wieder nach Pferdedieben Ausschau hielten.

»Hast du übrigens Eva Magnus schon informiert?«

Sejer schüttelte den Kopf. »Ich gebe mir große Mühe, um noch einen Aufschub zu finden.«

»Aber das bringt doch nichts.«

»Nein, aber ich habe Angst davor.«

»Ich kann das für dich übernehmen.«

»Danke, aber das ist meine Aufgabe. Wenn ich meine Arbeit nicht mehr machen kann, kann ich auch gleich in Pension gehen.«

Er sah seinen Kollegen an. »Wer ist denn diesmal nicht nach Hause gekommen?«

Karlsen zog ein Papier aus seiner Uniformtasche und faltete es auseinander. Er las es, zog sich zweimal am Schnurrbart und räusperte sich widerwillig. »Ein sechsjähriges Mädchen, Ragnhild Album. Hat letzte Nacht bei einer Freundin in der Nachbarschaft geschlafen und sollte heute morgen wieder zu Hause sein. Ein Weg von höchstens zehn bis zwölf Minuten. Sie hatte einen rosa Puppenwagen mit einer Puppe, die schreien kann. Und Elise heißt.«

»Elise?«

»Eine Puppe mit Schnuller. Wenn man den rauszieht, fängt sie an zu schreien. Das ist jetzt total in, alle Mädels haben so eine. Aber du hast ja nur einen Enkel, deshalb hast du solche Puppen noch nicht gesehen. Ich wohl. Hören sich an wie echte Säuglinge. Wie irgendwas aus einem Hitchcockfilm. Egal. Im Wagen hatte sie auch ein Nachthemd und eine kleine Tasche mit Zahnbürste und Kamm. Alles ist verschwunden.«

»Vermißt seit ...«

»Acht Uhr.«

»Acht?« Sejer schaute auf die Uhr. Es war elf.

»Sie wollte gleich nach dem Aufstehen nach Hause, und die Mutter ihrer Freundin lag noch im Bett. Sie hat gehört, daß die Kinder aufgestanden sind und daß so gegen acht die Tür ging. Ragnhild war allein unterwegs, es ist ja nicht weit, und dann hat um zehn Uhr Ragnhilds Mutter bei der Mutter der Freundin angerufen, weil Ragnhild nach Hause kommen sollte. Sie wollte mit ihr einkaufen fahren. Und jetzt ist sie spurlos verschwunden.«

»Und wohnt – wo?«

»In Fagerlundsåsen in Lundeby. In der neuen Siedlung. Neu zugezogen.«

Sejer trommelte auf seiner Schreibunterlage herum, einer Weltkarte. Seine Hand bedeckte ganz Südamerika.

»Dann müssen wir hinfahren.«

»Wir haben schon einen Streifenwagen geschickt.«

»Dann spreche ich erst mit Frau Magnus. Dann ist die Sache wenigstens aus der Welt. Ruf die Eltern an und sag, daß wir kommen, nenn aber keine genaue Uhrzeit.«

»Die Mutter. Der Vater ist verreist, sie können ihn nicht erreichen.«

Karlsen schob seinen Stuhl zurück und erhob sich.

»Ach, übrigens, hast du die Strumpfhose für deine Frau gefunden?«

Karlsen stutzte.

»Die Slipeinlagen«, erklärte Sejer.

»Nein, Konrad, ich habe keine Strumpfhose gekauft. Slipeinlagen sind so Dinge, die Frauen sich an heißen Tagen in die Unterhose legen.«

Er ging, und Sejer nagte an einem Fingernagel und spürte, wie sich sein Magen vor Nervosität zusammenkrampfte.

Es gefiel ihm überhaupt nicht, wenn sechsjährige Mädchen nicht erwartungsgemäß nach Hause kamen. Obwohl er wußte, daß es viele Möglichkeiten gab. Alles, von geschiedenen Vätern, die ihr Besitzrecht demonstrieren wollten, bis zu heimatlosen Hündchen, die ein Kind mit nach Hause nehmen wollte, oder gedankenlosen größeren Kindern, die mit den Kleinen Ausflüge machten, ohne Bescheid zu sagen. Ab und zu wurden Kinder schlafend und Däumchen lutschend in irgendeinem Gebüsch gefunden. Nicht viel Sechsjährige vielleicht, aber mit Zwei- oder Dreijährigen war das schon passiert. Manchmal verirrten sie sich ganz einfach und wuselten Stunde um Stunde herum. Manchmal brachen sie dann gleich in Tränen aus, und dann kümmerte sich jemand um sie. Andere verstummten vor Angst und fielen niemandem auf. Um acht Uhr morgens ist es jedenfalls still auf den Straßen, überlegte er und beruhigte sich.

Er schloß seinen obersten Hemdenknopf und stand auf. Er griff auch nach seiner Jacke, als ob der Stoff ihn vor dem schützen konnte, was jetzt bevorstand. Dann ging er durch den Flur. Der sah im Vormittagslicht grünlich aus und erinnerte an das alte Schwimmbad, das Sejer als Junge besucht hatte.

Die Untersuchungszellen lagen im fünften Stock. Er nahm den Fahrstuhl und kam sich wie immer ein wenig idiotisch vor, als er da in der kleinen Schachtel stand, die an den Wänden auf- und abfuhr. Und es ging zu schnell. Alles sollte irgendwie seine Zeit brauchen. Er spürte, daß er zu schnell war. Plötzlich stand er vor der Zellentür. Einen Moment lang versuchte er, den Wunsch, zuerst hineinzuschauen, zu unterdrücken, aber das gelang ihm nicht. Durch das Türfenster konnte er sehen, daß sie in die Decke gehüllt auf der Pritsche saß. Sie starrte aus dem Fenster, durch das ein kleiner grauer Himmelsflecken zu sehen war. Sie fuhr zusammen, als sie das Schloß klirren hörte.

»Ich kann dieses Warten nicht ertragen!« sagte sie.

Er nickte verständnisvoll.

»Jetzt warte ich auf meinen Vater. Sie holen ihn. Der Anwalt hat angerufen, sie holen ihn mit einem Taxi. Ich begreife nicht, warum das so lange dauert, das schaffen sie doch in einer halben Stunde.«

Sejer blieb stehen. Es gab nichts, wo er sich hinsetzen konnte. Sich neben sie auf die Pritsche zu setzen, wäre zu intim gewesen.

»An das Warten werden Sie sich gewöhnen müssen, davon steht Ihnen noch einiges bevor.«

»Ich bin aber nicht daran gewöhnt. Ich bin daran gewöhnt, die ganze Zeit beschäftigt zu sein, ich bin daran gewöhnt, daß der Tag zu wenig Stunden hat und daß Emma immer quengelt und etwas von mir will. Hier ist es so still«, sagte Eva verzweifelt.

»Lassen Sie sich einen guten Rat geben. Versuchen Sie, nachts zu schlafen. Versuchen Sie, etwas zu essen. Sonst wird es zu hart für Sie.«

»Warum sind Sie gekommen?«

Sie musterte ihn plötzlich mißtrauisch.

»Ich muß Ihnen etwas sagen.«

Er trat etwas näher an sie heran und holte tief Atem.

»Für Ihren Fall und das Urteil ist das vielleicht nicht so wichtig. Aber in anderer Hinsicht kann es schlimm für Sie sein.«

»Ich verstehe wirklich nicht, wovon Sie reden …«

»Im Laufe der Zeit haben wir von der Gerichtsmedizin etliche Unterlagen erhalten …«

»Ja?«

»Über Maja Durban und über Egil Einarsson. Es sind nämlich diverse Untersuchungen angestellt worden. Und dabei ist eine für Sie unangenehme Entdeckung gemacht worden.«

»Nun reden Sie doch endlich!«

»Maja Durban wurde dadurch getötet, daß ihr Mörder ihr ein Kissen ins Gesicht drückte.«

»Ja, das habe ich doch gesagt. Ich habe doch alles mit angesehen.«

»Aber zuerst hatten sie Sex. Und diese Tatsache gibt uns physische Anhaltspunkte, um die Identität des Täters zu ermitteln. Und nun ist es so«, er holte wieder tief Atem, »daß dieser Mann nicht mit Einarsson identisch ist.«

Eva starrte ihn an. Ihr Gesicht war ausdruckslos. Dann lächelte sie.

»Es ist so, Eva«, sagte Sejer, »daß Sie den Falschen umgebracht haben.«

Sie schüttelte heftig den Kopf und breitete die Arme aus, sie lächelte noch immer, aber langsam erstarrte das Lächeln dann.

»Entschuldigen Sie – aber bei dem Auto bin ich mir sicher. Wir hatten auch so eins, Jostein und ich.«

»Vergessen Sie bitte bis auf weiteres dieses Auto. Vielleicht haben Sie dabei wirklich recht. Aber dann hat nicht Einarsson darin gesessen.«

Ein plötzlicher Zweifel überkam sie.

»Er hat es doch nie verliehen«, stammelte sie.

»Vielleicht hat er eine Ausnahme gemacht. Oder jemand hat das Auto entwendet.«

»Das kann nicht sein!«

»Wieviel haben Sie eigentlich gesehen? Sie haben durch einen schmalen Türspalt geschaut. Das Zimmer war halbdunkel. Und hatten Sie nicht lange Zeit die Hände vors Gesicht geschlagen?«

»Bitte, gehen Sie«, schluchzte sie.

»Tut mir leid«, sagte er schwach.

»Seit wann wissen Sie das schon?«

»Schon ziemlich lange.«

»Fragen Sie, wo mein Vater bleibt.«

»Der ist bestimmt unterwegs. Versuchen Sie, sich auszuruhen, das werden Sie noch brauchen.«

Er stand noch immer vor ihr und wäre gern weggerannt, riß sich dann aber zusammen.

»An Ihrem Verbrechen ändert das nichts«, sagte er.

»Doch.«

»Vor Gericht ist wichtig, daß Sie geglaubt haben, es sei Einarsson gewesen.«

»Nein! Ihr müßt euch da geirrt haben!«

»Das kommt durchaus vor. Diesmal aber nicht.«

Sie saß lange mit den Händen vor dem Gesicht da, dann sah sie ihn an. »Einmal, mit dreizehn…«

»Ja?«

Sejer wartete.

»Meinen Sie, man kann vor Angst sterben?«

Er zuckte mit den Schultern. »Ich glaube schon. Aber nur, wenn man alt ist und ein schwaches Herz hat. Wieso fragen Sie?«

»Ach, einfach so.«

Sie schwiegen eine Weile. Eva fuhr sich über die Stirn und warf dann einen Blick auf ihr Handgelenk, dann fiel ihr ein, daß ihr die Uhr weggenommen worden war.

»Aber wenn es nicht Einarsson war – wer war es dann?«

»Das werde ich noch feststellen. Möglicherweise war es ein Bekannter von Einarsson.«

»Stellen Sie fest, wo mein Vater bleibt!«

»Das werde ich.«

Er ging zur Tür, öffnete sie und drehte sich um.

»Nehmen Sie es nicht so schwer, daß wir Sie durch das Türfenster beobachten können. Wir wollen uns nur vergewissern, daß es Ihnen gut geht. Wir sind keine Voyeure.«

»Aber mir kommt das so vor.«

»Ziehen Sie sich die Decke über den Kopf. Versuchen Sie, daran zu denken, daß Sie hier nur eine unter vielen sind. Sie sind nichts Besonderes, auch, wenn Sie sich so vorkommen. Ein wirklich interessanter Mensch sind Sie nur draußen, oder etwa nicht?«

»Sie haben gut reden.«

»Ich melde mich.«

Er schloß die Tür und drehte den Schlüssel um.

Das Haus in der Rosenkrantzgate 16 war frisch gestrichen und grüner denn je.

Sejer hielt vor der Garage und wollte gerade aussteigen, als er hinten bei den Wippen Jan Henry entdeckte. Der blieb einen Moment lang sitzen und sah verlegen aus, dann kam er angetrottet.

»Ich dachte, Sie würden nicht mehr kommen.«

»Das habe ich doch versprochen. Wie geht's?«

Jan Henry zuckte mit den schmalen Schultern und schlang die Beine umeinander.

»Ist deine Mutter zu Hause?«

»Sicher.«

»Und hast du jetzt schon richtige Ausflüge gemacht? Mit dem Motorrad?«

»Ja. Aber Ihr Auto gefällt mir besser. Auf dem Motorrad ist es so kalt«, fügte er hinzu.

»Warte hier draußen auf mich, Jan Henry, ich hab' dir was mitgebracht.«

Sejer ging auf die Haustür zu, und der Junge setzte sich wieder auf die Wippe. Jorun Einarsson öffnete, sie trug nur eine Strumpfhose, aber vielleicht hatten auch Strumpfhosen jetzt einen fetzigen neuen Namen, überlegte er, und einen weiten Pullover. Ihre Haare waren bleicher denn je.

»Ach, Sie sind's?«

Er nickte höflich. Sie wich zurück und ließ ihn ins Haus. Er blieb im Wohnzimmer stehen, holte Luft und sah sie mit ernster Miene an.

»Im Moment habe ich nur eine einzige Frage. Ich werde Ihnen diese Frage stellen und dann gleich wieder gehen. Überlegen Sie sich Ihre Antwort gut, sie ist wichtig.«

Die Frau nickte.

»Ich weiß, daß Ihrem Mann sein Auto sehr wichtig war. Daß er daran herumgebastelt und es in jeder Hinsicht gut in Schuß gehalten hat. Und daß er es nur sehr ungern ausgeliehen hat. Stimmt das?«

»Das kann ich Ihnen flüstern. Er hat mit dem Auto richtiggehend gegeizt. Und er ist deshalb bei der Arbeit auch bisweilen angemacht worden.«

»Aber trotzdem – ist es ausnahmsweise doch vorgekommen, daß er es verliehen hat? Können Sie sich erinnern, ob das passiert ist? Und wenn es nur ein einziges Mal war?«

Sie zögerte. »Doch, vorgekommen ist das schon. Aber sehr selten. Er hat es einem Kumpel gegeben, mit dem er viel zusammen war, einem aus der Brauerei. Der hatte selber kein Auto.«

»Wissen Sie seinen Namen?«

»Äh, ich habe fast Angst davor, hier Namen zu nennen«, sagte sie, als wittere sie eine Gefahr, die sie nicht ganz begriff, »aber ab und zu hat er den Wagen Peddik geliehen. Peter Fredrik.«

»Ahron?«

»Ja.«

Sejer nickte langsam. Wieder betrachtete er das Hochzeitsbild der Einarssons und registrierte die blonden Haare. »Ich komme wieder«, sagte er leise. »Sie müssen mich entschuldigen, aber solche Ermittlungen sind zeitraubend, und wir müssen alles mögliche überprüfen.«

Frau Einarsson nickte und brachte ihn zur Tür. Jan Henry sprang auf und lief ihm entgegen, er schien jetzt nicht mehr zu frieren.

»Das ging aber schnell.«

»Ja«, sagte Sejer nachdenklich. »Jetzt muß ich

ganz schnell einen bestimmten Mann finden. Komm mit zum Auto.«

Er öffnete den Kofferraum und nahm eine Plastiktüte mit dem Aufdruck »Fina« heraus.

»Der Schmieranzug. Ich weiß, der ist zu groß, aber du wächst ja schließlich noch.«

»Oh!«

Jan Henrys Augen wurden feucht. »So viele Taschen! Der paßt doch fast schon, und ich kann die Beine hochkrempeln!«

»Das kannst du.«

»Aber wann kommen Sie wieder her?«

»Schon bald.«

»Ach. Sie haben sicher viel zu tun.«

»Ja, es reicht. Aber manchmal habe ich auch frei. Vielleicht können wir dann wieder eine Runde fahren, wenn du Lust hast?«

Jan Henry gab keine Antwort. Er starrte auf die Straße, wo das Dröhnen eines großen Motorrades die Stille zerriß. Es war eine BMW.

»Da kommt Peddik.«

Jan Henry winkte schlaff. Sejer drehte sich um. Ein Mann im schwarzen Lederanzug hielt bei den Fahrradständern und nahm den Helm ab. Ein blonder Mann mit halblangen Haaren und einem kleinen Pferdeschwanz im Nacken. Er öffnete den Reißverschluß seines Anzuges, und ein beginnender Bierbauch kam zum Vorschein. Im Grunde hatte er durchaus Ähnlichkeit mit Einarsson. Bei trübem Licht würde man vielleicht keinen Unterschied sehen.

Sejer starrte den Mann an, bis der vom Motorradsitz glitt. Dann lächelte er, nickte kurz und fuhr los.

»Wo hast du denn gesteckt?«

Karlsen wartete im Foyer, er hielt schon seit einer Weile nach Sejers Wagen Ausschau, die Uhr tickte, niemand hatte mit der frohen Botschaft angerufen, daß die kleine Ragnhild wohlbehalten wieder zu Hause sei. Sie war noch immer verschwunden. Karlsen war im Streß.

»Bei Jorun Einarsson.«

Sejer wirkte hektisch, was nicht oft vorkam. »Komm mit, ich muß mit dir reden.«

Sie nickten Brenningen zu und wanderten durch den Flur.

»Wir müssen einen Typen zum Verhör holen«, sagte Sejer. »Und zwar sofort. Peter Fredrik Ahron. Der einzige in Einarssons Umgangskreis, dem zuweilen der Manta anvertraut wurde. Allerdings sehr selten. Er arbeitet in der Brauerei und rennt jetzt Jorun die Bude ein. Wir haben schon einmal mit ihm gesprochen, nach Einarssons Verschwinden. Ich bin ihm eben begegnet, vor dem Haus in der Rosenkrantzgate. Und weißt du was? Sie sehen sich ziemlich ähnlich. Bei trübem Licht würdest du keinen Unterschied sehen. Verstehst du?«

»Wo ist er jetzt?«

»Noch immer bei Jorun, hoffe ich. Albums müssen warten, und wir haben ja auch schon Leute hingeschickt. Nimm Skarre mit und hol ihn her, ich warte.«

Karlsen nickte und drehte sich um, blieb dann aber stehen.

»Du, ich soll dir übrigens etwas ausrichten, von Evas Anwalt.«

»Ja?«

»Larsgård ist tot.«

»Was sagst du da?«

»Der Taxifahrer hat ihn gefunden.«

»Weiß sie das schon?«

»Ich habe eine Kollegin zu ihr geschickt.«

Sejer schloß die Augen und schüttelte den Kopf. Er wanderte allein durch den Flur und gab sich alle Mühe, diese Nachricht zu verdauen, er hatte jetzt wirklich nicht die Zeit, um sich genauer zu überlegen, was das für die Untersuchungsgefangene im fünften Stock bedeuten würde. Er schloß die Tür des Verhörszimmers auf, öffnete das Fenster und ließ frische Luft herein. Räumte ein wenig den Schreibtisch auf. Ging rasch zum Waschbecken und wusch sich die Hände, trank Wasser aus einem Pappbecher. Öffnete den Aktenschrank, nahm eine Kassette heraus, die dreihundertsechzig Minuten lief und Evas Magnus' Aussage enthielt. Er steckte sie in den Rekorder auf dem Schreibtisch, einen ganz normalen Kassettenrekorder aus dem Kaufhaus und ließ sie zurücklaufen. Hielt sie ab und zu an, ließ sie dann weiterlaufen und fand schließlich die gesuchte Episode, worauf er auf Stop drückte und die Lautstärke regulierte. Dann setzte er sich hin und wartete. Er saß sehr bequem in seinem teuren Schreibtischsessel, und seine Gedanken schweiften umher. Vielleicht ist Ahron abgehauen, dachte er, und dann kann er mit seiner schweren Maschine schon weit gekommen sein. Aber das war nicht der Fall. Ahron saß mit der Zeitung in der Hand und einer Packung Tabak in Reichweite auf Joruns Sofa. Sie stand mitten im Zimmer am Bügelbrett und hatte einen Stapel Wäsche vor sich liegen. Sie blickte die beiden uniformierten Polizisten und den Mann auf dem Sofa unsicher an, und der Mann hob nur eine Augenbraue, wie um anzudeuten, daß ihm dieser Besuch doch sehr ungelegen komme. Er erhob sich resignierend vom Sofa und ging mit den Beamten aus dem Haus. Jan Henry sah ihnen nach, als sie zum Wagen gingen. Er sagte nichts. Ihm war es eigentlich egal, was mit Peddik passierte.

»Sie heißen Peter Fredrik Ahron?«

»Ja.«

Ahron drehte sich eine Zigarette, ohne um Erlaubnis zu bitten.

»Geboren am 7. März 1956?«

»Warum fragen Sie mich das, wenn Sie das doch schon wissen?«

Sejer blickte auf. »An Ihrer Stelle würde ich den Mund nicht zu voll nehmen.«

»Wollen Sie mir drohen?«

Jetzt lächelte Sejer beruhigend. »Nicht doch, wir arbeiten hier nicht mit Drohungen. Wir warnen nur. Adresse?«

»Tollbugata 4. Geboren und aufgewachsen in Tromsø, jüngstes von vier Geschwistern, Wehrpflicht geleistet. Ich stehe ja gern zur Verfügung, aber ich habe wirklich alles gesagt, was ich zu sagen hatte.«

»Dann sagen Sie das alles noch einmal.«

Sejer schrieb unbeeindruckt weiter. Ahron rauchte wütend, fühlte sich aber weiterhin obenauf. Vorläufig war er obenauf. Er lehnte sich über den Schreibtisch und fragte mit resignierter Miene:

»Nun sagen Sie mir doch einen einzigen guten Grund, warum ich meinen besten Kumpel umbringen sollte!«

Sejer ließ den Kugelschreiber sinken und sah Ahron verwundert an.

»Aber lieber Ahron, niemand glaubt doch, daß Sie das waren! Deshalb sind Sie nicht hier. Haben Sie geglaubt, wir hätten Sie deshalb kommen lassen?«

Er starrte Ahron an und sah in dessen blaßblauer Iris, daß in dem Mann langsam ein Verdacht aufkam.

»Das ist doch wirklich kein Wunder«, sagte Ahron langsam, »beim letzten Mal ging es doch auch um Egil.«

»Dann sind Sie aber wirklich auf dem Holzweg«, sagte Sejer. »Hier geht es um etwas ganz anderes.«

Schweigen. Der Rauch von Ahrons Zigarette stieg in dicken weißen Spiralen zur Decke hoch. Sejer wartete.

»Na? Wie steht's mit Ihnen?«

»Gut. Wieso fragen Sie?«

Sejer verschränkte auf der Tischplatte die Arme und starrte Ahron weiterhin in die Augen. »Ich meine, wollen Sie nicht fragen, worum es geht? Wo es nun mal nicht um Einarsson geht?«

»Ich habe nicht die geringste Ahnung davon, worum es geht.«

»Nein, genau. Und deshalb dachte ich, Sie würden fragen. Das hätte ich gemacht«, sagte Sejer aufrichtig, »wenn ich zum Verhör geholt würde, während ich gerade die Sportseiten lese. Aber Sie sind vielleicht nicht von der neugierigen Sorte. Also werde ich Sie ein bißchen informieren.

Nach und nach jedenfalls. Aber zuerst noch eine kleine Frage: Wie halten Sie es mit den Frauen, Ahron?«

»Da sollten Sie lieber die Frauen fragen«, sagte Ahron mürrisch.

»Ja, da haben Sie wohl recht. Wen soll ich denn fragen, was meinen Sie? Hatten Sie denn soviele?«

Ahron gab keine Antwort. Er brauchte seine ganze Kraft, um nicht die Fassung zu verlieren.

»Vielleicht sollte ich Marie Durban fragen? Wäre das eine gute Idee?«

»Sie haben einen ekelhaften Sinn für Humor.«

»Vielleicht. Sie hat ja nicht viel gesagt, als wir sie im Bett gefunden haben. Aber Sie hatte doch etwas für uns. Ihr Mörder hatte seine Visitenkarte hinterlassen. Verstehen Sie?«

Ahron fing an zu zittern. Er leckte sich die Lippen.

»Und ich rede jetzt nicht von der Art Visitenkarte, die Sie sich in einer Druckerei bestellen. Ich rede von einem ganz persönlichen genetischen Code. Alle vier Milliarden Menschen auf der Erde haben unterschiedliche Codes. Überlegen Sie sich diese Zahl, Ahron. Wenn wir den Code vergrößern, sieht er im Grunde aus wie eine moderne Graphik. Schwarz und weiß. Aber das wissen Sie natürlich, Sie lesen schließlich Zeitungen.«

»Das ist doch alles nur Gerede. Sie brauchen eine amtliche Erlaubnis, um mich zu testen, falls Sie das vorhaben. Und die kriegen Sie nicht. Ich bin doch kein Idiot. Und außerdem will ich einen Anwalt. Ohne Anwalt sage ich kein Wort mehr!«

»Von mir aus.«

Sejer ließ sich in seinem Sessel wieder zurücksinken. »Ich kann auch allein weitersprechen. Aber die Testerlaubnis ist das geringste Problem, darüber sollten Sie sich im klaren sein.«

Ahron verzog den Mund und rauchte weiter.

»Der 1. Oktober. Sie waren im Königlichen Wappen, zusammen mit einigen Kollegen, unter anderem Arvesen und Einarsson?«

»Das habe ich nie bestritten.«

»Wann haben Sie die Kneipe verlassen?«

»Ich gehe davon aus, daß Sie das schon wissen, Ihre Leute haben mich schließlich geholt.«

»Ich meine, davor. Als Sie mit Einarssons Auto losgefahren sind. So gegen halb acht, vielleicht?«

»Mit Einarssons Auto? Soll das ein Witz sein? Einarsson hat sein Auto doch nie verliehen. Was für ein Unfug. Und außerdem hatte ich getrunken.«

»Das war für Sie noch nie ein Hindernis. Sie sind doch wegen Alkohol am Steuer vorbestraft. Und Jorun hat gesagt, daß Sie als einziger das Auto leihen durften. Sie waren eine Ausnahme. Sie waren ein guter Freund und hatten kein Auto.«

Ahron zog hart an seiner Zigarette und stieß den Rauch aus.

»Ich bin nirgendwohin gefahren, ich war den ganzen Abend in der Kneipe und habe mich volllaufen lassen.«

»Zweifellos. Sie waren sinnlos betrunken, das hat der Koch bestätigt. Vergessen Sie nicht, daß er bei der Arbeit nüchtern sein muß und daß er die Leute im Auge behält. Daß er sieht, wer kommt und geht. Und wer *wann* kommt und geht.«

Ahron schwieg.

»Sie haben also einen Ausflug gemacht, haben vielleicht nachgesehen, was in der Stadt so los war, und Ihre kleine Runde haben Sie dann bei Durban beendet, haben Einarssons Wagen vor dem Haus abgestellt und um Punkt acht geklingelt. Zweimal kurz klingeln, nicht wahr?«

Schweigen.

»Sie haben bezahlt und die Ware gefordert, für die Sie bezahlt hatten. Und danach«, Sejer nickte kurz und starrte Ahron an, »haben Sie sich mit ihr gestritten.«

Sejer hatte die Stimme gesenkt, Ahron den Kopf. Als liege auf seinen Knien etwas, das ihn sehr interessierte.

»Sie haben ein gefährliches Temperament, Ahron. Ehe Sie sich's versahen, hatten Sie sie umgebracht. Sie sind zurück in die Kneipe gejagt und haben gehofft, damit ein Alibi zu haben, denn vielleicht hatte ja niemand bemerkt, daß Sie eine Weile weggewesen waren. Und dann haben Sie angefangen zu trinken.«

Ahron schüttelte verzweifelt den Kopf.

»In ihrem Rausch, der zweifellos sehr heftig war, ist Ihnen aufgegangen, was Sie getan hatten. Sie haben sich Einarsson anvertraut. Sie dachten, er könne Ihnen vielleicht zu einem Alibi verhelfen. Er war doch Ihr Freund. Ihr Jungs habt doch zusammengehalten. Und es war doch ein Versehen, nicht wahr? Sie waren eigentlich nur ein armes Würstchen, das voll in der Tinte saß, und das würde Egil sicher verstehen, und deshalb haben Sie sich ihm anvertraut. Und er war nüchtern, vielleicht der einzige von allen, der nüchtern war, ihm würde man also glauben.«

Ahron verfehlte den Aschenbecher, vermutlich aber ganz bewußt.

»Aber dann ist Ihnen wohl alles aus dem Ruder gelaufen. Blöd von Ihnen, Sie sind wirklich aufgefallen. Später in der Nacht hat der Wirt uns angerufen und uns gebeten, Sie zu holen und in die Ausnüchterungszelle zu stecken. Einarsson kam mit seinem Auto hinterher. Vielleicht hatte er Angst, Sie könnten unterwegs oder in der Zelle zuviel reden. Er wollte Sie nicht nur vor der Ausnüchterungszelle retten, sondern auch vor einer Verurteilung wegen Mordes. Und das hat er dann sogar geschafft! Wie schrecklich das alles war, ist Ihnen erst am nächsten Tag aufgegangen, und ich nehme an, Sie haben eine Gänsehaut bekommen bei dem Gedanken, wie leicht alles hätte schiefgehen können.«

Ahron drehte sich eine neue Zigarette.

»Es war sicher seltsam für Sie, daß Einarsson verschwunden ist. Haben Sie sich mal gefragt, warum er gestorben ist? Ich meine, haben Sie wirklich darüber nachgedacht? Es war nämlich, genau wie Sie gesagt haben, ein gediegenes Mißverständnis.«

Ahron sammelte Kräfte und ließ sich im Sessel zurücksinken.

»Und dann haben Sie etwas mit Jorun angefangen. Sie wußten, daß wir bei ihr gewesen waren. Hatten Sie Angst, Egil hätte ihr alles noch erzählen können?«

»Sie haben sicher lange geübt, um mir diese Geschichte so gekonnt auftischen zu können.«

»Hören Sie lieber zu. Ich habe Ihnen nämlich etwas zu erzählen. Sie sind gesehen worden. Eine Zeugin hat Sie gesehen, und ich meine nicht, als

Sie in Einarssons Opel den Tatort verließen. Eine Zeugin hat gesehen, wie Sie Maja Durban ermordet haben.«

Diese Behauptung wirkte so unwahrscheinlich, daß Ahron lächeln mußte.

»Manchmal fürchten sich Zeugen und melden sich deshalb nicht sofort. Manchmal haben sie dafür ihre guten Gründe, und deshalb hat es so lange gedauert. Aber am Ende ist sie dann aufgetaucht. Sie saß im Nebenzimmer, auf einem Hocker, und hat euch durch den Türspalt zugesehen. Sie hat sich soeben gemeldet.«

Peddiks Blick flackerte, dann lächelte er wieder.

»Eine ziemlich wilde Behauptung, nicht wahr?« fragte Sejer. »Da stimme ich Ihnen zu. Aber wissen Sie, diesmal ist es die Wahrheit. Sie haben einen Mord begangen, und Sie sind dabei beobachtet worden. Es war ein brutaler und ganz und gar unnötiger Mord. Übel. Eine Frau«, Sejer erhob sich und ging durch das Zimmer, »sogar eine kleine Frau, mit nur einem Bruchteil Ihrer Muskelmasse. Laut Bericht der Gerichtsmedizin war sie eins fünfundfünfzig und wog vierundfünfzig Kilo. Sie war nackt. Sie lag unten. Sie waren oben. Mit anderen Worten«, er ließ sich wieder in seinen Sessel sinken, »sie war vollständig wehrlos.«

»Sie war nicht wehrlos, verdammt noch mal, sie hatte ein Messer!«

Ahrons Ruf dröhnte durch das Zimmer, und danach keuchte er auf.

Er schlug die Hände vors Gesicht und versuchte, ruhig zu sitzen, aber sein ganzer Leib zitterte jetzt heftig.

»Ich will sofort einen Anwalt.«

»Der kommt schon noch.«

»Sofort, verdammt!«

Sejer beugte sich über den Rekorder und ließ die Kassette laufen. Eva Magnus' Stimme war klar und deutlich, fast ein wenig monoton. Bei der Aufnahme war sie bereits erschöpft gewesen, konnte aber nicht mißverstanden werden.

»Ihr Nutten seid verdammt noch mal gierig, ich habe für fünf Minuten einen Häuptling hingeblättert, weißt du, wie lange ich in der Brauerei malochen muß, um einen Häuptling zu verdienen?«

»Jetzt begreifen Sie vielleicht, warum Egil sterben mußte? Sie haben sich ziemlich ähnlich gesehen. Bei schlechtem Licht ist da schnell ein Irrtum passiert.«

»Den Anwalt!« sagte Ahron heiser.

Jan Henry hatte sich in der Garage versteckt. Er versuchte, die Hosenbeine des Schmieranzuges hochzukrempeln, und als ihm das gelungen war, wollte er sich in einer alten gesprungenen Fensterscheibe spiegeln, die an der Wand lehnte.

Emma Magnus stand im Gästezimmer ihres Vater, wo ihr Bett stand, sie blickte sich ratlos um. »Ich möchte lieber bei euch schlafen«, bettelte sie.

»Da ist kein Platz für dein Bett«, sagte ihr Vater verzweifelt.

»Dann kann ich doch in eurem Bett schlafen«, schluchzte Emma. »Ihr könnt mich doch auf der Ritze liegen lassen.«

Larsgård wurde mit dem Krankenwagen ins Krankenhaus gebracht. Die Rettungssanitäter sahen sich in der Wohnung um, um nicht aus Versehen eine Katze oder einen Hund dort einzusperren. Alle Zimmer wurden durchsucht, auch der Keller, aber dort gab es nur alten Müll, eine defekte Waschmaschine, verfaulte Äpfel und diverse alte Farbeimer.

Eva Magnus hatte sich die Decke über den Kopf gezogen. Unter der Decke war es dunkel, und ziemlich bald war es auch warm. In ihrem Kopf war alles leer.

Karlsen und Sejer gingen schweigend durch den Flur. Sie gingen zum Hinterhof, wo die Autos standen. Karlsen steuerte einen Ford Mondeo an.

»Wo wird Magnus wohl landen, was meinst du?«

Er schaute zu Sejer hinüber.

»Bei zwoneununddreißig, vorsätzlich, fürchte ich.«

Sejer seufzte tief. Sein Zwerchfell krampfte sich zusammen. Kinder kamen auf so seltsame Ideen, Kinder vergaßen die Zeit, hatten kein Verantwortungsgefühl, alles war möglich; sicher war nichts Schlimmes passiert, wahrscheinlich war es nur eine Kleinigkeit. Das war seine Hoffnung, als sie zum Wagen gingen. Aber instinktiv, wie auf ein Signal hin, gingen beide schneller.

Fremde Blicke

SERIE PIPER

Für Bente Konstance

Die Originalausgabe erschien 1996 unter dem Titel
»Se deg ikke tilbake!« im J. W. Cappelens Forlag a. s., Oslo.
Die Übersetzung wurde von NORLA Norwegian Literature Abroad,
Oslo, gefördert.

Obwohl ich einzelne Namen verändert habe, werden Anwohner die Landschaft erkennen, in der diese Geschichte spielt. Deshalb möchte ich betonen, daß keine der Personen in diesem Buch einen wirklichen Menschen zum Vorbild hat.

Valstad, Februar 1996,
Karin Fossum

Ragnhild öffnete vorsichtig die Tür und schaute hinaus. Auf der Straße war alles still, und der Wind, der nachts zwischen den Häusern gespielt hatte, hatte sich endlich gelegt. Sie drehte sich um und zog ihren Puppenwagen über die Türschwelle.

»Wir haben ja noch nicht mal gegessen«, klagte Marthe.

»Ich muß nach Hause. Wir gehen gleich einkaufen«, antwortete Ragnhild.

»Soll ich nachher zu dir kommen?«

»Gute Idee. Wenn wir eingekauft haben.«

Sie stand schon draußen und fing an, den Puppenwagen den Kiesweg zum Tor hoch zu schieben. Das war schwer, deshalb machte sie kehrt und zog ihn.

»Mach's gut, Ragnhild!«

Die Tür fiel ins Schloß. Ein scharfer Knall von Holz und Metall. Ragnhild hatte Probleme mit der Tür, traute sich aber nicht, sie offenstehen zu lassen. Marthes Hund durfte schließlich nicht weglaufen. Er saß unter dem Gartentisch und ließ sie nicht aus den Augen. Als sie das Tor endlich geschlossen hatte, ging sie in Richtung Garagen den Weg entlang. Sie hätte die Abkürzung zwischen den Häusern nehmen können, aber das war ihr mit dem Wagen zu schwer. Ein Nachbar schloß gerade die Garagentür. Er lächelte sie an und knöpfte sich ein wenig ungeschickt mit einer Hand den Mantel zu. Der Motor seines großen schwarzen Volvos brummte schon.

»Ach was, Ragnhild, so früh schon unterwegs? Ist Marthe noch nicht aufgestanden?«

»Ich habe da übernachtet«, erklärte Ragnhild. »Auf dem Boden auf einer Matratze.«

»Ach so.«

Er schloß die Garage ab und schaute auf die Uhr, es war 8.06. Gleich darauf fuhr das Auto auf die Straße und war verschwunden.

Ragnhild schob den Wagen mit beiden Händen. Sie hatte den steilen Hang erreicht und mußte dagegenstemmen, um den Wagen überhaupt halten zu können. Die Puppe, die Elise hieß wie sie selber – denn ihr voller Name war Ragnhild Elise –, glitt ans Fußende des Wagens. Das sah nicht gut aus, deshalb ließ Ragnhild mit einer Hand los, zog die Puppe nach oben, rückte die Decke zurecht und ging weiter. An den Füßen trug sie Gummischuhe, einen roten mit grünem Schnürsenkel und einen grünen mit rotem Schnürsenkel, so gehörte sich das. Außerdem trug sie einen roten Trainingsanzug mit dem Löwen Simba auf der Brust und darüber eine grüne Windjacke. Ihre Haare waren ungewöhnlich hell und dünn, trotzdem hatte sie sie in ein Gummi zwingen können. An dem Gummi bammelten bunte Plastikfrüchte, in der Mitte ragte wie eine kleine vernachlässigte Palme ein Haarbüschel auf. Sie war sechseinhalb, aber schmächtig für ihr Alter. Erst wenn sie den Mund aufmachte, war klar, daß sie bald in die Schule kommen würde.

Am Hang begegnete ihr niemand, doch als sie sich der Kreuzung näherte, hörte sie das Brummen eines Automotors. Deshalb blieb sie stehen, wich seitwärts aus und wartete, während der fleckige Kastenwagen über eine Rampe schaukelte. Der Wagen fuhr noch langsamer, als der Fahrer das rotgekleidete Kind entdeckte. Ragnhild wollte die Straße überqueren. Auf der anderen Seite war ein Bürgersteig, und ihre Mutter hatte ihr eingeschärft, immer auf dem Bürgersteig zu bleiben. Sie glaubte, daß das Auto jetzt weiterfahren würde, aber es blieb stehen. Der Fahrer kurbelte das Fenster herunter.

»Du kannst zuerst gehen, ich warte so lange«, rief er.

Sie zögerte kurz, dann ging sie los. Sie mußte sich wieder umdrehen, um den Wagen auf den Bürgersteig zu ziehen. Das Auto glitt ein Stück weiter, dann hielt es wieder an. Nun wurde das Fenster auf der anderen Seite geöffnet. Der hat aber komische Augen, dachte Ragnhild, so groß und kugelrund. Sie saßen weit auseinander und waren blaß wie dünnes Eis. Der Mund war klein, hatte aber fleischige Lippen, die Mundwinkel waren nach unten gezogen wie bei einem Fisch. Er starrte sie an.

»Willst du mit dem Wagen noch zum Skiferbakken?«

Sie nickte. »Ich wohne im Granittvei.«

»Das wird aber anstrengend. Was hast du denn da drin?«

»Elise«, antwortete sie und hob die Puppe hoch.

»Schön«, sagte er mit breitem Lächeln. So sah sein Mund weniger fischig aus.

Dann kratzte er sich den Kopf, seine Haare waren struppig, sie wuchsen in dicken Büscheln wie Ananasblätter. Durch das Kratzen wurden seine Haare noch struppiger.

»Ich kann dich hochfahren«, sagte er dann. »Hinten ist Platz für den Wagen.«

Ragnhild zögerte. Sie starrte den langen, steilen Hang hinauf. Der Mann zog die Handbremse und schaute im Wagen nach hinten.

»Mama wartet auf mich«, sagte Ragnhild.

Tief in ihrem Hinterkopf klingelte ein Warnsignal, aber sie konnte es nicht so richtig deuten.

»Du bist aber schneller zu Hause, wenn ich dich fahre«, sagte er.

Damit war der Fall entschieden. Ragnhild war ein praktisches kleines Mädchen, sie schob den Wagen hinter das Auto, und der Fahrer sprang heraus. Er öffnete die Hintertür, hob mit einer Hand zuerst den Wagen und dann Ragnhild hinein.

»Du mußt hinten sitzen und den Wagen festhalten. Sonst rollt er die ganze Zeit hin und her.«

Er ging wieder nach vorn, setzte sich und lockerte die Bremse.

»Gehst du jeden Tag diesen Hang hoch?« Er blickte sie im Rückspiegel an.

»Nur wenn ich bei Marthe gewesen bin. Ich habe da übernachtet.« Sie zog eine geblümte Toilettentasche unter der Puppendecke hervor und öffnete sie. Überzeugte sich davon, daß alles vorhanden war, das Nachthemd mit dem Bild von Nala, die Zahnbürste und die Haarbürste. Der Kastenwagen rumpelte über eine weitere Rampe. Der Mann schaute noch immer in den Spiegel.

»Hast du schon mal so eine Zahnbürste gesehen?« fragte Ragnhild und hielt sie für ihn hoch. Sie hatte Füße.

»Nein!« sagte er begeistert. »Wo hast du die denn her?«

»Von Papa. Hast du nicht so eine?«

»Ich wünsch mir eine zu Weihnachten.«

Endlich lag die letzte Rampe hinter ihm, und er schaltete in den zweiten Gang. Es schepperte entsetzlich. Die Kleine saß hinten auf dem Boden und hielt ihren Puppenwagen fest. Ein richtig süßes kleines Mädchen, dachte er, rot und fein in ihrem Trainingsanzug, wie eine reife kleine Beere. Er stieß einen Pfiff aus und fühlte sich obenauf, als er so hinter dem Lenker des großen Wagens thronte, in dem hinten das kleine Mädchen saß. Richtig obenauf.

DAS DORF LAG IN EINEM TAL am Ende eines Fjordes, unterhalb eines Berges. Wie ein Kolk, in dem das Wasser allzu still stand. Und alle wissen, daß nur fließendes Wasser frisch ist. Das Dorf war das Stiefkind der Gemeinde, die Straßen, die dorthin führten, waren in unbeschreiblich schlechtem Zustand. Ein seltenes Mal hielt ein Bus es für angebracht, bei der stillgelegten Meierei zu halten und Fahrgäste aufzulesen, die in die Stadt wollten. Danach wieder nach Hause zu gelangen war schon schwieriger.

Der Berg war eine graue Felskuppe, die Einheimischen betraten ihn fast nie, aber von weit her gereiste Besucher frequentierten ihn eifrig. Das lag an seinen ungewöhnlichen Mineralien und der wirklich einzigartigen Flora. An stillen Tagen war vom Gipfel her ein leises Klingeln zu hören, dann konnte man fast an Spuk glauben. In Wirklichkeit grasten oben Lämmer. Die benachbarten Hügel sahen im Dunst blau und luftig aus wie weicher Filz mit einzelnen wolligen Nebelschleiern. Konrad Sejer ließ auf der Karte die Fingerspitze die Straße entlangwandern. Sie näherten sich einem Kreisverkehr. Der Polizeibeamte Karlsen saß hinter dem Lenkrad, er schaute sich aufmerksam um und befolgte Sejers Anweisungen.

»Jetzt nach rechts durch den Gneisvei, dann den Skiferbakken hoch, dann biegst du links in den Feltspatvei ab. Von dort biegt nach rechts der Granittvei ab. Eine Sackgasse«, sagte Sejer nachdenklich. »Nummer fünf müßte das dritte Haus links sein.«

Er klang angespannt. Sein Ton noch knapper als sonst.

Karlsen bugsierte das Auto in eine Neubausiedlung und über die Rampen. Wie so oft hatten sich auch hier die Zuzügler zusammengerottet, ein Stück von den Alteingesessenen entfernt. Abgesehen von den Anweisungen fielen nicht viele Worte. Sie näherten sich dem Haus, versuchten, sich darauf vorzubereiten, hofften, daß das vermißte Kind vielleicht schon zurückgekehrt war. Vielleicht saß die Kleine auf dem Schoß ihrer Mutter, verdutzt und verlegen wegen der ganzen Aufregung. Es war ein Uhr, sie wurde also seit fünf Stunden vermißt. Zwei wären noch erträglich gewesen, fünf waren einwandfrei zu viele. Das Unbehagen wurde immer stärker, wie ein toter Punkt in der Brust, durch den kein Blut mehr strömt. Beide hatten Kinder, Karlsen eine achtjährige Tochter, Sejer einen vierjährigen Enkel. Ihr Schweigen war von Bildern erfüllt, die vielleicht Wirklichkeit werden würden. Dieser Gedanke traf Sejer, als sie vor Nummer fünf hielten. Es war ein niedriges weißes Haus mit dunkelblauen Fensterrahmen. Ein typisches anonymes Fertighaus, wie eine Puppenstube mit dekorativen Fensterläden und geschnitzten Windbrettern verziert. Der Garten war gepflegt. Um das ganze Haus zog sich eine große Veranda mit einem schön gestalteten Geländer. Sie befanden sich fast auf dem höchsten Punkt der Anhöhe und konnten das Dorf überblicken, ein kleines Dorf, recht hübsch, mit Höfen und Feldern. Vor dem Briefkasten stand ein Dienstwagen, der schon vor ihnen losgefahren war.

Sejer ging voran, putzte sich an der Fußmatte sorgfältig die Schuhe ab und zog den Kopf ein, bevor er ins Wohnzimmer trat. Innerhalb einer Sekunde hatten sie die Lage erfaßt. Die Kleine wurde weiterhin vermißt, die Panik war eine Tatsache. Auf dem Sofa saß die Mutter, eine kräftige Frau in einem karierten Kleid. Neben ihr, eine Hand auf ihren Arm gelegt, saß eine Polizeibeamtin. Sejer konnte die Angst im Zimmer fast riechen. Die Frau wandte alle ihre Kräfte auf, um nicht zu weinen oder um vielleicht einen schrillen Entsetzensschrei zu unterdrücken, deshalb keuchte sie bei der geringsten Anstrengung auf. Zum Beispiel, als sie sich erhob und ihm die Hand reichte.

»Frau Album«, sagte Sejer. »Es wird schon nach ihr gesucht, stimmt das?«

»Die Nachbarn. Sie haben einen Hund.« Sie sank wieder auf das Sofa. »Wir müssen uns gegenseitig helfen.«

Er setzte sich ihr gegenüber in den Sessel und beugte sich vor. Er wandte den Blick nicht von ihren Augen.

»Wir schicken eine Hundestreife los. Aber Sie müssen mir jetzt alles über Ragnhild erzählen. Wer sie ist und wie sie aussieht und was sie anhat.«

Keine Antwort, nur heftiges Nicken. Ihre Mundpartie war starr und unbeweglich.

»Haben Sie überall angerufen, wo sie sein könnte?«

»Da gibt es nicht viele Möglichkeiten«, murmelte sie. »Ich habe es überall versucht.«

»Haben Sie hier im Dorf noch Verwandte?«

»Nein. Wir sind nicht von hier.«

»Geht Ragnhild in den Kindergarten oder die Vorschule?«

»Wir haben keinen Platz bekommen.«

»Hat sie Geschwister?«

»Wir haben nur sie.«

Er versuchte, unhörbar Luft zu holen.

»Erstens«, sagte er dann. »Ihre Kleider. Beschreiben Sie die so genau wie möglich.«

»Roter Trainingsanzug«, stammelte Frau Album. »Mit einem Löwen auf der Brust. Grüne Windjacke mit Kapuze. Ein roter und ein grüner Schuh.«

Sie sprach ruckhaft, ihre Stimme drohte zu versagen.

»Und Ragnhild selber, beschreiben Sie sie mir.«

»Ein Meter zehn, achtzehn Kilo. Ganz blonde Haare. Wir waren gerade erst zur Reihenuntersuchung.« Sie ging zu der Wand, an der über dem Fernseher einige Fotos hingen. Die meisten zeigten Ragnhild, auf einem war Frau Album in Tracht zu sehen, ein anderes zeigte einen Mann in Felduniform, vermutlich den Ehemann. Sie suchte eins aus, auf dem die Kleine lächelte, und reichte es Sejer. Ragnhilds Haare waren fast weiß, die ihrer Mutter rabenschwarz. Aber der Vater war blond. Seine Haare lugten unter der Uniformmütze hervor.

»Was ist sie für ein Kind?«

»Zutraulich«, schluchzte Frau Album. »Redet mit allen.«

Bei diesem Eingeständnis überkam sie ein Zittern.

»Solche Kinder kommen auf dieser Welt am besten zurecht«, sagte er mit fester Stimme. »Wir müssen das Bild mitnehmen.«

»Das ist klar.«

»Sagen Sie mir«, bat er und setzte sich wieder, »wohin die Kinder im Dorf gehen, wenn sie etwas unternehmen wollen.«

»An den Fjord. Zum Prestegårdsstrand oder nach Horgen. Oder auf die Kuppe. Einige gehen auch zur Talsperre oder in den Wald.«

Er schaute aus dem Fenster und betrachtete die schwarzen Tannen.

»Hat irgendwer Ragnhild vor ihrem Verschwinden noch gesehen?«

»Marthes Nachbar. Sie kam gerade an seiner Garage vorbei, als er zur Arbeit fahren wollte. Ich weiß das, weil ich mit seiner Frau telefoniert habe.«

»Und wo wohnt Marthe?«

»Im Krystall. Nur ein paar Minuten von hier entfernt.«

»Sie hatte ihren Puppenwagen bei sich?«

»Ja. Der ist rosa.«

»Wie heißt dieser Nachbar? Der sie bei seiner Garage gesehen hat?«

»Walther«, antwortete Frau Album verwundert. »Walther Isaksen.«

»Wo finde ich ihn?«

»Er arbeitet bei Dyno Industrier. In der Personalabteilung.«

Sejer stand auf, ging zum Telefon und rief die Auskunft an, ließ sich die Nummer geben, wählte sie und wartete.

»Ich hätte gern mit Walther Isaksen gesprochen, es ist sehr dringend.«

Frau Album starrte ihn vom Sofa her besorgt an, Karlsen betrachtete durch das Fenster die Aussicht, die blauen Hügel, die Felder und in der Ferne den weißen Kirchturm.

»Konrad Sejer, Polizei«, sagte er kurz. »Ich rufe vom Granittvei fünf aus an, Sie können sich vielleicht denken, warum.«

»Ist Ragnhild noch immer nicht wieder aufgetaucht?«

»Nein. Aber wie ich höre, haben Sie sie gesehen, als Sie aus dem Haus gingen.«

»Ich wollte gerade mein Garagentor abschließen.«

»Haben Sie auf die Uhr geschaut?«

»Die zeigte acht Uhr sechs, ich war ein bißchen spät dran.«

»Wissen Sie das ganz sicher?«

»Ich habe eine Digitaluhr.«

Sejer schwieg und versuchte, sich die Straße hierher ins Gedächtnis zu rufen.

»Sie haben sie also um acht Uhr sechs bei Ihrer Garage zurückgelassen und sind direkt zur Arbeit gefahren?«

»Ja.«

»Zum Gneisvei hinunter und dann auf die Hauptstraße?«

»Stimmt.«

»Ich stelle mir vor«, sagte Sejer, »daß um diese Zeit die meisten in Richtung Stadt fahren und daß in der Gegenrichtung wahrscheinlich kein starker Verkehr ist.«

»Ja, das ist richtig. Durch das Dorf hier fahren nicht viele. Und Arbeitsplätze gibt es auch nicht.«

»Sind Ihnen heute trotzdem irgendwelche Wagen begegnet? Die in Richtung Dorf unterwegs waren?«

Der andere dachte nach. Sejer wartete. Im Zimmer war es still wie in einer Grabkammer.

»Ja, stimmt, mir ist unten im Tal einer begegnet. Gleich vor dem Kreisverkehr. Ein Kastenwagen, glaube ich, fleckig und häßlich. Ist sehr langsam gefahren.«

»Und wer saß drin?«

»Ein Mann«, sagte Isaksen zögernd. »Nur ein einzelner Mann.«

»Ich heisse Raymond.« Er lächelte.

Ragnhild blickte auf, sah im Spiegel das lächelnde Gesicht und die in der Morgensonne badende Kuppe.

»Fahren wir eine Runde?«

»Mama wartet auf mich.«

Sie sagte das in einem fast altklugen Tonfall.

»Warst du schon mal oben auf der Kuppe?«

»Ein Mal mit Papa. Zum Picknick.«

»Man kann auch mit dem Auto hochfahren«, erklärte er. »Von der Rückseite her. Sollen wir das mal machen?«

»Ich will nach Hause«, sagte sie, jetzt ein wenig unsicher.

Er schaltete und hielt an.

»Nur eine kleine Runde?« bettelte er.

Seine Stimme klang dünn. Ragnhild fand sie richtig traurig. Und sie war es nicht gewöhnt, sich den Wünschen der Erwachsenen zu widersetzen. Sie stand auf, ging zu seinem Sitz und beugte sich vor.

»Nur eine kleine Runde«, wiederholte sie. »Auf die Kuppe und dann sofort nach Hause.«

Er setzte in den Feltspatvei zurück und fuhr wieder bergab.

»Wie heißt du?« fragte er.

»Ragnhild Elise.«

Er wackelte ein wenig hin und her und räusperte sich schulmeisterlich.

»Ragnhild Elise. Du kannst so früh am Morgen nicht einkaufen gehen. Es ist doch erst Viertel nach acht. Der Laden hat noch zu.«

Sie gab keine Antwort. Statt dessen hob sie Elise aus dem Wagen, nahm sie auf den Schoß und zupfte ihr Kleid zurecht. Danach zog sie ihr den Schnuller aus dem Mund. Sofort schrie die Puppe los, ein dünnes metallisches Kleinkinderweinen.

»Was ist denn das?«

Er bremste abrupt und schaute in den Spiegel.

»Das ist nur Elise. Die weint, wenn ich ihr den Schnuller wegnehme.«

»Ich will das nicht hören! Steck ihn wieder rein!«

Jetzt saß er nervös hinter dem Lenkrad, der Wagen schlingerte hin und her.

»Papa kann besser fahren als du«, sagte sie.

»Ich mußte mir das selber beibringen«, erwiderte er mürrisch. »Niemand wollte mir Stunden geben.«

»Warum denn nicht?«

Er antwortete nicht, warf nur den Kopf in den Nakken. Sie hatten die Hauptstraße erreicht, er fuhr im zweiten Gang zum Kreisverkehr und überquerte mit heiserem Brüllen die Kreuzung.

»Und jetzt sind wir gleich in Horgen«, sagte sie zufrieden.

Er sagte noch immer nichts. Zehn Minuten später bog er nach links ab und fuhr den Hang hinauf. Sie kamen an zwei Höfen vorbei, an roten Scheunen und dem einen oder anderen abgestellten Traktor. Die Straße wurde immer schmaler und holpriger. Ragnhilds Arme, die noch immer den Puppenwagen festhielten, wurden langsam müde, sie legte die Puppe auf den Boden und hielt einen Fuß als Bremse zwischen die Räder.

»Hier wohne ich«, sagte er plötzlich und hielt an.

»Mit deiner Frau?«

»Nein, mit meinem Vater. Aber der liegt im Bett.«

»Steht er so spät auf?«

»Er muß immer liegen.«

Neugierig schaute sie aus dem Fenster und erblickte ein witziges Haus. Ursprünglich war es eine Hütte gewesen, die erst einen und dann noch einen Anbau erhalten hatte. Die Anbauten waren von unterschiedlicher Farbe. Neben dem Haus stand eine Garage aus Wellblech. Der Hof war zugewachsen. Eine alte verrostete Egge wurde langsam von Brennesseln und Löwenzahn begraben. Aber Ragnhild interessierte sich nicht für das Haus, sie hatte etwas anderes entdeckt.

»Kaninchen!« sagte sie überwältigt.

»Ja, möchtest du sie dir mal anschauen?«

Er sprang aus dem Wagen, öffnete die Hintertür und hob sie heraus. Er hatte einen seltsamen Gang, seine Beine waren unnatürlich kurz, und er war stark o-beinig. Er hatte kleine Füße. Die breite Nase saß fast unmittelbar über der ein wenig vorstehenden Unterlippe. Unter der Nase hing ein dicker klarer Tropfen. Ragnhild stellte fest, daß er noch nicht sehr alt war, auch wenn er beim Gehen schwankte wie ein alter Mann. Das war irgendwie komisch. Ein Jungengesicht auf einem alten Körper. Er wackelte zu den Kaninchenställen hinüber und machte sie auf. Ragnhild stand wie festgewachsen da.

»Darf ich mal eins halten?«

»Ja. Such dir eins aus.«

»Das kleine braune«, sagte sie hingerissen.

»Das ist Wuschel. Er ist der Schönste von allen.«

Er nahm den kleinen Wicht aus dem Käfig. Ein molliger Widder mit Hängeohren, hellbraun wie Kaffee mit sehr viel Milch. Er strampelte wild mit den Beinen, beruhigte sich in Ragnhilds Armen aber sofort. Für einen Moment war sie einfach sprachlos. Sie spürte sein Herz gegen ihre Hand hämmern und berührte vorsichtig ein Ohr. Es fühlte sich zwischen ihren Fingern an wie ein Stück Samt. Die Schnauze glänzte schwarz und feucht wie eine Lakritzpastille. Raymond stand daneben und sah zu. Jetzt hatte er ein Mädchen ganz für sich allein, und niemand hatte sie gesehen.

»Das Bild«, sagte Sejer, »und die Beschreibung reichen wir an die Zeitungen weiter. Wenn sie nichts Gegenteiliges hören, drucken sie das heute nacht.«

Irene Album sank über dem Tisch in sich zusammen und wimmerte. Die anderen starrten stumm ihre eigenen Hände und Frau Albums bebenden Rücken an. Die Beamtin hielt ein Taschentuch bereit. Karlsen scharrte ein wenig mit den Stuhlbeinen und schaute auf die Uhr.

»Hat Ragnhild Angst vor Hunden?« fragte Sejer.

»Warum wollen Sie das wissen?« schluchzte Frau Album.

»Es ist schon vorgekommen, daß Kinder, die wir mit der Hundestreife gesucht haben, sich versteckten, wenn sie unsere Schäferhunde hörten.«

»Sie hat keine Angst.«

In Gedanken wiederholte er diese Worte. *Sie hat keine Angst.*

»Sie haben Ihren Mann noch nicht erreichen können?«

»Der ist in Narvik zum Manöver«, schluchzte sie. »Irgendwo in den Bergen.«

»Haben die keine Mobiltelefone?«

»Sie sind außerhalb der Reichweite.«

»Und die Leute, die jetzt schon suchen, was sind das für welche?«

»Jungen aus der Nachbarschaft. Die, die tagsüber zu Hause sind. Einer hat ein Telefon bei sich.«

»Wie lange sind sie schon unterwegs?«

Sie schaute zur Wanduhr. »Über zwei Stunden.«

Ihre Stimme zitterte nicht mehr, jetzt klang sie wie unter Drogen, träge fast schon wie im Schlaf. Er beugte sich wieder vor und sprach so langsam und deutlich wie möglich mit ihr.

»Das, wovor Sie sich am allermeisten fürchten, ist höchstwahrscheinlich *nicht* passiert. Verstehen Sie? In der Regel verschwinden Kinder aufgrund irgendwelcher Bagatellen. Und es ist wirklich so, daß Kinder immer wieder verschwinden, eben weil sie Kinder sind. Sie besitzen weder Zeit- noch Verantwortungsgefühl, und sie sind so verflixt neugierig, daß sie jedem plötzlichen Impuls nachgeben. So sind Kinder eben, und deshalb verschwinden sie. Aber meistens tauchen sie ebenso plötzlich wieder auf, wie sie verschwunden sind. Oft können sie nicht einmal so recht erklären, wo sie gewesen sind oder was sie gemacht haben. Aber in der Regel«, er holte Atem, »ist ihnen nichts passiert.«

»Ja!« sagte sie und starrte ihn an. »Aber sie war noch nie verschwunden!«

»Sie wird eben größer«, sagte er mit eindringlicher Stimme. »Sie traut sich mehr.«

Gott helfe mir, dachte er gleichzeitig, ich weiß aber auch wirklich auf alles eine Antwort. Wieder stand er auf, um zu telefonieren. Unterdrückte den Wunsch, noch einmal auf die Uhr zu schauen, das hätte sie daran erinnert, daß die Zeit verging, und daran brauchte sie nun wirklich nicht erinnert zu werden. Er wurde mit der Kripo verbunden, faßte für die Kollegen kurz die Lage zusammen und bat sie, den Rettungsdienst zu informieren. Er nannte die Adresse im Granittvei und beschrieb die Verschwundene in aller Kürze. Rot angezogen, fast weiße Haare, rosa Puppenwagen. Er fragte, ob irgendwelche Meldungen eingelaufen seien, was aber nicht der Fall war. Er setzte sich wieder.

»Hat Ragnhild in letzter Zeit Personen erwähnt, die Ihnen unbekannt sind?«

»Nein.«

»Hatte sie Geld bei sich? Kann sie einen Kiosk gesucht haben?«

»Sie hatte kein Geld.«

»Das hier ist ein kleiner Ort«, sagte er dann. »Ist es schon einmal vorgekommen, daß sie draußen unterwegs war und daß ein Nachbar sie dann mit dem Auto mitgenommen hat?«

»Ja, das schon. Hier oben gibt es an die hundert Häuser, und sie kennt fast alle Leute. Sie kennt auch die Autos. Ab und zu gehen sie zur Kirche hinunter, sie und Marthe, mit ihren Puppenwagen, und meistens fährt irgendein Nachbar sie dann nach Hause.«

»Gehen sie aus irgendeinem besonderen Grund zur Kirche?«

»Da ist ein kleiner Junge begraben, den sie gekannt haben. Sie pflücken Blumen und legen sie auf sein Grab, und dann gehen sie wieder nach Hause. Ich glaube, sie finden das spannend.«

»Sie haben schon bei der Kirche gesucht?«

»Ich habe um zehn Uhr bei Marthe angerufen, weil Ragnhild noch nicht zu Hause war. Da sagte Marthe, sie sei schon um acht losgegangen, und ich bin ins Auto gesprungen. Ich habe die Haustür offenstehen lassen, falls sie inzwischen nach Hause käme. Ich bin zur Kirche und zur Tankstelle gefahren, und dort habe ich das Auto stehenlassen und überall gesucht. Ich war in der Reparaturwerkstatt und hinter der Meierei, und danach bin ich zur Schule gefahren und habe auf dem Schulhof nachgesehen, da stehen Kletterstangen und so. Und ich war auch im Kindergarten. Sie wäre so gern dort hingegangen …«

Wieder wimmerte sie. Solange sie weinte, warteten die anderen schweigend. Ihre Augen waren jetzt geschwollen, und verzweifelt zerknüllten ihre Finger ihr Kleid. Nach einer Weile versiegte ihr Weinen, und die Trägheit setzte wieder ein. Ein Schild, der ihr die Schreckensbilder vom Leib hielt.

Das Telefon schellte. Ein plötzliches unheilverkündendes Pfeifen. Frau Album schreckte vom Sofa hoch und wollte abnehmen, aber Sejers Hand fuhr hoch wie ein Stoppschild. Er hob den Hörer von der Gabel.

»Hallo? Ist Irene da?«

Es hörte sich an wie eine Jungenstimme. »Mit wem spreche ich?«

»Torbjørn Haugen. Wir suchen Ragnhild.«

»Hier ist die Polizei. Kannst du etwas berichten?«

»Wir haben uns bei allen Häusern hier oben erkundigt. Wirklich bei jedem. Aber viele sind ja jetzt nicht zu Hause. Immerhin haben wir im Feltspatvei eine Frau gefunden. Auf ihrem Hofplatz hat ein großes Auto gedreht, sie wohnt in Nummer eins. Eine Art Lieferwagen, sagt sie. Und in dem Wagen hat sie ein Mädchen mit grüner Jacke und weißen Haaren gesehen. Mit einer Haarwuschel auf dem Kopf. Und Ragnhild bindet sich doch oft die Haare mit einem Gummi hoch.«

»Weiter.«

»Der Wagen hat also gedreht und ist dann wieder bergabwärts gefahren. Und hinter der Biegung verschwunden.«

»Hast du die Uhrzeit?«

»Viertel nach acht.«

»Kannst du in den Granittvei kommen?«

»Wir sind gleich da, wir stehen beim Kreisverkehr.«

Sejer legte auf. Noch immer stand Irene Album aufrecht da.

»Wer war das?« flüsterte sie. »Was haben sie gesagt?«

»Jemand hat sie gesehen«, antwortete Sejer langsam. »Sie ist in ein Auto eingestiegen.«

Endlich kam der Schrei. Das Geräusch schien den dichten Wald zu durchdringen und in Ragnhilds Kopf eine schwache Bewegung auszulösen.

»Ich habe Hunger«, sagte sie plötzlich. »Ich muß nach Hause.«

Raymond blickte auf. Wuschel hoppelte über den Küchentisch und schleckte von dem Maismehl, das sie dort verstreut hatten. Sie hatten Zeit und Ort vergessen. Sie hatten alle Kaninchen gefüttert, Raymond hatte ihr seine Bilder gezeigt, die er aus Illustrierten ausgeschnitten und sorgfältig in ein großes Album eingeklebt hatte. Ragnhild mußte immer wieder über sein witziges Gesicht lachen. Jetzt ging ihr auf, daß es schon spät sein mußte.

»Du kannst hier ein Brot essen.«

»Ich will nach Hause. Wir müssen doch einkaufen gehen.«

»Zuerst fahren wir auf die Kuppe, danach bringe ich dich nach Hause.«

»Jetzt!« sagte sie energisch. »Ich will jetzt nach Hause.«

Raymond hielt verzweifelt Ausschau nach einer weiteren Möglichkeit, das hinauszuschieben.

»Ja, das weiß ich. Aber erst muß ich noch für Papa Milch kaufen. Unten in Horgen. Das dauert nicht lange. Du kannst hier warten, dann geht es schneller.«

Er sprang auf und sah sie an. Sah ihr helles Gesicht mit dem kleinen herzförmigen Mund, der ihn an Darling-Drops erinnerte. Ihre Augen waren klar und blau, die Augenbrauen eine dunkle Überraschung unter dem weißen Schopf. Dann seufzte er tief und ging zur Küchentür. Ragnhild wäre eigentlich gern gegangen, aber sie wußte den Weg nicht, deshalb mußte sie warten. Mit dem Kaninchen auf dem Arm stapfte sie in das kleine Wohnzimmer und rollte sich in der Sofaecke zusammen. Sie und Marthe hatten nachts nicht viel geschlafen, und das warme Tierchen an ihrem Hals ließ sie schläfrig werden. Bald fielen ihr die Augen zu.

Es dauerte eine ganze Weile, bis er zurückkam. Lange saß er bei ihr und staunte darüber, wie still sie schlief. Nicht eine einzige Bewegung, kein leises Seufzen. Es kam ihm so vor, als sei sie gewissermaßen aufgegangen, sei größer und wärmer geworden wie ein Hefebrot im Backofen. Nach einer Weile wurde er unruhig, er wußte nicht, wohin mit seinen Händen, deshalb steckte er sie in die Taschen und wiegte sich in seinem Sessel vor und zurück. Rieb den Hosenstoff zwischen seinen Händen und wiegte sich dabei immer schneller. Ängstlich schaute er aus dem Fenster und durch den Flur zum Schlafzimmer seines Vaters hinüber. Seine Hände arbeiteten und arbeiteten. Immer wieder starrte er ihre Haare an, sie glänzten wie Seide, fast wie Kaninchenfell. Dann stöhnte er leise und riß sich los. Stand auf und stupste sie vorsichtig an.

»Wir können jetzt fahren. Gib mir Wuschel.«

Einen Moment lang war Ragnhild restlos verwirrt. Sie stand langsam auf und starrte Raymond an. Folgte ihm in die Küche und zog die Windjacke an. Stapfte aus dem Haus, sah das kleine braune Fellknäuel im Käfig verschwinden. Ihr Puppenwagen stand noch hinten im Auto. Raymond sah traurig aus, er stupste sie von hinten an, um ihr beim Einsteigen zu helfen. Dann setzte er sich nach vorn und drehte den Zündschlüssel um. Nichts passierte.

»Der springt nicht an«, sagte er ärgerlich. »Das kapier ich nicht. Eben ist er doch noch gefahren. Dreckskarre!«

»Ich muß nach Hause!« sagte Ragnhild laut, als ob

das das Problem lösen könnte. Raymond drehte noch einmal den Schlüssel um und gab Gas, und der Motor schien auch zu reagieren, aber nur, um mit klagendem Laut wieder abzusterben.

»Dann müssen wir laufen.«

»Aber das ist doch schrecklich weit!« quengelte sie.

»Nein, von hier aus nicht. Wir sind jetzt hinter der Kuppe, fast ganz oben, und von oben kannst du dein Haus sehen. Ich kann für dich den Wagen schieben.«

Er zog eine Jacke an, die auf dem Vordersitz gelegen hatte, dann sprang er aus dem Wagen und öffnete für Ragnhild die Hintertür. Ragnhild nahm die Puppe auf den Arm, Raymond zog den Wagen hinter sich her. Der Wagen wackelte über den holprigen Weg. Hoch über sich konnte Ragnhild die Kuppe sehen, die den schwarzen Wald überragte. Für einen lärmenden Moment mußten sie sich an den Straßenrand pressen, als ein Wagen in hohem Tempo an ihnen vorüberjagte. Hinter ihm hing eine nebelweiße Staubwolke. Raymond kannte sich hier aus, er ging auch nicht besonders schnell, deshalb konnte Ragnhild problemlos mit ihm Schritt halten. Nach einer Weile wurde der Hang steiler, die Straße endete in einem Wendeplatz, und der Weg, der rechts um die Kuppe herumführte, war weich und glatt. Die Schafe hatten ihn erweitert, und ihre Kotkügelchen lagen dicht wie Schrotkörner beieinander. Ragnhild fand es lustig, darauf zu treten, sie waren trocken und knackten. Nach wenigen Minuten war zwischen den Bäumen ein schönes Glitzern zu sehen.

»Der Schlangenweiher«, sagte Raymond.

Ragnhild blieb neben ihm stehen. Starrte die Seerosenblätter an und ein kleines Boot, das mit dem Boden nach oben am Seeufer lag.

»Geh nicht ans Wasser«, sagte Raymond. »Das ist gefährlich. Man kann hier nicht baden, man versinkt im Sand und ist weg. Treibsand«, fügte er mit wichtiger Miene hinzu. Ragnhild schauderte. Sie ließ ihren Blick am Seeufer entlangwandern, einer wogenden gelben Linie aus Schilf mit nur einer Unterbrechung, einer dunklen Einbuchtung, die mit gutem Willen als Strand bezeichnet werden konnte. Und diese Stelle starrten sie an. Raymond ließ den Puppenwagen los, und Ragnhild steckte einen Finger in den Mund.

Torbjørn machte sich an seinem Funktelefon zu schaffen. Er war um die Sechzehn und hatte dunkle, halblange, leicht gewellte Haare, die er mit einem gemusterten Tuch bändigte. Die Zipfel ragten wie rote Federn aus dem Knoten auf, weshalb er wie ein bleicher Indianer aussah. Er schaute Ragnhilds Mutter nicht in die Augen, sondern starrte Sejer an und leckte sich immer wieder die Lippen.

»Du hast da wirklich eine wichtige Entdeckung gemacht«, sagte Sejer. »Bitte, schreib hier die Adresse auf. Weißt du noch, wie die Frau hieß?«

»Helga Moen. Nummer eins. Graues Haus mit Hundehütte.«

Er flüsterte das fast und schrieb die Adresse mit großen Buchstaben auf den Block, den Sejer ihm gereicht hatte.

»Ihr wart fast überall?« fragte Sejer.

»Wir waren zuerst auf der Kuppe, dann sind wir um den Schlangenweiher herumgegangen und haben uns auf den Waldwegen ein bißchen umgesehen. Wir waren auch an der Talsperre, beim Laden in Horgen und am Prestegårdsstrand. Und bei der Kirche. Und dann haben wir uns noch auf zwei Höfen, in Bjerkerud und im Pferdesportzentrum erkundigt. Ragnhild war, äh, ich meine, *ist* sehr an Pferden interessiert.«

Bei diesem Versprecher errötete er leicht. Sejer klopfte ihm auf die Schulter.

»Setz dich, Torbjørn.«

Er nickte zum Sofa hinüber, auf dem neben Frau Album noch Platz war. Jetzt hatte sie ein anderes Stadium erreicht, sie konzentrierte sich mit aller Gewalt auf die schwindelerregende Möglichkeit, daß Ragnhild vielleicht nie wieder nach Hause zurückkehrte und daß sie den Rest ihres Lebens ohne das kleine Mädchen mit den großen blauen Augen würde verbringen müssen. Diese Erkenntnis setzte wie kleine Stiche ein, mit denen sie sich behutsam vertraut machen mußte. Ihr Körper war wie erstarrt, so als habe sie eine Stahlschiene im Rücken. Die Beamtin, die bisher kaum ein Wort gesagt hatte, erhob sich langsam. Zum erstenmal wagte sie, einen Vorschlag zu machen.

»Frau Album«, bat sie leise, »darf ich uns einen Kaffee kochen?«

Frau Album nickte kurz, stand dann auf und folgte der Beamtin in die Küche. Ein Wasserhahn wurde aufgedreht, Tassen klirrten. Sejer nickte unmerklich zu Karlsen hinüber und winkte ihn auf den Flur. Dort tuschelten sie miteinander. Torbjørn sah gerade noch Sejers Kopf und Karlsens schwarze, glänzende Schuhspitzen. Im Halbdunkel konnten sie unbemerkt auf die Uhr schauen. Das taten sie, dann nickten sie einander zu. Ragnhilds Verschwinden war blutiger Ernst, und der große Apparat mußte in Gang gesetzt werden. Sejer kratzte sich durch sein Hemd hindurch am Ellbogen.

»Ich kann die Vorstellung, sie in einem Graben zu finden, nicht ertragen.«

Er öffnete die Tür, um frische Luft zu schnappen. Und da stand sie. In rotem Trainingsanzug, auf der untersten Stufe, ein weißes Händchen lag auf dem Geländer.

»Ragnhild?« fragte er verwundert.

Eine glückliche halbe Stunde später, als der Wagen Skiferbakken hinunterglitt, fuhr er sich zufrieden mit den Fingern durchs Haar. Karlsen fand, daß es, so frischgeschnitten und kürzer als sonst, einer Stahlbürste ähnelte. So einer, mit der alte Farbe weggekratzt wird. Das scharfgeschnittene Gesicht sah friedlich aus, nicht verschlossen und ernst wie sonst. Auf halber Höhe des Hangs kamen sie an dem grauen Haus vorbei. Sie sahen die Hundehütte und ein Gesicht im Fenster. Wenn Helga Moen auf Besuch von der Polizei gehofft hatte, dann würde sie enttäuscht werden. Ragnhild saß wohlgeborgen auf dem Schoß ihrer Mutter und hielt ein dickes Butterbrot in der Hand.

Den Augenblick, als die Kleine das Haus betreten hatte, würden die beiden nie vergessen. Die Mutter, die das leise Stimmchen gehört hatte, stürzte aus der Küche und riß sie an sich, blitzschnell, wie ein Raubtier seine Beute packt, die es nie, nie wieder loslassen will. Ragnhild saß fest wie in einem Fuchseisen. Ihre dünnen Glieder und der weiße Haarbüschel lugten zwischen den kräftigen Armen der Mutter hervor. Und so blieben sie stehen. Nichts war zu hören, außer dem leisen Schluchzen von einer der beiden. Torbjørn machte sich wütend an seinem Telefon zu schaffen, die Beamtin klapperte mit den Tassen, Karlsen zwirbelte und zwirbelte seinen Schnurrbart, ein glückseliges Grinsen breitete sich aus. Im Zimmer wurde es heller, so als treffe die Sonne plötzlich voll auf die Fensterscheibe. Und dann rief die Mutter, lachend und schluchzend zugleich: »DU SCHRECKLICHES KIND!«

»Ich spiele mit dem Gedanken«, sagte Sejer und räusperte sich, »eine Woche Urlaub zu nehmen. Ich habe noch allerhand abzustottern.«

Karlsen ließ den Wagen über eine Rampe schaukeln.

»Was willst du in der Zeit machen? Fallschirm springen in Florida?«

»Ich will das Ferienhaus klarmachen.«

»Das ist doch in der Nähe von Brevik, oder?«

»Sandøya.«

Sie bogen auf die Hauptstraße ab und fuhren schneller.

»Ich muß dieses Jahr nach Legoland«, murmelte Karlsen. »Ich kann mich nicht länger daran vorbeimogeln. Die Kleine quengelt schon die ganze Zeit.«

»Das klingt ja wie eine Strafe«, sagte Sejer. »Legoland ist Klasse. Am Ende des Besuchs bist du garantiert überladen mit Legosteinen und absolut bekehrt. Du solltest unbedingt hinfahren. Du wirst es nicht bereuen.«

»Du warst also schon mal da?«

»Ja, mit Matteus. Weißt du, daß die nur aus Legosteinen eine Statue von Sitting Bull gemacht haben? Eins Komma vier Millionen ganz besonders gefärbte Legosteine. Es ist unvorstellbar!«

Er verstummte, entdeckte auf der linken Seite die Kirche, eine kleine weiße Holzkirche, ein Stück von der Straße entfernt, zwischen grünen und gelben Ackerzipfeln, umstanden von üppigen Bäumen. Ein hübsches Kirchlein, dachte er, hier hätte ich Elise begraben sollen. Auch wenn der Weg dann weiter wäre. Jetzt war es natürlich zu spät. Sie war seit über acht Jahren tot und begraben in der Innenstadt, gleich bei einer vielbefahrenen Hauptstraße, umgeben von Auspuffgasen und Lärm.

»Du meinst, daß mit der Kleinen alles in Ordnung war?«

»Hat so ausgesehen. Ich habe die Mutter gebeten anzurufen, wenn sie sich ein wenig beruhigt haben. Sie wird nach und nach sicher ein wenig gesprächiger werden. Sechs Stunden«, sagte er nachdenklich. »Das ist ziemlich lange. Muß ein charmanter Eigenbrötler gewesen sein.«

»Er hatte ja offenbar einen Führerschein. So ganz außen vor kann er also nicht sein.«

»Das wissen wir doch nicht, ob er einen Führerschein hat.«

»Nein, verdammt, da hast du recht«, mußte Karlsen zugeben. Er bremste abrupt und hielt bei der Tankstelle, im sogenannten Zentrum, wo es außerdem noch Post, Bank und Friseur gab. Ein Plakat mit der Mitteilung »Medikamentenausgabe« war ans Fenster des Lebensmittelladens geklebt worden, und der Friseur lockte mit einer neuen Sonnenbank.

»Ich brauche einen Schokoriegel. Kommst du mit rein?«

Sie gingen in den Laden, und Sejer kaufte Zeitung und Schokolade. Er schaute aus dem Fenster auf den Fjord hinab.

»Entschuldigung«, sagte die junge Frau hinter dem Tresen, »aber Ragnhild ist doch hoffentlich nichts passiert?«

Nervös starrte sie Karlsens Uniform an.

»Kennen Sie sie?« Sejer legte Geld auf den Tresen.

»Nein, kennen ist zuviel gesagt, aber ich weiß, wer sie ist. Ihre Mutter hat sie heute morgen hier gesucht.«

»Ragnhild geht es gut. Sie ist wieder zu Hause.«

Sie lächelte erleichtert und reichte ihm das Wechselgeld.

»Sind Sie von hier?« fragte Sejer. »Kennen Sie die meisten Leute?«

»Ich glaube schon. So viele wohnen hier ja nicht.«

»Wenn ich frage, ob Sie einen Mann kennen, der möglicherweise ein wenig eigen ist und der einen Kastenwagen fährt, einen alten, häßlichen und fleckigen Kastenwagen, klingelt es dann bei Ihnen irgendwo?«

»Hört sich an wie Raymond.« Sie nickte. »Raymond Låke.«

»Was wissen Sie über ihn?«

»Er arbeitet in der Behindertenwerkstätte. Wohnt mit seinem Vater in der Bruchbude auf der anderen Seite der Kuppe. Raymond ist mongoloid. Dreißig Jahre alt vielleicht und sehr lieb. Sein Vater hatte übrigens früher diese Tankstelle. Ehe er in Rente ging.«

»Hat er einen Führerschein?«

»Nein, aber er fährt trotzdem. Mit dem Auto seines Vaters. Der Alte ist bettlägerig, er kann nichts dagegen machen. Der Lensmann weiß Bescheid und staucht ihn ab und zu zusammen, aber das hilft nicht viel. Er ist sehr komisch, fährt immer im zweiten Gang. Hat er Ragnhild mitgenommen?«

»Ja.«

»Dann konnte ihr wirklich nichts passieren.« Sie lächelte. »Raymond würde sogar anhalten, um einen Marienkäfer über die Straße zu lassen.«

Mit immer breiter werdendem Lächeln gingen sie wieder zu ihrem Auto. Karlsen biß in seinen Schokoriegel und schaute auf die Uhr.

»Nett hier«, sagte er kauend.

Sejer, der sich ein altmodisches Marzipanbrot gekauft hatte, folgte seinem Blick. »Der Fjord ist tief, über dreihundert Meter. Wird nie wärmer als siebzehn Grad.«

»Kennst du hier Leute?«

»Ich nicht, aber meine Tochter, Ingrid. Sie war hier auf einer heimatkundlichen Wanderung von der Sorte, wie sie im Herbst arrangiert werden. ›Lern dein Dorf besser kennen.‹ So was liebt sie.« Er wickelte das Silberpapier zu einem dünnen Röllchen auf und schob es in seine Hemdentasche. »Können Mongoloide gute Autofahrer werden, was meinst du?«

»Keine Ahnung«, sagte Karlsen. »Aber denen fehlt ja nichts, nur haben sie eben ein Chromosom zuviel. Wenn ich das richtig verstanden habe, dann ist ihr größtes Problem, daß sie langsamer lernen als andere. Und ihr Herz ist schwach. Deshalb werden sie nicht alt. Und dann ist da noch irgend etwas mit ihren Händen.«

»Was denn?«

»Ihnen fehlt eine Falte in der Handfläche oder so.«

Sejer blickte ihn verwundert an. »Ragnhild hat sich jedenfalls von ihm betören lassen.«

»Die Kaninchen waren ihm dabei sicher eine Hilfe.«

Karlsen zog ein Taschentuch hervor und wischte sich Schokolade aus den Mundwinkeln. »Ich bin mit so einem aufgewachsen. Wir nannten ihn den verrückten Gunnar. Wenn ich jetzt darüber nachdenke, dann haben wir wohl geglaubt, er käme aus einer anderen Welt. Er lebt nicht mehr, er ist nur fünfunddreißig geworden.«

Sie stiegen ein und fuhren weiter. Sejer bereitete eine schlichte kleine Rede vor, die er später dem Abteilungsleiter servieren wollte. Plötzlich war es ihm ungeheuer wichtig, einige freie Tage zu bekommen, um zu seinem Ferienhaus zu fahren. Gerade jetzt wäre das schön, die Wettervorhersage war vielversprechend, und das glückliche Ende von Ragnhilds Geschichte hatte ihn in gute Laune versetzt. Er starrte auf Äcker und Wiesen, registrierte plötzlich, daß sie langsam fuhren, und sah vor ihnen auf der Straße den Traktor. Ein grüner John Deere mit buttergelben Felgen kroch die Straße entlang. Sie konnten nicht überholen; wenn sie schon mal eine gerade Strecke erreicht hatten, war sie zu kurz. Der Bauer, der eine Schirmmütze und Kopfhörer aufhatte, saß wie ein Holzklotz da, er schien aus dem Treckersitz herauszuwachsen.

Karlsen schaltete und seufzte. »Er hat Rosenkohl geladen. Kannst du nicht die Hand ausstrecken und einen Kasten mopsen? Den kochen wir dann in der Kantinenküche?«

»Jetzt fahren wir ungefähr so schnell wie Raymond«, murmelte Sejer. »Im zweiten Gang durchs Leben. Das wäre wirklich was, du.«

Nach der ländlichen Stille erschien die Stadt ihnen als verdrecktes wimmelndes Chaos von Menschen und Autos. Der meiste Verkehr strömte noch immer durch die Innenstadt, die Stadtverwaltung kämpfte verbissen für den Tunnel, für den die Pläne schon bereitlagen, gegen den aber immer neue Gruppen mit mehr oder weniger gewichtigen Argumenten protestierten. Die Lüftungstürme würden die Gegend verschandeln, die Bauarbeiten würden Lärm und Schmutz mit sich bringen, und schließlich würde es eine Menge kosten.

Sejer starrte aus dem Büro seines Chefs auf die Straße hinunter. Er hatte gerade seinen Spruch aufgesagt und wartete nun auf die Antwort. Die stand schon fest. Holthemann würde niemals nein sagen, nicht, wenn Sejer die Bitte vorbrachte. Aber er hatte immerhin seine Prinzipien.

»Du hast die Dienstpläne überprüft? Und mit den anderen gesprochen?«

Sejer nickte. »Soot übernimmt mit Siven zwei Schichten, ich gehe davon aus, daß sie ihn bei der Stange hält.«

»Dann sehe ich keinen Grund, nicht …«

Das Telefon klingelte. Zwei kurze Pieptöne, wie von einem hungrigen Vogel. Sejer war nicht religiös, sandte aber trotzdem ein Stoßgebet – möglicherweise zur Vorsehung, sie möge ihm doch nicht den Urlaub vor der Nase wegschnappen.

»Ob Konrad gerade bei mir ist?« Holthemann nickte. »Ja, ist er. Stellt sie durch.«

Er zog die Leitung gerade und reichte Sejer den Hörer. Sejer nahm an, vielleicht wollte Ingrid ihn sprechen, er brauchte sich ja nicht schon im voraus Sorgen zu machen. Es war Frau Album.

»Ist mit Ragnhild alles in Ordnung?« fragte er rasch.

»Ja, das schon. Wirklich. Aber sie hat etwas Seltsames erzählt, als wir dann endlich allein waren. Und da mußte ich einfach anrufen, ich fand, es hörte sich so merkwürdig an, und normalerweise denkt sie sich nichts aus, so etwas jedenfalls nicht, und deshalb rufe ich an. Dann habe ich doch immerhin Bescheid gesagt.«

»Was ist denn los?«

»Dieser Mann, mit dem sie zusammen war, der hat sie nach Hause gebracht. Er heißt übrigens Raymond, der Name ist ihr später noch eingefallen. Sie sind über die Kuppe und am Schlangenweiher vorbeigegangen, und dort haben sie eine kleine Pause eingelegt.«

»Ja und?«

»Ragnhild sagt, daß dort oben eine Frau liegt.«

Sejer kniff überrascht die Augen zu.

»Was sagen Sie da?«

»Daß am Schlangenweiher eine Frau liegt. Ganz still und ohne Kleider.«

Ihre Stimme klang ängstlich und verlegen zugleich.

»Glauben *Sie* ihr das?«

»Ja, ich glaube ihr. Würde ein Kind sich das denn ausdenken? Aber ich traue mich nicht allein dort hinauf, und ich mag sie auch nicht mitnehmen.«

»Dann werde ich das überprüfen lassen. Behalten Sie die Sache erst einmal für sich. Wir melden uns.«

Er legte auf und schloß sein in Gedanken bereits geöffnetes Ferienhaus wieder ab. Sofort war der Geruch von Gischt und frischgefangenem Kabeljau verschwunden. Er lächelte schräg zu Holthemann hinüber.

»Du, ich muß erst noch was erledigen.«

Karlsen war auf Streife, im einzigen Dienstwagen, der ihnen an diesem Tag zur Verfügung stand; damit mußte er den ganzen Stadtkern abklappern. Deshalb nahm Sejer Skarre mit, einen jungen lockigen Beamten, der ungefähr halb so alt war wie er selbst. Skarre war ein lustiger kleiner Mann, munter und optimistisch, mit Resten eines südnorwegischen Akzents, der durchbrach, wenn sein Puls schneller wurde. Sie hielten wieder vor dem Briefkasten im Granittvei und unterhielten sich eine Weile mit Irene Album. Ragnhild hing ihr die ganze Zeit am Rockzipfel. Offenbar hatten allerlei Ermahnungen ihren Weg in den weißhaarigen Kinderkopf gefunden. Die Mutter zeigte und erklärte, sagte, sie sollten einem markierten Weg folgen, der gegenüber vom Haus am Waldrand begann und dann links an der Kuppe vorbeiführte. So gut in Form, wie sie waren, würden sie dafür wohl zwanzig Minuten brauchen.

Die Tannen waren mit blauen Pfeilen bemalt. Sejer und sein Kollege starrten skeptisch den Schafskot an, wichen ab und zu aufs Heidekraut aus, wanderten aber zielstrebig bergauf. Sejer ging leicht und unbeschwert. Einmal blieb er stehen, drehte sich um und blickte auf die Neubausiedlung hinunter. Jetzt waren nur die Dächer zu sehen, braunrosa und schwarz in der Ferne. Dann gingen sie weiter, schweigend, einerseits, weil sie allen Sauerstoff brauchten, um die Füße zu heben, andererseits, weil sie sich vor dem fürchteten, was sie vielleicht finden würden. Der Wald war hier so dicht, daß sie im Halbdunkeln gingen. Sejer richtete mechanisch seinen Blick auf den Boden, nicht weil er Angst hatte zu stolpern, sondern um Spuren zu finden. Wenn dort oben wirklich etwas passiert war, dann konnte alles wichtig sein. Sie waren seit genau siebzehn Minuten unterwegs, als der Wald sich öffnete und ihnen Tageslicht entgegenströmte. Jetzt sahen sie das Wasser. Einen spiegelblanken Weiher, nicht größer als ein großer Teich. Er lag zwischen den Tannen wie ein geheimer Raum. Einen Moment lang ließen sie ihre Blicke schweifen. Folgten der gelben Schilflinie und entdeckten ein Stück entfernt etwas, das sie für einen Strand hielten. In sicherer Entfernung vom Wasser gingen sie auf diesen Strand zu, der Schilfgürtel war breit, und sie trugen nur normale Straßenschuhe. Strand war eigentlich viel zu hoch gegriffen. Es handelte sich eher um eine sumpfige Stelle mit vier oder fünf großen Felsen, gerade genug, um das Schilf auszusperren, und vielleicht die einzige Stelle, die Zugang zum Wasser bot. In Dreck und Modder lag eine Frau. Sie lag auf der Seite, kehrte ihnen den Rücken zu, eine dunkle Windjacke bedeckte ihren Oberkörper, ansonsten war sie nackt. Neben ihr lagen übereinander blaue und weiße Kleidungsstücke. Sejer blieb stehen und griff automatisch nach dem Telefon an seinem Gürtel. Dann entschied er sich dagegen. Er verließ den Weg und näherte sich der Frau vorsichtig. Dabei hörte er, wie der Schlamm unter seinen Schuhen gurgelte.

»Stehenbleiben«, sagte er leise.

Skarre gehorchte. Sejer hatte jetzt das Wasser erreicht, er setzte den Fuß auf einen Felsen und konnte die Frau von vorn sehen. Er wollte sie nicht anfassen, jetzt noch nicht. Ihre Augen waren ein wenig eingesunken. Sie waren halb offen und auf einen Punkt draußen im Wasser gerichtet. Die Augäpfel waren matt und runzlig. Die Pupillen groß und nicht mehr ganz rund. Der Mund war offen, und an den Lippen, teilweise auch über der Nase, klebte gelblichweißer Schaum, so als habe sie etwas erbrochen. Sejer bückte sich und blies, der Schaum bewegte sich nicht. Das Gesicht der Frau war nur wenige Zentimeter vom Wasser entfernt. Er legte zwei Finger auf ihre Halsschlagader. Die Haut war nicht mehr elastisch, jedoch nicht so kalt, wie er erwartet hatte.

»Tot«, sagte er.

An Ohrläppchen und Hals entdeckte er schwache rotviolette Flecken. Die Haut der Beine war zur Gänsehaut geworden, ansonsten aber makellos. Er ging aufs feste Ufer zurück. Skarre hatte die Hände in die Taschen gesteckt und schien nicht recht zu wissen, wie er sich verhalten sollte. Er hatte schreckliche Angst davor, einen Fehler zu machen.

»Ganz nackt unter der Jacke. Keine sichtbaren äußeren Verletzungen. Achtzehn bis zwanzig Jahre vielleicht.«

Dann telefonierte er, verständigte einen Krankenwagen, die Gerichtsmedizin, Fotografen und Techniker. Erklärte ihnen den Weg, die befahrene Straße auf der

Rückseite der Kuppe. Er bat sie, in einiger Entfernung zu halten, um eventuell vorhandene Reifenspuren nicht zu zerstören. Dann schaute er sich nach einer Sitzgelegenheit um und entschied sich für den flachsten Felsen. Skarre ließ sich neben ihn fallen. Stumm starrten sie die weißen Beine der Toten an und die blonden Haare, sie waren glatt und halblang. Die Frau lag fast in Embryostellung. Sie hatte die Arme vor der Brust verschränkt und die Knie angezogen. Die Windjacke lag locker über ihrem Oberkörper und reichte ihr bis zur Mitte der Oberschenkel. Die Jacke war sauber und trokken. Ihre übrigen Kleider waren hinter ihrem Rücken aufgestapelt, sie waren naß und verdreckt. Jeans mit Gürtel, ein blau-weiß kariertes Hemd, ein BH, ein dunkelblaues Sweatshirt. Reebok-Turnschuhe.

»Was hat sie denn da am Mund?« fragte Skarre.

»Schaum.«

»Aber wieso Schaum? Wo kommt der denn her?«

»Das werden wir sicher noch erfahren.« Sejer schüttelte den Kopf. »Sieht aus, als habe sie sich schlafen gelegt und der Welt den Rücken zugekehrt.«

»Man zieht sich doch wohl nicht aus, wenn man Selbstmord begehen will?«

Sejer gab keine Antwort. Er sah sie wieder an, sah den weißen Körper am schwarzen Wasser, umgeben von dunklen Tannen. Diese Szene hatte nichts Gewalttätiges an sich, es wirkte eher friedlich. Sie faßten sich in Geduld.

Sechs Männer kamen mit schweren Schritten aus dem Wald. Das Stimmengewirr ebbte mit leisem Husten ab, als sie die Kollegen am Seeufer entdeckten. Eine Sekunde später sahen sie die Tote. Sejer erhob sich und winkte.

»Bleibt auf eurer Seite!« rief er.

Das taten sie. Alle kannten diesen grauen Schopf. Einer der Männer musterte mit geübtem Blick das Gelände, stampfte kurz auf den Boden auf, der hier ziemlich fest war, und murmelte etwas von zu wenig Niederschlag. Der Fotograf ging vorn. Er achtete nicht weiter auf die Tote, sondern schaute zum Himmel hoch, wie um die Lichtverhältnisse zu überprüfen.

»Mach von beiden Seiten Bilder«, sagte Sejer. »Und achte darauf, daß auch die Vegetation mit drauf ist. Ich fürchte, du mußt auch noch ins Wasser, ich will Bilder von vorn, ohne sie bewegen zu müssen. Wenn du den halben Film voll hast, entfernen wir die Jacke.«

»Solche Weiher sind in der Regel endlos tief«, sagte der Fotograf skeptisch.

»Du kannst doch schwimmen?«

Sie schwiegen kurz.

»Da hinten liegt ein Kahn. Den können wir nehmen.«

»Den mit dem flachen Boden? Der sieht ganz schön morsch aus.«

»Das wird sich herausstellen«, sagte Sejer kurz.

Während des Fotografierens warteten die anderen ganz still, nur ein Techniker durchsuchte ein Stück weiter weg den Boden, auf dem jedoch keinerlei Abfälle zu finden waren. Es war eine äußerst idyllische Stelle, an solchen Orten war der Boden normalerweise mit Kronkorken, benutzten Kondomen, Kippen und Schokoladenpapier übersät. Hier fanden sie nichts.

»Unglaublich«, sagte er. »Nicht einmal ein abgebranntes Streichholz.«

»Er hat danach vielleicht aufgeräumt«, sagte Sejer.

»Sieht das nicht eher nach Selbstmord aus?«

»Sie ist splitternackt«, wandte Sejer ein.

»Ja, aber das wollte sie sicher so. Die Kleider sind ihr jedenfalls nicht mit Gewalt vom Leib gerissen worden.«

»Sie sind dreckig.«

»Vielleicht hat sie sie deshalb ausgezogen.« Der Techniker lächelte. »Und sie hat sich erbrochen. Sicher hatte sie etwas gegessen, das sie nicht vertragen hat.«

Sejer schluckte eine Antwort hinunter und sah die Tote an. Ob er wollte oder nicht, er konnte diesen Gedankengang nachvollziehen. Sie sah wirklich aus, als habe sie sich zum Schlafen hingelegt, ihre Kleider lagen ordentlich neben ihr, waren nicht wahllos verstreut. Sie waren schlammig, schienen aber nicht beschädigt zu sein. Nur die Windjacke, die ihren Oberkörper bedeckte, war trocken und sauber. Er starrte Schlamm und Modder an und entdeckte etwas, das wie Schuhsohlenabdrucke aussah. »Sieh dir das an«, sagte er zu dem Techniker.

Der Mann im Overall ging in die Hocke und maß alle Abdrucke mehrmals aus.

»Hoffnungslos. Es steht zuviel Wasser drin.«

»Kannst du gar nichts damit anfangen?«

»Wahrscheinlich nicht.«

Sie betrachteten die mit Wasser gefüllten Ovale aus zusammengekniffenen Augen.

»Mach trotzdem Fotos. Ich finde, sie sehen klein aus. Vielleicht von einem Menschen mit kleinen Füßen.«

»An die siebenundzwanzig Zentimeter. Nicht gerade eine Riesenquante. Könnten ihre sein.« Der Fotograf machte mehrere Bilder der Spuren. Danach schwappte er in dem alten Kahn über den Weiher. Sie hatten keine Ruder finden können, deshalb mußte er mit den Händen paddeln. Bei jeder Bewegung bekam das Boot bedrohlich Schlagseite.

»Es zieht Wasser«, rief er besorgt.

»Keine Panik, gleich kommt eine komplette Rettungsmannschaft!« antwortete Sejer.

Als der Fotograf endlich fertig war, hatte er über fünfzig Aufnahmen gemacht. Sejer ging zum Wasser, legte Schuhe und Socken auf einen Stein, krempelte die Hosenbeine hoch und watete los. Er stand einen Meter vom Kopf der Toten entfernt. Sie trug eine Kette mit Anhänger um den Hals. Vorsichtig hob er mit einem Kugelschreiber den Anhänger hoch. »Ein Medaillon«, sagte er leise. »Vermutlich Silber. Steht etwas drauf. Ein H und ein M. Halt mal eine Tüte bereit.«

Er bückte sich, öffnete den Verschluß der Kette und nahm die Jacke weg.

»Sie ist rot im Nacken«, sagte er dann. »Fast ungewöhnlich helle Haut, aber sehr rot im Nacken. Ein häßlicher Fleck, so groß wie eine Hand.«

Snorrason, der Gerichtsmediziner, trug Gummistiefel. Er stapfte durch das Wasser und untersuchte der Reihe nach Augäpfel, Zähne, Fingernägel. Registrierte die makellose Haut, die schwachen roten Flecken, es gab mehrere von der Sorte, die wie zufällig über Hals und Brust verteilt waren. Er merkte sich jede Einzelheit, die langen Beine, das Fehlen von Muttermalen, was nur selten vorkam, und er fand nur eine kleine Petechie auf der rechten Schulter. Vorsichtig berührte er den Schaum über ihrem Mund mit einem Holzspatel. Der Schaum war fest und dicht, fast wie eine Süßspeise.

»Was ist das denn?«

Sejer nickte zu ihrem Mund hinunter.

»Auf den ersten Blick tippe ich auf Lungenflüssigkeit, die Protein enthält.«

»Und das bedeutet?«

»Ertrinken. Es kann aber auch auf etwas anderes hindeuten.« Snorrason kratzte ein wenig Schaum weg, und nach kurzer Zeit quoll neuer hervor. »Die Lunge klappt zusammen«, erklärte er.

Sejer kniff die Lippen zusammen, als er dieses Phänomen betrachtete.

Der Fotograf machte weitere Bilder von der Toten, nun ohne Jacke.

»Jetzt müssen wir das Siegel brechen«, sagte Snorrason und drehte sie vorsichtig auf den Bauch. »Eine ganz schwach einsetzende Starre, vor allem im Nacken. Große, gutgebaute Frau, gut in Form. Breite Schultern. Kräftige Muskulatur in Oberarmen, Oberschenkeln und Waden. Hat vielleicht Sport getrieben.«

»Kannst du irgendwelche Hinweise auf Gewalteinwirkung entdecken?«

Snorrason betrachtete den Rücken und die Rückseite der Beine. »Abgesehen von dem roten Fleck im Nacken – nein. Jemand kann sie hart im Nacken gepackt und dann kopfüber ins Wasser gedrückt haben, als sie noch angezogen war. Dann wurde sie an Land gezogen, sorgfältig entkleidet, zurechtgelegt und mit der Jacke zugedeckt.«

»Irgendwelche Anzeichen für eine Vergewaltigung?«

»Kann ich noch nicht sagen.«

Snorrason maß ziemlich ungerührt vor aller Augen ihre Temperatur und las das Ergebnis mit zusammengekniffenen Augen ab.

»Dreißig Grad. Wenn wir die wenigen Totenflecken und nur eine leichte Starre im Nacken dazunehmen, können wir davon ausgehen, daß der Tod innerhalb der letzten zehn bis zwölf Stunden eingetreten ist.«

»Nein«, sagte Sejer. »Nicht, wenn sie hier gestorben ist.«

»Möchtest du meinen Job übernehmen?«

Sejer schüttelte den Kopf. »Heute vormittag hat hier

eine Suchaktion stattgefunden. Eine Gruppe von Leuten mit einem Hund hat diesen Teich nach einem verschwundenen Kind abgesucht. Das muß irgendwann zwischen zwölf und zwei gewesen sein. Und da lag sie noch nicht hier. Sie hätten sie doch gesehen. Das Kind ist übrigens wohlbehalten wieder aufgetaucht«, fügte er hinzu.

Er sah sich um, starrte aus schmalen Augen auf Modder und Schlamm. Ein winzig kleiner leuchtender Punkt erregte seine Aufmerksamkeit. Vorsichtig hob er ihn mit zwei Fingern hoch. »Was ist das denn?«

Snorrason blickte in Sejers Hand. »Eine Pille, irgendeine Art von Tablette.«

»Vielleicht findest du in ihrem Magen noch mehr davon?«

»Sehr gut möglich. Aber ich kann nirgendwo ein Pillenglas entdecken.«

»Sie kann sie doch lose in der Tasche gehabt haben.«

»Dann werden wir in ihren Jeans Staub finden. Leg die Pille hier in die Tüte.«

»Kannst du sehen, was das für ein Zeug ist?«

»Das kann alles mögliche sein. Aber die kleinsten Tabletten sind oft die stärksten. Das Labor wird das schon feststellen.«

Sejer nickte den Männern mit der Bahre zu und beobachtete sie bei ihrer Arbeit. Dann hob er zum erstenmal seit langem wieder den Blick und schaute nach oben. Der Himmel war bleich, die spitzen Tannen umgaben den Weiher wie erhobene Lanzen. Sie würden das in der Tat feststellen. Das schwor er sich. Alles, was passiert war.

Jacob Skarre, geboren und aufgewachsen in Søgne an der idyllischen Südküste, war gerade fünfundzwanzig.

Er hatte schon oft nackte Frauen gesehen, wenn auch noch nie so eine wie diese hier am Weiher. Der Gedanke kam ihm, als er neben Sejer im Wagen saß, daß diese auf ihn vielleicht einen tieferen Eindruck machte als alle anderen Toten, die er je gesehen hatte. Vielleicht weil sie so lag, als wolle sie ihre Nacktheit verstecken, mit dem Rücken zum Weg, mit gesenktem Kopf und angezogenen Knien. Aber sie hatten sie doch gefunden und ihre Nacktheit gesehen. Sie hatten sie gedreht und gewendet, hatten ihre Lippen weggedrückt und ihre Zähne untersucht, hatten ihre Augenlider hochgeschoben. Hatten ihre Temperatur gemessen, während sie mit gespreizten Beinen auf dem Boden lag. Wie bei einer Stute auf einer Auktion.

»Sie war doch eigentlich ziemlich hübsch, oder?« fragte er erschüttert.

Sejer gab keine Antwort. Aber er freute sich über diese Bemerkung. Er hatte schon andere Frauen gefunden und ganz andere Kommentare gehört. Sie fuhren eine Weile schweigend weiter und starrten auf die Straße vor ihnen, in einer unbestimmten Ferne jedoch sahen sie die ganze Zeit diesen nackten Leib. Das Rückgrat, die Fußsohlen mit der etwas rötlicheren Haut, die Waden mit den hellen Härchen, das alles schwebte wie eine Luftspiegelung über dem Asphalt. Sejer hatte ein seltsames Gefühl. Dieser Fall war anders als alle vorherigen.

»Hast du Nachtschicht?«

Skarre räusperte sich. »Nur bis Mitternacht. Ich bin ein paar Stunden für Ringstad eingesprungen. Aber du wolltest doch eine Woche Urlaub nehmen, fällt der jetzt ins Wasser?«

»Sieht so aus.«

In Wahrheit hatte er diesen Plan schon vergessen.

Vor ihm auf dem Tisch lag die Vermißtenliste.

Darauf standen nur vier Namen, und zwei davon waren Männernamen. Die beiden Frauen waren vor 1960 geboren und konnten unmöglich die Tote am Schlangenweiher sein. Die eine war aus der Psychiatrischen Abteilung des Zentralkrankenhauses verschwunden, die andere aus dem Altersheim der Nachbargemeinde. »1,55 groß, 45 Kilo, schneeweiße Haare.«

Es war sechs Uhr nachmittags, und es konnten noch Stunden vergehen, bis irgendein ängstliches Gemüt sie endlich vermißt melden würde. Sie mußten auf die Bilder und den Obduktionsbericht warten, und deshalb konnte er nicht viel tun. Sie brauchten erst die Identität der Frau. Er nahm seine Lederjacke vom Stuhlrücken und fuhr mit dem Fahrstuhl ins Erdgeschoß hinunter. Machte eine elegante Verbeugung vor Frau Brenningen in der Rezeption und dachte daran, daß sie Witwe und ihr Leben seinem eigenen vielleicht ziemlich ähnlich war. Hübsch war sie auch, blond wie Elise, aber rundlicher. Er ging über den Parkplatz zu seinem Privatwagen, einem alten eisblauen Peugeot 604. In Gedanken sah er das Gesicht der Toten vor sich, gesund und rund und ungeschminkt. Die Kleider waren solide und modisch, die glatten hellen Haare gepflegt, die Turnschuhe teuer. Am Handgelenk hatte sie eine teure Sportuhr von Seiko getragen. Es war eine Frau aus gutem Haus, aus einer Familie mit Ordnung und Struktur. Er hatte andere Frauen gefunden, bei denen ein ganz anderer Lebensstil seine deutliche Sprache gesprochen hatte. Und doch war er manches Mal überrascht worden. Zum Beispiel wußten sie noch nicht, ob diese Tote sich mit Alkohol oder Rauschgift oder irgendeinem anderen Teufelszeug vollgepumpt hatte. Möglich war alles, und oft trog der erste Eindruck. Er fuhr langsam durch die Stadt, vorbei am Marktplatz und der Feuerwache. Skarre hatte versprochen anzurufen, sowie die Vermißtenmeldung eingelaufen war. Auf dem Medaillon standen die Buchstaben H. M. Sejer überlegte, Helene vielleicht oder Hilde. Er glaubte nicht, daß sie lange auf den Anruf würden warten müssen. Das war eine Frau, die ihre Verabredungen einhielt, die ihr Leben im Griff hatte.

Als er den Schlüssel ins Schloß steckte, hörte er den dumpfen Lärm, mit dem der Hund seinen illegalen Aufenthalt im Sessel beendete. Sejer wohnte in einem Block; es war das einzige zwölfstöckige Hochhaus in der Stadt und sah in seiner Nachbarschaft ziemlich lächerlich aus. Wie ein übergroßer Hinkelstein ragte es inmitten der übrigen Bebauung in den Himmel. Daß Sejer und seine Frau Elise vor zwanzig Jahren trotzdem hier eingezogen waren, hatte daran gelegen, daß die Wohnung einfach vorzüglich geschnitten war und eine atemberaubende Aussicht bot. Er konnte von hier aus wirklich die ganze Stadt sehen, und wenn er sich die Alternativen vorstellte, dann kam ihm jede andere Möglichkeit zu wohnen wie Eingesperrtsein vor. Im Haus vergaß man schnell, wie es von außen aussah, die Wohnung war gemütlich und angenehm, die Wände waren mit Holz getäfelt. Die Möbel stammten noch von seinen Eltern, alt und solide und aus sandstrahlgeblasener Eiche. Die Wände waren größtenteils mit Büchern bedeckt, und an den wenigen freien Stellen hatte er ausgewählte Bilder aufgehängt. Eins von Elise, mehrere vom Enkel und seiner Tochter Ingrid. Eine Kohlezeichnung von Käthe Kollwitz, die er aus einem Kunstkatalog ausgeschnitten hatte, steckte in einem schwarzen Lackrahmen – »Tod mit Mädchen auf dem Schoß«. Ein Foto zeigte ihn selbst in freiem Fall über dem Flugplatz. Auf einem posierten seine Eltern feierlich in ihrem Sonntagsstaat. Immer, wenn er seinen Vater ansah, rückte sein eigenes Alter unangenehm nahe. So würden die Wangen einsinken, die Haare auf den Ohren und die Augenbrauen dagegen würden weiterwachsen und ihm das gleiche buschige Aussehen verleihen.

Die Regeln in dieser Gemeinschaft, in der die Familien wie bei Vigelands Monolith übereinandergestapelt waren, waren sehr streng. Es war verboten, auf dem Balkon Teppiche zu klopfen, deshalb brachte er seine jeden Frühling in die Reinigung. Es war eigentlich wieder an der Zeit. Kollberg, der Hund, hinterließ überall jede Menge von Haaren. Eine eigens einberufene Hausversammlung hatte sich mit Kollberg befaßt, hatte ihm dann aber die Wohnerlaubnis erteilt, vermutlich, weil Sejer Hauptkommissar war und seine Anwesenheit den anderen ein Gefühl von Sicherheit vermittelte. Er fühlte sich nicht eingesperrt, er wohnte ganz oben. Die Wohnung war sauber und ordentlich und spiegelte sein Inneres wider: Ordnung und Übersicht. Nur der Hund hatte in der Küche eine Ecke, in der immer wieder Trockenfutter und Wasser den Boden verschmutzten, und diese Ecke war Sejers einziger schwacher Punkt. Seine Beziehung zu dem Hund war in zu hohem Maß geprägt von Gefühlen und in zu geringem von Autorität. Das Badezimmer war der einzige Raum, mit dem er unzufrieden war, aber darum würde er sich später kümmern. Jetzt war erst mal diese Frau an der Reihe, vielleicht auch ein gefährlicher, frei herumlaufender Mann. Sejer gefiel das nicht. Er hatte das Gefühl, vor einer dunklen Biegung zu stehen, hinter die er nicht schauen konnte.

Er stellte sich breitbeinig hin, um die Umarmung des Hundes aufzufangen, die einfach überwältigend war.

Dann machte er mit ihm einen kurzen Spaziergang um den Block, gab ihm frisches Wasser und hatte die Zeitung zur Hälfte gelesen, als das Telefon klingelte. Er drehte die Stereoanlage leise und verspürte eine leichte Spannung, als er abnahm. Vielleicht hatte schon jemand angerufen, vielleicht hatten sie jetzt einen Namen.

»Hallo, Opa!«

»Matteus?«

»Ich muß jetzt ins Bett. Es ist spät.«

»Hast du dir denn auch brav die Zähne geputzt?« fragte Sejer und setzte sich auf die Bank vor dem Telefon. Er sah das kleine mokkafarbene Gesicht und die perlweißen Zähnchen vor sich.

»Das hat Mama gemacht.«

»Und deine Fluortablette genommen?«

»Mhm.«

»Und dein Abendgebet aufgesagt?« neckte er.

»Mama sagt, das ist nicht nötig.«

Sejer plauderte lange mit seinem Enkel, er hielt den Hörer dicht an sein Ohr, um jeden kleinen Seufzer und jede Nuance der hellen Stimme zu hören. Diese Stimme war rund und weich wie der Ton einer Weidenflöte im Frühling. Dann wechselte er noch ein paar Worte mit seiner Tochter. Hörte ihr leises resigniertes Seufzen, als er von dem Fund erzählte, so als gefiele ihr seine Berufswahl überhaupt nicht. Sie seufzte genauso wie früher Elise. Ihr eigenes Engagement im vom Bürgerkrieg verwüsteten Somalia erwähnte er nicht. Statt dessen schaute er auf die Uhr und dachte plötzlich, daß jetzt irgendwo ein anderer Mensch das gleiche tat. Irgendwo wartete jemand, schaute zum Fenster und zum Telefon hinüber und wartete vergeblich.

Die Wache war eine rund um die Uhr geöffnete Institution, zuständig für fünf Gemeinden, in denen einhundertfünfzehntausend gute und böse Bürger lebten. Im gesamten Gerichtsgebäude arbeiteten mehr als zweihundert Menschen, einhundertfünfzig davon gehörten zur Wache. Zweiunddreißig von ihnen waren Ermittler, aber da immer wieder irgendwer beurlaubt war oder auf Weisung des Justizministeriums Kurse oder Seminare besuchen mußte, standen nie mehr als zwanzig Personen für die tägliche Arbeit zur Verfügung. Das war zu wenig. Holthemann behauptete, die Öffentlichkeit stehe für sie nicht mehr im Mittelpunkt, sondern sei fast vollständig aus ihrem Blickfeld verschwunden.

Kleinere Fälle wurden von einsamen Ermittlern bearbeitet, schwierigere von Gruppen. Insgesamt hatten sie es pro Jahr mit vierzehn- bis fünfzehntausend Fällen zu tun. Tagsüber konnte ihre Arbeit in der Behandlung von Gesuchen bestehen; die einen wollten auf dem Markt einen Stand aufbauen, um Blumen oder Figuren aus Salzteig zu verkaufen, die anderen wollten gegen irgend etwas demonstrieren, gegen den neuen Tunnel vielleicht. Die Protokolle der automatischen Verkehrskontrollen mußten durchgesehen werden. Wutschnaubende Bürger kamen angestürzt und wurden mit entlarvenden Fotos konfrontiert, auf denen sie geschlossene Linien überquerten oder bei Rot weiterfuhren. Sie saßen zornbebend im Wartezimmer, täglich dreißig bis vierzig solche Leute, denen die Brieftasche in der Westentasche zitterte. Der Verkehrslernbus mußte besetzt werden, und schändlicherweise rissen die Beamten sich durchaus nicht um diese wichtige Aufgabe. Festgenommene sollten zum Untersuchungsrichter und mußten gebracht und abgeholt werden, die

Kollegen brachten Anträge auf Beurlaubung oder freie Tage, die behandelt werden mußten, und schließlich gab es jeden Tag endlose Besprechungen. Im dritten Stock hauste die Gerichts- und Anklageabteilung, deren fünf Juristen mit der Polizei ausgezeichnet zusammenarbeiteten. Im vierten und fünften Stock lag das Kreisgefängnis. Der Hofgang fand auf dem Dach statt, von wo aus die Häftlinge einen Blick auf den Himmel werfen konnten.

Die Kriminalstation war das Gesicht, das die Wache der Welt zukehrte, was hohe Ansprüche an Anpassungsvermögen und Geduld des jeweiligen Wachhabenden stellte. Die Bürger der Stadt hingen rund um die Uhr an der Strippe, ein praktisch nie versiegender Strom von Anliegen: gestohlene Fahrräder, entlaufene Hunde, Einbrüche und Schikanen. Wütende Väter aus den besseren Wohnvierteln klagten über Verkehrsrowdies in der Nachbarschaft. Ein seltenes Mal war nur eine schluchzende Stimme zu hören, jämmerliche Versuche, Mißhandlungen oder Vergewaltigungen zu melden, die in Verzweiflung ertranken und nur einen Summton in der Leitung hinterließen. Noch seltener hatte jemand einen Mord oder ein Verschwinden zu melden. In diesem Strom wartete Skarre. Er wußte, daß der Anruf kommen würde, er spürte, wie seine Spannung stieg, während die Uhr tickte und den Abend und dann die Nacht erreichte.

Als Sejers Telefon zum zweitenmal schellte, war es fast Mitternacht. Er döste mit der Zeitung auf dem Schoß in seinem Sessel vor sich hin, das Blut floß leicht durch seine Adern, verdünnt mit einem kleinen Whisky. Er ließ ein Taxi kommen und stand zwanzig Minuten später im Büro.

»Sie sind in einem alten Toyota gekommen«, erzählte Skarre hektisch. »Ich habe draußen auf sie gewartet. Ihre Eltern.«

»Was hast du ihnen gesagt?«

»Sicher nicht das Richtige. Ich bin ein bißchen gestreßt. Sie haben angerufen, und dreißig Minuten später waren sie hier. Sie sind schon wieder weg.«

»Zur Gerichtsmedizin?«

»Ja.«

»So sicher wart ihr euch also?«

»Sie hatten ein Foto bei sich. Die Mutter konnte ihre Kleidung genau beschreiben. Alles stimmte, von der Gürtelschnalle bis zur Unterwäsche. Sie hatte einen besonderen BH für Sportlerinnen. Sie hat ziemlich viel trainiert. Aber die Windjacke ist nicht ihre.«

»Wie bitte?«

»Ziemlich unglaublich, nicht?«

Skarre konnte nicht dagegen an, er war zwar erschüttert, aber seine Augen funkelten trotzdem.

»Er hat uns ganz einfach eine Spur geschenkt. In ihrer Tasche hatte sie eine Tüte Bonbons und ein eulenförmiges Reflexplättchen. Sonst nichts.«

»Daß er seine Jacke hinterlassen hat, kapiere ich nicht. Wer ist sie denn eigentlich?«

Skarre sah in seinen Notizen nach. »Annie Sofie Holland.«

»Annie Holland? Aber was ist mit dem Medaillon?«

»Das stammt von ihrem Freund. Er heißt Halvor.«

»Woher kommt sie?«

»Aus Lundeby. Sie wohnen im Krystall Nummer zwanzig. In derselben Straße, in der Ragnhild Album gestern übernachtet hat, nur weiter von der Straße weg. Komischer Zufall!«

»Und ihre Eltern, was sind das für Menschen?«

»Außer sich vor Angst«, sagte Skarre leise. »Nette, ordentliche Leute. Sie hat ununterbrochen geredet, er war fast stumm. Sie sind zusammen mit Siven losgefahren. Du kannst dich doch setzen«, sagte er dann. »Ich bin ein bißchen zappelig.«

Sejer steckte sich ein Fisherman's Friend in den Mund.

»Sie war erst fünfzehn«, fuhr Skarre fort. »Ging noch zur Schule.«

»Was sagst du da? Fünfzehn?« Sejer schüttelte den Kopf. »Ich hätte sie für älter gehalten. Sind die Bilder fertig?«

Er fuhr sich mit der Hand durch den kurzen Schopf und setzte sich.

Skarre reichte ihm eine Archivmappe. Die Bilder waren auf das Format zwanzig mal fünfundzwanzig vergrößert worden, zwei waren noch größer.

»Hast du schon einmal einen Sexualmord gesehen?«

Skarre schüttelte den Kopf. »Das sieht nicht wie einer aus. Die sind anders.«

Er blätterte sich durch den Fotostapel durch. »Sie liegt zu ordentlich da, sieht zu hübsch aus. Irgendwie zurechtgelegt und zugedeckt. Keine Kratzer oder Schrammen, keine Hinweise auf Widerstand. Sogar ihre Haare sehen gekämmt aus. Sexualverbrecher tun so was nicht, die wollen ihre Macht demonstrieren. Sie schleudern ihre Opfer einfach von sich.«

»Aber sie ist doch nackt?«

»Ja, das schon.«

»Was sagen die Bilder dir denn? So ganz spontan?«

»Ich weiß nicht so recht. Die Jacke ist so sorgfältig über ihre Schultern gelegt.«

»Eine Art Fürsorge?«

»Sieh dir doch die Bilder an. Was meinst du?«

»Doch, du hast schon recht. Aber was ist es denn dann? Eine Art Mord aus Barmherzigkeit?«

»Auf jeden Fall sind hier Gefühle im Spiel. Ich meine, neben diesem anderen hat er auch Gefühle für sie. Gute Gefühle. Deshalb hat sie ihn vielleicht gekannt. In der Regel kennen sie sich ja.«

»Wie lange werden wir wohl auf den Bericht warten?«

»Ich werde Snorrason nach besten Kräften in den Nacken pusten. Wirklich blöd, daß wir da oben nichts gefunden haben. Außer unbrauchbaren Fußspuren und einer Pille. Und ansonsten nicht mal eine Kippe, nicht einmal ein Eisstäbchen.«

Er zerbiß den Fisherman, ging zum Waschbecken und füllte einen Pappbecher mit Wasser.

»Morgen fahren wir in den Granittvei. Wir müssen mit den Leuten sprechen, die Ragnhild gesucht haben, mit Torbjørn zum Beispiel. Wir müssen wissen, wann sie am Schlangenweiher waren.«

»Was ist mit Raymond Låke?«

»Den brauchen wir auch. Und Ragnhild. Kinder kriegen sehr viel mit, das kann ich dir sagen. Ich spreche aus Erfahrung«, fügte er hinzu. »Was ist mit Hollands, haben die noch andere Kinder?«

»Noch eine Tochter. Älter.«

»Gott sei Dank.«

»Ist das ein Trost?« fragte Skarre skeptisch.

»Für uns«, antwortete Sejer düster.

Der Jüngere klopfte sich auf die Jackentasche. »Darf ich hier rauchen?«

»Von mir aus.«

»Du«, sagte Skarre dann und stieß den Rauch aus, »es gibt zwei Wege zum Schlangenweiher. Den markierten, den wir gegangen sind, und einen befahrbaren auf der Rückseite, den haben Ragnhild und Raymond genommen. Wenn an dieser Straße jemand wohnt, sollten wir da morgen doch mal anklopfen.«

»Der Weg heißt Kollevei. Ich glaube, er ist ziemlich spärlich besiedelt, ich habe mir zu Hause die Karte angesehen. Nur ein paar Höfe. Aber natürlich, wenn sie im Auto zum Weiher gebracht worden ist, müssen sie diesen Weg gefahren sein.«

»Ihr Freund tut mir leid, den mußt du doch auch vorladen.«

»Wir werden ja sehen, was das für ein Typ ist.«

»Wenn einer ein Mädchen umbringt«, sagte Skarre, »indem er ihren Kopf unter Wasser drückt, bis sie tot ist, und wenn er sie danach wieder an Land zieht und sie so hübsch arrangiert, dann stelle ich mir ungefähr diese Aussage vor: ›Ich wollte dich ja gar nicht umbringen, aber mir blieb wirklich nichts anderes übrig.‹ Irgendwie als ob er um Entschuldigung bitten wollte, nicht wahr?«

Sejer leerte seinen Pappbecher und drückte ihn zusammen. »Ich werde morgen mit Holthemann sprechen. Ich möchte dich bei diesem Fall dabeihaben.«

Skarre zwinkerte überrascht.

»Er hat mich auf die Sparkasse angesetzt«, stammelte er. »Zusammen mit Gøran.«

»Hast du denn Lust?«

»Lust auf einen Mordfall? Das ist doch das pure Weihnachtsgeschenk. Ich meine, eine große Herausforderung. Natürlich habe ich Lust.«

Er wurde rot und eilte zum wütend klingelnden Telefon. Hörte zu, nickte und legte auf.

»Das war Siven. Sie haben sie identifiziert. Annie Sofie Holland, geboren am 3. März 1980. Aber die Eltern können erst morgen vernommen werden, sagt sie.«

»Ist Ringstad im Dienst?«

»Eben gekommen.«

»Dann mach, daß du nach Hause kommst. Morgen wird ein harter Tag. Ich nehme die Fotos mit«, fügte er hinzu.

»Willst du die zu Hause im Bett studieren?«

»Ja, das habe ich vor.« Sejer lächelte wehmütig. »Ich mag Bilder aus Papier lieber. Die kann ich danach in die Schublade stecken.«

Krystall war wie der Granittvei eine Sackgasse. Sie endete in einem dichten, undurchdringlichen Gestrüpp, in dem irgendwelche Umweltsünder im Schutze der Dunkelheit Müll abgeladen hatten. Die insgesamt einundzwanzig Häuser lagen dicht nebeneinander. Aus der Entfernung konnte man sie für Reihenhäuser halten, als Sejer und Skarre jedoch die Straße entlanggingen, entdeckten sie zwischen den Häusern schmale Durchgänge, gerade breit genug für eine Person. Die Häuser hatten drei Stockwerke, spitze Dächer und sahen sich überhaupt nicht ähnlich, sie erinnerten an den Hafen in Bergen, fand Sejer. Die Farben variierten, paßten aber zueinander, Tiefrot, Dunkelgrün, Braun und Grau. Eines hob sich von den anderen ab, es war orange.

Vermutlich hatten mehrere Anwohner den Streifenwagen bei den Garagen und Skarres Uniform registriert. Bald würde die Bombe hochgehen. Die Stille schien elektrisch geladen zu sein.

Ada und Eddie Holland wohnten in Nummer eins. Sejer konnte die Augen der Nachbarn im Nacken fast spüren, als er vor der Tür stehenblieb. In Nummer eins ist etwas passiert, dachten die anderen jetzt, im Haus von Hollands, wo die beiden Mädchen wohnen. Er versuchte, ruhig zu atmen, das, was ihm jetzt bevorstand, ließ seinen Atem schneller gehen. Es fiel ihm so schwer, daß er schon vor Jahren eine Reihe vorformulierter Bemerkungen zusammengestellt hatte, die er jetzt, nach langem Training, mit fester Stimme vortragen konnte.

Annies Eltern hatten, seit sie in der letzten Nacht nach Hause gekommen waren, offenbar überhaupt nichts mitbekommen. Sie hatten auch nicht geschlafen. Der Schock in der Gerichtsmedizin war für sie wie ein helles Gongsignal, das noch immer in ihren Köpfen vibrierte. Die Mutter saß auf der Sofaecke, der Vater auf der Armlehne. Er schien wie betäubt. Die Frau hatte die Katastrophe noch nicht begriffen, sie blickte Sejer fast verständnislos an, so als könnte sie sich nicht vorstellen, was zwei Polizisten in ihrem Wohnzimmer zu suchen hatten. Das alles war doch ein Alptraum, und bald würde sie erwachen. Sejer mußte ihre Hand von ihrem Schoß heben.

»Ich kann Ihnen Annie nicht zurückbringen«, sagte er leise. »Aber ich hoffe, daß wir feststellen werden, warum sie gestorben ist.«

»Das Warum interessiert uns nicht«, rief die Mutter mit schriller Stimme. »Wichtig ist das Wer! Ihr müßt feststellen, wer es war, und dann müßt ihr ihn einsperren. Er ist doch krank!«

Der Mann streichelte unbeholfen ihren Arm.

»Wir wissen noch nicht«, sagte Sejer, »ob der Betreffende wirklich krank ist. Nicht alle Mörder sind krank.«

»Normale Menschen bringen keine jungen Mädchen um, das meinen Sie doch nicht im Ernst!«

Sie holte keuchend Luft. Der Mann verkrampfte sich.

»Egal«, sagte Sejer vorsichtig. »Es gibt immer einen

Grund. Wir können ihn nicht jedesmal verstehen, aber einen Grund gibt es immer. Als erstes müssen wir aber feststellen, ob sie tatsächlich umgebracht worden ist.«

»Wenn Sie meinen, sie hätte Selbstmord begangen, dann irren Sie sich wirklich«, sagte die Mutter verbissen. »Das ist unmöglich. Nicht Annie.«

Das sagen alle, dachte Sejer.

»Ich muß Ihnen eine Reihe von Fragen stellen. Bitte antworten Sie, so gut Sie können. Wenn Sie später glauben, sich bei einer Antwort geirrt oder etwas vergessen zu haben, dann rufen Sie mich an. Oder wenn Ihnen noch etwas einfällt. Sie können mich rund um die Uhr erreichen.«

Ada Hollands Blick irrte an Skarre und Sejer vorbei, so als horche sie weiterhin auf den vibrierenden Gong und wolle herausfinden, woher der Ton stammte.

»Ich muß wissen, was sie für ein Mensch war. Beschreiben Sie sie, so gut Sie können.«

Was ist das eigentlich für eine Frage, dachte er dabei, wie sollen sie die nur beantworten? Die Allerbeste, natürlich, die Liebste und Tüchtigste. Etwas ganz Besonderes. Das Aller-, Allerliebste, das wir hatten. *Nur Annie war Annie.*

Jetzt weinten die beiden. Die Mutter tief aus der Kehle heraus, eine jammernde, wehe Klage; der Vater lautlos, ohne Tränen. Sejer sah die Ähnlichkeit zwischen Eddie Holland und seiner Tochter. Ein breites Gesicht mit hoher Stirn. Er war nicht besonders groß, aber kräftig und untersetzt. Skarre verbarg den Kugelschreiber mit der Hand, sein Blick haftete an seinem Block.

»Fangen wir von vorne an«, sagte Sejer. »Es tut mir leid, Sie damit quälen zu müssen, aber die Zeit drängt. Wann ist sie von zu Hause weggegangen?«

Die Mutter starrte ihre Knie an. »Um halb eins.«

»Wohin wollte sie?«

»Zu Anette, einer Klassenkameradin. Sie saßen zu dritt an einer Hausarbeit. Deshalb hatten sie schulfrei.«

»Sie ist dort nie angekommen?«

»Wir haben gestern abend um elf dort angerufen, wir fanden, es sei nun wirklich mehr als zu spät. Anette war schon schlafen gegangen. Nur die Dritte war gekommen. Ich konnte es einfach nicht glauben...«

Sie schlug die Hände vors Gesicht. Der ganze Tag war vergangen, und sie hatten nichts gewußt.

»Warum haben die Mädchen nicht hier angerufen, als Annie nicht aufgetaucht ist?«

»Sie dachten, sie hätte keine Lust gehabt«, sagte Frau Holland mit tränenerstickter Stimme. »Daß sie sich die Sache anders überlegt hätte. Sie kennen Annie nicht, wenn sie das denken. Sie war immer gewissenhaft, wenn es um die Schule ging. Sie war überhaupt immer gewissenhaft.«

»Wollte sie zu Fuß gehen?«

»Ja. Es sind vier Kilometer, und ihr Fahrrad muß repariert werden. Eine Busverbindung gibt es nicht.«

»Wo wohnt Anette?«

»In Horgen. Sie haben einen Hof und einen Laden.«

Sejer nickte, hörte Skarres Kugelschreiber über das Papier kratzen.

»Sie hatte einen Freund?«

»Halvor Muntz.«

»Waren sie schon lange zusammen?«

»Ungefähr zwei Jahre. Er ist älter als sie. Es ging ein bißchen hin und her, aber soviel ich weiß, haben sie sich gut verstanden.«

Ada Hollands Hände schienen überflüssig zu sein, sie machten sich aneinander zu schaffen, öffneten sich und ballten sich zur Faust. Sie war fast so groß wie ihr Mann, etwas schwer und kantig und mit rötlichem Teint.

»Wissen Sie, ob sie eine sexuelle Beziehung hatten?« fragte Sejer leichthin.

Die Mutter starrte ihn empört an. »Sie ist fünfzehn!«

»Vergessen Sie nicht, daß ich sie nicht gekannt habe«, sagte er zu seiner Entschuldigung.

»So war das nicht«, sagte sie energisch.

»Das wissen wir aber nicht genau«, warf ihr Mann endlich zaghaft ein. »Halvor ist achtzehn. Kein Kind mehr.«

»Natürlich weiß ich das!« fiel seine Frau ihm ins Wort.

»Dir erzählte sie ja wohl auch nicht alles.«

»Ich hätte es gewußt.«

»Aber du kannst nicht so gut über solche Dinge sprechen.«

Die Stimmung war angespannt. Sejer zog seine eigenen Schlüsse und sah auf Skarres Block, daß es seinem Kollegen ähnlich ging.

»Wenn sie Schulaufgaben machen wollte, dann hatte sie doch sicher eine Tasche dabei?«

»Einen braunen Rucksack aus Leder. Wo ist der?«

»Den haben wir nicht gefunden.«

Also müssen wir Taucher losschicken, dachte Sejer.

»Hat sie irgendwelche Medikamente genommen?«

»Keine. Sie war nie krank.«

»Was war sie für ein Mensch? Offen? Redselig?«

»Früher«, sagte der Mann düster.

»Wie meinen Sie das?« Sejer sah ihn an.

»Wollen Sie sagen, daß sie sich verändert hatte?« Sejer wandte sich wieder an den Vater, um die Mutter außen vor zu lassen. Das gelang ihm nicht.

»In diesem Alter verändern alle Mädchen sich. Sie

werden erwachsen. Sølvi war auch so. Sølvi ist Annies Schwester«, fügte Frau Holland hinzu.

Ihr Mann sagte nichts, er wirkte immer noch wie betäubt.

»Sie war also *kein* offenes, redseliges Mädchen?«

»Sie war still und bescheiden«, sagte die Mutter stolz. »Sorgfältig und gerecht. Hielt Ordnung in ihrem Leben.«

»Aber früher war sie lebhafter?«

»Das ist doch bei allen Kindern so.«

»Ich meine«, sagte Sejer, »wann ungefähr hat sie angefangen, sich zu verändern?«

»Zur üblichen Zeit. Mit ungefähr vierzehn. Die Pubertät«, fügte Frau Holland als Erklärung hinzu.

Sejer nickte und starrte wieder den Vater an.

»Diese Veränderung hatte keine anderen Ursachen?«

»Was denn für Ursachen?« fragte die Mutter rasch.

»Das weiß ich nicht.« Sejer seufzte und ließ sich im Sessel zurücksinken. »Aber ich versuche herauszufinden, warum sie gestorben ist.«

Die Mutter zitterte jetzt so heftig, daß ihre Antwort kaum zu verstehen war. »*Warum* sie gestorben ist? Weil irgendein …« Sie brachte das Wort nicht über die Lippen.

»Das wissen wir nicht.«

»Aber wurde sie …« Sie brach wieder ab.

»Das wissen wir nicht, Frau Holland. Noch nicht. Das braucht Zeit. Aber die, die sich jetzt um Annie kümmern, wissen, was sie zu tun haben.«

Er blickte sich im Zimmer um, es war sauber und ordentlich, blau und weiß wie Annies Kleider. Über den Türen waren Immortellenkränze befestigt, die Gardinen hatten Spitzen, an der Wand hingen kleine Salzteigkringel. Und Fotos. Häkeldeckchen. Aufeinander abgestimmt, ordentlich und anständig. Sejer erhob sich. Ging zu einem großen Foto an der Wand.

»Das stammt aus dem letzten Winter.«

Die Mutter folgte ihm. Er nahm das Bild vorsichtig von der Wand und starrte es an. Immer wieder staunte er, wenn er ein Gesicht wiedersah, daß er nur leb- und glanzlos kannte. Dieselbe Person und doch nicht dieselbe.

Annie hatte ein breites Gesicht mit großem Mund und großen grauen Augen. Dichte dunkle Brauen. Sie lächelte zurückhaltend. Unten auf dem Bild sah er einen Blusenkragen und ein Stück vom Medaillon ihres Freundes. Hübsch, dachte er.

»Hat sie Sport getrieben?«

»Früher«, sagte der Vater leise.

»Sie hat Handball gespielt«, erzählte die Mutter mit trauriger Stimme. »Aber dann hat sie aufgehört. Danach lief sie ziemlich viel. Jede Woche mehrere Dutzend Kilometer.«

»Mehrere Dutzend? Aber warum hat sie den Handball aufgegeben?«

»Die Schule hat zuviel Zeit in Anspruch genommen. Und Kinder sind eben so, sie probieren alles mögliche aus und hören dann wieder auf. Sie war auch eine Zeitlang in der Schulkapelle, hat Kornett gespielt. Aber auch das hat sie dann aufgegeben.«

»War sie eine gute Handballspielerin?«

Er hängte das Bild wieder auf.

»Sehr gut«, sagte der Vater leise. »Sie war Torwart. Sie hätte nicht aufhören sollen.«

»Ich glaube, sie fand es langweilig, im Tor zu stehen«, sagte die Mutter. »Ich glaube, das war der Grund.«

»Das wissen wir nicht«, warf ihr Mann ein. »Uns hat sie nichts gesagt.«

Sejer setzte sich wieder.

»Sie haben darauf also reagiert? Und es – unverständlich gefunden?«

»Ja.«

»Ist sie in der Schule gut zurechtgekommen?«

»Besser als die meisten anderen. Ich sage das nicht, um zu prahlen, es war einfach so«, sagte der Vater.

»Diese Hausarbeit, an der die drei Mädchen arbeiteten, worum ging es da?«

»Sigrid Undset. Sie sollte Ende Juni fertig sein.«

»Darf ich mal ihr Zimmer sehen?«

Frau Holland stand auf und ging mit kurzen, unsicheren Schritten vor ihm her. Ihr Mann blieb bewegungslos auf der Armlehne sitzen.

Das Zimmer war winzig klein, aber offensichtlich Annies höchsteigener Schlupfwinkel. Es war gerade genug Platz für Bett, Schreibtisch und Stuhl. Sejer starrte aus dem Fenster zur Veranda der Nachbarn hinüber. Im orangefarbenen Haus. Reste einer alten Vogelgarbe ragten unter dem Fenster auf. Er suchte die Wände nach Idolen ab, fand aber keine. Dagegen gab es viele Pokale, Ehrenurkunden und Medaillen sowie zwei Bilder von Annie. Eines zeigte sie mit den Handballkameradinnen, Annie im Tor, auf dem anderen stand sie in guter Haltung auf einem Surfbrett. An der Wand über dem Bett hingen Bilder von kleinen Kindern – auf einem schob sie einen Kinderwagen – sowie ein Bild von einem jungen Mann. Sejer zeigte auf dieses Foto.

»Ihr Freund?«

Die Mutter nickte.

»Hatte sie viel mit Kindern zu tun?«

Er zeigte auf ein Bild, auf dem Annie einen blonden Knirps auf dem Schoß hatte. Sie hob den Jungen wie eine Trophäe der Kamera entgegen.

»Sie hat oft die Kinder hier in der Straße gehütet.«

»Sie hatte Kinder also gern?«

Wieder nickte die Mutter.

»Hat sie Tagebuch geführt, Frau Holland?«

»Das glaube ich nicht. Ich habe danach gesucht«, gab sie zu. »Ich habe die ganze Nacht gesucht.«

»Sie haben nichts gefunden?«

Sie schüttelte den Kopf. Aus dem Wohnzimmer hörten sie leises Gemurmel.

»Wir brauchen Namen«, sagte Sejer. »Von Leuten, mit denen wir sprechen sollten.«

Er betrachtete wieder die Bilder an der Wand und sah sich Annies Handballtrikot genauer an, es war schwarz und hatte ein grünes Emblem.

»Das sieht ja aus wie ein Drache oder so etwas?«

»Das ist eine Seeschlange«, erklärte Frau Holland leise.

»Warum eine Seeschlange?«

»Hier im Fjord gibt es angeblich eine. Es ist eine Sage, eine alte Geschichte. Wenn Sie mit dem Ruderboot unterwegs sind und hinter sich ein Rauschen hören, dann kommt die Seeschlange aus der Tiefe empor. Sie dürfen sich dann nicht umdrehen, sondern müssen vorsichtig weiterrudern. Wenn Sie sich nichts anmerken lassen und die Schlange nicht beachten, passiert Ihnen nichts, aber wenn Sie sich umdrehen und ihr in die Augen schauen, dann zieht Sie sie in die tiefe Finsternis hinab. Der Sage nach hat sie rote Augen.«

»Gehen wir wieder ins Wohnzimmer.«

Skarre schrieb noch immer. Herr Holland saß nach wie vor auf der Armlehne, es sah aus, als würde er über die Kante quellen.

»Und Ihre andere Tochter?«

»Sie kommt heute mit dem Vormittagsflugzeug. Sie ist in Trondheim bei meiner Schwester.«

Frau Holland ließ sich wieder aufs Sofa fallen und lehnte sich an ihren Mann. Sejer ging zum Fenster und schaute hinaus. Er starrte in ein Gesicht hinter dem Küchenfenster gegenüber.

»Sie wohnen hier sehr dicht beieinander«, stellte er fest. »Und kennen sich denn alle gut?«

»Ziemlich gut. Jeder redet mit jedem.«

»Und alle haben Annie gekannt?«

Sie nickte stumm.

»Wir werden von Haus zu Haus gehen. Ich hoffe, das macht Ihnen nichts aus.«

»Wir haben keinen Grund, uns zu schämen.«

»Können Sie uns einige Bilder besorgen?«

Der Vater stand auf und ging zum Fernseher hinüber. »Wir haben ein Video«, sagte er und zog eine Kassette hervor. »Vom letzten Sommer. Wir haben ein Ferienhaus in Kragerø.«

»Die brauchen kein Video«, sagte die Mutter müde, »sondern nur ein Foto.«

»Ich nehme das Video gern.«

Sejer nahm es und bedankte sich.

»Mehrere Dutzend Kilometer pro Woche?« fragte er dann. »Ist sie allein gelaufen?«

»Niemand hat das Tempo durchgehalten«, sagte der Vater.

»Sie hat sich also trotz der Arbeit für die Schule Zeit zum Laufen genommen. Dann hat sie vielleicht doch nicht aus Zeitgründen mit dem Handball aufgehört?«

»Laufen konnte sie doch, wann sie wollte«, sagte die Mutter. »Manchmal hat sie das vor dem Frühstück gemacht. Aber beim Handball mußte sie zu festgesetzten

Terminen erscheinen. Ich glaube, sie wollte nicht gebunden sein. Annie war sehr selbständig.«

»Wo ist sie gelaufen?«

»Überall. Bei jedem Wetter. An der Hauptstraße, durch den Wald.«

»Und zum Schlangenweiher?«

»Ja.«

»War sie unruhig?«

»Sie war still und ruhig«, sagte die Mutter leise.

Sejer ging wieder zum Fenster und erblickte eine Frau, die über die Straße eilte. Auf ihrem Arm schaukelte ein kleiner Wicht mit Schnuller. »Andere Interessen? Abgesehen vom Laufen?«

»Filme und Musik und Bücher und so. Und kleine Kinder«, sagte der Vater.

»Vor allem, als sie noch jünger war.«

Sejer bat die Eltern, eine Liste über alle Personen aufzustellen, mit denen Annie zu tun gehabt hatte. Freunde, wenn es mehrere gegeben hatte. Als die Liste endlich fertig war, enthielt sie zweiundvierzig Namen mit mehr oder weniger vollständigen Adressen.

»Werden Sie mit all diesen Leuten sprechen?«

Diese Frage stammte von der Mutter.

»Ja. Und das ist erst der Anfang. Wir denken an Sie«, sagte Sejer abschließend.

»Wir müssen bei Torbjørn Haugen vorbei. Dem Jungen, der gestern Ragnhild gesucht hat. Der kennt die Uhrzeit.«

Der Wagen glitt an den Garagen vorbei, Skarre las seine Notizen durch.

»Ich habe ihren Vater nach diesem Handballkram gefragt«, sagte er. »Als ihr in Annies Zimmer wart.«

»Ja?«

»Er sagt, Annie habe als vielversprechendes Talent gegolten. Ihr Team hatte eine Spitzensaison, sie waren sogar in Finnland und überhaupt. Er konnte einfach nicht begreifen, warum sie aufhören wollte. Und deshalb hat er sich gefragt, ob da etwas vorgefallen sein könnte.«

»Vielleicht sollen wir ihren Trainer oder ihre Trainerin fragen. Vielleicht bringt uns das weiter.«

»Es ist ein Trainer«, sagte Skarre. »Er hat wochenlang immer wieder angerufen, um ihr diesen Entschluß auszureden. Nach ihrem Ausstieg hatten sie große Probleme. Annie war einfach unersetzlich.«

»Wir rufen von der Wache aus an und erkundigen uns nach dem Namen.«

»Er heißt Knut Jensvoll und wohnt im Gneisvei acht. Gleich hier unten am Hang.«

»Vielen Dank«, sagte Sejer und zog die Augenbrauen hoch. »Mir ist da so ein Gedanke gekommen, daß Annie vielleicht umgebracht worden ist, während wir nur wenige Minuten von ihr entfernt im Granittvei saßen und uns um Ragnhild Sorgen machten. Ruf in der Pilestrede an. Laß dir Snorrason geben. Frag ihn, ob er die Sache nicht ein wenig beschleunigen kann, wir brauchen den Bericht so schnell wie möglich.«

Skarre griff nach dem Mobiltelefon.

»Ist als vier gespeichert.«

Skarre tippte auf die Vier, fragte nach Snorrason, wartete kurz und murmelte dann etwas.

»Was hat er gesagt?«

»Das Kühllager ist voll. Jeder Todesfall ist tragisch, egal welche Ursache, und eine ganze Reihe Menschen warten darauf, ihre Lieben unter die Erde bringen zu können. Aber er sieht den Ernst der Lage, und wenn du willst, kannst du dir in drei Tagen einen vorläufigen mündlichen Bericht erstatten lassen. Auf den schriftlichen mußt du noch länger warten.«

»Na ja«, murmelte Sejer. »Gar nicht schlecht für Snorrasons Verhältnisse.«

RAYMOND SCHMIERTE BUTTER auf eine hauchdünne Scheibe Knäckebrot. Er gab sich alle Mühe, damit sie nicht durchbrach, seine große Zunge lugte aus seinem Mund hervor. Jetzt hatte er vier Scheiben mit Zucker und Butter aufeinander liegen, sein Rekord waren sechs.

Die Küche war klein und recht gemütlich, aber nun war sie unordentlich, weil er sich mit seiner Mahlzeit solche Mühe gegeben hatte. Auch für seinen Vater hatte er ein Brot gemacht, Weißbrot ohne Kruste mit zerlassenem Speck aus der Bratpfanne. Nach dem Essen wollte er spülen und schließlich den Küchenboden fegen. Er hatte schon die Bettflasche seines Vaters geleert und seinen Wasserkrug gefüllt. An diesem Tag ließ die Sonne sich nicht sehen, alles war grau, die Landschaft draußen traurig und flach. Der Kaffee war dreimal aufgekocht, wie sich das gehörte. Raymond legte eine fünfte Scheibe auf die anderen und war ziemlich zufrieden. Er wollte gerade Kaffee in den Becher seines Vaters geben, als er einen Wagen vorfahren hörte. Zu seinem großen Entsetzen sah er, daß es ein Streifenwagen war. Er erstarrte, wich vom Fenster zurück und rannte in eine Wohnzimmerecke. Vielleicht wollten die ihn ja ins Gefängnis stecken. Und wer sollte sich dann um seinen Vater kümmern?

Auf dem Hof wurde mit Wagentüren geknallt, und er hörte Stimmen, wichtigtuerisches Gemurmel. Er war sich nicht sicher, ob er etwas angestellt hatte, aber so genau konnte man das nie wissen, fand er. Sicherheitshalber blieb er in seiner Ecke stehen, als an die Tür geklopft wurde. Die Besucher wollten aber nicht aufgeben, sie klopften und klopften und riefen seinen Namen. Vielleicht konnte sein Vater sie hören. Raymond hustete heftig los, um die Männer zu übertönen. Nach einer Weile wurde es draußen still. Er stand noch immer neben dem Kamin in der Ecke, als er hinter dem Fenster ein Gesicht sah. Es war ein großer grauhaariger Mann, der eine Hand hob und winkte. Damit will er mich bloß rauslocken, dachte Raymond und schüttelte energisch den Kopf. Er hielt sich am Kamin fest und drückte sich noch tiefer in die Ecke. Der Mann draußen sah nett aus, aber deshalb brauchte er noch lange nicht nett zu sein. Das wußte Raymond längst, er war ja schließlich nicht blöd. Nach einer Weile hielt er es in der Ecke nicht mehr aus und lief in die Küche, aber auch dort sah er hinter dem Fenster ein Gesicht. Dieser Mann hatte Locken und eine Uniform. Raymond kam sich vor wie ein Katzenjunges in einem Sack, und nun schloß sich über ihm das kalte Wasser. An diesem Tag war er nicht mit dem Auto unterwegs gewesen, das sprang noch immer nicht an, darum konnte es also nicht gehen. Also sind sie wegen dieser Sache oben am Weiher da, dachte er verzweifelt. Er wiegte sich ein Weilchen hin und her. Schließlich ging er auf den Flur und starrte ängstlich den im Schloß steckenden Schlüssel an.

»Raymond!« rief einer der beiden Fremden. »Wir wollen doch nur mit dir reden. Das ist nicht gefährlich!«

»Ich hab Ragnhild nichts getan!« rief Raymond.

»Das wissen wir. Deshalb sind wir auch nicht gekommen. Aber wir brauchen deine Hilfe.«

Er zögerte noch ein wenig, dann machte er endlich die Tür auf.

»Dürfen wir reinkommen?« fragte der Größere von beiden. »Wir wollen dich nur schnell etwas fragen.«

»Sicher. Ich wußte bloß nicht, wer ihr seid. Ich kann doch nicht jedem die Tür aufmachen!«

»Nein, das kannst du nicht«, sagte Sejer und schaute ihn neugierig an. »Aber bei der Polizei ist das in Ordnung.«

»Setzen wir uns ins Wohnzimmer.«

Raymond ging voran und zeigte auf das Sofa, das seltsam selbstgetischlert aussah. Auf dem Sitz lag eine alte karierte Decke. Sie setzten sich und betrachteten das Zimmer, einen ziemlich kleinen quadratischen Raum mit Sofa, Tisch und zwei Stühlen. An der Wand hingen Bilder von Tieren und das Foto einer älteren Frau mit einem Kind auf dem Schoß. Vermutlich war das seine Mutter. Das Kind wies deutliche mongoloide Züge auf, vielleicht hatte das Alter seiner Mutter Raymonds Schicksal entschieden. Ein Fernseher war nicht zu sehen, ebensowenig ein Telefon. Sejer konnte sich nicht erinnern, vor wie vielen Jahren er zuletzt ein Wohnzimmer ohne Fernseher gesehen hatte.

»Ist dein Vater zu Hause?« fragte er und betrachtete Raymonds T-Shirt. Es war weiß und zeigte den Aufdruck: HIER BESTIMME ICH!

»Der liegt im Bett. Er steht nicht mehr auf, er kann nicht gehen.«

»Und du kümmerst dich um ihn?«

»Ich koche und räume auf, das kann ich dir sagen!«

»Da hat dein Vater aber ziemliches Glück!«

Raymond lächelte das bezaubernde breite Lächeln eines Menschen mit Down-Syndrom. Ein unschuldiges

Kind in einem riesigen Körper. Er hatte kräftige breite Fäuste mit ungewöhnlich kurzen Fingern und kantige, wuchtige Schultern.

»Du warst gestern so lieb zu Ragnhild und hast sie nach Hause gebracht«, sagte Sejer vorsichtig. »Sie brauchte also nicht allein zu gehen. Das war nett von dir.«

»Sie ist ja noch so klein«, sagte Raymond erwachsen.

»Das stimmt. Da war es ja gut, daß sie mit dir gehen konnte und daß du ihr mit dem Puppenwagen geholfen hast. Aber zu Hause hat sie dann etwas erzählt, und danach wollten wir dich fragen, Raymond. Ich meine das, was ihr beim Schlangenweiher am Ufer gesehen habt.«

Raymond starrte ihn besorgt an und schob die Unterlippe vor.

»Ihr habt ein Mädchen gesehen, nicht?«

»Ich war das nicht!« erklärte Raymond mit schroffer Stimme.

»Das glauben wir auch nicht. Deshalb sind wir nicht gekommen. Aber ich will dich etwas anderes fragen. Ich sehe, du hast eine Uhr?«

»Ja, ich habe eine Uhr.« Er zeigte ihnen seine Armbanduhr. »Papas alte.«

»Schaust du oft nach, wie spät es ist?«

»Nein, fast nie.«

»Warum denn nicht?«

»Bei der Arbeit paßt der Chef auf die Zeit auf. Und hier zu Hause macht Papa das.«

»Warum arbeitest du heute nicht?«

»Ich habe eine Woche frei und arbeite eine Woche.«

»Aha. Kannst du mir sagen, wie spät es jetzt ist?«

Raymond schaute auf die Uhr. »Es ist – etwas später als zehn nach elf.«

»Stimmt. Du schaust also nicht oft hin?«

»Nur, wenn es sein muß.«

Sejer nickte und warf einen Blick zum eifrig schreibenden Skarre hinüber.

»Hast du auf die Uhr geschaut, als du Ragnhild nach Hause gebracht hast? Oder zum Beispiel als ihr oben beim Schlangenweiher wart?«

»Nein.«

»Kannst du raten, wie spät es da wohl war?«

»Ich finde, du stellst ganz schön schwere Fragen«, sagte Raymond, der vom vielen Nachdenken schon müde war.

»Da hast du recht, es ist wirklich nicht leicht, sich an so vieles zu erinnern. Ich bin auch bald fertig. Hast du oben beim Weiher noch etwas anderes gesehen, ich meine, waren da Leute? Außer dem Mädchen?«

»Nein. Ist sie krank?« fragte Raymond mißtrauisch.

»Sie ist tot, Raymond.«

»Die ist ja viel zu jung gestorben!«

»Das finden wir auch. Ist gestern irgendwann ein Auto hier am Haus vorbeigefahren? Und in welche Richtung? Oder hast du hier Leute gesehen? Als Ragnhild hier war zum Beispiel?«

»Hier wandern immer viele Leute. Gestern aber nicht. Da waren nur die hier, die hier wohnen. Die Straße hört bei der Kuppe auf.«

»Du hast also niemanden gesehen?«

Raymond dachte lange nach. »Doch, einen. Als wir losgegangen sind. Der heulte hier vorbei, der reinste Rennwagen.«

»Als ihr losgegangen seid?«

»Ja.«

»In welche Richtung ist der gefahren?«

»Abwärts.«

Hier vorbeigeheult, dachte Sejer. Aber was bedeutet das bei einem, der immer im zweiten Gang fährt?

»Hast du diesen Wagen gekannt? War das jemand, der hier oben wohnt?«

»Die fahren nicht so schnell.«

Sejer rechnete in Gedanken nach.

»Ragnhild war kurz vor zwei zu Hause, also war es vielleicht halb zwei? Ihr braucht doch von hier bis zum Weiher nicht so lange?«

»Nein.«

»Und der Wagen ist schnell gefahren, hast du gesagt?«

»Der hat ganz viel Staub aufgewirbelt. Aber es ist jetzt ja auch sehr trocken.«

»Was war das für ein Auto?«

Sejer hielt den Atem an. Eine Beschreibung des Autos wäre immerhin ein Anfang. Ein Auto in Tatortnähe, mit hohem Tempo, zu einem wichtigen Zeitpunkt.

»Ein ganz normales Auto«, sagte Raymond zufrieden.

»Ein normales Auto?« fragte Sejer geduldig. »Wie meinst du das?«

»Kein Lastwagen und kein Kastenwagen oder so. Ein normales Auto.«

»Ach so. Ein normaler Personenwagen. Kennst du dich mit Automarken aus?«

»Nicht sehr gut.«

»Was hat dein Vater für einen Wagen?«

»Hiace«, sagte Raymond stolz.

»Siehst du den Streifenwagen draußen? Kannst du sehen, was das für ein Wagen ist?«

»Das? Das hast du doch gerade gesagt. Das ist ein Streifenwagen.« Raymond wand sich in seinem Sessel und sah plötzlich genervt aus.

»Aber die Farbe, Raymond. Hast du die Farbe gesehen?«

Raymond gab sich noch einmal große Mühe, schüttelte dann aber resigniert den Kopf. »Das hat so schrecklich gestaubt. Konnte keine Farbe sehen«, murmelte er.

»Aber du kannst vielleicht sagen, ob der Wagen hell oder dunkel war?«

Sejer gab noch nicht auf. Skarre schrieb noch immer. Der lockere Tonfall seines Chefs wunderte ihn. Normalerweise war Sejer schroffer.

»Vielleicht irgendwo dazwischen. Braun oder grau oder grün. Eine schmutzige Farbe. Es hat so schrecklich gestaubt. Fragt doch Ragnhild, die hat ihn auch gesehen.«

»Das haben wir schon gemacht. Sie meint auch, daß das Auto grau oder vielleicht grün war. Aber sie konnte uns nicht sagen, ob es ein neues schönes oder ein altes häßliches Auto war.«

»Nicht alt und häßlich«, erklärte Raymond entschieden. »Eher mitten dazwischen.«

»Aha. Alles klar.«

»Und auf dem Dach war was«, fügte Raymond plötzlich hinzu.

»Ach? Was denn?«

»Ein langer Kasten. Flach und schwarz.«

»Ein Skibehälter vielleicht?« schlug Skarre vor.

Raymond zögerte. »Ja, vielleicht ein Skibehälter.«

Skarre lächelte und notierte, er war einfach hingerissen von Raymonds Eifer.

»Gut beobachtet, Raymond. Hast du das, Skarre? Dein Vater liegt also im Bett?«

»Er wartet jetzt auf sein Essen, glaube ich.«

»Wir wollten dich nicht aufhalten. Können wir ihm guten Tag sagen, ehe wir gehen?«

»Sicher, ich zeig euch den Weg.«

Er ging durch das Wohnzimmer, gefolgt von den beiden Männern. Am Ende des Flurs blieb er stehen und öffnete sehr vorsichtig, fast andächtig die Tür. Im Bett schnarchte ein alter Mann. Sein Gebiß lag in einem Glas auf dem Nachttisch.

»Lassen wir ihn in Ruhe«, flüsterte Sejer und wich zurück. Sie bedankten sich bei Raymond und gingen auf den Hof. Er trottete hinterher.

»Vielleicht kommen wir noch einmal wieder. Du hast ja tolle Kaninchen«, sagte Skarre.

»Das hat Ragnhild auch gesagt. Du kannst eins auf den Arm nehmen, wenn du willst.«

»Ein andermal vielleicht.«

Sie winkten und rumpelten über die schlechte Straße davon. Sejer trommelte genervt auf dem Lenkrad herum.

»Dieses Auto ist wichtig. Und wir wissen nur, daß es ›irgendwo dazwischen‹ war. Aber ein Skibehälter auf dem Dach, meine Güte! Davon hat Ragnhild nichts gesagt.«

»Gott und die Welt hat Skigestelle auf dem Dach.«

»Ich nicht. Halt mal bei dem Hof da unten.«

Sie fuhren vor das Haus und hielten neben einem roten Mazda. Eine Frau mit Schirmmütze, Kniebundhosen und Gummistiefeln bemerkte sie und kam aus der Scheune über den Hof gelaufen.

Sejer nickte zu dem roten Wagen hinüber.

»Polizei«, sagte er höflich. »Haben Sie hier noch andere Autos?«

»Noch zwei«, antwortete die Frau verwundert. »Mein Mann hat einen Pritschenwagen und unser Sohn einen Golf. Warum wollen Sie das wissen?«

»Und was haben die für eine Farbe?« fragte Sejer kurz.

Die Frau starrte ihn weiterhin verwundert an. »Der Pritschenwagen ist weiß und der Golf ist rot.«

»Und der Hof dahinten, was haben die für Wagen?«

»Einen Blazer«, sagte die Frau langsam. »Einen dunkelblauen Blazer. Ist etwas passiert?«

»Ja, allerdings. Wir werden darauf zurückkommen. Waren Sie gestern mittag auf dem Hof? So gegen eins oder zwei?«

»Ich war auf dem Feld.«

»Sie haben nicht zufällig ein Auto in hohem Tempo von der Kuppe her kommen sehen? Ein graues oder grünes Auto mit einem Skigestell auf dem Dach?«

Sie zuckte mit den Schultern. »Nicht daß ich wüßte. Aber ich höre nicht viel, wenn ich auf dem Trecker sitze.«

»Haben Sie um diese Zeit hier überhaupt irgendwen gesehen?«

»Wanderer. Eine Gruppe von Jungen mit einem Hund«, zählte sie auf. »Das war alles.«

Torbjørn und seine Clique, dachte Sejer.

»Danke für die Hilfe. Ob die Nachbarn wohl zu Hause sind?«

Er nickte zu dem anderen Hof hinüber und sah der Frau ins Gesicht. Es war frisch und hübsch und deutlich von der Arbeit an der frischen Luft geprägt.

»Der Hofbesitzer ist verreist, im Moment ist nur der Betriebshelfer da. Und der ist gestern früh weggefahren, ich habe ihn nicht zurückkommen sehen.« Sie schirmte ihre Augen mit der Hand ab und schaute zu dem Hof hinüber. »Das Auto steht nicht da«, sagte sie.

»Kennen Sie diesen Mann?«

»Nein. Er redet nicht viel.«

Sejer bedankte sich und stieg wieder ins Auto.

»Zuerst muß er ja hochgefahren sein«, sagte Skarre.

»Da war er aber noch kein Mörder. Er ist vielleicht ganz leise und langsam gefahren, deshalb hat niemand ihn bemerkt.«

Bis zur Hauptstraße legten sie den zweiten Gang ein. Bald darauf sahen sie auf der linken Seite einen kleinen Gemischtwarenladen. Sie hielten und gingen hinein. Über ihren Köpfen bimmelte eine kleine Glocke, und aus dem Hinterzimmer kam ein Mann in einem blaugrünen Nylonkittel. Einige Sekunden lang starrte er sie einfach nur entsetzt an. »Geht es um Annie?«

Sejer nickte.

»Anette ist außer sich«, sagte der Mann. »Sie hat heute bei Annie anrufen wollen. Und sie hat am anderen Ende der Leitung nur einen Schrei gehört.«

Ein Mädchen in Annies Alter tauchte auf und blieb in der Tür stehen. Der Vater legte ihr den Arm um die Schultern.

»Ich habe sie heute zu Hause bleiben lassen.«

»Sie wohnen nebenan?« Sejer ging durch den Laden und streckte eine Hand aus.

»Fünfhundert Meter weiter, unten am Stand. Wir können es nicht fassen.«

»Haben Sie hier in der Gegend irgendwelche Personen gesehen, die Ihnen aufgefallen sind?«

Der Mann überlegte. »Eine Bande von Jungs war hier, um Cola zu kaufen. Und dann noch Raymond. Der war mittags hier, er wollte Milch und Knäckebrot. Raymond Låke. Er wohnt mit seinem Vater oben bei der Kuppe. Unser Geschäft geht nicht besonders, deshalb machen wir den Laden bald dicht.«

Während er das sagte, streichelte er immer wieder den Rücken seiner Tochter.

»Wie lange hat Låke zum Einkaufen gebraucht?«

»Ach, ich weiß nicht. Zehn Minuten vielleicht. Übrigens hat auch ein Motorrad hier gehalten. Das muß so zwischen halb eins und eins gewesen sein. Stand eine Weile hier und fuhr dann weiter. Große Maschine mit riesigen Gepäcktaschen. Vielleicht ein Tourist. Das war alles.«

»Ein Motorrad? Können Sie es genauer beschreiben?«

»Ach, was soll ich sagen? Dunkel, glaube ich. Blank und gut in Schuß. Der Fahrer hatte seinen Helm auf und hat mir den Rücken zugekehrt. Hat irgendwas gelesen, das vor ihm auf dem Rad lag.«

»Haben Sie das Nummernschild gesehen?«

»Nein, leider nicht.«

»Sie können sich nicht zufällig an ein graues oder grünes Auto mit Skibehälter auf dem Dach erinnern?«

»Nein.«

»Was ist mit dir, Anette«, fragte Sejer und wandte sich der Tochter zu. »Fällt dir etwas ein, das vielleicht wichtig sein kann?«

»Dann hätte ich angerufen«, murmelte Anette.

»Du darfst dir keine Vorwürfe machen, du hättest es nicht verhindern können. Sicher hat irgendwer sie am Straßenrand aufgelesen.«

»Annie mochte es nicht, wenn Leute sich in ihre Angelegenheiten einmischten. Ich hatte immer Angst, sie könnte sauer werden, wenn wir ihr zusetzten.«

»Hast du Annie gut gekannt?«

»Ja, ziemlich.«

»Und dir fällt niemand ein, der hier aufgetaucht sein könnte? Hat sie irgendwelche neuen Bekannten erwähnt?«

»Nein, nein. Sie hatte doch Halvor.«

»Richtig. Bitte ruf an, wenn dir noch etwas einfällt. Und wenn es Ihnen recht ist, kommen wir später noch einmal wieder.«

Sie bedankten sich und verließen den Laden, Kaufmann Horgen kehrte ins Hinterzimmer zurück. Durch das Fenster neben der Eingangstür konnte Sejer seine gekrümmte Gestalt erkennen.

»Wenn er in seinem Büro sitzt, kann er auf die Straße sehen. Ein Motorrad, das draußen hält und dann weiterfährt. Zwischen halb eins und eins. Das müssen wir uns merken. Na gut.«

Er knallte mit der Tür. »Torbjørn meint, daß sie gegen Viertel vor eins am Schlangenweiher waren, während Ragnhild noch gesucht wurde. Und da lag Annie noch nicht dort. Raymond und Ragnhild sind vermutlich gegen halb zwei dort vorbeigekommen, und da war Annie schon dort. Das bedeutet einen Zeitraum von einer Dreiviertelstunde. Das ist ja fast einzigartig selten. Ein Auto ist in hohem Tempo an ihnen vorbeigefahren, als sie gerade losgehen wollten. Schmutzige Farbe, nicht hell, nicht dunkel, nicht alt, nicht neu.« Er schlug auf das Armaturenbrett.

»Nicht alle kennen sich mit Autos aus.« Skarre lächelte.

»Wir bitten ihn, sich zu melden. Wer auch immer gestern gegen eins oder halb zwei in hohem Tempo an Raymonds Haus vorbeigefahren ist. Möglicherweise mit einem Skibehälter auf dem Dach. Und wir werden auch nach dem Motorrad suchen. Wenn niemand sich meldet, werde ich die Kinder auf das Auto ansetzen.«

»Wie willst du das denn machen?«

»Weiß ich noch nicht. Vielleicht können sie zeichnen. Kinder zeichnen doch immer.«

Raymond brachte seinem Vater das Essen. Er schlich, aber die Bodenbretter knackten, und die Untertasse klirrte auf der Marmorplatte des Nachttischs. Der Vater öffnete ein Auge.

»Was wollten die denn?« fragte er.

Sie assen in der Kantine des Gerichtsgebäudes.

»Das Omelett ist zu trocken«, sagte Skarre unzufrieden. »Das war zu lange in der Pfanne.«

»Ach?«

»Eier stocken nämlich noch weiter, wenn sie schon längst auf dem Teller liegen. Man muß sie aus der Pfanne nehmen, wenn sie noch flüssig sind.«

Sejer konnte nichts dagegen sagen, er hatte keine Ahnung vom Kochen.

»Und sie haben Milch dazugegeben. Das ruiniert die Farbe.«

»Hast du die Kochschule besucht?«

»Nein, nur einen Kurs gemacht.«

»Meine Güte, was man alles nicht weiß!«

Sejer betupfte seinen Teller mit einem Stück Weißbrot und erwischte die allerletzten Omelettreste. Dann wischte er sich den Mund gründlich mit der Serviette ab.

»Wir fangen im Krystall an. Jeder nimmt eine Straßenkarte, das macht zehn Häuser für jeden. Wir warten bis nach fünf, dann sind die Leute von der Arbeit zurück.«

»Wonach soll ich Ausschau halten?« fragte Skarre und sah auf die Uhr. Nach zwei war hier das Rauchen erlaubt.

»Nach Unregelmäßigkeiten. Nach allem. Frag auch, wie Annie früher war, ob sie sich verändert hat. Setz deinen ganzen Charme ein, damit sie sich öffnen. Kurz gesagt: Mach dir ein Bild von ihnen.«

»Wir sollten auch mit Eddie Holland allein sprechen.«

»Das habe ich mir auch schon überlegt. Ich werde ihn in ein paar Tagen herbestellen. Aber vergiß nicht, daß seine Frau unter Schock steht. Sie wird sich sicher noch beruhigen.«

»Was Annie angeht, haben sie ziemlich unterschiedliche Beobachtungen gemacht, findest du nicht?«

»So ist es eben, nehme ich an. Hast du Kinder, Skarre?«

»Nein.«

Skarre zündete sich seine Zigarette an und blies den Rauch rechts an seinem Chef vorbei.

»Ihre Schwester müßte jetzt doch aus Trondheim zurück sein. Mit der müssen wir auch sprechen.«

Nach dem Essen schauten sie bei der Technik vorbei, erhielten aber keine hilfreichen Auskünfte über die Windjacke, mit der die Leiche zugedeckt gewesen war.

»Import aus China. Wird in allen Billigketten verkauft. Der Importeur meint, sie hätten an die zweitausend davon gehabt. In der rechten Tasche eine Tüte Malzbonbons, einen Reflektor und ein paar helle Haare, möglicherweise von einem Hund. Und frag mich nicht nach der Rasse. Das ist alles.«

»Größe?«

»XL. Die Ärmel waren offenbar zu lang, sie waren hochgekrempelt.«

»Früher hatten die Leute Namensschildchen in ihren Jacken«, erinnerte sich Sejer.

»Ja, sicher, irgendwann im Mittelalter.«

»Und was ist mit der Pille?«

»Auch nicht weiter spannend, fürchte ich. Es ist ganz einfach eine Mentholpastille, wie sie im Moment alle Welt frißt. Winzig klein und umwerfend stark.«

Sejer war ehrlich enttäuscht. Eine Mentholpastille sagte einfach nichts aus. So was hatten doch alle in der Tasche, er selber trug immer eine Packung Fisherman's Friend bei sich.

Sie fuhren zurück. Jetzt war im Krystall mehr los, es wimmelte von Kindern mit allerlei Fahrzeugen, Dreirädern, Traktoren, Puppenwagen und einem selbstgemachten Seifenkistenmodell, dessen Schwanz im Wind wehte. Als der Streifenwagen vor den Briefkästen hielt, erstarrte das bunte Verkehrsbild zu Eis. Skarre konnte der Versuchung nicht widerstehen, bei zwei Fahrzeugen die Bremsen zu überprüfen, und er war sich ziemlich sicher, daß der Besitzer eines blau-rosa Massey Ferguson sich vor lauter Schreck in die Hose machte, als ihm mitgeteilt wurde, daß sein Rücklicht defekt war.

Die meisten wußten, daß etwas passiert war, aber nicht, was. Niemand hatte sich getraut, bei Hollands zu schellen und zu fragen.

Sejer und Skarre sagten in einem Haus nach dem anderen ihren Spruch auf, jeder für sich, jeder auf seiner Straßenseite. Immer wieder sahen sie Unglaube und Schock in fassungslosen Gesichtern. Einige Frauen brachen in Tränen aus, die Männer waren blaß und schweigsam. Die Besucher warteten höflich ab, dann stellten sie ihre Fragen. Alle kannten Annie gut. Mehrere Frauen hatten gesehen, wie sie losgegangen war. Hollands wohnten im letzten Haus, Annie war also an allen Häusern vorbeigekommen. Sie hatte jahrelang für alle Kinder gehütet, abgesehen vom letzten Jahr, als sie anfing, erwachsen zu werden. Fast alle erwähnten ihre Handballkarriere und wie überrascht sie waren, als sie als Torwart aufgehört hatte, denn Annie war so gut gewesen, daß sie in der Lokalzeitung erwähnt worden war. Ein älteres Ehepaar konnte sich erinnern, daß sie früher um einiges lebhafter und zugänglicher gewesen war, sie schrieben Annies Veränderung aber der Tatsache zu, daß sie eben älter wurde. Sie war gewaltig gewachsen, sagten sie. Früher war sie ziemlich klein und schmächtig gewesen, dann aber enorm in die Höhe geschossen.

Skarre nahm sich die Häuser nicht in der richtigen Reihenfolge vor, er befand sich jetzt im orangefarbenen Haus. Es gehörte einem Junggesellen von Ende Vierzig. Mitten im Wohnzimmer stand ein komplettes kleines Boot mit vollen Segeln, darin lagen eine Matratze und viele Kissen, auf dem Dollbord war ein Flaschenhalter angebracht. Skarre starrte es fasziniert an. Das Boot war knallrot, die Segel weiß. Seine eigene Wohnung und seine alles andere als gewöhnliche Einrichtung spukten durch seinen Hinterkopf.

Fritzner kannte Annie nicht sehr gut, da er nicht mit Kindern zum Hüten dienen konnte. Aber sie war ab und zu mit ihm im Auto in die Stadt gefahren. Sie hatte sein Angebot angenommen, wenn das Wetter schlecht war, bei gutem Wetter hatte sie abgewinkt. Fritzner mochte Annie. »Verdammtes Handballtalent«, sagte er ernst. Sejer dagegen war bei der türkischen Familie in Nummer sechs angekommen. Die Familie Irmak wollte gerade essen, als er klingelte. Sie saßen schon zu Tisch, aus einer großen Schüssel in der Mitte quoll Dampf. Der Mann im Haus, eine hochgewachsene Gestalt in besticktem Hemd, reichte ihm eine braune Hand. Sejer teilte ihnen mit, daß Annie Holland tot war. Aller Wahrscheinlichkeit nach sei sie ermordet worden. »Nein«, sagten die Irmaks entsetzt. Das kann doch nicht wahr sein! Die Hübsche aus Nummer zwanzig, Eddies Tochter! Die einzige Familie, die sie bei ihrem Einzug freundlich empfangen hatte! Sie waren schon häufiger umgezogen und durchaus nicht überall willkommen gewesen. Das konnte einfach nicht wahr sein! Der Mann packte Sejer am Arm und zog ihn zum Sofa.

Sejer setzte sich. Irmak hatte nicht diese vorsichtige, untertänige Art, die er so oft bei Ausländern erlebt hatte, er strotzte nur so vor Würde und Selbstvertrauen. Das war befreiend.

Die Frau hatte Annie gesehen. So gegen halb eins, glaubte sie. Sie hatte einen Rucksack getragen und war ruhig an den Häusern vorbeigegangen. Sie hatte Annie noch nicht lange gekannt, sie wohnten erst seit vier Monaten da.

»Jungenhaftes Mädchen«, sagte die Frau und zog den Schal um ihren Kopf gerade. »Groß! Viele Muskeln!« Sie schlug die Augen nieder.

»Hat Annie auch manchmal bei Ihnen Kinder gehütet?«

Sejer nickte zum Tisch hinüber, an dem ein kleines Mädchen ungeduldig wartete. Ein schweigsames, ungewöhnlich schönes Kind mit dichten Wimpern. Ihr Blick war tief und schwarz wie ein Bergwerksschacht.

»Wir wollten sie eigentlich fragen«, sagte der Mann rasch. »Aber die Nachbarn meinten, sie mache das nicht mehr. Und wir wollten sie nicht drängen. Außerdem ist meine Frau den ganzen Tag zu Hause, wir kommen also zurecht. Nur ich muß morgens zur Arbeit. Wir haben einen Lada. Die Nachbarn finden, das ist kein richtiges Auto, aber für uns reicht es. Ich fahre jeden Tag in die Poppelsgate, da habe ich meine Gewürzhandlung. Den Ausschlag auf Ihrer Stirn kann man übrigens mit Gewürzen wegkriegen. Aber nicht mit den Gewürzen aus dem Supermarkt, sondern mit echten. Von Irmaks.«

»Ach? Ist das wirklich möglich?«

»Die reinigen das System. Treiben den Schweiß schneller raus.«

Sejer nickte ernst. »Sie hatten also nicht viel mit Annie zu tun?«

»Nein, das nicht. Manchmal, wenn sie vorbeilief, habe ich sie angehalten und ihr mit dem Finger gedroht. Ich habe gesagt, du läufst vor deiner Seele weg, Kleine. Und sie lachte. Ich sagte, ich kann dir Meditieren beibringen. An der Straße entlangzulaufen ist eine umständliche Methode, Frieden zu finden. Und sie lachte noch mehr und war schon hinter der Biegung verschwunden.«

»War sie je hier im Haus?«

»Ja. Eddie hat sie an dem Tag, als wir eingezogen sind, mit einem Blumentopf hergeschickt. Als Willkommensgruß. Nihmet hat geweint«, sagte Irmak und schaute zu seiner Frau hinüber. Sie weinte auch jetzt, zog sich den Schal vors Gesicht und kehrte ihnen den Rücken zu.

Als Sejer ging, bedankten die beiden sich für den Besuch und sagten, er sei jederzeit willkommen. Sie standen in dem engen Flur und sahen ihn an. Die Kleine hing am Rockzipfel ihrer Mutter, sie erinnerte ihn mit ihren dunklen Augen und den schwarzen Locken an Matteus. Auf der Straße blieb Sejer für einen Moment stehen. Starrte zu Skarre hinüber, der gerade Nummer neun verließ. Sie nickten einander zu, dann gingen sie ihrer Wege.

»Viele verschlossene Türen?« fragte Skarre.

»Nur zwei. Bei Johnas in Nummer vier und bei Rud in Nummer acht.«

»Bei mir waren alle da.«

»Irgendwelche unmittelbaren Erkenntnisse?«

»Nur die, daß sie alle gekannt hat und seit Jahren überall ein und aus ging. Und daß sie offenbar bei allen sehr beliebt war.«

Sie klingelten bei Hollands. Eine junge Frau öffnete, sicher Annies Schwester, sie sahen einander ähnlich und waren trotzdem sehr verschieden. Die Schwester hatte so blonde Haare wie Annie, ihr Scheitel jedoch war dunkel. Ihre Augen waren von schwarzer Wimperntusche umrahmt. Die Augen schienen darin gefangen, sehr hell und unsicher. Sie war nicht groß und kräftig wie Annie, nicht sportlich und gut gebaut. Sie trug eine lila Stretchhose mit eingenähter Bügelfalte und eine weiße Bluse mit mehreren offenen Knöpfen.

»Sølvi?« fragte Sejer.

Sie nickte und reichte ihm eine weiche Hand. Führte sie ins Haus und suchte sofort bei ihrer Mutter Zuflucht. Frau Holland saß in derselben Sofaecke wie am Abend zuvor. Ihr Gesicht hatte sich im Laufe dieser wenigen Stunden verändert; sie schien nicht mehr außer sich vor Verzweiflung, sondern müde und erschöpft und um einiges gealtert. Herr Holland war nicht zu sehen. Sejer versuchte, Sølvi zu mustern, ohne sie anzustarren. Sie hatte ein anderes Gesicht und eine andere Figur als ihre Schwester, sie hatte weder Annies breite Wangenknochen noch ihr energisches Kinn oder ihre großen grauen Augen. Weicher und schwächlicher, dachte er. Nach einer halben Stunde hatte ihr Gespräch ergeben, daß die beiden Schwestern nie besonders aneinander gehangen hatten. Jede hatte ihr eigenes Leben gelebt. Sølvi arbeitete als Mädchen für alles in einem Frisiersalon, sie hatte sich nie für fremde Kinder interessiert und niemals Sport getrieben. Sejer nahm an, daß sie sich vor allem für sich selbst interessierte. Für ihr Aussehen. Sogar jetzt, als sie unmittelbar nach dem Tod ihrer Schwester neben ihrer Mutter auf dem Sofa saß, arrangierte sie ihren Körper auf vorteilhafte Weise, wie aus alter Gewohnheit. Sie zog ein Knie ein wenig an, legte den Kopf leicht schräg, faltete vor den Beinen die Hände. Mehrere Ringe glitzerten an ihren Fingern. Ihre Fingernägel waren lang und rot. Ein runder Körper ohne Kanten, ohne Charakter, es war, als fehlten ihr Skelett und Muskeln, sie schien nur aus rosafarbener, über einem Klumpen Knetgummi gezogener Haut zu bestehen. Sølvi war um einiges älter als Annie, aber ihr Gesichtsausdruck war naiv. Die Mutter hatte eine beschützende Haltung eingenommen und streichelte immer wieder Sølvis Arm, als wolle sie sie die ganze Zeit trösten oder vielleicht ermahnen, Sejer war sich da nicht sicher. Die beiden Schwestern waren wirklich sehr verschieden gewesen. Annies Gesicht auf den Bildern wirkte reifer. Sie schaute mit skeptischer Miene in die Kamera, als werde sie nicht gern fotografiert, habe sich als wohlerzogenes Kind jedoch der Übermacht beugen müssen. Sølvi dagegen posierte so mehr oder weniger die ganze Zeit. Sie sieht eher der Mutter ähnlich, überlegte Sejer, während Annie nach dem Vater kommt.

»Wissen Sie, ob Annie in letzter Zeit neue Bekanntschaften geschlossen hatte? Hatte sie neue Leute kennengelernt? Hat sie so etwas erwähnt?«

»Sie hatte kein Interesse daran, Leute kennenzulernen.«

Sølvi strich ihre Bluse glatt.

»Wissen Sie, ob sie Tagebuch geführt hat?«

»Ach nein, Annie doch nicht. Sie war nicht so. Sie war anders als andere Mädchen, mehr wie ein Junge. Hat sich nicht einmal geschminkt. Mochte sich auch nicht hübsch machen. Sie hat Halvors Medaillon getragen, aber nur, weil er das unbedingt wollte. Eigentlich hat es sie beim Laufen gestört.«

Ihre Stimme war hell und zart, paßte eher zu einem kleinen Mädchen, nicht zu einer Frau, die sechs Jahre älter war als Annie. Sei lieb zu mir, bat diese Stimme zaghaft, du siehst doch, daß ich klein und zerbrechlich bin.

»Haben Sie ihre Freunde gekannt?«

»Die sind doch jünger als ich. Aber ich weiß, mit wem Annie befreundet war.«

Sølvi machte sich an ihren Ringen zu schaffen und zögerte kurz, so als versuche sie, sich erst mal ein Bild zu machen von der neuen Situation, in die sie da geraten war.

»Und wer hat sie wohl am besten gekannt?«

»Sie war viel mit Anette zusammen, aber nur, wenn sie etwas Bestimmtes vorhatten. Nicht einfach so zum Quatschen, meine ich.«

»Ihr wohnt hier ein wenig abgelegen«, sagte Sejer vorsichtig. »Ist sie manchmal getrampt?«

»Nie. Ich auch nicht«, sagte Sølvi schnell. »Aber wir werden trotzdem oft mitgenommen, wenn wir an der Straße entlanggehen. Wir kennen hier doch fast alle.«

Fast, dachte Sejer.

»Ist Annie Ihnen vielleicht unglücklich vorgekommen?«

»Nicht direkt unglücklich. Aber auch nicht gerade überschäumend glücklich. Sie hatte nicht besonders viele Interessen. Ich meine, Mädcheninteressen. Für sie gab es nur Schule und Laufen.«

»Und vielleicht Halvor?«

»Ich weiß nicht so recht. Auch Halvor schien ihr eher gleichgültig zu sein. Sie konnte sich irgendwie nie so ganz entscheiden.«

Sejer sah vor seinem inneren Auge ein Bild, ein halbwegs abgewandtes Mädchen mit skeptischem Blick, das tat, was es selber wollte, das eigene Wege ging und alle anderen auf Distanz hielt. Warum?

»Ihre Mutter sagt, Annie sei früher glücklicher gewesen«, sagte er. »Finden Sie das auch?«

»Ach ja, früher war sie viel gesprächiger.«

Skarre räusperte sich. »Diese Veränderung«, sagte er, »ist die plötzlich eingetreten, was meinen Sie? Oder kam sie eher schrittweise, über einen längeren Zeitraum?«

»Nein.« Mutter und Tochter wechselten einen Blick. »Keine Ahnung. Sie hat sich einfach verändert.«

»Können Sie etwas über den Zeitpunkt sagen, Sølvi?«

Sølvi zuckte mit den Schultern. »Irgendwann im letzten Jahr. Sie hat erst mit Halvor und gleich darauf mit dem Handball Schluß gemacht. Und sie ist so schrecklich gewachsen. Sie wuchs aus allen Kleidern heraus und wurde irgendwie ganz still.«

»Meinen Sie sauer oder mürrisch?«

»Nein. Nur still. Enttäuscht vielleicht.«

Enttäuscht.

Sejer nickte. Er schaute Sølvi an. Ihre Stretchhose war einfach überwältigend, sie hatte dieselbe Farbe wie der Flieder seiner Kindheit.

»Wissen Sie, ob Annie und Halvor eine sexuelle Beziehung hatten?«

Sølvi wurde tiefrot. »Das weiß ich nicht so genau. Fragen Sie doch lieber Halvor.«

»Ja, das werde ich.«

»Diese Schwester«, sagte Sejer, als sie im Wagen saßen, »das ist der Typ Frau, der oft als Opfer endet. Ich meine, bei einem Mann mit üblen Absichten. So mit sich selber und ihrem Aussehen beschäftigt, daß sie die

Gefahrensignale übersieht. Sølvi. Nicht Annie. Annie war zurückhaltend und sportlich. Wollte nirgendwo Eindruck schinden. Sie ist nicht getrampt, wollte keine neuen Leute kennenlernen. Wenn sie in ein Auto eingestiegen ist, dann nur, wenn sie den Fahrer kannte.«

»Das sagen wir immer.«

Sejer blickte Skarre an.

»Das weiß ich.«

»Du hast eine Tochter«, fragte Skarre neugierig, »die die Pubertät hinter sich hat. Wie war das eigentlich?«

»Ach«, murmelte Sejer und schaute aus dem Fenster. »Darum hat sich vor allem Elise gekümmert. Aber ich kann mich schon erinnern. Die Pubertät ist ein ziemlich unwegsames Gelände. Ingrid war ein Sonnenstrahl, bis sie dreizehn wurde, dann fing sie an zu fauchen. Sie fauchte bis zu ihrem vierzehnten Lebensjahr, dann fing sie an zu kläffen. Und dann hat es wieder aufgehört.«

Es hatte aufgehört, und er dachte daran, wie sie fünfzehn und zu einer kleinen Frau geworden war und er nicht gewußt hatte, was er zu ihr sagen sollte. Sicher war das bei Hollands auch so gewesen. Das Kind ist kein Kind mehr, und man muß eine neue Sprache finden. Schwierig.

»Es hat also ein oder zwei Jahre gedauert, bis es vorbei war?«

»Ja«, sagte Sejer nachdenklich. »So war das wohl.«

»Diese Veränderung beschäftigt dich offenbar?«

»Es kann etwas passiert sein. Ich muß herausfinden, was. Wer sie war, wer sie umgebracht hat und warum. Es wird Zeit für einen Besuch bei Halvor Muntz. Er wartet sicher schon auf uns. Wie dem wohl zumute ist, was meinst du?«

»Keine Ahnung. Darf ich in deinem Auto rauchen?«

»Nein. Übrigens werden deine Haare ein bißchen zu lang, findest du nicht?«

»Doch, jetzt wo du es sagst.«

»Nimm dir doch eine Halspastille.«

Jeder schaute zwinkernd auf seiner Seite aus dem Fenster. Skarre griff in seinem Nacken nach einer Locke und zog sie zu ihrer vollen Länge glatt. Als er sie losließ, schnurrte sie sofort wieder in sich zusammen wie ein Wurm auf einer Kochplatte.

ER KAM IHR IRGENDWIE bekannt vor. Deshalb zog sie den Sessel näher heran und hielt ihr runzliges Gesicht direkt vor den Bildschirm. So saß sie im Gegenlicht, und er sah die immer länger werdenden Bartstoppeln an ihrem Kinn. Sie mußte unbedingt mal rasiert werden, überlegte er, wußte aber nicht, wie er das Thema zur Sprache bringen sollte.

»Das ist Johann Olav!« schrie sie. »Der trinkt Milch.«

»Mhm.«

»Himmel, das ist vielleicht ein flotter Bursche! Ob er sich dessen bewußt ist? Er ist wie eine Skulptur, wirklich. Wie eine lebendige Skulptur.«

Koss wischte sich die Milch von der Oberlippe und lächelte mit kreideweißen Zähnen.

»Nein, sieh dir doch bloß an, was der Junge für ein Gebiß hat! Kreideweiße Zähne! Weil er Milch trinkt. Das solltest du auch tun, mehr Milch trinken. Und dann hatte er ja auch den Schulzahnarzt, das hatten wir nicht.«

Sie zog die Decke über den Schoß. »Hatten kein Geld für Zahnpflege, mußten sie uns eben ziehen lassen, wenn sie verfaulten, ihr aber habt den Schulzahnarzt und Milch und Vitamine und gesunde Ernährung und

Zahnpasta mit Fluor und was weiß ich noch alles.« Sie seufzte tief. »Das kann ich dir sagen, ich hab im Klassenzimmer gesessen und geweint. Nicht weil ich nicht gelernt hatte, sondern weil ich so hungrig war. Natürlich seht ihr gut aus, ihr jungen Leute von heute. Ich beneide euch! Hörst du, was ich sage, Halvor? Ich beneide euch!«

»Ja, Großmutter.«

Mit zitternden Fingern zog er Bilder aus einer gelben Fototasche. Ein schmächtiger junger Mann mit schmalen Schultern, er hatte keine große Ähnlichkeit mit dem Schlittschuhläufer aus der Fernsehreklame. Sein Mund war klein wie bei einem Mädchen, der eine Mundwinkel war ein wenig verzogen, und wenn er ein seltenes Mal lächelte, folgte der Mundwinkel dieser Bewegung nicht. Bei genauerem Hinsehen konnte man die Narbe erkennen, die sich vom rechten Mundwinkel bis zum Haaransatz über der Schläfe hinzog. Er hatte weiche braune, kurzgeschnittene Haare und bescheidenen Bartwuchs. Auf den ersten Blick wurde er oft für fünfzehn gehalten, deshalb mußte er an der Kinokasse immer wieder seinen Ausweis vorlegen. Er machte deswegen kein großes Geschrei, er war kein Querulant.

Langsam sah er die Bilder durch, die er schon unzählige Male betrachtet hatte. Nun aber hatten sie eine neue Dimension gewonnen. Jetzt suchte er darauf nach Vorwarnungen, nach Hinweisen auf das, was viel später passiert war und wovon er nichts geahnt hatte, als er die Bilder aufnahm. Annie mit dem Holzhammer, wie sie mit gewaltiger Kraft einen Hering in den Boden schlug. Annie am Rand des Sprungbretts, gerade wie eine Säule in ihrem schwarzen Badeanzug. Annie, schlafend im grünen Schlafsack. Annie auf dem Rad, ihr Gesicht von den blonden Haaren verborgen. Er selbst, wie er sich mit dem Gaskocher abmühte. Eins von ihnen beiden, aufgenommen von den Leuten im Nachbarzelt. Es hatte ihn große Mühe gekostet, sie zu überreden. Sie fand es grauenhaft, vor der Kamera zu stehen.

»Halvor!« schrie seine Großmutter, die jetzt am Fenster stand. »Da kommt die Polizei!«

»Ja«, sagte er leise.

»Was wollen die hier?« Sie sah ihn an, plötzlich besorgt. »Was wollen die von uns?«

»Die kommen wegen Annie.«

»Wegen Annie?«

»Sie ist tot.«

»Was sagst du da?«

Entsetzt stolperte sie wieder zu ihrem Sessel und stützte sich auf die Armlehne.

»Sie ist tot. Und jetzt wollen sie mich ausfragen. Ich habe gewußt, daß sie kommen, ich habe schon auf sie gewartet.«

»Warum sagst du so was von Annie?«

»Weil es stimmt!« schrie er. »Sie ist gestern gestorben. Ihr Vater hat angerufen!«

»Aber warum?«

»Das weiß ich doch nicht! Ich weiß nicht, warum, ich weiß nur, daß sie tot ist.«

Er schlug die Hände vors Gesicht. Die Großmutter fiel wie ein Sack in ihren Sessel, noch bleicher als sonst. Ihr Leben war nun schon so lange friedlich verlaufen. Das konnte natürlich nicht so weitergehen, das war unmöglich.

Unten wurde energisch an die Tür geklopft. Halvor fuhr zusammen, schob die Fotos unter die Tischdecke und machte auf. Sie waren zu zweit. Sie blieben im Windfang stehen und sahen ihn an. Er konnte leicht erraten, was sie dachten.

»Sie sind Halvor Muntz?«

»Ja.«

»Wir möchten Ihnen einige Fragen stellen. Sie können sich sicher denken, weshalb?«

»Ihr Vater hat heute nacht angerufen.«

Halvor nickte mehrere Male. Sejer entdeckte die alte Frau in ihrem Sessel und grüßte.

»Ist das eine Verwandte?«

»Ja.«

»Können wir uns irgendwo unter vier Augen unterhalten?«

»Nur in meinem Zimmer.«

»Ja? Na, wenn es Ihnen recht ist, dann ...«

Halvor führte sie aus dem Wohnzimmer, durch eine enge kleine Küche und in seine Kammer. Das Haus muß ziemlich alt sein, dachte Sejer, heute werden die Räume nicht mehr so angeordnet. Die Männer setzten sich auf ein wackliges Schlafsofa. Halvor nahm auf dem Bett Platz. Es war ein altmodisches Zimmer mit grün angestrichener Täfelung und breiter Fensterbank.

»Ist das Ihre Großmutter? Die alte Dame im Wohnzimmer?«

»Ja.«

»Und Ihre Eltern?«

»Geschieden.«

»Deshalb wohnen Sie hier?«

»Ich konnte selber entscheiden, wo ich wohnen wollte.«

Seine Worte fielen trocken und klirrend wie Kieselsteine.

Sejer sah sich um, suchte nach Bildern von Annie und entdeckte ein kleines goldgerahmtes auf dem Nachttisch. Daneben standen ein Wecker und eine Figur der Madonna mit dem Kind, vielleicht ein Reiseandenken aus einem südlichen Land. Ein einziges Plakat hing an der Wand, vermutlich zeigte es einen Rocksänger, quer über dem Bild stand »Meat Loaf«. Stereoanlage und CDs. Ein Kleiderschrank, ein paar Turnschuhe, nicht so edle wie die von Annie. Am Türknauf des Kleiderschranks hing ein Motorradhelm. Das Bett war nicht gemacht. Dem Fenster gegenüber stand ein schmaler Schreibtisch, auf dem ein handlicher Computer mit kleinem Schirm thronte. In einem Karton daneben wurden die Disketten aufbewahrt. Sejer konnte lesen, was auf der obersten stand: »Chess for beginners«. Durch das Fenster blickte er in den Hinterhof, er sah den vor dem Schuppen abgestellten Volvo, eine leere Hundehütte und ein mit einer Plastikplane bedecktes Motorrad.

»Sie fahren Motorrad?« fragte er als Einleitung.

»Wenn das Motorrad will. Es springt nicht immer an. Ich muß es reparieren lassen, aber im Moment kann ich mir das nicht leisten.«

Er machte sich an seinem Hemdkragen zu schaffen.

»Haben Sie Arbeit?«

»In der Eiscremefabrik. Seit zwei Jahren.«

Eiscremefabrik, dachte Sejer. Seit zwei Jahren. Er hat also nach der Grundschule gleich angefangen zu arbeiten. Vielleicht gar nicht so dumm, da bekommt er immerhin Berufserfahrung. Besonders sportlich schien der Junge nicht zu sein, ein wenig zu schmächtig, ein wenig zu blaß. Annie dagegen war fast schon athletisch gewesen, sie hatte eifrig trainiert und für die Schule gebüffelt, während dieser Knabe Eiscreme verpackte und bei seiner Großmutter wohnte. Irgendwie paßte das nicht zusammen, fand Sejer. Aber das war im Grunde eine arrogante Überlegung, deshalb verdrängte er sie gleich wieder.

»Ich habe einige Fragen an Sie. Das verstehen Sie doch sicher?«

»Ja.«

»Dann möchte ich so anfangen: Wann haben Sie Annie zuletzt gesehen?«

»Am Freitag. Wir waren im Kino, um sieben Uhr.«

»In welchem Film?«

»Philadelphia. Annie hat geweint«, sagte Halvor nachdenklich.

»Warum denn?«

»Weil der Film so traurig war.«

»Ach so. Und dann?«

»Dann haben wir im Kinocafé etwas gegessen und sind mit dem Bus zu ihr nach Hause gefahren. Haben auf ihrem Zimmer Platten gehört. Um elf habe ich den Bus zurück genommen. Sie hat mich zur Haltestelle bei der Meierei gebracht.«

»Und seither haben Sie sich nicht mehr gesehen?«

Halvor schüttelte den Kopf. Sein starrer Mundwinkel ließ ihn ein wenig mürrisch aussehen. Das ist eigentlich ungerecht, dachte Sejer, er ist ja eigentlich ganz hübsch mit seinen grünen Augen und den regelmäßigen Zügen. Aber dieser Mund sieht so aus, als wollte er schlechte Zähne oder so etwas verstecken. Später stellte sich heraus, daß Halvors Zähne mehr als perfekt waren. Vier oben und zwei unten waren aus Porzellan.

»Und Sie haben auch nicht mit ihr telefoniert oder so?«

»Doch«, sagte Halvor rasch. »Sie hat am nächsten Abend angerufen.«

»Was wollte sie?«

»Nichts.«

»Aber sie war doch ziemlich still, stimmt das?«

»Ja, aber sie hat gern telefoniert.«

»Sie wollte also nichts, hat aber trotzdem angerufen. Worüber haben Sie sich unterhalten?«

»Wenn Sie das unbedingt wissen müssen – über Gott und die Welt.«

Sejer lächelte. Halvor starrte die ganze Zeit aus dem Fenster, so als ob er Blickkontakt vermeiden wollte. Vielleicht fühlte er sich schuldig, vielleicht hatte er einfach Hemmungen. Sejer und Skarre empfanden beide eine wehmütige Sympathie für ihn. Seine Freundin war tot, und vielleicht konnte er mit niemandem reden, abgesehen von der Großmutter, die im Wohnzimmer wartete. Und vielleicht, dachte Sejer, ist er ja ein Mörder.

»Und gestern waren Sie ganz normal bei der Arbeit? In der Eiscremefabrik?«

Halvor zögerte kurz. »Nein, ich war zu Hause.«

»Sie waren zu Hause? Warum?«

»Ich war nicht so gut drauf.«

»Machen Sie oft blau?«

»Nein, ich mache nicht oft blau.« Halvor hob die Stimme. Zum erstenmal hörten sie eine Andeutung von Zorn.

»Ihre Großmutter kann das natürlich bestätigen?«

»Ja.«

»Und Sie haben das Haus den ganzen Tag nicht verlassen?«

»Nur ganz kurz, ein Mal.«

»Aber Sie waren doch krank?«

»Wir müssen trotzdem was essen. Und für meine Großmutter ist der Weg zum Laden nicht leicht. Sie schafft es nur an guten Tagen, und davon hat sie nicht viele. Sie hat Gelenkrheumatismus«, erklärte Halvor.

»Alles klar, ich verstehe. Können Sie uns erzählen, was Ihnen gefehlt hat?«

»Nur, wenn es unbedingt sein muß.«

»Im Moment ist das nicht der Fall, aber das kann sich noch ändern.«

»Na gut. Manchmal kann ich nachts nicht schlafen.«

»Ach? Und dann bleiben Sie zu Hause?«

»Ich habe die Maschine nicht im Griff, wenn ich nicht klar im Kopf bin.«

»Das leuchtet ein. Warum haben Sie manchmal schlaflose Nächte?«

»Ach, ich schleppe noch Dinge aus meiner Kindheit mit mir herum. So sagt man doch, oder?«

Er lächelte plötzlich, ein bitteres Lächeln, das in dem jungen Gesicht unerwartet erwachsen wirkte.

»Wann ungefähr sind Sie losgegangen?«

»Vielleicht gegen elf.«

»Zu Fuß?«

»Mit dem Motorrad.«

»Und wo haben Sie eingekauft?«

»Im Kiwi-Markt im Zentrum.«

»Gestern ist es also angesprungen?«

»Eigentlich springt es immer an, wenn ich es lange genug versuche.«

»Wie lange waren Sie unterwegs?«

»Keine Ahnung. Ich konnte doch nicht riechen, daß ich mich heute rechtfertigen muß.«

Sejer nickte. Skarre mühte sich wie besessen mit dem Kugelschreiber ab, um mit dem Gespräch Schritt zu halten.

»Wie lange ungefähr?«

»Eine Stunde vielleicht.«

»Und das kann Ihre Großmutter bestätigen?«

»Natürlich nicht. Soviel bekommt sie nicht mehr mit.«

»Haben Sie einen Führerschein?«

»Nein.«

»Wie lange waren Sie mit Annie zusammen?«

»Ziemlich lange. Zwei Jahre.« Halvor fuhr sich mit dem Handrücken über die Oberlippe und starrte auf den Hof hinaus.

»Hatten Sie eine gute Beziehung, was meinen Sie?«

»Einige Male war zwischendurch Schluß.«

»Hatte dann Annie Schluß gemacht?«

»Ja.«

»Hat sie gesagt, warum?«

»Eigentlich nicht. Manchmal war sie einfach nicht so interessiert. Sie wollte am liebsten alles auf Kumpelebene laufen lassen.«

»Und Ihnen war das nicht recht?«

Halvor errötete und starrte seine Hände an.

»Hatten Sie eine sexuelle Beziehung?«

Jetzt errötete er noch mehr und schaute wieder zum Hof hinunter.

»Eigentlich nicht.«

»Eigentlich nicht?«

»Wie gesagt, das interessierte sie nicht so sehr.«

»Aber Sie haben es versucht, nicht wahr?«

»Ja, ein bißchen. Einige Male.«

»Aber es war vielleicht kein großer Erfolg?«

Sejers Stimme klang gerade besonders freundlich.

»Ich weiß nicht, was dabei als großer Erfolg gilt.«

Jetzt war Halvors Gesicht so verspannt, daß keinerlei Mimik mehr zu erkennen war.

»Wissen Sie, ob sie mit anderen Sex hatte?«

»Nein, weiß ich nicht. Aber ich kann es mir eigentlich nicht vorstellen.«

»Sie waren also seit über zwei Jahren mit Annie zusammen, seit Annie dreizehn war. Sie hat mehrmals Schluß gemacht, an Sex war sie nicht weiter interessiert – und Sie haben die Beziehung trotzdem fortgesetzt?

Sie sind doch kein Kind mehr, Halvor. Sind Sie so geduldig?«

»Ja, wahrscheinlich.«

Halvors Stimme war leise und sachlich, er schien sich die ganze Zeit in acht zu nehmen, daß er ja keine Gefühle zeigte.

»Glauben Sie, Annie gut gekannt zu haben?«

»Besser als viele andere.«

»Ist sie Ihnen aus irgendeinem Grund unglücklich vorgekommen?«

»Nicht gerade unglücklich. Eher – ach, ich weiß auch nicht. Schwermütig vielleicht.«

»Ist das etwas anderes? Schwermütig zu sein?«

»Ja.« Halvor blickte auf. »Wer unglücklich ist, hofft noch auf Besserung. Wenn wir aufgeben, setzt die Schwermut ein.«

Sejer lauschte dieser Erklärung mit leichter Verwunderung.

»Als ich Annie vor zwei Jahren kennengelernt habe, war sie ganz anders«, sagte Halvor plötzlich. »Scherzte und lachte mit allen. Sie war das genaue Gegenteil von mir«, fügte er hinzu.

»Und dann hat sie sich verändert?«

»Sie ist plötzlich so groß geworden. Und viel stiller. War nicht mehr so verspielt. Ich habe gewartet, ich dachte, es würde sich schon wieder legen und sie würde wieder die alte sein. Aber jetzt kann ich auf nichts mehr warten.«

Er rang die Hände und starrte den Boden an, dann erwiderte er mit großer Mühe Sejers Blick. Seine Augen glänzten wie nasse Steine. »Ich weiß, was Sie glauben. Aber ich habe Annie nichts getan.«

»Wir glauben gar nichts. Wir reden mit allen, verstehen Sie?«

»Ja.«

»Hat Annie Drogen genommen oder Alkohol getrunken?«

Skarre schüttelte seinen Stift, um Tinte in die Spitze zu treiben.

»Soll das ein Witz sein? Sie haben doch keine Ahnung!«

»Nein«, sagte Sejer einfach. »Ich habe sie ja nicht gekannt.«

»Entschuldigung, aber das war einfach zu albern.«

»Und Sie selber?«

»Auf diese Idee würde ich nie kommen.«

Du meine Güte, dachte Sejer. Ein nüchterner fleißiger junger Mann mit fester Arbeit. Das hört sich ja richtig verheißungsvoll an.

»Kennen Sie Annies Freundinnen? Anette Horgen zum Beispiel?«

»Ein bißchen. Aber meistens waren wir allein. Annie wollte uns irgendwie nicht mischen.«

»Warum nicht?«

»Keine Ahnung. Sie wollte das eben so.«

»Und Sie haben getan, was Annie wollte?«

»Das war nicht weiter schwer. Ich kann große Versammlungen auch nicht leiden.«

Sejer nickte verständnisvoll. Vielleicht hatten die beiden doch zueinander gepaßt.

»Wissen Sie, ob Annie Tagebuch geführt hat?«

Halvor zögerte kurz, unterdrückte in letzter Sekunde einen Impuls und schüttelte den Kopf. »Meinen Sie so ein herzförmiges rosa Buch mit Hängeschloß?«

»Nicht unbedingt. Es kann auch anders ausgesehen haben.«

»Das glaube ich nicht«, murmelte Halvor.

»Aber sicher sind Sie sich da nicht?«

»Ziemlich sicher. Sie hat es nie erwähnt.«

Jetzt war seine Stimme kaum noch zu hören.

»Haben Sie jemanden, mit dem Sie reden können?«

»Meine Großmutter.«

»Sie hängen also an ihr?«

»Sie ist in Ordnung. Und hier ist es still und friedlich.«

»Haben Sie eine blaue Windjacke, Halvor?«

»Nein.«

»Was ziehen Sie draußen an?«

»Eine Jeansjacke. Und im Winter eine Daunenjacke.«

»Werden Sie mich anrufen, wenn Sie etwas auf dem Herzen haben?«

»Warum sollte ich?« Halvor hob verwundert den Kopf.

»Lassen Sie mich das ein wenig anders ausdrücken: Werden Sie auf der Wache anrufen, wenn Ihnen etwas einfällt, irgend etwas, das vielleicht erklären kann, warum Annie sterben mußte?«

»Ja.«

Sejer sah sich im Zimmer um, er wollte sich diesen Anblick einprägen. Sein Blick fiel auf die Madonna. Bei genauerem Hinsehen gefiel sie ihm besser als beim ersten Mal.

»Das ist eine schöne Figur. Haben Sie die vielleicht in Spanien gekauft?«

»Ich habe sie geschenkt bekommen. Von Pater Martin. Ich bin Katholik«, fügte Halvor hinzu.

Worauf Sejer ihn genauer betrachtete. Halvor wirkte verschlossen und angespannt, schien etwas zu bewachen, das seine Besucher nicht sehen durften. Und vielleicht würden sie ihn zwingen müssen, sich zu öffnen, würden ihn wie eine Muschel in kochendes Wasser werfen müssen. Diese Vorstellung war faszinierend.

»Sie sind Katholik?«

»Ja.«

»Verzeihen Sie meine Neugier – aber was zieht Sie zu diesem Glauben hin?«

»Das ist doch einleuchtend. Sündenvergebung. Verzeihung.«

Sejer nickte. »Aber Sie sind doch so jung?« Er erhob sich und lächelte Halvor an. »Da haben Sie doch sicher noch nicht sehr viel sündigen können?«

Diese Frage blieb für eine Sekunde in der Luft hängen.

»Ich habe durchaus den einen oder anderen üblen Gedanken gehegt.«

Sejers Aufmerksamkeit wandte sich für einen Moment seiner eigenen Gedankenwelt zu. »Ihre Aussage wird natürlich überprüft werden. Das machen wir immer so. Wir lassen von uns hören.«

Er drückte Halvor energisch die Hand. Versuchte, ihm einen guten Eindruck zu vermitteln. Dann gingen sie wieder durch die Küche, in der es ein wenig nach gekochtem Gemüse roch. Im Wohnzimmer saß die Großmutter in einem Schaukelstuhl, sorgfältig in eine Decke gewickelt. Sie starrte den Besuchern ängstlich hinterher. Draußen stand das Motorrad unter seiner Plastikplane. Eine schwarze Suzuki.

»Denkst du dasselbe wie ich?« fragte Skarre, als sie losfuhren.

»Vermutlich. Er hat keine Frage gestellt. Keine einzige. Irgendwer hat seine Freundin umgebracht, aber besonders neugierig ist er deshalb nicht. Aber das muß nicht unbedingt etwas bedeuten.«

»Seltsam war es trotzdem.«

»Vielleicht geht ihm das jetzt auch gerade auf.«

»Oder vielleicht weiß er, was mit ihr passiert ist. Und hat deshalb keine Fragen gestellt.«

»Die Windjacke, die wir gefunden haben, wäre Halvor doch viel zu groß, oder?«

»Aber die Ärmel waren aufgekrempelt.«

Es war später Nachmittag, und sie brauchten eine Pause. Sie fuhren zurück in die Stadt und überließen die Bewohner des kleinen Dorfes ihrem Schock und ihren Gedanken. Im Krystall liefen die Menschen hin und her, Türen schlugen, Telefone schellten. Schubladen wurden nach alten Fotos durchwühlt. Annies Schicksal war in aller Munde. Die allerersten vagen Gerüchte wurden bei Kerzenlicht erzählt und verbreiteten sich dann wie ein Lauffeuer in allen Häusern. Hier und dort wurde ein Schnaps eingeschenkt. In dem kurzen Straßenstück herrschte Ausnahmezustand, und eine Reihe von Regeln wurde eine nach der anderen gebrochen.

Raymond dagegen war anderweitig beschäftigt. Er saß am Küchentisch und klebte Bilder in ein Buch, Calvin und Hobbes und die Haiopais. Die Deckenlampe brannte, sein Vater hielt Mittagsschlaf, das Radio brachte das Wunschkonzert. Herzlichen Glückwunsch für Glenn Kåre, mit lieben Grüßen von seiner Oma. Raymond hörte zu und schnüffelte am Klebestift, freute sich über den feinen Duft von Mandelessenz. Er bemerkte den Mann nicht, der ihn durch das Fenster anstarrte.

HALVOR SCHLOSS DIE KÜCHENTÜR und schaltete seinen Computer ein. Nachdenklich starrte er die Namen der Dateien an. Sie enthielten Spiele, seine Steuererklärung, Abrechnungen, Adressen, eine Übersicht über seine CD-Sammlung und andere Nebensächlichkeiten. Aber es gab noch mehr. Eine Datei, deren Inhalt ihm unbekannt war. Die Datei »Annie«. Er starrte diesen Namen an und dachte nach. Zwei Mausklicks würden die Dateien eine nach der anderen öffnen und ihren Inhalt eine Sekunde später über den Bildschirm flakkern lassen. Mit zwei Ausnahmen. Er selbst hatte eine mit dem Vermerk »Privat«. Um sie zu öffnen, mußte er einen Code eingeben, der nur ihm bekannt war. Und das galt auch für Annies Datei. Er hatte ihr gezeigt, wie sie sie sperren konnte, weiter schwierig war das ja nicht. Er hatte keine Ahnung, welches Codewort sie gewählt hatte oder was die Datei enthielt. Sie hatte ihm das unbedingt verschweigen wollen, hatte angesichts seiner Enttäuschung kurz gelacht. Er hatte ihr alles erklärt, dann hatte er das Zimmer verlassen und im Wohnzimmer warten müssen, während sie ihren Code eingab. Aus Jux klickte er zweimal und erhielt augenblicklich die Antwort: Access denied. Password required.

Jetzt wollte er die Datei öffnen. Sie war das einzige, was ihm noch von Annie blieb. Wenn dort nun etwas über ihn stand, etwas, das für ihn gefährlich sein konnte? Vielleicht war es eine Art Tagebuch. Natürlich werde ich nie dahinterkommen, dachte er und betrachtete mutlos die Tastatur, deren zehn Ziffern, neunundzwanzig Buchstaben und viele unterschiedliche Zeichen eine Menge von Kombinationsmöglichkeiten ergaben, die er sich einfach nicht vorstellen konnte. Er versuchte sich zu entspannen, und überlegte sich, daß er selbst einen Namen genommen hatte. Den Namen einer berühmten Frau, die auf dem Scheiterhaufen verbrannt und später zur Heiligen erhöht worden war. Eine perfekte Wahl, auf die nicht einmal Annie gekommen wäre. Aber vielleicht hatte Annie sich ein Datum ausgesucht. Ein Geburtsdatum, vielleicht von jemandem, der ihr nahestand, das machten viele. Eine Zeitlang starrte Halvor auf den Bildschirm, ein graues, unansehnliches Quadrat mit Annies Namen. Nun hatte er die Datei ja auch gar nicht öffnen sollen, schließlich hatte Annie sie gesperrt, weil der Inhalt ihr Geheimnis bleiben sollte. Aber sie war nicht mehr da, deshalb galten die alten Regeln nicht mehr. Vielleicht enthielt die Datei etwas, das erklären konnte, warum sie so gewesen war. So verdammt unzugänglich.

Seine Einwände zerfielen und blieben wie Staub in den Ecken liegen. Er war jetzt allein, mit unendlich viel Zeit und nichts, um diese Unendlichkeit zu füllen. Wenn er hier im halbdunklen Zimmer saß und den leuchtenden Bildschirm anstarrte, dann fühlte er sich Annie sehr nahe. Er beschloß, es zunächst mit Zahlen zu versuchen, mit Geburtstagen oder Personenkennziffern. Einige wußte er auswendig, Annies, seine eigenen, die seiner Großmutter. Andere konnte er sich besorgen. Für den Anfang war das schon allerlei. Natürlich konnte sie auch ein Wort genommen haben. Oder mehrere, ein Sprichwort oder ein bekanntes Zitat, vielleicht auch einen Namen. Es würde eine mühsame Arbeit werden. Er wußte nicht, ob er die Aufgabe jemals lösen würde, aber er hatte Zeit und Geduld genug. Und außerdem gab es noch andere Methoden.

Er fing mit ihrem Geburtsdatum an, das sie natürlich nicht genommen hatte: 3. März 1980, 03031980. Anschließend gab er diese Zahlenfolge auch noch rückwärts ein.

»Access denied«, verkündete der Bildschirm. Und plötzlich stand die Großmutter in der Tür.

»Was haben sie gesagt?« fragte sie, sich am Türrahmen abstützend.

Er fuhr zusammen und setzte sich gerade hin.

»Nichts Besonderes. Sie wollten nur ein paar Fragen stellen.«

»Aber das ist doch grauenhaft, Halvor! Wieso ist sie tot?«

Schweigend starrte er sie an.

»Ihr Vater hat gesagt, sie hätten sie im Wald gefunden. Oben beim Schlangenweiher.«

»Aber wieso war sie denn tot?«

»Das haben sie nicht gesagt«, flüsterte Halvor. »Und ich habe vergessen zu fragen.«

Sejer und Skarre hatten sich im Vortragsraum in der Baracke hinter dem Gericht ausgebreitet. Sie zogen die Vorhänge vor und knipsten alle Lampen aus. Sie hatten das Video fast ganz zurückgespult. Skarre saß mit der Fernbedienung bereit.

Die Schallisolierung in diesem eilig hochgezogenen Gebäude war kein Grund zum Protzen. Sie hörten Telefone schellen, Türen schlagen, Stimmen, Lachen und von der Straße her Motorenlärm. Auf dem Hinterhof grölte ein Betrunkener. Immerhin waren die Geräusche gedämpft, verrieten, daß der Tag zur Neige ging.

»Was in aller Welt ist das denn?«

Skarre beugte sich vor.

»Eine Läuferin. Sieht aus wie Grete Waitz. Scheint der New-York-Marathon zu sein.«

»Vielleicht hat er uns das falsche Video mitgegeben?«

»Bestimmt nicht. Stop, ich habe Inselchen und Schären gesehen.«

Das Bild hüpfte eine Weile hin und her, dann hatte es sich endlich beruhigt und zeigte zwei Frauen in Bikinis, die auf einer Felsplatte lagen.

»Die Mutter und Sølvi«, sagte Sejer.

Sølvi lag auf dem Rücken und hatte ein Knie angezogen. Sie hatte ihre Sonnenbrille hochgeschoben, vielleicht weil sie keine weißen Ringe um die Augen haben wollte. Die Mutter war teilweise hinter einer Zeitung versteckt, der Größe nach vermutlich *Aftenposten*. Neben den beiden lagen Illustrierte, Sonnencreme und Thermoskanne, mehrere große Badetücher und ein Transistorradio.

Jetzt hatte die Kamera die beiden Sonnenanbeterinnen lange genug anvisiert. Die Linse wanderte zu einem ein Stück weit entfernten Strand, und ein großes blondes Mädchen kam von rechts her ins Bild. Sie trug ein Surfbrett über dem Kopf und wandte sich halb von der Kamera ab, dem Wasser zu. Ihr Gang war durchaus nicht herausfordernd, sie ging einfach, um anzukommen, und sie wurde nicht langsamer, als das Wasser ihr bis über die Knie und höher reichte. Sejer und Skarre hörten die ziemlich kräftigen Wellen rauschen, und sie hörten plötzlich die Stimme des Vaters, die das Rauschen übertönte: »Jetzt lächle doch mal, Annie!«

Annie ging weiter, immer tiefer ins Wasser hinein, sie ignorierte diese Aufforderung. Eine Weile später drehte sie sich aber doch um, ein wenig mühsam unter dem Gewicht des Brettes. Einige Sekunden lang schien sie Sejer und Skarre ins Gesicht zu starren. Der Wind erfaßte ihre blonden Haare und ließ sie um ihre Ohren flattern, ein kurzes Lächeln huschte über ihr Gesicht. Skarre sah in ihre grauen Augen und spürte, wie eine Gänsehaut seine Arme überzog, während er zusah, wie das langbeinige Mädchen durch die Wellen stapfte. Sie trug wie die professionellen Schwimmerinnen einen schwarzen Badeanzug mit einem Kreuz hoch oben im Rücken, und eine blaue Schwimmweste.

»Das Brett da ist nichts für Anfänger«, murmelte Skarre.

Sejer gab keine Antwort. Annie ging immer tiefer ins Wasser. Sie blieb stehen, stieg auf das Brett, griff mit starken Händen nach dem Segel, fand das Gleichgewicht. Dann drehte sich das Brett um hundertachtzig Grad und kam in Fahrt. Die Männer sahen schweigend zu, wie Annie immer weiter hinaussegelte. Sie fegte wie ein schnelles Segelschiff über die Wellen. Der Vater folgte ihr mit der Kamera.

Sie waren jetzt das Auge des Vaters, so hatte er seine Tochter durch die Linse gesehen. Er gab sich alle Mühe, die Kamera ruhig zu halten, nicht zu sehr zu zittern, sondern der Surferin die größtmögliche Gerechtigkeit widerfahren zu lassen. Durch die Aufnahmen spürten sie, wie stolz er auf Annie gewesen war. Hier war sie in ihrem Element. Sie hatte keine Angst, vom Brett zu rutschen und unterzugehen.

Plötzlich war sie verschwunden. Nun starrten sie einen gedeckten Tisch mit geblümter Tischdecke an, Teller und Gläser, geputztes Besteck, eine Vase mit Wiesenblumen. Koteletts, Würstchen und Speck auf einer hölzernen Platte. Neben dem Tisch glühte der Grill. Cola- und Mineralwasserflaschen glitzerten in der Sonne. Hier war Sølvi wieder, jetzt in Minirock und Bikinioberteil, frisch geschminkt, dazu Frau Holland in züchtigem Sommerkleid. Und endlich Annie, mit dem Rücken zur Kamera, in dunkelblauen Bermudashorts. Plötzlich drehte sie sich zur Kamera um, wieder auf die Aufforderung ihres Vaters hin. Wieder dieses Lächeln, jetzt etwas breiter, sie sahen ihre Lachgrübchen und die Andeutung von dünnen blauen Adern an ihrem Hals. Sølvi und die Mutter plapperten im Hintergrund, Eiswürfel klirrten, Annie schenkte Cola ein. Sie drehte sich noch einmal langsam um, die Flasche in der Hand, und fragte in die Kamera: »Cola, Papa?«

Ihre Stimme war überraschend tief. Gleich darauf waren alle in der Hütte. Frau Holland stand vor dem Küchentisch und schnitt Stücke von einem Kuchen.

Cola, Papa? Sie klang kurz angebunden und dennoch weich. Annie hatte ihren Vater geliebt, das hörten sie aus diesen beiden kleinen Wörtern, sie hörten Wärme und Respekt. Beides schien durch, so wie man in einem Glas den Unterschied zwischen Rotwein und Johannisbeersaft erkennt. Die Stimme war klangvoll und lebhaft. Annie war die Tochter ihres Vaters.

Der Rest des Films flimmerte vorbei. Annie und ihre Mutter beim Federball, außer Atem im heftigen Wind, der zum Surfen perfekt, für das Federballspielen jedoch eine Plage war. Die Familie um den Eßtisch versammelt, in Trivial Pursuit vertieft. Eine Großaufnahme des Spielbretts zeigte deutlich, wer in Führung lag, doch Annie triumphierte nicht. Sie sagte überhaupt nicht viel, während Sølvi und die Mutter die ganze Zeit redeten. Sølvi mit süßer, zarter Stimme, die Mutter tiefer und heiserer. Skarre blies sich den Rauch zwischen die Knie und kam sich so alt vor wie lange nicht. Nach kurzem Flimmern tauchte nun ein rötliches Gesicht mit weitaufgerissenem Mund auf. Eine imponierende Tenorstimme füllte das Zimmer.

»No man shall sleep«, sagte Konrad Sejer und erhob sich schwerfällig.

»Wie belieben?«

»Luciano Pavarotti. Er singt Puccini. Leg das Video ins Archiv«, fügte er hinzu.

»Sie war eine gute Surferin«, sagte Skarre beeindruckt.

Sejer konnte keine Antwort mehr geben. Sie wurden

vom Telefon unterbrochen, Skarre nahm ab und riß gleichzeitig Block und Bleistift an sich. Das geschah ganz automatisch. Er glaubte auf dieser Welt an drei Dinge: an Gründlichkeit, Fleiß und gute Laune. Sejer las, was sein Kollege aufschrieb: Henning Johnas, Krystall Nr. 4. 12.45. Horgen, Laden. Motorrad.

»Können Sie zur Tankstelle kommen?« fragte Skarre hektisch. »Nicht? Dann kommen wir zu Ihnen. Das kann eine wichtige Auskunft sein. Haben Sie vielen Dank und bis gleich.«

Er legte auf.

»Einer der Nachbarn. Henning Johnas, wohnt in Nummer vier. Ist gerade von der Arbeit gekommen und hat die Sache mit Annie erfahren. Er hat sie gestern am Kreisverkehr aufgelesen und sie beim Laden wieder abgesetzt. Er sagt, daß dort ein Motorrad stand und auf sie wartete.«

Sejer lehnte sich mit dem Hintern auf den Tisch. »Wieder dieses Motorrad, das hat Horgen ja auch schon erwähnt. Halvor hat ein Motorrad«, sagte er nachdenklich. »Warum konnte Johnas nicht herkommen?«

»Seine Hündin wirft gerade.«

Skarre steckte den Zettel in die Tasche. »Kann sein, daß es Halvor schwerfällt zu belegen, wie lange er mit dem Motorrad unterwegs war. Ich hoffe, er ist nicht der Mörder. Er gefällt mir nämlich.«

»Ein Mörder ist ein Mörder«, sagte Sejer lakonisch. »Und manche sind sympathisch.«

»Ja«, antwortete Skarre. »Aber es ist leichter, einen einzubuchten, dessen Visage man nicht ausstehen kann.«

Johnas schob eine Hand unter den Bauch der Hündin und befühlte ihn vorsichtig. Sie atmete heftig, die

Zunge hing ihr aus der Schnauze, eine feuchte rosa Zunge. Die Hündin lag ganz still und ließ sich abtasten. Es würde nicht mehr lange dauern. Johnas starrte aus dem Fenster und hoffte, es bald überstanden zu haben.

»Braves Mädchen, Hera«, sagte er und streichelte sie.

Die Hündin starrte an ihm vorbei, unbeeindruckt von diesem Lob, und er ließ sich ein Stück von ihr entfernt zu Boden sinken. Saß einfach da und sah sie an. Dieses stumme, geduldige Tier beeindruckte ihn ungeheuer. Nie gab es Ärger mit Hera, sie war immer gehorsam und sanft wie ein Engel. Wich auf ihren Spaziergängen nicht von seiner Seite, aß, was in ihren Napf kam, und trottete leise in ihre Ecke, wenn er sich abends schlafen legte. Eigentlich wäre er gern hier sitzen geblieben, bis alles vorbei war, in ihrer Nähe, nur ihrem Atem lauschend. Vielleicht würde es bis zum Morgengrauen dauern. Er war nicht müde. Aber dann ging seine Türklingel, kurz und scharf. Er stand auf und öffnete.

Sejers Händedruck war hart und trocken. Er strahlte Autorität aus. Der Jüngere war anders, hatte eine schmale Knabenhand mit dünnen Fingern. Ein offenes Gesicht, nicht kühl registrierend wie das des Älteren. Johnas bat die beiden ins Haus.

»Was macht die Hündin?« fragte Sejer. Ein schöner Dobermann lag ziemlich ruhig auf einem schwarzrosa Orientteppich. Aber vielleicht ist der Teppich nicht echt, man legt keine gebärende Hündin auf einen echten Orientteppich, überlegte er. Die Hündin keuchte, lag ansonsten aber ganz still da und achtete nicht weiter auf die beiden Fremden.

»Es ist das erste Mal. Drei Welpen, wenn ich mich

nicht irre. Aber das geht schon gut. Bei Hera gibt es nie Ärger.«

Johnas blickte seine Besucher an und schüttelte den Kopf. »Ich bin so erschüttert von dem, was passiert ist, daß ich mich einfach auf nichts konzentrieren kann.«

Während er das sagte, schaute er zu Hera hinüber und fuhr sich mit einer kräftigen Faust über seinen kahlen Schädel. Diesen Schädel umgab ein Kranz aus braunen Locken, die Augen waren ungewöhnlich dunkel. Ein mittelgroßer Mann mit kräftigem Oberkörper und einigen Kilo zuviel um die Taille, vielleicht Ende Dreißig. In jüngeren Jahren konnte er wie eine dunklere Ausgabe von Skarre gewirkt haben. Seine Züge waren fein geschnitten, sein Teint frisch wie nach einem Aufenthalt in südlicheren Regionen.

»Sie möchten nicht zufällig ein Hundebaby kaufen?« Er blickte sie erwartungsvoll an.

»Ich habe einen Leonberger«, sagte Sejer, »und ich glaube, der würde es mir nicht verzeihen, wenn ich einen Welpen anschleppte. Er ist ziemlich verwöhnt.«

Johnas nickte zum Sofa hinüber. Zog den Couchtisch vor, damit die beiden Männer sich vorbeiquetschen konnten. »Ich habe Fritzner bei den Garagen getroffen, ich kam gerade von einer Messe in Oslo. Er hat mir alles erzählt. Ich glaube, ich habe es noch gar nicht richtig begriffen. Ich hätte sie nicht aus meinem Auto aussteigen lassen dürfen.« Er rieb sich die Augen und schaute wieder zu seiner Hündin hinüber. »Annie war oft bei uns. Zum Babysitten. Ich kenne auch Sølvi, sie ist eher der Typ, der sich von Unbekannten mitnehmen läßt. Die hat doch nur Jungs im Kopf. Aber Annie ...« Er sah seine Besucher an. »Das hat Annie kaum interessiert. Und sie war sehr vorsichtig. Und sie hatte doch auch einen Freund, glaube ich.«

»Richtig, den hatte sie. Kennen Sie ihn?«

»Nein, nein, überhaupt nicht. Ich habe sie manchmal hier in der Straße gesehen, aus der Entfernung. Sie waren so verlegen, sie haben nicht einmal Händchen gehalten.«

Bei diesem Gedanken lächelte er ein wenig wehmütig.

»Wohin waren Sie unterwegs, als Sie Annie mitgenommen haben?«

»Ich wollte zur Arbeit. Es sah zuerst so aus, als ob Hera werfen würde, aber dann hat die Lage sich wieder beruhigt.«

»Wann fangen Sie an?«

»Um elf.«

»Das ist doch reichlich spät?«

»Ja, aber wissen Sie, Milch und Brot brauchen die Leute schon morgens früh, Perserteppiche kommen erst später an die Reihe, wenn die primitiveren Bedürfnisse befriedigt sind.« Diese Bemerkung entlockte ihm ein ironisches Lächeln. »Ich habe eine Teppichgalerie«, erklärte er. »In der Innenstadt, Cappelens gate.«

Sejer nickte. »Annie wollte zu Anette Horgen, um an einer Hausarbeit zu schreiben. Hat Sie Ihnen davon erzählt?«

»An einer Hausarbeit?« fragte Johnas erstaunt. »Nein, das hat sie nicht.«

»Aber sie hatte doch ihre Schultasche auf dem Rükken?«

»Ja, das schon. Aber vielleicht war das nur ein Vorwand, was weiß ich. Ich weiß nur, daß sie zum Laden wollte.«

»Erzählen Sie, was Sie gesehen haben.«

Johnas nickte. »Annie kam den steilen Hang beim Kreisverkehr heruntergelaufen. Ich habe bei der Bushaltestelle gestoppt. Gefragt, ob sie mitfahren wolle. Sie wollte doch nach Horgen, und das ist ein ziemliches Ende. Natürlich war sie nicht faul, Annie war bestens in Form. Sie ist dauernd gelaufen. Hatte bestimmt eine phantastische Kondition. Aber trotzdem ist sie eingestiegen, ich sollte sie beim Laden absetzen. Ich dachte, sie wollte einkaufen oder hätte vielleicht eine Verabredung. Ich habe sie abgesetzt und bin weitergefahren. Aber ich habe das Motorrad gesehen. Es stand neben dem Laden, und ich habe noch gesehen, daß sie darauf zugegangen ist. Ich meine, ich weiß ja nicht, ob der Fahrer auf sie wartete, und erkannt habe ich ihn auch nicht. Ich habe nur gesehen, daß sie mit energischen Schritten zum Motorrad gegangen ist und sich nicht mehr umgeschaut hat.«

»Was war das für ein Motorrad?« fragte Sejer.

Johnas breitete die Arme aus. »Ich weiß ja, daß Sie mich danach fragen müssen, aber ich habe keine Ahnung von Motorrädern. Ich komme doch nun wirklich aus einer ganz anderen Branche. Ich habe im Grunde nur Chrom und Stahl gesehen.«

»Und die Farbe?«

»Sind Motorräder nicht meistens schwarz?«

»Durchaus nicht«, antwortete Sejer kurz.

»Es war jedenfalls nicht knallrot, daran würde ich mich erinnern.«

»War es ein großes, kräftiges Modell oder ein kleineres?« erkundigte Skarre sich.

»Ich glaube, es war groß.«

»Und der Fahrer?«

»Von dem war nicht viel zu sehen. Er trug einen Helm. An dem Helm war etwas Rotes, das weiß ich noch. Und er kam mir nicht vor wie ein Erwachsener. Sah eher aus wie ein Jugendlicher.«

Sejer nickte und beugte sich vor.

»Sie haben Annies Freund gesehen. Er hat ein Motorrad. Kann er es gewesen sein?«

Jetzt runzelte Johnas beinahe mißtrauisch die Stirn. »Ich habe ihn von weitem hier auf der Straße gehen sehen. Aber der Motorradfahrer war auch ziemlich weit weg, und er trug einen Helm. Ich kann nicht sagen, ob er es war. Ich möchte nicht einmal die Möglichkeit andeuten.«

»Nicht, *ob* er es war.« Sejer kniff die Augen zusammen. »Nur, ob er es gewesen sein *könnte*. Sie sagen, es sei ein junger Mann gewesen. War er von schmächtiger Figur?«

»Das läßt sich nicht so leicht sagen, wenn jemand einen Lederanzug trägt«, sagte Johnas hilflos.

»Aber warum glauben Sie dann, daß er jung war?«

»Nein«, sagte Johnas verwirrt. »Was soll ich sagen? Ich habe es wohl angenommen, weil Annie jung ist. Oder vielleicht lag es auch an seiner Haltung.« Er sah verlegen aus. »Man weiß in dem Moment doch nicht, daß das wichtig ist.«

Wieder erhob er sich und kniete dann neben der Hündin nieder. »Sie müssen versuchen zu verstehen, wie es ist, in diesem Dorf hier zu wohnen«, sagte er verlegen. »Gerüchte verbreiten sich nur allzu schnell. Und ich glaube einfach nicht, daß ihr Freund dazu fähig ist. Er ist doch noch ein Junge, und sie waren schon so lange zusammen.«

»Das müssen Sie schon uns überlassen«, sagte Sejer energisch. »Das Motorrad ist natürlich wichtig, und es ist noch von einem weiteren Zeugen gesehen worden. Wenn er unschuldig ist, dann wird er auch nicht verurteilt.«

»Nicht?« fragte Johnas skeptisch. »Nein, nein, aber

es ist schlimm genug, unter Verdacht zu stehen, möchte ich meinen. Wenn ich sage, daß der Motorradfahrer mit Annies Freund Ähnlichkeit hatte, dann machen Sie dem sicher die Hölle heiß. Und ich habe doch wirklich keine Ahnung, wer es war.« Er schüttelte heftig den Kopf. »Ich habe nur eine Gestalt in Motorradkluft und Helm gesehen. Ich habe einen Sohn von siebzehn Jahren, der hätte das auch sein können. Ich hätte ihn in der Montur einfach nicht erkannt, verstehen Sie?«

»Ja, ich verstehe«, sagte Sejer kurz. »Jetzt haben Sie meine Frage endlich beantwortet. Er kann es gewesen sein. Und was diese Hölle angeht, dann ist er dort wohl schon angekommen.«

Johnas schluckte hörbar.

»Worüber haben Sie sich unterhalten, Sie und Annie, nachdem sie zu Ihnen ins Auto gestiegen war?«

»Sie hat nicht viel gesagt. Und ich habe mich über Hera und die neuen Hundebabys verbreitet.«

»Ist sie Ihnen ängstlich oder nervös vorgekommen?«

»Überhaupt nicht. Sie war so wie immer.«

Sejer schaute sich im Zimmer um und registrierte, daß der Raum spärlich möbliert war, er wirkte noch unfertig. Aber es gab jede Menge Teppiche, auf dem Boden und an den Wänden, große Orientteppiche, die teuer aussahen. An der Wand hingen zwei Fotos, eins zeigte einen blonden Jungen von vielleicht zwei, das andere einen Teenager.

»Sind das Ihre Söhne?« Sejer zeigte auf die Bilder und wollte Konversation machen.

»Ja«, sagte Johnas. »Aber die Bilder sind nicht mehr aktuell.« Wieder streichelte er die schwarzen, seidenweichen Ohren und die feuchte Schnauze der Hündin. »Ich lebe jetzt allein«, fügte er hinzu. »Und endlich habe ich in der Stadt eine Wohnung gefunden, in der

Oscarsgate. Dieses Haus hier ist zu groß für mich. In letzter Zeit habe ich Annie nicht oft gesehen. Es machte sie wohl verlegen, daß meine Frau mich verlassen hat. Und hier gab es ja auch keine Kinder mehr zu hüten.«

»Sie handeln also mit Orientteppichen?«

»Ich beziehe sie vor allem aus der Türkei und aus Pakistan. Ab und zu aus dem Iran, aber die neigen dazu, die Preise hochzuschrauben. Ich fahre zweimal im Jahr für einige Wochen hin. Lasse mir Zeit. Langsam kenne ich mich da unten aus«, erzählte Johnas zufrieden. »Habe inzwischen gute Verbindungen. Das ist nämlich das Wichtigste, ein Vertrauensverhältnis aufzubauen, meine ich. Sie haben mit dem Westen ziemlich gemischte Erfahrungen gemacht.«

Skarre zwängte sich am Tisch vorbei und ging zu einer Querwand, die fast ganz und gar von einem großen Teppich verdeckt war.

»Das ist ein türkischer Smyrna«, sagte Johnas. »Einer von meinen allerschönsten. Ich kann ihn mir im Grunde gar nicht leisten. Zweieinhalb Millionen Knoten. Ziemlich unvorstellbar, finden Sie nicht?«

Skarre betrachtete den Teppich. »Stimmt das, daß die von Kindern hergestellt werden?«

»Oft ja, meine aber nicht. Das würde einem Händler den Ruf ruinieren. Aber ob uns das nun gefällt oder nicht, Tatsache ist, daß Kinder die schönsten Teppiche machen. Erwachsene haben zu dicke Finger.«

Eine Zeitlang starrten sie den Teppich an, die vielen ineinander verschlungenen geometrischen Figuren, immer neue, immer kleiner, in einer fast endlosen Menge von Farbtönen.

»Und werden die Kinder wirklich zum Arbeiten festgekettet?« fragte Sejer skeptisch.

Johnas schüttelte resigniert den Kopf. »Es klingt so

schrecklich, wenn Sie das so ausdrücken. Wer als Knüpfer Arbeit findet, hat wirklich großes Glück gehabt. Ein guter Knüpfer hat Essen und Kleider und braucht nicht zu frieren. Er hat ein Leben. Wenn sie angekettet werden, dann nur, weil die Eltern darum gebeten haben. Oft ernährt so ein kleiner Knüpfer eine fünf- oder sechsköpfige Familie. Auf diese Weise kann er Mutter und Schwestern die Prostitution ersparen, und Vater und Brüder brauchen nicht zu Bettlern oder Dieben zu werden.«

»Ich habe gehört, daß das nur einen Aufschub bedeutet«, sagte Sejer. »Wenn sie erwachsen werden und dickere Finger haben, sind sie oft durch die anstrengende Arbeit blind oder kurzsichtig geworden. Und dann können sie überhaupt nicht mehr arbeiten und enden doch noch als Bettler.«

»Sie sehen zuviel fern.« Johnas lächelte. »Fahren Sie lieber hin und bilden Sie sich selber eine Meinung. Die Knüpfer sind zufriedene kleine Menschen, und sie genießen hohes Ansehen. So einfach ist das. Aber wir müssen den Reichen wohl ihre Moral lassen, niemand ist in dieser Hinsicht so empfindlich wie sie. Deshalb lasse ich auch die Finger von Produkten von Kindern. Wenn Sie einen Teppich brauchen, dann kommen Sie doch in die Cappelens gate«, sagte er eifrig. »Ich werde dafür sorgen, daß Sie ein Schnäppchen machen.«

»Ich glaube, das ist nicht so ganz meine Preisklasse.«

»Warum ist der so fleckig?« fragte Skarre.

Johnas lächelte ein wenig über diese Unwissenheit, lebte gleichzeitig aber auf; die Möglichkeit, über seine große Leidenschaft sprechen zu können, wirkte wie ein Lufthauch in fast erloschener Glut. Er leuchtete auf. »Das ist ein Nomadenteppich.«

Das sagte Skarre nun wirklich gar nichts.

»Die Nomaden sind die ganze Zeit unterwegs, nicht wahr? Sie brauchen vielleicht ein Jahr für einen so großen Teppich. Die Wolle färben sie mit Pflanzen, die sie zu verschiedenen Jahreszeiten pflücken müssen, in unterschiedlichen Landschaften, mit unterschiedlichen Wachstumsbedingungen für die einzelne Pflanze. Dieses Blau hier«, er zeigte auf den Teppich, »ist mit Indigo gefärbt. Und das Rot stammt vom Krapp. Aber ganz innen im Sechseck sehen Sie ein anderes Rot, es stammt von zerstoßenen Insekten. Dieser Orangeton ist Henna, das Gelb Safrankrokus.« Er fuhr mit der Hand über den Teppich. »Das ist ein türkischer Teppich, geknüpft mit gordischen Knoten. Auf jeden Quadratzentimeter kommen an die hundert Knoten.«

»Und diese Muster? Wer entwirft die?«

»Sie arbeiten nach Mustern, die viele Jahrhunderte alt sind, viele sind nicht einmal aufgezeichnet worden. Die alten Knüpfer gehen in der Werkstatt hin und her und singen den anderen die Muster vor.«

Die alten, blinden Knüpfer, dachte Johnas.

»Wir hier im Westen«, sagte Johnas jetzt, »haben lange gebraucht, um dieses Handwerk zu entdecken. Traditionell ziehen wir ja figurative Muster vor, Muster, die eine Geschichte erzählen. Deshalb haben bei uns anfangs vor allem Jagd- und Gartenteppiche Aufmerksamkeit erregt, die Tier- und Blumenmotive zeigen. Ich selber mag diesen Typ lieber. Zuerst die breite Kante, die alles einfaßt. Dann wird der Blick immer weiter nach innen gelenkt, bis wir gewissermaßen den Schatz gefunden haben. So wie hier«, er zeigte auf den Teppich, »das Medaillon in der Mitte. – Entschuldigung«, sagte er dann plötzlich. »Das war jetzt ein langer Vortrag.«

Er schien verlegen zu sein.

»Dieser Helm«, Skarre riß sich von dem Teppich los, »war das ein halber oder ein ganzer?«

»Gibt es denn auch halbe Helme?« fragte Johnas überrascht.

»Ein ganzer Helm hat auch Wangen- und Kinnschutz. Ein halber reicht nur ungefähr so weit wie ein Hut.«

»Darauf habe ich nicht geachtet.«

»Aber sein Anzug? War der schwarz?«

»Auf jeden Fall dunkel. Ich habe ihn mir nicht genauer angesehen. Es ist doch ein ganz normaler Anblick, daß ein hübsches Mädchen über die Straße geht und auf einen Jungen auf einem Motorrad zuhält. So soll es doch gewissermaßen sein, nicht wahr?«

Sie bedankten sich und blieben bei der Tür noch einen Moment stehen. »Wir melden uns sicher noch einmal, ich hoffe auf Ihr Verständnis.«

»Natürlich. Wenn die Welpen heute nacht kommen, bleibe ich in den nächsten Tagen zu Hause.«

»Können Sie Ihren Laden so einfach dichtmachen?«

»Die Kunden rufen mich zu Hause an, wenn sie dringende Wünsche haben.«

Plötzlich seufzte Hera tief und jammerte auf ihrem echten Orientteppich. Skarre schaute sie so lange wie möglich an und folgte seinem Chef nur widerstrebend.

»Vielleicht können wir sie nächstes Mal sehen?« Er lächelte hoffnungsvoll. »Die Kleinen, meine ich.«

»Sicher«, sagte Johnas.

»Vorsicht!« Auch Sejer lächelte. Er dachte an Kollberg.

»Kannst du dich an Halvors Helm erinnern? Der in seinem Zimmer hing?«

Sie saßen wieder im Wagen.

»Schwarzer Helm mit rotem Streifen«, sagte Sejer nachdenklich. »Wir sollten jetzt Feierabend machen. Ich muß den Hund auslüften.«

»Wie ist das eigentlich, Konrad, hast du ein so leidenschaftliches Verhältnis zu deiner Arbeit wie Johnas zu seiner?«

Sejer sah ihn an. »Natürlich. Findest du etwa, daß es nicht so aussieht?«

Er schloß den Sicherheitsgurt und fuhr los. »Es ärgert mich übrigens, wenn Leute sich selber einen Maulkorb verpassen, aus mißverstandener Sympathie mit irgendeinem Menschen, den sie nicht einmal kennen, von dessen Unschuld sie aber überzeugt sind.«

Er dachte an Halvor und war ein bißchen traurig. »Bis zu dem Tag, an dem sie zum erstenmal töten, sind sie keine Mörder. Da sind sie ganz normale Menschen. Und danach, wenn die Nachbarn erfahren, daß sie gemordet haben, gelten sie für den Rest ihres Lebens als Mörder, die hemmungslos rechts und links Leute umbringen, als eine Art unkontrollierte Mordmaschine. Dann lassen Leute ihre Kinder nicht mehr aus dem Haus, und alles kommt ihnen unsicher vor.«

Skarre musterte ihn forschend. »Und jetzt ist der Scheinwerfer auf Halvor gerichtet?«

»Natürlich. Er war schließlich ihr Freund. Aber ich wüßte gern, wieso Johnas unbedingt einen Jungen beschützen will, den er nur von weitem gesehen hat.«

Ragnhild Album beugte sich über das Blatt Papier und fing an zu zeichnen. Es war ein neuer Block, und fast andächtig hatte sie den ersten, unberührten Bogen aufgeschlagen. In gewisser Hinsicht war vielleicht ein Auto in einer Staubwolke dieser Aufgabe unwürdig, nämlich dem Block seine kreideweiße Jungfräulichkeit zu nehmen. Die Buntstiftschachtel hatte sechs Farben. Sejer hatte eingekauft, für Ragnhild und auch für Raymond. Ragnhild hatte heute zwei Haarbüschel auf dem Kopf, sie ragten wie Antennen in die Luft.

»Du hast heute ja eine schöne Frisur«, sagte er aufmunternd.

»Hiermit«, sagte die Mutter und zog an einem der Büschel, »kann sie Operation Weißer Wolf in Narvik hören, mit dem anderen hat sie Kontakt zur Oma auf Svalbard.«

Sejer schmunzelte verstohlen.

»Sie hat doch gesagt, es sei nur eine Staubwolke gewesen«, fügte die Mutter bekümmert hinzu.

»Sie hat gesagt, es war ein Auto«, sagte Sejer. »Das ist den Versuch wert.«

Er legte dem Kind eine Hand auf die Schulter. »Mach die Augen zu«, sagte er, »und versuch es dir vorzustellen. Und dann zeichnest du es, so gut du kannst. Du sollst nicht einfach ein Auto zeichnen, sondern genau das Auto, das ihr gesehen habt, Raymond und du.«

»Sicher«, sagte Ragnhild ungeduldig.

Sejer schob Frau Album aus der Küche ins Wohnzimmer, damit Ragnhild ihre Ruhe hatte. Frau Album trat ans Fenster und blickte zu den blauen Hügeln in der Ferne hinüber. Es war ein diesiger Tag, die Landschaft erinnerte an ein altes nationalromantisches Gemälde.

»Annie hat mehrmals für mich auf Ragnhild aufgepaßt«, sagte Frau Album leise. »Und wenn sie das gemacht hat, dann richtig. Es ist jetzt zwei Jahre her. Sie sind mit dem Bus in die Stadt gefahren und den ganzen Tag unterwegs gewesen. Sind Straßenbahn gefahren und Rolltreppe und Fahrstuhl in den Warenhäusern, und das hat Ragnhild großen Spaß gemacht.

Annie war ein Naturtalent, wenn es um Kinder ging. Fürsorglich.«

Sejer hörte, wie Ragnhild in der Schachtel mit den Stiften wühlte. »Kennen Sie auch die Schwester? Sølvi?«

»Ich weiß, wer sie ist. Aber sie ist nur die Halbschwester.«

»Ach?«

»Wußten Sie das nicht?«

»Nein«, sagte Sejer langsam.

»Das wissen alle«, erklärte Frau Album. »Das ist kein Geheimnis. Sie sind sehr verschieden. Eine Zeitlang gab es Probleme mit ihrem Vater. Mit Sølvis Vater, meine ich. Er hat das Besuchsrecht verloren, und damit wird er offenbar nicht fertig.«

»Und wieso?«

»Das Übliche. Suff und Gewalt. Aber das ist die Version der Mutter. Und Ada Holland ist ziemlich streng, ich weiß also nicht so recht.«

Mhm, dachte Sejer. »Aber jetzt ist Sølvi doch mündig? Und kann machen, was sie will?«

»Wahrscheinlich ist es zu spät. Die Beziehung ist jetzt sicher zerstört. Ich denke viel an Ada«, fügte sie hinzu. »Ich habe mein Kind zurückbekommen, sie nicht.«

»Fertig!« schrie Ragnhild in der Küche.

Sie sprangen auf und liefen zu ihr. Ragnhild hatte den Kopf schräggelegt und sah nicht besonders zufrieden aus. Eine graue Wolke füllte fast den ganzen Bogen aus, aus der Wolke ragte die Nase eines Wagens mit Scheinwerfern und Stoßstange. Die Motorhaube war lang wie bei einem amerikanischen Straßenkreuzer, die Stoßstange war schwarz angemalt. Der Wagen schien breit und zahnlos zu grinsen. Die Scheinwerfer standen schräg. Wie chinesische Augen, dachte Sejer.

»Hat der sehr viel Krach gemacht? Als er an euch vorbeigefahren ist?«

Er beugte sich über den Küchentisch und nahm den süßlichen Geruch ihres Kaugummis wahr.

»Ja, ziemlich.«

Sejer starrte die Zeichnung an. »Kannst du noch ein Bild für mich malen? Wenn ich sage: Mal mir die Scheinwerfer? Nur die Scheinwerfer.«

»Aber die haben so ausgesehen!« Sie zeigte auf das Bild. »Die waren so schief.«

Er nickte. »Und welche Farbe hatten sie, Ragnhild?«

»Ach, so richtig grau waren die nicht. Aber hier ist ja keine große Auswahl.« Sie schüttelte mit altkluger Miene die Schachtel mit den Buntstiften. »Die waren irgendwie in einer Farbe, die es nicht gibt.«

»Wie meinst du das?«

»Also, eine Farbe, die keinen Namen hat.«

Eine Reihe Namen schwirrten durch Sejers Kopf. Sienna, Petrol, Sepia, Anthrazit.

»Ragnhild«, sagte er dann. »Weißt du noch, ob das Auto etwas auf dem Dach hatte?«

»Antennen?«

»Nein, etwas Größeres. Raymond hat gesagt, auf dem Dach hätte etwas Großes gelegen.«

Sie starrte ihn an und dachte nach. »Ja«, sagte sie plötzlich. »Ein kleines Boot.«

»Ein Boot?«

»Ein kleines schwarzes.«

»Ich weiß nicht, was ich ohne dich anfangen sollte.« Sejer lächelte und schnippte vor ihren Antennen mit den Fingern. »Elise«, sagte er dann. »Du hast einen schönen Namen.«

»Niemand will mich so nennen. Alle sagen Ragnhild.«

»Ich kann dich Elise nennen.«

Sie errötete verlegen, legte den Deckel auf den Malkasten, klappte den Block zu und schob ihn zu Sejer hinüber.

»Nein, den kannst du natürlich behalten, das ist doch klar.«

Sofort öffnete sie die Schachtel wieder und malte weiter.

»Ein Kaninchen liegt auf der Seite!«

Raymond stand in der Schlafzimmertür seines Vaters und schaukelte unruhig hin und her.

»Welches denn?«

»Caesar. Der belgische Riese.«

»Dann mußt du ihn umbringen.«

Raymond erschrak so sehr, daß ihm ein Furz entwischte. Aber das spielte keine Rolle mehr in dem ohnehin schon stickigen Zimmer.

»Aber der atmet noch wie wild.«

»Wir füttern keine sterbenden Tiere, Raymond. Leg ihn auf den Hauklotz. Die Axt steht in der Garagentür. Paß auf deine Hände auf«, fügte er noch hinzu.

Raymond wackelte mißmutig über den Hof zu den Kaninchenställen. Eine Zeitlang starrte er Caesar durch den Maschendraht hindurch an. Der liegt wie ein Baby da, dachte er, aufgerollt wie ein weicher Ball. Er hatte die Augen geschlossen. Er rührte sich nicht, auch als Raymond die Käfigtür öffnete und eine Hand hineinstreckte. Vorsichtig fuhr er dem Kaninchen über den Rücken. Der war so warm wie immer. Raymond packte das Tier im Nacken und hob es hoch. Es zappelte halbherzig, schien kaum noch Kräfte zu haben.

Danach saß Raymond schlaff am Küchentisch. Vor ihm lag ein Album mit Bildern von der Nationalmannschaft und von Vögeln und anderen Tieren. Er sah ziemlich traurig aus, als Sejer auftauchte. Er trug nur eine Trainingshose und Pantoffeln. Seine Haare standen zu Berge, sein Bauch war weiß und weich. Seine runden Augen schauten mürrisch drein, und er machte einen Schmollmund, als ob er heftig auf etwas herumlutschte, vielleicht auf einem Bonbon.

»Guten Tag, Raymond.«

Sejer machte eine tiefe Verbeugung, um Raymond gnädig zu stimmen. »Nerve ich dich ganz schrecklich?«

»Ja, ich bin doch mit meiner Sammlung beschäftigt, und jetzt werde ich gestört.«

»Das ist wirklich ärgerlich. Ich kann mir selber auch nichts Schlimmeres vorstellen. Aber ich wäre nicht gekommen, wenn es nicht unbedingt nötig wäre, das verstehst du doch hoffentlich.«

»Sicher, ja.«

Raymond war ein wenig besänftigt und ging rückwärts ins Haus. Sejer folgte ihm in die Küche und legte die Zeichensachen auf den Tisch.

»Ich wollte dich bitten, ein wenig für mich zu zeichnen«, sagte er vorsichtig.

»O nein! Nie im Leben!«

Raymond sah so entsetzt aus, daß Sejer ihm eine Hand auf die Schulter legen mußte.

»Ich kann doch nicht zeichnen«, jammerte Raymond.

»Alle können zeichnen«, widersprach Sejer ruhig.

»Jedenfalls keine Menschen.«

»Darum geht es auch nicht. Sondern um ein Auto.«

»Ein Auto?«

Jetzt sah Raymond äußerst skeptisch aus. Seine Augen wurden schmaler und sahen fast normal aus.

»Das Auto, das dir und Ragnhild begegnet ist. Das so schnell gefahren ist.«

»Mit dem Auto nervt ihr ja vielleicht rum!«

»Ja, es ist wichtig. Wir suchen danach, aber niemand hat sich gemeldet. Vielleicht ist der Fahrer ein Schurke, Raymond, und dann müssen wir ihn doch fangen.«

»Ich hab doch gesagt, daß es viel zu schnell gefahren ist.«

»Etwas mußt du doch gesehen haben«, sagte Sejer, jetzt mit tieferer Stimme. »Du hast gesagt, daß es ein Auto war, ja? Nicht ein Boot oder ein Fahrrad. Oder zum Beispiel eine Kamelkarawane.«

»Kamel?«

Raymond lachte so herzlich, daß sein weißer Bauch bebte.

»Das wäre witzig, wenn eine Bande von Kamelen hier über die Straße laufen würde! Es waren keine Kamele. Es war ein Auto. Mit einem Skibehälter auf dem Dach.«

»Das zeichne jetzt«, befahl Sejer.

Raymond gab sich geschlagen. Er beugte sich über den Block und streckte die Zunge heraus wie ein Steuerruder. Er brauchte zwei Minuten, um klarzustellen, daß er die reine Wahrheit gesagt hatte. Das Ergebnis sah aus wie ein Graubrot auf Rädern.

»Kannst du das auch bunt malen?«

Raymond öffnete die Schachtel, betrachtete ausgiebig alle Stifte und entschied sich schließlich für den roten. Er gab sich äußerste Mühe, nicht über den Rand zu malen.

»Rot, Raymond?«

»Ja«, sagte der kurz und malte weiter.

»Das Auto war also rot? Bist du sicher? Hast du nicht grau gesagt?«

»Nein, rot.«

Sejer wägte seine Worte sorgfältig ab und zog unter

dem Tisch einen Hocker hervor. »Du hast gesagt, du könntest dich nicht an die Farbe erinnern. Aber vielleicht sei das Auto grau gewesen, so wie Ragnhild gesagt hat.«

Raymond kratzte sich verärgert den Bauch.

»Ich weiß das jetzt genau, verstehst du. Ich habe auch gestern zu dem Mann gesagt, daß es rot war.«

»Zu wem?«

»Zu einem Mann, der hier spazieren war, der ist vor dem Hof stehengeblieben. Er wollte die Kaninchen sehen. Ich hab mit ihm gesprochen.«

Sejer spürte ein Prickeln im Nacken.

»Kanntest du den Mann?«

»Nein.«

»Kannst du mir erzählen, wie er ausgesehen hat?«

Raymond legte den roten Stift weg und schob die Unterlippe vor. »Nein.«

»Willst du das nicht?«

»Es war eben ein Mann. Du bist ja doch nie zufrieden.«

»Bitte. Ich helfe dir auch. Dick oder dünn?«

»Mittel.«

»Dunkel oder blond?«

»Weiß nicht. Der hatte eine Mütze auf.«

»Ach was? War er jung?«

»Weiß nicht.«

»Älter als ich?«

Raymond schaute auf.

»Nein, nicht so alt wie du. Du bist doch ganz grau.«

Danke sehr, dachte Sejer.

»Den will ich nicht zeichnen.«

»Dann brauchst du das auch nicht. Hatte er ein Auto?«

»Nein, er war zu Fuß.«

»Als er gegangen ist, ist er da die Straße hinunter oder zur Kuppe hoch gegangen?«

»Weiß nicht. Ich bin zu Papa gegangen. Der war sehr nett«, fügte er plötzlich hinzu.

»Das glaube ich gern. Was hat er denn gesagt, Raymond?«

»Daß ich schöne Kaninchen hätte. Ob ich ihm eins verkaufe, wenn sie Junge kriegen.«

»Weiter, erzähl weiter.«

»Dann haben wir über das Wetter gesprochen. Darüber, wie trocken es ist. Er hat gefragt, ob ich von dem Mädchen am Weiher gehört und ob ich sie gekannt hätte.«

»Und was hast du gesagt?«

»Daß ich sie gefunden habe. Er fand es traurig, daß sie tot ist. Und ich habe von euch erzählt, daß ihr hier gewesen seid und nach dem Auto gefragt habt. Nach dem lauten Auto, das hier auf der Straße immer so schnell fährt? hat er gefragt. Ja, habe ich gesagt. Das hab ich gesehen. Er wußte, was das für ein Auto ist. Ein roter Mercedes. Ich habe mich sicher geirrt, als ihr gefragt habt, jetzt weiß ich es nämlich wieder. Das Auto war rot.«

»Hat er dich bedroht?«

»Nein, nein, ich lasse mich nicht bedrohen. Ein erwachsener Mann läßt sich nicht bedrohen. Das habe ich ihm gesagt.«

»Und seine Kleider, Raymond? Was hatte er an?«

»Ganz normale Sachen.«

»Braune? Oder blaue? Weißt du das noch?«

Raymond blickte Sejer verstört an und hielt sich die Ohren zu. »Jetzt nerv doch nicht so schrecklich rum!«

Sejer machte eine Pause und sah ihn an. Ließ ihm

Zeit, sich zu beruhigen. Dann sagte er ziemlich leise: »Aber das Auto war doch grau oder grün, nicht wahr?«

»Nein, es war rot. Ich habe die Wahrheit gesagt. Drohen nützt nichts. Denn das Auto war rot, und da war er zufrieden.«

Er beugte sich wieder über den Block und machte sich noch ein wenig an der Zeichnung zu schaffen. Sein Mund war ein trotziger Strich.

»Mach sie nicht kaputt. Ich möchte sie gern haben.« Sejer hob das Blatt hoch. »Wie geht es denn deinem Vater?« fragte er nachdenklich.

»Der kann nicht gehen.«

»Das weiß ich. Ich möchte ihm gern guten Tag sagen.«

Er erhob sich und folgte Raymond durch den Flur. Sie öffneten, ohne anzuklopfen. Es war schummrig, aber das Licht reichte Sejer, um einen alten Mann in einem alten Unterhemd und einer zu großen Unterhose am Nachttisch stehen zu sehen. Seine Knie zitterten bedrohlich. Er war so mager, wie sein Sohn rund und wohlgenährt war.

»Papa!« schrie Raymond. »Was machst du denn da?«

»Nichts, nichts.« Der Alte machte sich an seinem Gebiß zu schaffen.

»Setz dich. Sonst brichst du dir noch die Beine!«

Der Alte trug Stützstrümpfe, über denen die Knie wie zwei blasse Brotpuddinge mit rosinenähnlichen Altersflecken hervorquollen.

Raymond half ihm ins Bett und reichte ihm das Gebiß. Der Alte wich Sejers Blick aus und starrte an die Decke. Seine Augen waren blaß, die Pupillen winzig klein, die Augenbrauen lang und buschig. Er schob sich das Gebiß in den Mund. Sejer trat ans Bett. Schaute zum Fenster hinüber, das auf Hof und Straße ging. Die

Vorhänge waren geschlossen und ließen kaum Licht herein.

»Beobachten Sie, was draußen auf der Straße passiert?« fragte er.

»Sie sind von der Polizei?«

»Ja. Sie haben eine gute Aussicht, wenn Sie die Vorhänge öffnen.«

»Das mache ich nie. Außer bei Regen.«

»Haben Sie hier fremde Autos oder Motorräder gesehen?«

»Ist schon vorgekommen. Streifenwagen zum Beispiel. Und Ihren Gnomenschlitten.«

»Und Fußgänger?«

»Wanderer. Die wollen auf Biegen und Brechen oben auf der Kuppe Kieselsteine sammeln. Oder dieses Mottloch anglotzen. In dem liegen übrigens lauter Schafskadaver. Na, über Geschmack läßt sich nicht streiten.«

»Haben Sie Annie Holland gekannt?«

»Ihren Vater. Damals, als ich noch die Tankstelle hatte. Ich habe manchmal seinen Wagen repariert.«

»Sie hatten Tankstelle und Werkstatt?«

Der Mann zog die Decke höher und nickte. »Er hatte zwei Töchter. Blonde, hübsche Mädels.«

»Annie Holland ist tot.«

»Das weiß ich. Ich lese schließlich die Zeitung.«

Er nickte zum Boden hin, wo unter dem Nachttisch ein Stapel Zeitungen und verschiedene Blättchen mit sehr viel bunterem Glanzpapier verstaut waren.

»Gestern hat ein Mann hier auf dem Hof mit Raymond gesprochen. Haben Sie ihn gesehen?«

»Ich habe nur Gemurmel gehört. Raymond ist vielleicht nicht besonders hell im Kopf«, sagte der Alte mit scharfer Stimme, »aber in ihm gibt es keinen Funken von Bosheit. Verstehen Sie? Er ist so lieb, den können

Sie an einem Wollfaden lenken. Er tut, was ihm gesagt wird.«

Raymond nickte eifrig und kratzte sich am Bauch.

Sejer fing den Blick der hellen Augen ein. »Das weiß ich«, sagte er leise. »Sie haben also Gemurmel gehört? Und Sie konnten der Versuchung widerstehen, ein wenig am Vorhang zu zupfen?«

»Ja.«

»Sie sind wohl nicht besonders neugierig, Låke?«

»Nein, bin ich nicht. Wir kümmern uns um unsere eigenen Angelegenheiten, nicht um die von anderen.«

»Wenn nun ganz vage die Möglichkeit besteht, daß der Mann auf dem Hof etwas mit dem Mord an der kleinen Holland zu tun hat – verstehen Sie dann, wie ernst die Sache ist?«

»Gerade dann. Ich habe nicht aus dem Fenster geschaut, ich habe Zeitung gelesen.«

Sejer sah sich schaudernd in dem Zimmerchen um. Es roch nicht besonders gut, vermutlich arbeiteten die Nieren nicht mehr richtig. Es hätte saubergemacht werden müssen, jemand hätte das Fenster aufreißen und dem Alten ein heißes Bad verpassen müssen. Sejer nickte, ging hinaus an die frische Luft und atmete mehrmals tief durch. Raymond trottete hinterher und schlug die Arme übereinander, während Sejer sich ins Auto setzte.

»Ist dein Auto jetzt wieder in Ordnung, Raymond?«

»Papa sagt, ich brauche eine neue Batterie. Und die kann ich mir nicht leisten. Kostet über vierhundert. Ich fahre nie auf der Hauptstraße«, fügte er rasch hinzu. »Jedenfalls fast nie.«

»Das ist gut. Geh wieder ins Haus, du frierst doch.«

»Ja.« Raymond klapperte mit den Zähnen. »Und ich habe doch meine Jacke weggegeben.«

»Das war wohl nicht so besonders gescheit?« meinte Sejer.

»Ich mußte das aber machen«, antwortete Raymond traurig. »Sie war doch ganz nackt.«

»Was?« Sejer starrte ihn überrascht an. Die Leiche war mit Raymonds Jacke zugedeckt gewesen!

»Hast du sie zugedeckt?« fragte er.

»Sie hatte doch gar nichts an«, antwortete Raymond und bohrte die Pantoffelspitze in die Erde.

Er hatte eben gedacht, sie friere und müsse zugedeckt werden. Die hellen Haare stammten vielleicht von den Kaninchen. Er steckte sich ein Bonbon in den Mund. Sejer blickte ihm in die Augen, die Augen eines Kindes, rein wie Quellwasser. Aber er hatte Muskeln wie Weihnachtsschinken. Unwillkürlich schüttelte Sejer den Kopf.

»Das war nett von dir«, sagte er und blickte Raymond forschend an. »Habt ihr miteinander geredet?«

Raymond machte ein verdutztes Gesicht, sein Engelsblick flackerte ein wenig, er schien die Falle zu ahnen.

»Du hast doch gesagt, daß sie tot war!«

Danach, als Sejer gefahren war, schlich Raymond sich zur Garage hinüber. Caesar lag in der Ecke unter einem alten Wollpullover und atmete noch immer.

Skarre benutzte für Routineschreibarbeiten und Berichte einen Micro Ballpen Nr. 5, der für gewöhnlich unter einem Schulterstück seines Hemdes hervorlugte. Er lächelte zufrieden und summte »Jesus on the line« vor sich hin. Das Leben war schon in Ordnung und ein Mordfall sehr viel spannender als ein bewaffneter Überfall. Bald kam der Sommer. Und da stand der Chef und winkte mit einem Sahneeis. Rasch schob Skarre die Papiere beiseite und nahm das Eis entgegen.

»Die Windjacke«, sagte Sejer, »mit der die Leiche zugedeckt war, die gehört Raymond.«

Vor lauter Überraschung ließ Skarre das Eis fallen.

»Aber ich glaube ihm, daß er sie auf dem Heimweg zugedeckt hat, nachdem er Ragnhild nach Hause gebracht hatte. Er hat das gemacht, weil sie nackt war. Ich habe Irene Album angerufen, und Ragnhild besteht darauf, daß die Jacke vorher noch nicht da war. Jedenfalls ist es seine Jacke. Wir werden ihn im Auge behalten müssen. Ich habe ihm erklärt, daß er die Jacke leider nicht so bald zurückbekommen wird, und er war so traurig, daß ich ihm eine alte von mir versprochen habe, die ich nie mehr anziehe. Hast du etwas Spannendes gefunden?« fragte er dann.

Skarre riß das Papier vom Eis. »Ich habe alle Nachbarn von Annie überprüft. Zumeist brave Bürger, allerdings recht viele mit Bußgeldern wegen Geschwindigkeitsübertretung.«

Sejer leckte sich Erdbeereis von der Oberlippe.

»Von einundzwanzig Haushalten haben acht eins oder mehrere aufzuweisen. Das sprengt doch alle Statistiken.«

»Die haben es weit bis zur Arbeit«, erklärte Sejer. »Sie arbeiten alle in der Stadt oder auf dem Flughafen. In Lundeby gibt es keine Stellen, weißt du.«

»Nein, eben. Aber eine Bande von Verkehrsrowdies sind sie trotzdem. Ich habe aber noch etwas anderes gefunden. Sieh dir das mal an!« Er blätterte in seinen Kopien herum und zeigte auf einen Namen.

»Knut Jensvoll. Gneisvei acht. Annies Handballtrainer. Hat wegen Vergewaltigung achtzehn Monate gesessen.«

Sejer beugte sich über das Papier. »Das hat er vielleicht geheimhalten können. Wir müssen da draußen die Klappe halten.«

Skarre nickte und leckte wieder an seinem Eis. »Vielleicht müssen wir den ganzen Handballverein verhören. Vielleicht hat er es bei den Mädchen versucht. Wie war's denn bei dir? Hast du das verdächtige Auto mit allen Einzelheiten?«

Sejer stöhnte und zog die Zeichnungen aus der Tasche. »Ragnhild zufolge war der Skibehälter ein Boot. Und Raymonds Zeichnung ist wirklich witzig«, sagte er leise. »Aber interessanter ist, daß gestern abend ein Wanderer auf Raymonds Hof gekommen ist und ihn offenbar davon überzeugen konnte, daß das Auto rot war.«

Er legte Raymonds Zeichnung auf den Tisch.

Skarre riß die Augen auf. »Was? Konnte er erklären ...«

»So in der Mitte«, sagte Sejer lakonisch. »Mit Mütze auf dem Kopf. Ich habe mich nicht getraut, ihn richtig in die Mangel zu nehmen, er war ohnehin ziemlich genervt.«

»Das nenne ich schnelle Arbeit.«

»Ich nenne das vor allem tollkühne Arbeit«, sagte Sejer. »Aber jetzt sprechen wir von jemandem, der weiß, wer Raymond ist. Er weiß, daß die beiden ihn gesehen haben und wollte herausfinden, was sie gesehen haben. Also müssen wir uns auf den Wagen konzentrieren. Der muß doch ganz in der Nähe sein, zum Henker!«

»Aber einfach bei Raymond aufzukreuzen, das war doch reichlich leichtsinnig. Kann ihn sonst noch irgendwer gesehen haben?«

»Ich habe mich überall erkundigt. Fehlanzeige. Aber wenn er über die Kuppe gekommen ist, dann ist Låkes Haus ja das erste, und vom Nachbarhof aus ist es kaum zu sehen.«

»Was ist mit dem Alten?«

»Der hat nur Gemurmel auf dem Hof gehört und

konnte der Versuchung widerstehen, am Vorhang zu zupfen.«

Schweigend aßen sie ihr Eis.

»Wollen wir Halvor vergessen? Und das Motorrad?«

»Natürlich nicht.«

»Wann holen wir ihn?«

»Heute abend.«

»Warum so spät?«

»Abends ist es hier stiller. Du, ich habe mit Ragnhilds Mutter gesprochen, während die Kleine kristallklare Beweise auf den Zeichenblock geklatscht hat. Holland ist nicht Sølvis Vater. Und dem biologischen Vater ist das Besuchsrecht entzogen worden. Wahrscheinlicher Grund sind Suff und Gewalt.«

»Sølvi ist doch einundzwanzig?«

»Jetzt ja. Aber sie haben offenbar einige Jahre mit schmerzlichen Konflikten hinter sich.«

»Worauf willst du hinaus?«

»Er hat in gewisser Hinsicht ein Kind verloren. Jetzt muß seine Exfrau, zu der er doch eine ziemlich gestörte Beziehung hat, das gleiche durchmachen. Vielleicht wollte er sich rächen. War bloß so ein Gedanke.«

Skarre stieß einen leisen Pfiff aus. »Wer ist der Mann?«

»Das wirst du feststellen, wenn du mit dem Eis fertig bist. Und dann komm in mein Büro. Sowie du ihn gefunden hast, legen wir los.«

Sejer verschwand. Skarre wählte die Nummer der Hollands und leckte beim Warten an seinem Eis.

»Ich möchte nicht über Axel sprechen«, sagte Frau Holland. »Er hätte uns fast kaputtgemacht, und nach all den Jahren sind wir ihn jetzt endlich los. Wenn ich nicht vor Gericht gezogen wäre, dann hätte er Sølvi kaputtgemacht.«

»Ich habe nur um Namen und Adresse gebeten. Das ist reine Routine, Frau Holland, es gibt tausend Dinge, die wir überprüfen.«

»Er hat nie etwas mit Annie zu tun gehabt, Gott sei Dank!«

»Den Namen, Frau Holland.«

Endlich gab sie nach. »Axel Bjørk.«

»Wissen Sie noch mehr?«

»Ich weiß alles. Ich kenne auch seine Personenkennziffer und seine Adresse. Falls er nicht umgezogen ist. Ich hoffe, er ist umgezogen. Er wohnt zu nahe, es ist nur eine Stunde mit dem Auto.«

Sie redete sich in Rage.

Skarre notierte, nickte und bedankte sich. Dann schaltete er den Computer ein und machte sich auf die Suche nach Bjørk, Axel, wobei ihm aufging, wie löchrig der Datenschutz inzwischen war, nur noch ein durchsichtiges Tuch, hinter dem sich niemand mehr verstecken konnte. Er fand den Mann ohne weitere Probleme und fing an zu lesen.

»O verdammte Pest!« rief er und warf einen raschen, um Entschuldigung bittenden Blick zur Decke hoch.

Danach klickte er »Drucken« an und ließ sich im Sessel zurücksinken. Er nahm den Ausdruck, las ihn noch einmal und lief dann hinüber zu Sejers Büro. Der Hauptkommissar stand vor dem Spiegel und hatte einen Hemdsärmel aufgekrempelt. Er kratzte sich am Ellenbogen und schnitt eine Grimasse.

»Ich habe meine Salbe vergessen«, murmelte er.

»Hier ist er. Natürlich ist er vorbestraft.«

Skarre setzte sich und legte den Ausdruck vor Sejer auf die Schreibunterlage.

»Na, mal sehen. Bjørk, Axel, geboren 48 …«

»Polizist«, sagte Skarre leise.

Sejer reagierte nicht. Er las weiter und nickte langsam. »Ex. Na gut, du würdest vielleicht lieber zu Hause bleiben?«

»Natürlich nicht. Aber das ist doch ein besonderer Fall.«

»Wir sind doch auch nicht besser als andere, oder was, Skarre? Wir sollten uns auch seine Version anhören. Du kannst davon ausgehen, daß die anders ist als die von Frau Holland. Also, auf geht's nach Oslo. Er scheint Schichtdienst zu haben, also wird er jetzt wohl zu Hause sein.«

»Sognsvei vier, das ist in Adamstuen. Der große rote Block bei der Straßenbahnhaltestelle.«

»Kennst du dich da aus?« fragte Sejer verwundert.

»Ich war zwei Jahre lang Taxifahrer.«

»Gibt es irgendwas, das du nicht schon gemacht hast?«

»Ich bin noch nie mit dem Fallschirm abgesprungen«, sagte Skarre. Ihn schauderte bei dieser Vorstellung.

Skarre demonstrierte seine Fähigkeiten als Droschkenkutscher, indem er Sejer den kürzesten Weg zeigte; in Skøyen abbiegen, Halvdan Svartes gate hoch, vorbei an der Vigelandsanlage, durch Kirkevei und Ullevålsvei. Sie hielten vor einem Frisiersalon im Parkverbot und fanden den Namen Bjørk im zweiten Stock. Klingelten und warteten. Keine Antwort. Eine Frau kam aus einer Tür weiter unten, ihr Eimer und ihr Besen machten ziemlichen Krach.

»Der ist im Laden«, sagte sie. »Jedenfalls ist er mit einer Tasche voller leerer Flaschen losgegangen. Er kauft bei Rundingen ein, gleich nebenan.«

Sie bedankten sich und verließen das Haus wieder.

Setzten sich ins Auto und warteten. Rundingen war ein kleiner Lebensmittelladen mit gelben und rosa Plakaten im Fenster, deshalb konnten sie nicht hineinschauen. Die Leute, zumeist Frauen, kamen und gingen. Erst als Skarre bei offenem Fenster und mit hinaushängendem Arm eine Zigarette geraucht hatte, tauchte ein Mann in dickem Holzfällerhemd und Turnschuhen auf. Durch das offene Fenster hörten sie es in seiner Tüte klirren. Er war sehr groß und kräftig gebaut, verringerte seine Größe aber, indem er den Kopf gesenkt hielt und wütend den Boden anstarrte. Er achtete nicht auf das Auto.

»Könnte wirklich ein ehemaliger Kollege sein. Warte, bis er um die Ecke ist, dann steig aus und sieh nach, ob er ins Haus geht.«

Skarre wartete, öffnete dann die Tür und lief um die Ecke. Danach warteten sie zwei oder drei Minuten und gingen noch einmal in den Block.

Bjørks dunkles Gesicht in der halboffenen Tür war eine Studie aus Muskeln, Nerven und Impulsen, die seine Miene innerhalb von Sekunden ein ganzes Register von Ausdrücken durchlaufen ließen. Zuerst das offene, neutrale Gesicht, das niemanden erwartet hatte und ein wenig neugierig war. Danach wurde Skarres Uniform registriert, und rasches Nachdenken sollte die Anwesenheit dieses uniformierten Wesens vor der Wohnungstür erklären. Der Zeitungsartikel über die Leiche am Weiher – und schließlich der Zusammenhang, seine eigene Geschichte, die Verbindung, der mögliche Gedankengang der Besucher. Der Ausdruck, den er schließlich beibehielt, war ein mürrisches Grinsen.

»Na«, sagte er und öffnete die Tür. »Wenn ihr nicht aufgekreuzt wärt, hätte ich meine Achtung vor den modernen Fahndungsmethoden verloren. Kommt rein. Sehe ich den Meister und seinen Lehrling vor mir?«

Sie ignorierten diese Bemerkung und folgten ihm durch den kleinen Flur. Alkoholgeruch hing in der Luft.

Bjørks kleine Wohnung war gut geschnitten, sie bestand aus einem geräumigen Wohnzimmer, einem Schlafalkoven und einer Kochnische mit Blick auf die Straße. Die Möbel paßten nicht zueinander, sie schienen aus mehreren Wohnzimmern zusammengestellt worden zu sein. An der Wand, über einem alten Schreibtisch, hing das Bild eines kleinen Mädchens. Sie war vielleicht acht Jahre alt. Ihre Haare waren dunkler, ansonsten hatte sie sich im Laufe der Jahre kaum verändert. Es war Sølvi. An einer Ecke war am Rahmen eine rote Schleife befestigt.

Plötzlich entdeckten die Besucher einen Schäferhund, der ganz still in einer Ecke lag und sie hellwach anstarrte. Der Hund hatte sich nicht bewegt und auch nicht gebellt, als sie das Zimmer betreten hatten.

»Was hast du mit dem Hund angestellt?« fragte Sejer. »Bei meinem ist mir das noch nicht gelungen. Der rennt die Leute über den Haufen, sowie sie den Fuß in die Wohnung setzen, und macht einen solchen Lärm, daß es noch im Erdgeschoß zu hören ist. Und ich wohne im zwölften Stock«, fügte er hinzu.

»Dann hängt er viel zu sehr an dir«, sagte Bjørk kurz. »Du darfst einen Hund nicht behandeln, als ob du auf der Welt sonst nichts hättest. Aber vielleicht ist das bei dir ja der Fall?«

Er lächelte ironisch, musterte Sejer aus zusammengekniffenen Augen und ging offenbar nicht davon aus, daß das weitere Gespräch in einem ebenso lockeren Tonfall ablaufen würde. Er hatte kurzgeschnittene, ungewaschene, fettige Haare und kräftigen Bartwuchs. Ein dunkler Schatten zog sich über seine untere Gesichtshälfte.

»Na gut«, sagte er dann. »Und jetzt wollt ihr wissen, ob ich Annie gekannt habe.« Er zog sich diese Frage wie eine Fischgräte aus dem Mund. »Sie war mehrmals zusammen mit Sølvi hier in der Wohnung. Kein Grund, das zu verschweigen. Und dann hat Ada Wind davon bekommen und der Sache ein Ende gesetzt. Sølvi ist gern hergekommen. Ich weiß nicht, was Ada mit ihr gemacht hat, sieht aus wie eine Art Gehirnwäsche. Jetzt hat Sølvi kein Interesse mehr. Jetzt ist für sie Holland angesagt.« Er strich sich übers Kinn und fuhr, als seine Besucher schwiegen, fort: »Glaubt ihr vielleicht, ich hätte Annie umgebracht, um mich zu rächen? Gott soll mich schützen, das habe ich nicht getan. Ich habe nichts gegen Eddie Holland, und ich gönne nicht einmal meinem Rivalen, daß er ein Kind verliert. Das ist mir nämlich passiert. Heute bin ich kinderlos. Aber ich mag einfach nicht mehr kämpfen. Ich muß ja zugeben, natürlich ist mir der Gedanke gekommen, daß sie jetzt weiß, wie es ist, ein Kind zu verlieren, diese alte prüde Kuh. Jetzt weiß sie verdammt gut, wie das ist. Und meine Möglichkeiten, Kontakt zu Sølvi aufzunehmen, sind geringer denn je. Von jetzt ab wird Ada wie eine Glucke auf ihr sitzen. Und in diese Lage hätte ich mich selber nie gebracht!«

Sejer saß ganz still da und hörte zu. Bjørks Stimme war scharf und ätzend wie Säure.

»Und wo ich mich zum fraglichen Zeitpunkt aufgehalten habe? Annie wurde Montag gefunden, nicht wahr? Irgendwann gegen Mittag, wenn ich den Zeitungsbericht richtig in Erinnerung habe. Dann ist die Antwort: Hier, in dieser Wohnung, ohne Alibi. Vermutlich war ich blau, das bin ich meistens, wenn ich nicht zur Arbeit muß. Ob ich gewalttätig bin? Durchaus nicht. Stimmt, ich habe Ada geschlagen, aber sie hat das mit aller Macht provoziert. Genau das wollte sie. Sie wußte, daß sie das Gericht auf ihrer Seite haben würde, wenn ich einmal zu weit gegangen wäre. Ich habe sie einmal geschlagen, mit der Faust. Das war einfach ein Impuls. Es war wirklich das einzige Mal in meinem Leben, daß ich zugeschlagen habe. Ich hatte Pech, ich habe einen vollen Treffer gelandet, habe ihr den Kiefer gebrochen und mehrere Zähne ausgeschlagen, und Sølvi saß auf dem Boden und hat alles gesehen. Ada hatte alles so arrangiert. Sie hatte Sølvis Spielzeug im Wohnzimmer verteilt, damit Sølvi auch ja zugegen war, und sie hatte den Kühlschrank mit Bier gefüllt. Und dann hat sie einen Streit vom Zaun gebrochen. Das konnte sie sehr gut. Und sie hat erst aufgehört, als ich durchgedreht bin. Ich bin voll in die Falle gelaufen.«

Unter seiner Bitterkeit versteckte sich eine Art Erleichterung, vielleicht weil ihm endlich jemand zuhörte.

»Wie alt war Sølvi bei Ihrer Scheidung?«

»Fünf. Ada hatte schon ein Verhältnis mit Holland und wollte Sølvi für sich behalten.«

»Das ist sehr lange her. Kannst du nicht endlich damit abschließen?«

»Mit seinen Kindern schließt man nicht ab.«

Sejer biß sich auf die Lippe. »Und dann wurdest du beurlaubt?«

»Ich habe zu oft zu tief ins Glas geschaut. Habe Frau und Kind und Job und Haus und die Achtung der Leute verloren. So gesehen«, sagte Bjørk mit bitterem Lächeln, »hätte es kaum noch eine Rolle gespielt, wenn ich noch dazu zum Mörder geworden wäre. Kaum eine Rolle.« Sein Lächeln hatte plötzlich etwas Teuflisches. »Aber dann hätte ich sofort zugeschlagen, statt all die Jahre zu warten. Und dann hätte ich, um ehrlich zu sein«, fügte er hinzu, »lieber Ada umgebracht.«

»Worüber habt ihr euch gestritten?« fragte Skarre neugierig.

»Über Sølvi.«

Bjørk verschränkte die Arme und starrte aus dem Fenster, so als ob draußen die Erinnerungen vorüberzögen. »Sølvi hat nun einmal ihre Art, das war schon immer so. Ihr kennt sie doch sicher inzwischen, ihr habt also gesehen, was aus ihr geworden ist. Ada wollte sie immer beschützen. Sølvi ist nicht besonders selbständig, vielleicht sogar wirklich ein bißchen einfältig. Hat ein ungesundes Interesse an Jungen, will auf andere unbedingt attraktiv wirken. Und Ada möchte, daß Sølvi so bald wie möglich einen Mann findet, der sich um sie kümmern kann. Ich habe noch nie in meinem Leben gesehen, wie ein Mädchen dermaßen ins Elend hineingedrängt wurde. Ich habe versucht, Ada klarzumachen, daß Sølvi das genaue Gegenteil braucht. Sie braucht Selbstvertrauen. Ich wollte mit ihr angeln gehen und so, mit ihr Holz hacken, Fußball spielen und zelten. Sie braucht physische Anstrengung, muß es mal aushalten können, daß ihre Frisur nicht glatt liegt, ohne gleich in Panik zu geraten. Jetzt hampelt sie den ganzen Tag in ihrem Frisiersalon herum und starrt in den Spiegel. Ada hat mir irgendeinen Komplex unterstellt. Daß ich mir eigentlich einen Sohn gewünscht hätte und meine Tochter einfach nicht akzeptieren könnte. Wir haben uns dauernd gestritten«, er seufzte, »unsere ganze Ehe hindurch. Und danach ging es auch noch weiter.«

»Wovon lebst du heute?«

Bjørk starrte Sejer düster an. »Das weißt du doch bestimmt schon. Ich arbeite bei einem privaten Wachdienst. Renne nachts mit Köter und Taschenlampe durch die Gegend. Das ist in Ordnung. Ein bißchen wenig Action, natürlich, aber davon hab ich wohl schon genug abbekommen.«

»Wann waren die Mädchen zuletzt hier?«

Bjørk rieb sich die Stirn, wie um das Datum aus der Tiefe seiner Gedanken hochzuwirbeln. »Irgendwann letzten Herbst. Annies Freund war auch dabei.«

»Und seither hast du die Mädchen nicht mehr gesehen?«

»Nein.«

»Warst du bei ihnen zu Hause, um nach Sølvi zu fragen?«

»Mehrmals. Und jedesmal hat Ada die Polizei angerufen. Behauptet, ich drängte mich auf. Bedrohte sie. Ich kriege Probleme beim Job, wenn es noch mehr Ärger gibt, ich mußte mich einfach geschlagen geben.«

»Was ist mit Holland?«

»Holland ist in Ordnung. Eigentlich glaube ich, er findet das alles ziemlich scheußlich. Aber er ist eben ein Waschlappen. Ada hat ihn total im Griff, so ist das. Er tut, was ihm aufgetragen wird, und deshalb gibt es bei ihnen nie Streit. Du hast mit ihnen geredet, du hast doch sicher gesehen, was da läuft.«

Er sprang auf, kehrte dem Fenster den Rücken und richtete sich zu voller Größe auf.

»Ich weiß nicht, was mit Annie passiert ist«, sagte er leise. »Aber ich hätte es eher verstanden, wenn es Sølvi passiert wäre. Sie ist so sagenhaft leichtgläubig.«

Sejer starrte ihn neugierig an und fragte sich, warum alle Welt dasselbe sagte. Wenn es Sølvi gewesen wäre.

Als sei das Ganze ein Mißverständnis und Annie nur durch ein Versehen umgebracht worden.

»Hast du ein Motorrad, Bjørk?«

»Nein«, sagte Bjørk verwundert. »Früher hatte ich eins. Es stand bei einem Bekannten in der Garage, und am Ende habe ich es dann verkauft. Eine Honda 750. Ich habe nur noch den Helm.«

»Was ist das für ein Helm?«

»Der hängt auf dem Flur.«

Skarre schaute hinaus und betrachtete den Helm, einen schwarzen Vollhelm mit rußgrauem Visier.

»Auto?«

»Ich fahre einen Peugeot, gehört der Firma. Ich habe eine Menge Erfahrung«, sagte er unvermittelt und blickte seine Besucher an. »Ich habe das Mutter-und-Kind-Phänomen aus nächster Nähe gesehen. Es ist eine Art heiliger Pakt, in den niemand einbrechen kann. Ada und Sølvi zu trennen wäre schwieriger, als siamesische Zwillinge mit bloßer Faust auseinanderzureißen.«

Bei diesem Bild kniff Sejer die Augen zusammen.

»Ich will ganz ehrlich sein«, sagte Bjørk. »Ich hasse Ada, das will ich gar nicht verhehlen. Und ich weiß, was das Allerschlimmste wäre, das ihr jemals passieren könnte. Nämlich daß Sølvi irgendwann erwachsen genug wird, um zu begreifen, was wirklich geschehen ist. Daß sie sich eines Tages mal traut, sich Ada zu widersetzen und herzukommen, damit wir eine Vater-Tochter-Beziehung haben können, wie sie uns immer zugestanden hat. Eine richtige Beziehung. Das würde Ada fertigmachen.«

Plötzlich sah er müde aus. Draußen schepperte die Straßenbahn vorbei, und Sejer starrte noch einmal Sølvis Bild an. Er versuchte in Gedanken, seinem Leben eine andere Wendung zu geben. Er stellte sich vor, daß

Elise ihn haßte, auszog, Ingrid mitnahm und sich noch dazu vor Gericht bestätigen ließ, daß er sie nie mehr wiedersehen würde. Ihm wurde schwindlig bei dieser Vorstellung. An seiner Phantasie war wirklich nichts auszusetzen.

»Mit anderen Worten«, sagte er leise. »Annie Holland war so, wie du dir Sølvi gewünscht hast?«

»Ja, irgendwie schon. Sie ist selbständig und stark. War«, fügte er plötzlich hinzu und drehte sich um. »Es ist einfach schrecklich. Ich hoffe um Eddies willen, daß ihr den Mörder bald findet, das hoffe ich wirklich.«

»Um Eddies willen? Nicht um Adas?«

»Nein«, sagte Bjørk energisch. »Nicht um Adas.«

»Ein beredter Mann, was?«

Sejer ließ den Motor an.

»Glaubst du ihm?« fragte Skarre und zeigte nach rechts. Sejer bog hinter dem Laden ab.

»Ich weiß nicht. Aber hinter seiner verbitterten Maske steckte soviel Verzweiflung, und die wirkte echt. Sicher gibt es auch böse, berechnende Frauen. Und Frauen haben auf die Kinder ja eine Art Vorkaufsrecht. Es ist sicher bitter, davon getroffen zu werden, von Vorstellungen, gegen die man einfach nicht ankämpfen kann. Vielleicht muß es auch so sein«, fügte er nachdenklich hinzu und wich den Straßenbahnschienen aus. »Vielleicht ist es ein biologisches Phänomen, das der Sicherheit der Kinder dient. Eine untrennbare Bindung an die Mutter.«

»Mein Güte!« Skarre schüttelte den Kopf. »Du hast doch selbst ein Kind, glaubst du, was du da erzählst?«

»Nein, ich denke nur laut. Was ist mit dir?«

»Ich habe doch kein Kind.«

»Aber du hast Eltern, oder nicht?«

»Ja, Eltern habe ich. Und ich fürchte, ich bin ein unheilbares Muttersöhnchen.«

»Ich auch«, sagte Sejer nachdenklich.

EDDIE HOLLAND VERLIESS DAS BÜRO, sagte seiner Sekretärin kurz Bescheid und fuhr los. Nach etwa zwanzig Minuten glitt der grüne Toyota auf einen großen Parkplatz. Der Motor verstummte, und Holland ließ sich auf dem Sitz zurücksinken. Nach einer Weile schloß er die Augen und blieb weiterhin still sitzen. Er wartete darauf, daß irgend etwas ihn dazu brachte, kehrtzumachen und unverrichteter Dinge wieder davonzufahren. Aber nichts geschah.

Schließlich öffnete er die Augen und schaute sich um. Natürlich war es schön hier. Das Gebäude war sehr groß, es ruhte in der Landschaft wie ein großer flacher Stein, umgeben von glänzenden grünen Rasenflächen. Er starrte auf die schmalen Pfade, an denen entlang die Gräber in symmetrischen Reihen angelegt waren. Üppige Bäume mit hängenden Kronen. Trost. Stille. Nicht ein Mensch, nicht ein Geräusch. Zögernd stieg er aus dem Wagen, dann drückte er energisch die Tür ins Schloß, mit dem schwachen Wunsch, jemand möge das hören, vor die Tür des Krematoriums treten und sich nach seinen Wünschen erkundigen. Ihm die Sache erleichtern. Niemand kam.

Also wanderte er zuerst ein wenig die Wege entlang. Las einzelne Namen, registrierte aber vor allem die Jahreszahlen, schien Tote zu suchen, die nicht alt gewesen waren, vielleicht fünfzehn, so wie Annie, und er fand mehrere. Ihm ging auf, daß schon viele das gleiche durchgemacht hatten wie er, nur waren sie ein Stück weitergekommen. Sie hatten Entscheidungen treffen müssen; ob ihr Sohn oder ihre Tochter eingeäschert werden sollte, zum Beispiel, welchen Stein sie über die Urne setzen und wie sie das Grab bepflanzen wollten. Sie hatten Blumen und Musik für die Trauerfeier ausgesucht und dem Pastor erzählt, was gerade ihr Kind für ein Kind gewesen war, damit die Predigt möglichst persönlich ausfallen konnte. Seine Hände zitterten, und er steckte sie in die Taschen. Er trug einen alten Mantel mit zerfetztem Futter. In der rechten Tasche ertastete er einen Knopf, und ihm ging auf, daß der nun schon seit Jahren dort lag. Der Friedhof war ziemlich groß, und am Ende des Weges entdeckte er einen Mann in dunkelblauem Nylonkittel, der zwischen den Gräbern einherschlenderte. Vielleicht arbeitete der ja hier. Er bog unmerklich in Richtung des Mannes ab und hoffte, daß der von der redseligen Sorte sein würde. Er selbst wußte nicht, wie er sich verhalten sollte, aber vielleicht würde der Mann ja die Initiative ergreifen und eine Bemerkung übers Wetter machen. Immerhin haben wir noch das Wetter, dachte Eddie. Er schaute hoch und stellte fest, daß der Himmel leicht bedeckt und die Luft mild war, eine bescheidene Brise wehte.

»Guten Tag.«

Der dunkelblaue Kittel blieb wirklich stehen.

Holland räusperte sich. »Arbeiten Sie hier?«

»Ja.« Der Mann nickte zum Krematorium hinüber. »Ich bin hier das, was wir Aufseher nennen.«

Er hatte ein sympathisches Lächeln, so als ob er sich vor nichts auf der Welt noch fürchtete und jede menschliche Unzulänglichkeit schon gesehen hätte.

»Ich arbeite seit zwanzig Jahren hier. Es ist schön hier, hier kann man seine Tage gut verbringen, findest du nicht?«

Er sagte du. Das war locker und angenehm. Holland nickte.

»Doch. Und ich laufe hier herum und mache mir so meine Gedanken«, stammelte er. »Über die Zukunft und so.« Er lachte kurz und nervös. »Früher oder später müssen wir ja alle unter die Erde. Daran führt kein Weg vorbei.« Er ballte die Fäuste in den Manteltaschen. Und spürte den Knopf.

»Nein, keiner. Hast du Angehörige hier?«

»Nein, nicht hier. Die liegen zu Hause auf dem Friedhof. Bei uns ist noch nie jemand eingeäschert worden. Ich weiß im Grunde nicht so recht, worum es dabei geht«, sagte Holland. »Bei der Einäscherung, meine ich. Aber vielleicht besteht da ja gar kein großer Unterschied. Ob man nun begraben oder verbrannt wird. Aber man muß sich doch eine Meinung bilden. Ich bin zwar noch nicht so alt, aber ich bilde mir ein, ich müßte mich bald entscheiden. Ob ich begraben oder eingeäschert werden will, meine ich.«

Der andere lächelte nicht mehr. Er starrte den rundlichen Mann im grauen Mantel aufmerksam an und dachte daran, wieviel Stolz es den wohl gekostet hatte, das alles zu sagen. Es gab viele Gründe, zwischen den Gräbern spazierenzugehen. Er ging nie das Risiko ein, einen Fehler zu machen.

»Ich finde, das ist eine wichtige Entscheidung. Dabei sollte man sich Zeit lassen. Die meisten Menschen sollten mehr über ihren Tod nachdenken.«

»Ja, meinst du?«

Holland sah erleichtert aus. Er zog die Hände aus der Tasche und streckte sie aus. »Aber man schreckt ja doch davor zurück zu fragen und zu graben«, er stutzte über seine eigenen Worte. »Man hat irgendwie Angst, als komisch zu gelten. Oder als nicht ganz zurechnungsfähig, vielleicht. Wenn man etwas über den Einäscherungsprozeß wissen will, darüber, wie das abläuft.«

»Aber jeder hat einen Anspruch darauf, das zu erfahren«, antwortete der Aufseher einfach und ging einige befreiende Schritte weiter. »Nur traut niemand sich zu fragen. Oder sie wollen es nicht wissen. Ich habe Verständnis dafür, daß manche das anders sehen. Wir können ja mal ins Haus gehen, dann kann ich dir ein paar Sachen erklären.«

Holland nickte dankbar. Er fühlte sich in der Gesellschaft dieses freundlichen Mannes recht wohl. Eines Mannes in seinem Alter, mager und mit schütteren Haaren. Sie wanderten zusammen über die Wege, leise knirschte unter ihren Füßen der Kies, und die milde Brise strich Holland wie eine tröstende Hand über den Kopf.

»Im Grunde ist das einfach«, sagte der Aufseher. »Aber der Ordnung halber erzähle ich dir als erstes, daß natürlich der ganze Sarg mit den Toten in den Ofen geschoben wird. Wir haben eigene Verbrennungssärge. Alles aus Holz, sogar die Handgriffe. Nur, damit du nicht glaubst, wir nähmen die Toten aus dem Sarg und schöben sie einfach so in den Ofen. Aber das hast du wohl auch nicht gedacht. Die meisten haben schließlich schon mal einen amerikanischen Film gesehen.« Er lächelte.

Holland nickte und ballte wieder die Fäuste.

»Der Ofen ist recht groß. Wir haben hier zwei. Sie entwickeln, mit Hilfe von Gas, eine kräftige Flamme. Die Temperatur erreicht knapp tausend Grad.« Er lächelte in die Luft hinein, als wolle er zwei schwache Sonnenstrahlen einfangen. »Alles, was die Toten im Sarg bei sich haben, landet also im Ofen. Auch Dinge wie Schmuckstücke, die nicht verbrennen, die werden nachher in die Urne gelegt. Schrittmacher und Nägel und einoperierte Schienen werden aus der Asche gesiebt. Was Edelmetall angeht, so hast du sicher Gerüchte gehört, daß das beiseite geschafft wird. Aber das darfst du nicht glauben«, sagte er energisch. »Das darfst du wirklich nicht.«

Sie näherten sich der Tür des Krematoriums.

»Knochen und Zähne werden in einer Mühle zu feinem, fast sandartigem grauweißem Staub zermahlen.«

Als der Mann die Mühle erwähnte, dachte Eddie an Annies Finger. An ihre dünnen feinen Finger mit dem schmalen Silberring. Erschrocken krümmte er in der Manteltasche seine eigenen.

»Wir verfolgen den Prozeß die ganze Zeit. Die Ofentür hat Glasfenster. Nach etwa anderthalb Stunden wird alles aus dem Ofen gefegt und bildet dann einen kleinen Haufen aus feiner Asche, kleiner, als die meisten sich das wohl vorstellen.«

Die ganze Zeit beobachten? Konnten sie in den Ofen schauen und sehen, was darin lag – konnten sie zusehen, wie Annie verbrannte?

»Ich kann dir die Öfen zeigen, wenn du möchtest.«

»Nein, nein!« Er preßte die Arme an seinen Leib und versuchte verzweifelt, sie still zu halten.

»Diese Asche ist sehr sauber, so ziemlich das Sauberste, was es überhaupt gibt. Erinnert an feinen Sand. Früher ist die Asche medizinisch verwertet worden, wußtest du das? Unter anderem konnte man damit Ekzeme behandeln oder sie essen. Sie enthält Salze und Mineralien. Aber wir sieben sie in eine Urne. Ich werde dir eine zeigen, damit du dir das vorstellen kannst. Die Urne kannst du dir aussuchen, es gibt verschiedene Modelle. Wir haben auch ein Standardmodell, für das sich die meisten entscheiden. Sie wird verschlossen und versiegelt und danach durch einen schmalen Schacht ins Grab hinuntergelassen. Diese Feierlichkeit nennen wir Urnenbeisetzung.«

Er öffnete die Tür für Holland, der das halbdunkle Gebäude als erster betrat.

»Auf diese Weise wird der Prozeß ganz einfach beschleunigt. Es ist irgendwie sauberer. Zu Staub werden müssen wir ja alle, aber bei herkömmlicher Bestattung ist das ein äußerst langwieriger Prozeß, der bis zu zwanzig Jahre dauern kann. Manchmal sogar dreißig oder vierzig, das kommt ganz aufs Erdreich an. Hier bei uns haben wir viel Sand und Ton, da dauert es sehr lange.«

»Das gefällt mir«, sagte Holland leise. »Staub.«

»Ja, nicht wahr? Manche möchten auch in alle Winde verstreut werden. Leider ist das hierzulande nicht erlaubt, in dieser Hinsicht herrschen hier strenge Regeln. Das Gesetz sieht vor, daß alle in geweihter Erde bestattet werden müssen.«

»Gar nicht so dumm«, sagte Holland und räusperte sich. »Aber es ist schon seltsam, welche Bilder auftauchen. Wenn man versucht, sich das vorzustellen. Wer in der Erde liegt, verrottet. Das klingt nicht gerade gut. Aber Verbrennen ist ja auch so eine Sache.«

Verrotten oder verbrennen, fragte er sich. Was ist das für eine Wahl, die ich für Annie treffen muß?

Er blieb stehen, merkte, daß seine Knie unter ihm nachgaben, ging dann aber weiter, ermutigt durch die Geduld des anderen.

»Irgendwas beim Verbrennen erinnert mich an, ja … du weißt schon … die Hölle. Und wenn ich die Kleine dann so vor mir sehe …« Holland senkte den Kopf.

»Das solltest du wirklich ernst nehmen. Es ist wie eine doppelte Verantwortung. Es ist nicht leicht, nein, das ist es nicht.« Der andere wiegte seinen langen schmalen

Kopf hin und her. »Und man muß sich Zeit lassen. Aber wenn du eine Feuerbestattung möchtest, dann mußt du unterschreiben, daß sie selber nie auch nur ein einziges Wort dagegen vorgebracht hat. Falls sie nicht unter achtzehn ist, dann kannst du für sie die Entscheidung treffen.«

»Sie ist fünfzehn«, sagte Holland leise.

Der Aufseher schloß für einige Sekunden die Augen. Dann ging er weiter. »Komm mit mir in die Kapelle«, flüsterte er. »Dann zeige ich dir eine Urne.«

Er führte Holland die Treppe hinunter. Eine unsichtbare Hand hatte sich über sie gelegt und sperrte den Rest der Welt aus. Sie neigten sich ein wenig zueinander, der Aufseher, um Wärme zu geben, Holland, um Wärme zu finden. Die Wände unten waren grob, uneben und weiß gekalkt. Unten vor der Treppe stand ein rotweißes Blumengesteck, ein leidender Christus starrte sie von einem Kreuz an der Wand her an. Eddie faßte sich. Er spürte, daß seine Wangen ihre normale Farbe wieder annahmen und daß er sich nun sicher fühlte.

Die Urnen standen in Regalen längs der Wand. Der Aufseher nahm eine heraus und reichte sie ihm. »Bitte, sieh dir die mal an. Schönes Teil, nicht wahr?«

Holland betastete die Urne und versuchte sich vorzustellen, es sei Annie, die jetzt in seinen Armen läge. Die Urne schien aus Metall zu sein, er wußte jedoch, daß es sich um ein abbaubares Material handeln mußte, und außerdem fühlte sie sich warm an.

»Jetzt habe ich dir erzählt, wie das vor sich geht. So ist es, und ich habe nichts ausgelassen.«

Eddie Holland fuhr mit den Fingern über die goldfarbene Urne. Sie lag gut in der Hand und hatte ein gewissermaßen angenehmes Gewicht.

»Die Urne ist durchlässig, so dringt Luft ein und beschleunigt den Prozeß. Denn auch diese Urne wird verschwinden. Es hat etwas Geheimnisvolles und Großes, daß alles verschwindet, findest du nicht?« Er lächelte andächtig. »Auch wir. Auch dieses Haus und die asphaltierte Straße draußen. Aber dennoch«, sagte er und drückte Eddies Arm, »dennoch stelle ich mir gern vor, daß uns noch etwas erwartet. Etwas anderes, Spannendes. Warum sollte das auch nicht so sein?«

Holland blickte ihn fast verwundert an.

»Wir hängen einen Zettel mit ihrem Namen an die Urne«, sagte der andere schließlich.

Holland nickte. Registrierte, daß er noch immer aufrecht stand. Die Zeit würde weiterhin vergehen, immer eine Minute nach der anderen. Jetzt hatte er ein wenig vom Schmerz gespürt, war ein Stückchen des Weges gegangen, zusammen mit Annie. Hatte sich die Flammen und das Bullern des Ofens vorgestellt.

»Darauf soll Annie stehen«, sagte er bewegt. »Annie Sofie Holland.«

Als er nach Hause kam, wusch Ada Holland, gebeugt über den Spülstein, mit müden Handbewegungen rote, erdige Kartoffeln. Sechs Kartoffeln. Pro Person zwei. Nicht acht, so wie bisher. Es sah so wenig aus. Ihr Gesicht war noch immer erstarrt, das war so seit der Sekunde, in der sie sich im Krankenhaus über die Bahre gebeugt und der Arzt das Laken entfernt hatte. Seither hatte sie diese Miene, wie eine Maske, von der sie sich nicht befreien konnte.

»Wo warst du?« fragte sie tonlos.

»Ich habe mir alles überlegt«, sagte Holland behutsam. »Ich finde, wir sollten Annie einäschern lassen.«

Sie ließ die Kartoffel fallen und blickte ihn an. »Einäschern?«

»Das habe ich mir überlegt«, wiederholte er mit leiser Stimme. »Weil jemand – sie angefaßt hat. Ihr irgendwie seinen Stempel aufgedrückt hat. Und der soll weg!«

Er lehnte sich müde gegen den Spülstein und sah sie bittend an. Er bat sie nicht oft um etwas.

»Was denn für einen Stempel?« fragte sie langsam und hob die Kartoffel wieder hoch. »Wir können Annie nicht einäschern lassen.«

»Du brauchst nur etwas Zeit, um dich an diese Vorstellung zu gewöhnen«, sagte er, jetzt ein wenig lauter. »Es ist ein schöner Brauch.«

»Wir können Annie nicht einäschern lassen«, wiederholte seine Frau und schrubbte an der Kartoffel herum. »Die Staatsanwaltschaft hat angerufen. Sie sagen, das geht nicht.«

»Aber warum denn nicht?« schrie er und rang die Hände.

»Für den Fall, daß sie sie exhumieren müssen. Wenn sie den Mörder gefunden haben.«

Bardy Snorrason schob eine Hand unter den Stahlgriff und zog Annie aus der Wand heraus. Die Schublade glitt fast lautlos über die geschmierten Schienen. Er brachte die Leiche des jungen Mädchens nicht in Zusammenhang mit seinem eigenen Leben oder seiner und seiner Töchter Sterblichkeit. Damit war er fertig. Er hatte guten Appetit und schlief nachts ruhig. Und weil er den Tod und das Unglück anderer mit äußerster Achtung verwaltete, ging er davon aus, daß seine Nachfolger das eines Tages so auch mit seinem Leichnam halten würden. Während seiner dreißig Jahre als Gerichtsmediziner hatte er keinen Grund gefunden, das zu bezweifeln.

Er brauchte zwei Stunden, um alle Punkte durchzusehen. Je weiter er kam, desto klarer und vertrauter wurde das Bild. Die Lunge war gesprenkelt wie ein Vogelei, rotgelber Schaum ließ sich aus den Schnittflächen pressen. Im Gehirn war sehr viel Blut, streifenförmige Blutungen in der Hals- und Brustmuskulatur zeigten, daß sie heftig um Atem gerungen hatte. Er nahm seine Beobachtungen mit dem Diktaphon auf, kurze, unverständliche Bemerkungen, die sich höchstens von Eingeweihten deuten ließen. Später wurden sie von seinem Assistenten für den schriftlichen Bericht in korrektere Terminologie übersetzt. Als er alles durchgegangen war, legte er die Schädeldecke an Ort und Stelle, zog die Kopfhaut darüber, spülte den Rumpf gut durch und füllte den leeren Brustkasten mit zusammengeknülltem Zeitungspapier. Dann wurde zugenäht. Snorrason hatte großen Hunger. Er merkte, daß er erst etwas essen mußte, ehe er zur nächsten Obduktion schreiten konnte. Im Pausenraum erwarteten ihn vier Salamibrote und eine Thermoskanne Kaffee. Durch das Buckelglasfenster in der Tür sah er plötzlich eine Gestalt. Die Gestalt blieb einen Moment lang bewegungslos stehen und sah aus, als ob sie lieber wieder kehrtgemacht hätte. Snorrason streifte die Handschuhe ab und lächelte. Er kannte nicht viele, die so hoch aufragten.

Sejer mußte beim Eintreten den Kopf einziehen. Interessiert blickte er zu der Bahre hinüber, auf der Annie nun unter einem Laken lag. Über seine Schuhe hatte er die obligatorischen Plastiküberzieher geschoben, die ausgebeult und pastellfarben waren und wirklich komisch aussahen.

»Ich bin gerade fertig«, sagte Snorrason mit vielsagendem Nicken. »Da liegt sie.«

Sejer musterte die Mumie auf der Bahre mit größtem Interesse.

»Da habe ich ja Glück gehabt.«

»Das ist noch die Frage.«

Der Arzt wusch sich vom Ellbogen abwärts die Hände, schrubbte Haut und Nägel mehrere Minuten lang mit einer harten Bürste und wusch sich dann noch einmal ausgiebig. Dann trocknete er sich mit Papier aus einem Behälter an der Wand ab, zog unter dem Tisch einen Stuhl hervor und schob ihn zum Hauptkommissar hinüber.

»Da war nicht viel zu finden.«

»Jetzt nimm mir doch nicht gleich allen Mut. Irgend etwas muß doch dagewesen sein!«

Snorrason verdrängte seinen Hunger und setzte sich.

»Ich kann ja nicht beurteilen, was diese Funde wert sind. Normalerweise finden wir ja irgend etwas. Sie aber wirkt ganz unberührt.«

»Vermutlich war sie flink und stark. Er hat sie überrascht. Und danach ihre Kleider weggenommen.«

»Wahrscheinlich. Aber sie ist nicht vergewaltigt worden. Sie ist nicht vergewaltigt oder mißhandelt worden. Sie ist ganz einfach ertrunken. Danach ist sie sehr sorgfältig ausgezogen worden, kein Knopf fehlt, keine Naht ist eingerissen. Vielleicht wollte er ja, wurde aber durch irgend etwas erschreckt. Oder vielleicht hat ihn sein Mut oder seine Potenz oder was weiß ich im Stich gelassen.«

»Vielleicht will er ja auch nur, daß wir ihn für einen Sexualverbrecher halten.«

»Warum sollte er das wollen?«

»Um sein eigentliches Motiv zu vertuschen. Und das bedeutet, daß hinter allem ein Grund stecken kann, den wir feststellen müssen. Daß es sich nicht um eine

Impulshandlung irgendeiner verstörten Person handelt. Außerdem muß sie freiwillig mit ihm gegangen sein. Sie muß ihn also gekannt oder er muß sie sehr beeindruckt haben. Und wenn ich das richtig verstanden habe, war es nicht leicht, Annie Holland zu beeindrucken.« Er öffnete einen Knopf an seiner Jacke und ließ sich auf dem Stuhl zurücksinken. »Na los. Was hast du gefunden?«

»Fünfzehn Jahre altes Mädchen«, sagte Snorrason feierlich wie ein Pastor. »Eins vierundsiebzig groß, fünfundsechzig Kilo, minimales Fett, hartes Training hat das Fett zumeist in Muskeln verwandelt. Vielleicht war das Training zu hart für eine Fünfzehnjährige. In dem Alter sollten sie es etwas ruhiger angehen, aber das ist wohl nicht leicht, wenn sie erst mal losgelegt haben. Also – viele Muskeln, mehr als viele Jungen in dem Alter. Sehr große Lungenkapazität, deshalb hat sie das Bewußtsein wohl erst nach einer langen Weile verloren.«

Sejer betrachtete den abgenutzten Linoleumboden und stellte fest, daß er in seinem Badezimmer zu Hause ein ähnliches Muster hatte.

»Wie lange dauert das eigentlich?« fragte er leise. »Wie lange braucht ein erwachsener Mensch zum Ertrinken?«

»Zwischen zwei und zehn Minuten, kommt auf die Kondition an. Wenn ihre so gut war, wie es aussieht, dann hat es hier wohl eher zehn gedauert.«

An die zehn Minuten, dachte Sejer. Mal sechzig macht das sechshundert Sekunden. Was man in zehn Minuten alles schaffen kann… duschen, essen.

»Sie hat eine vergrößerte Lunge. Sie hat wie die meisten reagiert, zuerst hat sie heftig Luft geholt, als sie untergegangen ist, wir nennen das ›respiration de surprise‹. Dann hat sie den Mund zusammengekniffen, bis sie das Bewußtsein verlor, dabei ist eine begrenzte Wassermenge in ihre Lunge eingedrungen. Ich habe im Gehirn und im Knochenmark übrigens Diatomeen gefunden, eine Art Kieselalgen. Nicht viel zwar, aber dieser Weiher ist ja auch nicht besonders verdreckt. Todesursache ist also Ertrinken. Sie hatte keine Operationsnarben, keine Mißbildungen, weder Muttermal noch Tätowierung, überhaupt keine Hautveränderungen. Die Haare waren ungefärbt, die Fingernägel kurz und nicht lackiert, es gab keine interessanten Partikel, vom Modder mal abgesehen. Sehr schöne Zähne. Nur in einem Backenzahn eine Plombe. – Im Blut keine Spur von Alkohol oder anderen Chemikalien. Keine Injektionsspuren. Hat am selben Tag noch gut gegessen, Brot und Milch. Keine Unregelmäßigkeiten im Gehirn. Sie ist niemals schwanger gewesen. Und«, er seufzte plötzlich und schaute Sejer an, »das wäre sie auch nie geworden.«

»Was? Wieso denn nicht?«

»Sie hatte einen großen Tumor im linken Eierstock, der schon in die Leber gestreut hat. Bösartig.«

Sejer starrte ihn an. »Willst du damit sagen, daß sie ernstlich krank war?«

»Ja. Und willst du sagen, du hättest das nicht gewußt?«

»Ihre Eltern wußten das nicht.« Sejer schüttelte ungläubig den Kopf. »Sonst hätten sie es doch gesagt, oder? Ist es möglich, daß sie selber das nicht gemerkt hat?«

»Du mußt natürlich feststellen, ob sie einen Arzt hat und ob es bekannt war. Aber sie hätte Schmerzen im Unterleib haben müssen, jedenfalls während der Menstruation. Sie hat hart trainiert. Vielleicht hat sie ständig so viele Endorphine ausgeschüttet, daß sie es nicht gemerkt hat. Aber Tatsache ist, daß sie ganz einfach erledigt war. Ich glaube nicht, daß sie noch zu retten gewesen wäre. Leberkrebs ist eine knifflige Sache.« Er nickte zur Bahre hinüber, wo sich Annies Kopf und Füße unter dem Laken abzeichneten. »In einigen Monaten wäre sie auf jeden Fall tot gewesen.«

Bei dieser Mitteilung vergaß Sejer vollständig, warum er gekommen war. Er brauchte eine Minute, um Ordnung in seine Gedanken zu bringen.

»Sollte ich ihnen das erzählen? Ihren Eltern?«

»Das mußt du selber entscheiden. Aber sie werden dich nach meinen Ergebnissen fragen.«

»Sie werden das Gefühl haben, Annie ein zweites Mal zu verlieren.«

»Das sicher.«

»Sie werden sich Vorwürfe machen, weil sie nichts bemerkt haben.«

»Vermutlich.«

»Was ist mit ihren Kleidern?«

»Vom Schlammwasser durchtränkt, abgesehen von der Windjacke, die ich euch geschickt habe. Aber sie trug einen Gürtel mit einer Messingschnalle.«

»Ja?«

»Mit einer großen Schnalle, die aussah wie ein Halbmond mit Augen und Mund. Das Labor hat darauf Fingerabdrücke gefunden. Zwei verschiedene. Einer war von Annie.«

Sejer kniff die Augen zusammen. »Und der andere?«

»Leider ist er unvollständig, damit ist nicht viel Staat zu machen.«

»Teufel«, murmelte Sejer.

»Der hat hier zweifellos einen Finger im Spiel. Aber der Abdruck ist wohl brauchbar genug, um Verdächtige auszuschließen. Das ist doch schon mal was?«

»Was ist mit dem roten Fleck in ihrem Nacken? Kannst du sehen, ob wir es mit einem Rechtshänder zu tun haben?«

»Nein, kann ich nicht. Aber da Annie so gut in Form war, kann es sich jedenfalls nicht um einen Schwächling handeln. Sie müssen sich ziemlich gerauft haben. Seltsam, daß sie nicht verletzt ist.«

Sejer erhob sich seufzend. »Jetzt ist sie nicht mehr unverletzt.«

»Doch, im Gegenteil. Du kannst dich davon überzeugen. Das ist ein Handwerk, und ich pfusche nicht.«

»Wann kann ich das schriftlich haben?«

»Ich sage Bescheid, und dann kann der Junge mit den Locken den Bericht abholen. Was ist mit dir? Hast du schon was herausgefunden?«

»Nein«, sagte Sejer düster. »Rein gar nichts. Ich kann nicht den geringsten Grund sehen, aus dem irgendwer Annie Holland hätte umbringen wollen.«

Vielleicht hatte Annie den Titel eines Liedes genommen? Und daraus ein Codewort gemacht? Zum Beispiel das Flötenstück, das ihr so gut gefiel, »Annie's Song«?

Halvor grübelte und spielte am Computer herum. Die Tür zum Wohnzimmer war angelehnt, seine Großmutter konnte ihn ja brauchen. Sie hatte nur noch eine schwache Stimme, und wenn ihr Rheuma sie plagte, fiel es ihr sogar schwer, sich aus ihrem Sessel zu erheben. Er stützte das Kinn in die Hände und starrte den Bildschirm an. »Access denied. Password required.« Eigentlich hatte er Hunger. Aber wie so vieles konnte das jetzt warten.

In der Wache saß Sejer und las. Einen dicken Stapel

von dichtbeschriebenen Bögen, die in einer Ecke zusammengeheftet waren. Immer wieder tauchten die Buchstaben BKH auf, Bjerkeli Kinderheim. Halvors Jugend war eine triste Geschichte. Die Mutter hatte zumeist jammernd und kränkelnd im Bett gelegen, mit ausgefransten Nerven und einer ständig wachsenden Batterie von Beruhigungsmitteln in Reichweite. Sie konnte grelles Licht und laute Geräusche nicht ertragen. Die Kinder durften keinen Krach machen. Halvor hat wirklich schon einige Runden im Ring hinter sich, dachte Sejer. Ziemliche Leistung, daß er eine feste Arbeit hat und noch dazu seine Großmutter pflegt.

Halvor versuchte sein Glück mit allerlei Liedtiteln, die ihm gerade einfielen. Immer wieder erschienen die Worte »Access denied«, so wie eine Fliege, die man erschlagen zu haben glaubt, die aber immer wieder angeschwirrt kommt. Er war alle möglichen Zahlencodes durchgegangen. Alle Geburtstage, sogar die Rahmennummer ihres Fahrrades, die auf dem Reserveschlüssel stand, den er für sie in einem Krug aufbewahrt hatte. Sie hatte einen DBS Intruder und hatte den einen Schlüssel unbedingt bei ihm deponieren wollen. Er mußte ihn Eddie zurückgeben, das fiel ihm ein, und er gab »Intruder« ein.

Die Alkoholprobleme des Vaters und die schwachen Nerven der Mutter hatten das Familienleben über Jahre hinweg geprägt. Halvor und sein Bruder waren durch das Haus geirrt und hatten sich Essen und Trinken zusammengesucht, falls etwas vorhanden war. Der Vater saß in der Regel in den Kneipen der Stadt, zuerst vertrank er sein Gehalt, später die Sozialhilfe. Einzelne nette Nachbarn halfen, wenn sie konnten, in aller Heimlichkeit, hinter dem Rücken des Vaters. Der wurde im Laufe der Jahre immer gewalttätiger. Immer wieder hagelte es Ohrfeigen, die sich durchaus auch zu Fausthieben steigern konnten. Die Jungen suchten beieinander Zuflucht und wurden immer verschlossener. Immer dünner und schweigsamer.

Annie hat sich sicher keinen Zifferncode ausgedacht, überlegte Halvor. Sie als Mädchen wollte bestimmt etwas Romantischeres. Am wahrscheinlichsten war eine Kombination aus Wörtern, möglicherweise mit tieferer symbolischer Bedeutung. Oder ein Name, natürlich, aber die meisten hatte er jetzt durch, sogar den ihrer Mutter, von dem er wußte, daß sie sich nie im Leben dafür entschieden hätte. Er hatte auch den Namen von Sølvis Vater und den von seinem Hund eingegeben, Achilles. »Access denied.«

Er hatte schmale Hände mit dünnen Fingern. Keine Waffe also gegen einen wütenden unkontrollierten Betrunkenen am Rande des Abgrunds. Es mußte schon schlimm gewesen sein, sich gegen den Vater wehren zu müssen. Die beiden Brüder tauchten in regelmäßigen Abständen mit blauen Augen und Wunden beim Notarzt auf, mit dem berühmten Dackelblick, der sagte: Ich bin lieb. Du darfst mir nichts tun. In der Regel hatten sie sich auf der Straße mit anderen Jungs gerauft, waren auf der Treppe gestolpert oder mit dem Fahrrad verunglückt, sie schützten ihren Vater. Das Leben zu Hause war mühsam, aber sicher. Die Alternative waren Kinderheim oder Pflegefamilien und die Möglichkeit, voneinander getrennt zu werden. Halvor war in der Schule immer wieder ohnmächtig geworden, Ursache: Unterernährung und Schlafmangel. Er war der Ältere, er überließ dem Kleinen den Großteil des Essens.

Halvor ging zu Büchern über, von denen er wußte, daß Annie sie gelesen hatte. Titel, Personen, Dinge, die sie gesagt hatten. Er hatte Zeit. Während dieser Arbeit hatte er das Gefühl, Annie sehr nahe zu sein. Den Code zu finden würde ihn zu Annie zurückführen. Er stellte sich vor, daß sie ihn bei seiner Suche beobachtete, vielleicht würde sie ihm ein Zeichen geben, wenn er es lange genug versucht hatte. Diese Mitteilung würde in Form einer Erinnerung kommen, meinte er. Etwas, das sie gesagt hatte, das er in seinem Gehirn gespeichert hatte und das sich offenbaren würde, wenn er nur erst tief genug eingedrungen war. Immer wieder fielen ihm neue Dinge ein. Er hatte das Gefühl, ein hauchdünnes Spinngewebe nach dem anderen beiseite zu ziehen, und hinter jedem verbarg sich etwas anderes, ein Zeltausflug, eine Radtour, ein Kinobesuch, von denen es so viele gegeben hatte. Und Annies Lachen. Ein tiefes, fast burschikoses Lachen. Ihre starke Faust, mit der sie ihm in den Rücken stieß und sagte: Jetzt hör aber auf, Halvor! Das sagte sie auf eine ganz besondere Weise. Liebevoll und tadelnd zugleich. Andere Formen von Liebkosungen waren selten.

Jedesmal, wenn das Jugendamt seinen Besuch ankündigte, schluckte der Vater Antabus, putzte und räumte auf und nahm den Kleinen auf den Schoß. Er war sehr stark und konnte ein absolut solides Auftreten hinlegen, worauf die erschrockenen Hühner vom Jugendamt sofort den Rückzug antraten. Die Mutter lächelte schwach unter ihrer Decke hervor. Solange sie krank war, hatte der arme Torkel die ganze Verantwortung zu tragen, das mußten sie doch verstehen, und die Kinder waren in einem schwierigen Alter. Der Besuch kehrte unverrichteter Dinge in sein Büro zurück. Alle hatten eine Chance verdient. Halvor war fast immer mit der Mutter und dem kleinen Bruder beschäftigt. Er konnte fast nie seine Aufgaben machen, hatte aber trotzdem gute Noten. Er war also offenbar begabt. Der

Vater verlor die Wirklichkeit immer mehr aus dem Griff. Eines Nachts stürzte er ins Schlafzimmer der beiden Jungen. In dieser Nacht lag der Kleine, wie so oft, in Halvors Bett. Der Vater hatte ein Messer. Halvor sah es in seiner Hand blitzen. Unten hörten sie die Mutter ängstlich jammern. Halvor spürte plötzlich einen stechenden Schmerz, als das Messer seine Schläfe traf, er rollte sich auf die Seite, und das Messer durchschnitt seine Wange und seinen Mundwinkel und traf dann auf einen Backenzahn auf. Plötzlich konnten die Augen des Vaters die Wirklichkeit wieder sehen, er sah das Blut auf dem Kissen und hörte den Kleinen schreien. Er stürzte die Treppe hinunter und auf den Hof hinaus. Versteckte sich im Holzschuppen. Die Tür fiel ins Schloß.

Halvor kratzte sich mit einem scharfen Fingernagel im Mundwinkel und dachte plötzlich an Annies Begeisterung für das Buch *Sofies Welt.* Und da ihr voller Name Annie Sofie gewesen war, gab er diesen Titel ein. Er hielt das für einen ziemlich pfiffigen Code. Aber leider hatte er sich geirrt, es passierte nichts. Er machte weiter. Sein Magen knurrte, und einsetzende Kopfschmerzen pochten hinter seiner Schläfe.

Sejer und Skarre schlossen das Büro ab und gingen über den Flur. In Bjerkeli hatte es den Jungen gut gefallen. Halvor hatte sich an einen katholischen Priester angeschlossen, der das Heim ab und zu besuchte. Dann hatte er die Grundschule abgeschlossen. Der Kleine war zu Pflegeeltern gekommen, und von da an war Halvor allein. Schließlich war er zu seiner Großmutter gezogen. Er war daran gewöhnt, sich um andere zu kümmern. Ohne diese Möglichkeit kam er sich überflüssig vor.

»Seltsam, daß trotz allem etwas aus solchen Kindern werden kann«, sagte Skarre kopfschüttelnd.

»Wir wissen vielleicht nicht genau, was Halvor geworden ist«, sagte Sejer nüchtern. »Das müssen wir noch feststellen.«

Skarre nickte verlegen und klapperte mit den Autoschlüsseln.

Halvor merkte, daß seine Kopfschmerzen immer schlimmer wurden. Endlich war es Abend geworden. Seine Großmutter hatte lange allein gesessen, und nun taten ihr die Augen weh, weil sie die ganze Zeit den flimmernden Fernsehschirm angestarrt hatte. Er machte noch ein wenig weiter, wußte aber eigentlich nicht mehr, ob er überhaupt noch eine Chance hatte, Annies Code zu knacken, und was er finden würde, wenn die Datei sich plötzlich öffnete. Vielleicht hatte sie ein Geheimnis. Er mußte es einfach herausfinden, und schließlich hatte er ja Zeit. Endlich stand er fast widerwillig auf, um etwas zu essen. Schaltete den Computer nicht aus, ging in die Küche. Die Großmutter sah sich eine Dokumentation über den amerikanischen Bürgerkrieg an. Sie hielt zu denen in den blauen Uniformen, die sahen fescher aus. Die mit den grauen sprachen außerdem mit einem scheußlichen Akzent, fand sie.

Skarre fuhr langsam und behutsam, er hatte endlich begriffen, daß sein Chef hohe Geschwindigkeiten haßte, und die Straße war ungeheuer schlecht in Schuß. Durch einen Skilift ruiniert, schmal und kurvenreich. Es war noch kühl, der Sommer schien irgendwo unter fadenscheinigen Vorwänden aufgehalten worden zu sein. Heimgekehrte Vögel saßen reuevoll unter den Büschen. Die Leute streuten kein Futter mehr aus. Der Schnee war schließlich geschmolzen. Er hatte eine trockene harte Kruste hinterlassen, die keine Spuren zeigte.

Halvor schüttete Cornflakes in eine Schüssel und streute großzügig Zucker darüber. Er trug die Schüssel ins Wohnzimmer und nahm einen gewebten Läufer vom Tisch, um ihn nicht zu beschmutzen. Der Löffel zitterte in seiner Hand. Sein Blutzucker war ganz unten, und er hatte Ohrensausen.

»Unten in der COOP arbeitet jetzt ein Neger«, sagte die Großmutter plötzlich. »Hast du den gesehen, Halvor?«

»Das heißt jetzt Kiwi. COOP gibt es nicht mehr. Ja, er heißt Philipp.«

»Der spricht mit Bergenser Akzent«, sagte die Großmutter ärgerlich. »Ich mag es nicht, wenn Leute so aussehen und so sprechen.«

»Aber er kommt doch aus Bergen«, sagte Halvor und schlürfte Milch und Zucker vom Löffel. »Da ist er geboren und aufgewachsen. Seine Eltern sind aus Tansania.«

»Es wäre richtiger, wenn er seine eigene Sprache sprechen würde.«

»Das ist doch seine eigene Sprache. Und wenn er Suaheli sprechen würde, dann würdest du kein Wort verstehen.«

»Aber ich kriege jedesmal einen Schrecken, wenn er den Mund aufmacht!«

Auf diese Weise redeten sie miteinander. In der Regel einigten sie sich. Die Großmutter ließ ihre neuste Besorgnis los, und Halvor fing sie auf, leicht und einfach wie ein mißlungenes Papierflugzeug, das nur ordentlich gefaltet werden mußte.

Der Wagen näherte sich der Auffahrt. Aus der Entfernung sah es wenig einladend aus. Eine Luftaufnahme hätte gezeigt, wie einsam das Haus stand, so als wolle es sich vor dem übrigen Dorf verstecken, ein

Stück von der Straße entfernt, zum Teil von Gestrüpp und Wald versteckt. Kleine Fenster hoch oben in der Wand. Verwitterte graue Täfelung, große Teile des Hofs von Unkraut überwuchert.

Durch das Wohnzimmerfenster sah Halvor schwaches Licht. Er hörte den Wagen und bekleckerte sein Kinn mit Milch. Die Scheinwerfer zerrissen das Halbdunkel des Wohnzimmers. Gleich darauf standen sie in der Tür und sahen ihn an.

»Wir müssen mit Ihnen sprechen«, sagte Sejer freundlich. »Sie müssen mit uns kommen, aber Sie können noch fertig essen.«

Halvor hatte keinen Appetit mehr. Er hatte auch nicht geglaubt, so billig davonzukommen, deshalb ging er ruhig in die Küche und spülte die Schüssel sorgfältig aus. Danach lief er schnell in sein Zimmer und schaltete den Computer aus. Murmelte seiner Großmutter etwas ins Ohr und folgte den Männern. Er mußte allein auf dem Rücksitz Platz nehmen, und das gefiel ihm nicht. Es erinnerte ihn an etwas.

»Ich versuche, mir ein Bild von Annie zu machen«, sagte Sejer als Einleitung. »Davon, wer sie war und wie sie gelebt hat. Und ich möchte, daß Sie mir alles über sie erzählen. Was sie gemacht und gesagt hat, wenn ihr zusammen wart, alle Gedanken und Vorstellungen, die Sie sich sicher gemacht haben. Warum hat sie sich von allen zurückgezogen, und was ist am Schlangenweiher passiert? Alles, Halvor.«

»Keine Ahnung.«

»Sie müssen sich doch etwas gedacht haben.«

»Ich habe sehr viel gedacht, aber ich komme nicht weiter.«

Schweigen. Halvor betrachtete Sejers Schreibunterlage, eine Weltkarte, er fand die Stelle, wo sein Wohnort so ungefähr liegen mußte.

»Sie waren ein wichtiger Teil von Annies Landschaft«, fügte Sejer hinzu. »Das ist nämlich jetzt meine Aufgabe. Eine Karte von der Landschaft zu zeichnen, in der sie sich bewegt hat.«

»Das machen Sie also«, sagte Halvor trocken. »Sie zeichnen Karten?«

»Haben Sie vielleicht eine bessere Idee?«

»Nein«, sagte Halvor schnell.

»Ihr Vater ist tot«, sagte Sejer plötzlich.

Er musterte das junge Gesicht, und Halvor spürte seine Anwesenheit wie eine Spannung im Zimmer. Die ihm alle Kraft nahm, vor allem bei Blickkontakt. Deshalb hielt er den Kopf gesenkt.

»Er hat sich umgebracht. Aber Sie haben gesagt, Ihre Eltern wären geschieden. Fällt es Ihnen so schwer, das zu sagen?«

»Das war schon in Ordnung.«

»Warum haben Sie mir die Wahrheit verheimlicht?«

»Das ist schließlich kein Grund zum Prahlen.«

»Ich verstehe. Können Sie mir sagen, was Sie mit Annie vorhatten«, fragte Sejer dann. »Sie haben doch an dem Tag, an dem sie ermordet wurde, bei Horgens Laden auf sie gewartet?«

Halvors Überraschung sah sehr echt aus.

»Entschuldigen Sie, aber jetzt liegen Sie wirklich weit daneben.«

»Ein Motorradfahrer ist zu einem wichtigen Zeitpunkt in der Nähe gesehen worden. Und Sie waren mit dem Motorrad unterwegs. Sie können es also gewesen sein.«

»Dann sollte der Typ dringend zum Augenarzt gehen.«

»Ist das alles, was Sie zu sagen haben?«

»Ja.«

»Wir werden sehen. Möchten Sie etwas trinken?«

Schweigen. Halvor horchte. Irgendwo im Haus lachte jemand, es kam ihm unwirklich vor. Annie war tot, aber die Leute lärmten und führten sich auf, als ob nichts passiert wäre.

»Hatten Sie den Eindruck, daß Annie nicht ganz gesund war?«

»Hä?«

»Hat sie zum Beispiel über Schmerzen geklagt?«

»Niemand war so gesund wie Annie. Was sollte sie gehabt haben?«

»Bestimmte Informationen sind für Sie leider noch nicht zugänglich, obwohl Sie ihr nahegestanden haben. Hat sie nie etwas erwähnt?«

»Nein.«

Sejers Stimme war nicht unfreundlich, aber er sprach einstudiert langsam und deutlich, was seiner grauen Gestalt ziemlich viel Autorität verlieh.

»Erzählen Sie von Ihrer Arbeit. Was machen Sie in der Fabrik?«

»Wir wechseln uns ab. Eine Woche packen wir, in der nächsten stehen wir an den Maschinen, und in der übernächsten fahren wir aus.«

»Gefällt Ihnen das?«

»Man braucht nicht nachzudenken«, sagte Halvor leise.

»Nicht nachzudenken?«

»Über die Arbeit. Die läuft von selber, und man kann an andere Dinge denken.«

»Woran zum Beispiel?«

»An alles andere«, sagte Halvor mürrisch.

Seine Stimme klang abweisend. Vielleicht wußte er

das selbst nicht, aber es war eine Angewohnheit aus seiner Kindheit, als Schläge und Anwürfe ihn gezwungen hatten, jedes Wort auf die Goldwaage zu legen.

»Was machen Sie denn sonst den ganzen Tag? In der Zeit, die Sie bisher mit Annie verbracht haben?«

»Versuche herauszufinden, was passiert ist«, rutschte es aus ihm heraus.

»Und haben Sie einen Vorschlag?«

»Ich suche in meinen Erinnerungen.«

»Ich bin nicht sicher, daß Sie mir alles, was Sie wissen, erzählen.«

»Ich habe Annie nichts getan. Sie glauben, daß ich das war, oder?«

»Ehrlich gesagt, ich weiß es nicht. Sie müssen mir helfen, Halvor. Aber es sieht so aus, als ob Annie eine Art Persönlichkeitsveränderung durchgemacht hätte. Stimmen Sie mir da zu?«

»Ja.«

»Den Mechanismus, der dahintersteckt, kennen wir zum Teil. Einige Faktoren sind immer dieselben. Menschen können sich zum Beispiel dramatisch verändern, wenn sie jemanden verlieren, der ihnen nahegestanden hat. Oder wenn ihnen ein Unglück passiert oder sie krank werden. Junge Menschen, die wir immer als ordentlich, arbeitsam und fleißig gekannt haben, können vollständig gleichgültig werden, auch wenn sie physisch wiederhergestellt sind. Auch Drogenkonsum kann zu Veränderung führen. Oder brutale Überfälle, eine Vergewaltigung zum Beispiel.«

»Ist Annie vergewaltigt worden?«

Sejer gab keine Antwort. »Kommt Ihnen das irgendwie bekannt vor?«

»Ich glaube, sie hatte ein Geheimnis«, sagte Halvor schließlich.

»Ein Geheimnis? Reden Sie weiter.«

»Etwas, das ihr Leben beeinflußt hat. Das sie nicht verdrängen konnte.«

»Und nun wollen Sie mir sagen, Sie haben keine Ahnung, was das gewesen sein kann?«

»Richtig. Ich habe keine Ahnung.«

»Wer hat, außer Ihnen, Annie am besten gekannt?«

»Ihr Vater.«

»Aber die haben doch nicht sehr viel miteinander geredet?«

»Man kann sich doch trotzdem kennen.«

»Na gut. Wenn also irgendwer ihr Schweigen durchschauen kann, dann Eddie?«

»Die Frage ist aber, ob Sie ihn dazu bringen können, etwas zu sagen. Lassen Sie ihn lieber allein herkommen, ohne Ada. Dann erzählt er mehr.«

Sejer nickte. »Und sind Sie je mit Axel Bjørk zusammengetroffen?«

»Mit Sølvis Vater? Einmal. Ich habe ihn zusammen mit den Mädchen besucht.«

»Wie finden Sie ihn?«

»Sympathisch eigentlich. Er hat uns geradezu angefleht, ihn wieder zu besuchen. Sah total unglücklich aus, als wir gegangen sind. Aber Ada hat sich quergelegt, und Sølvi mußte ihn in aller Heimlichkeit besuchen. Und dann hatte sie keinen Bock mehr, und Ada hatte endlich ihren Willen.«

»Was ist Sølvi für eine Frau?«

»Da gibt's nicht viel zu sagen. Sie haben sicher alles gesehen, das geht schnell.«

Sejer stützte die Stirn in die Hände, um sein Gesicht zu verbergen. »Was halten Sie von einer Cola? Die Luft hier ist ganz schön trocken. Nur Synthetik und Glasfasern und anderes Elend.«

Halvor nickte und wirkte etwas weniger krampfhaft. Aber dann riß er sich wieder zusammen. Vielleicht war das ja Taktik, dieses erste kleine Gefühl der Sympathie für den grauhaarigen Hauptkommissar. Der war sicher nicht ohne Grund so nett. Er hatte bestimmt Kurse gemacht, Verhörtechnik und Psychologie studiert. Wußte, wie er eine Spalte finden und einen Keil hineintreiben konnte. Die Tür fiel hinter ihm ins Schloß, und Halvor nutzte die Gelegenheit, um die Beine auszustrecken. Er trat ans Fenster und schaute hinaus, sah aber nur die graue Betonwand des Gerichtsgebäudes und einige abgestellte Streifenwagen. Auf dem Schreibtisch stand ein Computer, ein amerikanischer Compaq. Vielleicht hatten sie sich damit über seine Kindheit informiert. Vielleicht hatten sie Codes, genau wie Annie, Informationen über unangenehme Ereignisse. Er fragte sich, wie ihre Codes wohl aussehen mochten und wer sie festlegte.

Sejer kam zurück und nickte zum Bildschirm hinüber. »Das ist nur ein Spielzeug. Ich benutze ihn nicht so oft.«

»Warum nicht?«

»Der steht irgendwie nicht auf meiner Seite.«

»Natürlich nicht. Der kann sich doch für keine Seite entscheiden, deshalb ist auf ihn ja gerade Verlaß.«

»Sie haben auch so einen, nicht wahr?«

»Nein, ich habe einen Mac. Ich benutze ihn für Spiele. Annie und ich haben zusammen gespielt.« Halvor wurde plötzlich ein wenig zugänglicher und lächelte sein halbes Lächeln. »Sie hat immer gewonnen. Man kann sich den Schnee aussuchen, grob- oder feinkörnig, trocken oder feucht, Temperatur, Skilänge und -gewicht, Windverhältnisse, alles. Annie hat immer die schwierigste Tour ausgesucht, bei Deadquins und Stonies. Sie legte mitten in der Nacht bei wildem Sturm auf feuchtem Schnee los, mit den längsten Skiern, und ich hatte keine Chance.«

Sejer blickte ihn verständnislos an und schüttelte den Kopf. Er füllte zwei Plastikbecher mit Cola und setzte sich wieder.

»Kennen Sie Knut Jensvoll?«

»Den Trainer? Ich weiß, wer das ist. Ich hab Annie manchmal zu den Spielen begleitet.«

»Mögen Sie ihn?«

Schulterzucken.

»Nicht gerade ein liebenswürdiger Mann oder was?«

»Er hat sich ein bißchen zu sehr an die Mädchen rangemacht, finde ich.«

»Auch an Annie?«

»Soll das ein Witz sein?«

»Ich mache so gut wie nie Witze. Ich frage nur.«

»Er hätte sich das nie getraut. So was hat sie sich nicht gefallen lassen.«

»In der Hinsicht war sie also hart?«

»Ja.«

»Aber das verstehe ich nicht, Halvor.« Sejer schob seinen Becher beiseite und beugte sich über den Tisch. »Alle reden so nett über Annie, darüber, wie stark und selbständig und sportlich sie war. Wie wenig sie sich für ihr Aussehen interessiert hat, daß sie fast unzugänglich war. ›So was hat sie sich nicht gefallen lassen.‹ Und doch ist sie mit irgendwem tief in den Wald hinein und an einen einsamen See gegangen. Vermutlich freiwillig. Und dann«, er senkte die Stimme, »hat sie sich umbringen lassen.«

Halvor blickte ihn entsetzt an, so als ginge das Absurde an der Situation ihm erst jetzt in seinem ganzen Grauen auf. »Irgendwer hatte also Macht über sie.«

»Aber wer kann denn Macht über Annie gehabt haben?«

»Das weiß ich nicht. Ich war es jedenfalls nicht.«

Sejer trank Cola. »Es ist wirklich ärgerlich, daß sie nichts hinterlassen hat. Ein Tagebuch zum Beispiel.«

Halvor senkte seine Nase in den Becher und trank lange.

»Aber ist das denn wirklich möglich?« sagte Sejer dann. »Daß jemand eine Art Macht über sie hatte? Irgendwer, dem sie sich nicht zu widersetzen wagte? Kann Annie in etwas Gefährliches verwickelt gewesen sein, aus dem sie nicht mehr herauskam? Kann irgendwer sie auf irgendeine Weise unter Druck gesetzt haben?«

»Annie war immer anständig. Ich kann mir nicht vorstellen, daß sie etwas angestellt haben soll.«

»Man kann allerlei anstellen und trotzdem anständig sein«, sagte Sejer nachdenklich. »Eine einzelne Handlung sagt nicht viel über einen Menschen aus.«

Halvor merkte sich gerade diese Worte und prägte sie sich ein.

»Gibt es in eurem kleinen Dorf überhaupt Drogen?«

»Aber sicher. Schon seit Jahren. Ihr macht doch in regelmäßigen Abständen in der Kneipe unten im Zentrum Razzia. Aber das kann nichts mit Annie zu tun haben. Sie ist nie dagewesen. Sie hat ja kaum je im Kiosk nebenan eingekauft.«

»Halvor«, sagte Sejer eindringlich. »Annie war ein stilles, zurückhaltendes Mädchen, das in Ruhe gelassen werden wollte. Aber überlegen Sie mal: Hatten Sie den Eindruck, daß sie sich vor irgend etwas gefürchtet hat?«

»Gefürchtet wohl nicht. Sie war schon – verschlossen. Manchmal fast wütend, dann wieder resigniert. Aber ich habe Annie auch mal wirklich verängstigt gesehen.

Das hat mit dieser Sache nichts zu tun, es ist mir nur gerade eingefallen.« Er vergaß seine Zurückhaltung und wurde redselig. »Ihre Eltern waren mit Sølvi in Trondheim, bei der Tante. Annie und ich waren allein zu Hause. Ich wollte da übernachten. Das war letztes Jahr im Frühling. Zuerst haben wir eine Radtour gemacht, dann haben wir bis spät in die Nacht Platten gehört. Es war sehr mildes Wetter, und wir wollten im Garten im Zelt übernachten. Wir haben alles vorbereitet, dann sind wir ins Haus gegangen, um uns die Zähne zu putzen. Ich habe mich als erster hingelegt. Annie kam mir nach, hockte sich hin und öffnete ihren Schlafsack. Und da lag eine Kreuzotter drin. Eine riesige schwarze Kreuzotter hatte sich im Schlafsack zusammengerollt. Wir stürzten aus dem Zelt, und ich holte den Nachbarn von gegenüber. Er meinte, die Schlange sei in den Schlafsack gekrochen, um sich aufzuwärmen; am Ende hat er sie getötet. Annie hat sich vor Angst erbrochen. Und von da an mußte ich immer ihren Schlafsack ausschütteln, wenn wir zelten waren.«

»Eine Kreuzotter im Schlafsack?« Sejer schauderte und dachte an eigene Zelttouren vor vielen Jahren.

»Auf dem Fagerlundsås wimmelt es nur so von Schlangen wegen der vielen Steine. Wir legen Butter aus und erwischen ziemlich viele.«

»Wieso denn Butter?«

»Die fressen so viel davon, bis sie bewegungsunfähig sind. Und dann brauchen wir sie nur noch einzusammeln.«

»Und dann habt ihr noch die Seeschlange im Fjord.« Sejer lächelte.

»Genau«, Halvor nickte, »ich habe sie selber gesehen. Sie zeigt sich nur sehr selten, bei ganz besonderen Windverhältnissen. Eigentlich ist sie ein Felsen tief unter der Wasseroberfläche, aber wenn der Wind von Landwind in Seewind umschlägt, dann braust das Wasser drei- oder viermal kräftig auf. Danach ist alles wieder still. Das ist eigentlich seltsam. Alle wissen, daß es ein Felsen ist, aber wenn man allein da draußen ist, dann glaubt man sofort, daß da irgend etwas aus der Tiefe aufsteigt. Beim erstenmal bin ich wie ein Blöder losgerudert und habe mich nicht ein einziges Mal umgesehen.«

»Und Ihnen fällt wirklich niemand aus Annies Umgebung ein, der ihr übel gesonnen war?«

»Kein einziger«, sagte Halvor mit fester Stimme. »Ich habe mir den Kopf darüber zerbrochen, und ich begreife es nicht. Es muß ein Verrückter gewesen sein.«

Ja, dachte er, es kann ein Verrückter gewesen sein. Er fuhr Halvor nach Hause, hielt ganz dicht vor der Treppe.

»Du mußt sicher früh raus«, sagte er mit freundlicher Stimme. »Es ist schon spät.«

»Das schaffe ich schon«, sagte Halvor. Er mochte Sejer leiden – und auch wieder nicht. Das war nicht leicht.

Er sprang aus dem Wagen, zog vorsichtig die Tür ins Schloß und hoffte, daß die Großmutter schon schlief. Sicherheitshalber öffnete er ihre Schlafzimmertür einen Spaltbreit und hörte sie schnarchen. Dann setzte er sich wieder vor den Computer und machte da weiter, wo er aufgehört hatte. Immer wieder fiel ihm etwas Neues ein. Plötzlich dachte er daran, daß sie vor einiger Zeit eine Katze gehabt hatte, sie hatten das Tier in einer Schneewehe gefunden, platt wie eine Pizza. Er gab den Namen »Baghira« ein – nichts passierte. Was er allerdings auch nicht erwartet hatte. Er nahm an, daß er noch lange an dieser Aufgabe sitzen würde. Außerdem gab es noch andere Methoden. Weit hinten in seinem Hinterkopf machte sich immer deutlicher der Gedanke bemerkbar, das Problem auf einfache Weise zu lösen. Aber noch hatte er den Mut nicht verloren. Und der einfache Ausweg wäre eine Art Mogelei. Wenn er den Code auf eigene Faust fand, würde das das Verbrechen kleiner machen, so kam es ihm jedenfalls vor. Er kratzte sich im Nacken und schrieb »Top Secret« in das schwarze Feld. Sicherheitshalber. Und dann schrieb er auch noch Annie Holland, vorwärts und rückwärts, denn ihm ging plötzlich auf, daß er es noch nicht mit der einfachsten Möglichkeit versucht hatte, der nächstliegenden, die sie natürlich nicht verwendet hatte – aber die sie doch hätte verwenden können. »Access denied«. Er rückte ein wenig vom Tisch ab, streckte sich und legte sich wieder die Hand in den Nacken. Die Haut prickelte, so als säße dort irgendein irritierender Fremdkörper. Das war zwar nicht der Fall, aber das Gefühl ließ nicht nach. Verdutzt drehte er sich um und schaute aus dem Fenster. Aus einer plötzlichen Eingebung heraus sprang er auf und zog die Vorhänge vor. Er hatte ganz klar das Gefühl, daß jemand ihn anstarrte, und deshalb sträubten sich ihm die Haare. Rasch löschte er das Licht. Draußen hörte er Schritte, die sich entfernten, so als liefe jemand durch die Stille davon. Er linste durch einen Spalt zwischen den Vorhängen, konnte aber niemanden sehen. Trotzdem wußte er, daß dort jemand gestanden hatte, so wie man ab und zu mit allen Sinnen etwas weiß, mit einer unwiderlegbaren, fast physischen Gewißheit. Er schaltete den Mac aus, zog sich aus und schlüpfte unter die Decke. Dort lag er, regte sich nicht und lauschte. Es herrschte Totenstille, er hörte nicht einmal mehr die Bäume rauschen. Aber dann, einige Minuten später, hörte er, wie ein Auto losfuhr.

Knut Jensvoll hörte das Auto nicht, weil er gerade mit seiner Bohrmaschine beschäftigt war. Er wollte ein Trockenregal anbringen, auf dem er nach dem Training seine feuchten Turnschuhe abstellen konnte. Als er eine Pause einlegte, hörte er die Türglocke. Er warf einen raschen Blick aus dem Fenster und sah auf der obersten Treppenstufe Sejers hoch aufragende Gestalt. Er hatte sich schon gedacht, daß sie kommen würden. Er mußte sich noch auf diese Begegnung vorbereiten, mußte Kleidung und Frisur ordnen. In Gedanken war er schon alle möglichen Fragen durchgegangen. Er glaubte, vorbereitet zu sein.

Eine einzige Frage schwirrte durch Jensvolls Gedanken. Ob sie von der Vergewaltigung wußten. Aber sicher waren sie deshalb gekommen. Einmal Schurke, immer Schurke, dieses System kannte er nur zu gut. Er wechselte zu einem angespannten Gesichtsausdruck über, dachte aber daran, daß das ihren Verdacht erwecken könnte, deshalb riß er sich zusammen und versuchte zu lächeln. Dann fiel ihm ein, daß Annie tot war, und deshalb holte er wieder die andere Maske hervor.

»Polizei. Dürfen wir eintreten?«

Jensvoll nickte. »Ich mache nur schnell die Badezimmertür zu.«

Er winkte sie ins Haus, verschwand für einen Moment und stand dann wieder vor ihnen. Schaute besorgt zu, wie Skarre ein Notizbuch aus der Jacke fischte. Jensvoll war älter, als sie angenommen hatten, an die fünfzig und wohlgenährt. Aber seine Kilos waren vorteilhaft verteilt, sein Körper war fest und hart, gesund und proper, mit frischem Teint, einer vollen roten Mähne und einem feschen gepflegten Schnurrbart.

»Sie kommen wegen Annie, nehme ich an?« fragte er.

Sejer nickte.

»Ich war in meinem ganzen Leben noch nicht so geschockt. Ich kannte sie doch gut, ich glaube, das darf ich behaupten. Aber sie ist ja schon vor einer ganzen Weile aus dem Club ausgetreten. Das war wirklich eine Tragödie, niemand ist so gut wie sie. Wir mußten sie durch ein ziemliches Trampel ersetzen, das sich immer duckt, wenn der Ball kommt. Aber immerhin füllt sie das halbe Tor aus.«

Er unterbrach seinen Wortschwall und errötete leicht.

»Ja, das ist wirklich eine Tragödie«, sagte Sejer, ein wenig säuerlicher als geplant. »Haben Sie sie lange nicht mehr gesehen?«

»Wie gesagt, sie ist ja aus dem Verein ausgetreten. Im letzten Herbst. Im November glaube ich.« Er erwiderte Sejers Blick.

»Verzeihen Sie, aber das klingt seltsam, finde ich. Sie wohnte doch nur zweihundert Meter von Ihnen entfernt?«

»Ja, nein, natürlich bin ich ab und zu auf der Straße an ihr vorbeigefahren. Ich dachte, Sie wollten wissen, wann ich zuletzt wirklich etwas mit ihr zu tun gehabt habe. So richtig, beim Training. Aber ich habe sie gesehen, natürlich habe ich das. Im Dorf unten, vielleicht im Laden.«

»Dann frage ich: Wann haben Sie Annie zuletzt gesehen?«

Jensvoll mußte überlegen. »Ich weiß wirklich nicht, ob ich mich daran noch genau erinnern kann. Es ist auf jeden Fall eine ganze Weile her.«

»Wir haben es nicht eilig.«

»Vor zwei, drei Wochen vielleicht. Ich glaube, das war auf der Post.«

»Haben Sie mit ihr geredet?«

»Wir haben uns nur kurz begrüßt. Sie war nicht mehr besonders redselig.«

»Warum ist Annie aus dem Verein ausgetreten?«

»Ja, wenn ich das wüßte!« Jensvoll zuckte mit den Schultern. »Ich fürchte, ich habe ihr ziemlich zugesetzt, um ihr das auszureden, aber das hat nichts genützt. Sie hatte es satt. Ja, eigentlich glaube ich das nicht, aber das hat sie nun einmal gesagt. Wollte lieber laufen, sagte sie. Und das hat sie wohl auch getan, zu jeder Tageszeit. Ich habe sie oft im Vorbeifahren gesehen. Volles Tempo, lange Beine, teure Laufschuhe. Holland hat bei dem Mädel wirklich an nichts gespart.«

Er wartete immer noch, daß seine Besucher endlich die Katze aus dem Sack ließen, und er machte sich keinerlei Illusion, daß ihm das vielleicht erspart bleiben könnte.

»Wohnen Sie allein hier?«

»Ich bin seit einiger Zeit geschieden. Meine Frau hat die Kinder mitgenommen, und deshalb bin ich jetzt allein und damit auch durchaus zufrieden. Wenn ich Arbeit und Training erledigt habe, bleibt mir ohnehin nicht mehr viel Zeit. Ich trainiere auch die Jungenmannschaft und spiele bei den Senioren. Renne den halben Tag in die Dusche raus und ein.«

»Sie haben ihr nicht geglaubt, daß sie den Handball satt hatte – was haben Sie denn für den eigentlichen Grund gehalten?«

»Keine Ahnung. Aber sie hatte doch einen Freund, und so was fordert ja auch seine Zeit. Der war übrigens nicht weiter athletisch, ein Pfeifenreiniger mit dünnen Beinen. Bleich und schmächtig wie ein Wachsböhnchen. Er hat manchmal bei den Spielen zugeschaut, saß stocksteif in der ersten Reihe und sagte nie auch nur einen Mucks. Folgte mit seinem Blick einfach dem Ball, hin und her, hin und her. Wenn sie dann gegangen sind, durfte er nicht einmal ihre Tasche tragen. Er war nichts für sie, nein, sie war doch um einiges härter als er.«

»Sie waren immer noch zusammen.«

»Ach was? Ja, über Geschmack läßt sich nicht streiten.«

Sejer starrte den Boden an und machte sich so seine Gedanken.

»Die Vorschriften zwingen mich, Ihnen folgende Frage zu stellen: Wo waren Sie am letzten Montag zwischen elf und zwei?«

»Am Montag. Sie meinen – an dem Tag. Bei der Arbeit natürlich.«

»Und das kann ich mir im Baumarkt bestätigen lassen?«

»Ich muß ziemlich viel fahren. Wir liefern doch ins Haus.«

»Sie waren also mit dem Auto unterwegs. Allein?«

»Zeitweise war ich mit dem Auto unterwegs. Ich mußte zwei Garderobenschränke nach Rødtangen bringen, das läßt sich jedenfalls beweisen.«

»Wann waren Sie dort?«

»Zwischen eins und zwei vielleicht.«

»Ein wenig präziser, Jensvoll.«

»Na ja, es ging wohl eher auf zwei Uhr zu.«

Sejer rechnete nach. »Und vorher?«

»Ach, das war ein ziemliches Hin und Her. Ich habe lange geschlafen. Und ich habe mir eine halbe Stunde im Sonnenstudio erschlichen. Wir können uns die Zeit mehr oder weniger selber einteilen. Ich muß auch häufiger Überstunden machen und werde dafür nicht zusätzlich bezahlt. Deshalb habe ich kein schlechtes Gewissen. Der Chef neigt zu …«

»Wo waren Sie, Jensvoll?«

»Ich war an diesem Tag ein bißchen zu spät dran.« Er räusperte sich. »Wir waren am Sonntag zu zweit in der Stadt. Das ist natürlich blödsinnig, sonntags loszuziehen, wenn man weiß, man muß aufstehen und überhaupt, aber es ist nun mal passiert. Ich war so gegen halb zwei da, nehme ich an.«

»Mit wem waren Sie zusammen?«

»Mit einem Kumpel. Erik Fritzner.«

»Fritzner? Annies Nachbar?«

»Ja.«

»Na?« Sejer nickte vor sich hin und starrte den Trainer an, die welligen Haare und das braune Gesicht. »Hielten Sie Annie für ein attraktives Mädchen?«

Jensvoll verstand diesen Wink. »Was ist das für eine Frage?«

»Antworten Sie bitte.«

»Natürlich. Sie haben doch bestimmt Bilder gesehen.«

»Das habe ich«, sagte Sejer. »Sie sah nicht nur gut aus, sondern war auch ziemlich erwachsen für ihr Alter. Reif in gewisser Hinsicht, anders als die meisten anderen Teenies. Stimmen Sie mir da zu?«

»Sicher, das schon. Allerdings haben mich mehr ihre Fähigkeiten im Kasten interessiert.«

»Natürlich, das ist verständlich. Aber sonst – gab es irgendwelche Konflikte mit den Mädchen?«

»Wie meinen Sie das?«

»Konflikte eben«, sagte Sejer kurz. »Egal welche.«

»Die hatte ich natürlich. Mädchen in dem Alter sind ziemlich explosiv. Aber das war alles ganz normal. Keine wollte Annie im Tor ablösen, keine auf der Bank sitzen. Perioden, in denen nur gekichert wurde. Verehrer auf der Tribüne.«

»Was war mit Annie?«

»Was soll mit ihr gewesen sein?«

»Gab es irgendwelche Konflikte mit Annie?«

Jensvoll verschränkte die Arme und nickte. »Ja, das schon. An dem Tag, als sie anrief und aussteigen wollte. Bei der Gelegenheit sind sicher allerlei harte Worte gefallen, die ich mir lieber verkniffen hätte. Vielleicht hat sie das als ein Kompliment aufgefaßt, was weiß ich. Jedenfalls beendete sie das Gespräch, legte auf und lieferte am nächsten Tag ihr Trikot ab. Und das war's.«

»Und das war wirklich Ihre einzige Meinungsverschiedenheit?«

»Ja, genau. Das war die einzige.«

Sejer sah ihn an und nickte Skarre zu. Das Gespräch war beendet. Sie gingen zur Tür, Jensvoll folgte ihnen: allerlei aufgestaute Frustrationen drängten jetzt aus ihm heraus.

»Ehrlich gesagt«, meinte er gereizt, als Sejer die Tür öffnete, »verstehe ich nicht, warum Sie nicht zugeben, daß Sie mein Vorstrafenregister untersucht haben? Meinen Sie vielleicht, ich könnte mir nicht vorstellen, daß das als allererstes geschieht? Und daß Sie deshalb hier sind? Ich weiß, wie Sie denken!«

Sejer fuhr herum und starrte ihn an.

»Können Sie sich überhaupt vorstellen, was aus meiner Mannschaft werden würde, wenn das in der Gegend die Runde machte? Die Mädels würden zu Hause eingesperrt werden. Der ganze Sportverein würde wie ein Kartenhaus einstürzen, und mehrere Jahre Arbeit wären umsonst gewesen!« Er wurde immer lauter. »Und wenn dieses Dorf etwas braucht, dann ist das der Sportverein. Die Hälfte der Leute sitzt in der Kneipe und kauft sich Drogen. Das ist nämlich die einzige Alternative. Nur damit Sie wissen, was passiert, wenn Sie

Ihr Wissen weitergeben. Außerdem ist das elf Jahre her!«

»Ich habe kein Wort gesagt«, erwiderte Sejer leise. »Und wenn Sie Ihre Stimme ein wenig dämpfen, dann können wir vielleicht verhindern, daß die ganze Nachbarschaft davon erfährt.«

Jensvoll verstummte und lief rot an. Er wich in den Flur zurück, und Skarre zog die Tür hinter sich zu. »Meine Güte«, sagte er. »Ein Sprengsatz mit Haaren und Schnurrbart.«

»Wenn wir genug Leute hätten«, sagte Sejer mit scharfer Stimme, »würde ich ihn beschatten lassen.«

»Warum denn?« Skarre starrte ihn überrascht an.

»Aus purer Bosheit.«

Fritzner lag in seiner Jolle auf dem Rücken und nippte an seinem Bier. Nach jedem Schluck zog er an seiner Zigarette, während sein Gehirn sich mit dem Buch befaßte, das an seinen Knien lehnte. Ein gleichmäßiger Strom von Bier und Nikotin sickerte in seine Blutbahn. Nach einer Weile stellte er das Bier weg und trat ans Wohnzimmerfenster. Von dort konnte er Annies Schlafzimmerfenster sehen. Die Vorhänge waren geschlossen, obwohl doch erst früher Nachmittag war, so als sei ihr Zimmer kein normales Zimmer mehr, sondern so etwas wie eine heilige Stätte, in die niemand Einblick nehmen durfte. Eine einsame Lampe leuchtete schwach, vielleicht die auf dem Schreibtisch, überlegte er. Dann ließ er seinen Blick zur Straße hinüberwandern und entdeckte plötzlich den Streifenwagen bei den Briefkästen. Und da war auch der junge Beamte mit den Locken. Wollte sicher zu Hollands und die auf den neuesten Stand bringen. Er sah nicht besonders bedrückt aus, er ging mit leichten Schritten und schaute zum Himmel hinauf, eine schlanke adrette Gestalt mit üppigen Locken, die sicher nur haarscharf im von der Truppe erlaubten Rahmen blieben. Plötzlich bog der Mann nach links ab und hielt auf Fritzners Haustür zu. Fritzner runzelte die Stirn. Automatisch schaute er sich um, um festzustellen, ob dieser Besuch in den anderen Häusern registriert wurde, was natürlich der Fall war. Isaksen harkte in seinem Garten Laub.

Skarre grüßte und ging zu dem Fenster, an dem Fritzner eben noch gestanden hatte.

»Sie können in Annies Schlafzimmer sehen«, stellte er fest.

»Ja, das kann ich.« Fritzner trat neben ihn. »Eigentlich bin ich ein altes Schwein, deshalb habe ich oft sabbernd hier gestanden, in der Hoffnung, etwas von ihr zu sehen. Aber sie war nicht gerade von der Sorte, die sich gern zeigt. Zuerst schloß sie die Vorhänge, dann zog sie den Pullover aus. Ich konnte immerhin ihre Silhouette sehen, wenn sie die Deckenlampe eingeschaltet hatte und der Vorhang nicht allzu viele Falten warf. Das war auch nicht schlecht.«

Er mußte lächeln, als er Skarres Gesichtsausdruck sah.

»Wenn ich ehrlich sein soll«, fuhr er fort, »und das soll ich wohl, dann war ich nie besonders heiratslustig. Aber ich hätte gern ein oder zwei Kinder gehabt, vor allem wohl, um etwas zu hinterlassen. Und die hätte ich am liebsten mit Annie gehabt. Sie war so eine Frau, die man gern befruchtet hätte, wenn Sie verstehen, was ich meine.«

Skarre schwieg noch immer. Nachdenklich zerkaute er ein Sesamkorn, das lange zwischen zwei Backenzähnen gesessen und sich nun endlich gelockert hatte.

»Groß und schlank, breite Schultern, lange Beine.

Kluger Kopf. Schön wie eine Elfe aus dem tiefsten Wald. Mit anderen Worten, jede Menge prima Erbmasse.«

»Sie war erst fünfzehn.«

»Sie werden doch älter. Annie nicht, natürlich«, fügte er rasch hinzu. »Ehrlich gesagt, ich gehe auf die Fünfzig zu und habe genausoviel Phantasie wie alle anderen Männer. Allein bin ich auch. Und ein paar Privilegien sollte ein Junggeselle doch haben, finden Sie nicht? Niemand steht in der Küche und faucht mich an, wenn ich andere Frauen ansehe. Wenn Sie hier gewohnt hätten, Annie gegenüber, dann hätten Sie doch auch ab und zu einen Blick auf ihr Haus geworfen. Das ist ja wohl kein Verbrechen?«

»Wahrscheinlich nicht.«

Skarre betrachtete die Jolle und die Bierflasche am Dollbord. Er fragte sich, ob die vielleicht groß genug war, um …

»Haben Sie schon etwas gefunden?« fragte Fritzner neugierig.

»Natürlich. Wir haben doch die stummen Zeugen. Sie wissen schon, tausend Kleinigkeiten, die herumliegen. Alle hinterlassen irgend etwas.«

Skarre musterte Fritzner, als er das sagte. Der Mann hatte eine Hand in der Tasche, und durch den Hosenstoff hindurch war deutlich zu sehen, daß diese Hand zur Faust geballt war.

»Alles klar. Wissen Sie übrigens, daß hier im Dorf ein Idiot wohnt?«

»Verzeihung?«

»So ein hirngeschädigter Typ wohnt mit seinem Vater oben im Kollevei. Der scheint sich sehr für Mädchen zu interessieren.«

»Raymond Låke. Ja, sicher, das wissen wir. Aber er ist nicht hirngeschädigt.«

»Ach nein, ist er das nicht?«

»Er hat ein Chromosom zuviel.«

»Mir kommt es eher so vor, als ob er von irgendwas zu wenig hätte, wenn Sie mich fragen.«

Skarre schüttelte den Kopf und schaute wieder zu dem Haus der Hollands hinüber, zu dem verhangenen Fenster.

»Was meinen Sie, warum kriecht eine Kreuzotter in einen Schlafsack?«

Fritzner riß die Augen auf. »Himmel, Sie wissen aber auch alles. Ich habe mich das auch schon gefragt. Ich hatte die Sache eigentlich schon vergessen, dabei war es ein ziemliches Drama, das kann ich Ihnen sagen. Aber es ist doch ein hervorragendes Versteck, nicht wahr? Es war ein Ajungilak mit Daunen und allen Schikanen. Ich saß mit einem Whisky hier in der Jolle, als ihr Freund vor der Tür stand. Sie hatten wohl gesehen, daß hier noch Licht brannte. Annie stand in einer Zimmerecke, weiß wie ein Laken. Sonst war sie immer ziemlich keß, aber damit war in diesem Moment Schluß. Sie war wirklich außer sich vor Angst.«

»Wie haben Sie das Vieh erledigt?« fragte Skarre neugierig.

»Ach, mein Lieber, das war kein Problem. Mit meinem Putzeimer. Zuerst habe ich mit einer Ahle ein Loch in den Boden gestochen, vielleicht so groß wie ein Zehnörestück. Dann habe ich mich in ihr Zelt geschlichen. Die Schlange steckte nicht mehr im Schlafsack, sie war in eine Ecke gekrochen und hatte sich aufgerollt. Ein ziemlicher Brocken. Ich habe einfach den Eimer über sie gestülpt und den Fuß darauf gesetzt. Und dann habe ich Baygon durch das Loch gespritzt.«

»Was ist das?«

»Ein sehr giftiger Insektentöter. Ist im normalen

Handel nicht erhältlich. Die Schlange war sofort betäubt.«

»Wie kommen Sie an solche Mittel?«

»Ich arbeite bei Anticimex. Schädlingsbekämpfung. Fliegen und Kakerlaken und solche Kriechtiere.«

»Ach so. Und dann?«

»Dann hat dieser Hänfling ein Tranchiermesser geholt, und ich habe das Mistvieh in der Mitte durchgeschnitten und die beiden Hälften in meine Mülltonne geworfen. Annie tat mir wirklich leid. Sie traute sich nachher fast nicht, sich in ihr eigenes Bett zu legen.« Er schüttelte den Kopf bei dieser Erinnerung. »Aber Sie sind doch sicher nicht gekommen, um sich nach meiner Karriere als Superman zu erkundigen? Was kann ich also für Sie tun?«

»Na ja«, Skarre strich sich eine Locke aus der Stirn, »der Chef sagt, wir müßten den Druck immer zweimal messen.«

»Ach was? Na, mein Druck ist recht stabil. Aber im Grunde habe ich es noch gar nicht begriffen, daß wirklich jemand Annie umgebracht hat. Ein ganz normales Mädchen. Hier, in diesem Dorf, dieser Straße. Ihrer Familie geht es auch nicht anders. Jetzt werden sie Annies Zimmer jahrelang nicht anrühren, es wird so aussehen wie an dem Tag, an dem sie es verlassen hat. So etwas habe ich schon häufiger gehört. Meinen Sie, dahinter kann der unbewußte Wunsch stecken, daß sie eines Tages wieder auftaucht?«

»Vielleicht. Gehen Sie zur Beerdigung?«

»Das ganze Dorf kommt. So ist es eben in kleinen Orten. Da läßt sich nichts im geheimen durchführen. Alle glauben, sie hätten ein Recht auf Teilnahme. Das hat seine Vor- und Nachteile. Es ist nicht leicht, etwas geheimzuhalten.«

»Das ist für uns vielleicht ein Vorteil«, meinte Skarre. »Wenn der Mörder von hier ist.«

Fritzner ging zur Jolle, griff nach dem Bier und trank aus.

»Glauben Sie das?«

»Sagen wir, wir hoffen es.«

»Ich nicht. Aber wenn es so ist, dann hoffe ich, daß Sie ihn ganz schnell erwischen. Vermutlich haben alle in der Straße längst registriert, daß Sie zu mir gekommen sind. Zum zweitenmal.«

»Macht Ihnen das etwas aus?«

»Natürlich. Ich möchte hier gern wohnen bleiben.«

»Und was sollte Sie daran hindern?«

»Das wird sich zeigen. Als Junggeselle steht man besonders schwach da.«

»Wieso das?«

»Es ist unnatürlich, daß ein Mann keine Frau hat. Es wird einfach erwartet, auf jeden Fall, wenn man die Vierzig hinter sich gebracht hat. Und wenn sich da nichts tut, dann muß es einen Grund dafür geben.«

»Ist diese Einstellung nicht etwas paranoid?«

»Sie wissen nicht, wie es ist, so dicht beieinander zu wohnen. Die nächste Zeit wird für sehr viele hier sehr hart werden.«

»Denken Sie an jemand Besonderen?«

»Im Grunde schon.«

»An Jensvoll?«

Fritzner gab keine Antwort. Er dachte eine Weile nach, schaute zu Skarre hinüber und traf einen spontanen Entschluß. Dann zog er die Hand aus der Tasche und hielt ihm etwas hin. »Das wollte ich Ihnen nur zeigen.«

Skarre starrte den Gegenstand an. Sah aus wie ein Haargummi, mit Stoff überzogen, blau, mit Perlen besetzt.

»Das hat Annie gehört«, sagte Fritzner und starrte Skarre an. »Ich habe ihn im Wagen gefunden. Vorn auf dem Boden, eingeklemmt zwischen Sitz und Tür. Ich hatte sie vor einer Woche mit in die Stadt genommen. Und dabei muß sie das Gummi verloren haben.«

»Warum geben Sie es mir?«

Fritzner holte Atem. »Das hätte ich lassen können, nicht wahr? Ich hätte es im Kamin verbrennen können und nicht ein Wort darüber verlieren müssen. Ich möchte aber zeigen, daß ich mit offenen Karten spiele.«

»Ich habe nie etwas anderes angenommen«, sagte Skarre.

Fritzner lächelte. »Halten Sie mich für blöd?«

»Möglicherweise.« Skarre erwiderte das Lächeln. »Vielleicht versuchen Sie, mich auszutricksen. Vielleicht sind Sie ein Taktiker, der dieses reizende Eingeständnis eigens inszeniert hat. Ich nehme das Gummi mit. Und ich werde Sie in höherem Grad als bisher in Betracht ziehen.«

Fritzner erbleichte. Skarre konnte sich ein Grinsen nicht verkneifen.

»Wie sind Sie auf den Namen für das Boot gekommen?« fragte er neugierig und blickte zur Jolle hinüber. »Das ist doch ein seltsamer Name für ein Boot? Narco Traficante?«

»War einfach nur so eine Idee.« Fritzner versuchte, sich wieder zu fassen. »Aber klingt doch gut, finden Sie nicht?« Besorgt musterte er den jungen Polizeibeamten.

»Und sind Sie je damit unterwegs gewesen?«

»Nie«, gab Fritzner zu. »Ich werde immer so schrecklich seekrank.«

Der Staatsanwalt hatte gesprochen. Annie Holland durfte unter die Erde, und nun sah Eddie auf seiner Armbanduhr, daß schon über vierundzwanzig Stunden vergangen waren, seit die erste Schaufel trockene Erde auf den Sargdeckel gefallen war. Erde über Annie. Voller Zweige und Steine und Würmer. In seiner Hosentasche steckte ein zerknüllter Zettel, einige wenige Worte, die er eigentlich neben dem Sarg hatte vorlesen wollen, nach der Predigt. Daß er einfach nur schluchzend dagestanden hatte, ohne auch nur ein einziges Wort über die Lippen zu bringen, würde ihm bis an sein Lebensende zu schaffen machen.

»Ich frage mich, ob bei Sølvi vielleicht eine kleine Störung vorliegt«, sagte er, tippte sich mit einem stumpfen Finger an die Stirn, entschied sich dann anders und ließ den Finger weiterwandern zu seiner Schläfe. »Auf dem Röntgenbild ist das nicht zu sehen, aber irgend etwas ist da. Sie hat gelernt, was sie lernen mußte, sie ist nur ein bißchen langsam. Ein wenig einseitig vielleicht. Sie dürfen nicht mit Ada darüber sprechen«, fügte er hinzu.

»Streitet sie das ab?« fragte Sejer.

»Sie sagt, wenn man es nicht sehen kann, dann muß es auch nicht da sein. Wir sind eben alle unterschiedlich, sagt sie.«

Sejer hatte Holland in sein Büro gebeten. Der Mann irrte noch immer durch tiefe Finsternis.

»Ich muß Ihnen eine Frage stellen«, sagte Sejer behutsam. »Wenn Annie auf Axel Bjørk gestoßen wäre, wäre sie dann zu ihm ins Auto gestiegen?«

Bei dieser Frage riß Holland verblüfft die Augen auf. »Das ist der ungeheuerlichste Gedanke, den ich je gehört habe«, sagte er dann.

»Hier ist ein ungeheuerliches Verbrechen geschehen. Beantworten Sie einfach meine Frage. Ich kenne die Menschen, um die es hier geht, nicht so gut wie Sie, und das erscheint mir als Vorteil.«

»Sølvis Vater«, sagte Holland nachdenklich. »Doch, vielleicht. Sie haben ihn ein paarmal besucht, sie hat ihn also gekannt. Wenn er sie dazu aufgefordert hätte, wäre sie wohl eingestiegen. Warum auch nicht?«

»Was für eine Beziehung haben Sie zu ihm?«

»Gar keine.«

»Aber Sie haben mit ihm gesprochen?«

»Kaum. Ada hat ihn nie ins Haus gelassen. Hat behauptet, er wolle sich aufdrängen.«

»Wie sehen Sie das?«

Holland rutschte im Sessel hin und her, es schien ihm peinlich zu sein, daß seine Nachgiebigkeit so offen an den Tag kam. »Ich fand es einfach blöd! Er war doch keine Gefahr für uns, er wollte nur ab und zu Sølvi sehen. Jetzt hat er nichts mehr. Seine Stelle hat er auch verloren, glaube ich.«

»Was ist mit Sølvi? Hätte sie ihn gern besucht?«

»Ich fürchte, Ada hat ihr das vermiest. Ada kann ziemlich hart sein. Bjørk hat jetzt wohl aufgegeben. Aber ich habe ihn bei der Beerdigung gesehen, da konnte er immerhin einen Blick auf sie werfen. Verstehen Sie«, sagte er eindringlich, »es ist nicht so leicht, Ada zu widersprechen. Ich meine nicht, daß ich Angst vor ihr hätte oder so«, er lachte kurz und ironisch, »aber sie gerät so leicht außer sich. Man kann das nicht gut erklären. Sie gerät dermaßen außer sich, und das kann ich nicht ertragen.«

Wieder verstummte er, und Sejer wartete schweigend ab, während er versuchte, sich das verwickelte Zusammenspiel dieser Menschen vorzustellen. Wie tausend Fäden sich im Laufe der Jahre miteinander verwickelten und zähe, feinmaschige Netze bildeten, in denen man sich gefangen fühlte. Die dahintersteckenden Mechanismen faszinierten ihn. Und der intensive Widerwille der Menschen dagegen, das Messer zu ziehen und sich loszuschneiden, auch wenn sie vor Sehnsucht nach Freiheit schon krank waren. Holland wünschte sich sicher aus Adas Netz heraus, aber tausend Kleinigkeiten hielten ihn zurück. Er hatte eine Entscheidung getroffen, er würde für den Rest seines Lebens in diesen klebrigen Fäden festhängen, und diese Entscheidung zog ihn so nach unten, daß seine schwere Gestalt nur sehr gebeugt ging.

»Haben Sie noch nichts?« fragte er schließlich.

»Leider nein«, sagte Sejer widerwillig. »Wir haben nur eine Reihe von Menschen, die äußerst freundlich und positiv über Annie sprechen. Wir haben nur spärliche technische Funde, die uns bisher nicht weitergebracht haben, und es gibt auch keine offenkundigen Motive. Annie wurde nicht vergewaltigt oder auf andere Weise mißhandelt. In der Nähe der Kuppe sind am fraglichen Tag keine Beobachtungen gemacht worden, die uns weiterhelfen, und alle, die in der Gegend mit dem Auto unterwegs waren, haben sich gemeldet und sind ausgeschieden. Es gibt zwar eine Ausnahme, aber dieses Auto ist uns nur so vage beschrieben worden, daß wir nicht weiterkommen. Der Motorradfahrer beim Laden ist wie vom Erdboden verschluckt. Vielleicht war es ja ein Tourist auf der Durchreise. Niemand hat das Nummernschild gesehen, es kann also gut ein Ausländer gewesen sein. Wir haben Taucher nach Annies Schultasche suchen lassen, aber sie hatten keinen Erfolg, wir müssen also annehmen, daß der Täter die Tasche noch immer hat. Aber wir haben keine Handhabe, um irgendwelche Durchsuchungen vorzunehmen. Wir haben nicht einmal eine konkrete Theorie. Wir haben so wenig, daß wir fast schon phantasieren. Annie kann zum Beispiel auf irgendeine Weise, vielleicht ganz zufällig, etwas erfahren haben, das für irgendwen gefährlich ist, und derjenige hat sie dann umgebracht, um sich ihr Schweigen zu sichern. Das müßten allerdings ziemlich heftige Informationen gewesen sein, schließlich haben sie einen Mord zur Folge gehabt. Sie war nackt, aber unberührt, und das kann bedeuten, daß der Mörder uns zu einer Sexualtheorie verführen wollte, möglicherweise um uns vom eigentlichen Motiv abzulenken. Und deshalb«, sagte er abschließend, »interessieren wir uns für Annies Vergangenheit.«

Er kratzte sich den Handrücken, der einen roten, schuppigen Flecken in der Größe eines Zwanzigkronenstückes zeigte.

»Sie gehören zu den Menschen, die Annie am besten gekannt haben. Und Sie haben sich sicher Ihre Gedanken gemacht. Ich muß Sie noch einmal fragen, ob irgend etwas in Annies Vergangenheit, Erlebnisse, Bekanntschaften, Bemerkungen, Eindrücke, was auch immer, Sie vielleicht stutzig gemacht hat. Denken Sie an nichts Bestimmtes. Überlegen Sie einfach, ob Sie sich über irgend etwas gewundert haben. Über eine unerwartete Reaktion. Über Bemerkungen, Anspielungen, Tatsachen, die sich Ihnen eingeprägt haben. Annies Verhalten hatte sich geändert. Ich habe den Eindruck, daß das vielleicht nicht nur an der Pubertät gelegen hat. Können Sie diesen Eindruck bestätigen?«

»Ada sagt…«

»Aber was sagen Sie?«

Sejer hielt seinem Blick stand. »Sie hat mit Halvor Schluß gemacht, ist aus dem Handballverein ausgetreten und hat sich in sich selber zurückgezogen. Ist zu dieser Zeit irgend etwas Außergewöhnliches passiert?«

»Haben Sie mit Jensvoll gesprochen?«

»Sicher.«

»Also, nein, ich habe Gerüchte gehört, aber die treffen vielleicht nicht zu. Bei uns verbreiten Gerüchte sich sehr schnell«, fügte er hinzu, verlegen und mit leicht geröteten Wangen.

»Wie meinen Sie das?«

»Ach, Annie hat einmal etwas erwähnt. Angeblich hat er gesessen. Vor langer Zeit. Ich weiß nicht, warum.«

»Hat Annie das gewußt?«

»Er hat also gesessen?«

»Ja, hat er. Aber ich wußte nicht, daß jemand davon weiß. Wir überprüfen alle, die mit Annie zu tun hatten, ob sie ein Alibi haben und so weiter. Wir haben schon mit über dreihundert Menschen gesprochen. Aber leider wirkt keiner von ihnen besonders verdächtig.«

»Oben im Kollevei wohnt ein Mann«, murmelte Holland, »der nicht ganz so ist, wie er sein sollte. Ich habe gehört, daß er sich an die Mädchen hier unten heranmacht.«

»Mit dem haben wir auch gesprochen«, sagte Sejer geduldig. »Der hat Annie ja schließlich gefunden.«

»Ja, stimmt.«

»Er hat ein Alibi.«

»Hoffentlich ist das auch zuverlässig.«

Sejer dachte an Ragnhild und erzählte Holland lieber nicht, daß ein sechsjähriges Kind dieses Alibi darstellte.

»Warum wollte sie keine Kinder mehr hüten?«

»Sie war sicher zu alt dazu.«

»Aber ich habe den Eindruck gewonnen, daß sie Kinder über alles liebte. Deshalb finde ich diesen Entschluß doch seltsam.«

»Sie hat jahrelang nichts anderes gemacht. Zuerst die Hausaufgaben, dann nachsehen, ob irgendwer in der Nachbarschaft einen Babysitter brauchte. Und wenn die Kinder sich stritten, hat sie immer für Ruhe und Ordnung gesorgt. Das arme Würstchen, das den ersten Stein geworfen hatte, mußte dann einfach ein Geständnis ablegen. Dann wurden alle Sünden vergeben, und alles war Friede Freude Eierkuchen. Sie war eine gute Vermittlerin. Sie hatte Autorität, und alle machten, was sie sagte. Auch die Jungs.«

»Eine diplomatische Natur, mit anderen Worten?«

»Genau. Sie sorgte gern für Ordnung. Sie konnte ungelöste Konflikte nicht vertragen. Wenn es zum Beispiel mit Sølvi Probleme gab, dann fand Anni immer eine Lösung für uns. Sie war eine Art Maklerin. Aber irgendwie«, sagte er langsam, »hat sie auch daran das Interesse verloren. Sie hat sich nicht mehr um alles gekümmert, so wie früher.«

»Wann war das?« fragte Sejer rasch.

»Irgendwann im letzten Herbst.«

»Was ist da passiert?«

»Das habe ich doch schon erzählt. Sie wollte nicht im Handballverein bleiben und überhaupt nicht mehr so wie früher mit anderen zusammensein.«

»Aber warum nicht?«

»Ich weiß es nicht«, sagte Holland verzweifelt. »Ich habe doch gesagt, daß ich das nicht begreife.«

»Versuchen Sie, über Ihre eigene Familie hinauszuschauen. Vorbei an Halvor, dem Verein und den Problemen mit Axel Bjørk. Ist in der Nachbarschaft noch etwas passiert, irgendwas, das nicht unbedingt etwas mit Ihrer Familie zu tun gehabt haben muß?«

Holland breitete die Arme aus.

»Ja, das schon. Aber es hat nichts mit dieser Sache zu tun. Eins von den Kindern, auf die Annie aufgepaßt hat, ist durch einen tragischen Unfall umgekommen. Aber eigentlich hat das keine Rolle gespielt. Annie hatte sich innerlich schon abgemeldet, sie wollte immer nur ihre Turnschuhe anziehen und von unserem Haus und der Straße weglaufen.«

Sejer spürte, daß sein Herz schneller schlug.

»Was haben Sie da gesagt?«

»Eins von den Kindern, auf die sie aufgepaßt hat, ist durch einen Unfall ums Leben gekommen. Ein kleiner Junge namens Eskil.«

»Ist das passiert, während Annie bei ihm war?«

»Nein, natürlich nicht.« Holland blickte ihn erschrocken an. »Nein, sind Sie verrückt? Annie war sehr vorsichtig, wenn sie die Verantwortung für fremde Kinder trug. Hat sie nicht einen Moment aus den Augen gelassen.«

»Wie ist das passiert?«

»Es war bei ihnen zu Hause. Er war erst knapp über zwei. Annie hat das sehr schwer genommen. Aber das ging uns allen so, schließlich hatten wir ihn alle gekannt.«

»Und wann ist das passiert?«

»Im letzten Herbst, das habe ich doch schon gesagt. Als sie sich von allem zurückgezogen hat. Damals ist so viel passiert, wir hatten alle keine leichte Zeit. Halvor rief an, Jensvoll rief an. Bjørn nervte wegen Sølvi herum, und mit Ada war es fast nicht zum Aushalten.«

Er verstummte und schien sich plötzlich zu schämen.

»Wann genau ist es zu diesem Todesfall gekommen, Eddie?«

»Ich glaube, irgendwann im November. Ich weiß es nicht mehr genau.«

»Aber war das, ehe sie aus dem Verein ausgetreten ist oder nachher?«

»Das weiß ich nicht mehr.«

»Dann machen wir weiter, bis es Ihnen wieder einfällt. Was war das für ein Unfall?«

»Ihm ist etwas im Hals steckengeblieben, und sie konnten es nicht mehr herausholen. Er war offenbar allein in der Küche, als das passiert ist.«

»Warum erzählen Sie mir das erst jetzt?«

Holland musterte ihn unglücklich.

»Aber Sie sollen doch Annies Tod aufklären«, flüsterte er.

»Das versuche ich ja gerade. Es ist wichtig, Dinge ausklammern zu können.«

Eine lange Pause folgte. Hollands hohe Stirn schwitzte, und immer wieder rieb er sich die Finger, so als habe er plötzlich jegliches Gefühl darin verloren. Viele idiotische Bilder tauchten vor seinem inneren Auge auf, Bilder von Annie in rotem Overall und Abiturientenmütze, Annie im Brautkleid, Annie mit einem Säugling auf dem Schoß. Bilder, die er niemals mehr würde aufnehmen können.

»Erzählen Sie mir von Annie, von ihrer Reaktion.«

Holland setzte sich gerade und überlegte. »Ich kann mich an das Datum nicht erinnern, wohl aber an den Tag, wir hatten nämlich verschlafen. Ich hatte frei. Annie kam zu spät zum Bus und kam dann früher aus der Schule nach Hause, weil sie sich nicht wohl fühlte. Ich brachte es nicht übers Herz, ihr die Sache sofort zu erzählen. Sie legte sich hin, wollte ein bißchen schlafen.«

»War sie krank?«

»Nein, sie war nie krank. Es war sicher nur ein vorübergehendes Unwohlsein. Sie schlief dann eine Weile, und ich saß nebenan im Wohnzimmer und grauste mich. Schließlich ging ich zu ihr und setzte mich auf ihre Bettkante.«

»Weiter.«

»Sie war wie gelähmt«, sagte Holland nachdenklich. »Wie gelähmt und verängstigt. Drehte sich nur um und zog sich die Decke über den Kopf. Ich meine, was soll man sagen? An den folgenden Tagen hat sie ihre Gefühle kaum gezeigt, sie schien in aller Stille zu trauern. Ada wollte sie mit Blumen zu den Eltern schicken, aber Annie wollte nicht. Sie wollte auch nicht auf die Beerdigung gehen.«

»Aber Sie und Ihre Frau waren dort?«

»Ja, sicher. Ada war es unangenehm, daß Annie nicht wollte, und ich versuchte, ihr zu erklären, daß eine Beerdigung für ein Kind sehr hart sein kann. Annie war doch erst vierzehn. Sie wissen dann ja auch nicht, was sie sagen sollen, nicht wahr?«

»Mhm«, murmelte Sejer. »Aber vielleicht hat sie das Grab dann später besucht?«

»Ja, sicher, mehrmals sogar. Aber sie ist nie wieder in das Haus gegangen.«

»Aber sie muß doch mit ihnen gesprochen haben? Wenn sie häufiger auf den Kleinen aufgepaßt hatte?«

»Das hat sie sicher. Sie hatte ja viel mit ihnen zu tun gehabt. Vor allem mit der Mutter. Die wohnt übrigens nicht mehr dort, sie haben sich eine Weile später getrennt. Es ist natürlich schwierig, nach so einer Tragödie wieder zueinanderzufinden. Man muß gewissermaßen von vorn anfangen. Und wir werden alle nicht mehr so, wie wir waren.« Er verlor den Faden und redete mit sich selbst, als wäre Sejer nicht mehr im Raum. »Nur Sølvi ist wie immer. Es wundert mich wirklich, daß sie nach allem immer noch dieselbe ist. Aber sie ist ja auch etwas ganz Besonderes. Wir müssen eben die Kinder nehmen, die wir bekommen, nicht wahr?«

»Und – Annie?« fragte Sejer vorsichtig.

»Ja, Annie«, murmelte Holland. »Annie wurde nie wieder dieselbe. Ich glaube, ihr ist damals klargeworden, daß wir alle sterben müssen. Ich weiß noch, wie ich selber klein war und meine Mutter starb – dieses Wissen war fast das Schlimmste. Nicht, daß sie tot und verschwunden war, sondern daß auch ich würde sterben müssen. Und mein Vater, und alle, die ich kannte.«

Seine Augen starrten ins Leere. Sejer hörte zu, seine Hände ruhten auf dem Schreibtisch.

»Wir sind noch nicht fertig, Eddie«, sagte er schließlich. »Aber Sie müssen noch etwas erfahren.«

»Ich weiß nicht, ob ich es ertragen kann, noch mehr zu erfahren.«

»Ich kann es Ihnen nicht verheimlichen. Das erlaubt mir mein Gewissen nicht.«

»Was ist denn los?«

»Können Sie sich erinnern, ob Annie je über Schmerzen geklagt hat?«

»Nein, eigentlich nicht. Abgesehen von damals, als sie stoßdämpfende Laufschuhe brauchte. Ihr taten vom Laufen nämlich die Füße weh.«

»Ich denke an Schmerzen im Unterleib.«

Holland musterte ihn unsicher. »Das weiß ich wirklich nicht. Da müßten Sie schon Ada fragen.«

»Ich frage Sie, weil Sie Annie offenbar am nächsten gestanden haben.«

»Ja. Aber solche Frauengeschichten – nein, davon habe ich nie gehört.«

»Sie hatte einen Tumor im Unterleib«, sagte Sejer leise.

»Einen Tumor? Sie meinen, eine Geschwulst?«

»Eine ungefähr eigroße Geschwulst. Bösartig. Sie hatte bereits in die Leber gestreut.«

Jetzt erstarrte Holland vollständig.

»Da haben Sie sich bestimmt geirrt«, sagte er entschieden. »Niemand war so gesund wie Annie.«

»Sie hatte eine bösartige Geschwulst im Unterleib«, wiederholte Sejer ruhig. »In kurzer Zeit wäre sie sehr krank geworden. Die Möglichkeit, daß diese Krankheit zum Tode geführt hätte, war ziemlich groß.«

»Wollen Sie behaupten, sie wäre ohnehin gestorben?« Hollands Stimme hatte jetzt einen aggressiven Unterton.

»Das behauptet die Gerichtsmedizin.«

»Und jetzt soll ich mich wohl freuen, weil ihr diese Leiden erspart geblieben sind?«

Voller Wut schrie er das heraus, und ein Speicheltropfen traf Sejer an der Stirn. Dann schlug Holland die Hände vors Gesicht. »Nein, nein, so war das nicht gemeint«, sagte er dann mit halberstickter Stimme. »Aber ich begreife das nicht. Daß ich so viel nicht mitbekommen habe.«

»Entweder hat sie es ganz einfach nicht gewußt, oder sie hat nie über die Schmerzen geredet und ist ganz bewußt nicht zum Arzt gegangen. In ihrem Krankenbericht steht jedenfalls nichts.«

»Da steht bestimmt nichts«, sagte Holland leise. »Ihr hat doch nie etwas gefehlt. Sie ist im Laufe der Jahre zweimal geimpft worden, und das war es dann.«

»Ich möchte Sie um eins bitten«, sagte Sejer jetzt. »Bitte sprechen Sie mit Ada und überreden Sie sie, herzukommen. Wir brauchen ihre Fingerabdrücke.«

Holland lächelte müde und ließ sich im Sessel zurücksinken. Er hatte lange nicht mehr geschlafen, und alles flackerte vor seinen Augen. Das Gesicht des Hauptkommissars bewegte sich leicht, und das tat auch der Vorhang vor dem Fenster, aber das lag vielleicht am Zug, da war er sich nicht sicher.

»Wir haben auf Annies Gürtelschnalle zwei Fingerabdrücke gefunden. Einer stammte von Annie. Der andere kann der Ihrer Frau sein. Sie hat erzählt, daß sie Annie oft morgens Kleidungsstücke hingelegt hat, und dabei kann ihr Abdruck auf die Schnalle geraten sein. Wenn nicht, dann kann er vom Täter stammen. Er hat sie ausgezogen. Er muß die Schnalle also berührt haben.«

Endlich begriff Holland.

»Bitten Sie Ihre Frau, so schnell wie möglich herzukommen. Sie soll nach Skarre fragen.«

»Ihr Ekzem«, sagte Holland plötzlich und nickte zu Sejers Hand hinüber. »Ich habe gehört, daß Asche hilft.«

»Asche?«

»Sie bestreichen den Ausschlag mit Asche. Asche ist das Sauberste, was es gibt. Und sie enthält Salze und Mineralien.«

Sejer sagte nichts dazu. Hollands Gedanken schweiften ab und zogen ihn in sich hinein. Sejer ließ ihn in Ruhe nachdenken. Es war so still im Zimmer, daß sie Annie hören konnten.

Halvor aß am Ausklapptisch in der Küche Bratwurst mit gekochtem Kohl. Danach räumte er das Geschirr beiseite und deckte seine Großmutter, die auf dem Sofa schlief, mit einer Decke zu. Er ging in sein Zimmer, zog die Vorhänge zu und setzte sich vor den Computer. So verbrachte er fast seine ganze Freizeit. Er hatte es mit Annies Lieblingsmusik versucht und Titel und Interpreten aus ihrer CD-Sammlung eingegeben. Danach versuchte er es mit Filmtiteln, ein wenig halbherzig, denn eine solche Wahl hätte Annie nicht ähnlich gesehen. Die Aufgabe kam ihm praktisch unlösbar vor. Zu allem Überfluß konnte sie unterwegs den Code ja auch verändert haben, wie das die Armee mit militärischen Geheimnissen machte. Dort wurden Codes benutzt, die sich automatisch mehrmals pro Sekunde änderten. Das hatte er in einer Computerzeitschrift gelesen. Ein Code, der sich die ganze Zeit verändert, kann fast nicht geknackt werden. Er versuchte, sich zu erinnern, wann ungefähr sie diese Datei angelegt hatten. Es war einige Monate her, irgendwann im Herbst. Ein Gefühl von Hoffnungslosigkeit überkam ihn, wenn er an all die Kombinationen dachte, die die Ziffern und Buchstaben der Tastatur ergeben konnten. Aber sie hatte sicher nichts dem Zufall überlassen. Sie hatte etwas benutzt, das sie beeindruckt hatte oder ihr lieb und vertraut war. Er wußte ziemlich gut, was das bei Annie war, deshalb machte er weiter. Bis er seine Großmutter aus dem Wohnzimmer rufen hörte, daß sie ausgeschlafen sei.

Nun legte er eine Pause ein, um Kaffee zu kochen und ihr ein Brot oder eine Waffel, falls vorhanden, mit Butter zu bestreichen. Anstandshalber sah er dann eine Weile mit ihr fern, um ihr Gesellschaft zu leisten. Aber so bald wie möglich schlich er sich wieder davon. Die Großmutter sagte nichts. Er saß bis Mitternacht vor dem Computer, dann schleppte er sich ins Bett und löschte das Licht.

Er horchte immer ein wenig ins Leere hinein, bis der Schlaf kam. Oft kam der Schlaf nicht, und dann schlich er sich ins Zimmer der Großmutter und stahl sich ein Valium aus ihrem Glas. Er hörte draußen keine Schritte mehr. Während er aufs Einschlafen wartete, dachte er an Annie. Ihre Lieblingsfarbe war Blau gewesen. Ihre Lieblingsschokolade Trauben-Nuß. Er versuchte, sich Wörter zu merken und zum späteren Gebrauch zu speichern. Er durfte einfach nicht aufgeben. Wenn er den Code endlich gefunden hätte, würde er staunen: Natürlich hatte sie diesen und keinen anderen genommen! Und er würde sich sagen: Das hätte ich mir ja denken können.

Draußen lag schwarz und still der Hof. Der Eingang der leeren Hundehütte klaffte wie ein zahnloser Rachen, von der Straße her war er jedoch nicht zu sehen, und ein Dieb mochte glauben, daß dort ein Hund lag. Hinter der Hundehütte stand der Schuppen mit einem bescheidenen Holzvorrat, Halvors Fahrrad, einem Schwarzweißfernseher und vielen alten Zeitungen. Er konnte sich nie die Termine der Altpapiersammlung merken, und die Lokalzeitung las er auch nicht. Und ganz hinten, hinter einer Schaumgummimatratze, stand Annies Schultasche.

Er war zum Bruvann und zurück gelaufen. Eine Tour von dreizehn Kilometern. Er versuchte, die Schmerzgrenze nicht zu überschreiten, er mußte schließlich an den Rückweg denken. Elise hatte ihm immer ein eiskaltes Mineralwasser eingeschenkt und es ihm gereicht, wenn er aus der Dusche kam. Oft hatte er sich dabei nur ein Handtuch um die Taille gewickelt. Jetzt wartete niemand auf ihn. Abgesehen von seinem Hund, der erwartungsvoll den Kopf hob, als er die Badezimmertür öffnete und den Dampf herausquellen ließ. Er zog sich noch im Badezimmer an, suchte sich selbst eine Flasche, öffnete sie an der Küchentischkante und hob sie an den Mund. Mitten in der Bewegung ging die Türklingel. Bei Sejer wurde nicht oft geschellt, deshalb war er überrascht. Er hob für den Hund einen mahnenden Finger und ging zur Tür. Draußen stand Skarre, am Treppengeländer, mit einem Fuß noch auf der Treppe, wie um die Möglichkeit eines raschen Rückzugs anzudeuten, wenn sein Besuch ungelegen kam.

»Ich war gerade in der Nähe«, teilte er mit.

Er sah verändert aus. Seine Locken waren verschwunden, er war fast bis auf die Kopfhaut geschoren. Seine Haare wirkten dunkler, und er sah älter aus. Und nun sah man, daß seine Ohren etwas abstanden.

»Fesche Frisur«, sagt Sejer und nickte. »Komm rein.«

Kollberg sprang auf und benahm sich wie immer.

»Er übertreibt ein wenig«, sagte Sejer resigniert. »Aber er ist wirklich ein gutmütiger Bursche.«

»Das ist auch besser so, bei der Größe. Der sieht ja aus wie ein Wolf, Mann!«

»Eigentlich soll er wie ein Löwe aussehen. Das hatte jedenfalls der Züchter vor, der den ersten Leonberger produziert hat.« Sejer ging ins Wohnzimmer. »Er kam aus der Stadt Leonberg in Deutschland und wollte eine Art Stadtmaskottchen züchten.«

»Einen Löwen?« Skarre musterte das große Tier und lächelte. »Nein, so weit reicht mein guter Wille nicht.« Er streifte seine Jacke ab und legte sie auf den Telefontisch. »Konntest du heute mit Holland allein sprechen?«

»Ja, das schon. Und was hast du gemacht?«

»Halvors Großmutter besucht.«

»Ach was?«

»Sie hat mir Kaffee, Waffeln und das ganze Elend der alten Leute aufgetischt. Jetzt«, sagte er leise, »weiß ich, wie es ist, alt zu werden.«

»Und wie ist das?«

»Ein schrittweiser Verfall. Ein schleichender, fast unmerklicher Prozeß, den du nur in plötzlichen, erschütternden Augenblicken wahrnimmst.« Skarre seufzte wie ein Greis und schüttelte besorgt den Kopf. »Der Zellteilungsprozeß nimmt ab, darum geht es dabei. Es geht immer langsamer, bis die Zellen sich schließlich fast überhaupt nicht mehr erneuern und alles schrumpft. Das ist übrigens das erste Stadium im Verwesungsprozeß, es setzt ein, wenn wir um die fünfundzwanzig sind.«

»Du meine Güte! Dann ist es bei dir ja schon soweit. Du siehst auch ein bißchen mitgenommen aus, finde ich.«

»Das Blut stockt in den Adern. Nichts schmeckt oder riecht noch, wie es soll. Auch Unterernährung tritt häufig auf. Kein Wunder, daß wir sterben, wenn wir alt werden.«

Bei dieser Bemerkung mußte Sejer schmunzeln. Dann dachte er an seine Mutter im Pflegeheim und wurde wieder ernst.

»Wie alt ist sie?«

»Dreiundachtzig. Und bei ihr im Oberstübchen ist auch nicht mehr alles so, wie es sein soll.« Er zeigte auf seinen kurzgeschorenen Kopf. »Es wäre besser, wenn wir etwas früher sterben würden, finde ich. So kurz vor siebzig vielleicht.«

»Ich glaube nicht, daß die Siebzigjährigen deine Ansicht teilen«, erwiderte Sejer kurz. »Möchtest du ein Wasser?«

»Ja, bitte.«

Skarre fuhr sich mit der Hand über den Kopf, wie um sich zu vergewissern, daß er seine neue Frisur nicht nur geträumt hatte.

»Du hast aber viel Musik, Konrad.« Er schielte zum Regal bei der Stereoanlage hinüber. »Hast du die gezählt?«

»An die fünfhundert«, rief Sejer aus der Küche.

Skarre sah sich die Titel an. Wie die meisten Menschen bildete er sich ein, daß die Musikauswahl wichtige Dinge über den Charakter eines Menschen aussagt.

»Laila Dalseth, Etta James, Billie Holliday, Edith Piaf. Du meine Güte!« Er starrte die CDs überrascht an und lächelte. »Das sind ja alles nur Frauen!« rief er.

»Was?« Sejer schenkte Mineralwasser ein.

»Nur Frauen, Konrad. Eartha Kitt, Lill Lindfors, Monica Zetterlund – wer ist denn das?«

»Eine der Besten. Aber du bist zu jung, um das zu wissen.«

Skarre setzte sich wieder, trank einen Schluck Mineralwasser und wischte die Unterseite seines Glases an seiner Hose ab. »Was hat Holland gesagt?«

Sejer zog seinen Tabak unter der Zeitung hervor und öffnete die Packung. Er nahm sich ein Blättchen und fing an zu drehen.

»Annie hat gewußt, daß Jensvoll gesessen hat. Vielleicht hat sie auch gewußt, warum.«

»Erzähl weiter!«

»Und ein Kind, auf das sie sehr oft aufgepaßt hat, ist durch einen Unfall umgekommen.«

Skarre griff nach seinen Zigaretten.

»Das war im November, ungefähr zu der Zeit, als alles so schwierig wurde. Annie wollte nicht mehr hingehen. Sie wollte den Eltern keine Blumen bringen und nicht an der Beerdigung teilnehmen, und danach hat sie nie wieder Kinder gehütet. Holland fand das nicht weiter erstaunlich, sie war schließlich erst vierzehn, zu jung, um mit dem Tod umgehen zu können.« Während er das erzählte, musterte er Skarre, und er sah, daß sein Kollege plötzlich hellwach aussah. »Danach hat sie mit dem Handball aufgehört, hat vorübergehend mit Halvor Schluß gemacht und sich in sich selber verkrochen. In dieser Reihenfolge ist das passiert: Kind stirbt, Annie zieht sich von ihrer Umgebung zurück.«

Skarre ließ sich Feuer geben und sah zu, wie Sejer seine Zigarette fertig drehte.

»Der Tod des Kindes war offenbar ein tragischer Unfall, der Kleine war erst zwei Jahre alt, und ich kann mir gut vorstellen, wie erschütternd ein solches Erlebnis für eine Vierzehnjährige ist. Sie hat das Kind gut gekannt. Und die Eltern. Aber …« Er unterbrach sich, um seine Zigarette anzustecken.

»Haben wir damit die Erklärung für ihre Veränderung?«

»Möglicherweise. Außerdem hatte sie Krebs. Obwohl sie das vielleicht selber gar nicht wußte, kann diese Krankheit sie verändert haben. Aber ich hatte eigentlich gehofft, etwas anderes zu finden. Etwas, das uns weiterbringt.«

»Was ist mit Jensvoll?«

»Ich kann mir kaum vorstellen, daß jemand einen Mord begeht, um eine Vergewaltigung zu vertuschen, die vor elf Jahren geschehen ist. Und für die er seine Strafe längst abgesessen hat. Wenn es nicht einfach so war, daß er noch einmal zulangen wollte. Und daß dabei alles schiefgelaufen ist.«

»Meine Güte!« rief Skarre überrascht. »Du rauchst ja!«

»Nur diese eine, abends. Hast du nachher noch Zeit für einen kleinen Ausflug?«

»Aber sicher. Wohin soll's denn gehen?«

»Zur Kirche von Lundeby.« Sejer zog lange und kräftig an seiner Zigarette.

»Warum?«

»Ach, ich weiß nicht. Ich schnüffle eben gern herum, das ist alles.«

»Vielleicht kannst du an der frischen Luft besser denken?«

Sejer kratzte Wachsflecke von der sandstrahlbehandelten Tischplatte. »Ich habe immer gemeint, daß die Umgebung unser Denken beeinflußt. Daß wir mehr aufnehmen, wenn wir uns an Ort und Stelle befinden. Wenn wir eine Art Aufnahmebereitschaft für gewisse Dinge in uns haben. Für die ›Sprache der Dinge‹.«

»Überaus faszinierend«, sagte Skarre. »Traust du dich, das auf der Wache laut zu sagen?«

»Es gibt die stillschweigende Übereinkunft, daß wir das nicht tun. Der Staatsanwalt interessiert sich nicht für meine Gefühle. Aber er weiß natürlich, daß es sie gibt. Er nimmt Rücksicht darauf, würde das aber nie zugeben. Auch das ist eine stillschweigende Übereinkunft.« Nachdenklich blies er den Rauch aus und starrte an die Decke. »Was konnte Halvors Großmutter dir sonst noch liefern? Abgesehen von Waffeln und dem Vortrag über den Verfall?«

»Sie hat viel über Halvors Vater erzählt. Was er für ein reizender kleiner Junge war. Und daß er später eigentlich nur unglücklich war.«

»Das glaube ich gern. Wo er es doch über sich gebracht hat, seine eigenen Kinder halb totzuschlagen!«

»Und sie sagt, daß Halvor sich in seinem Zimmer verschanzt hat. Offenbar sitzt er den ganzen Abend und oft auch noch die halbe Nacht vor seinem PC.«

»Und was macht er da wohl?«

»Keine Ahnung. Vielleicht führt er Tagebuch.«

»Das würde ich ja wirklich gern lesen.«

»Wirst du ihn noch mal vorladen?«

»Natürlich.«

Sie leerten ihre Gläser und erhoben sich. Im Gehen fiel Skarres Blick auf das Foto von Elise, auf dem sie so strahlend lächelte.

»Deine Frau?« fragte er vorsichtig.

»Das letzte Bild von ihr.«

»Die hat ja Ähnlichkeit mit Grace Kelly«, sagte Skarre begeistert. »Wie hast du alter Griesgram eine solche Schönheit herumkriegen können?«

Sejer war so baff über diese Unverschämtheit, daß er stotterte: »Ich war damals noch kein G-g-griesgram«, sagte er mit schwacher Stimme.

Langsam rollte das Auto über den Kiesweg auf die Kirche von Lundeby zu. Sie wurde abends angestrahlt, und sie ruhte im rosafarbenen Licht, als ob sie mit Fug und Recht immer schon hier gewesen sei. In Wirklichkeit war sie erst hundertfünfzig Jahre alt, ein winziger Seufzer in der Baumkrone der Ewigkeit. Sie schlossen vorsichtig die Türen, blieben beim Auto stehen und horchten. Skarre schaute sich um, machte einige Schritte in Richtung Kapelle und steuerte dann die Gräber davor an. Zehn weiße Steine, aufgestellt in Reih und Glied.

»Was ist das?«

Sie blieben stehen und lasen.

»Kriegsgräber«, sagte Sejer leise. »Englische und kanadische Soldaten. Die Deutschen haben sie am neunten April hier in den Wäldern erschossen. Die Kinder legen hier am Nationalfeiertag Buschwindröschen ab. Das hat mir meine Tochter Ingrid erzählt.«

»›Pilot Officer, Royal Air Force, A. F. Le Maistre of

Canada. Age 26. God gave and God has taken.‹ Eine weite Reise für eine so kurze Heldentat.«

»Mhm.«

Skarre schaute sich um. »Hier komme ich, den ganzen Weg aus Kanada, in meiner neuen Uniform, um auf der richtigen Seite für euch zu kämpfen. Und das war's dann. Nur Feuer und Tod.«

Sejer musterte ihn leicht verwundert und ging dann in Richtung Kirche. Annie war am Rand des Friedhofs beigesetzt worden, in der Nähe eines großen Gerstenfeldes. Die Blumen waren nicht mehr frisch, sie sahen schon fast aus wie Kompost. Sie starrten die verwelkten Blumen an und machten sich ihre Gedanken. Dann gingen sie weiter und lasen die Aufschriften der anderen Grabsteine. Zwei Reihen von Annie entfernt fand Sejer, was er gesucht hatte. Einen kleinen Stein, oben abgerundet und mit schöner Schnörkelschrift.

Skarre bückte sich und las: »Unser geliebter Eskil«.

Sejer nickte und sah ihn an. »Eskil Johnas. Geboren am 4. August 92, gestorben am 7. November 94.«

»Johnas? Der Teppichhändler?«

»Der Sohn des Teppichhändlers. Ihm ist das Frühstück im Hals steckengeblieben, und daran ist er erstickt. Nach dem Tod des Jungen ist die Ehe in die Brüche gegangen. Das ist vielleicht nicht so seltsam, scheint häufiger vorzukommen. Aber es gibt noch einen älteren Sohn, der jetzt bei der Mutter lebt.«

»Er hatte Bilder von dem Kleinen an der Wand«, sagte Skarre und schob die Hände in die Taschen. »Was soll das kleine Loch da oben?«

»Sicher hat da jemand was geklaut. Da hat wahrscheinlich ein Vogel oder ein Engel gesessen, das macht man doch oft bei Gräbern von kleinen Kindern.«

»Komisch, daß sie das nicht ersetzt haben. Das Grab

sieht ziemlich jämmerlich aus, wenn du mich fragst. Fast schon vernachlässigt. Ich dachte, nur alte Menschen würden so schnell vergessen.«

Sie drehten sich um und blickten auf die Felder, die den Friedhof auf allen Seiten umgaben. Die Lichter des nahegelegenen Pfarrhauses funkelten fromm in der blauen Dämmerung.

»Es ist vielleicht nicht so leicht herzukommen. Die Mutter wohnt jetzt in Oslo, das ist ziemlich weit.«

»Johnas braucht nur zwei Minuten.« Skarre schaute in die andere Richtung, zum Fagerlundsås hinüber, dessen Häuser unterhalb der Kuppe glitzerten.

»Er kann die Kirche vom Wohnzimmerfenster aus sehen«, sagte Sejer. »Das habe ich mir bei unserem Besuch gemerkt. Vielleicht reicht ihm das.«

»Jetzt hat er seine Welpen.«

Sejer schwieg.

»Und was machen wir jetzt?«

»Ich weiß nicht so recht. Aber dieser kleine Junge ist gestorben.« Sejer sah sich noch einmal das Grab an und runzelte die Stirn. »Und Annie war danach wie ausgewechselt. Warum hat sie das so schwer genommen? Sie war ein robustes, durchsetzungsfähiges Mädchen. Stimmt das denn nicht, daß gesunde, normale Menschen alles mögliche überwinden? Sind wir nicht so geschaffen, daß wir den Tod akzeptieren und weiterleben, jedenfalls nach einiger Zeit?«

Plötzlich ging ihm auf, was er da sagte, und sofort verstummte er. Leicht verwirrt kniete er nieder und betrachtete ein weiteres Mal das fast nackte Grab, während seine Finger sich ziellos im spärlichen Blattwerk zu schaffen machten.

»Daß sie trotzdem so reagiert hat, obwohl sie robust war, was hat das zu bedeuten?«

»Ach, ich weiß nicht. Ich weiß auch nicht, worauf ich hinauswill.«

»Wie bringt jemand es über sich, von einem Grab zu stehlen?« fragte Skarre.

»Daß du das nicht fassen kannst«, erwiderte Sejer und erhob sich, »ist sicher ein gutes Zeichen.«

Sie gingen zum Auto zurück.

»Glaubst du an Gott?« fragte Skarre plötzlich.

Sejer verzog den Mund auf seltsam schmollende Weise. »Tja, nein, ich glaube nicht. Ich glaube wohl eher – an eine Art Kraft«, sagte er mühsam.

Skarre lächelte. »Das habe ich schon häufiger gehört. Diese *Kraft* ist irgendwie salonfähiger. Schon komisch, wie schwer es uns fällt, ihr einen Namen zu geben. Natürlich ist das Wort Gott stark belastet. Aber was glaubst du, wo diese Kraft uns hinführt?«

»Ich habe Kraft gesagt«, erklärte Sejer. »Nicht Wille.«

»Du glaubst also an eine willenlose Kraft?«

»Das habe ich auch nicht gesagt. Ich nenne es einfach Kraft, und inwieweit sie von einem Willen gelenkt wird oder nicht, ist eine offene Frage.«

»Aber eine willenlose Kraft bringt doch nichts, oder?«

»Du läßt ja wirklich nicht locker. Versuchst du, auf unbeholfene Weise deinen Glauben zu bekennen?«

»Ja«, sagte Skarre einfach.

»Du meine Güte! Was man alles nicht weiß!« Sejer dachte ein wenig über diese unerwartete Auskunft nach und murmelte schließlich: »Die Sache mit dem Glauben habe ich nie begreifen können.«

»Wieso nicht?«

»Ich verstehe nicht so ganz, was dazugehört.«

»Es geht einfach darum, Stellung zu beziehen. Man entscheidet sich für eine Haltung dem Leben gegenüber, und diese Haltung hilft einem immer weiter. Sie gibt uns einen Ursprung und Leben und Tod einen Sinn, der unvorstellbar befriedigend ist.«

»Stellung beziehen? Hat der Glaube dich nicht einfach eines Tages erfüllt?«

Skarre öffnete den Mund und stieß ein glucksendes Lachen aus, das an Südküste, Schärengürtel und Salzwasser erinnerte.

»Wir machen uns alles immer so schwer. Und dabei ist die Sache ganz einfach: Wir brauchen nicht alles zu verstehen. Wir müssen vor allem fühlen. Das Verständnis stellt sich dann nach und nach ein.«

»Von mir aus gern«, sagte Sejer.

»Ich weiß genau, was bei dir Sache ist.« Skarre grinste. »Du glaubst nicht an Gott, aber das Perlentor siehst du trotzdem deutlich vor dir. Und wie die meisten hoffst du, daß Sankt Petrus über seinem dicken Buch eingeschlafen ist und daß du in einem unbewachten Augenblick in den Himmel schlüpfen kannst.«

Sejer lachte herzlich und aus voller Seele und machte etwas, das er nie für möglich gehalten hätte. Er legte Skarre den Arm um die Schultern und versetzte ihm einen Klaps.

Sie hatten das Auto erreicht. Sejer zupfte ein dünnes Ahornblatt weg, das auf der Windschutzscheibe klebte.

»Ich hätte einen neuen Vogel gekauft«, sagte Skarre, »und ihn am Stein ordentlich festgelötet, wenn das mein Kind gewesen wäre.«

Sejer ließ den alten Peugeot an, der erst eine Weile vor sich hin brummen durfte.

»Ich auch.«

Halvor saß noch immer vor dem Bildschirm. Er hatte nicht angenommen, daß es leicht sein würde, denn nichts in seinem Leben war leicht gewesen. Es konnte

Monate dauern, aber das schreckte ihn nicht ab. In Gedanken ging er immer wieder durch, welche Bücher sie gelesen und welche Schallplatten sie gehört hatte, und er versuchte es mit einem Titel, einem Namen aus einem Buch oder mit Begriffen und Redewendungen, die zu ihrem normalen Sprachgebrauch gehört hatten. Oft starrte er einfach nur den Bildschirm an. Er interessierte sich sonst für nichts mehr, nicht für das Fernsehen und nicht für seinen CD-Spieler. Er saß allein in der Stille und lebte vor allem in der Vergangenheit. Das geheime Wort finden zu müssen diente ihm als Entschuldigung dafür, in der Vergangenheit zu bleiben, nicht nach vorn zu schauen. Außerdem gab es für ihn keine richtige Zukunft mehr, sondern nur noch Einsamkeit.

Seine Beziehung zu Annie war natürlich zu schön gewesen, um von Dauer sein zu können, das hätte er wissen müssen. Oft hatte er sich gefragt, was diese Beziehung eigentlich ausmachte und wie das alles enden würde.

Seine Großmutter sagte nichts, aber sie machte sich doch ihre Gedanken, zum Beispiel, daß er sich nützlich machen könnte, die kleine Rasenfläche hinter dem Haus mähen oder das Laub auf dem Hof zusammenfegen und vielleicht im Schuppen aufräumen. Das machte man nun einmal im Frühling. Man warf den Abfall weg, der sich im Winter angestaut hatte. Im Blumenbeet vor dem Haus mußte Unkraut gejätet werden, sie hatte selbst gesehen, wie die Tulpen kränkelten, Löwenzahn und Katzenschwänze hatten eine siegreiche Invasion durchgeführt. Er nickte jedesmal abwesend, wenn sie dieses Thema zur Sprache brachte, und setzte sich wieder an den Computer. Schließlich gab sie auf und dachte, was immer er da machte, müsse sicher sehr wichtig sein. Unter großen Mühen schaffte sie es, ihre Turnschuhe zuzubinden, und dann humpelte sie mit einer Krücke unter dem Arm aus dem Haus. Nicht oft war sie draußen auf dem Hof. Und nur an seltenen goldenen Tagen schaffte sie den Weg bis zum Laden. Sie stützte sich schwer auf die Krücke und ließ angesichts des Verfalls auf dem Hof den Kopf hängen. Dieser Verfall fand offenbar nicht nur in ihr statt. Alles wirkte grau und verwelkt, die Gebäude und der Hof, aber vielleicht ließ ganz einfach ihre Sehkraft zu sehr nach. Vielleicht kam auch alles zusammen. Sie stapfte über den Hof und öffnete die Schuppentür. Hatte sich plötzlich in den Kopf gesetzt, sich dort drinnen umzuschauen. Vielleicht waren die alten Gartenmöbel ja noch zu gebrauchen, auf jeden Fall konnten sie zur Zierde vor dem Haus stehen. Das sah gemütlich aus. Andere hatten ihre Gartenmöbel schon längst nach draußen gestellt. Sie tastete nach dem Lichtschalter an der Wand und knipste die Lampe an.

ASTRID JOHNAS BETRIEB im Osloer Westend eine Wollboutique.

Sie saß an einer Strickmaschine und war mit einem weichen Angorateil beschäftigt, einem Kleidungsstück für ein kleines Kind vielleicht. Er betrat den Laden, räusperte sich vorsichtig, blieb hinter ihrem Rücken stehen und bewunderte ihre Arbeit mit eher verständnisloser Miene.

»Das ist eine Wagendecke.« Sie lächelte. »Für den Kinderwagen. So was mache ich auf Bestellung.«

Er starrte sie an, zunächst ein wenig überrascht. Sie war um einiges älter als ihr Exmann. Aber vor allem war sie von seltener Schönheit, und diese Schönheit verschlug ihm einen Moment lang den Atem. Es war nicht Elises sanfte, zurückhaltende Schönheit, sondern eine überwältigende, dunkle. Wider Willen blieb sein Blick an ihrem Mund hängen. Erst dann bemerkte er ihren Duft, vielleicht weil sie eine Bewegung in seine Richtung machte. Sie roch wie ein Süßigkeitenladen, leicht nach Vanille.

»Konrad Sejer«, sagte er. »Polizei.«

»Das habe ich mir gedacht.« Sie lächelte ihn an. »Ab und zu habe ich mich wirklich gefragt, warum ihr das so deutlich ausstrahlt, selbst wenn ihr in Zivil seid.«

Er wurde nicht rot, fragte sich aber, ob er vielleicht in all den Jahren bei der Polizei einen besonderen Gang oder eine spezielle Art, sich anzuziehen, entwickelt haben könnte oder ob sie ganz allgemein schärfer beobachtete als die meisten anderen.

Sie erhob sich und knipste ihre Arbeitslampe aus.

»Kommen Sie mit ins Hinterzimmer. Ich habe ein kleines Büro für die Essenspausen und so.«

Auf sehr weibliche Art ging sie vor ihm her.

»Das mit Annie ist so schrecklich, daß ich fast nicht daran denken mag. Und ich habe so ein schlechtes Gewissen, weil ich nicht auf der Beerdigung war, aber es ist die Wahrheit, daß ich das einfach nicht über mich gebracht habe. Ich habe Blumen geschickt.«

Sie zeigte auf einen freien Stuhl.

Er starrte sie an, und langsam erfüllte ihn ein fast vergessenes Gefühl. Er war ganz allein mit einer schönen Frau, es war sonst niemand da, hinter dem er sich hätte verstecken können. Sie lächelte ihn an, als ob auch ihr dieser Gedanke gerade gekommen sei. Aber sie verlor nicht die Fassung. Sie war immer schon eine Schönheit gewesen.

»Ich habe Annie gut gekannt«, sagte sie. »Sie hat oft

für uns auf Eskil aufgepaßt. Wir hatten einen Sohn«, erklärte sie, »den wir im letzten Jahr verloren haben. Er hieß Eskil.«

»Das weiß ich.«

»Sie haben natürlich schon mit Henning gesprochen. Wir haben leider danach den Kontakt zu Annie verloren, sie hat uns nicht mehr besucht. Die Arme, sie hat mir so leid getan. Sie war doch erst vierzehn, da weiß man nicht so recht, was man sagen soll.«

Sejer nickte und machte sich an seinen Jackenknöpfen zu schaffen. Plötzlich war es sehr warm in dem kleinen Büro.

»Haben Sie überhaupt keine Vorstellung davon, wer es gewesen sein könnte?« fragte sie.

»Nein«, antwortete er ehrlich. »Vorläufig sammeln wir einfach nur Informationen. Und dann werden wir ja sehen, ob wir in die Phase übergehen können, die wir die ›taktische‹ nennen.«

»Ich fürchte, ich kann Ihnen nicht großartig weiterhelfen.« Sie starrte ihre Hände an. »Ich habe sie gut gekannt, als feines Mädchen, lieber und tüchtiger, als Mädchen sonst in diesem Alter sind. Sie war nie albern. Hat hart trainiert und sich in Form gehalten, war gut in der Schule. Und hübsch war sie noch dazu. Sie hatte einen Freund, einen Jungen namens Halvor. Aber vielleicht hatte sie inzwischen mit ihm Schluß gemacht?«

»Nein«, sagte Sejer leise.

Sie schwiegen eine Weile. Er wartete ab, ob sie dieses Schweigen beenden würde.

»Was möchten Sie wissen?« fragte sie schließlich.

Er schwieg noch immer und sah sie an. Sie war adrett und schlank, sie hatte braune Augen. Sie trug ausschließlich Stricksachen, eine einzige große Reklame für ihre Branche. Ein schönes Kostüm mit schmalem Rock und taillierter Jacke, tiefrot mit grünen und senfgelben Kanten. Schwarze flache Schuhe. Schlichte, glatte Frisur. Lippenstift in der Farbe ihres Kostüms. Bronzene Pfeilspitzen in den Ohren, teilweise in den dunklen Haaren versteckt. Sie war etwas jünger als er, an Augen und Mund zeigten sich die ersten feinen Linien. Der Sohn Eskil mußte ganz am Ende ihrer Jugend gekommen sein.

»Ich wollte einfach nur reden«, sagte er vorsichtig. »Ich suche nichts Bestimmtes. Sie hat also auf Eskil aufgepaßt?«

»Mehrmals die Woche«, sagte sein Gegenüber leise. »Sonst wollte niemand Eskil hüten, er war nicht besonders pflegeleicht. Die anderen zogen andere Kinder vor. Aber das haben Sie sicher schon gehört.«

»Ja, das ist erwähnt worden«, log er.

»Er war schrecklich aktiv, fast an der Grenze zum Anormalen. Ich glaube, das nennt man hyperaktiv. Sie wissen schon, immer auf Trab, keine Sekunde Ruhe.« Sie lachte kurz und hilflos. »Ich gebe das nicht gern zu, ich hoffe, Sie verstehen das. Aber er war ganz einfach ein schwieriges Kind. Annie kam besser mit ihm zurecht als die meisten anderen.« Sie brach ab und dachte kurz nach. »Und sie war recht oft bei uns. Wir waren ziemlich kaputt, Henning und ich, und es war wie eine Erlösung, wenn sie in der Tür stand und lächelte und sich um ihn kümmern wollte. Er saß in der Karre, und wir haben ihr Geld gegeben, damit sie ins Zentrum gehen und sich etwas Leckeres kaufen konnten. Schokolade und Eis und so. Dafür brauchten sie in der Regel eine Stunde, ich glaube, sie hat ganz bewußt herumgetrödelt. Ich hatte damals Nachtwachen im Pflegeheim und mußte tagsüber schlafen, deshalb war mir das sehr willkommen. Wir haben zwar noch einen Sohn, Magne, aber der war fast schon zu groß, um mit einem Kinderwagen durch die Gegend zu ziehen. Jedenfalls wollte er das nicht. Deshalb haben wir ihn verschont, das passiert Jungen ja oft.«

Wieder lächelte sie und setzte sich etwas anders hin. Immer, wenn sie sich bewegte, huschte ein Hauch von Vanille durchs Zimmer. Sie behielt die ganze Zeit die Tür im Auge, es kam jedoch niemand. Die Erwähnung ihres Sohnes schien irgendeine Unruhe in ihr ausgelöst zu haben. Ihr Blick war überall, nur nicht auf Sejers Gesicht gerichtet, er flog umher wie ein Vogel durch ein zu kleines Zimmer, über die Regale mit der Wolle, zum Tisch, durch den Laden.

»Wie alt war Eskil bei seinem Tod?« fragte Sejer.

»Siebenundzwanzig Monate«, flüsterte sie. Bei diesen Worten bewegte sie ruckhaft den Kopf.

»Ist das passiert, als Annie gerade auf ihn aufgepaßt hat?«

Sie blickte auf. »Um Himmels willen, nein! Ich hätte fast gesagt, zum Glück, das wäre wirklich entsetzlich gewesen. Die arme Annie hat es auch so schon schwer genug genommen, ohne daß sie die Verantwortung tragen mußte.«

Neue Pause. Er holte, so vorsichtig er konnte, Atem und nahm einen neuen Anlauf.

»Aber – was war das für ein Unfall?«

»Ich dachte, Sie hätten mit Henning gesprochen?« fragte sie überrascht.

»Das schon«, log Sejer. »Aber wir sind nicht in die Einzelheiten gegangen.«

»Ihm ist sein Essen im Hals steckengeblieben«, sagte sie leise. »Ich lag im ersten Stock im Bett. Henning war im Badezimmer und hat sich rasiert, er hat nichts gehört. Und Eskil hat sicher auch nicht geschrien, er hatte doch den Bissen in der Kehle stecken. Er war auf seinem Stuhl angeschnallt«, flüsterte sie. »Wissen Sie, mit so einem Sicherheitsgurt, der für Kinder in dem Alter eigentlich einen Schutz darstellen soll. Er aß gerade sein Frühstück.«

»Ich kenne diese Stühle, ich habe Kinder und Enkel«, sagte Sejer rasch.

Sie schluckte und erzählte weiter: »Henning hat ihn mit blauem Gesicht und im Gurt hängend vorgefunden. Der Krankenwagen hat über zwanzig Minuten gebraucht, und als er endlich da war, bestand keine Hoffnung mehr.«

»Der Krankenwagen kam vom Zentralkrankenhaus?«

»Ja.«

Sejer blickte in den Laden und entdeckte vor dem Schaufenster eine Frau, die eine dort ausgestellte Strickjacke bewunderte.

»Das ist also morgens passiert?«

»Am frühen Morgen«, flüsterte sie. »Am siebten November.«

»Und Sie haben die ganze Zeit geschlafen, stimmt das?«

Plötzlich starrte sie ihm sehr direkt in die Augen. »Ich dachte, Sie wollten über Annie sprechen?«

»Es wäre schön, noch mehr über Annie zu hören«, sagte er eilig und im gleichen Moment versetzte sein Gewissen ihm einen Stich.

Aber jetzt schwieg sie. Sie setzte sich gerade hin und verschränkte die Arme.

»Ich gehe davon aus, daß Sie mit allen im Krystall gesprochen haben?«

»Das stimmt.«

»Dann wissen Sie das doch schon alles?«

»Sicher. Aber mich interessiert Annies Reaktion auf diesen Unfall«, sagte er ehrlich. »Weil sie so heftig war.«

»Ist das denn ein Wunder?« fragte Astrid Johnas sofort, ihre Stimme klang jetzt ein wenig schroff. »Wenn ein zweijähriges Kind auf solche Weise stirbt. Eins, das sie so gut gekannt hat. Sie haben sehr aneinander gehangen, und Annie war stolz darauf, daß gerade sie so gut mit ihm fertigwurde.«

»Nein, das ist wirklich kein Wunder. Ich versuche nur festzustellen, wer sie war. *Wie* sie war.«

»Und das habe ich Ihnen erzählt. Ich will keine Schwierigkeiten machen, aber es fällt mir nicht leicht, darüber zu reden.« Wieder musterte sie ihn aus runden Augen. »Aber – Sie suchen doch wohl nach einem Sexualverbrecher?«

»Ich weiß nicht.«

»Nicht? Ach, ich bin sofort davon ausgegangen. Weil in der Zeitung stand, daß sie unbekleidet gefunden worden ist. Sie wissen ja, man liest die Zeitungen, und fast immer dreht sich alles um Sex.« Jetzt wurde sie rot und machte sich an ihren Fingern zu schaffen. »Aber was kann denn sonst der Grund gewesen sein?«

»Das ist ja gerade die Frage. Wir begreifen es nicht. Soviel wir wissen, hatte sie keine Feinde. Und wir können uns doch fragen, wenn nicht Sex das Motiv war, was dann?«

»Bei solchen Leuten spielt die Logik sicher keine so große Rolle. Ich meine, bei Verrückten. Die denken doch nicht so wie andere.«

»Wir wissen aber nicht, wie verrückt er ist. Nur können wir einfach im Moment kein Motiv erkennen. Wie lange waren Sie mit Henning Johnas verheiratet?«

Wieder stutzte sie. »Fünfzehn Jahre. Als wir geheiratet haben, war Magne gerade unterwegs. Henning – er ist um einiges jünger als ich«, sagte sie rasch, wie um etwas zu bestätigen, von dem sie ausging, daß es ihn verblüffte. »Eskil war das Resultat von ziemlich ausgiebigen Diskussionen, aber wir waren wirklich einer Meinung, das waren wir.«

»Eine Art Nachkömmling?«

»Ja.« Sie starrte an die Decke, so als hinge dort ein interessanter Gegenstand.

»Ihr Ältester ist jetzt also fast siebzehn?«

Sie nickte.

»Hat er Kontakt zu seinem Vater?«

Sie musterte ihn bestürzt. »Ja, natürlich! Er fährt oft nach Lundeby, um alte Freunde zu besuchen. Aber das ist nicht immer leicht für uns. Nach allem, was passiert ist.«

Das sah Sejer ein, er nickte.

»Besuchen Sie Eskils Grab oft?«

»Nein«, gab sie zu. »Aber Henning kümmert sich darum und hält es in Ordnung. Mir fällt das ein bißchen schwer. Solange ich weiß, daß das Grab gepflegt wird, kann ich es ertragen.«

Sejer dachte an das verwahrloste Grab und schwieg. Plötzlich wurde die Ladentür geöffnet, und ein sehr junger Mann betrat den Raum. Frau Johnas blickte auf.

»Magne! Hier bin ich!«

Sejer drehte sich um und starrte ihren Sohn an. Er sah seinem Vater sehr ähnlich, hatte aber mehr Haare und war muskulöser. Der Junge nickte abwartend und blieb in der Tür stehen, er war offenbar nicht zum Reden aufgelegt. Sein Gesicht war mürrisch und abweisend und paßte zu seinen schwarzen Haaren und den kräftigen Oberarmen.

»Ich muß weiter, Frau Johnas«, sagte Sejer und erhob

sich. »Sie müssen verzeihen, wenn ich noch einmal komme, aber vielleicht wird sich das als notwendig erweisen.«

Er nickte beiden zu und ging am Sohn vorbei durch die offene Tür. Frau Johnas blickte ihm hinterher und starrte dann mit gequälter Miene ihren Sohn an.

»Er ermittelt in dem Mord an Annie«, flüsterte sie. »Aber er wollte nur über Eskil reden.«

Vor dem Laden blieb Sejer kurz stehen. Neben der Tür stand ein Motorrad, das vielleicht Magne Johnas gehörte. Eine große Kawasaki. An diesem Motorrad lehnte eine junge Frau. Sie sah Sejer nicht, sie war mit ihren Fingernägeln beschäftigt. Vielleicht hatte sie einen Kratzer im Lack und versuchte, ihn mit einem anderen Nagel zu glätten. Sie trug eine kurze rote Lederjacke mit vielen Nieten, und ihren Kopf umgab eine Wolke von hellen Haaren, die ihn an das Engelshaar erinnerten, mit dem in seiner Kindheit die Weihnachtsbäume geschmückt worden waren. Plötzlich blickte sie auf. Er lächelte, und sie hielt mit der Hand ihre Jacke zusammen.

»Guten Tag, Sølvi«, sagte er und überquerte die Straße.

Langsam fuhr er über die Schnellstraße und versuchte, Ordnung in seine Gedanken zu bringen. Eskil Johnas. Ein schwieriges Kind, das außer Annie niemand hüten wollte. Und das plötzlich gestorben war, ganz allein, angeschnallt auf einem Stuhl, ohne daß irgendwer ihm hatte helfen können. Sejer dachte an seinen eigenen Enkel und schauderte, während er die Lundebysvinge und Halvors Haus ansteuerte.

Halvor Muntz stand in der Küche und schreckte frischgekochte Spaghetti unter kaltem Wasser ab.

Immer wieder vergaß er zu essen. Jetzt war ihm schwindlig, er war durcheinander, und das Valium, das er nachts genommen hatte, machte ihn tranig und träge. Das Wasser rauschte laut, deshalb hörte er nicht, wie Sejers Wagen vorfuhr. Bald darauf aber hörte er, wie seine Großmutter die Tür knallte. Er murmelte etwas vor sich hin und trottete in seinen Nike-Turnschuhen mit den schwarzen Streifen in der Küche umher. Es sah komisch aus. Auf der Anrichte standen eine Schüssel mit geriebenem Käse und eine Flasche Ketchup. Ihm fiel plötzlich ein, daß er die Spaghetti nicht gesalzen hatte. Im Wohnzimmer stöhnte seine Großmutter.

»Schau mal, was ich im Schuppen gefunden habe, Halvor!«

Mit dumpfem Aufprall fiel etwas auf den Boden. Er schaute durch die Tür.

»Eine alte Schultasche«, sagte die Großmutter. »Mit Heften. Es macht Spaß, in alten Schulheften zu blättern, ich wußte gar nicht, daß du sie aufbewahrt hast.«

Halvor trat zwei Schritte vor und erstarrte. An der Rucksackschnalle hing ein Flaschenöffner mit einer Colareklame.

»Die gehört Annie«, flüsterte er.

Ein Füllfederhalter hatte durch das Leder geleckt und um den Reißverschluß Tintenflecke hinterlassen.

»Hat sie sie hier vergessen?«

»Ja«, sagte Halvor rasch. »Ich stelle sie solange in mein Zimmer und bringe sie später zu Eddie.«

Die Großmutter sah ihn an und verzog ängstlich ihr runzliges Gesicht. Plötzlich tauchte aus dem halbdunklen Flur eine bekannte Gestalt auf. Halvor merkte, wie ihm das Herz schwer wurde, er erstarrte, stand wie angewachsen da, die Schultasche hielt er an einem Riemen in der Hand.

»Halvor«, sagte Sejer, »Sie müssen mit mir kommen.«

Halvor schwankte und mußte einen Schritt zur Seite machen, um nicht zu fallen.

Die Decke kam ihm entgegen und drohte, ihn zu erdrücken.

»Dann könnt ihr unterwegs Annies Schultasche abgeben«, sagte die Großmutter nervös und drehte immer wieder ihren viel zu großen Trauring. Halvor sagte nichts dazu. Das Zimmer drehte sich um ihn, der Schweiß brach ihm aus, die Hand mit der Schultasche zitterte. Die Tasche war nicht weiter schwer, Annie hatte alles ausgeräumt, was sie nicht unbedingt brauchte. In der Tasche lag nur noch die Undset-Biographie. *Die Herzen der Menschen*, der erste Band von *Kristin Lavranstochter* und ein Arbeitsheft. Und ihre Brieftasche, die ein Bild von Halvor enthielt, aus dem letzten Sommer, als er es geschafft hatte, ziemlich braun zu werden und einen hellblonden Schopf zu kriegen. Nicht so wie jetzt. Mit schweißnasser Stirn und vor Angst kreideweiß.

Die Stimmung war gedrückt. Normalerweise gelang es Sejer, Probleme aus dem Stand heraus anzugehen. Jetzt fühlte er sich überrumpelt.

»Sie verstehen doch, daß das sein muß?« fragte er.

»Ja.«

Halvor hob einen Fuß und musterte seinen Turnschuh, die zerfransten Schnürsenkel und die Sohle, die sich zu lösen drohte.

»Bei Ihnen im Schuppen ist Annies Schultasche gefunden worden, was Sie direkt mit dem Mord in Verbindung bringt. Verstehen Sie, was ich sage?«

»Ja. Aber Sie irren sich.«

»Als Annies Freund sind Sie ohnehin beobachtet

worden. Das Problem war, daß wir Sie nicht festnehmen konnten. Aber jetzt hat Ihre Großmutter unsere Arbeit erledigt. Damit hatten Sie sicher nicht gerechnet, Halvor, wo sie doch so schlecht zu Fuß ist. Plötzlich wollte sie im Schuppen aufräumen. Wer hätte auf diese Idee kommen sollen!«

»Ich habe keine Ahnung, wo die Tasche herkommt. Sie hat sie im Schuppen gefunden, mehr weiß ich nicht.«

»Hinter einer Schaumgummimatratze versteckt?«

Halvors Gesicht war schmutzig und bleicher denn je. Bisweilen zuckte sein Mundwinkel, so als wolle er sich nach langer Zeit endlich losreißen.

»Irgendwer will mir die Schuld zuschieben!«

»Wie meinen Sie das?«

»Irgendwer hat die Tasche dort abgestellt. Ich habe vor kurzem abends gehört, wie jemand um das Haus herumgeschlichen ist.«

Sejer lächelte traurig.

»Grinsen Sie nur«, sagte Halvor. »Aber das ist die Wahrheit. Jemand hat die Tasche dort abgestellt, um mir die Schuld zuzuschieben. Jemand, der weiß, daß wir zusammen waren. Und dann muß es doch jemand sein, den sie gekannt hat, oder?«

Trotzig blickte er den Hauptkommissar an.

»Ich bin immer davon ausgegangen, daß er sie gekannt hat«, sagte Sejer. »Ich glaube, er hat sie gut gekannt. Vielleicht so gut, wie Sie sie gekannt haben?«

»Ich war es nicht! Hören Sie? Ich war es nicht!«

Halvor wischte sich den Schweiß von der Stirn und versuchte sich zu beruhigen.

»Meinen Sie, es ist jemand, den wir vergessen haben, mit dem wir aber sprechen sollten?«

»Das weiß ich wirklich nicht.«

»Ein neuer Freund zum Beispiel.«

»Sie hatte aber keinen.«

»Wie können Sie da so sicher sein?«

»Das hätte sie mir gesagt.«

»Meinen Sie, Mädchen kommen angerannt, um alles einzugestehen, wenn die Gefühle eine neue Richtung einschlagen? Wie viele Freundinnen haben Sie schon gehabt, Halvor?«

»Sie hätte es mir gesagt. Sie haben Annie nicht gekannt.«

»Nein, stimmt. Und ich habe begriffen, daß sie anders war. Aber ab und zu war sie doch sicher so wie andere Mädchen. Wenigstens ab und zu, Halvor?«

»Andere Mädchen kenne ich nicht.«

Halvor wand sich auf seinem Stuhl. Bohrte einen Finger zwischen Gummi und Leinen in seinem Schuh und versuchte, beides auseinanderzudrücken.

»Suchen Sie lieber auf der Schultasche nach Fingerabdrücken.«

»Das werden wir natürlich machen. Aber es ist nicht schwer, Fingerabdrücke wegzuwischen. Ich habe den Verdacht, daß wir keinen einzigen finden werden, abgesehen von Ihrem und dem Ihrer Großmutter.«

»Ich habe die Tasche nicht angerührt. Jedenfalls nicht bis vorhin.«

»Wir werden sehen. Daß wir die Schultasche gefunden haben, gibt uns übrigens auch einen Grund, mal einen genaueren Blick auf Ihr Motorrad, Ihren Motorradanzug und Ihren Helm zu werfen. Und auf Ihr Haus. Möchten Sie irgend etwas trinken, ehe wir weitermachen?«

»Nein.«

Der Spalt im Schuh war jetzt schon ziemlich breit. Halvor zog seine Hand zurück.

»Muß ich heute nacht hierbleiben?«

»Ich fürchte ja. Wenn Sie die Sache von außen betrachten, sehen Sie sicher ein, daß uns nichts anderes übrigbleibt.«

»Für wie lange denn?«

»Wissen wir noch nicht.« Sejer blickte in das Jungengesicht auf der anderen Seite des Tisches und wurde ein wenig sanfter.

»Was arbeiten Sie eigentlich an Ihrem PC, Halvor? Sie sitzen stundenlang vor dem Bildschirm, jeden Tag nach der Arbeit und immer fast bis Mitternacht. Können Sie mir das sagen?«

Halvor blickte auf. »Lassen Sie mich etwa bespitzeln?«

»Im Grunde schon. Wir lassen im Moment sehr viele Leute bespitzeln. Schreiben Sie Tagebuch?«

»Ich spiele einfach nur. Schach zum Beispiel.«

»Mit sich selber?«

»Mit der Jungfrau Maria«, antwortete Halvor trocken.

Sejer schmunzelte. »Ich rate Ihnen, mir zu erzählen, was Sie wissen. Sie wissen etwas, Halvor, da bin ich mir sicher. Waren Sie zu zweit? Versuchen Sie, jemanden zu decken?«

»Ich sitze auf einem Holzstuhl, und mein Hintern ist schweißnaß«, sagte Halvor mürrisch.

»Wenn wir einen Haftbefehl durchsetzen können, werden wir Ihren Computer vielleicht beschlagnahmen.«

»Bitte sehr«, plötzlich lächelte Halvor, »aber Sie werden nicht hineinkommen.«

»Nicht hineinkommen? Warum nicht?«

Halvor machte den Mund zu und widmete sich wieder seinem Schuh.

»Weil Sie den Zugang gesperrt haben?«

Halvors Mund war wie ausgedörrt, aber er wollte nicht um eine Cola bitten. Zu Hause im Kühlschrank hatte er eine Flasche Malzbier, an die dachte er jetzt.

»Dann gehe ich davon aus, daß der PC etwas Wichtiges enthält, sonst hätten Sie das doch nicht gemacht?«

»Das war nur aus Jux.«

»Dürfte ich um etwas längere Sätze bitten, Halvor?«

»Es ist nicht wichtig. Es sind nur Kritzeleien, Zeug, das ich mir ausdenke, wenn ich mich langweile.«

Sejer erhob sich, sein Stuhl rutschte lautlos über den Linoleumboden nach hinten.

»Sie sehen durstig aus. Ich hole uns eine Cola.«

Sejer verschwand, und das Büro schloß sich um Halvor. Er hatte seinem Schuh inzwischen ein ziemliches Loch beigebracht und betrachtete nun seine schmutzige Tennissocke. Weit weg hörte er eine Sirene, konnte aber nicht feststellen, was für ein Alarm das war. Ansonsten hörte er in dem großen Haus ein regelmäßiges Summen, ungefähr wie im Kino, ehe der Film beginnt. Sejer kehrte mit zwei Flaschen und einem Öffner zurück.

»Ich mache ein bißchen das Fenster auf, ja?«

Halvor nickte. »Ich war es wirklich nicht.«

Sejer holte Plastikbecher und schenkte ein. Es schäumte über den Rand.

»Ich hatte doch keinen Grund.«

»So auf die Schnelle kann ich auch keinen sehen«, sagte Sejer. Er seufzte und trank. »Aber das braucht nicht zu bedeuten, daß Sie keinen hatten. Ab und zu gehen unsere Gefühle mit uns durch, und in der Regel ist die Antwort ganz einfach. Ist das Ihnen auch schon mal passiert?«

Halvor schwieg.

»Kennen Sie Raymond aus dem Kollevei?«

»Den Mongoloiden? Den sehe ich ab und zu auf der Straße.«

»Waren Sie je bei seinem Haus?«

»Ich bin vorbeigefahren. Er hat Kaninchen.«

»Haben Sie mit ihm gesprochen?«

»Nie.«

»Wissen Sie, daß Knut Jensvoll, Annies Handballtrainer, wegen Vergewaltigung gesessen hat?«

»Annie hat das erwähnt.«

»Haben auch andere das gewußt?«

»Keine Ahnung.«

»Kannten Sie den Jungen, den sie so oft gehütet hat? Eskil Johnas?«

Jetzt blickte Halvor verwundert auf. »Ja. Der ist tot.«

»Erzählen Sie von ihm.«

»Warum?« fragte Halvor überrascht.

»Erzählen Sie einfach.«

»Na ja, er war wohl – lieb und brav.«

»Lieb und brav?«

»Voller Energie.«

»Schwierig?«

»Ein bißchen anstrengend vielleicht. Konnte nicht stillsitzen. Ich glaube, er hat auch Medikamente bekommen. Mußte immer angebunden werden, auf seinem Stuhl und in der Karre. Ich war einige Male dabei, wenn Annie auf ihn aufgepaßt hat. Sie war als einzige dazu bereit. Aber Sie wissen ja, Annie …«

Er leerte seinen Becher und wischte sich über den Mund.

»Haben Sie seine Eltern gekannt?«

»Vom Sehen.«

»Und den älteren Sohn?«

»Magne? Auch nur vom Sehen.«

»Hat er sich je für Annie interessiert?«

»So wie alle. Lange Blicke, wenn sie vorüberkam.«

»Was haben Sie dazu gesagt, Halvor? Daß andere Ihrer Freundin lange Blicke nachgeworfen haben.«

»Erstens war ich daran gewöhnt. Und zweitens war Annie ziemlich abweisend.«

»Und doch ist sie mit einem anderen mitgegangen. Es gibt eine Ausnahme, Halvor.«

»Ja, ich weiß.« Halvor war müde. Er schloß die Augen. Die Narbe in seinem Mundwinkel schimmerte im Lampenlicht wie ein Silberfaden. »Vieles an Annie konnte ich nicht verstehen. Manchmal war sie wütend oder schrecklich gereizt, und wenn ich sie nach dem Grund fragte, wurde alles noch schlimmer, dann kläffte sie, daß sich nicht alles auf dieser Welt so einfach erzählen läßt.«

Er schnappte nach Luft.

»Sie hatten also das Gefühl, daß Annie etwas wußte? Etwas, das sie quälte?«

»Ich weiß nicht. Doch. Ich habe Annie viel über mich erzählt. Fast alles. Um ihr klarzumachen, daß es nicht gefährlich ist, sich jemandem anzuvertrauen.«

»Aber Ihre Geheimnisse waren offenbar nicht in der richtigen Größenordnung? Die von Annie waren schlimmer?«

Schlimmer hätten sie gar nicht sein können. Um nichts in der Welt.

»Halvor?«

»Irgend etwas«, sagte Halvor leise und öffnete die Augen wieder, »lag über Annie wie ein Deckel.«

Irgend etwas lag über Annie wie ein Deckel.

Dieser Satz war so fein formuliert, daß Sejer Halvor glaubte, das merkte er jetzt. Oder wollte er ihm vielleicht ganz einfach glauben? Und trotzdem. Die Schultasche im Schuppen. Das deutliche Gefühl, daß Halvor ihm etwas verheimlichte. Sejer starrte auf die Straße und reihte in Gedanken Sätze aneinander. Sie hütete gern Kinder. Das Kind, das sie am liebsten hütete, war besonders schwierig und außerdem tot. Sie konnte keine eigenen Kinder bekommen und hatte nicht mehr lange zu leben. Sie hatte einen Freund, den sie bisweilen ankläffte, sie machte Schluß und wollte dann doch wieder mit ihm zusammensein. Sie schien nicht gewußt zu haben, was sie wirklich wollte. Und all die Tatsachen ergaben für ihn keinen Sinn.

Er schob die Hände in die Taschen und überquerte den Parkplatz. Fand seinen Wagen und bugsierte ihn vorsichtig auf die Straße. Dann fuhr er in die Nachbargemeinde, in der Halvor seine Kinderschuhe – oder vielmehr den Mangel an solchen – ausgetreten hatte. Damals hatte das Lensmannsbüro in einer alten Villa gelegen, jetzt fand er es in einem neuen Einkaufszentrum, eingeklemmt zwischen Supermarkt und Finanzamt. Er wartete eine Weile im Vorzimmer und war tief in Gedanken versunken, als der Lensmann den Raum betrat. Eine blasse Hand mit Sommersprossen auf dem Handrücken drückte seine. Der Mann war Anfang Vierzig, schmal, schlecht pigmentiert in Haut und Haaren, mit schlecht verhohlener Neugier in den blaugrünen Augen. Aber absolut zuvorkommend. Einen Hauptkommissar aus einer anderen Gemeinde bekam er nicht jeden Tag zu Gesicht. Meistens hatte er das Gefühl, der Rest der Welt habe ihn vergessen.

»Nett, daß Sie die Zeit erübrigen können«, sagte Sejer und folgte ihm durch den Flur.

»Sie haben einen Mordfall erwähnt. Annie Holland?«

Sejer nickte.

»Ich habe das in den Zeitungen verfolgt. Und Sie sind vermutlich hier, weil Sie jemanden im Visier haben, den ich kenne? Habe ich das richtig verstanden?«

Er zeigte auf einen freien Sessel.

»Na ja, so ungefähr. Wir haben jemanden in U-Haft. Er ist eigentlich noch ein Junge, aber wir haben bei ihm zu Hause etwas gefunden, das uns keine Wahl gelassen hat.«

»Und die hätten Sie gern?«

»Ich glaube nicht, daß er es war.« Sejer lächelte über seine eigenen Worte.

»Ach was. Na, das kommt vor.« In der Stimme des Lensmanns lag keinerlei Ironie, er faltete seine blassen Hände und wartete.

»Im Dezember 92 ist hier im Bezirk ein Selbstmord verübt worden. Zwei Brüder wurden danach ins Kinderheim Bjerkeli gebracht, die Mutter landete in der psychiatrischen Abteilung des Zentralkrankenhauses. Ich wüßte gern mehr über Halvor Muntz, geboren 1976, Sohn von Torkel und Lily Muntz.«

Der Lensmann kannte diese Namen. Plötzlich machte er ein besorgtes Gesicht.

»Sie hatten damals mit dem Fall zu tun, nicht wahr?«

»Ja, leider, das hatte ich. Ich und ein jüngerer Beamter. Halvor, der Ältere, hat mich angerufen, bei mir zu Hause. Mitten in der Nacht. Ich weiß das Datum noch genau, es war der 13. Dezember, meine Tochter sollte am nächsten Tag in der Schule nämlich die Luzia spielen. Weil ich nicht allein da rausfahren wollte, habe ich einen gerade erst eingestellten Kollegen mitgenommen, bei dieser Familie wußte man nämlich nie, was einem bevorstand. Wir fuhren also zum Haus und fanden die Mutter auf dem Wohnzimmersofa, unter der Bettdecke versteckt, und die beiden Kinder im ersten Stock. Halvor sagte kein Wort. Er lag neben seinem kleinen Bruder im Bett und sah entsetzlich aus. Überall Blut. Wir haben sie untersucht, sahen, daß keine Lebensgefahr bestand, und atmeten erleichtert auf. Dann machten wir uns auf die Suche. Der Vater lag neben einem vergammelten Schlafsack im Holzschuppen. Sein halber Kopf war weggeschossen.«

Er verstummte, und Sejer konnte die Bilder, die in diesem Moment vor dem inneren Auge seines Gegenübers auftauchten, fast körperlich spüren.

»Es war nicht leicht, etwas aus den beiden herauszuholen. Sie klammerten sich aneinander und sagten kein Wort. Aber nach allerlei Hin und Her konnten wir Halvor entlocken, daß sein Vater den ganzen Tag über getrunken und sich dabei in eine wahnwitzige Wut hineingesteigert hatte. Er redete unzusammenhängend und schlug große Teile im Erdgeschoß kaputt. Die Jungen waren fast den ganzen Tag außer Haus gewesen, aber als der Abend kam und es kalt wurde, mußten sie irgendwann nach Hause. Halvor erwachte, als der Vater mit einem Brotmesser in der Hand über dem Bett stand. Er stach einmal auf Halvor ein, dann schien er zur Besinnung zu kommen. Er stürzte aus dem Zimmer, Halvor hörte die Tür ins Schloß fallen. Danach hörte er, wie der Vater sich mit der Schuppentür abmühte. Sie hatten auf dem Hof so einen altmodischen Holzschuppen. Nach einiger Zeit fiel dann ein Schuß. Halvor traute sich nicht, nach dem Rechten zu sehen, er schlich sich ins Wohnzimmer und rief mich an. Aber er konnte sich schon denken, was los war. Er hatte schreckliche Angst, seinem Vater könne etwas passiert sein. Das Jugendamt hatte schon seit Jahren ein Auge auf die Jungen, aber Halvor hatte sich immer gewehrt. Erst in dieser Nacht protestierte er nicht mehr.«

Der Lensmann erhob sich und lief im Zimmer hin und her. Er druckste ein wenig herum und schien nervös zu sein. Sejer hatte nicht vor, ihm aus der Verlegenheit herauszuhelfen.

»Schwer zu sagen, wie ihm zumute war. Halvor war ein sehr verschlossener Junge. Aber um ehrlich zu sein, verzweifelt war er wohl kaum. Eher auf irgendeine Weise zielgerichtet, vielleicht weil nun endlich sein neues Leben beginnen konnte. Der Tod seines Vaters war ein Wendepunkt. Er muß doch eine Erleichterung bedeutet haben. Die Kinder hatten immer Angst und bekamen nie, was sie brauchten.«

Wieder verstummte er. Kehrte Sejer noch immer den Rücken zu und wartete auf einen Kommentar. Schließlich wollte der Hauptkommissar etwas von ihm, nicht umgekehrt. Aber nichts geschah. Der Lensmann schien über einer Bemerkung zu brüten, dann drehte er sich endlich um.

»Wir haben erst später angefangen, uns Gedanken zu machen.« Er ging zu seinem Sessel zurück. »Der Vater lag im Schlafsack. Er hatte Jacke und Stiefel ausgezogen und sogar seinen Pullover aufgerollt und sich unter den Kopf gelegt. Ich meine, er hatte sich wirklich schlafen gelegt. Nicht«, sagte er und holte Atem, »zum Sterben. Deshalb sind wir hinterher auf den Gedanken gekommen, daß ihm durchaus jemand in die Ewigkeit hinübergeholfen haben könnte.«

Sejer schloß die Augen. Er rieb energisch an einer Augenbraue herum und sah kleine Schuppen herunterrieseln.

»Sie meinen Halvor?«

»Ja«, sagte der Lensmann düster. »Ich meine Halvor. Halvor kann ihm gefolgt sein. Dann hat er gesehen, daß sein Vater schlief, hat das Schrotgewehr in den Schlafsack geschoben, zwischen die Hände seines Vaters, und abgedrückt.«

Sejer lief es kalt den Rücken hinunter.

»Was haben Sie unternommen?«

»Nichts.« Der Lensmann breitete in einer Geste der Hilflosigkeit die Hände aus. »Wir haben rein gar nichts unternommen. Wir hatten schließlich keinerlei konkrete Anhaltspunkte. Abgesehen von der Tatsache, daß der Vater in seinem Suff fast schon bewußtlos war und es sich gemütlich gemacht hatte, indem er die Stiefel ausgezogen und seinen Pullover zum Kissen gemacht hatte. Die Wunde war typisch für einen Selbstmörder. Kontaktschuß, mit Einschußöffnung unter dem Kinn und Ausstoß oben auf dem Kopf. Kaliber sechzehn. Keine anderen Fingerabdrücke auf dem Gewehr. Keine verdächtigen Fußspuren vor dem Schuppen. Wir hatten, im Gegensatz zu Ihnen, eine Wahl. Aber Sie würden das vielleicht anders nennen. Pflichtversäumnis oder grobe Unachtsamkeit?«

»Ich könnte auch noch schlimmere Bezeichnungen finden.« Sejer lächelte plötzlich. »Wenn ich wollte. Aber haben Sie mit ihm geredet?«

»Wir haben ihn routinemäßig zum Verhör geholt, schließlich war ein Schuß gefallen. Aber wir sind nicht weitergekommen. Sein Bruder war erst sechs, er kannte die Uhr noch nicht und konnte deshalb Halvors Zeitangaben weder bestätigen noch widerlegen. Die Mutter war vollgepumpt mit Valium, und keiner der Nachbarn hatte den Schuß gehört. Die Familie wohnte ziemlich abgelegen, in einem häßlichen Haus, in dem ursprünglich ein Lebensmittelladen untergebracht war. Einem grauen Steinhaus mit steiler Außentreppe und einem einzigen großen Fenster neben der Tür.«

Er fuhr sich über die Oberlippe, obwohl kein Tropfen an seiner Nase gehangen hatte.

»Aber zum Glück sprach einiges dagegen.«

»Zum Beispiel?«

»Wenn wirklich Halvor geschossen hätte, dann hätte er neben seinem Vater auf dem Bauch liegen, dem das Gewehr auf den Bauch pressen und die Mündung unter sein Kinn halten müssen. Bei dem Schußwinkel war nichts anderes möglich. Hätte ein Fünfzehnjähriger mit zerschnittener Wange das geschafft?«

»Nicht unmöglich. Wer jahrelang mit einem Psychopathen zusammenwohnt, lernt sicher allerlei Tricks. Halvor ist schließlich nicht dumm.«

»Waren Sie ein Paar? Er und die kleine Holland?«

»Eine Art Paar«, antwortete Sejer. »Ihre Annahme macht mich durchaus nicht froh, aber ich muß sie wohl in Betracht ziehen.«

»Sie müssen das also veröffentlichen?«

»Wenn Sie mir eine Kopie Ihrer Unterlagen geben, ist mir schon geholfen. Aber nach so langer Zeit läßt sich sicher ohnehin nichts mehr beweisen. Ich glaube, Sie können ganz ruhig sein. Ich habe selber auf dem Land gearbeitet, ich weiß, wie das ist. Man ist den Leuten zu nahe.«

Der Lensmann starrte traurig aus dem Fenster. »Jetzt habe ich Halvor geschadet, indem ich Ihnen das erzählt habe. Er hätte etwas Besseres verdient. Er ist der fürsorglichste Junge, der mir je über den Weg gelaufen ist. Er hat sich die ganzen Jahre um seine Mutter und seinen Bruder gekümmert, und ich habe gehört, daß er jetzt bei der alten Frau Muntz lebt und sie pflegt.«

»Stimmt.«

»Dann findet er endlich eine Freundin. Und es muß

ein solches Ende nehmen … wie geht es ihm, behält er den Kopf über Wasser?«

»Ja, das schon. Vielleicht erwartet er vom Leben nichts anderes als eine Reihe von Katastrophen.«

»Wenn er seinen Vater umgebracht hat«, sagte der Lensmann und blickte Sejer in die Augen, »dann war das Notwehr. Es galt Halvor oder der Alte. Ich kann mir einfach nicht vorstellen, daß er aus einem anderen Grund töten könnte. Deshalb ist es nicht gerecht, diese Sache gegen ihn zu verwenden. Diese Episode, die wir ohnehin nie ganz aufklären konnten. Im nachhinein habe ich das Problem für mich dadurch gelöst, daß ich ihn freigesprochen habe. Daß ihm meine Zweifel zugute gekommen sind.« Er fuhr sich mit der Hand über den Mund. »Die arme Lily wußte sicher nicht, was sie tat, als sie Torkel Muntz geheiratet hat. Mein Vater war vor mir hier Lensmann, und mit Torkel Muntz hat es immer Probleme gegeben. Er war ein Streithammel, aber auch ein fescher Mann. Und Lily war hübsch. Allein hätten beide es zu etwas bringen können. Aber manche Kombinationen funktionieren einfach nicht, was?«

Sejer nickte. »Wir haben nachher eine Besprechung, und dann müssen wir entscheiden, ob wir Anklage erheben wollen. Ich fürchte …«

»Ja?«

»Ich fürchte, ich kann die anderen nicht überreden, Halvor die Untersuchungshaft zu ersparen. Jetzt nicht mehr.«

Holthemann blätterte in den Unterlagen und starrte seine Leute an, als wolle er durch die Macht seines Blickes ein Ergebnis erzwingen. Der Abteilungschef war ein Mann, dem man, wenn er zum Beispiel in einem Supermarkt in der Warteschlange hinter einem gestanden hätte, niemals Mut oder Macht zugetraut hätte. Er war ausgedörrt und grau wie trockenes Gras, hatte eine blanke, schwitzende Halbglatze und einen trüben, von Bifokalgläsern zerschnittenen Blick.

»Was ist mit diesem Sonderling oben im Kollevei?« fragte er als erstes. »Wie gründlich habt ihr dem auf die Finger geschaut?«

»Raymond Låke?«

»Ihm gehört die Jacke, mit der die Leiche zugedeckt war. Und Karlsen sagt, es seien Gerüchte im Umlauf.«

»Davon gibt es viele«, sagte Sejer kurz. »Was genau meinst du?«

»Zum Beispiel wird behauptet, daß er durch die Gegend fährt und den Mädchen hinterhersabbert. Es gibt auch Gerüchte über seinen Vater. Daß dem nichts fehlt, sondern daß er nur auf dem Rücken liegt und Pornos liest und den armen Jungen alle Arbeit machen läßt. Vielleicht hat Raymond heimlich ein wenig gelesen und sich davon inspirieren lassen.«

»Ich bin davon überzeugt, daß wir es mit einem Mann aus Annies engster Umgebung zu tun haben«, sagte Sejer. »Und ich glaube, er versucht uns hinters Licht zu führen.«

»Du glaubst Halvor also?«

Sejer nickte. »Außerdem haben wir noch einen geheimnisvollen Mann, der bei Raymond aufgetaucht ist und ihm eingeredet hat, das Auto sei rot gewesen.«

»Was für eine Geschichte! Vielleicht war das ein harmloser Wanderer. Raymond ist doch ein Trottel! Glaubst du ihm?«

Sejer biß sich auf die Lippe. »Gerade deshalb. Ich

glaube, er ist nicht gerissen genug, um sich so eine Geschichte auszudenken. Ich glaube wirklich, daß jemand da war und mit ihm gesprochen hat.«

»Also derselbe, der um Halvors Haus herumgeschlichen ist? Und der die Schultasche im Schuppen versteckt hat?«

»Zum Beispiel. Ja.«

»Diese Gutgläubigkeit sieht dir aber gar nicht ähnlich, Konrad. Hast du dich von einem Trottel und einem Milchbubi derart einwickeln lassen?«

Sejer fühlte sich ausgesprochen unwohl in seiner Haut. Dieser Tadel gefiel ihm nicht, und vielleicht ließ er ja wirklich die Tatsachen von Gefühl und Glauben überschatten. Halvor hatte Annie am nächsten gestanden. Er war ihr Freund gewesen.

»Konnte Halvor irgendwelche Einzelheiten erzählen?« fragte Holthemann jetzt. Er erhob sich und setzte sich auf den Schreibtisch, wodurch er auf Sejer hinunterblicken konnte.

»Er hat gehört, wie ein Auto anfuhr. Möglicherweise ein altes, vielleicht mit einem kaputten Zylinder. Und zwar unten auf der Hauptstraße.«

»Da ist ein Wendeplatz. Da halten viele an.«

»Das weiß ich auch. Ich möchte ihn laufenlassen. Der haut schon nicht ab.«

»Nachdem du uns erklärt hast, daß er vielleicht ohnehin ein Mörder ist. Einer, der unter Umständen kaltblütig seinen eigenen Vater umgebracht hat. Ich finde, du gehst zu weit, Konrad.«

»Aber er hat Annie geliebt, wirklich, auf seine eigene seltsame Weise. Obwohl sie ihn fast nicht an sich herangelassen hat.«

»Da ist er sicher ungeduldig geworden und hat die Beherrschung verloren. Und wenn er seinem Vater den

Kopf weggeschossen hat, dann steckt in dem jungen Mann doch allerhand Sprengstoff.«

»Wenn er seinen Vater wirklich umgebracht hat, was wir nun einmal nicht wissen, dann hatte er keine Wahl. Nach Jahren der Mißhandlung und der Verwahrlosung schien die Familie zugrunde zu gehen. Und der Vater hatte ihm die Wange zerschnitten. Ich glaube, er wäre freigesprochen worden.«

»Sehr gut möglich. Aber Tatsache ist, daß er möglicherweise zu einem Mord fähig ist. Das sind nicht alle. Was meinst du, Skarre?«

»Ich stelle mir einen älteren Täter vor«.

»Warum das?«

»Annie war ungeheuer fit. Sie wog fünfundsechzig Kilo, und dieses Gewicht bestand vor allem aus Muskeln. Halvor wiegt nur dreiundsechzig, sie waren also fast ebenbürtig. Wenn wirklich Halvor sie ins Wasser gestoßen hätte, dann hätte Annie sich so sehr dagegen gewehrt, daß sie äußere Verletzungen davongetragen hätte, Kratzer oder Schrammen. Aber alles weist darauf hin, daß der Täter ihr einwandfrei überlegen war, vermutlich war er viel schwerer als sie. Nach allem, was ich gesehen habe, glaube ich, daß Annie Halvor physisch überlegen war. Ich meine nicht, daß er es nicht geschafft hätte, aber zweifellos hätte es ihn sehr viel Mühe gekostet.«

Sejer nickte stumm.

»Na gut. Das klingt immerhin plausibel. Aber dann stehen wir eigentlich am Nullpunkt. Wir haben in Annies Nähe doch keine anderen Personen mit einem möglichen Motiv gefunden?«

»Auch Halvor hat kein greifbares Motiv.«

»Er hatte den Rucksack, und außerdem war er ihr gefühlsmäßig am nächsten. Ich muß hier die Verantwortung übernehmen, und ich fühle mich nicht besonders wohl dabei, Konrad. Was ist mit Axel Bjørk? Verbittert und versoffen, mit gefährlichem Temperament? Findet ihr bei dem nichts?«

»Wir haben keinen Grund zu der Annahme, daß Bjørk am fraglichen Tag in Lundeby war.«

»Na gut. Und wie ich gelesen habe, interessiert ihr euch ohnehin mehr für einen zweijährigen Knirps?« Er lächelte, wenn auch nicht direkt herablassend.

»Nicht für den Jungen. Sondern für Annies Reaktion auf seinen Tod. Wir haben versucht, einen Grund für ihre Persönlichkeitsveränderung zu finden, und vielleicht hat die etwas mit dem Jungen zu tun. Oder damit natürlich, daß sie krank war. Ich hatte eigentlich gehofft, etwas anderes zu finden.«

»Was denn zum Beispiel?«

»Weiß nicht so recht. Das ist ja gerade das Schwierige in diesem Fall, daß wir keine Ahnung haben, nach was für einer Sorte Mann wir suchen.«

»Nach einem Henker vielleicht. Er hat ihren Kopf unter Wasser gedrückt, bis sie tot war«, sagte Holthemann brutal. »Ansonsten hat sie nicht einmal einen Kratzer abbekommen.«

»Deshalb glaube ich, daß sie nebeneinander am Ufer gesessen und miteinander geredet haben. Ganz im Vertrauen. Vielleicht hatte er auf irgendeine Weise Macht über sie. Plötzlich legt er ihr eine Hand in den Nacken und stößt sie kopfüber ins Wasser. Von einer Sekunde zur anderen. Diese Eingebung kann ihm schon früher gekommen sein, vielleicht als sie noch im Auto saßen oder auf dem Motorrad.«

»Er muß doch naß und verdreckt gewesen sein«, murmelte Skarre.

»Aber im Kollevei ist kein Motorrad beobachtet worden?«

»Nur ein Auto mit hohem Tempo. Der Besitzer von dem Laden in Horgen dagegen kann sich an das Motorrad erinnern. An Annie nicht. Johnas hat auch nicht gesehen, daß sie sich auf das Motorrad gesetzt hat. Er hat sie abgesetzt, das Motorrad entdeckt und gesehen, daß Annie darauf zuging.«

»Gibt es sonst noch etwas Neues?«

»Magne Johnas.«

»Was ist mit ihm?«

»Eigentlich nicht viel. Er scheint sich mit Anabolika vollzustopfen, und außerdem hat er Annie ab und zu nachgeglotzt. Sie hat ihn abblitzen lassen. Vielleicht ist er der Typ, der mit einer Abfuhr nicht fertigwird. Außerdem war er ab und zu in Lundeby und hat alte Freunde besucht, und er hat ein Motorrad. Jetzt hat er sich übrigens an Sølvi herangemacht. Wir können ihn jedenfalls nicht einfach übergehen.«

Holthemann nickte. »Aber Raymond und sein Vater, was ist mit denen? Wissen wir nicht, daß Raymond längere Zeit nicht im Haus war?«

»Er war im Laden, und als er zurückkam, hat er einige Zeit Ragnhild beim Schlafen zugesehen.«

»Steinhartes Alibi, Konrad.« Holthemann lächelte. »Ich habe den Eindruck, er ist ein impulsiver und unreifer Muskelprotz mit der Gehirnkapazität eines Fünfjährigen.«

»Genau. Und fünfjährige Mörder gibt es nicht allzu oft.«

Holthemann schüttelte den Kopf. »Aber Mädchen mag er?«

»Ja. Aber ich glaube nicht, daß er weiß, was er mit ihnen anfangen könnte.«

»Du gibst wirklich nicht auf. Andererseits weiß ich ja, daß du einen guten Riecher hast. Allerdings mußt du dir eins klar vor Augen halten.« Er hob plötzlich scherzhaft einen Finger und zeigte auf Sejer. »Du bist nicht die Hauptperson in irgendeinem Kriminalroman. Versuch, einen klaren Kopf zu behalten!«

Sejer legte den Kopf in den Nacken und lachte so herzlich los, daß Holthemann zusammenzuckte.

»Habe ich irgend etwas falsch verstanden?«

Er schob einen Finger unter sein Brillenglas und rieb sich heftig das Auge. Dann zwinkerte er mehrere Male und sagte: »Na gut. Wenn nicht bald etwas passiert, werde ich Anklage gegen Halvor erheben. Warum sollte zum Beispiel der Mörder die Schultasche mit nach Hause genommen haben?«

»Wenn sie mit dem Auto gekommen sind, haben sie es am Wendeplatz abgestellt, und dann hat Annie ihre Tasche sicher im Wagen gelassen«, meinte Sejer. »Und danach hat er es vielleicht nicht mehr über sich gebracht, noch einmal zum Weiher zu gehen und die Tasche ins Wasser zu werfen.«

»Klingt plausibel.«

»Noch eine Frage«, sagte Sejer und fing den Blick seines Chefs auf. »Wenn der Fingerabdruck auf Annies Gürtelschnalle nicht von Halvor stammt – läßt du ihn dann laufen?«

»Das muß ich mir erst überlegen.«

Sejer erhob sich und ging zu der Karte an der Wand, auf der der Weg vom Krystall um den Kreisverkehr bis zum Laden und dann über den Kollevei zum Weiher rot markiert war. Annie wurde durch mehrere kleine grüne Magneten dargestellt, an den Stellen, wo sie unterwegs gesehen worden war. Sie sah aus wie der grüne Mann an der Verkehrsampel. Ein Magnet befand sich vor dem Haus im Krystall, einer an der Kreuzung beim Gneisvei, die sie überquert hatte, um eine Abkürzung zu nehmen, ein dritter hing neben dem Kreisverkehr, wo eine Frau gesehen hatte, daß sie zu Johnas ins Auto gestiegen war. Ein Magnet klebte vor dem Laden. Auch Johnas' Wagen und ein Motorrad waren dort markiert. Sejer nahm eine der Anniefiguren, die beim Laden, mit zwei Fingern von der Karte und steckte sie in die Tasche.

»Wer steht ihr eigentlich am nächsten?« murmelte er. »Halvor? Wie groß ist die Möglichkeit, daß jemand sie in der kurzen Zeit, nachdem sie den Laden verlassen hatte und ehe sie gefunden wurde, auflesen konnte? Der Motorradfahrer hat sich nicht gemeldet. Und niemand hat sie auf dem Motorrad gesehen.«

»Vielleicht war sie mit jemandem verabredet?«

»Ja, mit Anette.«

»Das hat sie Ada Holland erzählt. Vielleicht hatte sie auch ein Rendezvous«, sagte Holthemann.

»Dann hat sie aber riskiert, daß Anette bei ihr zu Hause anrief, um sich nach ihr zu erkundigen.«

»Sie kannten sich gut. Anette hat nicht angerufen.«

»Das ist richtig, das weiß ich. Aber angenommen, sie ist nie aus Johnas' Wagen ausgestiegen. Angenommen, die Sache ist so einfach.« Er erhob sich und machte ein paar Schritte, während seine Gedanken durcheinanderwirbelten. »Wir haben doch nur Johnas' Behauptungen.«

»Soviel ich weiß, ist er ein respektabler Geschäftsmann mit eigener Galerie und tadellosem Leumund. Außerdem war er Annie Dank schuldig, weil sie ihn immer wieder von einem schwierigen Kind befreit hat.«

»Genau. Sie kannte ihn. Und er mochte sie.« Sejer schloß die Augen. »Vielleicht hat sie einen Fehler gemacht.«

»Was hast du gesagt?« Holthemann spitzte die Ohren.

»Ich frage mich, ob sie einen Fehler begangen hat.«

»Natürlich hat sie das. Sie ist ganz allein mit einem Mörder an eine einsame Stelle gegangen.«

»Das auch. Aber schon vorher. Sie hat ihn unterschätzt. Hat sich sicher gefühlt.«

»Er trug wohl kaum ein Plakat um den Hals«, sagte Holthemann trocken.

»Und wenn sie ihn besser gekannt hat? Wenn sie so vorsichtig war, wie alle behaupten, dann müssen sie sich sehr gut gekannt haben.«

»Vielleicht hatten sie ein gemeinsames Geheimnis.«

»Ein Bett, zum Beispiel?« Holthemann lächelte.

Sejer stellte Annie wieder vor den Laden und drehte sich mit skeptischer Miene um.

»Es wäre nicht das erste Mal.« Der Abteilungsleiter lächelte noch immer. »Manche junge Mädchen mögen nun mal ältere Männer. Wie ist das, Konrad, ist dir so was aufgefallen?« Nun lächelte er lüstern.

»Halvor sagt nein«, antwortete Sejer knapp.

»Natürlich. Er kann die Vorstellung nicht ertragen.«

»Eine Beziehung, die sie an die Öffentlichkeit bringen wollte, meinst du das? Irgendwer mit Weib und Kind und hohem Gehalt?«

»Ich denke nur laut.«

Sejer nickte.

»Halvor hat ja immerhin einen Versuch machen dürfen. Meiner Meinung nach sind alle Männer im Krystall mögliche Kandidaten. Sie haben sie jeden Tag gesehen, sommers wie winters, wenn sie durch die Straße gegangen ist. Haben gesehen, wie sie herangewachsen und immer attraktiver geworden ist. Sie haben sie mitgenommen, wenn sie irgendwohin wollte, sie hat ihre Kinder gehütet, ist in ihren Häusern ein und aus gegangen, hatte Vertrauen zu ihnen. Wir haben es mit erwachsenen Männern zu tun, die sie gut gekannt hat, gegen die sie arglos war, wenn sie ihr über den Weg liefen. Einundzwanzig Häuser, ihr eigenes abgezogen, macht zwanzig Männer. Fritzner, Irmak, Silberg, Johnas, das ist eine ganze Menge. Vielleicht hat einer von ihnen in aller Heimlichkeit nach ihr gesabbert.«

»Nach ihr gesabbert? Aber er hat trotzdem nicht zugelangt.«

»Vielleicht ist er dabei gestört worden.«

Sejer starrte die Karte an der Wand an. Es gab so viele Möglichkeiten. Er begriff nicht, wie jemand einen Menschen töten, ihn ansonsten aber nicht anrühren konnte. Daß der Mann den toten Körper nicht berührt hatte, nicht nach Schmuck oder Geld gesucht oder sichtbare Hinweise auf Verzweiflung, Wut oder irgendeine perverse Neigung hinterlassen hatte. Sondern sie ordentlich hingelegt hatte, hilfsbereit, rücksichtsvoll, neben ihren Kleidern. Er hob die letzte Anniefigur ab. Umklammerte sie mit zwei Fingern und steckte sie dann fast widerwillig wieder an Ort und Stelle.

Danach ging Sejer langsam zum Weiher.

Er horchte, versuchte sie sich vorzustellen, wie sie den Weg entlanggeschlendert waren. Annie in Jeans und blauem Pullover, neben ihr ein Mann. Er sah einen vagen Umriß vor sich, einen dunklen Schatten, ziemlich sicher älter und größer als sie. Vielleicht unterhielten sie sich unterwegs gedämpft, vielleicht über etwas Wichtiges. Sejer hatte seine Vorstellung von dem, was passiert war. Der Mann gestikulierte und erklärte, Annie schüttelte den Kopf, er ging weiter, versuchte sie zu überreden, die Temperatur stieg. Sie näherten sich dem Weiher, sahen durch die Bäume hindurch das Wasser glitzern. Der Mann setzte sich auf einen Stein, hatte sie noch nicht angerührt, sie setzte sich zögernd neben ihn. Der Mann war sehr beredt, gebieterisch, freundlich, vielleicht auch bettelnd, so richtig wußte Sejer das nicht. Dann sprang er plötzlich auf und machte sich über sie her, ein lautes Platschen ertönte, als sie auf das Wasser auftraf. Nun benutzte er beide Hände und sein ganzes Körpergewicht, einige Vögel flatterten verschreckt auf, Annie preßte den Mund zusammen, um kein Wasser in die Lunge zu bekommen. Sie wehrte sich, kratzte mit den Fingern im Schlamm herum, und rote, schwindelnde Sekunden verstrichen, und im glitzernden Wasser endete langsam das Leben.

Sejer starrte den kleinen Strand an.

Eine Ewigkeit verging. Annie wehrte sich jetzt nicht mehr. Der Mann stand auf und starrte zum Weg hinauf. Niemand hatte sie gesehen. Annie lag im trüben Wasser auf dem Bauch. Vielleicht fand er diesen Anblick schrecklich, jedenfalls zog er sie wieder heraus. Langsam kam Ordnung in seine Gedanken. Die Polizei würde sie finden und ihre Schlüsse ziehen. Ein junges Mädchen, tot im Wald. Ein Vergewaltiger natürlich, der zu weit gegangen war. Er zog sie aus, allerdings sehr vorsichtig, mühte sich mit Knöpfen und Reißverschluß und Gürtel ab und legte die Kleider ordentlich neben die Tote. Ihre unanständige Haltung paßte ihm nicht, auf dem Rücken, mit gespreizten Beinen, aber sonst hätte er ihr die Hose nicht ausziehen können. Deshalb drehte er sie auf die Seite, schob ihre Knie nach oben, legte die Arme zurecht. Denn dieses Bild, das allerletzte, würde ihn für den Rest seines Lebens verfolgen, und wenn er das aushalten wollte, dann mußte es so friedlich wie möglich sein.

Woher hatte er den Mut, sich soviel Zeit zu lassen?

Sejer ging ans Ufer und blieb einen Zentimeter vom Wasser entfernt stehen. Lange stand er so. Die Erinnerung daran, wie sie sie gefunden hatten, tauchte vor seinem inneren Auge auf und legte zunächst keine Bosheit nahe, sondern eher eine herzzerreißende Verzweiflungstat. Plötzlich hatte er das Bild eines verwirrten armen Wichtes vor Augen, der in tiefer Finsternis kämpfte. Es war kalt und stickig, immer wieder stieß er mit dem Kopf gegen eine Wand, kriegte kaum Luft, kam nicht hinaus. Endlich durchbrach er diese Wand. Es war Annie.

Sejer machte kehrt und ging langsam zurück. Der Wagen oder vielleicht das Motorrad des Mörders hatte vermutlich da gestanden, wo er jetzt seinen Peugeot abgestellt hatte. Der Mörder hatte die Tür geöffnet und Annies Schultasche entdeckt. Hatte kurz gezögert, die Tasche aber stehenlassen und war mit diesem kompromittierenden Gepäck losgefahren. Rasch vorbei an Raymonds Haus, hatte sie kommen sehen, den Sonderling und ein Mädchen mit einem Puppenwagen. Die kleine sah das Auto. Manche Kinder haben einen guten Blick für Einzelheiten. Zum erstenmal packte ihn das Entsetzen. Er fuhr weiter, kam an drei Höfen vorbei, erreichte endlich die Hauptstraße. Und nun konnte Sejer ihn nicht mehr sehen.

Er stieg in seinen Wagen und fuhr los. Im Spiegel sah er die Staubwolke, die der Peugeot aufwirbelte. Raymonds Haus wirkte still, es sah fast verlassen aus. Weiße und braune Kaninchen wuselten in ihren Ställen hin und her, als er vorüberfuhr. Der Kastenwagen mit der verbrauchten Batterie stand auf dem Hof. Ein altes Auto, vielleicht mit einem defekten Zylinder? Der Maschendraht und die Bewegungen dahinter erinnerten ihn plötzlich an seine eigene Kindheit, jene Jahre, ehe sie Dänemark verlassen hatten. Sie hatten im Gemüsegarten hinten einen Käfig mit braunen Zwerghühnern. Jeden Morgen sammelte er die seltsam runden Eier ein, die nicht größer waren als die größten Murmeln. Er glaubte, im Rückspiegel zu sehen, daß der Vorhang hinter dem Fenster sich ein wenig bewegte. Hinter dem Schlafzimmerfenster des alten Låke. Aber sicher war er sich nicht. Er bog nach rechts ab und fuhr am Laden vorbei, neben dem das Motorrad gewartet hatte. Jetzt standen vor dem Laden ein blauer Lieferwagen und der gelbe Eskimo mit der Eisreklame als sicherer Frühlingsbote. Sejer kurbelte das Fenster herunter und spürte die sanfte Brise im Gesicht. Natürlich konnte ein sexuelles Motiv vorliegen, auch wenn Annie nichts anzusehen gewesen war. Vielleicht hatte es gereicht, sie auszuziehen, sie so liegen zu sehen, wehrlos nackt und ganz unbeweglich, während er sich zu der ersehnten Befriedigung verhalf und daran dachte, daß er es wirklich hätte tun können, wenn er gewollt hätte. In der Phantasie des Täters konnte sie alles mögliche durchgemacht haben. Natürlich konnte es so sein.

Wieder überkam Sejer angesichts der vielen Möglichkeiten ein Gefühl des Unbehagens. Langsam fuhr er die Hauptstraße entlang und hielt vor der Kirche an. Ließ einen Trecker mit Kohlkästen vorbei und bog ab. Die verwelkten Blumen waren von Annies Grab verschwunden, und auch das Holzkreuz war entfernt worden. Jetzt stand ein Stein hier, ein ganz normaler Grabstein aus Granit, rund und glatt, wie vom Meer poliert. Vielleicht stammte er von einem der Strände, an denen sie im Sommer gesurft war. Er las die Inschrift.

Annie Sofie Holland. Gott sei dir gnädig.

Sejer stutzte kurz, wußte nicht, ob dieser Text ihm gefiel. Es hörte sich an, als ob sie etwas verbrochen hätte, das ihr verziehen werden mußte. Danach ging er an Eskil Johnas' Grab vorbei. Jemand, Kinder vielleicht, hatte einen Löwenzahnstrauß hinterlassen.

Kollberg mußte pinkeln. Sejer führte den Hund hinter den Block, ließ ihn sein Geschäft hinter den Berberitzensträuchern erledigen und fuhr dann mit dem Fahrstuhl wieder nach oben. Wanderte in die Küche und musterte den Inhalt des Kühlschrankes. Eine Packung Grillwürste, hart wie Beton, eine Tiefkühlpizza und eine kleine Packung mit der Aufschrift »Speck«. Er drückte darauf und lächelte, weil diese Plastikpackung ihn an etwas erinnerte. Er entschied sich für Eier, vier Spiegeleier, angestochen und mit Salz und Pfeffer bestreut, dazu eine zerschnittene Wurst für den Hund. Kollberg verschlang die Wurst gierig und ließ sich dann unter den Tisch sacken. Sejer aß seine Eier und trank Milch, und dabei schob er seine Füße unter Kollbergs Brust. Er brauchte zehn Minuten für diese Mahlzeit. Neben ihm lag aufgeschlagen die Zeitung. »Freund in U-Haft.« Er seufzte leise und fühlte sich nicht wohl in seiner Haut. Er hatte nichts für die Presse und deren Berichterstattung über das Elend des Lebens übrig. Schließlich räumte er den Tisch ab und schaltete die Kaffeemaschine ein. Vielleicht hatte Halvor seinen Vater wirklich mit der Schrotflinte erschossen. Hatte sich Handschuhe angezogen, die Waffe in den Schlafsack und zwischen die Hände des Alten gesteckt, abgedrückt, den Boden vor der Schuppentür gefegt und war dann zu seinem Bruder zurückgelaufen. Der fraglos zu ihm hielt und niemals verraten hätte, daß Halvor nicht im Bett gewesen war, als der Schuß fiel.

Sejer trank den Kaffee im Wohnzimmer. Danach wollte er duschen und im Katalog von »Bad und Sanitär« blättern, den er im Briefkasten gefunden hatte. Badezimmerfliesen waren im Sonderangebot. Unter anderem schlichte weiße mit blauen Delphinen.

Nach dem Duschen legte er sich aufs Sofa. Es war etwas zu kurz, er mußte die Füße über die Armlehne baumeln lassen, das war ziemlich unbequem, aber es hinderte ihn am Einschlafen. Er wollte sich den Nachtschlaf nicht verderben, das Ekzem war ohnehin schon störend genug. Er starrte zum Fenster hinüber und sah, daß es geputzt werden mußte. Weil er im zwölften Stock wohnte, konnte er dahinter nur den blauen Himmel sehen, der langsam abendlich dunkel wurde. Plötzlich sah er eine Fliege über das Glas kriechen. Eine schwarze, fette Schmeißfliege. Auch sie sind eine Art Frühlingsbote, dachte Sejer, als noch eine angekrochen kam und um die erste herumschwirrte. Er hatte eigentlich nichts gegen Fliegen, nur rieben sie ihre Beine auf diese besondere Weise aneinander. Ihm erschien das sehr privat, so als ob sich jemand vor anderen Menschen am Schritt kratzte. Die Fliegen schienen irgend etwas zu suchen. Und nun kam noch eine. Jetzt starrte er sie an, und ihn überkam ein unbehagliches Gefühl. Drei Fliegen gleichzeitig am Fenster. Seltsam, daß sie nicht wegflogen. Jetzt kam noch eine und noch eine, bald wimmelte es an der Fensterscheibe nur so von dicken schwarzen Fliegen. Irgendwann flogen sie doch auf und verschwanden hinter dem Sessel vor dem Fenster. Es waren inzwischen so viele, daß er ihr Summen hören konnte. Zögernd und voller Ekel stand er auf und näherte sich vorsichtig dem Sessel, sein Herz hämmerte wie wild, er packte den Sessel und riß ihn weg. Ein ganzer Fliegenschwarm stob nach allen Seiten auseinander. Die restlichen drängten sich noch immer auf dem Boden zusammen und fraßen irgend etwas. Er stupste sie mit den Zehen an, und endlich verschwanden sie. Ein angebissener Apfel. Verfault und weich.

Er setzte sich auf und schwankte auf dem Sofa hin und her. Sein Hemd war schweißnaß. Verwirrt rieb er sich die Augen und schaute zum Fenster. Nichts. Er hatte geträumt. Sein Kopf war schwer und benommen, sein Nacken war steif, und seine Waden waren eingeschlafen. Er erhob sich, konnte der Versuchung, den Sessel vorzuziehen und nachzusehen, nicht widerstehen. Nichts. Er ging in die Küche, wo er eine Flasche Whisky und eine Packung Drehtabak aufbewahrte. Seufzte kurz, war nicht ganz zufrieden mit sich, trug dann aber alles ins Wohnzimmer. Kollberg starrte ihn abwartend an. Er erwiderte den Blick und überlegte sich die Sache anders. »Gassi«, sagte er leise.

Sie brauchten genau eine Stunde vom Block bis zur Kirche in der Innenstadt und zurück. Sejer dachte an seine Mutter, die er wirklich besuchen mußte, das letzte Mal war schon viel zu lange her. Irgendwann, dachte er mißmutig, würde seine Tochter Ingrid auf den Kalender blicken und dasselbe denken: Jetzt muß ich wohl mal wieder hin. Das letzte Mal ist schon so lange her. Ohne Freude, nur als eine Art Pflicht. Vielleicht hatte Skarre ja doch recht, vielleicht war es nicht richtig, so alt zu werden, daß man anderen nur noch zur Last fiel. Er fühlte sich von diesen Gedanken ein wenig überrumpelt und ging schneller. Kollberg sprang neben ihm her. Man konnte doch nicht einfach aufgeben!

Er wollte das Badezimmer renovieren. Elise hätten diese Fliesen gefallen, da war er sich sicher. Und wenn sie gewußt hätte, daß die Badezimmerrenovierung immer noch ausstand, nein, er wagte nicht einmal, sich das vorzustellen. Acht Jahre mit Marmorimitat, wirklich eine Schande.

Endlich konnte er sich den wohlverdienten Whisky gönnen, und es war so spät, daß er vielleicht doch einschlafen würde. Als er den Verschluß auf die Flasche drehte, schellte es. Skarre grüßte ihn nicht ganz so zurückhaltend wie beim letztenmal. Er war zu Fuß, rümpfte aber die Nase, als Sejer ihm einen Whisky anbot.

»Hast du kein Bier?«

»Nein, ich nicht. Aber ich kann Kollberg fragen. Der hat meistens unten im Kühlschrank einen kleinen Vorrat«, sagte Sejer sehr ernst. Er verschwand in der Küche und kam mit einem Bier zurück.

»Hast du eine Ahnung, wie man ein Badezimmer fliest?«

»Aber sicher. Hab mal einen Kurs gemacht. Wichtig ist, daß du bei den Vorarbeiten nicht schlampst. Brauchst du Hilfe?«

Sejer nickte. »Wie findest du die hier?« Er zeigte auf den Katalog und die blauen Delphine.

»Richtig schön. Was hast du jetzt?«

»Marmorimitat.«

Skarre nickte verständnisvoll und nahm einen Schluck Bier. »Der Fingerabdruck auf Annies Gürtelschnalle stammt nicht von Halvor«, sagte er plötzlich. »Holthemann war deshalb bereit, ihn bis auf weiteres laufenzulassen.«

Sejer sagte nichts dazu. Er empfand eine Art mit Irritation gemischter Erleichterung. Froh, daß es nicht Halvor war, frustriert, weil sie sonst niemanden hatten.

»Ich hatte einen scheußlichen Traum«, sagte er plötzlich, ein wenig überrascht von seiner eigenen Offenheit. »Ich habe geträumt, daß hinter dem Sessel da hinten ein fauler Apfel lag. Umlagert von riesigen schwarzen Fliegen.«

»Hast du nachgesehen?« Skarre grinste.

Sejer trank seinen Whisky und nickte. »Nur Wollmäuse. Glaubst du, der Traum hat etwas zu bedeuten?«

»Es gibt sicher ein Möbelstück, das wir vergessen haben wegzurücken. Etwas, das die ganze Zeit herumsteht, ohne daß wir darauf achten. Der Traum ist einwandfrei ein Fingerzeig. Jetzt müssen wir diesen Sessel finden.«

»Du meinst also, wir sollten in die Möbelbranche überwechseln?« Sejer schmunzelte über seinen eigenen Witz, schließlich brachte er nur selten welche.

»Ich hatte gehofft, du hättest noch irgendeinen Trumph im Ärmel«, sagte Skarre. »Ich kann mich nicht damit abfinden, daß wir nicht weiterkommen. Die Wochen vergehen. Annies Ordner wird immer dicker. Und du bist doch der, der mit Rat kommt.«

»Wie meinst du das?«

»Dein Name.« Skarre lächelte. »Konrad bedeutet: der, der mit Rat kommt.«

Sejer hob eine Augenbraue, nur eine, was sehr beeindruckend aussah. »Woher weißt du das?«

»Ich habe zu Hause ein Buch. Darin schlage ich nach, wenn mir Menschen über den Weg laufen. Macht ziemlichen Spaß.«

»Was bedeutet Annie?« fragte Sejer sofort.

»Schön.«

»Du meine Güte! Na, im Moment mache ich meinem Namen keine Ehre. Aber deshalb darfst du nicht den Mut verlieren, Jacob. Was bedeutet übrigens Halvor?«

»Halvor bedeutet Wächter.«

Er hat Jacob gesagt, dachte Skarre überrascht. Zum allerersten mal hat er Jacob gesagt.

Die Sonne stand tief am Himmel, die Sonnenstrahlen fielen schräg auf den Balkon und bildeten eine warme Ecke, in der sie ihre Jacken ablegen konnten. Sie warteten darauf, daß der Grill heiß wurde. Es roch nach Kohlen und Brennspiritus und Zitronenmelisse aus Ingrids Balkonkasten, denn sie hatte gerade gegossen.

Sejer hatte seinen Enkel auf dem Schoß und ließ ihn schaukeln, bis seine Oberschenkelmuskeln weh taten. Mit diesem Kind würde etwas in ihm verschwinden. In wenigen Jahren würde er ihm über den Kopf gewachsen sein und grobe Sprüche bringen. Deshalb fühlte er sich immer ein wenig wehmütig, wenn er Matteus auf dem Schoß hatte, während ihm gleichzeitig Schauer des Wohlbefindens den Rücken hinunterliefen.

Ingrid stand auf, nahm ihre Holzschuhe und schlug sie dreimal gegeneinander. Dann schob sie die Füße hinein.

»Warum machst du das?« erkundigte ihr Vater sich.

»Alte Gewohnheit«, sie lächelte, »aus Somalia.«

»Aber hier gibt es doch keine Schlangen und Skorpione?«

»Das wird zu einer Art Zwangsvorstellung«, sie lachte, »ich kann einfach nicht dagegen an. Und außerdem haben wir doch Wespen und Kreuzottern.«

»Glaubst du, eine Kreuzotter könnte in einen Schuh kriechen?«

»Keine Ahnung.«

Er drückte seinen Enkel an sich und beschnupperte den Nacken des Kleinen. »Noch schaukeln«, bat Matteus.

»Meine Beine sind so müde. Kannst du nicht ein Buch holen, dann lese ich dir was vor.«

Matteus sprang auf und stürzte in die Wohnung.

»Und wie geht's sonst, Papa?« fragte seine Tochter plötzlich mit Kinderstimme.

Anders, dachte er. Das bedeutete, wie geht es eigentlich im tiefsten Herzen, in der Tiefe seiner Seele. Oder es konnte auch die getarnte Frage sein, ob etwas passiert sei. Ob er sich zum Beispiel eine Freundin zugelegt habe oder vielleicht heimlich verliebt sei, was er nicht war. Das wäre auch etwas gewesen!

»Ja, danke?« sagte er fragend und unschuldig.

»Die Tage werden dir nicht zu lang?«

Sie war äußerst vorsichtig! Er war davon überzeugt, daß sie auf irgend etwas hinauswollte.

»Ich habe viel Arbeit«, sagte er. »Und außerdem habe ich ja euch.«

Bei diesen Worten machte sie sich mit dem Salatbesteck zu schaffen. Sie drehte sich um und vermischte mit großer Energie Gurkenscheiben und Tomaten. »Ja. Aber verstehst du, wir spielen mit dem Gedanken, noch mal hinunterzufahren. Für eine weitere Periode. Die allerletzte«, sagte sie rasch und schaute schuldbewußt zu ihm hoch.

»Hinunter?« Er kostete dieses Wort aus. »Nach Somalia?«

»Erik ist gefragt worden. Wir haben noch nicht geantwortet«, sagte sie schnell. »Aber wir spielen wirklich mit dem Gedanken. Ein wenig auch wegen Matteus. Wir möchten so gern, daß er etwas vom Land sieht und vielleicht die Sprache lernt. Wenn wir im August losfahren, sind wir wieder hier, wenn er in die Schule kommt.«

Drei Jahre, dachte Sejer. Drei Jahre ohne Ingrid und Matteus. Nur zu Weihnachten zu Hause. Briefe und Postkarten, und der Enkel immer ein Stück größer, ein Jahr älter, plötzlich, ruckweise.

»Ich bezweifle ja nicht, daß ihr da unten gebraucht werdet«, sagte er und gab sich Mühe, seine Stimme nicht zittern zu lassen. »Du meinst doch wohl nicht, mein Wohl und Wehe könnten für euch ein Hindernis darstellen? Ich bin noch nicht neunzig, Ingrid.«

Sie errötete leicht. »Ich denke auch ein bißchen an Oma.«

»Um die kümmere ich mich. Du hast den Salat bald pulverisiert«, sagte er.

»Es gefällt mir nicht, daß du allein bist«, sagte sie leise.

»Ich habe doch Kollberg.«

»Also wirklich, er ist ein Hund!«

»Sei froh, daß er nicht versteht, was du sagst.« Sejer schaute zu Kollberg hinüber, der nichtsahnend unter dem Tisch schlief. »Wir kommen schon zurecht. Wenn ihr wirklich wollt, dann solltet ihr fahren. Hat Erik die Blinddärme und die dicken Mandeln satt?«

»Da unten ist alles so anders«, erklärte sie. »Und man kann viel mehr ausrichten.«

»Und Matteus? Was macht ihr mit ihm?«

»Er kommt in den amerikanischen Kindergarten, zusammen mit vielen anderen Kindern. Außerdem«, sagte sie nachdenklich, »hat er ja Verwandte, die er noch nie gesehen hat. Und das gefällt mir nicht. Er soll alles wissen.«

»Amerikanisch?« fragte Sejer skeptisch. »Und was verstehst du unter ›alles wissen‹?« Er dachte an die biologischen Eltern des Kleinen und an ihr schreckliches Schicksal.

»Über die Mutter sprechen wir erst, wenn er älter ist.«

»Fahrt!« sagte er energisch.

Sie blickte ihn lächelnd an. »Was glaubst du, was Mama gesagt hätte?«

»Dasselbe wie ich. Und danach hätte sie im Bett ein bißchen geweint.«

»Das machst du nicht?«

Matteus kam mit einem Kinderbuch in der einen und einem Apfel in der anderen Hand angelaufen. »›Es war eine dunkle und stürmische Nacht‹. Klingt das nicht unheimlich?« fragte Sejer.

»Pa!« sagte der Kleine und kletterte wieder auf seinen Schoß.

»Die Kohlen glühen schon«, sagte Ingrid und streifte die Schuhe ab. »Ich werf jetzt die Steaks drauf.«

Sie legte das Fleisch auf den Grill, insgesamt vier Stück. Dann lief sie in die Wohnung, um etwas zu trinken zu holen.

»Ich habe eine grüne Gummipythonschlange«, flüsterte Matteus. »Sollen wir die in ihren Schuh stekken?«

Sejer zögerte. »Ich weiß nicht so recht. Meinst du, das ist eine gute Idee?«

»Ja, findest du nicht?«

»Eigentlich nicht.«

»Alte Leute haben immer solche Angst«, sagte Matteus verständnisvoll. »Aber ich kriege doch die Schuld.«

»Na gut«, sagte Sejer leise. »Ich gucke so lange weg.«

Matteus sprang von seinem Schoß, holte die Gummischlange aus seinem Zimmer und verstaute sie sorgfältig im Schuh seiner Mutter.

»Jetzt kannst du vorlesen.«

Sejer dachte voller Grausen an die scheußliche Gummischlange und das Gefühl, sie unter dem nackten Fuß zu spüren. Dann las er mit tiefer, dramatischer Stimme vor: ›Es war eine dunkle und stürmische Nacht. Im Gebirge waren Räuber unterwegs – und Wölfe.‹ Du bist wirklich sicher, daß das nicht zu unheimlich ist?«

»Mama hat mir das schon oft vorgelesen.« Matteus biß in seinen Apfel und kaute zufrieden.

»Nicht so große Bissen«, mahnte Sejer. »Die können dir im Hals steckenbleiben.«

»Jetzt lies endlich, Opa!«

Ich werde wohl alt, dachte Sejer traurig. Alt und ängstlich.

»›Es war eine dunkle und stürmische Nacht‹«, las er noch einmal. In diesem Moment kam Ingrid zurück, mit drei Flaschen Bier und einer Cola. Sejer verstummte und schaute sie gebannt an. Das gleiche machte Matteus.

»Warum glotzt ihr so? Was ist denn los mit euch?«

»Nichts«, sagten die beiden wie aus einem Munde und beugten sich wieder über das Buch. Ingrid stellte die Flaschen auf den Tisch, öffnete sie und hielt Ausschau nach ihren Schuhen. Sie hob sie hoch, drehte sie um und schlug sie dreimal gegeneinander. Nichts passierte. Die sitzt in der Spitze fest, dachten die beiden entzückt. Dann passierte sehr viel auf einmal. Plötzlich stand Sejers Schwiegersohn Erik in der Tür, Matteus sprang von Sejers Schoß und rannte los. Kollberg kam unter dem Tisch hervor und warf mit seinem Schwanz alle Flaschen um, und Ingrid schob die Füße in die Schuhe.

SØLVI STAND IN IHREM ZIMMER und räumte einen Karton aus. Dann richtete sie sich auf und schaute aus dem Fenster. Gegenüber stand Fritzner am Fenster und starrte sie an. Er hatte ein Glas in der Hand. Jetzt hob er es und nickte, als ob er ihr zuprosten wollte.

Sølvi kehrte ihm sofort den Rücken zu. Natürlich hatte sie nichts dagegen, von einem Mann betrachtet zu werden. Aber Fritzner hatte eine Glatze. Sie konnte sich weder das Leben mit einem Glatzköpfigen vorstellen noch das mit einem Dicken. Unmöglich! Solche Männer tauchten in ihren Träumen nicht auf. Daß Eddie glatzköpfig und dick war, spielte keine Rolle. Männer konnten das ruhig sein, solange sie nicht mit ihnen auszugehen brauchte. Sie schnaubte verächtlich und schaute wieder aus dem Fenster. Fritzner war verschwunden. Wahrscheinlich saß dieser Halbirre wieder in seinem Boot.

Sie hörte die Türklingel und tippelte hin, um zu öffnen, in einem hellblauen Overall mit Silbergürtel und Ballerinaschuhen.

»Ach!« sagte sie munter. »Sie sind das. Ich räume gerade Annies Zimmer auf. Kommen Sie doch herein, meine Eltern müssen jeden Moment hier sein.«

Sejer folgte ihr durch das Wohnzimmer zu ihrem Zimmer, das neben Annies lag. Es war um einiges größer und komplett pastellfarben. Auf dem Nachttisch stand ein Bild der toten Schwester.

»Ich habe ein bißchen geerbt.« Sølvi lächelte, als wolle sie um Entschuldigung bitten »Kleinigkeiten, Kleider und so. Und wenn ich meinen Vater dazu überreden kann, möchte ich die Wand einreißen, dann habe ich ein richtig großes Zimmer.«

Sejer nickte.

»Das wird bestimmt toll«, murmelte er. Und sofort schämte er sich ein bißchen, weil ihn lauter bösartige Gefühle überkamen. Er hatte kein Recht, irgendwen zu verurteilen. Die Familie Holland gab sich alle Mühe weiterzuleben, und sie hatte das Recht, das auf ihre Weise zu tun. Niemand konnte anderen vorschreiben, wie sie zu trauern hatten.

Er rief sich zur Ordnung und schaute sich um.

Niemals hatte er ein Zimmer mit soviel Nippes gesehen.

»Und ich bekomme einen Fernseher.« Sølvi strahlte. »Mit einer Zusatzantenne, damit ich TV-Norge empfangen kann.«

Sie beugte sich über einen Pappkarton und nahm immer neue Gegenstände heraus. »Das sind vor allem Bücher«, sagte sie dann. »Annie hatte keine Schminke oder so. Aber eine Menge CDs und Musikkassetten.«

»Lesen Sie gern?«

»Eigentlich nicht. Aber ein volles Bücherregal macht sich gut.«

Er nickte verständnisvoll.

»Ist etwas passiert?« fragte sie dann vorsichtig.

»Ja, im Grunde schon. Aber wir wissen noch nicht, was es zu bedeuten hat.«

Sie nickte und nahm noch etwas aus dem Karton. Es war in Zeitungspapier eingewickelt.

»Sie kennen also Magne Johnas, Sølvi?«

»Ja?« sagte sie rasch. Sejer hatte den Eindruck, daß sie errötete, aber sie hatte ohnehin einen recht rötlichen Teint. »Er wohnt in Oslo. Arbeitet bei Trimskrams.«

»Wissen Sie, ob Annie und er je etwas miteinander hatten?«

»Miteinander hatten?« Sie blickte ihn verständnislos an.

»Ob sie zum Beispiel einen Flirt hatten, ob Magne je in sie verliebt war, ob er sein Glück bei ihr versucht hat. Vor ihrer Zeit, meine ich.«

»Annie hat nur über ihn gelacht«, sagte Sølvi in fast bedauerndem Tonfall. »Als ob Halvor etwas zum Vorzeigen wäre! Magne sieht immerhin wie ein Junge aus. Ich meine, er hat Muskeln und so.«

Sie riß und zerrte an dem Zeitungspapier herum und wich seinem Blick aus.

»Könnte sie ihn beleidigt haben?« fragte er behutsam, als im Papier etwas Glänzendes zum Vorschein kam.

»Das kann ich mir vorstellen. Annie hat es nicht gereicht, einfach nein zu sagen. Sie konnte ziemlich spitz werden, und für Muskeln hatte sie nichts übrig. Alle reden dauernd darüber, wie lieb und hilfsbereit sie war, und ich will auch nicht schlecht über meine Schwester sprechen. Aber sie war oft gehässig, nur traut sich jetzt niemand, das zu sagen. Weil sie tot ist. Ich begreife nicht, wie Halvor das ausgehalten hat. Annie wollte immer alles bestimmen.«

»Ja?«

»Aber zu mir war sie lieb. Immer lieb.«

Für einen Moment machte sie ein erschrockenes Gesicht, als sie an ihre Schwester und das, was passiert war, dachte.

»Wie lange sind Sie schon mit Magne zusammen?« fragte Sejer höflich.

»Nur ein paar Wochen. Wir gehen ins Kino und so.«

Die Antwort war ziemlich rasch gekommen.

»Er ist jünger als Sie?«

»Vier Jahre«, sagte Sølvi widerwillig. »Aber er ist ziemlich reif für sein Alter.«

»Aha.«

Sie hielt etwas ins Licht und betrachtete es mit zusammengekniffenen Augen. Ein Bronzevogel auf einer Stange. Ein kleines molliges Stück Federvieh mit schräggelegtem Kopf.

»Das scheint kaputt zu sein«, sagte sie unsicher.

Sejer starrte sie überrascht an. Der Anblick traf ihn wie ein Pfeil. Der Vogel sah aus wie ein Grabschmuck, wie man ihn auf den Gräbern kleiner Kinder findet.

»Ich kann vielleicht aus Salzteig einen neuen Fuß machen«, überlegte Sølvi. »Oder mein Vater kann mir helfen. Es ist doch wirklich ein schöner Vogel.«

Sejer brachte keine Erwiderung über die Lippen. Das Bild einer anderen Annie, einer facettenreicheren Annie als die, die Halvor und ihre Eltern ihm gezeigt hatten, nahm langsam Form an.

»Was mag das wohl sein?« murmelte er.

Sølvi zuckte mit den Schultern. »Keine Ahnung. Einfach eine zerbrochene Zierfigur, nehme ich an.«

»Sie haben sie noch nie gesehen?«

»Nein, ich durfte Annies Zimmer nicht betreten, wenn sie nicht zu Hause war.«

Sie legte den Vogel auf den Schreibtisch. Dort wakkelte er auf seinem Fuß hin und her. Dann machte sie sich wieder über den Karton her.

»Sie haben Ihren Vater schon lange nicht mehr gesehen?« fragte Sejer leichthin, während er den immer langsamer wippenden Vogel anstarrte. Sein Gehirn arbeitete unter Hochdruck.

»Meinen Vater?« Sie richtete sich auf und blickte ihn verwirrt an. »Sie meinen – meinen Vater in Adamstuen?«

Sejer nickte.

»Er ist zu Annies Beerdigung gekommen.«

»Er fehlt Ihnen doch sicher?«

Sie gab keine Antwort. Sejer schien etwas berührt zu haben, das sie nur selten hervorholte und sich genauer ansah. Etwas Unbehagliches, das sie vergessen wollte, vielleicht einen Hauch von schlechtem Gewissen, etwas, wofür andere verantwortlich waren, ungeschriebene Gesetze, die sie immer befolgt und widerstandslos akzeptiert hatte, da sie nie begriffen hatte, was eigentlich dahintersteckte. Sejer kam sich ein wenig aufdringlich vor. Er mußte doch Rücksicht nehmen, mußte sich den Leuten behutsamer nähern, durfte ihnen nicht auf die Zehen treten.

»Wie nennen Sie Eddie?« fragte er vorsichtig.

»Ich nenne ihn Papa«, antwortete sie leise.

»Und Ihren wirklichen Vater?«

»Den nenne ich Vater«, sagte Sølvi einfach. »Schon immer. Er wollte das so, er war immer so altmodisch.«

War. Als ob er nicht mehr existierte.

»Jetzt höre ich das Auto«, sagte sie erleichtert.

Hollands grüner Toyota hielt vor dem Haus. Sejer sah, wie Ada Holland den Kiesweg betrat und einen Blick zum Fenster hoch warf.

»Dieser Vogel, Sølvi, kann ich den haben?« fragte Sejer eilig.

Sie staunte. »Den kaputten Vogel? Natürlich.« Mit fragender Miene reichte sie ihm das Teil.

»Danke. Dann will ich Sie nicht weiter stören.« Er lächelte, steckte den Vogel in die Jackentasche und ging ins Wohnzimmer. Lehnte sich an die Wand und wartete.

Der Vogel. Von Eskils Grab entfernt. In Annies Zimmer. Warum?

Eddie Holland betrat das Haus als erster. Er nickte und reichte Sejer mit halb abgewandtem Gesicht die Hand. Er hatte etwas Abweisendes, das war neu. Frau Holland ging in die Küche, um Kaffee zu machen.

»Sølvi bekommt Annies Zimmer«, sagte Herr Holland. »Dann steht es wenigstens nicht leer. Und wir haben etwas zu tun. Wir wollen die Wand einreißen und das Zimmer neu tapezieren. Das wird viel Arbeit.«

Sejer nickte.

»Ich muß etwas loswerden«, sagte Herr Holland dann. »Ich habe in der Zeitung gelesen, daß ein achtzehnjähriger Junge in Untersuchungshaft genommen worden ist. Aber es kann doch unmöglich Halvor gewesen sein? Den kennen wir seit zwei Jahren. Er ist zwar sehr verschlossen, aber man hat doch ein Gefühl für Menschen. Ich will ja nicht behaupten, ihr wüßtet nicht, was ihr tut, aber wir können uns Halvor einfach nicht als Mörder vorstellen, es geht einfach nicht.«

Sejer schaffte das durchaus. Sie waren wie die meisten anderen. Vielleicht hatte Halvor seinem Vater den Kopf weggeschossen, hatte mit eiskalter Überlegung einen Schlafenden hingerichtet.

»Ist das Halvor, der in Untersuchungshaft sitzt?« fragte Holland.

»Wir haben ihn laufenlassen«, antwortete Sejer mit lauter Stimme.

»Warum habt ihr ihn überhaupt festgenommen?«

»Das mußten wir. Mehr kann ich dazu nicht sagen.«

»›Aus Rücksicht auf die laufenden Ermittlungen‹?«

»Genau.«

Frau Holland brachte vier Tassen und eine Schale mit Keksen.

»Und passiert sonst noch etwas?«

»Allerdings.« Sejer starrte aus dem Fenster und suchte nach einer Ablenkung. »Aber im Moment darf ich noch nichts darüber sagen.«

Holland lächelte verbittert. »Natürlich nicht. Wir werden wohl als letzte informiert werden. Die Zeitungen werden es viel früher wissen als wir, wenn ihr ihn endlich erwischt.«

»Durchaus nicht.«

Sejer schaute ihm in die Augen, die so groß und grau waren wie Annies. Im Moment waren sie von Schmerz erfüllt.

»Aber die Presse ist überall, und sie haben Kontakte.

Daß Sie in der Zeitung etwas lesen, bedeutet nicht, daß wir die informiert haben. Wenn wir jemanden verhaften, werden Sie es als einer der ersten erfahren. Das verspreche ich Ihnen.«

»Von Halvor hat uns niemand etwas gesagt«, erwiderte Herr Holland leise.

»Das liegt einfach daran, daß wir nicht geglaubt haben, wir hätten den Richtigen.«

»Wenn ich es mir überlege«, murmelte Herr Holland, »dann weiß ich nicht einmal, ob ich überhaupt wissen will, wer es war.«

»Was sagst du da?« Ada Holland brachte den Kaffee und blickte ihren Mann bestürzt an.

»Es spielt keine Rolle mehr. Das alles ist doch wie ein Unglück, das sich nicht vermeiden ließ.«

»Warum sagst du das?« fragte sie verzweifelt.

»Sie hätte ja ohnehin sterben müssen. Da spielt es doch keine Rolle mehr.«

Er starrte die leere Tasse an, hob sie hoch und schwenkte sie durch die Luft, als wolle er den gar nicht vorhandenen brühheißen Kaffee vergießen.

»Es spielt eine Rolle«, widersprach Sejer energisch. »Sie haben ein Anrecht darauf, den Grund zu erfahren. Es kann eine Weile dauern, aber ich werde es feststellen, auch wenn es vielleicht sehr lange dauert.«

»Sehr lange?« Holland lächelte plötzlich wieder sein verbittertes Lächeln. »Und Annie verwest langsam«, flüsterte er.

»Aber Eddie!« sagte Frau Holland gequält. »Wir haben doch Sølvi!«

»*Du* hast Sølvi.«

Eddie Holland erhob sich, verschwand irgendwo im Haus und blieb verschwunden. Niemand ging ihm nach.

»Annie war die Tochter ihres Vaters«, sagte Ada Holland leise.

»Das weiß ich.«

»Ich habe Angst, daß er nie wieder er selbst wird.«

»Das wird er auch nicht. Im Moment versucht er, sich mit einem anderen Eddie zu arrangieren. Er braucht Zeit. Vielleicht wird es leichter, wenn wir herausgefunden haben, was wirklich passiert ist.«

»Ich weiß nicht, ob ich es wage, dieses Wissen anzunehmen.«

»Haben Sie vor irgend etwas Angst?«

»Ich habe vor allem Angst. Ich stelle mir alles mögliche vor, da oben beim Weiher.«

»Können Sie mir davon erzählen?«

Sie schüttelte den Kopf und griff nach ihrer Tasse. »Nein, das kann ich nicht. Das sind alles nur Phantasien. Wenn ich sie ausspreche, werden sie vielleicht Wirklichkeit.«

»Sølvi scheint gut zurechtzukommen?« fragte Sejer zur Ablenkung.

»Sølvi ist stark«, sagte Frau Holland, plötzlich energisch.

Stark, dachte Sejer. Ja, vielleicht war das das richtige Wort. Vielleicht war Annie die Schwächere gewesen. Alles schien sich auf beunruhigende Weise auf den Kopf zu stellen.

Frau Holland ging Zucker und Sahne holen, als Sølvi das Zimmer betrat.

»Wo ist Papa?«

»Der kommt sofort.« Sehr entschieden kamen Ada Hollands Worte aus der Küche, vielleicht in der Hoffnung, daß Eddie es hörte und sich wieder faßte. Nicht nur Annie ist tot und verschwunden, dachte Sejer. Die Familie bricht auseinander, die Schweißnähte platzen auf, im Rumpf klaffen große Löcher, und das Wasser sprudelt herein, und nun stopft sie alte Phrasen und Befehle in die Ritzen, um das Schiff über Wasser zu halten.

Frau Holland schenkte Kaffee ein. Sejers Finger paßten nicht durch den Henkel, er mußte die Tasse mit beiden Händen heben.

»Sie reden die ganze Zeit von dem Grund«, sagte sie müde. »Als ob er einen guten Grund gehabt hätte!«

»Keinen guten. Aber einen Grund hatte er natürlich. Der ihm in dieser Situation wichtiger als alles andere erschien.«

»Sie scheinen sie also zu verstehen? Diese Menschen, die Sie wegen Mord und anderen Scheußlichkeiten einsperren?«

»Sonst könnte ich diese Arbeit nicht machen.« Er trank seinen Kaffee und dachte an Halvor.

»Aber es muß doch Ausnahmen geben?«

»Selten.«

Sie seufzte und blickte zu ihrer Tochter hinüber.

»Was meinst du, Sølvi?« fragte sie ernst. Leise, in einem anderen Tonfall, als er das bisher bei ihr gehört hatte, als wolle sie dieses eine Mal in Sølvis leichten blonden Kopf vordringen und dort eine Antwort finden oder vielleicht eine unerwartete, aufklärende Frage. So als hoffe sie, die ihr verbliebene Tochter sei doch ein wenig anders und habe größere Ähnlichkeit mit Annie, als sie bisher angenommen hatte.

»Ich?«

Sølvi starrte ihre Mutter überrascht an. »Ich konnte jedenfalls Fritzner von gegenüber noch nie leiden. Ich habe gehört, daß er die ganze Nacht mitten im Zimmer in einem Segelboot sitzt und liest und daß er daran einen Flaschenhalter für Bier hat.«

Skarre hatte im Büro fast sämtliche Lichter ausgeschaltet. Nur die Leselampe brannte, sechzig Watt in einem weißen Kreis über den Unterlagen. Der Drucker brummte gleichmäßig vor sich hin und spuckte eine mit tadelloser Schrift bedeckte Seite nach der anderen aus; es war seine Lieblingsschrift, Palatino. Im Hintergrund, gleichsam weit weg, wurde eine Tür geöffnet, und jemand betrat den Raum. Er wollte aufblicken und nachsehen, aber in diesem Moment fiel ein Bogen aus dem Drucker. Er bückte sich danach, erhob sich wieder, sah etwas in sein Blickfeld gleiten, über dem weißen Papier. Ein Bronzevogel auf einem Stäbchen.

»Woher?« fragte er sofort.

Sejer setzte sich. »Von Hollands. Sølvi beerbt ihre Schwester, und das hier lag bei ihren Sachen, eingepackt in Zeitungspapier. Ich war auch beim Grab. Paßt wie angegossen.« Er schaute Skarre an. »Jemand kann ihn ihr auch gegeben haben.«

»Wer zum Beispiel?«

»Ich weiß nicht. Aber wenn sie ihn selber geholt hat, wenn sie wirklich im Schutze der Dunkelheit zum Grab gegangen ist und ihn mit irgendeinem Werkzeug losgemacht hat, dann war das ganz schön rücksichtslos von ihr. Findest du nicht?«

»Aber Annie war doch nicht rücksichtslos?«

»Ich weiß nicht so recht. Ich weiß überhaupt nichts mehr sicher.«

Skarre drehte die Schreibtischlampe so, daß sie einen perfekten Vollmond an die Wand warf. Den starrten die beiden an. Einer Eingebung folgend hob Skarre den Vogel, hielt ihn an der Stange fest und führte ihn in einer zitternden Bewegung vor die Lampe. Vor dem weißen Mond wirkte der Schatten wie der einer versoffenen Riesenente, die von einem Fest nach Hause schwankt.

»Jensvoll hat als Trainer der Mädchen aufgehört.«

»Wieso?«

»Die Gerüchteküche hat gebrodelt. Die Vergewaltigungssache schwebt im Raum. Die Mädchen sind nicht mehr zum Training gekommen.«

»Ich hab's ja geahnt. Eins zieht das andere nach sich.«

»Und Fritzner hat recht behalten. Es wird eine schwere Zeit für sehr viele. Bis der Schuldige zu Fall gebracht ist. Und ich hoffe, das wird sehr bald sein, denn jetzt ist der Zusammenhang doch klar, findest du nicht?«

Sejer schüttelte den Kopf. »Irgendwas ist da zwischen Annie und Johnas. Irgend etwas ist zwischen den beiden passiert.«

»Vielleicht wollte sie nur eine Erinnerung an Eskil?«

»Dann hätte sie sich von seinen Eltern einen Teddy geben lassen können oder so.«

»Ob er ihr vielleicht etwas angetan hat?«

»Entweder ihr oder jemandem, zu dem sie eine Beziehung hatte. Jemandem, den sie geliebt hat.«

»Das verstehe ich nicht – meinst du Halvor?«

»Ich meine seinen Sohn, Eskil. Der gestorben ist, während Johnas sich im Badezimmer rasierte.«

Skarre stieß einen Pfiff aus.

»Es war sonst niemand dabei. Wir haben nur Johnas' Behauptungen.«

Sejer hob den Vogel wieder hoch und machte sich vorsichtig an dem scharfen Schnabel zu schaffen. »Also, was meinst du, Jacob? Was ist eigentlich am Morgen des siebten November passiert?«

WIE EINE FLUT brachen die Erinnerungen über ihn herein, als er die doppelte Glastür öffnete und einige Schritte durch das Foyer ging. Krankenhausgeruch, die

Mischung aus Formalin und Seife, dazu der süße Geruch von Schokolade und der würzige Nelkenduft, der von den Kiosken herüberwehte.

Statt an den Tod seiner Frau zu denken, versuchte er, sich auf seine Tochter Ingrid zu konzentrieren, auf den Tag ihrer Geburt. Denn dieses gewaltige Gebäude hatte den tiefsten Kummer und die größte Freude seines Lebens gesehen. Er war beide Male durch dieselbe Tür gegangen und hatte dieselben Gerüche wahrgenommen. Unwillkürlich hatte er seine neugeborene Tochter mit den anderen Säuglingen verglichen. Die anderen waren ihm röter und fetter und runzliger vorgekommen, und außerdem hatten sie struppigere Haare gehabt. Oder sie waren zu früh geboren und wachsgelb. Oder sie sahen aus wie winzige unterernährte Greise. Nur Ingrid war perfekt. Diese Erinnerungen lösten ein wenig seine Verspannungen.

Sejer kam durchaus nicht unangemeldet. Er hatte genau acht Minuten am Telefon gebraucht, um den Pathologen ausfindig zu machen, der damals Eskil Johnas obduziert hatte. Er hatte sofort gesagt, worum es ging, damit alle Unterlagen auf dem Tisch lagen, wenn er das Krankenhaus betrat. Eins der Dinge, die ihm an der Bürokratie gefielen, an diesem schwerfälligen, zähen, umständlichen System, das alle Behörden regierte, war die Regel, daß alles aufgezeichnet und archiviert werden mußte. Daten, Uhrzeit, Namen, Diagnosen, Routinen, Unregelmäßigkeiten, alles gehörte dazu. Alles ließ sich heraussuchen und noch einmal durchgehen, von anderen Menschen mit anderen Motiven und unverstelltem Blick.

Dachte er, als er den Fahrstuhl verließ. Der Krankenhausgeruch verstärkte sich, als er durch den Flur des siebten Stocks ging. Der Pathologe, der sich am Telefon älter angehört hatte, entpuppte sich als junger Mann. Als rundlicher Bursche mit dicken Brillengläsern und weichen Patschhänden. Auf dem Schreibtisch hatte er eine Kartothek, ein Telefon, einen Stapel Papiere und ein großes rotes Buch mit chinesischen Schriftzeichen.

»Ich muß zugeben, daß ich die Krankenberichte in aller Eile überflogen habe«, sagte der Arzt, die Brille ließ ihn aussehen, als sei er pausenlos erschrocken. »Ich bin wirklich neugierig. Sie sind doch Kriminalkommisar, nicht wahr?«

Sejer nickte.

»Also gehe ich davon aus, daß dieser Todesfall etwas Besonderes ist.«

»Das kann ich noch nicht sagen.«

»Aber deshalb sind Sie gekommen?«

Sejer sah ihn an und kniff die Augen zusammen, eine andere Antwort gab es nicht. Weil Sejer stumm blieb, redete der Arzt weiter, ein Phänomen, über das Sejer sich immer wieder von neuem wunderte und das ihm im Laufe der Jahre manches Geständnis eingebracht hatte.

»Tragische Geschichte«, murmelte der Pathologe und betrachtete die Unterlagen. »Zwei Jahre alter Junge, Unfall zu Hause. Einige Minuten unbeaufsichtigt. Tod bei Eintreffen. Wir haben ihn aufgemacht und in der Luftröhre eine totale Obstruktion in Form von Lebensmitteln gefunden.«

»Was für Lebensmittel?«

»Waffeln. Wir konnten sie auseinanderfalten, sie waren fast unversehrt. Zwei ganze Waffelherzen, zu einem Klumpem zusammengedrückt. Das ist ganz schön viel Essen für einen so kleinen Mund, auch wenn er ein recht kräftiger Bursche war. Im nachhinein hat sich herausgestellt, daß er ein recht verfressener kleiner Wicht war, und außerdem hyperaktiv.«

Sejer versuchte, sich ein Waffelherz von der Sorte vorzustellen, wie Elise sie oft gebacken hatte. Ingrids Waffeleisen war ein anderer Typ, mit nur vier Herzen, weshalb die Waffeln nicht mehr richtig rund wurden.

»Ich kann mich noch ziemlich gut an diese Leichenöffnung erinnern. Die tragischen Fälle bleiben eben immer haften. Die meisten, die wir hier geliefert bekommen, sind zwischen achtzig und neunzig. Und ich weiß noch gut, wie diese Waffelherzen dann hier in der Schale lagen. Kinder und Waffeln gehören irgendwie zusammen. Das machte es noch zusätzlich tragisch, daß die Waffeln ihn umgebracht haben. Er hatte doch etwas Leckeres essen wollen.«

»Sie sagten gerade wir. Waren noch andere dabei?«

»Ja, der leitende Pathologe, Arnesen. Ich war damals ganz neu hier, und uns Neulingen sah er gern auf die Finger. Er ist jetzt in Pension gegangen. Wir haben eine neue Chefin.« Bei diesen Worten sah er aus zusammengekniffenen Augen auf seine Hände.

»Zwei ganze Waffelherzen. Hatte er darauf gekaut?«

»Es war jedenfalls nichts zu sehen. Sie wirkten ziemlich unbeschädigt.«

»Haben Sie Kinder?« fragte Sejer neugierig.

»Ja, vier«, antwortete der andere zufrieden.

»Haben Sie bei dieser Obduktion an Ihre Kinder gedacht?«

Der Mann starrte Sejer unsicher an und schien diese Frage nicht recht zu begreifen.

»Na ja, irgendwie schon. Oder vielleicht habe ich eher an Kinder ganz allgemein gedacht, an ihr Verhalten.«

»Ach?«

»Mein einer Sohn war gerade drei geworden. Er liebt Waffeln. Und ich rede immer auf ihn ein, wie Eltern das eben machen, er soll sich nicht soviel auf einmal in den Mund stopfen.«

»Aber in diesem Fall war niemand dabei«, sagte Sejer, »der den Kleinen ermahnen konnte.«

»Genau. Denn sonst wäre es nicht passiert.«

»Können Sie sich Ihren Sohn ungefähr in diesem Alter vorstellen, mit einem Teller voll Waffeln? Könnte er auf die Idee kommen, sich zwei Herzen zu nehmen, sie doppelt zusammenzufalten und auf einmal in den Mund zu stecken?«

Der Pathologe dachte lange nach.

»Äh – es war doch ein etwas eigenes Kind.«

»Woher wissen Sie das eigentlich? Ich meine, daß er so eigen war?«

»Vom Vater. Der war den ganzen Tag hier im Krankenhaus. Die Mutter kam später, zusammen mit dem älteren Sohn. Das steht alles in den Unterlagen. Ich habe die Kopien zusammengestellt, um die Sie gebeten haben.«

Er tippte auf den Papierstapel auf dem Schreibtisch und schob das chinesische Buch beiseite. Sejer erkannte das erste Zeichen auf dem Einband, das Zeichen für »Mann«.

»Soviel ich weiß, war der Vater gerade im Badezimmer, als das Unglück passiert ist?«

»Stimmt. Er rasierte sich gerade. Der Junge war außerdem auf seinem Stuhl angeschnallt, deshalb konnte er keine Hilfe holen. Als der Vater wieder in die Küche kam, lag der Junge über dem Tisch. Er hatte den Teller vom Tisch gefegt und dabei zerbrochen. Und das schlimmste war, daß der Vater gerade das gehört hatte.«

»Und er hat nicht nachgesehen, was los war?«

»Der Junge hat offenbar dauernd irgend etwas kaputt gemacht.«

»Wer war zu diesem Zeitpunkt noch im Haus?«

»Nur die Mutter, glaube ich. Der ältere Sohn war gerade gegangen, zum Schulbus oder so, und die Mutter schlief im ersten Stock.«

»Und hat nichts gehört?«

»Es gab wohl nichts zu hören. Er konnte ja nicht schreien.«

»Nicht mit zwei Waffelherzen im Hals, nein. Aber sie wurde dann doch geweckt – von ihrem Mann, natürlich?«

»Vielleicht hat er geschrien oder sie gerufen. Menschen reagieren in solchen Situationen sehr unterschiedlich. Manche schreien einfach nur, andere sind wie gelähmt.«

»Aber sie ist nicht mit dem Krankenwagen gefahren?«

»Sie ist nachgekommen. Sie hat erst noch den älteren Bruder aus der Schule geholt.«

»Wieviel später sind sie gekommen?«

»Mal sehen – etwa anderthalb Stunden. Nach unseren Unterlagen.«

»Haben Sie notiert, wie er sich verhalten hat? Der Vater?«

Jetzt schwieg der Arzt und schloß die Augen, wie um sich diesen Morgen vor Augen zu rufen, so, wie er verlaufen war.

»Er stand unter Schock. Er hat nicht viel gesagt.«

»Das ist verständlich. Aber das wenige, das er gesagt hat – können Sie sich daran erinnern? Wissen Sie den Wortlaut noch?«

Der Arzt blickte ihn fragend an und schüttelte den Kopf. »Es ist so lange her. Fast acht Monate.«

»Versuchen Sie es trotzdem.«

»Ich glaube, es war so ungefähr: O Gott, nein! O Gott, nein!«

»Und der Vater hatte den Krankenwagen geholt?«

»So steht es hier, ja.«

»Braucht der von hier bis Lundeby wirklich zwanzig Minuten?«

»Ja, leider. Und noch einmal zwanzig Minuten für den Rückweg. Es war niemand dabei, der eine Trachetomie vornehmen konnte. Sonst hätten sie ihn vielleicht retten können.«

»Was heißt das?«

»Daß zwischen zwei Halswirbeln ein Luftröhrenschnitt vorgenommen wird.«

»Also daß der Hals aufgeschnitten wird?«

»Ja. Das ist ein recht einfacher Eingriff. Und vielleicht hätte ihn das retten können. Aber wir wissen ja auch nicht genau, wie lange er schon so auf seinem Stuhl saß, ehe der Vater ihn gefunden hat.«

»Ungefähr so lange, wie eine Rasur dauert, nehme ich an.«

»Ja, vielleicht.« Der Arzt blätterte in seinen Papieren und rückte seine Brille gerade. »Besteht der Verdacht auf – etwas Kriminelles?« Er hatte schon lange auf dieser Frage herumgebrütet. Jetzt hielt er sich gewissermaßen für berechtigt, sie endlich zu stellen.

»Das kann ich mir nicht vorstellen. Was meinen Sie?«

»Ich habe keine Meinung dazu.«

»Aber Sie haben den Jungen obduziert. Ist Ihnen an diesem Todesfall etwas sonderbar vorgekommen?«

»Sonderbar? Kinder sind eben so. Sie stopfen alles in sich hinein.«

»Aber wenn vor dem Jungen ein Teller mit Waffeln stand und er allein war und keine Angst zu haben brauchte, daß jemand ihm etwas wegnehmen könnte – warum sollte er dann zwei Stück auf einmal in den Mund stecken?«

»Eine Frage – worauf wollen Sie eigentlich hinaus?«

»Keine Ahnung.«

Der Arzt versank in Gedanken und versuchte wieder, sich zu erinnern. An den Morgen, an dem der kleine Eskil nackt auf dem Porzellantisch gelegen hatte, vom Hals her aufgeschnitten, an den Augenblick, als er den Klumpen in der Luftröhre entdeckt und als Waffeln identifziert hatte. Ein einziger klebriger Pfropfen aus Eiern und Mehl und Butter und Milch.

»Ich kann mich an die Obduktion erinnern«, sagte er leise. »Sehr gut sogar. Vielleicht bedeutet das, daß wir verwundert waren. Ach, ich weiß nicht, ich kann dazu nichts sagen. Ich bin nie auf solche Gedanken gekommen. Aber«, sagte er plötzlich, »wie sind Sie überhaupt auf diese Idee gekommen? Daß hier eine Unregelmäßigkeit vorliegen könnte?«

Unregelmäßigkeit. Dieses unklare Wort, das so viele Möglichkeiten enthielt.

»Na ja«, sagte Sejer und sah ihn an. »Er hatte einen Babysitter. Sagen wir es so, sie hat in Verbindung mit diesem Todesfall einige Signale ausgesandt, die mich stutzig machen.«

»Signale? Aber können Sie sie nicht einfach fragen?«

»Das geht nicht.« Sejer schüttelte den Kopf. »Dazu ist es zu spät.«

Waffeln zum Frühstück, dachte er. Die stammten wohl vom Vortag. Johnas hatte sicher nicht in aller Herrgottsfrühe Waffelteig angerührt. Waffeln vom Vortag, zähe, kalte Waffeln. Er knöpfte seine Jacke zu und setzte sich ins Auto. Niemand hätte darauf reagiert. Kindern blieb dauernd irgend etwas im Hals stecken. Wie der Pathologe gesagt hatte: Die stopfen alles in sich hinein. Er ließ den Motor an, überquerte die Rosenkrantzgate und fuhr hinunter zum Fluß, wo er nach links abbog. Er hatte zwar keinen Hunger, fuhr aber doch zum Gerichtsgebäude, stellte das Auto ab und fuhr mit dem Fahrstuhl in die Kantine, wo auch Waffeln angeboten wurden. Er ließ sich eine Waffel, eine Schale mit Marmelade und einen Kaffee geben und setzte sich ans Fenster. Vorsichtig riß er zwei Herzen ab. Die Waffel war knusprig und frisch gebacken. Er faltete die beiden Herzen einmal und dann noch einmal zusammen und starrte sie an. Er konnte sie sich mit etwas Mühe in den Mund schieben und dann auch noch zerkauen. Das tat er, und er spürte, wie sie ohne Schwierigkeiten durch seine Speiseröhre glitten. Frischgebackene Waffeln waren glatt und fett. Er trank Kaffee und schüttelte den Kopf. Betrachtete widerwillig die unklaren Bilder, die sich ihm aufdrängten, Bilder eines kleinen Jungen, dem etwas im Hals steckte. Der mit den Armen fuchtelte, den Teller zerbrach und um sein Leben kämpfte, ohne daß jemand das hörte. Aber der Vater hatte den Teller gehört. Warum war er nicht in die Küche gerannt? Weil der Kleine dauernd irgend etwas zerbrochen hatte, meinte der Arzt. Dennoch – ein kleiner Junge und ein zerbrochener Teller. Ich selber hätte sofort nachgesehen, überlegte Sejer. Ich hätte gedacht, daß der Stuhl umgekippt sein und der Kleine sich verletzt haben könnte. Der Vater hatte sich zu Ende rasiert. Und wenn nun die Mutter doch wach gewesen war? Vielleicht hatte sie gehört, wie der Teller zerbrach? Sejer trank noch einen Schluck Kaffee und bestrich den Rest der Waffel mit Marmelade. Danach studierte er sorgfältig den Obduktionsbericht. Schließlich erhob er sich und ging zum Wagen. Er dachte an Astrid Johnas. Die allein einen Stock höher gelegen und nicht begriffen hatte, was da passierte.

Halvor nahm sich ein Brot von seinem Teller und ließ den Computer an. Er mochte die kleine Fanfare und den Strom von blauem Licht, mit denen der Apparat den Betrieb aufnahm. Jede Fanfare war für ihn ein feierlicher Moment. Er hatte das Gefühl, dadurch als wichtige Person willkommen geheißen zu werden, als ein Ersehnter. An diesem Tag ging er anders vor. Er war in der tollkühnen Stimmung, die er von Annie so gut kannte. Deshalb legte er munter los mit »Pfoten weg«, »Zutritt verboten« und »Hau ab hier!«. Das hatte sie immer gesagt, wenn er ganz vorsichtig und kameradschaftlich den Arm um ihre Schultern gelegt hatte. Aber sie hatte es immer in einem liebevollen Tonfall gesagt. Und wenn er es wagte, sie um einen Kuß zu bitten, dann drohte sie, ihm seinen Schmollmund wegzubeißen. Ihre Stimme sagte etwas anderes als ihre Worte. Das änderte zwar nichts an ihrer Weigerung, aber so konnte er es leichter ertragen. Im Grunde war er nie richtig zum Zuge gekommen. Und doch hatte sie mit ihm zusammensein wollen. Sie hatten sich aneinandergeschmiegt und sich gegenseitig Wärme gegeben. Und es war nicht schlecht gewesen, so im Dunkeln unter der Decke zu liegen, zusammen mit Annie, und auf die Stille draußen zu horchen, befreit von Angst und Alpträumen, die immer mit seinem Vater zu tun hatten. Der nicht mehr hereinplatzen und ihm die Decke wegreißen, der ihn nicht mehr erreichen konnte. Geborgenheit. Jemanden bei sich liegen zu haben, wie es jahrelang mit seinem Bruder gewesen war. Diesen anderen Menschen atmen zu hören, seine Wärme im Gesicht zu spüren.

Warum hatte sie das überhaupt aufgeschrieben? Worum ging es dabei? Und würde er es begreifen, wenn er es endlich gefunden hätte? Er kaute auf seinem Leberwurstbrot herum und hörte im Wohnzimmer den Fernseher plärren. Er hatte ein bißchen ein schlechtes Gewissen, weil seine Großmutter abends immer allein war und weil das auch noch so weitergehen würde, bis er den Code geknackt hatte und zu Annies Geheimnis vorgedrungen war. Es ist etwas Finsteres, dachte er, wenn es so unzugänglich ist. Etwas Finsteres und Gefährliches, das nicht laut gesagt, sondern nur aufgeschrieben und eingesperrt werden konnte. So als ginge es um Leben und Tod. Das gab er ein. »Leben und Tod.« Nichts passierte.

Astrid Johnas hatte Mittagspause. Sie schaute aus dem Hinterzimmer, ein Knäckebrot in der Hand, sie trug dasselbe rote Kostüm wie beim letztenmal. Sie machte ein skeptisches Gesicht. Sie legte ihr Brot auf das Butterbrotpapier, als fände sie es unpassend zu kauen, wenn von Annie die Rede war. Statt dessen konzentrierte sie sich auf den Kaffee.

»Ist etwas passiert?« fragte sie und trank einen Schluck aus dem Thermosbecher.

»Heute möchte ich nicht über Annie sprechen.«

Sie hob den Becher und blickte Sejer aus großen Augen an.

»Heute möchte ich über Eskil sprechen.«

»Entschuldigung?« Ihr voller Mund wurde kleiner und schmaler. »Ich bin damit fertig, bin darüber hinweg. Und wenn ich das sagen darf, ich habe dafür einen hohen Preis bezahlt.«

»Es tut mir leid, daß ich nicht rücksichtsvoller sein

kann. Aber einige Einzelheiten, was den Tod Ihres Sohnes betrifft, interessieren mich.«

»Warum das?«

»Das brauche ich nicht zu erläutern, Frau Johnas«, sagte Sejer freundlich. »Beantworten Sie einfach meine Fragen.«

»Und wenn ich mich weigere? Wenn ich das einfach nicht noch einmal hochkommen lassen will?«

»Dann gehe ich«, sagte Sejer leise. »Und lasse Ihnen Zeit zum Nachdenken. Und dann komme ich wieder und stelle dieselben Fragen.«

Sie schob den Becher beiseite, legte die Hände in den Schoß und setzte sich gerade hin. Als habe sie genau das erwartet und wolle Kräfte sammeln.

»Ich finde das nicht richtig«, sagte sie mürrisch. »Zuerst wollten Sie über Annie sprechen, und natürlich war ich bereit, Ihnen alle Auskünfte zu erteilen. Aber was Eskil angeht – also, stellen Sie Ihre Fragen, und dann gehen Sie.«

Ihre Hände fanden einander und verflochten sich. Als fürchte sie sich vor etwas.

»Unmittelbar vor seinem Tod«, sagte Sejer, »hat er den Teller vom Tisch gefegt, und der ist auf den Boden gefallen und zerbrochen. Haben Sie das gehört?«

Diese Frage überraschte sie. Verwundert starrte sie Sejer an, schien etwas anderes, vielleicht Schlimmeres erwartet zu haben. »Ja«, sagte sie rasch.

»Das haben Sie gehört? Sie waren also wach?« Er musterte ihr Gesicht, registrierte den kleinen Schatten, der darüber huschte, und fragte: »Sie haben also nicht geschlafen? Haben Sie den Rasierapparat gehört?«

Sie senkte den Kopf. »Ich habe nur gehört, daß er ins Badezimmer gegangen ist und mit der Tür geknallt hat.«

»Woher wußten Sie, daß er ins Badezimmer gegangen ist?«

»Das wußte ich eben. Wir hatten lange in diesem Haus gewohnt, und jede Tür hatte ihr eigenes Geräusch.«

»Und vorher? Ehe er ins Bad gegangen ist?«

Wieder zögerte sie und suchte in ihren Erinnerungen.

»Ihre Stimmen, in der Küche. Sie saßen beim Frühstück.«

»Eskil hat Waffeln gegessen«, sagte Sejer vorsichtig. »Kam das bei Ihnen häufiger vor?« Waffeln zum Frühstück. Er lächelte freundlich, als er diese Frage stellte.

»Sicher hat er so lange herumgequengelt«, sagte sie müde. »Und am Ende hat er immer seinen Willen bekommen. Es war nicht leicht, Eskil etwas abzuschlagen, das hat bei ihm eine Lawine ausgelöst. Er konnte keinen Widerstand ertragen. Es war, als ob man Öl ins Feuer geschüttet hätte. Und Henning war nicht besonders geduldig, er konnte Eskils Geschrei nicht ertragen.«

»Sie haben ihn also schreien hören?«

Sie riß eine Hand von der anderen los und griff wieder nach dem Becher.

»Er hat immer sehr viel Lärm gemacht«, sagte sie zu dem Dampf, der vom Kaffee aufstieg.

»Gab es da Probleme, Frau Johnas?«

Sie lächelte kurz. »Die gab es immer. Er wollte unbedingt Waffeln. Henning hatte ihm ein Brot gemacht, das er einfach nicht essen wollte. Und Sie wissen ja, wie das ist, wir versuchen alles, um unsere Kinder zum Essen zu bewegen, deshalb hat er ihm wohl die Waffeln hingestellt, oder vielleicht hat Eskil die auch entdeckt. Sie standen noch vom Vorabend unter Plastikfolie auf der Anrichte.«

»Haben Sie gehört, ob irgendwelche Worte gefallen sind?«

»Worauf wollen Sie eigentlich hinaus?« fragte sie plötzlich. »Reden Sie doch mit Henning darüber, ich war nicht dabei. Ich war im ersten Stock.«

»Meinen Sie, er hätte mir etwas zu erzählen?«

Schweigen. Sie verschränkte die Arme, wie um ihn auszusperren. Ihre Angst wuchs.

»Ich will nicht für Henning sprechen. Er ist nicht mehr mein Mann.«

»Hat der Verlust des Kindes Ihre Ehe beendet?«

»Eigentlich nicht. Das wäre ohnehin passiert. Wir hatten zu viele Schwierigkeiten.«

»Wollten Sie ausbrechen?«

»Was hat das mit Eskil zu tun?« fragte sie spitz.

»Wahrscheinlich gar nichts. Ich frage nur.« Er legte beide Hände auf den Tisch und drehte die Handflächen nach oben. »Als Henning Eskil gefunden hat, was hat er da gemacht? Hat er Sie gerufen?«

»Er hat die Schlafzimmertür aufgerissen, und dann stand er da und starrte mich an. Und mir ging plötzlich auf, wie still alles war, aus der Küche war nichts mehr zu hören. Ich setzte mich im Bett auf und schrie.«

»Gibt es im Zusammenhang mit diesem Unglück für Sie irgendwelche Unklarheiten?«

»Was?«

»Sind Sie das alles zusammen mit Ihrem Mann durchgegangen? Haben Sie ihn gefragt?«

Wieder sah er in ihren Augen einen Anflug von Angst.

»Er hat mir alles gesagt«, antwortete sie kurz. »Er war außer sich vor Verzweiflung. Hatte das Gefühl, an allem schuld zu sein, nicht gut genug aufgepaßt zu haben. Und damit lebt es sich sicher nicht leicht. Er hat es nicht geschafft, und ich auch nicht. Wir mußten einfach auseinandergehen.«

»Aber es gibt nichts an diesem Todesfall, das Sie nicht verstanden haben oder das Ihnen nicht erklärt worden ist?«

Sejer hatte große schiefergraue Augen, die in diesem Moment sehr sanft dreinschauten, weil sein Gegenüber von etwas dermaßen erfüllt war, daß es vielleicht bald überlaufen würde.

Ihre Schultern fingen an zu beben. Er wartete eine Weile geduldig und dachte, daß er sich jetzt nicht bewegen, nicht die Stille stören oder sie ablenken dürfe. Sie steuerte auf ein Geständnis zu. Er kannte das aus anderen Gesprächen, es lag in der Luft. Irgend etwas hatte sie gequält, und sie hatte nicht gewagt, daran zu denken.

»Ich habe gehört, wie sie sich gegenseitig angeschrien haben«, flüsterte sie. »Henning war wütend, er ist ohnehin ziemlich jähzornig. Ich hatte mir das Kissen über den Kopf gezogen, ich wollte das einfach nicht mit anhören.«

»Weiter.«

»Ich hörte Eskil Krach machen, vielleicht schlug er mit der Tasse auf den Tisch, und Henning schimpfte und lärmte mit Schubladen und Schranktüren.«

»Haben Sie einzelne Wörter verstehen können?«

Wieder zitterte ihre Unterlippe. »Nur einen einzigen Satz. Den allerletzten, ehe Henning ins Badezimmer gestürzt ist. Er schrie so laut, daß ich schon Angst hatte, die Nachbarn könnten es hören. Ich hatte Angst, sie könnten das falsch verstehen. Aber wir hatten es nicht leicht. Wir hatten ein Kind, das sich ganz anders verhielt als erwartet. Wir hatten doch schon einen Sohn. Magne war immer so still, das ist er noch immer. Bei ihm gab es nie Ärger, er hat immer getan, was wir ihm aufgetragen haben, er…«

»Was haben Sie gehört?«

Plötzlich ging die Ladenglocke, und die Tür wurde geöffnet. Zwei Damen schauten sich um und musterten mit leuchtenden Augen das große Wollangebot. Frau Johnas zuckte zusammen und wollte zu ihnen gehen. Er legte ihr eine Hand auf die Schulter, um sie zurückzuhalten.

»Sagen Sie es mir!«

»Henning wäre fast zugrunde gegangen. Er konnte es sich nicht verzeihen. Und ich konnte nicht mehr mit ihm leben.«

»Sagen Sie mir, was er gesagt hat!«

»Niemand sollte es erfahren. Und es spielt ja auch keine Rolle. Eskil ist tot.«

»Aber er ist doch nicht mehr Ihr Mann?«

»Er ist Magnes Vater. Er hat mir erzählt, wie er im Badezimmer stand und vor Verzweiflung zitterte, weil er nicht so sein konnte, wie ein Vater zu sein hat. Er wollte warten, bis Eskil sich beruhigt hatte, und ihn dann um Verzeihung bitten, weil er so böse gewesen war. Er konnte nicht zur Arbeit fahren, ohne das geklärt zu haben. Schließlich ging er wieder in die Küche. Den Rest wissen Sie.«

»Sagen Sie mir, was er gesagt hat.«

»Nie im Leben!«

Der scheußliche Gedanke, der in seinem Kopf Wurzeln geschlagen hatte, keimte und wuchs. Er hatte viel gesehen und war nur noch selten von etwas überrascht. Vielleicht war Eskil Johnas die Sorte Kind gewesen, bei der die Eltern erleichtert sind, wenn sie es loswerden?

Er holte Skarre und ging mit ihm durch den Flur.

»Jetzt wollen wir uns mal Orientteppiche ansehen«, sagte er.

»Warum?«

»Ich war gerade bei Astrid Johnas. Ich glaube, sie quält sich mit einem entsetzlichen Verdacht herum, der mir auch schon gekommen ist. Daß Johnas am Tod des Jungen nicht unschuldig ist. Ich glaube, deshalb hat sie ihn verlassen.«

»Aber sie hat doch nichts gesehen?«

»Ich weiß auch nicht. Dieser Gedanke macht ihr jedenfalls eine Heidenangst. Und ich habe mir noch etwas überlegt. Johnas hat den Todesfall mit keinem Wort erwähnt, als wir bei ihm waren.«

»Das ist doch wohl kein Wunder? Wir waren schließlich wegen Annie da.«

»Ich finde es seltsam, daß er das nicht erwähnt hat. Es sei kein Kind zum Hüten mehr da, hat er gesagt, weil seine Frau ihn verlassen habe. Er hat nicht erwähnt, daß das Kind, um das Annie sich gekümmert hatte, tot ist. Nicht einmal, als du ihn nach dem Bild an der Wand gefragt hast.«

»Bestimmt brachte er es nicht über sich, darüber zu sprechen. Du mußt schon entschuldigen, daß ich das erwähne«, sagte Skarre plötzlich und senkte die Stimme. »Aber auch du hast einen Menschen verloren, der dir sehr nahestand. Wie leicht fällt es dir, darüber zu reden?«

Sejer blieb vor Verblüffung stehen. Er spürte, wie seine Haut erblaßte, hatte das Gefühl, daß jemand sein Gesicht mit einem dünnen Draht einschnürte. »Ich kann natürlich darüber reden«, sagte er. »Wenn ich das Gefühl habe, daß es wirklich sein muß. Wenn andere Rücksichten wichtiger sind als meine Gefühle.«

Ihr Geruch, der Geruch ihrer Haare und ihrer Haut, eine

Mischung aus Chemikalien und Schweiß, ihre Stirn hatte einen fast metallischen Glanz. Die vielen Tabletten hatten den Zahnschmelz zerfressen, er war bläulich wie Magermilch. Und das Weiße in ihren Augen wurde langsam gelb.

Vor ihm stand Skarre mit erhobenem Kopf, überhaupt nicht verlegen. Sejer hatte es eigentlich erwartet, schließlich hatte Skarre zuviel gesagt, war zu weit gegangen. Wollte er denn nicht um Entschuldigung bitten?

»Aber du hast offenbar nie das Gefühl gehabt, es sei nötig?«

Jetzt sah Sejer diesen frechen Grünschnabel fragend an. Und der hob doch tatsächlich seine Faust.

»Nein«, sagte Sejer energisch und schüttelte den Kopf. »Bisher nicht!« Er setzte sich wieder in Bewegung.

»Na«, sagte Skarre ungerührt. »Und was erzählt Frau Johnas so?«

»Sie waren aneinandergeraten. Sie hat gehört, wie sie sich angeschrien haben. Die Badezimmertür wurde zugeknallt, der Teller zerbrach. Johnas scheint zu Jähzorn zu neigen. Sie sagt, er macht sich Vorwürfe.«

»Würde ich auch«, sagte Skarre.

»Hast du vielleicht auch mal etwas Aufmunterndes beizusteuern?«

»Im Grunde schon. Annies Schultasche.«

»Was ist damit?«

»Weißt du noch, daß sie mit Fett eingeschmiert war? Vermutlich, um Fingerabdrücke zu entfernen?«

»Ja?«

»Das ist endlich identifiziert. Eine Art Salbe, die unter anderem Teer enthält.«

»So eine habe ich auch«, sagte Sejer überrascht. »Für mein Ekzem.«

»Aber das Zeug ist Pfotenfett. Für wunde Hundepfoten.«

Sejer nickte. »Johnas hat einen Hund.«

»Und Axel Bjørk einen Schäferhund. Das wollte ich nur erwähnt haben«, sagte Skarre rasch und öffnete die Tür. Der Hauptkommissar verließ das Gebäude vor seinem Assistenten. Das Gespräch hatte ihn ein bißchen verwirrt.

Axel Bjørk nahm den Hund an die Leine und ließ ihn aus dem Auto.

Rasch sah er sich nach allen Seiten um, konnte keinen Menschen entdecken, überquerte den Platz und fischte einen Universalschlüssel aus seiner Uniform. Drehte sich noch einmal nach seinem Auto um, das gut sichtbar mitten vor dem Haupteingang stand, ein bleigrauer Peugeot mit einem Skibehälter auf dem Dach und dem Emblem der Wachgesellschaft an der Tür und auf der Motorhaube. Der Hund wartete, während Bjørk sich am Schloß zu schaffen machte. Vorläufig nahm der Schäferhund noch keine Witterung auf, sie hatten das schon so oft gemacht, aus dem Auto, ins Auto, bei Türen und Fahrstühlen ein und aus, tausend verschiedene Gerüche. Der Hund folgte ihm treu. Er führte ein gutes Hundeleben mit viel Bewegung, immer neuen Eindrücken und reichlichem Fressen.

Das Fabrikgelände lag still und verlassen da, hier wurde nicht mehr gearbeitet, die Halle diente nur als Lager. Kästen, Kartons und Säcke waren bis zur Decke gestapelt, es roch nach Pappe und Staub und fauligem Holz. Bjørk schaltete kein Licht ein. An seinem Gürtel baumelte eine Taschenlampe, mit der er jetzt in die riesige Halle hineinleuchtete. Seine Stiefel klangen hohl auf dem Steinboden. Jeder Schritt hallte in seinem Kopf auf ganz besondere Weise wider. Seine eigenen Schritte, einer nach dem anderen, allein in der Stille. Bjørk ging auf eine Maschine zu. Achilles ging an der schlaffen Leine, in abgemessenen Schritten, er war sehr gut dressiert. Ihm schwante nichts Böses, und er liebte seinen Herrn.

Sie näherten sich der Maschine, einer großen Walze. Bjørk quetschte sich hinter Eisen und Stahl, zog den Hund hinter sich her, streifte die Leine über einen Stahlhebel, befahl: »Sitz!« Der Hund setzte sich, war jetzt aber wachsam. Im Raum verbreitete sich ein Geruch. Ein Geruch, der nicht mehr fremd war, der immer stärker und zu einem Teil ihres Alltags geworden war. Aber da war noch etwas anderes. Der herbe Geruch von Angst. Bjørk ließ sich auf den Boden gleiten, das Rascheln des Nylonoveralls und das Keuchen des Hundes waren die einzigen Geräusche. Bjørk zog einen Flachmann aus der Tasche, öffnete ihn und trank.

Der Hund wartete mit glänzenden Augen und spitzen Ohren. Er würde zwar keinen Keks bekommen, aber trotzdem saß er da, wartete und horchte. Bjørk starrte in die Hundeaugen, kein Wort kam über seine Lippen. Die Spannung in der dunklen Halle steigerte sich. Er spürte, daß der Hund ihn bewachte, er selbst bewachte den Hund. In seiner Tasche steckte der Revolver.

Halvor grunzte unzufrieden. Hier kommt doch kein Schwein rein, dachte er mißmutig. Das leise Surren des Computers ging ihm inzwischen auf die Nerven. Es war kein trauliches Rauschen mehr, sondern ein nie enden wollender Lärm wie der einer gewaltigen Maschine in der Ferne. Dieser Lärm verfolgte ihn den ganzen Tag, und er kam sich fast nackt vor, wenn er den Rechner ausschaltete und Stille eintrat – bis das Geräusch in seinem Kopf wieder erklang. Spuck's aus, Annie, dachte er. Sprich zu mir!

Im Kino wurde eine Filmserie gezeigt. Er kaufte am Kiosk Smarties und Gummibärchen und wartete dann mit den Eintrittskarten am Eingang. Möchtest du etwas trinken, fragte sie. Er schüttelte den Kopf, es war ihm zu wichtig, sie anzusehen, sie mit allen anderen zu vergleichen, die sich vor dem Eingang zum Kinosaal zusammendrängten. Die Tür wurde geöffnet, von einem Kontrolleur in schwarzer Uniform und mit einer Zange in der Hand, der allen, die vor ihn traten, ins Gesicht schaute; die meisten schlugen die Augen nieder, denn die meisten waren unter der Altersgrenze für diesen Film. Einen James-Bond-Film. Den allerersten, den sie zusammen sahen, sie gingen zum erstenmal miteinander aus, fast wie ein richtiges Liebespaar. Er schwoll vor Stolz an. Und es war ein guter Film, das fand jedenfalls Annie. Er selber hatte nicht viel mitbekommen, er hatte sie die ganze Zeit aus dem Augenwinkel angestarrt und im Dunkeln auf ihre Geräusche gehorcht. Aber er konnte sich an den Titel erinnern: For your eyes only.

Das schrieb er in das dunkle Feld und wartete kurz, aber es passierte nichts. Wütend sprang er auf, lief einige Schritte hin und her, riß den Deckel von einem Topf auf dem Fensterbrett, in dem er eine Tüte Lakritze verstaut hatte. Das alles hatte doch keinen Sinn! Plötzlich verbannte er sein schlechtes Gewissen weit in seinen Hinterkopf. Dort hatte er einen geheimen Raum, in dem schon etwas aufbewahrt wurde. Halvor war nicht mehr zu bremsen, er lief durch die Küche ins Wohnzimmer zum Bücherregal, wo das Telefon stand, suchte im Telefonbuch nach Computerfirmen, fand eine Nummer und wählte sie.

»Ra Computer. Solveig am Apparat.«

»Also es geht um eine gesicherte Datei«, stotterte Halvor. Sein Mut verließ ihn, er kam sich klein vor wie ein Dieb und Spanner. Aber es gab kein Zurück mehr.

»Sie kommen nicht rein?«

»Äh, nein. Ich habe den Code verkramt.«

»Ich fürchte, der zuständige Kollege hat schon Feierabend gemacht. Aber bleiben Sie am Apparat, ich frage mal nach.«

Halvor preßte den Hörer so fest gegen seine Wange, daß ihm das Ohrläppchen weh tat. Er hörte Stimmengewirr und klingelnde Telefone, schaute zu seiner Großmutter hinüber, die mit einem Vergrößerungsglas Zeitung las, und dachte, das hätte Annie sehen sollen.

»Sind Sie noch da?«

»Ja.«

»Wohnen Sie weit weg?«

»In der Lundebysvinge.«

»Da haben Sie Glück. Er kommt auf dem Heimweg bei Ihnen vorbei. Bitte nennen Sie mir Ihre genaue Adresse.«

Danach saß er in seinem Zimmer und wartete, sein Herz hämmerte. Er hatte die Vorhänge geöffnet, damit er das Auto sofort sah, wenn es in den Hof einbog. Es dauerte genau dreißig Minuten, dann erschien ein weißer Kadett mit dem Firmenlogo von Ra Computer auf der Tür. Ein überraschend junger Typ stieg aus und blickte unsicher zum Haus herüber.

Halvor stürzte zur Tür. Der junge Computerspezialist schien sympathisch zu sein, er war rundlich wie ein Schmalzkringel und hatte tiefe Lachgrübchen. Halvor bedankte sich bei ihm für die Umstände. Zusammen gingen sie in sein Zimmer. Der Computerspezialist öffnete seinen Diplomatenkoffer und zog einen Stapel Tabellen heraus. »Ziffern- oder Buchstabencode?« fragte er.

Halvor lief knallrot an.

»Wissen Sie nicht einmal das?« fragte der andere überrascht.

»Ich hatte so viele verschiedene«, murmelte Halvor. »Ich hab sie unterwegs ausgetauscht.«

»Um welche Datei geht es?«

»Die da.«

»›Annie‹?«

Er stellte keine weiteren Fragen. Bei seinem Job war Diskretion gefragt, und er besaß großen Ehrgeiz. Halvor ging ans Fenster und blieb dort mit glühenden Wangen stehen, eine Mischung aus Scham und Nervosität erfüllte ihn, und sein Herz hämmerte laut wie ein Trommelwirbel. Hinter sich hörte er, wie die Tastatur so heftig bearbeitet wurde, daß es wie Kastagnetten klang. Außer Trommelwirbel und Kastagnetten war nichts zu hören. Nach einer Weile, die Halvor wie eine Ewigkeit vorkam, erhob der andere sich.

»Das wär's, Kumpel.«

Halvor drehte sich um und starrte den Bildschirm an. Nahm den Block entgegen, um die Auftragsbestätigung zu unterschreiben.

»Siebenhundertfünfzig Kronen?« keuchte er.

»Pro angebrochene Stunde.« Der andere lächelte.

Mit zitternden Händen unterschrieb Halvor auf der gepunkteten Linie unten auf dem Block und bat darum, die Rechnung per Postanweisung bezahlen zu dürfen.

»Es war ein Zifferncode.« Der Experte lächelte wieder. »Null-sieben-elf-neun-vier. Datum und Jahreszahl, nehme ich an.« Die Lachgrübchen vertieften sich. »Aber offenbar nicht Ihr Geburtsdatum. Dann wären Sie ja erst acht Monate alt.«

Halvor brachte ihn zur Tür und bedankte sich, dann rannte er zurück und setzte sich vor den Computer. Auf dem leuchtenden Schirm stand jetzt ein neuer Text: »Please proceed.«

Fast wäre ihm Speichel aus dem offenen Mund auf die Tastatur getropft, und er mußte sich ans Herz fassen, weil das weiterhin so heftig hämmerte. Vor ihm lief der Text über den Bildschirm, und Halvor fing an zu lesen. Er mußte sich auf seinen Schreibtisch stützen und mehrmals zwinkern, während er sich in dem Dokument vorarbeitete. Etwas war geschehen, Annie hatte es aufgeschrieben, und endlich hatte er Zugang dazu. Er las mit großen aufgeregten Augen, und langsam stieg ein entsetzlicher Verdacht in ihm auf.

Bjørk hatte sich schon ziemlich einen angetrunken.

Der Hund saß noch immer unruhig keuchend und mit hängender Zunge da. Sein Blick flackerte. Bjørk rappelte sich schließlich mühsam auf, stellte die Flasche auf den eiskalten Boden und stieß mehrmals auf. Mit gespreizten Beinen kippte er rückwärts gegen die Wand. Der Hund sprang auf und starrte ihn aus gelben Augen an. Sein Schwanz peitschte zwei- oder dreimal über den Boden. Bjørk machte sich an seinem Revolver zu schaffen, der in der engen Tasche feststeckte, es gelang ihm, ihn hervorzuziehen und den Hahn zu spannen. Die ganze Zeit starrte er den Hund an und lauschte dessen knirschenden Backenzähnen. Dann schwankte er plötzlich, seine Hand zitterte, aber er konnte sie unter Kontrolle bringen, den Arm heben und abdrücken. Die gewaltige Explosion hallte zwischen den Wänden wider. Sein Schädel platzte. Der Inhalt klatschte gegen die Wand, etwas traf den Hund über der Schnauze. Der Schuß hallte lange nach. Der Hund versuchte, sich loszureißen, aber die Leine saß fest. Nach wiederholten Versuchen war er völlig erschöpft. Er gab auf und verlegte sich aufs Winseln.

Die Galerie lag in einer stillen Straße, nicht weit von der katholischen Kirche entfernt. Vor dem Haus stand ein Citroën älteren Baujahrs, das Modell mit den schrägstehenden Scheinwerfern. Ungefähr wie chinesische Augen, dachte Sejer. Das Auto war ziemlich verdreckt. Skarre ging hin und sah es sich genauer an. Das Dach war sauberer als der Rest, etwas schien dort gelegen und den Lack geschützt zu haben. Das Auto war graugrün.

»Kein Skibehälter«, kommentierte Sejer.

»Nein, den hat er weggenommen. Aber hier sind die Eindrücke, da war er befestigt.«

Sie öffneten die Tür und traten ein. Es roch ungefähr so wie in Frau Johnas' Geschäft, nach Wolle und Appretur und auch ein wenig nach Teer, was an den Deckenbalken lag. Eine Kamera zielte aus einer Ecke auf sie. Sejer blieb stehen und schaute in die Linse. Überall lagen hohe Teppichstapel. Eine breite Steintreppe führte nach oben. Auf dem Boden lagen hier und da Teppiche, andere hingen über Holzleisten von der Decke. Johnas, gekleidet in Flanell und Samt, rot und grün und rosa und schwarz, kam die Treppe herunter, seine dunklen Locken paßten gut zu seiner Farbleidenschaft. Er hatte etwas Schlaffes, Weiches. Sein heftiges Temperament, wenn es das wirklich gab, war gut verborgen. Aber seine Augen waren dunkel, fast schwarz und sein Wesen war einwandfrei das des Verkäufers. Freundlich, glatt und entgegenkommend.

»Ach!« sagte er freundlich. »Kommen Sie doch herein. Sie wollen bestimmt einen Teppich kaufen!«

Er streckte eine Hand aus, als empfange er liebe, lange nicht mehr gesehene Freunde oder betuchte potentielle Kunden mit einer Schwäche für dieses Handwerk. Für Knoten. Farben. Muster, die religiöse Geheimnisse enthielten. Geburt, Leben und Tod, Schmerz, Sieg, Stolz, alles, was dann unter den Eßtisch oder vor den Fernseher gelegt werden konnte. Unverwüstlich, einzigartig.

»Sie haben ja viel Platz«, kommentierte Sejer und schaute sich um.

»Zwei ganze Etagen und einen Dachboden. Glauben Sie mir, das war eine große Investition. Ich habe mich für diesen Laden fast ruiniert, als ich hier eingezogen bin, sah es unmöglich aus. Schimmelig und grau. Ich habe sorgfältig saubergemacht und die Wände gekalkt, und mehr war dann gar nicht. Ursprünglich war das eine feine Bürgervilla. Bitte, kommen Sie doch mit!« Er zeigte nach oben und führte seine Besucher in den Raum, den er »Büro« nannte, bei dem es sich aber eigentlich um eine geräumige Küche handelte, mit Spülbecken aus Stahl, Herd, Kaffeemaschine und einem kleinen Kühlschrank. Die Fliesen über dem Spülstein zeigten fesche niederländische Meisjes in hellen Kleidern, Windmühlen und fette, watschelnde Gänse. Alte Kupferkessel mit kleidsamen Beulen hingen unter der Decke an einem Balken. Der Tisch hatte einen hochstehenden Rand, an den Ecken war er mit Messing beschlagen wie ein Tisch auf einem alten Segelschiff.

An diesem Tisch ließen sie sich nieder, und ohne weitere Frage ging Johnas zum Kühlschrank und servierte seinen Gästen Traubensaft in Weingläsern.

»Wie geht's den Hundebabys?« erkundigte Skarre sich.

»Hera darf einen behalten, zwei sind schon vergeben. Sie sollten bereuen, daß Sie nicht gleich zugeschlagen haben. Womit kann ich dienen?« Johnas nippte an seinem Glas und lächelte.

Sejer wußte, daß diese Jovialität nicht von langer Dauer sein würde.

»Ich wollte nur ein paar Fragen über Annie stellen. Ich fürchte, wir müssen dieselbe Runde wieder und wieder drehen.« Diskret wischte er sich über den Mund. »Sie haben sie am Kreisverkehr aufgelesen, stimmt das?«

Wortwahl, Tonfall und die hauchfeine Andeutung der Bereitschaft, frühere Aussagen anzuzweifeln, schärften Johnas' Aufmerksamkeit.

»Das habe ich Ihnen bereits gesagt, und dabei bleibe ich.«

»Aber sie wollte eigentlich zu Fuß gehen, nicht wahr?«

»Wie bitte?«

»Sie mußten sie doch erst überreden, zu Ihnen ins Auto zu steigen, wenn ich das richtig verstanden habe?«

Johnas kniff die Augen zusammen, blieb aber ruhig.

»Sie wollte eigentlich zu Fuß gehen«, sagte Sejer noch einmal. »Sie hat Ihr Angebot abgelehnt. Stimmt das?«

Johnas nickte plötzlich und lächelte. »Das war immer so bei ihr, sie war eben bescheiden. Aber ich fand es zu übel, daß sie den ganzen Weg nach Horgen gehen sollte. Es ist doch ziemlich weit.«

»Sie haben sie also überredet?«

»Nein, nein…« Johnas schüttelte heftig den Kopf und rutschte auf seinem Stuhl hin und her. »Vielleicht habe ich sie ein wenig genötigt. Bei manchen Menschen muß das leider sein.«

»Sie hatte also keine Lust, sich in Ihr Auto zu setzen?«

Johnas hörte die leichte Betonung auf »Ihr Auto« sehr deutlich.

»So war Annie eben. Hat sich immer geziert. Mit wem haben Sie eigentlich gesprochen?« fragte er plötzlich.

»Mit mehreren hundert Personen«, sagte Sejer. »Und jemand hat Annie in Ihr Auto einsteigen sehen. Nach einer langen Diskussion. Damit sind Sie der letzte, der sie lebend gesehen hat, und deshalb sind Sie so wichtig für uns.«

Johnas lächelte ihn an, ein verschwörerisches Lächeln, als handle es sich um ein Spiel, an dem er mehr als gern teilnehmen wollte.

»Ich war nicht der letzte«, sagte er kurz. »Der letzte war der Mörder.«

»Aber den zu erwischen ist nicht so leicht«, sagte Sejer mit gespielter Ironie. »Und wir haben auch keinen Grund zu der Annahme, daß der Motorradfahrer wirklich auf Annie gewartet hat. Wir haben nur Sie.«

»Wie bitte? Worauf wollen Sie hinaus?«

»Na ja«, Sejer breitete die Arme aus, »am liebsten auf den Grund der Geschichte. Dank meiner Stellung muß ich natürlich alle möglichen Aussagen anzweifeln.«

»Wollen Sie mich der Lüge bezichtigen?«

»Natürlich muß ich in solchen Bahnen denken«, sagte Sejer und änderte schnell seinen Tonfall. »Ich hoffe, das können Sie mir verzeihen. Warum wollte sie nicht einsteigen?«

Johnas wurde unsicher. »Natürlich wollte sie.« Er stellte die Stacheln auf und riß sich zusammen. »Sie ist eingestiegen, und ich habe sie nach Horgen gefahren.«

»Nicht weiter?«

»Nein, wie gesagt, sie ist beim Laden ausgestiegen. Ich dachte, sie wollte vielleicht einkaufen. Ich habe sie nicht einmal bis vor die Tür gefahren, ich habe sie auf der anderen Straßenseite angehalten und sie aussteigen lassen. Und danach«, er erhob sich und holte von der Anrichte seine Zigaretten, »danach habe ich sie nicht mehr wiedergesehen.«

Sejer setzte die Lokomotive auf neue Gleise.

»Sie haben ein Kind verloren, Johnas. Sie wissen, was das für ein Gefühl ist. Haben Sie mit Eddie Holland darüber gesprochen?«

Einen Moment lang sah Johnas überrascht aus. »Nein, nein, der ist viel zu verschlossen, ich wollte mich nicht aufdrängen. Und mir fällt es auch nicht leicht, darüber zu sprechen.«

»Wie lange ist es her?«

»Sie haben mit Astrid gesprochen, nicht wahr? An die acht Monate. Aber so etwas vergißt man nicht, man kommt nicht darüber hinweg.« Er fischte eine Filterzigarette aus der Packung und rauchte mit fast femininen Handbewegungen. »Andere versuchen oft, sich vorzustellen, wie das ist.« Mit müdem Blick starrte er Sejer an. »Sie tun das in der allerbesten Absicht, sicher. Sehen das leere Kinderbettchen vor sich und glauben, daß man davorsteht und es anglotzt. Und das habe ich auch oft getan. Aber das leere Bett ist nur ein Aspekt. Ich bin morgens aufgestanden und ins Badezimmer gegangen, und da stand seine Zahnbürste unter dem Spiegel. So eine, die sich verfärbt, wenn sie warm wird. Das Badeentchen auf dem Wannenrand. Seine Pantoffeln unter dem Bett. Ich habe mich dabei ertappt, daß ich den Tisch für einen zuviel gedeckt habe, und das tagelang. Im Auto lagen Schmusetiere, die er dort vergessen hatte. Und Monate später habe ich unter dem Sofa einen Schnuller gefunden.«

Johnas sprach mit zusammengebissenen Zähnen, als rücke er nur widerwillig etwas heraus, auf das seine Besucher keinen Anspruch hatten.

»Ich habe alles weggeräumt, Stück für Stück, und es kam mir vor wie ein Verbrechen. Es war eine Qual, jeden Tag seine Sachen zu sehen, es war grauenhaft, sie wegzupacken. Es hat mich jede Sekunde des Tages verfolgt, und das ist noch immer so. Wissen Sie, wie lange der Geruch eines Menschen in einem Baumwollschlafanzug haftenbleibt?«

Er verstummte, und sein braunes Gesicht war jetzt grau. Sejer schwieg. Er dachte plötzlich an Elises Holzschuhe, die immer vor der Tür gestanden hatten. Damit sie schnell hineinschlüpfen konnte, wenn sie Müll zum Abfallschacht bringen oder die Polizei holen wollte. Die Tür zu öffnen, die weißen Schuhe hochzuheben und sie in die Wohnung zu stellen, das war eine Erinnerung, die ihn mit einem scharfen Schmerz erfüllte.

»Wir waren vor kurzem auf dem Friedhof«, sagte er leise. »Waren Sie schon länger nicht mehr dort?«

»Was ist das für eine Frage?« erwiderte Johnas mit brüchiger Stimme.

»Ich möchte nur wissen, ob Ihnen bekannt ist, daß etwas vom Grab entfernt worden ist.«

»Sie meinen den kleinen Vogel? Ja, der ist kurz nach der Beerdigung verschwunden.«

»Haben Sie daran gedacht, einen neuen anzuschaffen?«

»Was Sie aber auch alles wissen wollen! Ja, ich habe mir das natürlich überlegt. Aber ich hätte das nicht noch einmal ertragen, und deshalb habe ich darauf verzichtet.«

»Aber Sie wissen, wer ihn weggenommen hat?«

»Natürlich nicht!« sagte Johnas plötzlich mit scharfer Stimme. »Dann hätte ich es sofort angezeigt, und wenn es in meiner Macht gestanden hätte, dann hätte der Dieb etwas erleben können.«

»Sie hätten eine Strafpredigt gehalten?«

Johnas lächelte säuerlich. »Nein, ich hätte *keine* Strafpredigt gehalten.«

»Es war Annie«, sagte Sejer gelassen.

Johnas riß die Augen auf.

»Wir haben ihn bei ihren Sachen gefunden. Das ist doch der Vogel?«

Er steckte die Hand in die Tasche und zog den Vogel hervor. Johnas nahm ihn mit zitternden Fingern entgegen. »Sieht so aus wie der, den ich gekauft hatte. Aber warum ...?«

»Das wissen wir nicht. Wir dachten, Sie könnten uns das vielleicht sagen.«

»Ich? Herrgott, ich habe keine Ahnung! Ich verstehe das nicht. Warum in aller Welt hat sie ihn gestohlen? Sie war nicht gerade eine Diebin, die Annie, die ich gekannt habe.«

»Deshalb muß sie einen Grund gehabt haben. Der nichts mit Lust am Stehlen zu tun gehabt hat. War sie aus irgendeinem Grund böse auf Sie?«

Johnas starrte stumm vor Überraschung den Vogel an.

Das hat er nicht gewußt, dachte Sejer und sah zu Skarre hinüber. Skarres glasblaue Augen registrierten noch die leichteste Bewegung seines Gegenübers.

»Wissen ihre Eltern, daß sie ihn hatte?« fragte Johnas schließlich.

»Das glauben wir nicht.«

»Und es war nicht Sølvi? Sølvi ist schließlich nicht

ohne. Genau wie eine Elster, schnappt sich alles, was funkelt.«

»Es war nicht Sølvi.«

Sejer hob das Glas am Stiel hoch und trank einen Schluck Traubensaft. Er schmeckte wie dünner Wein.

»Na, sie hatte wohl ihre Geheimnisse«, sagte Johnas mit einem Lächeln. »Die haben wir schließlich alle. Sie war ja auch ein bißchen geheimniskrämerisch. Vor allem, als sie älter wurde.«

»Die Sache mit Eskil hat sie sehr schwer genommen, nicht wahr?«

»Sie konnte nicht mehr zu uns kommen. Ich verstehe das, ich konnte auch lange Zeit keine Menschen ertragen. Und Astrid und Magne sind ausgezogen, es passierte soviel auf einmal. Ein unbeschreibliches Kapitel«, murmelte er und wurde blaß bei dieser Erinnerung.

»Aber Sie haben sicher miteinander gesprochen?«

»Wir haben uns nur zugenickt, wenn wir uns auf der Straße begegnet sind. Wir waren doch fast Nachbarn.«

»Und hatten Sie den Eindruck, daß sie Ihnen auswich?«

»Sie war irgendwie verlegen. Es war für uns alle schwer.«

»Und dazukommt«, sagte Sejer, als sei ihm das aus purem Zufall eingefallen, »daß Sie kurz vor seinem Tod mit Eskil aneinandergeraten sind. Das hat es für Sie sicher besonders schwergemacht.«

»Jetzt lassen Sie endlich Eskil aus dem Spiel«, fauchte Johnas.

»Kennen Sie Raymond Låke?«

»Sie meinen diesen Sonderling, der oben bei der Kuppe wohnt?«

»Ich habe gefragt, ob Sie ihn kennen.«

»Alle wissen, wer Raymond ist.«

»Ja oder nein?«

»Ich kenne ihn nicht.«

»Aber Sie wissen, wo er wohnt?«

»Ja, das weiß ich. In dieser alten Bruchbude. Scheint ihm gut genug zu sein, jedenfalls sieht er idiotisch glücklich aus.«

»Idiotisch glücklich?« Sejer erhob sich und schob sein Glas zur Seite. »Ich glaube, Idioten sind ebenso wie wir anderen vom Wohlwollen anderer Menschen abhängig, um glücklich zu sein. Außerdem dürfen Sie eins nie vergessen: Obwohl er die Umwelt nicht so deuten kann, wie Sie das tun, ist mit seiner Sehfähigkeit alles in Ordnung.«

Johnas' Gesicht schien zu erstarren. Er begleitete seine Besucher nicht zur Tür. Als sie die Treppe ins Erdgeschoß hinuntergingen, spürte Sejer die Kameralinse im Nacken wie einen Strahl.

Danach holten sie Kollberg aus Sejers Wohnung und ließen ihn auf dem Rücksitz liegen.

»Der Hund ist zuviel allein, sicher ist er deshalb so unmöglich«, sagte Sejer und gab Kollberg ein Stück Dörrfisch. »Findest du den Geruch schlimm?«

Skarre nickte. »Danach mußt du ihm ein Fisherman's Friend geben.«

Sie fuhren in Richtung Lundeby, bogen beim Kreisverkehr ab und hielten bei den Briefkästen. Sejer ging durch die Straße, wohl wissend, daß in allen einundzwanzig Häusern jemand ihn sehen konnte. Alle würden annehmen, daß er zu Hollands wollte. Aber er blieb stehen und blickte sich um, sah zu Johnas' Haus hinüber. Es sah halbleer aus, und hinter mehreren Fenstern waren die Vorhänge geschlossen. Langsam ging er wieder zurück.

»Der Schulbus fährt jeden Morgen um zehn nach sieben am Kreisverkehr los«, sagte er schließlich. »Jeden Morgen. Alle Kinder aus dem Krystall, die zur Schule gehen, fahren mit diesem Bus. Also müssen sie gegen sieben los, um ihn nicht zu verpassen.«

Ein leichter Wind wehte, aber auf seinem Kopf bewegte sich kein Haar.

»Magne Johnas war gerade weg, als Eskil das Essen im Hals steckengeblieben ist.«

Skarre wartete. Ein Bibelwort, das mit Geduld zu tun hatte, ging ihm durch den Kopf.

»Und Annie war ein bißchen später dran als die anderen. Holland weiß noch, daß sie verschlafen hatten. Sie ist an Johnas' Haus vorbeigegangen, vielleicht gerade zu der Zeit, als Eskil beim Frühstück saß.«

»Ja. Und was weiter?« Skarre schaute zu Johnas' Haus hinüber. »Nur Wohnzimmer- und Schlafzimmerfenster gehen zur Straße raus. Und Eskil saß in der Küche.«

»Das weiß ich, das weiß ich«, sagte Sejer gereizt. Sie gingen weiter, näherten sich dem Haus und versuchten, sich diesen Tag vorzustellen, den 7. November, morgens früh um sieben. Im November ist es dunkel, dachte Sejer.

»Kann sie im Haus gewesen sein?«

»Keine Ahnung.«

Sie blieben stehen, starrten eine Zeitlang das Haus an, jetzt aus nächster Nähe. Das Küchenfenster befand sich in einer Querwand und schaute zum Nachbarhaus hinüber.

»Wer wohnt in dem roten Haus?« fragte Skarre.

»Irmak. Mit Frau und Kindern. Aber gibt es da nicht einen Weg? Zwischen den Häusern?«

Skarre nickte. »Doch. Und da kommt jemand.«

Plötzlich tauchte zwischen den beiden Häusern ein

Junge auf. Er hielt den Kopf gesenkt und hatte die beiden Männer noch nicht entdeckt.

»Torbjørn Haugen. Der, der die Suche nach Ragnhild geleitet hat.«

Sejer wartete auf Torbjørn, der lange Schritte machte. Er trug eine schwarze Tasche über der Schulter, um die Stirn hatte er dasselbe bunte Tuch gebunden wie zuletzt. Sie beobachteten sorgfältig, als er an Johnas' Haus vorüberging. Torbjørn war groß und reichte bis zur Mitte des Küchenfensters.

»Du gehst eine Abkürzung?« fragte Sejer.

»Ja?« Torbjørn blieb stehen. »Dieser Weg führt direkt zum Gneisvei hinunter.«

»Nehmen die anderen auch diesen Weg?«

»Sicher, da sparen wir fast fünf Minuten.«

Sejer machte einige Schritte über den Weg und blieb vor dem Fenster stehen. Er war größer als Torbjørn und konnte problemlos in die Küche sehen. Dort stand kein Kindersitz mehr, es gab nur zwei normale Holzstühle. Auf dem Tisch standen ein Aschenbecher und eine Kaffeetasse. Ansonsten wirkte der Raum fast unbewohnt. Der 7. November, dachte er. Draußen pechschwarz, drinnen brennt Licht. Man kann von draußen hineinschauen, die drinnen sehen draußen aber nichts.

»Johnas ist immer ein bißchen sauer, wenn wir hier durchgehen«, sagte Torbjørn plötzlich. »Hat dieses Gerenne so dicht an seinem Haus satt, sagt er. Aber jetzt zieht er ja aus.«

»Alle, die zum Schulbus wollen, nehmen also diese Abkürzung?«

»Ja, alle.«

Sejer nickte Torbjørn zu und drehte sich zu Skarre um. »Mir ist etwas eingefallen, das Holland gesagt hat, als er bei uns war. An dem Tag, an dem Eskil starb, ist

Annie früher aus der Schule nach Hause gekommen, weil sie sich nicht wohl fühlte. Sie hat sich gleich ins Bett gelegt. Er mußte zu ihr gehen, um ihr von dem Unglück zu erzählen.«

»Wieso nicht wohl fühlte?« fragte Skarre. »Sie war doch nie krank.«

»›Unpäßlich‹ eben.«

»Du glaubst, sie hat etwas gesehen, nicht wahr? Durchs Küchenfenster.«

»Ich weiß nicht. Vielleicht.«

»Aber warum hat sie nichts gesagt?«

»Vielleicht hat sie sich nicht getraut. Oder sie hat nicht ganz begriffen, was sie da gesehen hat. Vielleicht hat sie sich Halvor anvertraut. Ich habe die ganze Zeit das Gefühl, daß er mehr weiß, als er zugeben mag.«

»Konrad«, sagte Skarre leise, »das hätte er doch gesagt.«

»Da bin ich mir nicht so sicher. Er ist ein komischer Vogel. Wir sollten noch einmal mit ihm reden.«

In diesem Moment meldete sich sein Europieper, und er ging zum Auto und wählte sofort die angegebene Nummer. Holthemann meldete sich.

»Axel Bjørk hat sich mit einem alten Enfield-Revolver eine Kugel in die Schläfe geschossen.«

Sejer mußte sich auf den Wagen stützen. Diese Nachricht schmeckte wie bittere Medizin. Und sie hinterließ eine unangenehme Trockenheit in seinem Mund.

»Habt ihr irgendeinen Brief gefunden?«

»Er hatte keinen bei sich. Jetzt wird seine Wohnung durchsucht. Der Bursche hatte doch offenbar ein schlechtes Gewissen, oder was meinst du?«

»Keine Ahnung. Es kann so viele Gründe geben. Er hatte Probleme.«

»Er war unberechenbar und alkoholisiert. Und er

hatte allerlei gegen Ada Holland, und das mit gutem Grund.«

»Er war vor allem unglücklich.«

»Haß und Verzweiflung können sich durchaus ähnlich sehen. Und wir zeigen das, was gerade am besten paßt.«

»Ich glaube, du irrst dich. Er hatte schon aufgegeben. Vielleicht hat er deshalb mit allem Schluß gemacht.«

»Vielleicht wollte er Ada mitnehmen?«

Sejer schüttelte den Kopf und blickte zum Haus der Familie Holland hinüber. »Das hätte er Sølvi und Eddie nicht angetan.«

»Willst du einen Täter haben oder willst du keinen?«

»Ich will den richtigen.« Er sah Skarre an, wollte das Gespräch beenden. »Axel Bjørk ist tot. Ich frage mich, wie Ada Holland jetzt zumute ist. Vielleicht wie Halvor nach dem Tod seines Vaters. Sie denkt, daß das ›schon in Ordnung‹ ist.«

Halvor fuhr hoch. Der Stuhl kippte um, er ging zum Fenster. Starrte auf den öden Hof hinaus. Lange blieb er in dieser Haltung stehen. Aus dem Augenwinkel sah er den umgekippten Stuhl und Annies Foto auf seinem Nachttisch. So war die Sache also. Das alles hatte Annie gesehen. Er setzte sich wieder vor den Bildschirm und las noch einmal alles vom Anfang bis zum Ende. In Annies Text stand auch seine eigene Geschichte, die er ihr unter dem Siegel der Verschwiegenheit anvertraut hatte. Der wütende Vater, der Schuß im Schuppen am 13. Dezember. Es hatte nichts mit dieser Sache zu tun, er holte tief Luft, markierte den Abschnitt und löschte ihn für immer und ewig. Danach schob er eine Diskette ein und kopierte Annies Text. Am Ende ging er leise aus seinem Zimmer und durch die Küche.

»Was ist los, Halvor?« rief seine Großmutter, als er durchs Wohnzimmer ging und dabei seine Jeansjacke anzog. »Gehst du weg?«

Er gab keine Antwort. Er hörte ihre Stimme, der Sinn ihrer Worte aber drang nicht bis zu ihm durch.

»Wo gehst du hin? Willst du ins Kino?«

Halvor knöpfte seine Jacke zu und dachte an sein Motorrad, ob das wohl anspringen würde. Wenn nicht, würde er den Bus nehmen müssen, und dann würde er eine Stunde unterwegs sein. Diese Stunde hatte er nicht, er mußte schnell an sein Ziel gelangen.

»Wann kommst du denn zurück? Bist du zum Abendessen wieder hier?«

»Ich muß jemanden treffen.«

»Aber wen? Du bist so blaß, stimmt vielleicht dein Blutdruck nicht? Wann warst du eigentlich zuletzt beim Arzt, das weißt du sicher selber nicht mehr. Wie heißt dein Bekannter noch gleich, was hast du gesagt?«

»Ich habe gar nichts gesagt. Er heißt Johnas.«

Seine Stimme klang ungewohnt entschieden. Die Tür fiel ins Schloß, und als die Großmutter aus dem Fenster schaute, sah sie, daß er sich über sein Motorrad beugte und mit wütenden Bewegungen daran herumschraubte.

Die Kamera im Erdgeschoß war nicht gerade günstig angebracht. Das ging ihm in diesem Moment auf; er blickte auf den Bildschirm zu seiner Linken. Die Linse hatte zuviel Gegenlicht, und das reduzierte die Kunden zu vagen Umrissen, fast wie zu Gespenstern. Er sah sich die Kunden gern an, ehe er ihnen entgegenging. Im ersten Stock, wo die Lichtverhältnisse besser waren, konnte er Gesichter und Kleider erkennen, und bei Stammkunden konnte er sich vorbereiten, ehe er sein

Büro verließ. Konnte die jeweils passende Haltung annehmen. Wieder blickte er auf den Bildschirm, der das Geschehen im Erdgeschoß wiedergab. Eine einsame Gestalt stand dort. Vermutlich ein Mann, vielleicht auch ein Jugendlicher, in kurzer Jacke. Es würde wohl kein gutes Geschäft werden, aber er mußte sich diesem Kunden doch widmen, korrekt, dienstbeflissen, um den guten Ruf der Galerie aufrechtzuerhalten, der inzwischen nahezu tadellos war. Außerdem sah man es den Leuten nicht an, ob sie Geld hatten. Nicht mehr. Dieser Bursche konnte durchaus steinreich sein. Langsam ging Johnas die Treppe hinunter. Seine Schritte waren kaum zu hören, er hatte einen leichten, fast schleichenden Gang, und er tanzte nicht gern durch die Gegend, so als arbeite er in einem Spielzeugladen. Es war eine Galerie, in der man mit gedämpfter Stimme sprach. Es gab keine Preisschilder oder Registrierkassen. In der Regel schickte er eine Rechnung, manche Kunden bezahlten auch mit Karte. Er war jetzt fast unten, zwei Stufen lagen noch vor ihm, als er plötzlich innehielt.

»Guten Tag«, murmelte er.

Der Junge hatte ihm den Rücken zugekehrt, drehte sich jetzt aber um und starrte ihn neugierig an. In seinem Blick lagen Mißtrauen und leise Verwunderung. Er sagte nichts, er starrte nur, als wolle er in den Zügen seines Gegenübers eine Geschichte lesen. Ein Geheimnis vielleicht oder die Auflösung eines Rätsels. Johnas kannte ihn. Ein oder zwei Sekunden überlegte er, ob er das zugeben sollte.

»Kann ich Ihnen behilflich sein?«

Halvor gab keine Antwort. Noch immer starrte er Johnas mit nachdenklicher Miene ins Gesicht. Er wußte, daß er ihn erkannt hatte. Johnas hatte ihn oft gesehen, er war mit Annie bei ihm gewesen, sie waren sich auf der Straße begegnet. Jetzt hatte er eine Rüstung angelegt. Alles Weiche und Dunkle an diesem Mann, Flanell, Samt und dunkle Locken, alles war zu einer harten Schale erstarrt.

»Zweifellos«, sagte Halvor und ging einige Schritte auf Johnas zu, der noch immer unten auf der Treppe stand, eine Hand auf dem Geländer.

»Du verkaufst Teppiche.« Er sah sich um.

»Stimmt – ja.«

»Ich will einen Teppich kaufen.«

»Ach.« Johnas lächelte. »Davon gehe ich aus. Was soll es denn sein? Etwas Besonderes?«

Der will doch keinen Teppich, dachte er. Und Geld hat er auch nicht, dem geht es um etwas anderes. Vielleicht ist er aus reiner Neugier hier, irgendeine verrückte Idee. Er hat bestimmt keine Ahnung, was Teppiche kosten. Aber das wird sich bald ändern, das garantiere ich.

»Groß oder klein?« fragte er und verließ endlich die Treppe. Der Junge war mehr als einen Kopf kleiner als er und dünn wie Reisig.

»Ich möchte einen Teppich, der so groß ist, daß kein Stuhlbein daneben steht. Ich finde Putzen zu anstrengend.«

Johnas nickte. »Dann komm mit nach oben. Da sind die großen.«

Er ging die Treppe hoch, gefolgt von Halvor. Halvor kamen keine Zweifel, er wurde von ungeahnten Kräften getrieben, schien auf einer Schiene in den finsteren Berg zu gleiten.

Johnas schaltete die sechs Kronleuchter ein, die er aus einer Glasbläserwerkstatt in Venedig erhalten hatte. Sie hingen unter den geteerten Dachbalken und tauchten den großen Raum in warmes, aber kräftiges Licht.

»Welche Farbe soll es denn sein?«

Halvor blieb oben auf der Treppe stehen und sah sich um. »Die sind doch alle rot«, sagte er leise.

Johnas lächelte herablassend. »Ich will ja nicht arrogant sein«, sagte er freundlich. »Aber weißt du überhaupt, wieviel so ein Teppich kostet?«

Halvor kniff die Augen zusammen. In seinen Gedanken tauchte etwas Altes auf, das er schon lange nicht mehr empfunden hatte. »Ich sehe wohl nicht furchterregend reich aus«, sagte er tonlos. »Du möchtest vielleicht einen Kontoauszug sehen?«

Johnas zögerte. »Du mußt schon entschuldigen. Aber hier kommen häufig Leute hereingeplatzt, die das nachher schrecklich peinlich finden. Das wollte ich dir eben ersparen.«

»Wie rücksichtsvoll«, sagte Halvor.

Er ging, vorbei am Teppichhändler, zu einem großen Teppich, der an der Wand ausgespannt war. Streckte die Hand aus und spielte mit den Fransen. Im Muster erkannte er einen Mann und zwei Pferde.

»Zweieinhalb mal drei Meter«, sagte Johnas mit gedämpfter Stimme. »Das wäre eine gute Wahl. Das Muster stellt einen Krieg zwischen zwei Nomadenvölkern dar. Er ist sehr schwer.«

»Du bringst ihn doch sicher ins Haus?« fragte Halvor.

»Natürlich. Ich habe einen Lieferwagen. Ich habe aber eher an die Pflege gedacht. Man muß ihn zu mehreren anheben, wenn man ihn ausklopfen will.«

»Den nehme ich.«

»Bitte?«

Johnas trat einen Schritt vor und blickte Halvor unsicher an. Der Junge war wirklich merkwürdig.

»Das ist so ungefähr mein teuerster«, sagte er. »Siebzigtausend Kronen.«

Er durchbohrte Halvor mit Blicken, als er das sagte. Halvor zuckte nicht mit der Wimper.

»Das ist er sicher wert.«

Johnas fühlte sich nicht wohl in seiner Haut. Ein schleichender Verdacht wanderte wie eine kalte Schlange sein Rückgrat hoch. Er begriff nicht, worauf der Junge hinauswollte und warum er sich so verhielt. Das Geld hatte er nie im Leben, und wenn doch, dann würde er es nicht für einen Teppich ausgeben.

»Bitte, pack ihn ein«, sagte Halvor und verschränkte die Arme. Er lehnte sich an einen Klapptisch aus Mahagoni, der unter seinem Gewicht erschrocken ächzte.

»Einpacken?« Johnas' Lippen kräuselten sich zu einem Lächeln. »Ich rolle ihn auf und wickle ihn in Plastikfolie und Klebeband.«

»Klingt gut.« Halvor wartete.

»Es ist eine ziemliche Arbeit, den von der Wand zu nehmen. Ich schlage vor, daß ich ihn dir heute abend vorbeibringe. Dann kann ich dir auch beim Auslegen helfen.«

»Nein, nein«, sagte Halvor energisch. »Ich will ihn jetzt haben.«

Johnas zögerte. »Du willst ihn jetzt haben. Und – verzeih meine Unhöflichkeit, aber wie willst du bezahlen?«

»Bar, wenn's recht ist.« Halvor klopfte auf seine Hosentasche. Er trug verwaschene Jeans, blaßblau und ausgefranst. Johnas stand immer noch mit skeptischer Miene vor ihm.

»Stimmt was nicht?« fragte Halvor.

»Ich weiß nicht. Vielleicht.«

»Und was, wenn ich fragen darf?«

»Ich weiß, wer du bist«, sagte Johnas unvermittelt. Nun stand er breitbeinig wie ein Matrose vor dem Jungen. Es war eine Erleichterung, das Eis zu durchbrechen.

»Kennen wir uns?«

Johnas nickte und stemmte die Hände in die Seiten. »Aber sicher, Halvor, wir kennen einander. Und ich frage mich, ob du jetzt nicht lieber gehen solltest.«

»Warum denn? Stimmt was nicht?«

»Jetzt hören wir auf mit diesem Quatsch«, sagte Johnas schroff.

»Ganz meine Meinung«, fauchte Halvor. »Also runter mit dem Teppich, und zwar sofort.«

»Wenn ich mir das genauer überlege, dann will ich ihn eigentlich gar nicht verkaufen. Ich ziehe ja bald um, ich will ihn selber behalten. Außerdem ist er zu teuer für dich. Sei doch ehrlich, wir wissen beide, daß du das Geld nicht hast.«

»Du willst ihn also selber behalten?« Halvor fuhr herum. »Ja, das kann ich verstehen. Dann nehm ich eben einen anderen.« Er sah sich wieder die Wand an und zeigte auf einen rosa-grünen Teppich. »Dann nehme ich den da«, sagte er lässig. »Bitte hol ihn runter. Und schreib eine Quittung.«

»Der kostet vierundvierzigtausend.«

»Alles klar.«

»Ach wirklich?« Johnas hatte noch immer die Hände in die Hüften gestemmt, seine Pupillen waren klein wie Schrotkugeln. »Überschreite ich alle Grenzen, wenn ich mich erst davon überzeugen möchte, daß du das Geld wirklich hast?«

Halvor schüttelte den Kopf. »Natürlich nicht. Weißt du, man kann den Leuten ja nicht ansehen, ob sie Geld haben oder nicht, heutzutage kann man das nicht mehr.« Er schob die Hand in die Tasche und zog eine alte Brieftasche heraus. Sie war aus kariertem Kunststoff, hatte einen Klettverschluß und war platt wie ein Pfannkuchen. Er steckte die Finger hinein und ließ die Münzen klirren. Zog einige heraus und legte sie auf den Klapptisch. Johnas starrte ihn ungläubig an, als er Fünfer und Zehner und Kronenstücke aufeinanderstapelte.

»Jetzt reicht es«, sagte er wütend. »Du hast mir schon genug Zeit gestohlen. Mach jetzt, daß du verschwindest.«

Halvor hielt inne und blickte geradezu verletzt zu Johnas auf. »Ich bin noch nicht fertig. Ich habe noch mehr.« Er wühlte weiter in seiner Brieftasche herum.

»Hast du nicht. Du wohnst mit deiner Großmutter in einer alten Bruchbude und fährst Speiseeis aus. Vierundvierzigtausend«, sagte Johnas mit scharfer Stimme. »Die blätterst du jetzt hin, oder …«

»Du weißt also, wo ich wohne?«

Halvor sah ihn an. Die Sache wurde gefährlich, aber er hatte keine Angst, aus irgendeinem Grund hatte er keine Angst.

»Ich habe das hier«, sagte er plötzlich und zog etwas aus dem Fach für die Geldscheine.

Johnas starrte mißtrauisch Halvor und den Gegenstand an, den dieser mit zwei Fingern hochhielt.

»Das ist eine Diskette«, erklärte Halvor.

»Ich will keine Diskette, ich will vierundvierzigtausend«, fauchte Johnas und spürte, wie sich in seiner Brust Entsetzen breit machte.

»Annies Tagebuch«, sagte Halvor und schwenkte die Diskette. »Sie hat vor einiger Zeit damit angefangen. Im November, genauer gesagt. Wir haben danach gesucht, ich war nicht der einzige. Du weißt ja, wie Mädchen sind. Die müssen sich immer irgendwem anvertrauen!«

Johnas atmete schwer. Sein Blick traf Halvor wie ein Messerstich.

»Ich habe es gelesen«, sagte Halvor. »Es handelt von dir.«

»Her damit!«

»Erst wenn die Hölle gefriert.«

Johnas fuhr zusammen. Halvors Stimme war plötzlich tiefer geworden. Ein böser Geist schien durch den Mund eines Kindes zu sprechen.

»Ich habe Kopien gemacht«, sagte Halvor. »Also kann ich so viele Teppiche kaufen, wie ich will. Immer, wenn ich mir einen neuen Teppich wünsche, mache ich einfach noch eine Kopie. Klar?«

»Du bist ein hysterischer Rotzbengel! Aus was für einer Anstalt bist du eigentlich entlaufen?«

Johnas nahm Anlauf, und Halvor sah für den Bruchteil einer Sekunde, wie sein Oberkörper anschwoll und sich zum Sprung sammelte. Johnas wog vielleicht zwanzig Kilo mehr als er und war außer sich vor Wut. Halvor sprang beiseite, Johnas verfehlte ihn, rutschte über den Steinboden und stieß krachend mit dem Kopf gegen den Klapptisch. Die Münzen fielen klirrend hinunter. Der Sturz entlockte Johnas die übelsten Flüche, die Halvor je gehört hatte, selbst wenn er das grenzenlose Vokabular seines Vaters berücksichtigte. Ein einziger Blick in das düstere Gesicht machte Halvor klar, daß die Schlacht verloren war. Johnas war soviel größer. Halvor stürzte zur Treppe, aber Johnas nahm schon wieder Anlauf, machte drei oder vier lange Schritte und stürzte los. Er traf Halvor an der Schulter. Instinktiv hob er den Kopf, während sein Rumpf mit voller Wucht auf den Steinboden prallte.

»Faß mich nicht an, verdammt noch mal!«

Johnas drehte ihn um. Halvor spürte seinen Atem im Gesicht, während Johnas' Fäuste sich um seinen Hals schlossen.

»Du tickst doch nicht mehr richtig«, würgte er hervor. »Du bist erledigt. Mir ist's egal, was du mit mir machst, du bist auf jeden Fall erledigt.«

Johnas war blind und taub. Er hob die Faust und zielte auf das schmale Gesicht. Halvor hatte schon häufig Prügel bezogen und wußte, was ihn erwartete. Die Faust traf ihn unter dem Kinn und sein schmaler Kiefer brach wie ein trockener Zweig. Die unteren Zähne trafen mit wilder Wucht gegen die Zähne des Oberkiefers, winzige Porzellansplitter mischten sich unter das Blut, das aus seinem Mund schoß. Johnas schlug weiter auf ihn ein, er zielte nicht mehr, sondern traf wahllos, während Halvor auszuweichen versuchte. Schließlich schlug er mit den Fingerknöcheln auf den Steinboden und schrie auf. Er rappelte sich hoch und starrte seine Hand an. Danach keuchte er vor Anstrengung. Eine Blutlache bedeckte den Boden. Er starrte das an, was daneben lag, und holte tief und inbrünstig Luft. Zwei Minuten später schlug sein Herz wieder in normalem Takt, und seine Gedanken wurden klarer.

»Der ist nicht da«, sagte die Großmutter verwirrt, als Sejer und Skarre in der Tür standen und nach Halvor fragten. »Der wollte jemanden besuchen. Ich glaube, einen gewissen Johnas. Er war sehr aufgeregt und gegessen hat er auch nichts. Ich weiß mir wirklich keinen Rat mehr, und außerdem bin ich zu alt, um mich um alles zu kümmern.«

Bei dieser Auskunft schlug Sejer zweimal mit der Faust gegen den Türrahmen.

»Hat ihn jemand angerufen, oder was ist passiert?«

»Hier ruft niemand an. Annie war die einzige. Er hat den ganzen Nachmittag in seinem Zimmer gesessen und mit dieser Maschine gespielt. Und dann ist er plötzlich losgestürzt und war weg.«

»Wir finden ihn schon. Sie müssen entschuldigen, aber wir haben es ziemlich eilig.«

»Ausgerechnet«, sagte er zu Skarre und knallte die Tür ins Schloß. »Auf eine blödere Idee hätte er wirklich nicht kommen können.«

»Das wird sich zeigen«, erwiderte Skarre verbissen und wendete noch auf dem Hof.

»Ich kann Halvors Motorrad nicht entdecken.«

Skarre sprang aus dem Wagen. Sejer drehte sich zu Kollberg um, der noch immer auf dem Rücksitz lag, und fischte einen Hundekeks aus der Tasche.

Sie stießen die Tür an, und sie öffnete sich langsam, während die beiden Männer herausfordernd in die Kamera starrten. Johnas sah sie von der Küche aus. Er blieb noch eine Weile an seinem Schiffstisch sitzen, atmete ruhig und hauchte seine schmerzenden Finger an. Es hatte keine Eile. Eins nach dem anderen. In seinem Leben passierte zwar sehr vieles gleichzeitig, aber normalerweise bekam er alles in den Griff. Er war ein pragmatischer Mann. Ging die Probleme der Reihe nach an, so wie sie gerade auftauchten. Das war seine besondere Begabung. Ziemlich ruhig erhob er sich und ging die Treppe hinunter.

»Wie, Sie schon wieder?« fragte er ironisch. »Ich finde, das sieht langsam aus wie pure Schikane.«

»Ach, finden Sie?«

Sejer ragte wie ein Pfosten vor ihm auf. Er schien Herr der Lage, und andere Kundschaft war nicht in Sicht.

»Wir suchen jemanden. Wir dachten, hier würden wir ihn vielleicht finden.«

Johnas blickte ihn fragend an, drehte sich um und streckte den Arm aus. »Ich bin ganz allein hier. Und jetzt wollte ich gerade Feierabend machen. Es ist spät.«

»Wir würden uns gern mal umsehen. In aller Kürze, natürlich.«

»Ehrlich gesagt...«

»Vielleicht ist er ja in einem unbewachten Moment ins Haus geschlichen und hat sich irgendwo versteckt. Man weiß ja nie.«

Sejer zitterte, für Skarre sah es aus, als ob ihm sieben Winter unter dem Hemd steckten.

»Ich mache jetzt Feierabend!« sagte Johnas energisch.

Die beiden gingen an ihm vorbei und die Treppe hoch. Sahen sich überall um. Warfen einen Blick ins Büro, öffneten die Toilettentür, gingen weiter bis zum Dachboden. Niemand war zu sehen.

»Wen glauben Sie denn, hier zu finden?«

Johnas lehnte am Geländer und starrte sie an, die Brauen hochgezogen. Sein Brustkasten hob und senkte sich unter seinem Hemd.

»Halvor Muntz.«

»Und wer ist das bitte?«

»Annies Freund.«

»Aber der hat hier doch nichts verloren?«

»Da bin ich mir nicht so sicher.«

Unbeeindruckt wanderte Sejer an der Wand entlang. »Er hat angedeutet, daß er zu Ihnen wollte. Er spielt auf eigene Faust Detektiv, und ich finde, wir sollten dem ein Ende machen.«

»Da bin ich ganz Ihrer Ansicht«, sagte Johnas mit nachsichtigem Lächeln. »Aber hier haben Emil und die Detektive sich nicht blicken lassen.«

Sejer versetzte den Teppichrollen mit den Schuhspitzen einen Tritt. »Gibt es hier im Haus einen Keller?«

»Nein.«

»Was machen Sie nachts mit den Teppichen? Liegen die hier einfach so rum?«

»Die meisten ja. Aber die richtig teuren kommen ins Gewölbe.«

»Aha.«

Plötzlich fiel Sejers Blick auf den kleinen Mahagonitisch. Auf dem Boden war eine Handvoll Münzen verstreut.

»Gehen Sie so großzügig mit dem Wechselgeld um?« fragte er neugierig.

Johnas zuckte mit den Schultern. Sejer gefiel es nicht, daß es so still war in dem Haus. Ihm gefiel auch der Gesichtsausdruck des Teppichhändlers nicht. In einer Ecke entdeckte er plötzlich einen rosa Putzeimer und einen Besen. Der Boden war feucht. »Putzen Sie gerade?« fragte er leichthin.

»Das tue ich immer, ehe ich Feierabend mache. Ich spare einiges, wenn ich das selber übernehme. Wie Sie sehen«, fügte Johnas dann hinzu, »ist hier sonst niemand.«

Sejer sah ihn an. »Zeigen Sie uns das Gewölbe!«

Einen Moment lang schien Johnas sich weigern zu wollen, doch dann überlegte er es sich anders und ging die Treppe hinunter.

»Das liegt im Erdgeschoß. Natürlich zeige ich es Ihnen gern. Es ist allerdings abgeschlossen, da kann er sich also unmöglich versteckt haben.«

Sie folgten ihm nach unten, zu einem Winkel unter der Treppe, wo sie eine Stahltür entdeckten, die sehr niedrig, aber zum Ausgleich viel breiter war als eine normale Tür. Johnas tippte den Türcode ein und drehte mehrere Male das Rad hin und her. Bei jeder Drehung war ein leises Klicken zu hören. Er benutzte die ganze Zeit die linke Hand, und das sah ein wenig unbeholfen aus, denn er war Rechtshänder.

»Dieser Knabe ist also so wertvoll, daß Sie meinen, ich sollte ihn hier verstecken?«

»Kann schon sein«, sagte Sejer kurz und starrte die ungeschickte linke Hand an. Johnas faßte nach der schweren Tür und zog aus Leibeskräften daran.

»Es geht sicher leichter, wenn Sie beide Hände nehmen«, sagte Sejer trocken.

Johnas hob eine Augenbraue, so als habe er das nicht verstanden. Sejer schaute in den kleinen Raum, der einen kleineren Safe, zwei oder drei an der Wand lehnende Gemälde und aufgerollte und wie Baumstämme gestapelte Teppiche enthielt.

»Das ist alles.«

Johnas starrte die beiden herausfordernd an. In dem Raum war nichts zu sehen, und das grelle Licht der beiden Neonröhren an der Decke blendete. Die Wände waren nackt.

Sejer lächelte. »Aber er ist hier gewesen, nicht wahr? Was wollte er von Ihnen?«

»Außer Ihnen war niemand hier.«

Sejer nickte und verließ das Gewölbe. Skarre blickte ihn ein wenig unsicher an, folgte ihm dann aber.

»Sollte er auftauchen, melden Sie sich dann bei uns?« fragte Sejer. »Nach allem, was passiert ist, hat er es nicht gerade leicht. Er braucht ein bißchen Hilfe.«

»Natürlich.«

Die Tür zum Gewölbe fiel dröhnend ins Schloß.

Auf dem Parkplatz teilte Sejer Skarre durch einen Wink mit, daß er fahren sollte.

»Fahr den Hang hoch und setz rückwärts in die Einfahrt da oben. Siehst du die?«

Skarre nickte.

»Da bleiben wir stehen. Wir warten, bis er losfährt,

dann folgen wir ihm. Ich möchte sehen, wohin er fährt.«

Sie brauchten nicht lange zu warten. Schon fünf Minuten später erschien Johnas in der Tür. Er schloß ab und schaltete die Alarmanlage ein, ging am grauen Citroën vorbei und verschwand durch den Torweg in einem Hinterhof. Zwei Minuten lang war er nicht zu sehen, dann tauchte er in einem alten Transit wieder auf. Der Transit hielt an der Straße und blinkte links. Deutlich konnte Sejer das Motorendröhnen hören.

»Natürlich hat er auch einen Lieferwagen«, sagte Skarre.

»Und ein Zylinder ist ausgefallen. Der tuckert wie ein alter Kutter. Fahr los, aber sei vorsichtig. Er muß zur Kreuzung da unten, fahr nicht zu dicht auf.«

»Kannst du sehen, ob er in den Rückspiegel schaut?«

»Das tut er nicht. Laß den Volvo vorbei, Skarre, den grünen, meine ich.«

Der Volvo bremste, weil die anderen Vorfahrt hatten, aber Skarre deutete eine Verbeugung an und winkte ihn vor. Der Fahrer winkte zum Dank mit erhobener Hand zurück.

»Er blinkt nach rechts. Los, die rechte Spur! Verdammt, es ist zu wenig Verkehr, der entdeckt uns bestimmt!«

»Er sieht uns nicht, er fährt wie auf Schienen. Wo der wohl hin will?«

»Möglicherweise in die Oscarsgate. Der Mann zieht doch gerade um, oder? Vorsicht jetzt, er wird langsamer. Paß auf den Bierwagen auf, wenn der sich vor uns setzt, verlieren wir Johnas vielleicht.«

»Du hast gut reden! Wann schaffst du dir endlich einen schnelleren Wagen an?«

»Jetzt bremst er wieder. Der will bestimmt durch die Børresens gate. Hoffen wir, daß der Volvo das auch vorhat.«

Johnas lenkte seinen großen Wagen leicht und geschmeidig durch die Stadt, um möglichst wenig Aufsehen zu erregen. Er blinkte und wechselte die Spur, näherte sich Oscarsgate, und nun konnten sie deutlich sehen, daß Johnas mehrere Male in den Rückspiegel schaute.

»Er hält vor dem gelben Mietshaus. Das ist Nummer fünfzehn. Anhalten, Skarre!«

»Ausgerechnet hier?«

»Stell den Motor ab. Jetzt steigt er aus.«

Johnas sprang aus seinem Wagen, blickte sich um und ging mit langen Schritten über die Straße. Sejer und Skarre schauten die Tür an, vor der Johnas stehenblieb und sich an einem Schlüssel zu schaffen machte. In der Hand hielt er einen Werkzeugkasten.

»Der will in seine Wohnung. Wir warten solange. Wenn er im Haus ist, läufst du zu seinem Auto und wirfst einen Blick durch das Heckfenster.«

»Was glaubst du, was er im Wagen hat?«

»Ich wage gar nicht, daran zu denken. Jetzt kannst du loslegen. Also, Skarre!«

Skarre glitt aus dem Wagen und lief gekrümmt wie ein alter Mann los, teilweise versteckt hinter den parkenden Autos. Er duckte sich hinter Johnas' Wagen, schlich darum herum, benutzte die Hände als Scheuklappen, um besser sehen zu können. Nach drei Sekunden machte er auf dem Absatz kehrt und rannte zu Sejer zurück. Er ließ sich auf seinen Sitz fallen und knallte mit der Tür.

»Einen Stapel Teppiche. Und Halvors Suzuki. Der Helm liegt auf dem Lenker. Gehen wir rein?«

»Auf keinen Fall! Bleib ganz ruhig sitzen. Wenn ich mich nicht irre, dann bleibt er nicht lange in seiner Wohnung.«

»Und dann folgen wir ihm weiter?«

»Kommt drauf an.«

»Hat er irgendwo Licht gemacht?«

»Ich sehe jedenfalls nichts. Da ist er wieder!«

Sie zogen die Köpfe ein und sahen zu, wie Johnas auf der Straße stehenblieb. Er schaute sich nach allen Seiten um, ließ seinen Blick an der langen Reihe der parkenden Autos entlangwandern. In keinem konnte er Menschen entdecken. Er ging zu seinem Transit, stieg ein, ließ den Motor an und setzte zurück. Skarre lugte über die Kante des Armaturenbretts.

»Was macht er jetzt?« fragte Sejer.

»Er setzt zurück. Und jetzt fährt er wieder vorwärts. Er setzt quer über die Straße zurück und hält vor dem Eingang. Jetzt steigt er aus. Er läuft zur Hintertür. Macht sie auf. Zieht einen aufgerollten Teppich heraus. Hockt sich hin. Legt sich den Teppich über die Schulter. Jetzt schwankt er ein wenig. Das sieht einfach erbärmlich aus. – Hergott, gleich kippt er um!«

Johnas schwankte unter dem Gewicht des Teppichs. Seine Knie drohten unter ihm nachzugeben. Sejer streckte die Hand nach dem Türgriff aus.

»Er geht wieder ins Haus. Jetzt versucht er sicher, den Teppich in den Fahrstuhl zu bugsieren. Nie im Leben kriegt er den die Treppen hoch. Achte auf die Fenster, Skarre, ob er irgendwo Licht macht.«

Plötzlich fing Kollberg an zu winseln.

»Sei still, Alter!« Sejer drehte sich um und streichelte seinen Hund. Sie warteten und starrten die Hausfassade und die dunklen Fenster an.

»Jetzt ist im dritten Stock Licht. Da liegt auch seine

Wohnung, gleich über dem Erker da hinten, kannst du das sehen?«

Sejer starrte an der Mauer hoch. Hinter dem erleuchteten Fenster fehlten die Vorhänge.

»Sollen wir nicht mal nachsehen?«

»Nichts überstürzen, Skarre. Johnas ist clever. Wir müssen noch ein bißchen warten.«

»Aber worauf?«

»Jetzt macht er das Licht wieder aus. Vielleicht kommt er gleich aus dem Haus. Kopf runter, Skarre!«

Sie zogen wieder die Köpfe ein. Kollberg winselte noch immer.

»Wenn du jetzt bellst, mußt du eine Woche fasten!« flüsterte Sejer durch zusammengebissene Zähne.

Johnas verließ das Haus. Er sah erschöpft aus. Diesmal schaute er sich nicht um, er setzte sich in sein Auto, zog die Tür ins Schloß und ließ den Wagen an.

Sejer öffnete seine Autotür einen Spaltbreit.

»Fahr hinter ihm her. Aber halte Abstand. Ich seh mir inzwischen mal seine Wohnung an.«

»Wie willst du denn reinkommen?«

»Dafür habe ich einen Kurs besucht. Du nicht?«

»Doch, natürlich.«

»Laß ihn ja nicht entwischen. Warte, bis er die Biegung erreicht hat, dann fahr hinter ihm her. Er will wahrscheinlich die Dunkelheit abwarten. Wenn du gesehen hast, daß er wirklich nach Hause fährt, hol dir von der Wache Leute. Schnappt ihn euch zu Hause. Laßt ihm nicht die Möglichkeit, sich umzuziehen oder irgend etwas beiseite zu schaffen, und erwähne diese Wohnung mit keinem Wort. Wenn er anhält, um das Motorrad loszuwerden, dann darfst du nicht eingreifen. Hast du das gehört?«

»Aber warum denn nicht?« fragte Skarre verstört.

»Weil er doppelt so groß ist wie du.«

Sejer sprang aus dem Auto, nahm Kollbergs Leine und zog den Hund hinter sich her. Er duckte sich hinter dem Wagen, als Johnas' Transit sich in Bewegung setzte und die Straße hinunterfuhr. Skarre wartete noch einige Sekunden, dann nahm er die Verfolgung auf. In diesem Moment war sein Glaube nicht besonders fest.

Gleich darauf sah Sejer beide Wagen nach rechts verschwinden. Er überquerte die Straße, schellte irgendwo und brummte »Polizei« in die Gegensprechanlage. Die Tür summte, und er ging ins Haus, verzichtete auf den Fahrstuhl und lief die Treppen zum dritten Stock hinauf. Dort gab es zwei Türen, aber da er gesehen hatte, wie Licht ein- und ausgeschaltet worden war, drehte er sich automatisch in Richtung Straße. An der Tür war kein Namensschild. Er sah sich das Schloß an, ein einfaches Schnappschloß. Öffnete seine Brieftasche und suchte nach einer Plastikkarte. Seine Scheckkarte wollte er ungern benutzen, aber daneben steckte sein Leserausweis aus der Bibliothek, mit Namen und Nummer und dem Aufdruck »Bücher öffnen alle Türen« auf der Rückseite. Er schob die Karte in den Spalt, und die Tür öffnete sich. Das Schloß war unbrauchbar, würde aber wohl demnächst ausgetauscht werden. Noch war die Wohnung so gut wie leer und enthielt keine nennenswerten Kostbarkeiten. Er knipste das Licht an. Entdeckte mitten im Zimmer einen Werkzeugkasten und am Fenster zwei Hocker. Unter dem Spülbecken in der Küche ragten eine kleine Pyramide aus Farbdosen und eine Fünfliterflasche mit Waschbenzin auf. Johnas renovierte. Sejer schlich weiter und horchte. Es war eine helle, offene Wohnung mit großen, abgerundeten Fenstern und passablem Blick auf die Straße, ein wenig vor dem ärgsten Verkehr geschützt. Ein altes Mietshaus aus der Jahrhundertwende, mit schöner Fassade und Stuckrosetten an der Decke. Sejer konnte gerade noch die Brauerei sehen, die sich ein Stück flußwärts im Wasser spiegelte. Dann ging er langsam von einem Zimmer zum anderen und schaute sich um. Es gab noch kein Telefon und auch keine Möbel, an den Wänden stand jedoch schon der eine oder andere mit Filzstift beschriftete Pappkarton. Schlafzimmer. Küche. Wohnzimmer. Diele. Zwei Gemälde. Eine halbvolle Flasche Cognac auf der Anrichte. Unter dem Wohnzimmerfenster mehrere aufgerollte Teppiche. Kollberg schnupperte ein bißchen vor sich hin. Sejer nahm den Geruch von Farbe, Tapetenkleister und Waschbenzin wahr. Kollberg war nervös. Er wanderte auf eigene Faust weiter. Sejer folgte ihm und schaute in die Schränke. Der schwere Teppich war nirgends zu entdecken. Der Hund winselte und lief weiter durch die Wohnung. Sejer folgte ihm.

Schließlich blieb Kollberg vor einer Tür stehen. Ihm sträubte sich das Fell.

»Was ist denn los?«

Kollberg schnüffelte eifrig am Türspalt und kratzte an der Tür. Sejer schaute sich um, er wußte nicht, warum, aber plötzlich überkam ihn ein seltsames Gefühl. Es war jemand in der Nähe. Sejer legte die Hand auf die Türklinke und drückte sie nach unten. Dann öffnete er die Tür. Etwas Schweres traf mit voller Wucht seine Brust. Gleich darauf war alles ein Schock aus Licht und Schmerzen, aus Fauchen, Knurren und hysterischem Gekläff, während das große Tier ihm die Krallen in die Brust schlug. Kollberg nahm Anlauf und bellte los, und da erkannte Sejer Johnas' Dobermannhündin. Er fiel unter den beiden Hunden zu Boden. Instinktiv drehte er sich auf den Bauch und hielt die Hände über den Kopf. Die Tiere gingen aufeinander los. Sejer sah sich nach einem Schlaggerät um, fand aber nichts. Er rannte ins Badezimmer, entdeckte dort einen Besen, riß ihn an sich, stürzte wieder hinaus und lief zu den Hunden. Sie standen zwei Meter voneinander entfernt, knurrten leise und bleckten die Zähne.

»Kollberg!« schrie Sejer. »Das ist doch eine Hündin, zum Henker!« Heras Augen leuchteten in ihrem schwarzen Kopf wie gelbe Lichter. Kollberg legte die Ohren an, Hera stand wie ein schwarzer Panther angriffsbereit vor ihm. Sejer hob den Besen und machte ein paar Schritte, wobei er spürte, wie unter seinem Hemd Schweiß und Blut flossen. Kollberg sah ihn, hielt inne und vergaß für eine Sekunde, die Feindin im Auge zu behalten, die mit aufgerissenem Rachen wie ein schwarzes Projektil angeschossen kam. Sejer schloß die Augen und schlug zu. Er traf den Nacken und kniff voller Verzweiflung die Augen zu, als Hera zusammenbrach und zu Boden ging. Dort blieb sie winselnd liegen. Sejer sprang vor, faßte sie am Halsband, schleifte sie hinter sich her ins Schlafzimmer, versetzte ihr einen heftigen Stoß und knallte die Tür zu. Dann sank er gegen die Wand und glitt zu Boden. Starrte Kollberg an, der noch immer in Verteidigungshaltung im Zimmer stand.

»Verdammt, Kollberg! Das ist doch eine Hündin!« Er wischte sich die Stirn. Kollberg leckte ihm das Gesicht. Durch die Tür hörten sie Hera winseln. Sejer stützte eine Zeitlang den Kopf in die Hände und versuchte, den Schock zu überwinden. Blickte an sich hinunter, seine Kleider waren von Hundehaaren und Blut bedeckt; Kollberg blutete aus einer Wunde am Ohr.

Dann rappelte er sich auf. Wanderte ins Badezimmer. Auf einer Decke unter der Dusche sah er plötzlich etwas Schwarzes und Seidenweiches, das jämmerlich fiepte.

»Kein Wunder, daß sie uns angegriffen hat«, flüsterte er. »Sie wollte ihre Jungen beschützen.«

Der aufgerollte Teppich lag vor einer Wand. Sejer hockte sich davor und schaute ihn an. Der Teppich war fest aufgerollt, in Plastik gewickelt und sorgfältig mit breitem Industrieklebeband gesichert. Sejer riß und zerrte und merkte, wie ihm wieder der Schweiß ausbrach. Kollberg kratzte und scharrte und wollte helfen, aber Sejer schob ihn weg. Schließlich hatte er das Klebeband entfernt und konnte die Plastikplane wegreißen. Er stand auf und schleppte die Rolle ins Wohnzimmer. Sie hörten Hera im Schlafzimmer fiepen. Er bückte sich und versetzte der Rolle einen heftigen Stoß. Der Teppich rollte sich auseinander, langsam und schwerfällig. Im Teppich steckte ein zusammengepreßter Körper. Das Gesicht war zerschlagen. Der Mund und zum Teil auch die Nase, genauer gesagt, deren Überreste, waren verklebt. Sejer schwankte ein wenig, als er auf Halvor hinunterstarrte. Er mußte sich abwenden und einen Moment an die Wand lehnen. Dann machte er das Telefon von seinem Gürtel los. Er blickte aus dem Fenster und gab eine Nummer ein. Sah zu, wie ein Lastkahn flußaufwärts glitt. Die Hexagon aus Bremen. Er hörte sie tuten, einen gedehnten, traurigen Ruf. Hier komme ich, schien das Schiff zu sagen. Hier komme ich, aber ich habe keine Eile.

»Konrad Sejer, Oscarsgate fünfzehn«, sagte er ins Telefon. »Ich brauche Hilfe.«

»HENNING JOHNAS?« Sejer drehte einen Kugelschreiber zwischen den Fingern und starrte sein Gegenüber an. »Wissen Sie, warum Sie hier sind?«

»Was ist das für eine Frage?« entgegnete Johnas mit heiserer Stimme. »Ich möchte eins klarstellen: Es gibt eine Grenze für das, was ich ertragen kann. Und was Annie betrifft, so habe ich dazu nichts mehr zu sagen.«

»Hier geht es aber nicht um Annie«, sagte Sejer.

»Na gut.«

Johnas rutschte ein wenig in seinem Sessel hin und her, und Sejer glaubte, ein Aufleuchten der Erleichterung über sein Gesicht huschen zu sehen.

»Halvor Muntz ist wie vom Erdboden verschwunden. Sie sind noch immer sicher, daß Sie ihn nicht gesehen haben?«

Johnas preßte die Lippen aufeinander. »Absolut sicher. Ich kenne ihn doch gar nicht.«

»Und da sind Sie sich sicher?«

»Sie glauben es vielleicht nicht, aber ich bin trotz der wiederholten Schikanen durch die Polizei noch einigermaßen klar im Kopf.«

»Wir wüßten gern, wie Halvors Motorrad in Ihre Garage gekommen ist. Hinter Ihren Transit.«

Ein erschrockenes Röcheln war zu hören.

»Bitte, was haben Sie da gesagt?«

»Halvors Motorrad.«

»Das ist das von Magne«, murmelte Johnas. »Ich soll ihm bei der Reparatur helfen.« Er sprach schnell und ohne sein Gegenüber anzusehen.

»Magne fährt eine Kawasaki. Und Sie haben keine Ahnung von Motorrädern. Sie kommen aus einer, gelinde gesagt, anderen Branche. Erzählen Sie mir keine Geschichten, Johnas.«

»Na gut, ja.« Johnas brauste auf, er verlor die Beherrschung und klammerte sich mit beiden Händen am Tisch fest. »Er kam einfach in die Galerie, nur um mich zu quälen. Gott im Himmel, was hat er mich gequält! Führte sich wie irgendein verrückter Junkie auf, behauptete, er wolle einen Teppich kaufen. Geld hatte er natürlich nicht. Bei mir gehen so viele seltsame Gestalten aus und ein, ich habe einfach die Beherrschung verloren. Und ihm eine Ohrfeige verpaßt. Danach ist er abgehauen wie ein kleiner Rotzbengel, hat sein Motorrad vergessen und überhaupt. Ich habe es ins Auto geladen und mit nach Hause genommen. Zur Strafe muß er es bei mir abholen. Muß mich anbetteln, damit ich es rausrücke.«

»Dafür, daß es nur eine Ohrfeige war, ist Ihre Hand aber ziemlich übel zugerichtet.« Sejer starrte die wunden Fingerknöchel an. »Das Problem ist nur, daß kein Schwein weiß, wo er steckt.«

»Dann ist er wohl mit eingekniffenem Schwanz auf und davon gegangen. Vermutlich hat er aus irgendeinem Grund ein schlechtes Gewissen.«

»Haben Sie da einen Vorschlag?«

»Sie ermitteln doch im Mord an seiner Freundin. Vielleicht sollten Sie bei ihm anfangen.«

»Nun vergessen Sie nicht, Johnas, daß Sie in einem kleinen Ort wohnen. Da verbreiten Gerüchte sich schnell.«

Johnas schwitzte so heftig, daß ihm das Hemd an der Brust klebte.

»Ich ziehe ohnehin bald um«, murmelte er.

»Das haben Sie erwähnt. In die Innenstadt, nicht wahr? Sie haben Halvor also eine Lehre erteilt. Vielleicht sollten wir ihn erst mal links liegenlassen?«

Sejer fühlte sich nicht wohl in seiner Haut. Es sah nur so aus.

»Aber vielleicht verlieren Sie ja leicht die Beherrschung, Johnas? Reden wir doch einmal darüber.« Wieder spielte er mit seinem Kugelschreiber. »Fangen wir mit Eskil an.«

Johnas hatte Glück. Er hatte gerade seine Zigaretten aus der Jackentasche fischen wollen. Während er sich langsam aufrichtete, nutzte er die Zeit, sich zu sammeln.

»Nein«, stöhnte er. »Ich kann einfach nicht über Eskil reden.«

»Wir lassen uns einfach Zeit«, sagte Sejer. »Fangen Sie mit dem Tag an, dem siebten November, erzählen Sie, wie Sie aufgestanden sind, Sie und Ihr Sohn.«

Johnas schüttelte leicht den Kopf und leckte sich nervös die Lippen. Sein einziger klarer Gedanke galt der Diskette, die er nicht mehr hatte lesen können. Sejer mußte sie gefunden und Annies Bericht gelesen haben. Bei diesem Gedanken wäre er fast zusammengebrochen.

»Es ist schwer, darüber zu sprechen. Ich habe versucht, damit abzuschließen. Warum in aller Welt interessiert Sie diese alte Tragödie? Haben Sie keine neueren Fälle, mit denen Sie sich die Zeit vertreiben können?«

»Ich weiß ja, daß das nicht leicht ist. Aber versuchen Sie es trotzdem. Ich weiß, daß Sie es schwer hatten und eigentlich Hilfe gebraucht hätten. Erzählen Sie von ihm!«

»Aber warum wollen Sie über Eskil reden?«

»Der Junge war ein wichtiger Teil von Annies Leben. Und alles, was mit Annie zu tun hat, muß ans Licht.«

»Das begreife ich, das begreife ich. Ich bin nur so verwirrt. Einen Moment lang dachte ich schon, Sie verdächtigen mich … ja, Sie glaubten, daß ich etwas mit Annies Tod zu tun gehabt hätte.«

Sejer lächelte, ein seltenes, offenes Lächeln. Dann

schaute er Johnas verwundert an und schüttelte den Kopf.

»Aber hätten Sie denn überhaupt ein Motiv für diesen Mord?«

»Natürlich nicht«, wehrte Johnas erregt ab. »Aber um ehrlich zu sein, es hat mich einiges gekostet, Sie anzurufen und zu melden, daß ich sie mit dem Auto mitgenommen hatte. Ich wußte doch, daß ich mich damit in eine exponierte Stellung brachte.«

»Das hätten wir auf jeden Fall erfahren. Sie sind doch gesehen worden.«

»Das hatte ich mir gedacht. Deshalb habe ich angerufen.«

»Erzählen Sie mir von Eskil«, wiederholte Sejer ungerührt.

Johnas sank in sich zusammen und zog an seiner Zigarette. Er sah verwirrt aus. Seine Lippen bewegten sich, aber es war kein Laut zu hören.

In seinen Gedanken war alles ganz klar, aber das Zimmer schien zu schrumpfen, und alles, was er hörte, war der Atem seines Gegenübers. Er warf einen Blick auf die Wanduhr, um Ordnung in seine Gedanken zu bringen. Es war früher Abend. Sechs Uhr.

Es war sechs Uhr. Eskil erwachte und schrie aufgeregt los. Tobte zwischen uns im Bett herum und ließ sich immer wieder fallen. Wollte sofort aufstehen. Astrid brauchte noch etwas Schlaf, sie hatte schlecht geschlafen, deshalb mußte ich einspringen. Eskil folgte mir ins Badezimmer, hing an meiner Hose. Seine Arme und Beine waren überall, und er redete wie ein Wasserfall, ein ewiger Strom aus Geräuschen und Rufen. Danach wand er sich wie ein Aal, während ich verzweifelt versuchte, ihn anzuziehen. Eine Windel wollte er nicht. Er wollte auch die Hose, die ich für ihn herausgelegt hatte, nicht, die ganze Zeit zog er an allem, was er zu fassen kriegte, und schließ-

lich kletterte er auf den Klodeckel, um das Regal unter dem Spiegel auszuräumen. Astrids Tuben und Flaschen fielen herunter. Ich stellte ihn auf den Boden und war sofort im selben Muster gefangen wie so oft. Ich wies ihn zurecht, zuerst freundlich, ich steckte ihm die Beruhigungstabletten in den Mund, aber er spuckte sie immer wieder aus, packte den Duschvorhang und riß ihn herunter. Ich versuchte mich anzuziehen, versuchte aufzupassen, daß er sich nicht verletzte und nichts zerbrach. Schließlich waren wir beide angezogen. Ich hob ihn hoch und trug ihn in die Küche, um ihn auf seinen Stuhl zu setzen. Unterwegs warf er plötzlich den Kopf in den Nacken und traf mich am Mund. Meine Lippe platzte auf. Und fing an zu bluten. Ich schnallte ihn an und machte ihm ein Brot, aber das wollte er nicht, er schüttelte den Kopf und schob den Teller weg und schrie, er wolle lieber Wurst.

»Johnas«, sagte Sejer. »Erzählen Sie von Eskil.«

Johnas kam zu sich und sah ihn an. Dann faßte er einen Entschluß. »Na gut, wie Sie wollen. Der siebte November. Ein Tag wie alle anderen, was bedeutet, ein unbeschreiblicher Tag. Er war ein Torpedo, der die ganze Familie zerstörte. Magnes schulische Leistungen ließen immer mehr nach, er mochte nicht mehr zu Hause sein und verbrachte Nachmittage und Abende bei seinen Freunden. Astrid war ständig übermüdet, ich konnte die Ladenöffnungszeiten nicht einhalten. Jede Mahlzeit war eine Belastung. Annie«, er lächelte plötzlich traurig, »war der einzige Lichtblick. Sie holte ihn immer, wenn sie Zeit hatte. Und dann senkte sich die Stille nach dem Sturm über das Haus. Wir brachen einfach zusammen und schliefen ein, wo wir standen und lagen. Wir waren erschöpft und verzweifelt und nirgends war Hilfe zu finden. Uns wurde offen gesagt, daß sich das niemals auswachsen würde. Er würde immer

Konzentrationsschwierigkeiten haben und zeitlebens hyperaktiv bleiben, die ganze Familie würde sich noch jahrelang darauf einrichten müssen. Jahrelang. Können Sie sich das vorstellen?«

»Und an diesem Tag sind Sie mit ihm aneinandergeraten?«

Johnas lachte wie ein Wahnsinniger. »Wir sind dauernd aneinandergeraten. Es wurde zu einer Neurose für die ganze Familie. Wir haben sicher dazu beigetragen, ihn kaputtzumachen, wir konnten einfach nicht mit ihm umgehen. Wir haben geschrien und geschimpft, sein ganzes Leben bestand nur aus bösen Worten und Vorwürfen.«

»Erzählen Sie, was dann passiert ist.«

»Magne schaute kurz in die Küche und rief tschüs. Er ging mit seiner Schultasche zum Bus. Draußen war es dunkel. Ich machte noch ein Brot, diesmal eins mit Wurst. Ich schnitt es sogar in kleine Rechtecke, obwohl er die Kruste gut essen konnte. Die ganze Zeit schlug er seinen Becher auf das Wachstuch, er schrie und brüllte, weder vor Lachen noch vor Wut, es war einfach ein unendlicher Strom von Geräuschen. Dann entdeckte er die Waffeln, die noch vom Vortag auf der Anrichte standen. Sofort wollte er welche haben, und obwohl ich wußte, daß er gewinnen würde, sagte ich nein. Aber dieses Wort war für ihn wie ein rotes Tuch, er gab nicht nach, er schlug mit dem Becher und wackelte auf seinem Stuhl hin und her, der schon fast umzukippen drohte. Ich kehrte ihm den Rücken zu und zitterte. Schließlich schnappte ich mir den Teller mit den Waffeln, entfernte die Plastikfolie und nahm mir eine Waffel. Ich warf das Wurstbrot in den Mülleimer und stellte den Waffelteller vor ihn hin. Riß zwei Herzen ab. Ich wußte, daß er die nicht in Ruhe essen würde, mir stand noch mehr bevor, ich kannte ihn schließlich. Eskil wollte Marmelade zur Waffel. Ich beschmierte in aller Eile die beiden Herzen mit Himbeermarmelade, mit zitternden Händen. Und in diesem Moment lächelte er. Ich erinnere mich noch gut daran, an sein allerletztes Lächeln. Er war zufrieden mit sich. Ich konnte das nicht mehr ertragen, ich war am Rande eines Nervenzusammenbruchs. Er hob den Teller hoch und schlug damit auf den Tisch. Er wollte sie doch nicht, die Waffeln waren ihm egal, ihm ging es nur darum, seinen Willen durchzusetzen. Die Waffeln rutschten vom Teller und fielen auf den Boden, deshalb mußte ich einen Waschlappen holen. Ich konnte keinen finden, also hob ich die Waffeln auf und faltete sie zusammen. Er sah mir interessiert zu. Sein kleines Gesicht zeigte keinerlei Angst vor dem, was jetzt kommen würde. Ich kochte innerlich. Ich mußte einfach Dampf ablassen, ich weiß nicht, wie das passierte, aber plötzlich beugte ich mich über den Tisch und stopfte ihm die Waffeln in den Mund, so tief hinein wie nur möglich. Ich kann mich noch an sein verwundertes Gesicht und die Tränen in seinen Augen erinnern.«

»So!« schrie ich wütend. »Jetzt friß deine verdammten Waffeln!«

Johnas krümmte sich. »Ich wollte das nicht!«

Die Zigarette lag qualmend im Aschenbecher. Sejer schluckte und ließ den Blick zum Fenster wandern, fand jedoch nichts, was ihn von diesem Bild befreien konnte: dem Bild des kleinen Jungen mit der Waffel im Mund und den großen entsetzten Augen. Er sah Johnas an. »Wir müssen unsere Kinder so nehmen, wie wir sie bekommen, nicht wahr?«

»Das haben alle gesagt. Alle, die es nicht besser wußten. Niemand wußte es besser. Und nun werde ich wohl wegen Mißhandlung mit Todesfolge angeklagt werden. Aber damit kommen Sie zu spät. Ich habe mich längst selbst angeklagt und verurteilt, daran können Sie nichts mehr ändern.«

Sejer sah ihn an. »Und wie genau lautet diese Anklage?«

»Eskils Tod war ganz allein meine Schuld. Ich war für ihn verantwortlich. Nichts läßt sich schönreden oder entschuldigen. Ich wollte es nicht. Es war ein Unglück, aber es ist passiert.«

»Es muß hart für Sie gewesen sein«, sagte Sejer leise. »Sie konnten mit Ihrer Verzweiflung nirgendwohin. Und gleichzeitig glauben Sie, schon gestraft genug zu sein. Ist es nicht so?«

Johnas schwieg. Sein Blick flackerte.

»Sie haben zuerst Ihren kleinen Sohn verloren, und dann hat Ihre Frau Sie verlassen. Sie blieben allein zurück und hatten niemanden mehr.«

Jetzt brach Johnas in Tränen aus. Es hörte sich an, als versuche er einen dicken Brei hervorzuwürgen.

»Und doch haben Sie sich weitergeschleppt. Sie haben Ihren Hund. Sie haben Ihr Geschäft erweitert, und es läuft immer besser. Man braucht viel Kraft, um wie Sie neu anzufangen.«

Johnas nickte. Sejers Worte kamen ihm vor wie wohltuendes warmes Wasser.

Sejer hatte gezielt, und jetzt feuerte er einen neuen Schuß ab.

»Und dann, als Sie die Sache endlich im Griff hatten und das Leben weiterging – da tauchte Annie auf?«

Johnas fuhr zusammen.

»Vielleicht hat sie Sie anklagend angeschaut, wenn Sie ihr auf der Straße begegnet sind? Sie haben sich sicher gefragt, warum sie so unfreundlich war. Als Sie

sie dann mit ihrer Schultasche gesehen haben, wollten Sie endlich wissen, was eigentlich los war?«

Ein Mädchen kam den Hang herunter. Sie erkannte mich sofort und blieb stehen. Ihr Gesicht verzog sich, und sie blickte mich skeptisch an. Ihre ganze Gestalt wies mich ab, sie strahlte etwas Mürrisches, fast Aggressives aus, was mich beunruhigte.

Sie ging weiter, mit raschen Schritten, ohne sich noch einmal umzusehen. Ich rief ihren Namen. Ich wollte nicht aufgeben, ich wollte jetzt wissen, was los war. Schließlich stieg sie doch ein, sie umklammerte die Schultasche auf ihrem Schoß. Ich fuhr langsam, wollte einen Satz formulieren, wußte aber nicht so recht, wo ich anfangen sollte, ob ich vielleicht etwas sagen könnte, das für uns beide gefährlich wäre. Also fuhr ich weiter, und aus dem Augenwinkel sah ich ihre schmale Gestalt wie eine einzige große Anklage.

Ich muß mit jemandem sprechen, setzte ich zögernd an und umklammerte das Lenkrad. Ich habe es nicht leicht.

Das weiß ich, antwortete sie und starrte aus dem Fenster, aber dann drehte sie sich plötzlich um und sah mich einen Moment lang an. Mir kam das vor wie eine kleine Öffnung, ich versuchte, mich zu entspannen. Noch konnte ich einen Rückzieher machen und die Sache auf sich beruhen lassen, aber sie saß nun einmal da und hörte mir zu. Vielleicht war sie erwachsen genug, um alles zu verstehen, vielleicht wollte sie das ja, eine Art Geständnis, eine Art Bitte um Verzeihung. Annie, die soviel von Gerechtigkeit redete.

Können wir irgendwo hinfahren und miteinander reden, Annie, hier im Auto ist das so schwer. Wenn du ein bißchen Zeit hast, nur ein paar Minuten, dann fahre ich dich nachher, wohin du willst.

Meine Stimme klang dünn und flehend, ich sah, daß sie das anrührte. Sie nickte langsam und war weniger verkrampft, sie ließ sich auf dem Sitz zurücksinken und starrte wieder aus dem Fenster. Nach einer Weile kamen wir am Laden vorbei, wo ein

Motorrad stand. Der Fahrer beugte sich über den Lenker und betrachtete irgend etwas, vielleicht eine Landkarte. Ich fuhr langsam und vorsichtig die holprige Straße zur Kuppe hinauf und hielt auf dem Wendeplatz. Annie sah plötzlich besorgt aus. Ihre Schultasche ließ sie vorn im Wagen stehen, ich versuche, mich zu erinnern, was ich da gedacht habe, aber ich weiß es nicht mehr, ich weiß nur noch, daß wir über den aufgeweichten Weg gegangen sind. Annie war groß und gerade neben mir, jung und standhaft, aber nicht unbeweglich, sie ging mit mir zum Wasser und setzte sich zögernd auf einen Stein. Spielte mit ihren Fingern. Ich erinnere mich an ihre kurzen Nägel und den kleinen Ring an ihrer linken Hand.

Ich habe dich gesehen, sagte sie leise. Ich habe dich durch das Fenster gesehen. Als du dich über den Tisch gebeugt hast. Dann bin ich weggelaufen. Und dann habe ich gehört, daß Eskil tot war.

Ich wußte es, antwortete ich mit schwerer Stimme, weil du dich so verhalten hast, weil du mich angeklagt hast. Jeden Tag, wenn wir uns auf der Straße oder bei den Briefkästen oder vor den Garagen begegnet sind. Du hast mich angeklagt.

Ich mußte weinen. Ich beugte mich vor und schluchzte los, während Annie still neben mir saß. Sie sagte nichts, aber als ich endlich fertig war und aufblickte, sah ich, daß sie auch weinte. Ich fühlte mich besser als seit langer Zeit, wirklich. Ein sanfter Wind streifte meinen Rücken, noch bestand Hoffnung.

Was soll ich tun, flüsterte ich. Was soll ich tun, um damit fertigzuwerden?

Sie blickte mich aus ihren grauen Augen fast verwundert an. Zur Polizei gehen natürlich. Und die Wahrheit sagen. Sonst wirst du niemals Frieden finden.

Das Herz wurde mir schwer. Ich steckte die Hände in die Tasche und versuchte, sie dort zu lassen. Hast du mit irgendwem darüber gesprochen? fragte ich.

Nein, antwortete sie. Noch nicht.

Nimm dich in acht, Annie! schrie ich verzweifelt. Plötzlich schien ich aus einem Abgrund aufzusteigen, aus der Finsternis hinauf ins Klare. Ich hatte plötzlich nur noch einen einzigen lähmenden Gedanken. Daß nur Annie und sonst niemand auf der ganzen Welt Bescheid wußte. Der Wind schien sich zu drehen, er brauste in meinen Ohren. Alles war verloren. Ihr Gesicht hatte denselben verwunderten Ausdruck wie damals Eskil. Danach ging ich rasch durch den Wald. Ich habe mich nicht mehr nach ihr umgeblickt.

Johnas musterte die Vorhänge und die Neonröhre an der Decke, während er immer wieder mit den Lippen Worte formte, die er nicht herausbringen konnte.

Sejer sah ihn an. »Wir haben Ihr Haus durchsucht und technische Beweise sichergestellt. Sie werden wegen Totschlags an Ihrem Sohn Eskil Johnas und wegen vorsätzlichem Mord an Annie Sofie Holland vor Gericht gestellt werden. Haben Sie mich verstanden?«

»Sie irren sich!« Seine Stimme war ein leises Winseln. Geplatzte Äderchen ließen sein Gesicht rötlich aussehen.

»Es ist nicht meine Aufgabe, Ihre Schuld zu beurteilen.«

Johnas machte sich an seiner Hemdentasche zu schaffen. Er zitterte so sehr, daß er aussah wie ein Greis. Schließlich brachte seine Hand eine flache kleine Metalldose zum Vorschein.

»Ich habe einen so trockenen Mund«, murmelte er.

Sejer starrte die Dose an. »Sie hätten sie gar nicht umzubringen brauchen, wissen Sie.«

»Was sagen Sie da?« fragte Johnas mit schwacher Stimme. Er drehte die Dose um und klopfte eine kleine weiße Halspastille heraus.

»Sie hätten Annie Holland nicht umzubringen brauchen. Sie wäre von selber gestorben, wenn Sie noch ein wenig gewartet hätten.«

»Soll das ein Witz sein?«

»Nein«, sagte Sejer ernst. »Über Leberkrebs mache ich keine Witze.«

»Aber Sie irren sich! Niemand war so gesund wie Annie. Sie stand am See, als ich gegangen bin, als letztes habe ich gehört, wie sie Steine ins Wasser geworfen hat. Ich habe zuerst nicht zuzugeben gewagt, daß sie bis zum Weiher mitgekommen ist. Aber so war es wirklich! Sie wollte nicht mit mir zurückfahren, sie wollte zu Fuß gehen. Begreifen Sie nicht, daß irgendwer gekommen ist, als sie da beim Weiher stand? Ein junges Mädchen, allein im Wald. Oben an der Klippe wimmelt es doch nur so von Touristen. Sind Sie je auf die Idee gekommen, daß Sie sich irren könnten?«

»Ein seltenes Mal passiert mir das durchaus. Aber Sie müssen begreifen, daß Ihre Schlacht verloren ist. Wir haben Halvor gefunden!«

Johnas schnitt eine Grimasse, so als habe ihm jemand eine Nadel durchs Ohr gestochen.

»Das ist bitter, nicht wahr?«

SEJER SASS SEHR RUHIG DA, die Hände im Schoß. Er ertappte sich dabei, wie er zweimal über seinen Trauring strich. Viel mehr konnte er nicht tun. Außerdem war es still und fast dunkel in dem kleinen Zimmer. Ab und zu blickte er auf und sah Halvors zerschlagenes Gesicht, das jetzt gewaschen und verbunden und doch ganz und gar unkenntlich war. Der Mund stand halb offen. Mehrere Zähne waren zerschlagen, die alte Narbe im Mundwinkel war nicht mehr zu sehen. Sein Gesicht war wie eine reife Frucht geplatzt. Aber die Stirn war unversehrt, und irgendwer hatte ihm die Haare nach hinten gekämmt, so daß die glatte Haut zu sehen war und noch immer verriet, wie hübsch er gewesen war. Sejer senkte den Kopf und legte vorsichtig die Hände auf die Bettdecke. Im Lichtkreis der Nachttischlampe waren sie deutlich zu sehen. Er hörte nur seinen eigenen Atem und irgendwo in der Ferne das leise Brummen eines Fahrstuhls. Eine plötzliche Bewegung unter seinen Händen ließ ihn zusammenzucken. Halvor öffnete ein Auge und sah ihn an. Das andere war von einem großen geleeartigen Klumpen mit schwimmenden Pflastern bedeckt, es sah ungefähr so aus wie eine Qualle. Halvor wollte etwas sagen.

Sejer hielt sich einen Finger vor den Mund und schüttelte den Kopf. »Nett, dein Grinsen wieder zu sehen, aber du mußt die Klappe halten. Sonst geht die Naht auf.«

»Kanke«, murmelte Halvor undeutlich.

Sie blickten einander lange an. Sejer nickte zweimal, Halvor zwinkerte immer wieder mit seinem grünen Auge.

»Diese Diskette«, sagte Sejer, »die wir bei Johnas gefunden haben. Ist das eine genaue Kopie von Annies Tagebuch?«

»Mhm.«

»Nichts ist gelöscht?«

Halvor schüttelte den Kopf.

»Nichts verändert oder korrigiert?«

Weiteres Schütteln.

»Dann ist's ja gut«, sagte Sejer langsam.

»Kanke.« Halvors Augen füllten sich mit Wasser. Er schniefte.

»Nicht weinen!« sagte Sejer rasch. »Sonst platzt die Naht. Und rotzen tust du auch, ich geh Papier holen.«

Er sprang auf und holte vom Waschbecken ein Papiertuch. Versuchte, Halvor Rotz und Blut von der Nase zu wischen.

»Annie ist dir sicher ab und zu schwierig vorgekommen. Aber jetzt weißt du, daß sie ihre Gründe hatte. Die haben wir in der Regel immer«, fügte er hinzu. »Und die arme Annie konnte das nicht alles allein tragen. Ich weiß, es hört sich blöd an«, sagte er, vielleicht in dem Versuch zu trösten, denn der Junge, der dort mit eingeschlagenem Gesicht im Bett lag, tat ihm unendlich leid. »Aber du bist noch jung. Du hast viel verloren. Jetzt hast du das Gefühl, daß du nur mit Annie und sonst mit niemandem zusammensein wolltest. Aber die Zeit vergeht, und alles ändert sich. Irgendwann wirst du anders denken.«

Meine Güte, was für eine Behauptung, dachte er.

Halvor gab keine Antwort. Er starrte Sejers Hände auf der Bettdecke an, den breiten goldenen Trauring an der rechten Hand. Sein Blick war anklagend.

»Ich weiß, was du denkst«, sagte Sejer leise. »Daß ich gut reden habe, wo ich doch noch mit meinem dicken Ehering hier sitze. Mit einem richtig gleißenden Zehnmillimeterteil. Aber verstehst du«, er lächelte traurig, »das sind eigentlich zwei aneinandergelötete zu fünf Millimeter.«

Wieder drehte er den Ring.

»Sie ist tot«, sagte er. »Verstehst du?«

Halvor senkte den Blick, und aus seinem Gesicht flossen noch mehr Blut und Rotz. Er öffnete den Mund, und Sejer sah seine zerstörten Zahnstummel.

»Forfeihung«, gurgelte Halvor.

Und dann ging endlich wieder die Sonne auf, und Sejer und Skarre wanderten, Kollberg zwischen sich, durch die Straßen. Der Hund stapfte gemächlich dahin und hob den Schwanz wie eine Fahne.

An Sejers Handgelenk baumelten an einem Bindfaden rote und blaue, in Seidenpapier gewickelte Anemonen. Die Jacke hing lose über seinen Schultern, sein Ekzem war so friedlich wie lange nicht. Er ging in seiner weichen, geschmeidigen Weise dahin, während Skarre neben ihm sprang und hüpfte. Sie wollten nicht zu schnell gehen, denn sie trugen frischgebügelte Hemden und wollten ihr Ziel nicht schweißnaß erreichen.

Matteus wuselte mit einem Schwertwal aus schwarzweißem Plüsch in den Armen erwartungsvoll durch die Wohnung. Der Schwertwal hieß Willy Free und war fast so groß wie Matteus selber. Sejers erster Impuls war, loszustürzen, den Kleinen auf den Arm zu nehmen und dabei mit jubelnder Stimme seine gewaltige Begeisterung zum Ausdruck zu bringen. So sollte man allen Kindern begegnen, mit echter, stürmischer Freude. Aber das war eben nicht seine Art. Er nahm Matteus vorsichtig auf den Arm und schaute zu Ingrid hinüber, die ein neues Kleid trug, ein buttergelbes Sommerkleid mit roten Himbeeren. Er gratulierte ihr zum Geburtstag und drückte ihre Hand. Bald würden sie auf die andere Seite des Erdballs reisen, zu Hitze und Krieg, und sie würden eine Ewigkeit dort bleiben. Dann reichte er seinem Schwiegersohn die Hand, während er Matteus mit der anderen festhielt. Danach warteten sie ruhig auf das Essen.

Matteus quengelte nie. Er war ein wohlerzogenes Kind, das fast nie schrie oder bockte, es fehlte ihm einfach an Trotz und Widerspruchsgeist. Das einzige, was Sejer aus seiner eigenen Familie nicht kannte, war eine winzige Tendenz zu bezaubernden Frechheiten. Matteus' Alltag bestand nur aus Lächeln und Liebe, und seine Eltern, von denen sie nur wenig wußten, hatten ihm wohl kaum Gene vererbt, die zu unnormalem Verhalten führen, andere um den Verstand bringen oder Matteus auf katastrophale Weise Grenzen überschreiten lassen würden. Sejers Gedanken wanderten. Zum Gamle Møllevej bei Roskilde, wo er selbst als Kind gewohnt hatte. Lange saß er in Erinnerungen versunken da.

Schließlich fuhr er hoch. »Was hast du gesagt, Ingrid?«

Verwundert starrte er seine Tochter an und sah, daß die sich eine blonde Locke aus der Stirn strich und ihn mit diesem besonderen Lächeln bedachte, das nur für ihn reserviert war.

»Cola, Papa?« fragte sie. »Möchtest du eine Cola?«

Gleichzeitig ruckelte an einem anderen Ort ein häßlicher Kastenwagen im niedrigsten Gang die Straße entlang, und ein kräftiger Mann mit struppigen Haaren hing über dem Lenkrad. Ganz unten am Hang hielt er an, um ein kleines Mädchen, das gerade zwei Schritte gemacht hatte, über die Straße zu lassen. Sie fuhr zurück.

»Hallo, Ragnhild!« rief er begeistert.

Ragnhild hatte ein Sprungseil in der einen Hand, mit der anderen winkte sie.

»Gehst du spazieren?«

»Ich will nach Hause«, sagte sie energisch.

»Hör mal«, schrie Raymond laut und schrill, um den Lärm des Motors zu übertönen. »Caesar ist tot. Aber Wuschel hat Junge!«

»Er ist doch ein Junge«, sagte sie skeptisch.

»Bei Kaninchen ist das nicht leicht zu sehen, ob sie

Jungen oder Mädchen sind. Sie haben so dichtes Fell. Jedenfalls hat er Junge. Fünf Stück. Du kannst sie dir ansehen, wenn du willst.«

»Das darf ich nicht«, sagte sie traurig und starrte in der schwachen Hoffnung die Straße hinunter, daß irgendwer auftauchte und sie vor dieser schwindelerregenden Versuchung rettete. *Kaninchenbabys!*

»Haben die schon Fell?«

»Sie haben Fell und machen die Augen auf. Ich fahr dich danach nach Hause, Ragnhild. Komm schon, sie wachsen doch so schnell!«

Noch einmal starrte sie die Straße an, kniff die Augen zusammen und öffnete sie wieder. Dann lief sie über die Straße und kletterte in den Wagen. Ragnhild trug eine weiße Bluse mit Spitzenkragen und winzige rote Shorts. Niemand sah, daß sie einstieg. Die Leute waren in ihren Hintergärten, pflanzten und jäteten und banden Rosen und Klematis hoch. Raymond kam sich in Sejers Windjacke sehr elegant vor. Er schaltete. Das kleine Mädchen neben ihm wartete gespannt. Er pfiff zufrieden vor sich hin und sah sich um. Niemand hatte sie gesehen.

Karin Fossum

Wer hat Angst vorm bösen Wolf

Roman. Aus dem Norwegischen von Gabriele Haefs. 320 Seiten. Serie Piper

Die norwegische Bestsellerautorin ist für deutsche Leser spätestens seit ihrem Erfolgsroman »Fremde Blicke« kein Geheimtip mehr. Der neue Fall für Kommissar Sejer rankt sich um einen jungen Mann aus der Psychiatrie, der zum wohlfeilen Verdächtigen für einen Mord wird. Ein vielschichtiger Fall, in dem sich das Schicksal dreier hilfloser Täter tragisch verbindet.

»Und wenn auch Kommissar Sejer sich damit abfinden muß, daß manche Rätsel im Leben ungeklärt bleiben, so weiß der Leser zum Schluß mehr. Unter anderem auch, daß Karin Fossum verdammt spannend, furchtlos und poetisch erzählt.«

Norddeutscher Rundfunk

05/1010/01/L

Karin Fossum

Stumme Schreie

Roman. Aus dem Norwegischen von Gabriele Haefs. 318 Seiten. Serie Piper

In dem abgelegenen Flecken Elvestad sieht sich der wortkarge und sensible Kommissar Konrad Sejer mit dem Fall einer grausam zugerichteten Frauenleiche konfrontiert. Niemand kennt die Fremde. Sejers Ermittlungen führen in eine geschlossene Gemeinschaft, die von guten Absichten und zerstörerischem Haß geprägt ist. In meisterhafter Sprache erzählt Karin Fossum vom Mord an der schönen Inderin Poona. Ein poetischer und fesselnder Roman, der zum Besten gehört, was die norwegische Kriminalliteratur zu bieten hat.

»Die Geschichte ist intelligent konstruiert, ohne Klischees, ruhig erzählt und dennoch höchst spannend.«

Norddeutscher Rundfunk

05/1011/01/R

SERIE PIPER

Karin Fossum

Dunkler Schlaf

Roman. Aus dem Norwegischen von Gabriele Haefs. 263 Seiten. Serie Piper

Sie gehört zu den Meisterinnen ihres Genres: die Norwegerin Karin Fossum. In diesem packenden Kriminalroman recherchiert der wortkarge Kommissar Konrad Sejer den Fall der sonderbaren Irma Funder: In deren Keller liegt ein sterbender junger Mann – und für Sejer beginnt ein Wettlauf gegen die Zeit, den er nicht gewinnen kann … Ein fesselndes Psychogramm, in dem sich die Grenzen zwischen Opfer und Täter immer mehr verwischen.

»Seit Jahren schon erweist sich Karin Fossum mit ihren anspruchsvollen, lebensklugen Sozialthrillern als ebenbürtige Kollegin von Henning Mankell.«
Der Spiegel

05/1482/01/L

Karin Fossum

Schwarze Sekunden

Roman. Aus dem Norwegischen von Gabriele Haefs. 300 Seiten. Serie Piper

Die schwarzen Sekunden der Septembernacht dehnen sich unerträglich, während Kommissar Sejer verzweifelt die verschwundene Ida Joner sucht. Ist der autistische Emil Johansson ihr unergründlicher, grausamer Mörder? Psychologische Finesse und höchste Spannung prägen den neuen Kriminalroman der preisgekrönten Autorin Karin Fossum.

»Meisterhaft schildert Karin Fossum die Katakomben der menschlichen Psyche. Ein Nervenzerrspiel, dessen Plot über die letzte Seite hinaus verstört.«
Facts

05/1773/01/R

Kerstin Ekman

Am schwarzen Wasser

Roman. Aus dem Schwedischen von Hedwig M. Binder. 462 Seiten. Serie Piper

Mutig faßt die junge Hebamme Hillevi Klarin den Entschluß, ihrem heimlichen Verlobten Edvard nach Nordschweden zu folgen, wo er eine Pfarrstelle in einer kleinen Gemeinde antreten soll. In der kargen Landschaft der schwarzen Seen und dunklen Wälder scheint die Zeit stehengeblieben zu sein: Die alten Mythen und der Aberglaube der Menschen sind noch lebendig. Aber wird Edvard sie überhaupt zur Frau nehmen, wie Hillevi es sich erträumt? Eine spannungsreiche Erzählung von Schuld und Vergebung und vom Kampf zwischen Vernunft und Leidenschaft.

05/1376/01/L

Kerstin Ekman

Mittsommerdunkel

Roman. Aus dem Schwedischen von Hedwig M. Binder. 243 Seiten. Serie Piper

Als Helga Wedin den Dorfladen ihres Onkels in dem kleinen nordschwedischen Dorf erbt, macht sie eine Entdekkung: im Lagerraum befinden sich große Mengen an Zucker und Hefe. Mit ihrer Stieftochter Åsa und ihrem Geliebten Edvard hat sie die vielversprechende Idee, illegal Schnaps zu brennen. Doch Neid, Eifersucht und Gier machen allen einen Strich durch die Rechnung. Kerstin Ekman erzählt die spannungsgeladene Geschichte einer ungewöhnlichen Dreiecksbeziehung.

»In origineller volkstümlicher Sprache und starken Metaphern ersteht das Bild einer Gemeinschaft, die verunsichert in die Zukunft blickt.«
Ostthüringer Zeitung

05/1428/01/R

SERIE PIPER

SERIE PIPER

Anne Holt

In kalter Absicht

Roman. Aus dem Norwegischen von Gabriele Haefs. 365 Seiten. Serie Piper

Packend und beklemmend zugleich ist der brisante Kriminalroman der Bestsellerautorin Anne Holt über eine Serie von dramatischen Entführungsfällen: Am hellichten Tag verschwindet in Oslo die kleine Emilie, wenig später wird der fünfjährige Kim vermißt. Schließlich findet man den Jungen tot auf, mit einem rätselhaften Zettel in der Hand. Hauptkommissar Stubø beschließt, die sensible Psychologin Inger Vik einzuschalten. Schließlich erinnern die Umstände fatal an den Fall, in dem sie gerade recherchiert: ein Verbrechen, das über vierzig Jahre zurückliegt …

»Gegen diesen Serienkiller-Thriller ist ›Das Schweigen der Lämmer‹ eine Gute-Nacht-Geschichte. Hätte Anne Holt mit Inger Vik nicht eine absolut vertrauenerweckende Heldin in die böse Welt geschickt, man würde nach der Lektüre ihres neuen Psychokrimis kein Auge mehr zukriegen.«

Brigitte

05/1425/01/L

Anne Holt, Berit Reiss-Andersen

Das letzte Mahl

Roman. Aus dem Norwegischen von Gabriele Haefs. 427 Seiten. Serie Piper

Der grausame Mord an dem Osloer Restaurantchef Ziegler stellt Hanne Wilhelmsen und Billy T. vor ein Rätsel: Wer hat ihm das edle japanische Messer in die Brust gestoßen? Und was hat es mit dem unvollendeten kunstvollen Mosaik in Zieglers Wohnung auf sich? Nach dem tragischen Tod ihrer Freundin Cecilie ist Hanne endlich nach Oslo zurückgekehrt. Nur zögernd wird sie von ihren Kollegen wieder akzeptiert, bis sie diese vor einem schwerwiegenden Fehler bewahrt und den Mord aufklären kann.

»Ein Roman, der gleichzeitig so fesselt, daß man ihn verschlingt, aber doch so nachhaltig beschäftigt, daß man ihn nicht vergißt.«

Stadtmagazin Hannover

05/1771/01/R

Arne Dahl

Misterioso

Kriminalroman. Aus dem Schwedischen von Maike Dörries. 345 Seiten. Serie Piper

Kaum ist Paul Hjelm, Inspektor der Stockholmer Polizei, zur Sondereinheit für besonders schwierige Fälle berufen worden, da hat er es schon mit einem kaltblütigen Serienmörder zu tun: drei unbescholtene Geschäftsleute – hingerichtet mit Kopfschüssen aus nächster Nähe, nach einem präzisen Ritual. Eine erste Spur, die zu einer Geheimloge führt, erweist sich als Sackgasse. Ist womöglich die russische Mafia in die Morde verwickelt? Doch dann die heiße Spur: ein Jazzstück mit dem bezeichnenden Titel »Misterioso« …

»Sein Erzählstil ist dicht, seine Figuren sind glaubwürdig gezeichnet, seine Geschichte gut durchdacht und geschickt konstruiert.«
Westdeutsche Zeitung

05/1525/01/L

Arne Dahl

Böses Blut

Roman. Aus dem Schwedischen von Wolfgang Butt. 360 Seiten. Serie Piper

Ein schwedischer Literaturkritiker wird auf dem New Yorker Flughafen auf ebenso ungewöhnliche wie grausame Weise getötet. Die Spur des Täters führt zu einer Mordserie, die fünfzehn Jahre zurückliegt. Paul Hjelm und Kerstin Holm von der Stockholmer Sonderkommission stoßen auf einen ungeheuerlichen Fall …

»Mit diesem Roman hat sich der Schwede Dahl in die erste Reihe der internationalen Thriller-Autoren geschrieben. ›Böses Blut‹ ist weit mehr als die schnell konsumierte und ebenso schnell wieder vergessene Thriller-Konfektion. Dahls Roman hat literarisches Niveau.«
Der Spiegel

05/1774/01/R